Écrivain-aventurier au parcours hors normes, Patrice Franceschi a multiplié les expéditions terrestres, aériennes et maritimes à travers le monde. Il a aussi mené de nombreuses missions humanitaires dans les pays en guerre, vécu parmi les peuples indigènes des contrées les plus reculées et s'est engagé dans les rangs de la résistance afghane combattant l'armée soviétique. Cette vie tumultueuse est à la source de ses romans comme de ses récits d'aventure, où il tente d'« épuiser le champ du possible ».

DU MÊME AUTEUR

Romans
Un capitaine sans importance – Robert Laffont, Points
L'Homme de Verdigi – Robert Laffont, Archipoche
La Dernière Manche – Ramsay, La Table Ronde Poche
Le Bar de la dernière chance – à paraître

Nouvelles
Le Chemin de la mer – Éditions de l'Aube

Poésie
Bourlinguer – Paragraphes littéraires de Paris
Aventure et Voyages – Paragraphes littéraires de Paris
Au long cours – Éditions Saint-Germain-des-Prés
Éphémérides – à paraître

Essais
Guerre en Afghanistan, La Table Ronde
De l'esprit d'aventure (avec G. Chaliand et J.-C. Guilbert) – Arthaud Poche
Pensées irrégulières – à paraître

Récits d'actualité
L'Exode vietnamien – Arthaud
Ils ont choisi la liberté – Arthaud
Paona (avec A. Boinet et D. Lagourgue) – Éditions de L'Archipel

Récits d'aventure
Quatre du Congo – Fernand Nathan
Terre farouche – Fernand Nathan
La Folle Équipée – Robert Laffont, J'ai lu
Qui a bu l'eau du Nil – Robert Laffont, J'ai lu
Raid Papou – Robert Laffont
La Grande Aventure de La Boudeuse, volume 1 – Plon
La Grande Aventure de La Boudeuse, volume 2 – à paraître

Albums
Chasseur d'horizon – Filipacchi
« La Boudeuse » en Amazonie (avec N. Clérice) – Glénat

Patrice Franceschi

AVANT LA DERNIÈRE LIGNE DROITE

Mémoires intermédiaires

Arthaud

TEXTE INTÉGRAL

ISBN 978-2-7578-3401-5
(ISBN 978-2-0812-3685-1, 1re publication)

POINTS AVENTURE
un esprit de liberté

UNE COLLECTION DIRIGÉE PAR PATRICE FRANCESCHI

Il y a 2 500 ans, Pindare disait : « N'aspire pas à l'existence éternelle mais épuise le champ du possible. » Cette exhortation à un dépassement de la vie était aussi un appel à la liberté et aux liens qui l'unissent à l'esprit d'aventure.
Vingt-cinq siècles plus tard, l'énergie vitale de Pindare ne serait-elle pas un remède au désenchantement de nos sociétés de plus en plus formatées et encadrées ? Et l'esprit d'aventure l'un des derniers espaces de liberté où il serait encore possible de respirer à son aise, d'agir et de penser par soi-même ?
C'est sans doute ce que nous disent les livres qui, associant aventure et littérature, tentent de transformer l'expérience en conscience.

Patrice F.

À Ginette Tiramani, ma mère.

Né de la poussière,
tu retourneras bientôt à la poussière :
pourquoi faire tant d'histoires !

Youri Kerloff

"– Ne demande pas ton chemin
à quelqu'un qui le connaît,
tu risquerais de ne pas t'égarer"

1

C'est une histoire étrange que j'ai en mémoire depuis trente-cinq ans et qui me revient toujours dans les coups durs ; une de ces histoires vraies que l'on vit un jour et qui vous disent quelque chose pour le reste de la vie. Une histoire de rencontre.

Nous sommes en 1974, à la veille de Noël ; je suis avec l'ami Hughes et nous venons de franchir la frontière espagnole dans sa vieille Fiat 850 – une guimbarde qu'il a récupérée je ne sais où pour notre équipée et qui ne finira pas le voyage de retour, abandonnée après un accident du côté de Logroño.

Nous avons vingt ans et pratiquement pas un sou en poche. Mais nous partons pour l'aventure. Cela suffit à notre joie. La route descend en lacets au milieu des montagnes et paraît ne jamais devoir finir. À l'époque, toutes les routes me semblent mener au bout du monde, sans impasses, ni sens interdits, ni carrefours, ni panneaux de ralentissement, ni quoi que ce soit pour les arrêter.

La vie est devant nous et, comme cette route, elle me semble sans fin. Je me demande aujourd'hui par quel effet de l'inconscience un tel sentiment d'éternité pouvait m'habiter… Le sablier du temps coulait déjà, chaque seconde avait son prix et ne reviendrait jamais. Le compte à rebours était commencé. J'allais devant moi en ignorant que le grand piège de la vie, celui qui guette chacun d'entre nous comme un bandit au bord du chemin, est de consentir à perdre les miettes de ce temps que la vie avare nous concède. Cette vie, j'aimais déjà la courir à perdre haleine, mais je dispersais le temps aux quatre vents ; je jetais mon bien le plus précieux par les fenêtres. Je ne savais pas encore compter la seule chose qui vaille d'être comptée. Il me faudrait des années pour comprendre que le temps gaspillé fait partie des fautes que l'on peut commettre contre soi-même.

Il faut du temps pour apprendre.

En attendant, nous avons vingt ans et la vie est toujours devant nous. Hughes Tissandier n'est pas encore le grand chef décorateur du cinéma français qu'il deviendra longtemps plus tard, assurant les décors des meilleurs films de Luc Besson et de tant d'autres metteurs en scène ; et je ne suis pas encore le nomade volontaire que je deviendrai par la suite, partagé entre écriture et aventure. Ce jour d'hiver 1974, nous ne sommes toujours que de jeunes garçons insouciants, sans le moindre avenir prévisible, juste en quête de la vie aventureuse et exaltante qu'ils se sont juré de connaître au cours de leur enfance commune en Afrique. Pour cette vie d'aventure où chaque jour serait différent de tous les autres, nous sommes prêts à payer n'importe quel prix. Vivre libre et intensément, être propriétaire de notre existence, c'est à peu près tout ce qui nous importe en ce temps-là.

Depuis des mois, nous préparons notre première « expédition ». Nous sommes quatre à en rêver : Philippe Rolland – que j'ai connu deux ans plus tôt au Sénégal où je passais mon bac – m'a rejoint avec Hughes. Et Philippe a amené dans notre équipe Jean-François Theisse, un camarade de l'école Boulle où ils étudient ensemble.

Mais en vérité, nous ne savons pas encore où aller pour cette expédition… Le monde est si grand, si tentant, si neuf – comme il ne le sera jamais plus ensuite. Que choisir ? Quel pays, quel but ? Tout nous intéresse. Les cartes devant lesquelles nous méditons des heures entières nous donnent le vertige. Un incroyable sentiment d'ivresse nous habite : tout à voir, tout à faire. Par quoi commencer ? Les cartes ont toujours été pour moi un lieu d'éblouissement, un refuge, un réconfort, l'endroit d'éternels projets. Peut-être depuis cette nuit d'été où sous une tente je m'étais réveillé au milieu d'un rêve insolent : j'avais quatorze ans et je m'étais vu acheter un planisphère, l'épingler au mur de ma chambre, et, année après année, me mettre à colorier de noir – pourquoi de noir ? – tous les pays où je me rendrais, jusqu'à ce qu'il n'en reste plus aucun… Par chance, je n'ai jamais commis cette faute de mauvais collectionneur. Quand on aime le vaste monde, tous les lointains et tous les ailleurs, il faut se garder de devenir un « sprinter de méridiens ».

Nous ne savons pas encore où nous irons pour notre « grande expédition », mais il s'agit de s'entraîner quoi qu'il arrive et où que nous allions. Si je me retrouve avec Hughes Tissandier ce 24 décembre 1974, en route vers le sud de l'Europe dans une vieille Fiat à bout de souffle, c'est justement pour l'un de nos entraînements favoris : la marche. Mais une marche de longue durée cette fois : plusieurs centaines de kilomètres d'un seul tenant. Et plutôt que de parcourir cent fois la forêt de Fontainebleau, nous avons décidé de traverser le Portugal à pied, d'est en ouest, aussi vite que nos jambes nous le permettront… Nous ne sommes jamais allés au Portugal et nous avons choisi ce pays un peu au hasard, pour faire d'une pierre deux coups si l'on veut, puisque nous avons le monde entier à découvrir. Nos sacs sont dans le coffre avec tout le barda nécessaire à l'épreuve : bottes, bidons, ceinturons, duvets. Philippe et Jean-François sont retenus à Paris par je ne sais plus quelle obligation. De toute façon, il y aura d'autres entraînements.

Il fait beau, la vie est belle, nous sommes libres.

Peu avant Madrid, nous apercevons un auto-stoppeur sur le bord de la route, un gros sac à ses pieds. À cette époque, les « routards » sont nombreux en Europe et le stop marche bien. Nous voyageons souvent ainsi et rendons la pareille à l'occasion. Hughes est au volant. Nous dépassons l'auto-stoppeur. Je sens Hughes ralentir.

« On le prend ?

– On le prend ! »

Je ne le sais pas encore, mais à cet instant précis les dés sont jetés, le destin est en marche, l'histoire d'une rencontre improbable commence. Si nous avions poursuivi notre chemin, rien ne serait arrivé. Depuis, je suis fasciné par la virtualité des « mondes possibles », ces états du monde que nos décisions peuvent faire exister ou non.

Hughes range la voiture sur le bas-côté, s'arrête ; je descends et reste debout appuyé à la portière ouverte. L'air est frais et les montagnes autour de nous silencieuses. L'auto-stoppeur est à une cinquantaine de mètres derrière nous. Je le vois mettre son sac sur l'épaule, se diriger vers la voiture. Une chose m'intrigue aussitôt : il a une canne à la main et balaie l'espace devant lui, le pas hésitant, tournant la tête de gauche et de droite. La canne est blanche.

Je me penche vers Hughes :

« Tu sais quoi ? Le type se paie notre tête ; pour se faire prendre plus facilement, il essaie d'apitoyer les gens en se faisant passer pour un aveugle… Tu te rends compte ? »

Hughes râle :

« C'est encore plus fort que ceux qui se mettent des pansements… Mais bon, maintenant qu'on y est… »

Je me redresse, prêt à dire son fait au routard dès qu'il sera à portée : je n'aime pas les tricheurs – sans doute parce que la vie est une vaste tricherie et que les hommes ne devraient rien à voir avec ça.

Le bonhomme avance toujours de sa démarche cahotante. Bientôt il est à une dizaine de mètres. Son regard croise le mien : deux yeux blancs et vides qu'aucune paire de lunettes ne protège.

Un choc.

« Hughes, c'est vraiment un aveugle ! »

L'homme frappe maintenant les montants de la voiture à petits coups légers de sa canne, comme pour la découvrir, l'apprivoiser même. Il est à peine plus âgé que nous, grand et plutôt malingre. Le visage est avenant, mangé par ces yeux étranges qui semblent ne regarder nulle part et partout en même temps. Dans un espagnol approximatif, il demande si nous allons à Madrid. Son accent ne peut tromper : un Français. « Oui, nous allons à Madrid », dis-je, interloqué.

« Des compatriotes ! s'exclame l'aveugle. Quelle chance ! Ce soir c'est Noël, n'est-ce pas ? J'aimerais bien le passer à Madrid. On dit que c'est une ville superbe. Vous m'emmenez ? »

Je pousse le siège avant pour dégager la banquette arrière, toujours aussi stupéfait. Que peut bien faire un aveugle sur cette route déserte ? Et avec un sac de voyageur sur le dos ? Je mets ce sac sur la banquette :

« Installez-vous à côté, dis-je. Vous vous arrêtez à Madrid ou vous allez plus loin ensuite ?

– Oh, plus loin, beaucoup plus loin, je vais vous raconter… »

Nous repartons.

Je ne sais plus combien de temps nous avons mis pour atteindre Madrid. Mais pendant tout le trajet, notre autostoppeur nous fit le récit de l'une des histoires les plus exemplaires qu'il m'ait jamais été donné d'entendre. Il nous expliqua – avec une simplicité déconcertante et sans vantardise aucune – que s'il était sur cette route, c'était parce qu'il avait rêvé toute son enfance de découvrir le monde et de vivre l'aventure. Alors un jour, il était parti. Tout simplement parti. Parti sans s'occuper de ce que les gens disaient, puisque les gens disaient que c'était impossible de partir à l'aventure quand on est aveugle. Et que même, ça ne servait à rien de voyager quand on ne pouvait rien voir. Mais notre passager disait en riant qu'il voyait très bien les choses à sa manière ; il savait y faire pour ça. C'était très excitant, même. Donc, il avait tout quitté… Sans rien demander à personne. C'était un an plus tôt.

Il avait pris la direction de l'Afrique. Là ou ailleurs pour commencer à « rouler sa bosse », ça n'avait guère d'importance à son avis ; de toute manière, il avait décidé de « voir » tous les continents, d'aller partout.

Ce premier voyage pour l'Afrique, il l'avait débuté sur cette même route où nous venions de le rencontrer. Et l'Afrique, il en avait fait le tour complet, avec son sac sur le dos et sa canne à la main. Il avait fait du stop la plupart du temps ; ça n'avait pas été de tout repos, mais à l'entendre, il n'avait pas rencontré de difficultés particulières puisque de toute façon, tout était difficulté pour lui, surtout en terre inconnue : manger, boire, dormir, marcher, oui, tout était difficulté, même les choses qui semblent les plus simples aux hommes ordinaires. Mais il était habitué aux problèmes ; c'était son lot quotidien de les surmonter malgré la solitude extrême où l'obscurité le cantonnait. Comme il le disait sans forfanterie, les problèmes ne sont vraiment des problèmes que lorsque l'on a décidé que c'étaient des problèmes… Il avait bien fallu qu'il considère les choses sous cet angle, sinon il ne serait jamais parti…

Plus le jeune aveugle parlait, plus je me sentais rétrécir mentalement. Jusqu'alors, j'avais considéré que mes précédentes aventures en Afrique et en Amérique du Sud, si elles ne relevaient pas de l'exceptionnel, méritaient néanmoins le respect, surtout dans une société qui paraissait hostile à mes désirs. J'en étais très fier. Et voilà soudain qu'un garçon de mon âge me renvoyait à une position de normalité, de banalité même, que je n'avais jamais envisagée ; et il faisait cela sans le vouloir, car nous ne lui avions encore rien dit de nos projets. C'était une sacrée leçon d'humilité.

Je tournais sans cesse la tête vers l'arrière pour observer notre incroyable passager. Les heures passaient, je voyais sa bouche parler, mais je ne parvenais pas à croire que cet homme puisse exister. La possibilité même de cette existence me paraissait ahurissante : inconcevable, pour tout dire. Nous n'arrivions pas à la cheville d'un tel personnage, c'était évident. Ce type-là nous disait qu'il n'y avait rien d'impossible en ce bas monde ; je trouvais soudain indécentes, presque obscènes, les plaintes que nous proférions parfois sur les difficiles conditions dans lesquelles nous devions préparer notre expédition. Il y avait toujours plus dur que ce que l'on pouvait connaître soi-même.

J'étais également impressionné par la manière dont ce garçon de mon âge transformait chacun de ses handicaps en avantage, et se refusait à s'inquiéter de quoi que ce soit. Et lorsqu'il se mit à expliquer comment il appréhendait le monde extérieur depuis la nuit obscure de son propre univers, je dus bien le reconnaître : j'avais encore tout à apprendre de la perception du monde. Il racontait surtout – comme personne ne peut le faire, j'imagine – la façon dont il avait découvert les senteurs des bazars du Maghreb – quelque chose d'épicé mélangé d'odeurs de cuirs – et celles des marchés africains au milieu desquels il s'amusait à séparer les parfums de chaque fruit ; je crois me souvenir aussi qu'il avait particulièrement aimé la douceur des fins de journée dans le désert, la forêt tropicale avec le criaillement des singes, le tumulte des gares routières, les effluves des grands fleuves. Tout lui était apparu : l'âcreté de la poussière des pistes de latérite comme la puissance des orages qui lavaient la terre, le chaos des grandes villes où on le bousculait sans méchanceté, comme la sérénité de la mer qu'il avait entendue au bord de l'Atlantique.

Il disait également avoir parlé avec tant de gens de toutes sortes et de toutes conditions qu'il en avait perdu le compte ; et il racontait ses souvenirs avec la délectation d'un esthète de l'art décrivant par le menu les détails les plus sublimes d'une peinture ancienne et inconnue.

Il affirmait aussi que les gens avaient été amicaux avec lui ; tout le monde s'était étonné de voir un aveugle traverser l'Afrique et tout le monde l'avait aidé. Naturellement, il dépendait presque toujours des autres et, à son goût, ce n'était pas une position forcément satisfaisante ; mais il avait fini par s'y résigner. Au moins avait-il des amis partout maintenant, de tous les milieux, de toutes les cultures, de tous les horizons et de tous les âges, hommes, femmes et enfants. Il était riche, disait-il. Au début, il avait certes craint d'être pillé, volé, attaqué, rançonné ; mais cela ne s'était jamais produit. De toute façon, c'était un risque à courir ; ce pourquoi il continuerait à rester sur ses gardes, car il devait bien exister quelque part dans le monde de mauvais plaisants qui finiraient par croiser sa route.

Son voyage africain achevé, il était rentré chez lui ; comme tout un chacun en somme. Plusieurs mois s'étaient écoulés et, finalement, il avait décidé de repartir plus tôt que prévu. Il avait de l'expérience maintenant, et beaucoup d'impatience. Il s'était donc remis en chemin quelques jours plus tôt. Cette fois pour faire le tour du monde. Pas moins. C'était ainsi qu'il voulait vivre et rien ne l'en empêcherait.

Comme nous abordons Madrid à la tombée du soir, l'aveugle nous demande ce que nous comptons faire de la nuit du réveillon. À vrai dire, nous n'en avons pas la moindre idée. Je lui réponds que nous allons sans doute chercher une petite *posada* pour y passer la nuit, nous coucher tôt et repartir à l'aube. Le Portugal est encore loin et nous sommes pressés de l'atteindre. Alors, fêter Noël, ce sera probablement pour l'année suivante…

Trente-cinq ans se sont écoulés depuis cette scène, mais je me souviens avec une précision absolue de la manière dont notre nouvel ami se penche alors vers moi et me touche l'épaule d'une main vaguement embarrassée : c'est que vivre la nuit de Noël à Madrid, il y tient beaucoup, lui. Il ne veut manquer aucune occasion d'exister ; il compte bien, d'ailleurs, rester quelques jours dans la capitale espagnole. « Cherchons donc cette posada ensemble, propose-t-il ; après quoi, peu avant minuit, nous irons par les rues découvrir la ville et ce que ses habitants en font la nuit de Noël. »

Il achève sa phrase par la plus étonnante proposition qui m'ait jamais été faite :

« Tu veux bien être mes yeux cette nuit ? »

Nous avons trouvé à loger dans un modeste hôtel d'un quartier populaire, au milieu des rues sinueuses du vieux Madrid. La nuit est tombée depuis longtemps. Hughes, pris de maux de ventre, dort dans notre chambre. J'entre dans celle de l'aveugle.

« Tes yeux sont là », dis-je en riant.

Il rit aussi, se lève ; nous partons tous les deux à travers Madrid en fête.

Nuit habituelle pour lui.

Nuit extraordinaire pour moi.

J'apprends ce que veut dire : « être les yeux de quelqu'un ». L'aveugle me tient le bras, sa canne repliée sous un coude et, tandis que nous allons au hasard des rues, je dois lui décrire en un long monologue tout ce qui accroche mon regard : les voitures qui passent, leurs modèles et leurs couleurs, les passants, les groupes de fêtards et les filles, la devanture des bars et celle des restaurants, le scintillement des lumières… À chaque bruit, chaque odeur, l'aveugle m'interroge, inlassablement : de quoi s'agit-il ? Qui parle ainsi ? Cette voix de femme, à qui appartient-elle ? Comment est son visage ? Quelle est la couleur de ses cheveux ? Ces pas pressés, de qui sont-ils ? Pourquoi ces rires soudains ? Qui peut s'esclaffer ainsi ?

L'aveugle veut tout voir et tout savoir, tout connaître et tout comprendre. Je saisis mieux au cours de cette nuit mémorable comment il a pu faire le tour de l'Afrique et comment, désormais, il fera le tour du monde : partout, il cherchera des yeux pour remplacer les siens ; et il « verra » le monde avec bien plus de regards que je n'y parviendrais jamais moi-même.

Je ne sais plus comment s'est terminée cette nuit de Noël à Madrid : dans quel bar, quel restaurant, quel lieu de fête… Impossible de me souvenir. Nous avions dû beaucoup boire et beaucoup nous étourdir. Mais après tout, nous avions vingt ans… Je me rappelle juste du lendemain matin devant les portes de nos chambres, de nos adresses échangées, de nos poignées de main émues, de ces adieux dont on espère qu'ils ne sont que des au revoir, et des « bonnes chances » mutuels que nous nous sommes lancés pour nos aventures respectives.

Et nous avions repris notre route, Hughes et moi.

Parvenus à la frontière du Portugal, nous laissons la voiture au bord du fleuve qui sépare les deux pays. Par goût du symbole, nous y trempons nos pieds, décidés à faire de même dans l'océan une fois arrivés de l'autre côté du pays, au Cabo de São Vicente qui forme la pointe occidentale de l'Europe.

J'ai oublié, là aussi, combien de jours il nous a fallu pour traverser le Portugal à pied. Tout ce dont je me souviens, c'est que l'aveugle ne m'a pas quitté un instant dans cette épreuve physique et mentale que nous nous imposions. Tout ce temps, j'ai songé à la leçon de vie dont il nous avait involontairement fait l'offrande et à la force d'âme qu'elle me donnait. Nous marchions huit ou douze heures d'affilée, avec des haltes d'à peine dix minutes toutes les heures, comme on nous l'avait appris, et celui que je n'appelais plus que « l'aveugle de Madrid » était toujours là. Nous dormions au hasard des fossés bordant les routes et repartions, souvent dans la nuit et le froid, mangeant de-ci de-là un morceau de pain rassis trempé dans nos éternelles boîtes de thon et de pâté, et « l'aveugle de Madrid » marchait à mes côtés, m'interdisant de me plaindre. La pluie nous mouillait, nous grelottions sous les rafales de vent, le soleil nous réchauffait, nos jambes avaient mal, nos pieds enflaient, nos ventres gargouillaient de faim : et je pensais encore à « l'aveugle de Madrid » qui ne se serait certainement pas plaint d'un tel traitement.

Enfin la mer apparut.

Le Cabo de São Vicente est un lieu mélancolique l'hiver. L'océan frappe le roc noir des falaises sous la lumière d'un ciel qui semble infiniment blanc. Les gerbes d'écume se confondent avec ce ciel sans limites précises ; et le bruit du ressac s'entend à peine, mélangé aux criaillements des vols d'oiseaux qui traversent l'horizon. Tout le reste est silence.

De tout cela, les marins qui passent au large ne voient rien qu'une longue ligne de terre tourmentée par la grisaille. Et des chapelets de nuages immobiles au-dessus de cette terre très triste. Le grondement de la mer par temps de tempête est leur seule inquiétude ; alors ils prennent garde à ne pas serrer la côte pour rester au large des brisants. C'est ainsi que des décennies plus tard, je reverrais le Cabo de São Vicente à bord de *La Boudeuse*.

Pour l’heure, Hughes et moi nous asseyons sur nos sacs à dos et regardons longtemps cet océan sans fin qui nous fait face ; nous baignons dans l’étrange sérénité venue de la satisfaction profonde que l’on peut ressentir quand un but est enfin atteint. L’accord alors peut être parfait entre un corps éreinté et un esprit en paix.

Je songe toujours à « l’aveugle de Madrid » : où peut-il être en cet instant précis ?

Je fouille mon sac à la recherche du bout de papier où j’ai inscrit son nom et son adresse. Je ne le retrouve pas…

Je ne reverrais jamais « l’aveugle de Madrid », ni n’entendrais plus parler de lui. Je me demanderais toujours s’il a pu parvenir au bout de son tour du monde… Mais depuis trente-cinq ans, il m’accompagne à sa manière pour me dire que tous les rêves sont possibles.

2

Début 1975, Hughes et moi sommes de retour à Paris. Les réunions reprennent en compagnie de Philippe et Jean-François. Avec toujours la même question : où aller pour notre « grande expédition » ? Nous avons soif du monde entier.

Après avoir longtemps hésité sur une traversée du Sahara – projet qui reviendrait par la suite – une incursion dans l'Amazonie profonde – ce serait l'année suivante – et une plongée au cœur de la Nouvelle-Guinée – ce serait pour plus tard encore –, nous jetons finalement notre dévolu sur l'un des derniers « carrés » de la jungle africaine : le nord-Congo, pays des Pygmées babinga.

À vrai dire, l'expédition que nous projetons est parfaitement folle : rien de moins que de s'enfoncer dans les terres les plus vierges de cette région ; et même de traverser à pied tout ce qui peut l'être… L'inconnu nous attire à un point que, même aujourd'hui, je ne puis exprimer avec des mots. Et notre désir de découvrir des peuples en marge de toute « civilisation » est d'une force que je ne m'expliquerai jamais tout à fait ; cette attirance sera longtemps comme une obsession.

Pour mettre sur pied notre expédition, baptisée « Babinga Pongo », nous partons de rien. Il nous faut trouver des moyens financiers et nous sommes démunis de tout : pas d'argent, pas de relations, pas de contacts, pas de carnet d'adresses, pas encore de métiers. Il faut partir de zéro. Nous pouvons toujours recourir à nos familles, mais pour des raisons diverses, nous tenons à distance l'aide qu'elles pourraient nous apporter. De toute façon, personne ne juge notre projet raisonnable, les encouragements manquent, les tentatives de dissuasion sont nombreuses. Déjà. Le discours dominant est celui d'aujourd'hui : choisir la sécurité, trouver un emploi stable, suivre les routes tracées, préparer l'avenir.

Nous, tout ce que nous voulons, c'est sauter hors des rails…

Notre « quartier général » est un studio minuscule de la place de la Nation : quelques mètres carrés sous les toits, des matelas sur le sol, les toilettes sur le palier, le téléphone dans la rue. Les conditions sont dures. Mais le dénuement ne nous semble pas un obstacle indépassable ; plutôt un stimulant. Nous ne possédons rien, nous n'avons donc rien à perdre : ainsi voyons-nous les choses.

Depuis, j'ai gardé le goût d'une certaine austérité et celui du dépouillement. Cela me convient.

Dans cette masure, la vie va nous enseigner ses premières leçons au corps à corps : ne craindre ni l'infortune ni l'adversité, encore moins l'échec. Sinon, renoncer d'avance ; tout cela fait partie de la précarité des entreprises humaines. Il faut se colleter avec. Tenir bon.

Très vite, nous en sommes cependant certains, si nos efforts et la providence le permettent, notre expédition verra le jour. Nos efforts et la providence… Pour l'effort, nous savons quoi faire ; pour la providence, nous ignorons ce qu'elle décidera. Dès ces débuts, je suis partagé entre le sentiment que peu de choses sont entre nos mains, comme si tout était écrit d'avance, et qu'en même temps, chacun d'entre nous a la capacité d'accomplir par lui-même le destin qu'il s'est choisi – s'il s'en est choisi un. Il me semble donc déjà pressentir ce qui deviendra par la suite une évidence à mes yeux : qu'entre l'échec et le succès, la vie et la mort, l'écart n'est parfois pas plus grand que l'épaisseur d'une feuille de papier à cigarette. Quoi qu'entreprenne un homme, quelles que soient ses capacités et ses forces pour l'entreprendre, il lui faut aussi avoir « autre chose » avec lui : la chance, la baraka, Dieu, la providence, un « ange gardien » comme disait ma mère, c'est comme on veut. Mais il lui faut cette « autre chose ». Sans quoi…

Ainsi va la vie réelle.

Les réunions place de la Nation se passent dans une fièvre permanente, de jour comme de nuit, au milieu des rouleaux de cartes qui encombrent notre maigre espace et des dossiers qui s'amoncellent jusque sur les matelas. Nous vivons dans une passion qui balaie tout, remplace tout ce que nous ne possédons pas. Nos amis sortent, dansent, font la fête, s'amusent avec les filles, vont au cinéma, partent en vacances. Nous remplissons des dossiers, écrivons, téléphonons, demandons des rendez-vous, essuyons des rebuffades, recommençons. Nous sommes toujours au travail. Je ne me souviens pas avoir disposé de « temps libre » à ces débuts. Ni plus tard, d'ailleurs ; c'est tout juste si je parviens à arracher à cette vie quelques moments pour lire et écrire.

Comment trouver de l'argent pour monter notre expédition ? Cette question est notre pain quotidien, quelque chose que nous remâchons chaque matin en nous levant et chaque soir en nous couchant. Nous avons déjà à peine de quoi vivre au jour le jour. Notre nourriture ? Saucisson et boîtes de conserve : sardines, thon et pâté. Invariablement si ma mémoire est bonne. Mais du chocolat les jours fastes, acheté à la boulangerie du coin. Et du pain en quantité pour tenir le ventre. Nous nous serrons la ceinture au sens propre. Depuis, j'ai gardé le goût des nourritures simples.

Le peu d'argent que nous gagnons comme gardiens de nuit, homme-sandwich, ou par la grâce d'un autre de ces métiers improbables, nous l'économisons précieusement. Dans ces débuts, l'insécurité est notre lot, le doute un luxe que nous ne pouvons pas nous permettre, la fatigue un adversaire qu'il faut combattre, et le désespoir un ennemi sans nom. Nous apprenons à apprivoiser notre condition. Bientôt, l'insécurité deviendra pour moi un choix définitif. Faute de mieux, peut-être, mais je ne le pense pas.

Je crois toutefois me souvenir d'avoir été heureux en ces temps difficiles. Un beau projet vaut tous les efforts, un rêve véritable tous les sacrifices, un grand but tous les risques. Je sens déjà cela confusément. Et qu'il faut payer le prix des choses. Nous faisons nos « classes » dans le livre de la vie ; celle-ci nous forge plus vite que si nous avions été mieux pourvus ; et différemment à coup sûr.

Je me souviens, par exemple, de la manière dont j'ai appris à tenter ce que j'appelle la « dernière chance ». Ce fut à l'occasion d'une expérience parfaitement anodine, mais très intense. Nous étions à la recherche éperdue d'un appareil photo pour notre expédition, incapables que nous étions, naturellement, d'en acheter un par nos propres moyens. Nous avions donc dressé la liste de l'ensemble des marques existantes et de leurs représentants à Paris – il y en avait bien une vingtaine –, dans l'intention de les convaincre de nous prêter ce qu'ils avaient de meilleur. Ramener des photos de Pygmées du fin fond de l'Afrique ne pourrait que les intéresser, pensions-nous avec innocence.

Après nous être réparti cette liste, nous étions partis en chasse chacun de notre côté, à pied et en métro comme d'habitude. Chaque soir, nous faisions le point ; et chaque soir il fallait rayer un ou deux noms sur cette damnée liste qui se rétrécissait à vue d'œil. Les refus s'accumulaient, souvent humiliants : on savait nous faire sentir que nous n'étions rien, et c'était sans doute le plus dur à encaisser. Nous faisions l'expérience de l'arrogance de ceux qui n'ont pas à tout conquérir « à la pointe de l'épée » comme le loup dans la fable de La Fontaine. Il fallait ravaler beaucoup de honte, de frustration, d'orgueil et de fierté – et nous étions fort munis en matière d'orgueil et de fierté. C'était d'ailleurs notre chance d'une certaine manière – car on dira ce que l'on voudra, mais jusqu'à un certain point, ces défauts permettent d'avancer, même si au-delà d'une certaine limite ils font reculer.

Bientôt, il n'y eut plus qu'un seul nom sur la liste. Notre découragement était extrême. Il fut décidé de renoncer à ce moment-là. À quoi bon poursuivre ? Quoi que nous fassions, la dernière réponse ne pourrait qu'être identique à toutes les autres, et elle nous infligerait une ultime et humiliante rebuffade. Tout plutôt que ça.

Nous étions très abattus. Et puis, je ne sais plus lequel d'entre nous – mais qu'il en soit remercié ici, ce n'était pas moi – dit quelque chose du genre : « C'est notre dernière chance, il faut la tenter. Après tout, qui peut savoir à l'avance ce que cela donnera ? » Évidemment… Alors, nous y étions allés quand même, tous ensemble pour nous donner du courage, mais très désabusés, certains en nous-mêmes de l'issue de cette démarche.

Je me rappelle la suite avec une grande précision. L'adresse était une petite rue qui donnait sur les Champs-Élysées. La marque n'était pas très connue en France à ce moment-là : elle s'appelait Ricoh ; son représentant était un certain M. Maigret.

Nous entrons dans son magasin à la tombée du soir, sans rendez-vous – à l'époque, personne ne nous en donnait au téléphone. Dehors, il fait froid. À l'intérieur, il y a des appareils photo partout, de toutes les tailles, de tous les formats, dans toutes sortes de vitrines. Une vraie caverne aux trésors. Et dire qu'un seul de ces appareils suffirait, me dis-je ; et il y en a tant…

Une jeune vendeuse nous aborde gentiment. Nous demandons à voir M. Maigret : « Il est bien là, n'est-ce pas ? Dites-lui que nous avons une proposition intéressante à lui faire. » La vendeuse disparaît dans le fond du magasin ; le temps passe, s'éternise. C'est fichu, comme d'habitude, pensons-nous. Mais un homme finit par sortir d'un bureau. Je ne le reconnaîtrais pas aujourd'hui mais il me paraît imposant, guère affable, très pressé. Que voulons-nous au juste ? Il ne nous fait pas entrer dans son bureau et reste planté devant nous. Mauvais signe. Nous ouvrons nos dossiers sur le bord d'une vitrine, au milieu des clients, expliquons une fois de plus notre expédition, les Pygmées, la jungle, l'aventure, notre besoin d'un appareil photo. Un prêt suffirait disons-nous. Quant aux pellicules, nous comptons bien les obtenir gratuitement d'un fabricant. Évidemment, ce n'est pas encore gagné, mais ça ne saurait tarder ; surtout si nous avons un appareil…

L'homme écoute sans rien dire, feuillette les pages devant lui, nous jette des regards interrogateurs, incisifs, de ces regards qui jaugent implacablement. Et la réponse ne se fait pas attendre : « Vous ne pourrez rien faire avec un seul appareil. Dans vos conditions d'expédition, il peut tomber facilement en panne. Je ne connais pas la jungle, mais j'imagine que c'est dur. Il vous faut au moins trois appareils. Sans compter les objectifs et tout ce qui va avec. C'est beaucoup de matériel. Et pas mal d'argent. » Je sens venir la suite ; j'enrage déjà. Mais un sourire parfaitement imprévu suit cette phrase qui sonnait comme un refus. Le regard se fait presque rieur, l'homme se redresse : « Je vais vous confier tout ça. Ce sera peut-être une bonne chose pour ma marque. Il faut prendre des risques. Et si ça ne marche pas, je vous aurai au moins donné un coup de main ; j'aimerais bien être à votre place… »

Brave M. Maigret ! Notre collaboration durera jusque dans les années 1980 et mes séjours en Afghanistan au début de la guerre. Il nous restera fidèle expédition après expédition, de l'Amazonie au Nil et jusqu'en mer de Chine ; nous ne manquerons jamais de rien. Puis je me désintéresserai de la photo à titre personnel et nous nous perdrons de vue. Je le regrette aujourd'hui.

En attendant, M. Maigret venait de m'apprendre sans le vouloir qu'il ne faut jamais négliger sa « dernière chance ».

Au printemps 1975, nos préparatifs pour le Congo ont bien avancé ; à force de persévérance, nous avons déjà réussi à rencontrer tous les explorateurs qui comptent dans ces années-là, ainsi que les principaux ethnologues spécialistes des Pygmées. Parmi eux se trouvait un certain Raoul Hartweg, mort depuis : un expert en matière de Pygmées. Toute une vie consacrée à étudier un seul peuple, c'était quelque chose qui m'impressionnait beaucoup alors.

Raoul Hartweg nous avait accueillis au bas du grand escalier du musée de l'Homme, place du Trocadéro. Il était circonspect et presque sur ses gardes. C'était un assez vieil homme déjà – du moins me le figurais-je ainsi à l'époque –, et tandis qu'il consentait enfin à écouter les quatre garçons – peut-être un peu exaltés, j'en conviens – qui l'assaillaient au téléphone depuis des semaines, je voyais son regard s'adoucir peu à peu. Sans doute lui rappelions-nous sa jeunesse et le goût de l'inconnu qui avait été le sien à notre âge ; c'est comme cela, en tout cas, que je compris les choses. Quelques mois plus tard, je devais découvrir les mêmes éclats de regard dans les yeux de Paul-Émile Victor lors de notre première rencontre aux Expéditions polaires françaises.

Et je trouverais la même bienveillance, encore plus tard, dans les yeux de Claude Lévi-Strauss, lorsque j'entrerais dans son bureau lambrissé du Collège de France, où il siégeait, voûté déjà, mais accueillait avec bonté ces entêtés de « garçons » qui faisaient le siège de sa secrétaire. Je me souviens aussi de Bertrand Flornoy, le président de la Société des explorateurs français, qui s'était rendu avant guerre chez les Indiens réducteurs de têtes d'Amazonie et nous fascinait par ses récits ; il aurait pour nous ce même regard d'indulgence teinté de nostalgie. Un regard que je verrais encore, une dernière fois, chez le grand cinéaste Jean Rouch qui aiderait Hughes de ses conseils pour le film en super-huit que nous comptions réaliser sur notre expédition.

Si nous rencontrions partout une désespérante indifférence à nos projets, les encouragements ne manquaient pas chez ceux que nous considérions comme nos « anciens » et pour lesquels nous avions du respect.

En attendant, enhardi par le changement d'attitude de Raoul Hartweg, j'avais déplié notre carte du Congo pour la poser sur la rampe de l'escalier. Il y avait beaucoup de monde autour de nous, qui allait et venait en chuchotant à voix basse : des visiteurs, des professeurs, des étudiants. Les plafonds étaient hauts, la lumière très tiède, l'atmosphère studieuse ; au fond de la grande entrée trônait une énorme tête de moaï de l'île de Pâques. Je crois qu'elle s'y trouve toujours ; il me semblait que cette tête d'un autre âge nous observait de ses yeux vides. Le musée de l'Homme était encore un grand musée en ce temps-là.

Nous avions fini par demander :

« Professeur, dans quelle région ne sait-on rien sur les Pygmées ? »

Le vieil ethnologue avait souri. Son doigt s'était porté sur le nord du pays, entre les fleuves Sangha et Oubangui, dans une zone où la carte était à peu près vierge d'inscriptions ; et ne formait qu'une grande tache verte.

Il avait dit, pensif :

« Sur ce coin-là, on ne sait pas grand-chose. Même pas, d'ailleurs, si des Pygmées y vivent. Il y en a tout autour, mais à l'intérieur de ce cercle, mystère. On appelle cette région la "cuvette congolaise" ; je n'y suis jamais allé moi-même. »

Nous nous étions regardés tous les quatre et avions affirmé avec beaucoup de présomption :

« Alors, c'est là que nous irons. »

Raoul Hartweg s'était inquiété :

« Je ne vous le conseille pas. C'est une région épouvantable à ce que l'on dit. La jungle est très épaisse, les marais infranchissables à la saison des pluies quand tout devient de la "forêt inondée". Il y a des animaux sauvages partout, des éléphants, des léopards, des gorilles, des boas et j'en passe… Quant aux insectes, ils rendent la vie véritablement intenable. Rien ne manque : fourmis, guêpes, mouches, fouroux, moustiques de toutes sortes… Il faut être sacrément entraîné pour aller vivre là-dedans… »

Des mises en garde de ce genre, nous en entendions partout. Elles nous galvanisaient.

Folie…

Nous avions vingt ans.

À l'été, tout est bouclé. Question budget, nous avons concouru à l'ensemble des bourses de jeunesse et les avons toutes raflées. Miracle sans doute de l'effort et de la chance conjugués : toujours ces deux pôles antagonistes et complémentaires de l'action. Cependant, en me souvenant maintenant de ce budget, je reste rêveur : quatre mille francs de l'époque, pour quatre personnes, pour au moins quatre mois. L'équivalent peut-être de trois mille euros… Cela nous semblait pourtant une somme considérable…

Nous avions également obtenu quatre passages gratuits sur la compagnie aérienne UTA – aujourd'hui disparue – et quelques autres avantages du même genre qui complétaient le budget – caméras, pellicules, magnétophone, matériels divers – arrachés de haute lutte à diverses entreprises.

Brazzaville nous attend ! Je vois soudain la capitale du Congo comme l'aboutissement d'un chemin de croix semé de désillusions, de portes fermées, de rebuffades, d'humiliations et d'échecs. L'affaire a été rude. Mais, enfin, nous y sommes…

La veille du départ, je me sens épuisé par les neuf mois de préparatifs intenses qui viennent de s'écouler. Il serait nécessaire maintenant de dormir, de récupérer, de reprendre des forces. En somme, se reposer avant d'engager les choses sérieuses sur le terrain. Nous n'en avons pas les moyens. Il va falloir y aller dans cet état de fatigue.

Je ne sais pas encore que ce sera mon lot pour les trente années suivantes : partir éreinté par les préparatifs.

3

Nous quittons Paris pour Brazzaville en juin 1975. C'est un jour faste. L'exaltation que je ressens à l'instant d'embarquer dans l'avion, au moment précis où je mets le pied sur la passerelle, est une ivresse véritable, quelque chose d'inexprimable que je peux encore retrouver aujourd'hui en fermant les yeux tant cette émotion était profonde. À ce moment, mon bonheur atteint la perfection : j'entre dans l'inconnu dont j'ai toujours rêvé. Je ne demande alors rien d'autre à la vie ; je me dis qu'elle vaut vraiment la peine d'être vécue.

Cette sensation extraordinaire d'extase physique devant l'inconnu, je la vivrai encore deux ou trois fois par la suite avec cette intensité, puis, le temps passant et l'habitude venant, elle se ferait de moins en moins puissante.

Le temps et l'habitude usent tout.

Lorsque nous débarquons au Congo, nous sommes parfaitement inexpérimentés. Naturellement, ce n'est pas l'image que nous nous faisons de nous-mêmes. Avec le recul, je vois mieux ce que nous étions : de jeunes garçons naïfs encombrés de tout un fatras d'idées reçues, trop idéalistes pour la rudesse du monde, ne sachant rien encore de la dangerosité des hommes, et surtout trop sûrs d'eux. La vie est un long déniaisement vers la maturité. En ce temps-là, nous nous croyions capables de tout. D'avoir déjà quelque peu bourlingué nous donnait un faux sentiment de confiance. Nous allons en payer le prix. Dans notre chair. Depuis, je souris lorsque j'entends dire que vingt ans est le plus bel âge de la vie. Bien sûr, il y a la force, l'énergie, l'enthousiasme, l'ardeur, tout ce que l'on veut. Et cette manière unique de ressentir les émotions, qui est alors toute neuve, que le passage du temps va décomposer lentement et dont on peut garder la nostalgie. Mais pour le reste ? On ne sait rien, on ne comprend rien, on ne voit rien ; on ne connaît pas même encore les deux choses les plus importantes de l'existence : que la vie est tragique, et que l'on vit dans le mensonge.

Il faut du temps pour apprendre.

Après quelques jours de préparatifs à Brazzaville, nous trouvons un passage sur un « pousseur » remontant le fleuve Congo. C'est une barge antédiluvienne qui porte le nom de *Katia* ; malgré son âge, elle va nous permettre d'atteindre sans trop d'embûches la Sangha et le pays des Pygmées.

Nous sommes équipés de manière très rustique, mais nos vingt ans supportent la dureté de la grande forêt vierge – encore indulgente à ce stade. J'aime tout de suite cette ambiance rugueuse, ces pluies torrentielles qui glacent le corps, cette moiteur permanente qui trempe chemises et hamacs, cette touffeur qui enveloppe tout, cette odeur fade et entêtante de l'humus qui monte du sol. Comme bien des jeunes de mon âge, je rêve de plaies et de bosses et j'en sens déjà les prémices avec cette nature qui paraît indomptée.

Tandis que le pousseur avance lentement, surchargé d'une invraisemblable cargaison humaine, la jungle congolaise défile sous nos yeux, à la fois hostile et attirante ; imperturbable toujours. Assis sur des ballots, je la regarde des jours entiers se refléter dans l'eau du fleuve qui coule avec la couleur du cacao. Cette jungle est avant tout profusion de vie. Cette luxuriance qui part dans tous les sens me semble comme une métaphore de la vie humaine et de ses possibilités sans fin. De cette époque date mon attirance pour ce milieu naturel exceptionnel et délirant, en dépit des souffrances qu'il peut infliger.

Le pousseur fait un jour halte dans un village du nom de Pikounda. Nous y découvrons un groupe de Pygmées qui vit sur cette bordure du fleuve Sangha, la plus au sud de leur territoire. Première déception. Malgré leur taille d'un mètre cinquante tout au plus, ces hommes ne ressemblent en rien à ceux que nous avons côtoyés dans la littérature spécialisée ingurgitée les mois précédents ; il n'y a là que des clochards, des parias, des déracinés. Quel choc ! Pour ma jeune tête innocente, hantée par l'image de peuples restés à l'état naturel, hors d'atteinte de toutes les impuretés de la civilisation, un tel spectacle est littéralement inconcevable. Depuis l'adolescence, l'inconnu se traduit pour moi par des tribus perdues, des peuples intacts venus du fond des âges, des hommes nobles et fiers comme il ne peut plus en exister dans les sociétés modernes ; et tout s'écroule d'un coup. Lamentablement. J'ai devant moi l'image inversée de tout ce à quoi je croyais ; je regarde avec ahurissement ces hommes en haillons et me demande ce qui a bien pu leur arriver.

Au temps de leur splendeur, les Pygmées étaient les maîtres de la forêt vierge. Des chasseurs réputés ; les meilleurs de toute l'Afrique centrale, disait-on, peut-être même de l'Afrique entière. Ils chassaient l'éléphant à la sagaie, les antilopes au filet, les singes à l'arbalète. Ils savaient imiter les cris de tous les animaux, les attirant sans peine à portée de leurs flèches ou de leurs lances ; la jungle n'avait pas de secrets pour eux. En ce temps-là, ils occupaient un immense espace géographique allant de l'actuel Cameroun jusqu'au nord du Zaïre ; mais ils étaient peu nombreux, vivant par petits groupes de quelques familles dans des huttes rondes faites de feuilles et de branchages. Ils nomadisaient en quête de gibier, leurs hottes sur le dos, leurs armes à la main, toujours à l'affût et insaisissables. Les tribus bantoues qui les entouraient de toute part étaient puissantes et craignaient ces petits hommes de la forêt, étranges et mystérieux ; les Bantous leur prêtaient des pouvoirs magiques, comme de voler dans les airs ou de se rendre invisibles. Ils les méprisaient aussi parce qu'ils ne construisaient pas de villages, ignoraient l'agriculture et ne possédaient pas de bétail. Ils appelaient les Pygmées la « viande qui marche » ; ils leur faisaient une chasse féroce et, quand ils pouvaient en capturer, les réduisaient en esclavage.

Au cours des siècles, les Bantous prirent le pas sur les Pygmées. À l'époque coloniale, quand arrivèrent les premiers Européens, tous les Pygmées vivant aux abords des territoires occupés par les Bantous étaient déjà asservis par ces derniers et ne nomadisaient plus. Les rares clans encore libres avaient trouvé refuge au cœur des zones les plus inexpugnables de la forêt vierge : dans l'Ituri au Zaïre, et entre les fleuves Sangha et Oubangui, là où nous voulions aller.

Nous en étions encore loin, visiblement.

Ces premiers Pygmées que nous découvrons, nains égarés parmi les géants, sont exploités sans vergogne par les Bantous. Ils les envoient travailler dans leurs champs, chasser pour eux, servir dans leurs maisons. Tout cela en échange d'un bric-à-brac d'objets manufacturés de mauvaise qualité, d'un peu de manioc pour ne pas mourir de faim, et de quelques fruits.

Sur le coup, je n'interprète pas cette situation comme un fait général et commun du rapport de force régissant depuis toujours les relations entre les peuples. Je ne sais rien encore de ces choses. Je ne pense avoir sous les yeux qu'une injustice locale et insupportable, contre laquelle je m'élèverais dans le livre que j'écrirais à l'issue de l'expédition[1] – livre qui sera aussitôt interdit au Congo. Mais plus tard, je découvrirais avec consternation des situations similaires partout où j'irais. En Amazonie, en Nouvelle-Guinée, au Soudan, en Afghanistan, sur le Nil, absolument partout : les groupes les plus puissants dominent les plus faibles, mieux vaut ne pas être minoritaire quelque part, et les victimes d'un jour deviennent invariablement les exploiteurs du lendemain si l'occasion se présente ; il faut bien constater ce fait plutôt que de se voiler la face.

L'expérience du terrain est évidemment irremplaçable. Il faut toujours aller voir par soi-même ce qu'il en est des choses. Et accepter de perdre ses illusions. Une dizaine d'années environ après cette expédition au Congo, je serais définitivement déniaisé. Concernant les « peuples indigènes » – comme on dit aujourd'hui –, je serais enfin dégagé des préjugés, du discours dominant, des images idéalisées. Non sans mal et non sans en souffrir. Dès lors, je considérerais ces peuples avec un autre regard. Ils ne seraient plus pour moi les derniers représentants sur terre d'une forme de paradis perdu, vivant dans des sociétés parfaites où tout ne serait qu'harmonie, justice et paix comparé aux turpitudes des sociétés occidentales. J'aurais vécu avec eux et j'aurais vu des hommes menés comme ailleurs par l'intérêt et les passions ; j'aurais partagé leur existence, souvent leurs causes, et découvert que dans leurs sociétés règnent aussi à des degrés divers l'injustice, l'inégalité et la guerre.

Ils deviendraient alors pour moi des hommes comme les autres.

J'en aurais terminé avec les mauvais côtés de l'exotisme ; je jetterais le romantisme aux orties, pour ne garder que le romanesque.

1. Titre initial : *Au Congo jusqu'au cou*, Fernand Nathan, 1977.

En attendant, le spectacle pathétique des Pygmées de la Sangha nous pousse plus loin dans la redoutable cuvette congolaise. Cette région, faite d'une vaste dépression inondée à la saison des pluies, est totalement isolée, couverte des jungles les plus épaisses qui soient au monde ; si des Pygmées traditionnels existent encore au Congo, c'est là que nous les trouverons.

Le *Katia* repart et nous débarque quelques jours plus tard au village de Pokola, très loin dans le nord, où vivent d'autres groupes pygmées. Un forestier du nom de Dejouy habite non loin, en solitaire – j'apprendrais dans les années 1990 qu'il a fini empoisonné dans une mauvaise affaire de sorcellerie comme il y en a tant dans la région.

Pour gagner la cuvette congolaise, Dejouy nous aide à recruter une demi-douzaine de Pygmées. Ce sont de petits hommes malingres mais d'une endurance à peine croyable, habillés de défroques, plutôt joyeux de gagner un peu de cet argent qui les libérera de la pression des Bantous. Nous pourrons compter sur eux ; ils serviront de pisteurs et de porteurs. En effet, si nous sommes équipés légèrement pour ce qui est de nos effets personnels, nous transportons néanmoins plusieurs cantines de fer remplies de matériel botanique ou entomologique. Le Muséum national d'histoire naturelle nous a donné pour tâche de récolter tout ce que nous pourrions dans cette région exceptionnelle ; et nous comptons nous acquitter au mieux de cette mission qui nous remplit de fierté.

Nous partons par un matin sombre. Premier objectif : atteindre le lac Djaka, à l'est de la Sangha, aux marches de la cuvette congolaise. D'après les informations collectées à Pokola, des groupes de Pygmées y nomadiseraient encore comme autrefois, tenant les Bantous à distance.

L'aventure commence pour de bon.

Ce que seront les mois suivants – avant notre épreuve

ultime dans les marais de la cuvette congolaise – restera à jamais inscrit en moi comme l'une des expériences de la « vie sauvage » les plus intenses qu'il m'ait été donné de connaître.

La jungle est d'une touffeur à provoquer le vertige ; j'ai l'impression de me déplacer à l'intérieur de l'une de ces gravures démesurées dont Gustave Doré avait le secret pour illustrer les livres de Jules Verne ; tout me paraît immense, rejetant l'homme à sa finitude. Les arbres n'en finissent plus de grimper vers le ciel dans la roideur de leurs troncs parfois plus large que la taille d'un homme ; les branches de ces géants croulent sous des feuillages monstrueux ; les lianes s'entrelacent dans des arabesques impensables, et l'on n'a devant soi qu'une succession de murailles végétales qu'il faut franchir les unes après les autres à coups de machette. Il fait chaud, moite, humide. La lumière est avare vue du sol, glauque et verdâtre, sombre, presque méchante, piquant l'humus de myriades de taches vives, ou parfois, dans les rares clairières, de traits lumineux très ardents, qui semblent plantés dans le sol depuis les sommets.

Partout c'est le combat pour cette lumière : chaque plante, chaque arbuste, chaque arbrisseau, lutte seul contre tous les autres pour se faire une place au soleil. Les vaincus restent au sol, rabougris par l'ombre, les vainqueurs jaillissent dans la clarté du ciel. Et dans ce foisonnement démentiel, il n'y a que bruissements, reptations, froissements, craquements, mille bruits qui ne peuvent se nommer, que l'on ne peut même pas reconnaître, auxquels s'ajoutent les cris d'une multitude d'oiseaux différents qui tombent dans la toile de fond de la stridulation des insectes ; et tous ces cris, ces trilles, ces hoquets, ces coups de trompe, ces sifflements, ces chants parfois, tous rebondissent sur les arbres et résonnent dans une cacophonie stupéfiante. Et lorsque vient la pluie, d'abord chaude et visqueuse, triste et froide ensuite quand elle pénètre les corps, on n'entend plus qu'un immense et assourdissant crépitement.

Marcher dans un tel univers est une épreuve de tous les instants. Le sol est un fouillis de branchages et de racines entremêlées coupé de ravines, de cours d'eau et de troncs abattus, que le temps et la pluie ont vermoulus, pourris, putréfiés. Il faut passer sur ces troncs, passer dessous, racler son corps aux écorces, enjamber, trébucher, glisser, tomber, se relever, repartir. Les pieds se prennent partout ; on se fraye un chemin dans un amoncellement de végétation informe dissimulant des plantes épineuses et griffues qui lacèrent chemises, bras, jambes, pantalons et visages.

Je ne suis pas naturaliste et ne sais pas grand-chose de la multitude des plantes qui m'environnent, pas même leur nom pour la plupart d'entre elles ; je ne connais pas davantage leurs interactions ou les processus qui sont à l'œuvre dans ce vaste poumon qui bat comme un cœur. Et je ne m'en préoccupe guère. Ce n'est pas cela que je veux voir. Je ne chercherai jamais à posséder le regard d'un botaniste ou d'un entomologiste pour lesquels chaque coup d'œil est une information ; c'est leur travail, pas le mien. Je préférerais toujours le regard « littéraire » que la jungle peut proposer, sa poésie prodigieuse et la créativité qui y est associée. Car tout est mystère dans cette cathédrale végétale.

Pour celui qui y pénètre, avoir de l'imagination est dangereux. Le réel peut s'effacer, le diabolique s'installer : on se demande alors si des génies n'habitent pas de tels lieux, prêts à emporter tout intrus dans un repaire secret ou une sombre caverne de la forêt ; on lève la tête de crainte de recevoir un boa sur le dos comme le racontent les mauvais livres ; on croit voir des serpents partout ; on se voit happer par les griffes d'un jaguar embusqué dans un recoin invisible, ou succomber aux mâchoires implacables d'un crocodile qui ne peut manquer d'être à l'affût dans le marigot que l'on traverse… Le premier apprentissage de la forêt pour en faire son propre univers est de tenir en laisse son imagination. Alors, le réel reprend ses droits, la jungle s'apprivoise. En vérité, si j'ai vu dix serpents en cinq mois, c'est bien le maximum, et tous détalaient devant moi sans demander leur reste, même les plus dangereux, comme les mambas. Je n'ai guère vu de boas, à peine entendu de loin quelques jaguars, et les crocodiles sont restés au large, de même que les éléphants…

Tout ce temps, nous progressons en colonne, lentement. Afin de faciliter notre progression, les Pygmées cherchent les sentes tracées par leurs frères vivant aux abords du lac Djaka ; mais elles sont rares et difficilement décelables. Les petits hommes avancent penchés vers le sol, leurs charges sur le dos, à l'affût du moindre indice. Ils se hèlent les uns les autres, trouvent enfin une trace, la suivent, partent en avant en poussant des cris de joie, la perdent, la retrouvent, se perdent encore ; et il faut tout recommencer. Mais nous avançons. La nuit, nous bivouaquons si possible avant que l'obscurité ne nous surprenne : on débrousse grossièrement un arpent de forêt, on tend entre les arbres les hamacs et les moustiquaires surmontés de leurs bâches plastique contre la pluie, les Pygmées se construisent de vagues abris de feuillages alentour. Cela fait, chacun court à la recherche de bois mort, et deux ou trois feux sont vite allumés : aussitôt leur lumière repousse les ombres qui rampaient vers nous.

Il ne reste plus qu'à faire cuire nos aliments. Et allumer une cigarette à demi trempée de pluie ou de sueur à l'aide d'un tison. Les premières bouffées ont un goût incomparable : à l'odeur du tabac se mêle celle du bois fumant ; quelque chose d'indéfinissable et d'unique, de très puissant. Il me suffit aujourd'hui d'allumer une cigarette dans un feu de cheminée en France pour basculer instantanément dans la jungle du Congo, ou l'une des autres jungles que j'ai connues plus tard. C'est l'un de mes plaisirs favoris depuis de longues années.

Dès ces premiers jours, nous vivons essentiellement de notre chasse. Nous possédons un fusil et quelques centaines de cartouches ; en théorie, de quoi tenir quelques mois. Cela devrait suffire. Emporter de la nourriture pour une aussi longue période nous aurait trop encombrés et nous avons préféré l'éviter. Nous ne disposons que de quelques kilos de riz ou de pâtes destinés à améliorer l'ordinaire. Pour le reste, il faut chasser. Nous sommes entrés dans une économie de pénurie où il s'agit de manger chaque fois que l'occasion se présente – et autant qu'il est possible –, ne sachant de quoi sera fait le lendemain.

Fort heureusement, les jours sans viande sont rares. Je suis surpris par l'abondance du gibier ; rien ne manque, et tout nous est bon pour nourrir notre petite troupe, hormis les éléphants de forêt, les fauves et les gorilles que nous préférons éviter – et qui, du reste, nous évitent eux-mêmes. Tout le reste y passe : oiseaux, antilopes, potamochères, tortues, singes surtout, les plus faciles à tirer. Je n'ai jamais été chasseur et je n'aime pas la chasse : rien ne m'excite ni ne me plaît dans le fait de tuer quoi que se soit. Dans cette jungle du Congo, je me fais chasseur par la force des choses. Cela se répétera souvent dans ma vie. Au bout du compte, je finirai par avoir à mon « tableau de chasse » de quoi rendre jaloux, à mon corps défendant, bien des amoureux de la chasse : antilope, puma, gorille, caïman, tapir, fourmilier, tatou, serpent, aigle, toucan, et je dois en oublier… Tragique ironie de la vie dont je ne tire évidemment aucune fierté.

Dans ces débuts pourtant, au milieu de la jungle, je trouve une certaine satisfaction à cette nécessité biologique autant que philosophique de ne dépendre que de moi-même et de mon adresse pour survivre. Plus tard, cette satisfaction se limitera à la volonté d'autonomie, à dépendre le moins possible du monde extérieur et de ses objets, bref, à être le plus indépendant possible.

Pour l'instant, j'ai toujours vingt ans…

Le premier singe que j'abats est un colobe noir passant au-dessus de nos têtes avec ses congénères. Il tombe à mes pieds raide mort, les bras en croix : l'impression terrifiante d'avoir tué un enfant. Les Pygmées bondissent littéralement de joie et le dépècent en un tournemain. Nous voilà plus proches d'eux : parce que la chasse est au centre de leur vie – à la fois activité obligée et plaisir ludique – et les excite à un point inimaginable. Pas de place chez ces hommes pour le sentimentalisme. À leurs yeux, c'est une affaire de « civilisés » venus de sociétés d'abondance et de surplus. Ici, il faut tuer pour vivre ; comme le font tous les habitants de la grande forêt. C'est la vieille loi de la jungle, celle de la nature, celle du monde. Le choix n'est pas donné. Si un homme s'étant aventuré dans ces parages ne l'accepte pas, mieux vaut qu'il parte ; tout continuera sans lui. C'est ainsi que les Pygmées voient les choses.

Le second singe qui se trouve dans ma ligne de mire est un cercopithèque à diadème ; celui-là sera plus dur à mettre dans notre marmite, s'enfuyant, blessé, dans les fourrés. Les Pygmées le rattrapent très vite et l'achèvent sans pitié à coups de machettes : mêmes hurlements de bonheur…

Ces deux singes seront les premiers d'une longue série qu'il nous faudra tuer pour vivre. Cette viande, je vais finir par la détester ; elle est filandreuse, souvent truffée de vers à filaires ; et son odeur est trop forte à mon goût – odeur d'ailleurs variable selon les espèces et qui, si l'on veut tout savoir, s'atténue lorsque la chair est fumée sur de grandes claies de bois, ce que font les Pygmées quand ils veulent conserver la viande.

Nécessité faisant loi, nous mangeons donc du singe presque chaque jour… Sans nous poser de questions « environnementales » sur les conséquences de nos chasses ou de notre présence. En 1975, ces questions commencent tout juste à émerger. On parle à peine de préservation des milieux naturels, de déforestation ou de biodiversité. En matière d'environnement, le monde s'en va déjà sur une mauvaise pente, mais cette prise de conscience affleure à peine. Dans cette jungle, nous n'avons pas de raisons précises de nous poser de questions. La puissance de vie qui nous entoure est sans limites. Comme depuis l'aube des temps. Et nous n'agissons pas différemment des Pygmées qui habitent là depuis des millénaires, en harmonie parfaite avec leur milieu. Nous vivons à « l'état naturel » et n'avons en vérité aucune influence sur cette nature ; nous ne pesons rien face à elle.

Jour après jour, nous avançons donc en chassant. Question nourriture, nos proies préférées vont vite devenir les antilopes : une chair tendre, proche du bœuf, sans parasites visibles. Hélas pour nous, les antilopes sont vives, rapides et d'une agilité confondante. Comme de surcroît la jungle est d'une densité désespérante partout où nous nous trouvons, il est impossible de les avoir de loin dans son viseur. Il faut les approcher à quelques mètres ; et elles détalent au premier bruit, au moindre mouvement, à la plus faible odeur. C'est là que les Pygmées se révèlent sans égal.

Devant nos résultats pitoyables, l'un d'eux m'entraîne un jour à l'écart, s'isole avec moi derrière un grand arbre et me fait signe de ne plus bouger ; nous patientons un long moment jusqu'à ce que la forêt ait oublié notre présence ; alors et alors seulement, le Pygmée s'accroupit, pince son nez, et émet un long gémissement nasal. Quelque chose entre la plainte d'un chevreau et le mugissement d'une vache : l'appel de l'antilope.

De longues minutes passent, rien ne vient. L'homme recommence son appel : une fois, deux fois, dix fois… J'attends, accroupi moi aussi, le fusil à la main, environné des mille bruits de la jungle, devenus brusquement d'une acuité sans nom. Le temps n'a plus aucune substance. Il n'est plus, tout bonnement ; sur le sol d'humus passe une colonne de fourmis rouges. Je me penche : j'ai tout loisir d'observer ces fourmis. La brutalité de leur avance me sidère. D'autres insectes se trouvaient sur leur chemin et elles n'ont pas fait de quartier, broyant dans leurs mâchoires des choses indistinctes qu'elles transportent maintenant avec entêtement. Je mets mon visage au ras du sol, regarde : il n'y a pas que des fourmis. Sur moins d'un mètre carré, cela grouille de bestioles indescriptibles et de toutes les tailles ; elles s'entretuent plus qu'elles ne se croisent. La guerre de tous contre tous, implacable. La nature n'est décidément pas morale. Je m'imagine de la taille d'un de ces insectes, égaré dans le microcosme de leur vie : l'horreur absolue.

Soudain, un bruit de fourrés froissés me fait redresser la tête. Le Pygmée m'intime de rester immobile ; je me redresse lentement. Une antilope d'une grâce infinie vient d'apparaître derrière un amas de lianes, les oreilles frémissantes, bougeant la tête de tous côtés. Le Pygmée se tasse sur lui-même, pince à nouveau ses narines, renouvelle son cri. L'antilope approche encore ; elle cherche d'où vient l'appel, crie à son tour. Le Pygmée lui répond, l'antilope avance. La scène est fascinante. Bientôt, l'animal n'est plus qu'à une dizaine de mètres ; nous sommes toujours invisibles.

Je me redresse légèrement, épaule et tire.

Longtemps après, nous atteignons le lac Djaka. Sans avoir rencontré âme qui vive. Personne non plus sur les rives couvertes de hautes herbes. S'il y a des Pygmées dans cette région, ils doivent se trouver de l'autre côté du lac. Reste à le traverser.

Il nous faut une embarcation. Qu'à cela ne tienne, nous allons construire une pirogue ; nous ne doutons vraiment de rien. De toute façon, nous n'avons pas le choix. Et nous voilà abattant à la hache un parasolier, le bois le plus léger que nous puissions trouver dans cette jungle – et nous mettant à creuser le tronc sous le regard intéressé des Pygmées, qui sont tout sauf des « navigateurs ».

Nous n'avons jamais construit de pirogue de notre vie. Nous y allons à l'instinct. Cinq jours durant, nous creusons ; sous une avalanche d'abeilles et de « mouches à gorilles ». C'est notre première bataille rangée avec les insectes de la grande forêt congolaise. Jusqu'à présent, nous avions régulièrement affaire aux moustiques, mais rien de bien sérieux. Du classique. Là, c'est autre chose. Il y en a des nuages entiers, au point d'obscurcir parfois l'horizon. Nos chemises sont noires, entièrement couvertes d'abeilles et de mouches mêlées. De quoi devenir fou. Et nous allons désormais connaître cela pendant des mois…

Lorsque nous estimons le travail achevé, nous décampons aussi vite que possible, tirant la pirogue vers le lac à l'aide de grosses lianes, le long d'un vague chemin que nous avons dégagé à la machette les jours précédents. Puis nous mettons notre embarcation à l'eau.

« On aurait dû ajouter des balanciers comme en Polynésie ! » plaisante Jean-François.

Ce sera effectivement la pirogue la plus instable que j'ai jamais connue…

Mais de l'autre côté du lac, nous découvrons notre premier campement pygmée.

4

Le campement des Pygmées du lac Djaka nous déçoit.

Certes, ce n'est pas Pikounda, mais l'influence des Bantous est encore manifeste, ne serait-ce que par la présence de cases aux côtés des huttes traditionnelles. Par conséquent, nous décidons de ne pas y rester. Au bout d'une semaine, nous reprenons le chemin de la grande forêt, poursuivant nos recherches toujours plus loin, vers le nord encore, dans une autre boucle de la Sangha.

Plus d'un mois va passer avant que nous ne découvrions enfin un véritable campement pygmée. Ce sera sur la rivière Kéli-Kéli – la « rivière en désordre » –, dans une région plutôt dure et hostile. Ce sera aussi notre premier moment de bonheur humain.

Parvenu à ce moment de l'aventure, nous sommes dans un état physique acceptable. Nous avons maigri, mais dans des proportions raisonnables. Plus inquiétant, en revanche : de nombreuses « chiques » se sont installées dans nos pieds et certaines plaies se sont gravement infectées. Les chiques sont une de ces avanies des régions équatoriales dont la nature aurait mieux fait de se passer. Cette variété de puce pond ses œufs sous la peau. Tant que l'on ne crève pas la poche dans laquelle se trouvent les œufs, l'inconvénient est modéré. Quand la poche crève, les œufs se répandent dans la plaie, et le processus de ponte ne tarde pas à se multiplier. Le résultat peut être catastrophique : les pieds pourrissent littéralement… Pour en venir à bout, nous devons cureter nos plaies. Un long moment, je dois marcher avec un sac en plastique autour de mon pied gauche encore tout enflé, pour protéger tant bien que mal ces maudites cicatrices qui mettent du temps à se refermer dans le climat délétère de la jungle.

Cela me rappelle une expérience du même genre dans mon enfance au Sénégal, quand un « vers de Guinée » s'était installé dans mon pied droit, creusant tranquillement un tunnel sous la peau. On ne m'en avait débarrassé qu'après de longs séjours dans un seau plein de glace…

Si nous nous estimons passablement en forme, notre matériel a, lui, beaucoup souffert, malmené par la végétation et les pluies battantes : nos bottes de jungle vont bientôt rendre l'âme, perdant leurs semelles, nos chemises sont presque toutes déchirées, nos pantalons ne valent guère mieux, et nous finirons en haillons, c'est certain.

En revanche, la jungle ne nous paraît plus hostile comme au premier jour. Nous commençons à nous sentir chez nous. Nous apprenons. Plus exactement, les Pygmées nous apprennent. Nous sommes devenus meilleurs à la chasse et savons maintenant imiter très honorablement l'appel du crocodile ou de l'antilope ; nous avons appris des choses aussi utiles que de suivre à la trace un singe blessé, cuisiner correctement des chenilles sur les braises, construire un abri de feuilles, ou baliser une sente en cassant en deux les basses feuilles du chemin tracé – méthode plus rapide, quoique moins visible, que de marquer les arbres à la machette, à notre manière.

La « vie sauvage » nous plaît.

Le campement des Pygmées de la rivière Kéli-Kéli est constitué d'une demi-douzaine de huttes rondes faites de branchages et de feuilles : des sortes d'igloos miniatures presque constamment enfumés par les feux qui y brûlent. On n'y tient pas debout et chacune de ces huttes est habitée par une famille. Les Pygmées s'y entassent la nuit sur des peaux d'antilopes ou des écorces déroulées, accrochant le peu qu'ils possèdent en hauteur, sur des claies de bois : haches traditionnelles – les *sumas* –, feuilles de tabac sauvage, arbalètes, viande boucanée, rouleaux de chanvre, sacoches de peaux…

Le campement se dresse dans une clairière très sombre qui laisse à peine passer la lumière. La rivière dont il porte le nom n'en est pas vraiment une ; c'est un maigre cours d'eau que l'on traverse en mouillant tout au plus ses mollets ; mais au moins, c'est de l'eau qui court et elle n'est guère éloignée de la clairière. Pour notre part et en prévision d'un long séjour, nous avons construit un carbet sur l'un des bords du camp afin d'y suspendre nos hamacs ; nous avons même aménagé une table en rondins et des bancs pour notre confort. Nous nous sentons à l'aise.

Une trentaine d'hommes, de femmes et d'enfants se sont installés à la Kéli-Kéli. Tous sont en relation avec un village bantou de la Sangha du nom de Ganzikolo. Si ces Pygmées se trouvent au plus profond de la forêt, là où les Bantous répugnent à s'aventurer, c'est pour leur échapper aussi souvent que possible. À la Kéli-Kéli, ils abandonnent leurs oripeaux, ne boivent plus de vin de palme, habitent dans leurs huttes traditionnelles et vivent selon les habitudes de leurs ancêtres. Les hommes consacrent l'essentiel de leur temps à la chasse, les femmes à la cueillette, et nous ne manquons de rien : singes, antilopes, potamochères, porcs-épics, chenilles, larves, miel de forêt, noix de palme, nous n'avons jamais faim à la Kéli-Kéli.

Ces Pygmées sont des gens très affables ; très timides même. Les études ethnologiques les décrivent comme pacifiques et peu enclins à la violence individuelle ou collective, mettant toute leur énergie à survivre dans un milieu naturel qui ne leur laisse guère de répit. Tout cela est exact. Ils vivent nus, à peine vêtus de pagnes ou de cache-sexe. Ils ne portent pas de haillons et leur maintien, leur allure, ne sont plus ceux de leurs frères demeurant en permanence sous la férule des Bantous. On les sent libres et, ma foi, heureux je crois. Les femmes portent de beaux tatouages faciaux et, pour certaines, les dents taillées en pointe ; c'est à cette vieille coutume que l'on peut aussi évaluer le degré d'indépendance des Pygmées par rapport aux Bantous.

Ces hommes ont un vieux chef du nom d'Akundja. Nous l'avons rencontré au lac Djaka où il semble s'être définitivement retiré. C'est un petit homme décharné au visage aigu et ascétique. Il parle rarement et on sent qu'il est déjà ailleurs, comme ces hommes qui, pressentant leur mort toute proche, se détachent des choses de ce monde.

Son fils s'appelle Epata. Celui-là est robuste et souriant, plein d'allant : notre meilleur ami. C'est par lui que nous avons été admis dans la communauté de la Kéli-Kéli. Ses compagnons se nomment Mokimadjéké, Bakongazolo, Mokoubi, Métunga. Des noms que je n'ai pas oubliés. Comme celui de Bongo Mali, la plus jeune des femmes pygmées de ce clan, qui est aussi la fille d'Epata.

Philippe Rolland acquiert un immense succès auprès de nos nouveaux amis, grâce à son talent de prestidigitateur. Quand nous vivions tous les deux au Sénégal trois années plus tôt, je lui servais parfois d'assistant dans les villages de pêcheurs où il aimait se produire ; j'avais déjà constaté la réputation prodigieuse qu'il parvenait à acquérir en très peu de temps. Chez les Pygmées, c'est le délire… Pour ces hommes, quelqu'un capable de faire disparaître des objets et de les faire ressurgir à sa convenance, ou de faire naître un feu à partir de rien, ou encore de couper une corde et de la recoller aussitôt, est à coup sûr l'équivalent d'un sorcier. Ils se pressent toujours autour de lui. Philippe n'abuse pas de son pouvoir et l'utilise plutôt pour resserrer nos liens avec eux ; comme il est aussi un excellent dessinateur, les enfants ne cessent de le harceler pour emprunter ses crayons et ses pinceaux. Il passe des heures à les faire dessiner sur ses carnets. Puis il nous les montre :

« Regardez. Ils sont doués, non ? »

De son côté, Jean-François Theisse, le plus « naturaliste » de nous tous par ses connaissances, s'occupe principalement de nos collectes d'insectes destinées au Muséum. Nous attrapons tout ce qui passe, les Pygmées nous apportent tout ce qu'ils trouvent : notre butin est impressionnant, notamment en papillons. Il faut mettre ces trésors dans des tubes de verre, des boîtes garnies de coton protecteur ou des feuilles de Cellophane qui emplissent nos cantines à ras bord…

Hughes Tissandier, qui a déjà la passion du cinéma, filme les scènes de notre vie quotidienne avec les caméras super-huit que nous avons réussi à nous procurer. Il est appliqué dans son travail : « Ça fera de belles images », dit-il avec une joie visible.

Le film que nous en avons tiré est à peu près tout ce qui nous reste aujourd'hui de cette « expérience de vie », avec quelques photos sauvées de la pluie et des moisissures.

Les petits hommes de la Kéli-Kéli nous apprenaient la « vie sauvage » avec un plaisir évident, riant de notre gaucherie et de nos maladresses ; nous voir chuter dans un cours d'eau était leur plus grande joie ; et un plaisir comparable les animait quand ils constataient le bonheur insigne que nous trouvions à tremper nos mains dans les rayons de miel sauvage qu'ils nous rapportaient de temps à autre de la forêt. Le miel était évidemment notre mets préféré, le seul qui nous renvoyait à un goût connu. Nous en cherchions partout. Avec avidité.

De notre vie avec les Pygmées de la Kéli-Kéli, j'ai

retenu deux moments singuliers qui, avec le temps, se sont détachés de tous les autres. Le premier fut ma découverte de leurs chants. Je n'avais jamais rien entendu de tel : une harmonie très pure, très mélodique, aux paroles uniquement constituées de voyelles. C'était très beau. Quelque chose d'exceptionnel, même. En vérité, l'expression la plus aboutie de la condition d'un peuple nomade ne possédant rien d'autre que ce que sa mémoire avait décidé de garder.

Hommes et femmes chantaient assis en cercle, toujours la nuit, près des feux du campement. Les jeux d'ombres et de lumières sur les visages et les corps qui ondulaient ajoutaient au mystère de ce que l'on entendait et à la force crépusculaire qui en émanait. *Aka*, la complainte de la femme attendant le retour de son mari parti au loin, était bouleversante. Une autre, racontant une chasse à l'éléphant, était ponctuée de halètements sourds, de martèlements des pieds, qui donnaient au chant un réalisme prodigieux. Tout était « original » dans cette musique venue d'un temps infiniment lointain et conservée par les derniers représentants d'un peuple probablement appelé à disparaître en tant que tel. Nous enregistrions souvent ces chants sur un gros magnétophone ; l'appareil nécessitait quantité de bobines qui prenaient une place considérable dans nos cantines, mais nous tenions beaucoup à ces enregistrements ; ils complétaient les témoignages que nous comptions rapporter. Tout fut perdu.

Douze ans plus tard, une nuit de 1988, j'entendrais très étrangement chez des Papous isolés au milieu d'une haute vallée de Nouvelle-Guinée des mélopées extrêmement semblables à celles des Pygmées. Mon émotion serait profonde, et ma stupéfaction totale : si ces deux peuples présentaient des similitudes, la distance géographique qui les séparait était considérable. Comment pouvaient-ils chanter presque la même chose ? Avaient-ils une même origine ? Qui pourrait le dire…

Je ne suis jamais retourné au Nord-Congo. J'espère que les fils de ceux que j'ai entendus à vingt ans n'ont pas laissé disparaître à jamais la musique à la fois si douce et si tragique de leurs pères.

Le second moment marquant de notre vie avec les Pygmées fut une autre découverte : celle de la danse.

Hérodote raconte il y a vingt-cinq siècles que l'expédition d'exploration lancée vers le sud de l'Égypte par le pharaon Néferkara ramena avec elle des hommes à peine « hauts d'une coudée » qui dansaient avec une telle virtuosité que Pharaon les appela les « danseurs de dieu ». C'est le premier témoignage dont nous disposions sur les Pygmées, ces « hommes de la terre du soleil au sud », comme les nommait encore Hérodote.

En fait, nous ne verrions réellement danser les Pygmées qu'une seule fois, à l'issue d'un enterrement au village de Ganzikolo, si ma mémoire est bonne. C'était un privilège ; les Pygmées ne dansaient qu'en de rares occasions.

Le nom de cette danse pourrait être traduit par : « danse du diable ». Je n'en ai pas compris le sens général au moment où nous y avons assisté. Nous apprenions la langue des Bantous, le lingala, que beaucoup de Pygmées savaient, mais nos connaissances étaient insuffisantes pour saisir pleinement ce type d'événement, toujours plus complexe qu'il n'y paraît. À propos de langue, il est intéressant de se demander quels sont les mots et les expressions que l'on a retenus d'une langue vingt ou trente ans après l'avoir apprise. Pour moi, ce sont des choses comme : *akolia* – je mange – ou *esalité* – il n'y a pas – ou encore *lobi* – demain – ou *malamuté* – mauvais. Cela en dit beaucoup sur ce que l'on a vécu dans le pays concerné par cette langue.

Quoi qu'il en soit, l'un des Pygmées avait revêtu pour cette danse une tenue en fibres végétales qui le recouvrait de la tête aux pieds ; je vis ce spectre surgir dans mon dos et se jeter promptement à l'intérieur du cercle qu'avaient formé les Pygmées. Aussitôt, une demi-douzaine de tam-tams se mirent à battre. Tout se passait de nuit, comme pour les chants ; les mêmes feux brûlaient dans l'obscurité ; je ne distinguais rien de ces tams-tams ni des hommes qui en jouaient avec frénésie. Mais je les entendais. Ce n'était pas des tams-tams pour rire. Le rythme était d'une puissance inquiétante, comme un envoûtement.

Au centre du cercle, le « diable » s'était mis à virevolter ; son vêtement de fibres tourbillonnait littéralement tout seul, soulevant la poussière. Il était comme une sorte de derviche déréglé, devenu fou, tournant à toute vitesse ; des halètements sourds montaient de toutes les poitrines, allant grandissant avec la cadence du danseur qui ne cessait d'accélérer. C'était impressionnant de force primitive.

Cela dura longtemps ; jusqu'à ce que le danseur bondisse soudain hors du cercle et disparaisse sans crier gare dans l'obscurité, laissant l'assistance épuisée.

Les Pygmées de la Kéli-Kéli étaient sans doute les plus libres de tous les Pygmées, les plus déterminés à vouloir poursuivre leur existence ancestrale ; mais leur vie était dure, leur milieu naturel ingrat, peu propice à l'expansion humaine. Ils n'étaient pas nés dans les plaines de la Beauce ou sur les rives de la Méditerranée. À l'évidence ils s'étaient merveilleusement adaptés à leur milieu naturel mais à l'évidence aussi, ils ne s'en étaient pas rendus maîtres comme avaient su le faire les Bantous. L'ignorance de l'agriculture et de l'élevage, ces deux premières conquêtes vers la « modernité », pesaient lourd dans leur vie. Ils ne pouvaient rien prévoir pour l'avenir, rien prévenir, rien préparer, pas même constituer de vraies réserves de nourriture. Manger était donc une obsession permanente, une conquête quotidienne. Il n'y avait pas de répit, guère de temps pour se consacrer à autre chose qu'à se nourrir. Le développement de l'art ne pouvait pas se faire au-delà d'une certaine limite, l'augmentation de la population était insignifiante.

Leur adresse et leur parfaite connaissance de la forêt évitaient aux Pygmées de connaître la disette. Ils mangeaient à leur faim ; il leur arrivait même d'avoir quelque loisir quand la chasse était bonne. Mais ils vivaient dans la crainte du lendemain, de la maladie, des esprits. Ils vieillissaient vite et mouraient jeunes.

C'étaient les Pygmées babinga de la rivière Kéli-Kéli.

5

Lorsque nous quittons la Kéli-Kéli, la saison des pluies approche. Il est déjà bien tard pour tenter de traverser la cuvette congolaise, vers l'est et l'Oubangui, comme prévu initialement. Cent cinquante kilomètres de jungle à pied est une distance considérable quand il faut se frayer un chemin à la machette. Dejouy, le forestier chez qui nous sommes retournés un temps prendre quelque repos et réparer nos corps, nous met en garde :

« Vous feriez mieux de renoncer ; ou de patienter jusqu'au début de l'année prochaine. Dans quelques semaines, la forêt sera entièrement inondée. Elle n'est déjà pas commode en temps normal, alors là, vous imaginez. Franchement, ce doit être l'enfer… »

Nous décidons de ne pas tenir compte de ses conseils. Nous n'avons matériellement pas les moyens d'attendre, et notre désir d'établir la jonction entre les fleuves Sangha et Oubangui est plus fort que tout. Nous voulons savoir si des Pygmées vivent dans cette région.

Alors, nous prenons le parti d'y aller quand même…

Sans le vouloir, nous allons passer en quelques jours de l'apprentissage de la vie sauvage à l'opération survie…

Nous quittons le village d'Ikélemba dans une grande pirogue menée par deux Bantous du nom de Raphaël et Eugène. Nous avons également recruté deux pisteurs pygmées de ce village : Tato et Bandja. Ni les uns ni les autres ne sont jamais allés très loin vers l'est, mais nous comptons sur les deux Pygmées pour chasser mieux que nous ne pourrions le faire, et ravitailler ainsi notre petite expédition. Les deux Bantous n'ont d'autre rôle que de nous aider à remonter avec leur pirogue une petite rivière appelée N'Doki ; elle coule nord-sud et permet de raccourcir la traversée vers l'Oubangui en passant par un territoire assez mystérieux, la « terre des Kaboungas ».

Cette rivière N'Doki a très mauvaise réputation. Son nom même signifie « tabou ». Nous n'avons pu apprendre pour quelle raison elle portait un nom si inquiétant, mais on nous rapportera plus tard qu'une épidémie de maladie du sommeil aurait autrefois décimé la population vivant sur ses rives. Depuis, plus personne n'y habite et plus personne ne s'y aventure. Les seuls hommes que l'on y voit parfois sont des chasseurs blancs qui viennent tirer l'éléphant aux alentours des berges avant de repartir très vite. En l'absence d'êtres humains, ces éléphants sont particulièrement nombreux ; tout comme les gorilles, les panthères ou les crocodiles qui infestent la N'Doki, d'après les dires des Pygmées.

Ces informations ne nous inquiètent pas outre mesure ; nous ne sommes guère portés à la superstition et nous savons maintenant qu'il y a peu de raisons d'avoir peur des animaux sauvages. Nous redoutons bien davantage les insectes qui rendent la vie réellement intenable. Mais ce que nous craignons par-dessus tout, c'est la saison des pluies qui, bien avant notre départ, écrase déjà la forêt sous des trombes d'eau. Les mois précédents, nous avons souvent vécu mouillés ; désormais, nous allons être constamment trempés.

Nous remontons la rivière N'Doki plusieurs jours durant. Nous nous relayons aux pagaies, utilisant les contre-courants pour faciliter notre progression. La pirogue est suffisamment grande pour huit personnes, mais elle est lourde et peu maniable.

Tout ce temps, nous chassons ; principalement des oiseaux, complétant nos repas de viande de crocodile boucané et de manioc bouilli. Nous avons cinq ou six kilos de riz dans nos sacs à dos, mais pas question d'y toucher pour le moment. Ce sont à nos yeux des « réserves stratégiques » déjà bien maigres…

La N'Doki est une rivière d'une majesté sans nom. Les rives ne présentent pas un mur uniforme et gigantesque comme souvent ailleurs, mais une succession de tableaux végétaux d'une grande beauté ; on y voit des anses, de petites criques, parfois un affaissement de la canopée qui laisse entrevoir un maigre affluent entouré de hautes herbes. De grands palmiers émergent souvent du faîte des arbres et leurs têtes couronnées s'agitent dans le bleu du ciel ou ploient sous le vent porté par les pluies diluviennes. En fin de compte, c'est le camaïeu des verts, somptueux, qui marque le plus le regard, et que l'on ne peut oublier.

Tout se déroule sans difficulté particulière le long de cette rivière taboue. Nous avançons le jour à la force des bras et trouvons chaque soir un morceau de rive à sec pour y établir notre bivouac ; les nuits sont paisibles, les bâches en plastique transparent de nos hamacs nous protégeant efficacement de la pluie. Je dors généralement nu pour ne pas baigner dans mes vêtements mouillés et seule l'aube amène le froid qui me réveille. Dans cette remontée vers la haute N'Doki, je me souviens juste d'un terrible moment au beau milieu d'une nuit. Je m'éveille brutalement sous la douleur cuisante d'innombrables piqûres… Ce que révèle ma lampe torche me plonge dans un mélange d'horreur et de dégoût : une colonne de fourmis est parvenue à s'introduire dans mon hamac par l'une des suspentes. Elles courent sur tout mon corps.

Je bondis au milieu de la forêt sans demander mon

reste, tirant du même coup mes compagnons du sommeil. Je me flagelle à grands coups démoniaques, sautillant lamentablement au milieu de la forêt ; après quoi, je n'ai plus qu'à nettoyer hamac, moustiquaire et vêtements dans l'obscurité, brûlant au tison tout ce qui peut l'être de mes ennemis nocturnes…

Ces désagréments mis à part, nous parvenons sans peine dans un lieu-dit appelé N'Dalo, sur la rive gauche de la N'Doki. Il s'y dresse une petite hutte de passage, à demi en ruine, utilisée par les chasseurs d'éléphants. C'était l'objectif de notre remontée de la N'Doki. Nous sommes maintenant juste dans l'ouest de l'itinéraire que nous comptons emprunter pour rejoindre l'Oubangui par la terre des Kaboungas. Reste à tailler notre route droit devant nous.

Eugène et Raphaël nous quittent le lendemain de notre arrivée. Ce n'est pas sans une vague appréhension que je vois disparaître leur grande pirogue rassurante derrière un coude de la rivière : nous voilà seuls au monde. Désormais, il ne peut plus y avoir d'esprit de retour.

Eugène et Raphaël étaient très inquiets pour nous avant d'embarquer. Ils nous avaient répété une dernière fois ce qu'ils nous disaient depuis des jours : c'était folie que de s'engager ainsi à pied, droit vers l'est, là où personne ne vit parce qu'il est impossible d'y vivre. Et surtout de partir en tout petit groupe, avec un seul fusil et sans réserves de nourriture ; tout cela sous prétexte d'être plus léger et plus rapide. Il valait mieux y aller en nombre, bien armés, avec autant de porteurs que nécessaire et des semaines de vivres.

Leur discours nous avait troublés. Mais comme ils disaient aussi ne rien savoir de ce qu'il y avait exactement dans cette région, nous ne les avions pas davantage écoutés que précédemment. Alors ils étaient partis emplis d'hésitation, avec l'impression visible de nous laisser sur cette berge comme on abandonne des condamnés sur une île déserte.

« Bonne chance ! Bonne chance ! » avaient-ils tout de même crié avant de disparaître.

Tato et Bandja, les deux Pygmées, n'en mènent pas large non plus. Eux aussi nous répètent ce qu'ils affirment depuis le départ d'Ikélemba : ils ne connaissent rien de la cuvette congolaise ; ils n'y ont jamais mis les pieds, personne de chez eux ne l'a d'ailleurs jamais fait, et tout ce qu'ils savent, c'est que d'anciennes légendes racontent qu'existait autrefois une « piste à éléphant » reliant la Sangha et l'Oubangui. Mais ce sont de vieilles histoires.

Une fois de plus, nous leur disons que leur seul rôle sera de chasser ; nous nous occuperons du reste. S'ils font bien leur travail, nous aurons assez de vivres pour atteindre l'Oubangui, quelle que soit la durée de l'expédition.

La muraille végétale que nous affrontons, dès la pirogue disparue, est d'une épaisseur comme je n'en ai encore jamais vu et comme je n'en reverrai jamais plus ; ni en Amazonie, ni à Bornéo, pas même en Nouvelle-Guinée, les autres grandes jungles de la planète. Les zones de forêts primaires, peuplées d'arbres géants aux sous-bois partiellement dégagés, disparaissent complètement. Il n'y a plus que de la forêt secondaire, emplie de fourrés inextricables. Il faut tailler à la machette du matin au soir, sans répit, boussole en main. Une avance d'un kilomètre par jour. Au mieux…

Pour nous donner de meilleures chances de progression, nous changeons le rythme des repas : un le matin au réveil et un le soir au coucher. Rien à midi. En sautant le repas de la mi-journée, nous gagnons un temps précieux. Moins par rapport au manque de vivres que par rapport à l'arrivée des pluies : nous jouons une course contre la montre. Plus notre avance sera rapide, moins les pluies auront le temps d'inonder la vaste dépression qui se trouve devant nous. Mais le rythme est infernal.

Autant que faire se peut, nous cherchons à utiliser les sentes tracées par les animaux, notamment celles creusées par le passage des éléphants. Hélas, ces sentes vont rarement dans la bonne direction ; et quand tel est le cas, cela dure peu. Le plus souvent, nous devons tracer la route par nous-mêmes ; tout en restant à l'affût du moindre animal qui pourrait servir au repas du jour. Fort heureusement, le nombre des animaux est proportionnel à l'isolement total de cette région : nous n'en avons jamais vu autant. À tel point que Tato et Bandja prennent peur. Les éléphants surtout les terrifient. Ce n'est pas que nous en voyons beaucoup, mais leurs traces sont si nombreuses qu'à leurs yeux, cela revient au même. Et ils considèrent – sans doute à juste titre – que ce n'est pas notre fusil, un simple calibre douze, qui en viendrait à bout si d'aventure nous nous retrouvions face à face avec l'un de ces mastodontes.

La frayeur des deux Pygmées est palpable dès le premier jour ; et le lendemain même de notre départ, Tato disparaît comme par enchantement… Un jour de plus, et Bandja s'évanouit à son tour au cours de la nuit. Nous voilà définitivement seuls. Et tout reste à faire pour atteindre l'Oubangui.

La disparition des deux Pygmées sonne à l'évidence comme une ultime mise en garde. Mais nous nous refusons à abandonner ; la réunion qui s'ensuit entre nous pour savoir quoi faire est rapide : personne ne veut renoncer. D'autant que si telle était notre décision, il faudrait à nouveau construire une pirogue pour revenir à notre point de départ sur la Sangha, et cette perspective nous répugne au plus haut point. Nous avons trop en mémoire nos difficultés du lac Djaka… Naturellement, nous pourrions rentrer à pied en longeant les rives – ce que les deux Pygmées sont sans doute en train de faire –, mais il faut bien compter une vingtaine de jours de marche pour parvenir au grand fleuve. Mieux vaut aller de l'avant, même si le premier défi qu'il va nous falloir relever désormais sera de chasser seuls.

Nous réattaquons donc la grande forêt à coups de machette. Pour économiser nos forces dans ce gigantesque travail, nous nous relayons selon une méthode qui a fait ses preuves : l'homme de tête ouvre la route de son mieux, celui qui se trouve derrière tient le cap à la boussole, indiquant où tracer et finalisant le travail de débroussaillage, les deux suivants marquent les troncs d'arbre afin de retrouver le chemin s'il fallait revenir en arrière pour une raison ou une autre ; ce sont les postes de « repos ».

Le premier problème auquel nous sommes confrontés est celui de notre position exacte. À l'époque, il n'existe ni GPS, ni téléphone satellite, ni balise Argos, ni aucune des aides technologiques d'aujourd'hui. Nous aurions pu disposer d'une radio, mais nos moyens ne nous le permettaient pas. Nous sommes véritablement livrés à nous-mêmes, ne pouvant compter que sur nos propres forces et notre seule expérience. Pour évaluer notre progression, nous ne pouvons faire appel qu'à « l'estime », et c'est tout un art que de calculer et de recouper ces données essentielles que sont les angles de routes, les temps de marche et les distances parcourues. Mais comme de toute façon, nous ne connaissons pas avec précision notre point de départ, nous ne pourrons jamais savoir où nous nous trouvons réellement et comment corriger notre route.

Malgré tout, nous avançons.

À partir de l'abandon des Pygmées, les épreuves se multiplient. Il se met d'abord à pleuvoir presque continûment. C'en est fini du moindre espace sec, du moindre repos réel la nuit. Pour ce qui est de la chasse, le tableau n'est guère plus encourageant ; les premiers jours, nous parvenons encore à tuer quelques singes, mais de moins en moins à mesure que nos forces déclinent ; et nous en perdons beaucoup qui, juste blessés, réussissent à s'échapper, nous laissant rageurs et désespérés.

La faim s'installe ; elle ne nous quittera plus au cours des semaines suivantes. Nous décidons de dévorer nos prises sur place afin de reprendre des forces sans attendre le soir. Poussés par la faim, nous allons devenir d'une sauvagerie extrême. Je garde en mémoire des scènes sanglantes de dépeçage d'animaux à peine morts, à coups de poignard impatients, au beau milieu de nulle part, harassés, les mains rouges, et des longues heures passées en même temps à allumer d'impossibles feux sous la pluie, protégés par des bâches déjà à demi lacérées par la jungle.

Tout bois sec ayant disparu, il faut aller chercher à la machette le cœur des bois morts les plus gros pour y trouver un combustible, qui se révèle toujours humide et décevant. Bientôt, nous adoptons une nouvelle technique nous permettant de ne plus perdre des heures penchés sur de mauvaises braises à user notre énergie pour en tirer quelques flammes : nous emportons avec nous les tisons éteints de notre dernier feu pour servir au suivant. Afin de conserver ces tisons au sec, nous sacrifions l'une de nos gamelles, à l'intérieur de laquelle nous les entassons précieusement. Elle devient la « gamelle du feu », l'un de nos biens les plus précieux, celui qui cuit nos aliments et nous réchauffe le soir quand nous frissonnons de froid et d'humidité au pied de nos hamacs détrempés. Je me fais alors l'effet d'être redevenu un homme des cavernes emportant partout son feu avec lui, habité par la crainte terrible de le voir disparaître.

Très vite, il nous faut utiliser nos réserves de vivres et les rationner sévèrement : une poignée de riz par repas et par personne. Quand un peu de viande s'y ajoute, nous connaissons un invraisemblable bonheur. Puis il n'y aura plus de riz…

Un après-midi, tandis que la pluie vient de s'interrompre, nous entendons très haut au-dessus de la jungle le bruit caractéristique d'un avion. Je me précipite dans la trouée formée par le vague cours d'eau auprès duquel nous venons de faire halte ; je lève la tête. Tout là-haut dans le ciel passe un avion ; nous le regardons, interdits et fascinés, jusqu'à ce qu'il disparaisse. Et nous pensons tous la même chose : à cet instant précis, des hommes et des femmes qui nous ressemblent sont confortablement installés dans des fauteuils, des hôtesses leur servent des repas copieux, et bientôt ils retrouveront leurs familles, le confort de leurs maisons, des draps propres et secs : des hommes comme nous qui ne sauront jamais qu'au-dessous d'eux, dans l'immense caverne de la forêt qu'ils voient défiler à l'infini, quatre hommes affamés les observent avec une envie féroce.

L'un de nous finit par dire :

« Allez, on y va… »

Puis le pire commence. Les premiers marécages apparaissent. Nous avons d'abord de l'eau jusqu'aux chevilles, puis aux cuisses, bientôt à la taille. Nous savons alors que nous sommes au cœur de la cuvette congolaise, dans la forêt inondée, cette forêt crainte entre toutes. Nous ne tuons plus le moindre animal ; ils ont tous disparu. Impossible pour eux de vivre dans ce milieu hostile. Nous ne trouvons même plus à manger l'une de ces baies sauvages appelées *n'dolong-dolo*, sur lesquelles nous nous précipitions quand nous en découvrions au pied des arbres.

Notre situation devient intenable à tous niveaux. Plus question d'établir un bivouac ; quand la nuit tombe, nous baignons encore dans le marécage et nous pouvons tout juste tendre nos hamacs en nous entraidant deux par deux pour tenter de ne pas trop mouiller nos précieux couchages dans l'eau qui atteint notre taille ; cela fait, nous nous précipitons à l'intérieur, épuisés, laissant nos vêtements suspendus aux branches. Avec l'obscurité, les marais deviennent fantomatiques, inquiétants, terriblement silencieux. Il semble que tout peut arriver.

Une nuit, je fais un rêve : je suis sur le plongeoir d'une piscine immense qui ne contient pas la moindre goutte d'eau, mais une quantité prodigieuse de nourriture. Il y a là des steaks, des glaces, des frites, du chocolat en barre, des yaourts, des gâteaux à la crème, tout ce que l'on peut imaginer ; et je saute dans cette piscine pour tout dévorer. Je me réveille en sursaut, affamé.

Nous dormons mal, tremblant de froid à cause de l'humidité. Et le matin, nous devons à nouveau plonger sans transition du hamac dans le marécage, souvent sous une pluie battante, le ventre creux, après avoir enfilé des chemises et des pantalons glacés par la nuit.

Mais il faut continuer à marcher vers l'est. À coups de machette de plus en plus faibles, qui font dégringoler araignées et fourmis comme jamais auparavant. Peu à peu, le doute s'insinue en nous, et les mêmes questions finissent par tourner dans nos têtes : les marais ne vont-ils pas devenir de plus en plus profonds, jusqu'à nous obliger à nager ? Combien de kilomètres y a-t-il encore à parcourir jusqu'à l'Oubangui ? Et surtout, combien de semaines nous faudra-t-il pour y parvenir ? Allons-nous d'ailleurs dans la bonne direction ? Ne faudrait-il pas prendre plus au nord, ou plus au sud, pour contourner la forêt inondée ?

Pour la première fois, nous craignons de finir prisonniers de ces marais : en quelque sorte, « d'y rester ». Personne n'en parle encore, mais la question s'installe insidieusement en nous.

Et puis un jour, au moment d'une halte, alors que

nous avons trouvé refuge entre les racines aériennes d'un géant de la forêt qui nous tient momentanément au sec, nous décidons de faire le point. Il ne pleut pas trop fort à ce moment-là et nous sommes accroupis les uns contre les autres au-dessus du marais. Le spectacle de mes braves compagnons qui ne se sont pas plaints un seul jour me renvoie à l'image que nous devons offrir : hâves, déguenillés, les joues creuses, les vêtements en loques. Mais encore prêts à tout.

Une sorte d'instinct – de conservation, sans doute – me pousse à croire qu'il nous faut décider quelque chose sans plus tarder. Je dis à mes camarades que nous sommes probablement au point de non-retour ; nous avons encore quelques forces, mais il faut savoir si nous devons les mettre à poursuivre dans l'inconnu, avec ces marais de plus en plus profonds et dont nul ne peut dire jusqu'où ils s'étendent, ou si nous ne ferions pas mieux de réserver ces ultimes forces à rebrousser chemin pour tout bonnement sauver nos vies. Au moins, nous savons ce qu'il y a derrière nous, rien de ce qui se trouve devant ; il faut décider maintenant. Nous n'avons à attendre de secours de personne, et si nous allons plus avant, il nous sera bientôt impossible de revenir en arrière.

La discussion qui suit est assez brève. Jean-François pense que les marais ne peuvent s'étendre indéfiniment : nous devons être proche de la fin de la forêt inondée. Nous avons tout de même bien avancé ; à son avis, nous aurons moins à souffrir en continuant droit devant nous qu'en retournant sur nos pas. Philippe et Hughes partagent mon avis : si nous poursuivons, les marécages finiront par nous engloutir. Ils peuvent se déployer encore sur des espaces immenses ; qui peut le savoir en vérité ? Faire le pari contraire dans les conditions qui sont les nôtres, sans plus aucune réserve de vivres, avec ces marais d'où nous ne pouvons tirer aucune nourriture, serait jouer à pile ou face avec la mort. Mieux vaut tenter de rejoindre la N'Doki, que nous ne sommes d'ailleurs même pas certains de pouvoir atteindre tant elle est loin derrière nous. Une fois là-bas, nous pourrons toujours construire un radeau de fortune et descendre vers la Sangha et la « civilisation ». Plus tard, dans de meilleures conditions, après la saison des pluies, il sera toujours temps de revenir dans la cuvette congolaise.

À contrecœur, nous nous laissons redescendre dans les marais pour faire retraite.

Ce jour-là, je fais l'expérience de la « décision douloureuse mais nécessaire » : celle que l'on se refuse à prendre, mais qu'il faut prendre néanmoins, parce que la donne a changé, parce que l'enjeu de départ ne vaut plus les périls encourus. C'est toute la différence, sans doute, entre la persévérance et l'entêtement ; c'est aussi la perception de la limite à ne pas dépasser, l'évaluation lucide du risque de trop.

J'en tiendrais toujours compte par la suite.

6

Nous rebroussons chemin avec écœurement : il va falloir à nouveau endurer au moins autant de souffrances qu'à l'aller. Mais ce sera pire, en vérité. Revenir sur la N'Doki se révèle infiniment plus dur que nous ne le pensions parce que malgré des efforts désespérés, nous ne retrouvons pas nos traces. Depuis longtemps, nous marquions sans doute avec plus de négligence les troncs d'arbres ; nous en avons raté un à un moment donné, cela a suffi pour nous perdre.

Plus d'autre choix alors que de poursuivre à la boussole, droit vers l'ouest cette fois, en traçant à nouveau un chemin. Mais, au moins, la N'Doki coulant nord-sud, nous ne pourrons la manquer.

Par chance, nous découvrons une bande de singes au sortir de la forêt inondée. Ils se chamaillent au-dessus de nos têtes. Un coup de fusil heureusement placé jette une folle pagaille parmi eux.

Les voilà qui s'enfuient en hurlant, tandis que l'un des singes dégringole de branche en branche jusqu'à nos pieds. Il n'est que blessé et fait face, les dents retroussées. Notre faim est telle que l'obsession de le tuer à tout prix s'empare de moi ; pour rien au monde je ne le laisserais échapper. Machette à la main, je me précipite sur lui, suivi de Philippe. Nous l'achevons en quelques secondes. La faim nous rend fous furieux, prêts à n'importe quoi pour survivre. Tout est cruel autour de nous, et nous devenons à l'image de ce qui nous entoure. Des conditions extrêmes peuvent changer les hommes contre leur gré. Pour l'heure, la viande du malheureux nous redonne quelques forces, et nous repartons rassérénés, toujours vers l'ouest et la N'Doki.

Les jours suivants, nous avançons comme des automates ; nous tuons encore quelques singes, mais en nombre insuffisant pour subvenir réellement à nos besoins. Très affaiblis, nous sommes incapables maintenant de courir derrière ceux que nous blessons simplement. Chaque pas exige un effort démesuré, nos bottes partent en morceaux, et nous devons faire tenir leurs semelles à grand renfort de ficelles qui ne résistent jamais bien longtemps. Nous sommes griffés et lacérés de partout ; Philippe se blesse grièvement à un œil sur des épineux, mais par la grâce de la providence, il nous reste quelques pansements pour le soigner. Il poursuit courageusement, sans un mot de trop.

Bientôt, nous devons nous résoudre à abandonner du matériel ; si nous n'allégeons pas nos sacs à dos, jamais nous ne pourrons continuer. Nous attendons que cesse la pluie dans cette immense cathédrale qui suinte de toute part, et, au beau milieu de la forêt, déballons le contenu de nos sacs. Le tri est impitoyable ; la moitié de notre matériel y passe, et bien des souvenirs, à l'exclusion de nos carnets de notes. Deux de nos quatre hamacs sont également sacrifiés : trop lourds. Désormais, nous dormirons à deux par couchage, tête-bêche.

Nous réunissons tout ce que nous laissons dans un gros sac marin et le suspendons à un arbre dans l'espoir insensé de le retrouver un jour.

Il doit s'y trouver encore, dans l'état que l'on imagine…

À partir de ce moment, l'éventualité de notre fin prochaine s'installe en nous. Elle devient de l'ordre du possible ; personne n'en parle encore, mais la présence de la mort est clairement là. Nous nous demandons s'il ne va pas falloir un miracle pour nous tirer de cette jungle.

En réalité, le miracle est déjà là. Et il n'est pas à l'extérieur de notre groupe. Il est à l'intérieur ; il est dans la façon dont la perspective de la mort soude chaque jour davantage contre elle nos quatre individualités. Et cela, avec une intensité que je retrouverai rarement par la suite. Je découvre à la fois inconsciemment et de manière très pratique la puissance de cette solidarité nouvelle, sans que nous en parlions, sans que nous en ayons, d'une certaine manière, le moindre mérite, mais qui est là à chaque instant, dans le moindre geste, dans la manière dont chacun prend en compte tous les autres. Il s'agit d'une découverte profonde, d'une expérience extrême, initiatique.

Cette « expérience initiatique », je pourrais aujourd'hui en dire ceci : avant de la vivre dans la cuvette congolaise, nous nous étions comportés entre nous comme quatre garçons aux divergences de caractères nettement marquées, qu'une amitié somme toute normale réunissait autour d'un projet commun. Il y avait eu des oppositions, quelques heurts, des affinités particulières – j'étais plus proche de Hughes, Philippe plus intime avec Jean-François –, mais toutes ces choses étaient en définitive très banales dans un groupe. Tout se déroulait plutôt bien.

Après notre expérience dans la forêt inondée, la normalité de la vie allait reprendre son cours, l'existence nous séparant ou nous rassemblant au gré de ses caprices et du tourbillon de la vie. Mais pendant la durée exacte de cette expérience, nous avions été « autres ». Il y avait eu une sorte de parenthèse inexplicable qui avait vu nos quatre personnalités se fondre en un seul corps et un seul esprit tendu vers un seul but : la sauvegarde des quatre parties qui composaient ce corps et cet esprit, sans que l'une de ces parties cherche à en tirer avantage au détriment des trois autres. Même dans les pires moments, quand nous aurions pu nous entre-déchirer pour une poignée d'insectes ou les restes de l'un des rares singes que nous parvenions à tuer, nous n'avions été qu'un pour survivre ensemble.

En y songeant beaucoup plus tard, j'en viendrais à considérer la solidarité sans concession qui était née dans l'épreuve de la cuvette congolaise, avec les sacrifices qu'elle exigeait, comme une sorte de miracle. Car l'inverse aurait normalement eu beaucoup plus de chance de se produire : devant l'infortune et l'adversité, chacun de nous aurait pu rester lui-même et ne chercher que sa propre survie dans un pur instinct de conservation. Ce qui nous aurait à coup sûr menés à notre perte. Mais il y avait eu ce miracle.

Un matin, nous nous heurtons avec stupéfaction à de nouveaux marais, juste derrière une dépression de terrain où, pour la première fois, nous découvrons des rochers. Où pouvons-nous bien être ? Après un moment de flottement, Jean-François dit :

« Ce doit être la N'Doki. Une bonne partie des rives étaient inondées quand on est montés avec la pirogue. »

Nous approuvons. Il ne peut en être autrement. Sinon, c'en serait fini de nous. Mais quelle peut bien être la largeur de ces marais avant la rivière elle-même ? Hughes propose avec bon sens :

« Il faudrait effectuer une reconnaissance dans ces marais. De toute façon, on ne pourra jamais construire un radeau ici. »

Il a raison. Deux d'entre nous doivent y aller. Nous nous asseyons sur les rochers et, conformément aux usages mis en place depuis quelques semaines pour décider des missions difficiles, nous tirons à la courte paille : le sort désigne Philippe et moi.

Nous nous déshabillons sans plus attendre. Tandis que

nous nous affairons, quelqu'un évoque la présence des crocodiles. Je chasse la peur naissante en me concentrant sur ce que j'ai à faire. De toute façon, la providence décidera.

Comme nous sommes à peine capables de marcher et que l'eau nous semble glaciale, nous nous enduisons le corps avec ce qui reste de la graisse d'entretien du fusil ; après quoi, nous « enfilons » des bouées fabriquées entre-temps par nos camarades à l'aide des seaux de plastique dans lesquels nous maintenons habituellement appareils photo et caméra.

Il n'y a plus qu'à y aller.

Nous plongeons dans les marais ; au moins, il ne pleut plus à ce moment précis.

Notre nage sera de courte durée ; après avoir écarté les premiers amas de végétation, nous parvenons très vite dans une zone de hautes herbes couvertes de soleil. Juste derrière, nous apercevons les eaux ocre de la N'Doki coulant vers le sud.

Première victoire.

De retour à terre, sans avoir vu la moindre queue de crocodile, nous décidons de bivouaquer autour des rochers et de ne repartir que le lendemain en longeant les marais jusqu'à trouver un endroit susceptible de convenir à la fabrication d'un radeau.

Nos deux hamacs sont très vite suspendus et nous capturons des têtards dans une mare pour notre repas ; malgré leur goût amer, nous les avalons avec avidité, accompagnés de champignons dont Jean-François assure qu'ils doivent être comestibles. Il n'y a plus qu'à allumer un feu et tenter de prendre quelque repos.

Le soir est prêt à tomber quand un coup de feu éclate au milieu de notre pauvre bivouac. J'entends la voix très excitée de Jean-François qui crie :

« Je crois que j'ai eu un gros oiseau… Dans les branches, là-haut… »

Je regarde dans la direction indiquée : quelque chose d'énorme et de noir tombe des sommets, ralenti par les lianes et les feuillages. Bientôt, la « chose » touche le sol devant un rocher, à une dizaine de mètres des hamacs, sous nos yeux stupéfaits.

Un gorille…

La bête gît sur le ventre, les bras de chaque côté du corps, la tête tournée vers nous ; elle n'est que blessée et tente déjà de se redresser en poussant des grognements de fureur ; ses yeux nous fixent dans un mélange de terreur et de méchanceté. Je crie à Jean-François :

« Vite, vite, achève-le ! »

Mais il n'y a plus de cartouches dans le fusil… L'un de nous cherche fébrilement dans ses poches des balles ailées – la plus coriace de nos munitions – et Jean-François me tend notre arme :

« Vas-y toi… »

Aussi vite que je peux, j'introduis trois balles dans le chargeur et m'approche. Le gorille est maintenant presque redressé sur ses pattes ; il grogne toujours et me regarde d'une manière atrocement humaine ; du sang coule de sa poitrine ; je le sens prêt à bondir, à m'écharper.

Il n'y a plus à hésiter : coup sur coup, à moins de trois mètres, je tire toutes mes cartouches, visant la tête. Il s'écroule définitivement, tassé sur lui-même.

L'instant d'après, nous sommes tous autour du gorille, nos poignards à la main. Cette masse de viande nous rend fous à nouveau ; nous taillons dans la chair sanglante, cherchant d'abord le foie que nous jetons aussitôt sur le feu pour le dévorer en premier.

Toute la nuit, nous nous relayons pour faire cuire des monceaux de viande, mangeant à satiété. À l'aube, ivres de sommeil, nous calculons que nous avons encore assez de viande pour plusieurs jours ; nous l'entassons dans les seaux de plastique qui nous ont servi de bouées, et repartons le cœur plus léger, longeant les marais de la N'Doki vers le nord, dans l'espoir de parvenir à la cahute de N'Dalo, d'où nous sommes partis.

La viande de ce gorille providentiel, nous la dévorerons même quand elle sera couverte d'asticots…

La chance nous sourit un peu plus tard. Après avoir longuement cheminé vers le nord, suivant notre instinct, nous retrouvons N'Dalo. Nous voilà revenus à notre point de départ quand la pirogue de Raphaël et Eugène nous avait laissés sur cette maigre portion de rive. Nous en avons fini avec les marécages ; l'eau coule à nos pieds. Notre bonheur est sans limites : nous voilà sans doute sauvés… Nous nous jetons dans la cahute branlante, entassés les uns sur les autres, et nous endormons profondément.

Le lendemain, nous entreprenons de construire le radeau qui doit nous permettre de descendre jusqu'à la Sangha ; à l'aller, nous avions remarqué une forêt de bambous toute proche. En moins d'une journée, elle nous fournit de quoi fabriquer notre embarcation de fortune ; nous sacrifions les cordes de nos deux derniers hamacs pour attacher les bambous entre eux ; à la tombée du jour, tout est prêt. Nous baptisons le radeau du nom de *Carole*, la sœur de Hughes – nous avions pour habitude de donner un nom de femme à chacun de nos bivouacs et à tout ce qui comptait ; il y avait eu ainsi les camps Édith, Gilberte, Aline, Ginette, Wendy, et tant d'autres…

Satisfaits, nous embarquons l'un après l'autre pour tester notre petit esquif. Chargé d'une personne, il est parfait ; avec deux, il affleure l'eau ; avec trois, il coule…

Un grand abattement nous saisit : que faire ? Construire un second radeau ? Nous n'en avons réellement plus la force. Alors ? Comme à l'évidence seuls deux d'entre nous pourront quitter ces lieux maudits, nous tombons d'accord pour que ces deux-là aillent chercher de l'aide chez les Bantous et reviennent secourir les deux autres.

Pas d'autre choix.

La courte paille décide de notre destin : Philippe et Hughes partiront, Jean-François et moi resterons.

La moitié de la nuit suivante, nous réfléchissons à la conduite à tenir pour chacune des deux équipes. D'après nos calculs, le radeau devrait mettre cinq ou six jours pour atteindre la Sangha si rien ne gêne sa route. Mais des troncs d'arbres entravent un peu partout la rivière, et un radeau ne peut les passer avec autant de facilité qu'une pirogue ; sans parler des crocodiles, qui restent le danger principal. Nous décidons cependant que si Hughes et Philippe ne sont pas de retour au bout d'une semaine, Jean-François et moi devrons considérer qu'ils ont échoué dans leur tentative, et qu'ils sont probablement morts. Nous n'aurons plus alors qu'à tenter de nous en sortir par nos propres moyens. À la grâce de Dieu, comme on dit.

Le matin suivant, nous cueillons des feuilles qui nous paraissent comestibles et les faisons bouillir dans notre marmite : ce sera toujours mieux que de rester le ventre vide. La viande du gorille n'est plus qu'un souvenir. Notre repas de fortune avalé, nous poussons *Carole* à l'eau. Philippe et Hughes embarquent avec le strict nécessaire pour ne pas alourdir la frêle embarcation : une machette, une lampe, leurs poignards, rien d'autre je crois. Le fusil et nos ultimes cartouches, risquant d'être perdus dans la N'Doki, demeurent avec nous.

Le cœur lourd, je vois disparaître le radeau emporté par le courant, malaisément conduit par nos camarades à l'aide de perches. Un dernier signe d'adieu, quelques cris échangés de loin pour nous souhaiter mutuellement bonne chance, et une page de notre vie commune se tourne.

Les six jours d'attente prévus à N'Dalo vont passer sans rien apporter de nouveau. Tout ce temps – un temps infernalement long dans l'état où nous sommes –, Jean-François et moi tentons de survivre de notre mieux. La nuit, nous dormons l'un contre l'autre dans la cahute, à même le sol, mettant toutes nos forces à protéger le feu de la pluie ; et le jour, nous cherchons à tuer tout être vivant passant à notre portée, incapables que nous sommes désormais de nous déplacer bien loin. Le moindre mouvement me donne le vertige et je dois me traîner pour aller chercher de l'eau à la rivière. Nous essayons de pêcher à l'aide de nos moustiquaires transformées en filets, mais sans résultat ; il faudrait pouvoir se mettre au milieu de la rivière.

Pendant ces jours interminables, nous mangeons des termites vivantes, des sauterelles vite jetées sur notre feu, et à quelques reprises des noix de palme que des bandes de singes rieurs laissent tomber des arbres après les avoir grignotées en partie. Maigre pitance. Et impossible d'abattre ces singes, faute d'avoir la force de les poursuivre.

Nous n'avons de la chance qu'à deux reprises, lorsque des toucans s'aventurent au-dessus de la minuscule clairière où se dresse notre cahute : je parviens à en abattre un à chaque fois, au moment où ils passent à ma verticale. Ils tombent presque directement dans notre gamelle. Nous les dévorons entièrement, os compris, ne laissant que becs et griffes.

Les nuits et les jours s'égrènent les uns après les autres, et il nous semble que chacun d'eux nous rapproche d'une mort désormais inéluctable. Rien n'est pire que l'inaction dans les circonstances qui sont les nôtres ; nous imaginons le pire pour nos camarades, mais nous les envions d'une certaine manière d'être dans l'action.

Je vis cette évidence de notre fin prochaine d'une manière très étrange : sans révolte particulière, avec une sérénité qui m'étonne, de brèves pensées pour mes parents dont j'aurai provoqué la tristesse. Et juste un regret :

celui de ne pouvoir accomplir tout ce que je voulais entreprendre. Je finis par me dire assez égoïstement que le seul ennui de la mort est d'empêcher d'agir. Tout le reste est de peu d'importance…

Pour la première fois, j'entrevois ce que j'appellerai plus tard la « mort annoncée », celle qui avance tout doucement, sans se presser, celle que l'on a le temps de voir, contrairement à la « mort brutale », qui vient sans crier gare. La mort annoncée donne le temps de réfléchir. Et d'y repenser toute la vie si l'on s'en sort.

Afin que quelqu'un sache de quelle manière nous avons disparu dans cet enfer, je me résous à écrire une courte lettre en forme de S.O.S., et la confie au fil du courant à l'une de nos dernières boîtes étanches.

Je crois bien que cette pauvre missive n'est jamais parvenue entre les mains de qui que ce soit.

Le sixième jour arrive, et nous devons nous rendre à l'évidence : la N'Doki a eu raison de Philippe et Hughes. Sans quoi ils seraient déjà là. Une sombre tentation nous saisit un moment : nous laisser mourir là, de faim et d'épuisement, sans plus nous battre. À quoi bon désormais ? Nous sommes à bout ; il doit y avoir un temps pour tout et celui de la résignation est arrivé. Je me souviens que nous calculons le temps que cette mort mettra à accomplir son œuvre, en nous basant sur la résistance des grévistes de la faim… Nous ne devrions plus tenir très longtemps, mais ce devrait être au moins une mort assez douce : les crampes à l'estomac que je pouvais ressentir les premières semaines ont disparu, remplacées par une immense faiblesse et des vertiges incessants ; même les rêves de nourriture se font moins fréquents.

Et puis, cette sixième nuit, au moment où nous tentons de nous endormir, une révolte terrible me saisit, comme une envie folle de me battre pour vivre un jour tous mes rêves. Je me redresse et dis à Jean-François quelque chose du genre :

« On a encore une chance à tenter, n'est-ce pas ? Celle dont on a déjà parlé. Quittons N'Dalo demain, juste avec nos machettes, le fusil et le reste des cartouches. Sans rien à porter, on a nos chances ; en suivant la rive, nous finirons tôt ou tard par arriver sur la Sangha, même si ça doit prendre des mois. Si on tue un singe demain, et on y parviendra, on devrait pouvoir reprendre des forces... Qu'est-ce que tu en penses ? Tu viens ?

– Évidemment, répond Jean-François en se tournant vers moi. On va faire comme ça. Demain matin, on tente le coup. »

Nous nous endormons, apaisés par cette décision : nous ne sommes pas encore morts. Au loin, je me rappelle avoir entendu le feulement d'une panthère, juste avant de basculer dans le sommeil.

Il doit être aux alentours de minuit quand une rumeur me réveille en sursaut. Quelque chose d'incertain d'abord. Puis j'entends comme des cris humains dans le lointain, des appels très vagues qui se rapprochent rapidement. Je suis entre veille et sommeil, tous mes sens comme anesthésiés par la famine ; je crois rêver.

Les cris se rapprochent. Quelque chose est réel dans tout cela... Je secoue Jean-François, incrédule :

« Écoute ! »

À cet instant, une voix se fait entendre, toute proche maintenant, hélant nos noms :

« Patrice, Jean-François, c'est moi, Hughes, on a réussi, je ramène une pirogue... »

Et d'un coup, la nuit noire laisse apparaître notre camarade, hirsute, un fanal à la main : il se laisse tomber devant nous comme une ombre prête à défaillir. Nous nous regardons avec Jean-François, sans y croire, réalisant à peine que l'apparition de notre ami ne peut avoir qu'une signification : nous sommes sauvés. De fait, Raphaël, le Bantou, surgit à son tour de l'obscurité, une grosse marmite à la main :

« C'est de l'estomac d'éléphant. On l'a apporté pour vous : mangez ! »

Je demande stupidement, toujours sous le choc :

« Comment nous avez-vous trouvés de nuit ?

– L'odeur de votre feu, dit Raphaël. Je l'ai senti de loin… »

Nous plongeons nos mains dans la marmite, mais sans la joie que j'escomptais : j'ai du mal à croire que tout puisse être fini.

Hughes et Raphaël s'écroulent aussitôt de sommeil. Jean-François et moi restons éveillés jusqu'à l'aube, hébétés, riant nerveusement.

Le lendemain, Hughes nous conte l'odyssée du *Carole*. Ils ont mis cinq jours à descendre la N'Doki, car la rivière était très encombrée de troncs d'arbres, beaucoup plus qu'à l'aller ; les pluies des dernières semaines avaient dû abattre nombre d'arbres en amont. Le radeau filait bien dans le courant, ils poussaient sur leurs perches, mais à chaque barrage d'arbres, ils devaient faire passer le radeau au-dessus ou en dessous, et cela leur prenait un temps considérable. La nuit, ils se réfugiaient dans les racines d'un arbre le plus gros possible pour se protéger d'éventuels crocodiles mais, par chance, ils n'en avaient vu aucun ; ils n'avaient strictement rien mangé pendant ces cinq jours et avaient manqué défaillir maintes fois ; mais ils avaient réussi à tenir bon.

Leurs plus grandes souffrances étaient venues des fouroux qui les avaient assaillis presque sans arrêt par nuages entiers. Leurs corps étaient marqués de milliers de minuscules piqûres rouges. Malgré tout, ils étaient parvenus à atteindre la Sangha ; là, ils n'avaient plus été certains d'avoir encore assez de force pour continuer jusqu'à Ikélemba où ils savaient trouver des Bantous. Mais un miracle s'était produit à la confluence de la N'Doki ; alors qu'ils quittaient cette dernière pour s'engager sur la Sangha, ils avaient aperçu sur la rive un groupe de chasseurs bantous qui venait d'abattre un éléphant. Ils étaient en train de le dépecer, à coups de hache, debout sur son flanc. Philippe et lui les avaient hélés depuis le radeau, mais à leur grande surprise, les chasseurs s'étaient aussitôt enfuis de terreur, croyant – comme Hughes l'apprendrait plus tard – qu'ils venaient de voir des Blancs marchant sur l'eau... Au grand désespoir de Hughes, le courant emportait le radeau sans qu'ils puissent atteindre la rive où se trouvait l'éléphant quand, fort heureusement, l'un des Bantous s'était repris et avait sauté dans sa pirogue pour les rejoindre – par un hasard incroyable, il s'agissait de Raphaël.

Voyant leur état pitoyable, celui-ci les avait aussitôt conduits à leur campement de chasse où les autres Bantous les avaient finalement rejoints, rassurés. Hughes n'avait pas eu trop de peine à convaincre Raphaël de remonter jusqu'à N'Dalo en pirogue, aussi vite qu'il le pourrait, sans rien prendre d'autre que cette marmite pleine d'estomac de l'éléphant dont nous nous étions rassasiés ; Philippe avait dû rester au campement, trop affaibli pour songer même à se mettre debout. Les autres Bantous ayant refusé de s'aventurer sur la N'Doki, Hughes était parti seul avec Raphaël et ils avaient navigué sans un instant de repos, poussant sur leurs pagaies aussi fort qu'ils le pouvaient. Et ils nous avaient retrouvés...

J'ai écouté ce récit dans une demi-conscience. L'exploit accompli par mes deux camarades ne prendrait sa juste mesure qu'au bout de quelques jours, lorsque j'aurais repris mes esprits.

Ils étaient allés jusqu'au bout.

Nous quittons N'Dalo sans tarder, allongés dans la pirogue, Raphaël pagayant seul. Jusqu'à la Sangha, je somnole dans une sorte de sommeil comateux ; je mets longtemps à retrouver un état psychologique normal, à comprendre ce qui se passe. Je me souviens de cette période comme de quelque chose d'impalpable, comme le souvenir d'un rêve très vague.

Je comprends que tout commence à rentrer dans l'ordre quand nous parvenons au campement de chasse et que je découvre l'amoncellement de morceaux d'éléphant qui a été mis à fumer sur de grandes claies de bois. À cette vision, nous nous jetons littéralement sur cette viande, que nous avalons par kilos entiers, accompagnée de sauce de noix de palme préparée pour nous. Philippe a eu le temps de se remettre et participe au festin avec la même avidité. Une folie.

Toute la nuit, nous ne cessons d'engloutir cette viande d'éléphant ; et de vomir ensuite. Nous sommes si malades que les Bantous, pris de compassion, nous font avaler une décoction d'écorce d'arbre pour nous soulager ; elle n'aura aucun effet. Il suffirait d'arrêter de manger pour aller mieux, mais nous en sommes incapables.

Tout ce qui reste marqué dans ma mémoire au cours des mois suivants concerne la nourriture. À Ikélemba, que nous rejoignons avec la pirogue de Raphaël, nous passons près d'une semaine à attendre un pousseur descendant vers Brazzaville. Nous ne faisons qu'y manger à longueur de journée : régimes de bananes, manioc, viande de chasse, miel sauvage, tout ce que les habitants nous apportent en constatant notre état pitoyable. Et nous continuons à être malades sans pouvoir nous arrêter…

Lorsqu'un pousseur apparaît enfin, on nous conduit à bord en pirogue. Les jours suivants, à chaque halte dans un village, de plus en plus grand au fur et à mesure que nous approchons de la capitale, nous poursuivons notre gavage avec tout ce que nous trouvons dans les échoppes – les boîtes de lait concentré sucré deviennent notre mets le plus recherché, à défaut d'autre chose. Et nous continuons jusqu'à la nausée.

Parvenu à Brazzaville, notre frénésie augmente encore. Le réfrigérateur de l'attaché culturel de l'ambassade de France qui nous loge avec bienveillance est dévalisé ; au petit déjeuner, nous avalons sans peine une tablette de beurre chacun, sans parler des pots de confiture qui disparaissent à peine posés sur la table. Retrouver le goût des nourritures de notre éducation – cette chose si importante dans toutes les cultures – nous rend plus insatiables que jamais ; nous voulons tout redécouvrir. Dans un restaurant, incapables de choisir entre les mets, nous commandons l'intégralité de ce qui se trouve sur la carte et parvenons à ne rien laisser dans nos assiettes.

Nous avons peine à marcher, les ventres ballonnés, pris de diarrhées et de vomissements ; mais rien n'y fait. Nous sommes littéralement obsédés par la nourriture…

Et cette obsession durera longtemps après notre retour en France. Jusqu'à ce que nous dépassions largement notre poids de départ. J'en avais honte.

Mais ainsi va parfois la vie d'aventure…

À Paris, c'est le temps du bilan. Il est cinglant : échec de la traversée Sangha-Oubangui, retraite en bon ordre, mais sauvetage miraculeux dû à un simple concours de circonstances, perte de l'essentiel du travail effectué chez les Pygmées.

Des mois durant, je ne cesse de me dire que si, par le plus grand des hasards, des chasseurs bantous n'avaient pas tué un éléphant à la confluence de la N'Doki juste à ce moment-là, nous ne serions probablement pas sortis vivants du piège de la jungle. En définitive, notre seul mérite a été de tenir bon dans l'adversité. Pour le reste, nous avons commis une succession d'erreurs d'appréciation : sur nous-mêmes, sur l'exactitude des périls que nous encourions, sur le jugement des rapports de force entre la nature et nous, sur une multitude de détails – là où se loge le diable, comme disent les Allemands… De surcroît, nous avions confondu courage et témérité, c'est une évidence. J'adhérais depuis longtemps à cette idée que l'aventure consiste à s'exposer et non à se protéger, mais il fallait y ajouter une condition : introduire de l'intelligence dans cette conception des choses.

Pour l'avenir, je retiens qu'à condition de ne pas être une entrave, la prudence n'est pas un défaut dans le calcul des risques, et que la sagesse bien comprise – celle qui vient avec l'âge, l'expérience, l'instinct et le « coup d'œil » – est une qualité. Car il existe toujours une frontière invisible à ne pas franchir quand on se lance dans l'inconnu ; cette frontière, il faut apprendre à la reconnaître, à la sentir ; à la flairer, à ruser avec elle pour tout dire : un pas de trop et, de l'autre côté de cette frontière impalpable, on se trouve enferrés dans des situations impossibles, de celles où l'on ne maîtrise plus rien, où tout ne dépend plus que du hasard, de l'incertitude et de l'arbitraire. Je me jure de ne plus jamais faire ce minuscule pas de trop, celui qui jette dans la gueule du loup.

Pour finir, je garde de cette époque un vieux réflexe dont j'ai du mal à me débarrasser : je peux difficilement prendre un café, attablé dans la quiétude d'un bar, ou dîner dans un bon restaurant sans songer au désir infini que j'ai pu avoir de ces maigres plaisirs quelque part dans la forêt inondée du Congo, quand j'avais vingt ans et que je découvrais la famine.

7

Nous sommes trente-cinq ans après le surgissement dans ma vie de « l'aveugle de Madrid » : au mois de mars 2010 pour être précis. Le temps a passé, mais une autre rencontre, tout aussi improbable, va me ramener très loin en arrière.

Capitaine du trois-mâts d'exploration *La Boudeuse*, je viens de jeter l'ancre en face du bourg de Saint-Laurent sur le fleuve Maroni – Guyane française – au cours d'une nouvelle expédition. La remontée du fleuve a été éprouvante pour tout l'équipage ; les cartes des cours d'eau amazoniens sont pour la plupart anciennes et imprécises, les hauts-fonds nombreux. Sans parler des troncs d'arbres à la dérive et des bancs de sable erratiques, qui obligent à demeurer sans cesse sur le qui-vive. Maintenant, tout est terminé : *La Boudeuse* est paisiblement au mouillage dans le fil du courant ; l'équipage s'est dispersé dans la ville, fêtant joyeusement notre arrivée. J'ai pris la garde sur le navire avec quelques hommes.

J'aime ces instants de fugace sérénité, lorsqu'il n'y a plus rien à faire après les rudes moments de tension qui ont précédé. Une sensation très douce envahit alors *La Boudeuse* à l'ancre ; on la sent comme satisfaite d'avoir donné le meilleur d'elle-même aux hommes qui la mènent et lui font confiance.

De l'autre côté du fleuve, la jungle est immobile mais frémissante de vie.

À son retour à bord, Jean-Marc Leforestier, second capitaine, vient me trouver. Il a un message important pour moi : un vieux libraire l'a abordé dans sa boutique aussitôt qu'il a vu les armes de *La Boudeuse* sur sa tenue. L'homme lui a dit qu'il m'avait connu au Sénégal quand j'étais enfant, qu'il s'occupait de moi à l'époque, et qu'il était alors sergent dans la compagnie de parachutistes que commandait mon père, au 7e RPIMa – régiment dissous depuis bien longtemps. Il aurait aimé savoir si je me souvenais de lui. Et s'il pourrait me revoir.

Je ne peux m'empêcher de m'exclamer :

« Le sergent Bour ! Est-ce qu'il t'a dit ce nom-là ?

– Je crois bien, oui : Bour… C'est ça. Il tient la plus vieille des deux librairies de Saint-Laurent. Tu la trouveras en face de l'hôpital. »

Dès le lendemain, je me mets à la recherche de l'ancien sergent devenu libraire. Avec beaucoup d'émotion. Du temps de la jeunesse du sergent, j'avais huit ans : j'étais louveteau à la 7e Dakar, groupe Saint-François. Malgré le temps, j'ai encore en tête tous ces détails. C'était l'usage alors pour les fils de soldats en Afrique d'être louveteaux, ou scouts, selon l'âge : on nous mettait un uniforme bleu ciel sur le dos, des insignes sur les manches, un béret noir sur la tête, un foulard autour du cou, et on nous envoyait faire nos classes dans la nature. Pendant trente mois, le sergent avait encadré notre petite troupe. C'était un homme qui me paraissait comme une force tutélaire et bienveillante venue d'un autre monde.

Notre troupe était joyeuse. Nous vivions ensemble toute l'année avec nos parents dans un immense camp militaire au milieu du Cap-Vert : le camp Leclerc. Ce camp me semblait comme une ville en réduction, avec son cinéma, son église, ses magasins, ses ateliers, son terrain de football, ses salles de sport, ses casernements. Quand il n'y avait pas classe, nous partions dans la savane en file indienne, la musette sur le dos, au milieu des singes et des baobabs, sous le soleil ou la pluie, peu importait semble-t-il. Et le sergent Bour était toujours devant. Libres et heureux, nous chantions tout au long de ces pistes des airs que je n'ai pas oubliés : « Sur ces rives lointaines que tu rêves tant d'explorer, ami soit fidèle à tes frères, car tu as promis naguère de servir et de protéger. »

Je ne saisissais guère le sens de ces paroles, mais j'aimais chanter ; et j'aimais marcher, et j'aimais cette liberté insouciante. C'était fatigant, mais cette fatigue me plaisait. Même aujourd'hui, je n'ai aucune idée de la raison pour laquelle cela me plaisait. C'était ainsi. Question de tempérament sans doute. Je ne me posais pas de questions inutiles ; j'étais bien.

En route, on mangeait des fruits de l'arbre à pain et de la canne à sucre quand nous en trouvions. Le soir, on dressait le bivouac dans une clairière, on allumait de grands feux, et nous mangions dans des gamelles de fer ce que nous avions été capables de préparer. Les tentes que fournissait le régiment étaient d'une rusticité à peine pensable : des piquets de bois qui s'emboîtaient les uns dans les autres, deux bâches camouflées pour le toit et une troisième comme tapis de sol. On s'encombrait de peu. C'était pour le moins spartiate, et on dormait à la dure. Une fois allongé, on voyait la brousse par-dessous la tente, brillant sous la lune, à la fois inquiétante et fascinante ; toutes les bestioles de la terre nous grimpaient dessus. Quand il pleuvait, des gouttières se formaient très vite, et nous restions mouillés le reste de la nuit. Mais nous aimions cette vie sauvage. Nous vivions des moments intenses.

Lorsqu'une tornade survenait l'été, c'était la Bérézina. Les tentes résistaient rarement. Alors tout s'écroulait, et le sergent Bour surgissait dans la nuit, une lampe à la main pour rassembler la marmaille trempée qui grelottait déjà sous les éclairs et le tonnerre. Il n'y avait plus qu'à le suivre jusqu'à ce qu'il débusque un vague abri ou en construise un de fortune. Ensuite, nous attendions le jour, serrés les uns contre les autres, et nous trouvions que la vie était belle : c'était l'aventure. Nous aimions être ensemble, nous confronter à ce qui nous entourait, vivre de manière rustique, nous entraider, nous épauler, riant de nous jouer de tout. C'était très ludique au fond. Nous voyions nos pères faire de même, partir à pied vers l'horizon avec tout leur barda sur le dos ; ça nous plaisait bien de ressembler à nos pères. Nous avions entre huit et dix ans.

Je dois à ce brave sergent d'avoir appris ce que devait connaître tout louveteau en ce temps-là : les rudiments du secourisme, le morse, les mille manières d'allumer un feu, d'installer un campement, de se protéger des intempéries, de manier un couteau, de marcher en s'économisant, tant d'autres choses encore, comme le sémaphore, par exemple. C'était une technique d'éclaireurs que nous aimions particulièrement ; elle consistait à communiquer à distance grâce à de simples drapeaux tenus à bout de bras et une paire de jumelles. L'ingéniosité de celui qui avait inventé le sémaphore me subjuguait.

Le sergent Bour nous poussait à toutes sortes d'activités au cours de nos sorties ; il tenait toujours notre curiosité en éveil. Nous n'étions pas ménagés. Avec lui, on apprenait également qu'un pays se découvre d'abord avec ses jambes. Et de nos jambes, nous n'étions pas économes. Cela me convenait aussi. Je me mettais à aimer l'effort physique, et cela m'a été bien utile par la suite.

Cette vie où nous nous sentions si libres nous rendait très turbulents. Nous en avons fait voir de belles au sergent Bour… Nous nous évadions volontiers pour aller explorer hors des pistes tout ce qui nous semblait transgressif : il y avait tant de choses étranges et attirantes dans la brousse africaine. Le sergent nous cherchait partout, grommelant et bourru, inquiet sûrement. Il nous retrouvait toujours et alors, gare aux coups de gueule… Personne n'y échappait. Nous étions aussi de bons chapardeurs de nourriture. Quand nous étions pris, pas question de passer au travers des corvées réservées aux resquilleurs : c'était la règle du jeu. Je ne me souviens pas d'avoir souffert d'injustices ou de brimades à ces occasions. Dans mes souvenirs, tout cela était fait d'un mélange de rudesse et d'affection.

Comme mes camarades, je dois au sergent l'éveil de mon goût pour la nature. Il savait nous dévoiler ses ressources, ses possibilités, ses dangers ; il nous apprenait qu'il fallait vivre en symbiose avec elle, nous adapter à elle, l'accepter comme elle était avec ses joies et ses souffrances, que nous n'avions rien à craindre d'elle. L'enfer c'était l'inconnu ; quand on apprenait l'inconnu, l'enfer disparaissait. Avec le sergent Bour, sans doute étions-nous aussi des écologistes avant l'heure. Il ne fallait toucher à la nature qu'à la mesure de nos besoins naturels ; ne jamais gaspiller ce qu'elle pouvait procurer. Quand nous levions le camp, il n'était pas question de laisser la moindre souillure derrière nous ; il fallait tout nettoyer et que ne subsiste aucune trace de notre passage. On ne jetait rien. Le sergent était inflexible là-dessus. La nature était notre mère à tous ; il fallait la respecter.

Je suis de ceux qui ont eu la chance de rencontrer sur la route de leur enfance, à deux ou trois reprises, des éducateurs de qualité, attentifs et dévoués. Je sais maintenant combien cela compte.

L'air de rien, on nous enseignait l'effort, l'endurance, l'esprit de sacrifice, le courage, l'abnégation, la solidarité, des choses de ce genre, largement passées de mode aujourd'hui. Il se trouve que cela nous convenait : c'était fort et généreux. C'était notre éducation civique. D'une certaine manière, c'était aussi très « collectiviste », je m'en rends compte maintenant, pas du tout dans l'air du temps qui exaltait l'individualisme jusqu'à l'extrême. Le groupe, c'était l'unité, quelque chose entre le kolkhoze et le kibboutz, l'endroit du partage entre égaux.

Cependant, il n'y avait rien dans cette éducation qui ressemblât à de l'embrigadement ; pas d'orientation politique, pas même la volonté de tous nous passer à la toise. L'anticonformisme était bien vu s'il apportait quelque chose au groupe. Je ne sais pas si cela tenait à ce qu'était en ce temps-là l'armée républicaine et citoyenne, mais on encourageait l'affirmation de nos caractères particuliers tout en renforçant notre capacité à les fondre ensemble. C'était une alchimie assez étrange ; je ne l'ai compris que longtemps plus tard. J'étais très indépendant et je n'avais pas l'impression que porter un uniforme ou respecter des règles communes m'empêchait d'être moi-même. Au contraire.

De tout cela j'ai gardé un goût certain pour les équipes soudées qui poursuivent un but commun, partageant les bons et les mauvais moments, les succès comme les coups durs. J'ai par la suite aimé les aventures solitaires et individuelles. Et je les aime encore : savoir ce que l'on vaut tout seul est d'un grand intérêt et peut apporter toutes sortes de satisfactions et de déceptions mêlées, à la mesure finalement du défi de la solitude ; c'est un apprentissage sans égal. Mais j'ai toujours de l'enthousiasme pour cette idée d'entreprendre quelque chose à plusieurs.

Dans mes souvenirs m'est aussi resté un événement d'une rare intensité : un jour que nous marchions en file indienne sous le soleil ardent au milieu de la savane, l'un d'entre nous se fit mordre à la cheville par un serpent. Si ma mémoire est bonne, il s'appelait Philippe Hovette et c'était le fils d'un capitaine. Il avait mon âge, dix ans tout au plus. Les serpents étaient assez rares dans cette région, et mon camarade n'avait pas eu de chance. Heureusement, il y avait le sergent Bour !

Je ne me souviens plus de ce qu'il fit exactement pour soigner la plaie, mais je le vois encore prendre mon camarade sur ses épaules, nous intimer de le suivre en courant, et foncer aussitôt en direction du camp Leclerc. Le sergent avait fait la guerre, et il était entraîné. C'était un bon petit parachutiste. Il nous distança très vite et il le fallait bien. Le camp était loin. Quelle course ce fut, nom de Dieu !

Le sergent arriva à temps ; les médecins sauvèrent mon camarade. Parmi ces médecins se trouvait un commandant du nom de Noirot. C'était une figure du régiment, car il avait été fait prisonnier à Diên Biên Phu en soignant les derniers blessés ; son fils était parmi nous.

Le lendemain de cette affaire qui avait fait le tour du camp, nous nous étions dit, dans notre troupe de gamins, que de temps à autre cela pouvait être utile d'être entraîné comme le sergent. C'était la démonstration concrète que cela servait à quelque chose. Cela nous avait fait beaucoup réfléchir. D'un coup nous comprenions mieux pourquoi le sergent nous encourageait à tenir bon sur les pistes et dans les épreuves quand nous râlions sous le soleil. J'ai retenu la leçon.

Nous étions très vite repartis dans la savane ; toujours avec le sergent Bour. Pour rien au monde je n'aurais voulu que l'on nous interdise cette vie sauvage et libre : c'était notre paradis.

Personne ne nous en empêcha.

Je trouve facilement la librairie, en face de l'hôpital de Saint-Laurent. Elle ne paie pas de mine : tout au plus une bicoque, avec des volets de bois de guingois, une façade qui mériterait d'être repeinte, un toit malmené par le temps. J'entre avec une certaine appréhension : qu'est devenu le sergent après tout ce temps ? Quarante-cinq ans ont passé, et cela n'arrange personne.

À l'intérieur, pas le moindre client. Je regarde autour de

moi. C'est une librairie à l'ancienne, avec des étagères de bois un peu partout, branlantes, des livres qui s'empilent en désordre, de la poussière : un fatras de vieux garçon, une atmosphère d'autrefois sous les tropiques dans un vieux film en noir et blanc. On sent que le propriétaire aime davantage vivre au milieu des livres que les vendre. À droite, il y a un comptoir. Derrière, un homme tout ridé semble somnoler sur une mauvaise chaise : il est torse nu dans la chaleur et porte un pantalon camouflé. Il doit bien approcher les quatre-vingts ans. Un fusil de chasse traîne sous le comptoir. Je m'avance. L'homme lève la tête, m'aperçoit ; il regarde un instant ma tenue, le nom de *La Boudeuse* brodé sur ma poitrine. Aussitôt, il me tombe dans les bras en s'écriant :

« Patrice, est-ce que tu te souviens de moi ? Le sergent Bour ? Le Sénégal ? »

Je suis très ému. Le sergent qui autrefois me paraissait immense est tout petit, sec et nerveux comme un vieux bois de la jungle prêt à rompre.

« Je ne vous ai jamais oublié, sergent. Je me souviens de tout. »

Il part d'un grand rire joyeux :

« Ah bah, je ne suis plus sergent depuis longtemps ! »

Nous nous asseyons sur des chaises et, naturellement, les souvenirs tombent en cascade ; la savane défile devant mes yeux, et tous mes camarades aussi, dans leurs uniformes bleu ciel et leur jeunesse dont il ne me reste que quelques vieilles photos dans des cantines de fer…

Enfin, je dis au vieux sergent ce que je n'ai jamais pu lui dire et que je ne pensais jamais pouvoir lui dire : tout ce que je lui dois. Le sergent est heureux. « J'ai servi à quelque chose », semble-t-il dire en hochant la tête, le regard mouillé.

Et lui, que devient-il ? Bah, il a fait son chemin comme tout le monde. Mais il n'a jamais voulu vivre ailleurs que sous le soleil. Toute une vie d'aventure après l'armée, jusqu'à cette librairie qui lui tient à cœur. Mais ça aussi il va y mettre un terme. Il est fiancé maintenant ; à une jeune Brésilienne de trente ans, rencontrée lors d'un voyage à Belém sur l'Amazone. Il se sent toujours vaillant.

« Sergent, vous n'allez pas tomber dans un piège avec cette jeunette ?

– Possible ! Mais en attendant, la vie est belle ! »

Il rigole. Dans quelques mois il sera marié. Tout est prêt pour la noce. Alors, il fera une fête à tout casser dont on se souviendra longtemps. Après quoi, il s'installera au Brésil pour une vie nouvelle ; ça l'excite beaucoup de tout recommencer à son âge.

Sacré sergent ! Toujours la vie devant soi…

Enfin, il demande :

« J'aimerais voir ton navire, Patrice. C'est un fameux trois-mâts à ce qu'on dit.

– Venez demain sergent. Je serai fier de vous présenter à l'équipage. Je leur raconterai tout. Je vous enverrai un canot au ponton de la ville. »

Le lendemain, à l'heure dite, le sergent se présente à la coupée, presque endimanché. Réflexe de vieux soldat. Je lui fais faire le tour du navire. Tout ça lui plaît bien, mais la mer ce n'est pas tellement son affaire de terrien : trop de mouvement sous les pieds. Je le vois pourtant humer l'air du large sur la dunette, devant la barre à roue, face au grand fleuve, les yeux plissés d'autres souvenirs. Le sergent a l'aventure dans le sang. Il y a des gens qui ne vieillissent jamais, qui malgré l'âge font toujours comme si de rien n'était. Le secret de la longévité peut-être.

Et il me parle encore longtemps de ces louveteaux turbulents que nous étions au temps de sa jeunesse…

Le lendemain, il faut lever l'ancre.

8

C'est à l'époque du sergent Bour que j'ai découvert ce qu'étaient les livres et la lecture. Ce fut une découverte éblouissante ; ce pourquoi sans doute les livres ont tenu par la suite une place centrale dans ma vie.

Le déclic eut lieu à un moment précis. J'avais huit ans, et c'était un après-midi dans le salon de la maison familiale du camp Leclerc. L'un de mes camarades louveteaux vint me voir pour me prêter une histoire du « Club des cinq » d'Enid Blyton, publié dans la célèbre « Bibliothèque rose ». Il tenait absolument à ce que je découvre ce livre qui venait de le passionner. Par curiosité, je le lus le soir même dans mon lit, entre les pans de ma moustiquaire. Je m'enthousiasmai instantanément pour les aventures rocambolesques vécues par les personnages de ce roman. Ils avaient mon âge, je n'en revenais pas. Dieu sait pourquoi, j'eus envie d'être à leur place : ce qui leur arrivait était encore plus fort que ce que je pouvais connaître dans la savane.

Les mois suivants, j'empruntai tous les « Club des cinq » de mon camarade et les avalai littéralement les uns après les autres. La vraie vie était dans ces livres, me semblait-il. D'un coup, je ne pouvais plus courir la brousse de la même manière. Il fallait qu'elle ressemble aux livres, qu'elle m'apporte la même chose. Je devais être très influençable…

Plus tard, je passerais aux successeurs chronologiques du « Club des cinq » : à dix ans le « Clan des sept », à douze les « Six Compagnons », à quinze « Bob Morane »… Je les ai tous lus, je crois. Ils ont été mes premiers livres. Ce n'étaient manifestement pas de « grands » livres d'un point de vue littéraire, mais ce sont les premiers que j'ai aimés. C'est ainsi, je n'y peux rien : ces livres ont « enchanté » mon enfance au sens propre du terme. À les relire aujourd'hui par curiosité, je les trouve tout de même de bonne qualité, bien faits pour donner le goût du grand large à la jeunesse.

Jules Verne, Jack London et les auteurs de même dimension sont venus plus tard. Je les ai aimés, mais sans y puiser la même exaltation. C'est ainsi aussi.

Je me suis toujours demandé si l'influence de ces livres d'enfant avait joué un rôle dans mes choix de vie ultérieurs. C'est possible. Mais je ne suis sûr de rien ; cela reste un certain mystère à mes yeux. Car des tas de garçons de mon âge lisaient les mêmes livres et n'ont pas suivi la même route. La seule chose évidente est que ces livres tombaient, en ce qui me concerne, sur un terreau qui leur convenait.

Quoi qu'il en soit, l'amour des livres a commencé comme ça pour moi : de manière très forte, avec des livres très simples. Le goût de ce que l'on appelle la littérature est venu beaucoup plus tard, avec Conrad, Kazantzákis, Cendrars, Buzzati, Balzac, Gary, Graham Greene, beaucoup d'autres ; il ne m'a plus lâché ensuite et je crois que ces premières lectures m'y ont préparé. Depuis, les livres ont plus d'importance dans mes sacs de voyage que n'importe quel objet pratique. Dans les pires circonstances, ils sont toujours des compagnons fidèles. Ils m'apportent ce que je ne peux avoir par ailleurs : il y a presque tout dans les livres ; et lorsque je dois les sacrifier pour une raison quelconque, c'est toujours une souffrance – comme au Congo, quand privés de cigarettes nous arrachions les pages de nos rares bouquins pour y rouler le tabac brut des Pygmées…

Pour toutes ces raisons, je considère que c'est un grand crime pour les adultes que de ne pas mettre des livres entre les mains des enfants.

C'est à l'époque du sergent Bour également que j'ai découvert les arts martiaux : l'une des autres rencontres marquantes de ma vie. Il y avait un dojo au camp Leclerc, et mes parents tenaient à ce que j'apprenne le judo, comme beaucoup d'autres choses d'ailleurs. J'aimerais faire une parenthèse ici pour dire ma chance d'avoir eu des parents qui faisaient le pari de la culture pour l'avenir de leurs enfants – une culture qui s'étendait à la pratique des sports, à celle des arts et à la connaissance de la nature. Leurs moyens financiers étaient modestes, mais bien dirigés. Notre mode de vie était austère, les repas très simples, les dépenses matérielles limitées à l'essentiel : pas d'excès dans l'habillement, le logement ou les divertissements. Les vacances étaient prises en France, nous n'allions jamais au restaurant, il n'y avait pas de sports d'hiver ou de choses de ce genre. L'argent disponible était consacré à l'éducation. Ce pourquoi je me suis toujours considéré comme un « privilégié » en la matière. Par mon père, j'ai connu une éducation « à la dure » comme on n'imagine plus aujourd'hui. Mais elle était tempérée par la douceur de ma mère et ce pari de la culture. Si à dix-huit ans, pour mener la vie que j'avais choisie, je suis effectivement parti de rien d'un point de vue matériel, financier ou relationnel, l'école et ma famille m'avaient cependant donné un bagage culturel dont je pouvais faire quelque chose. Et on y avait surtout ajouté cette idée essentielle que la vie était également faite pour compléter sans cesse ce bagage.

Je suis très sensible aujourd'hui aux problèmes de l'enseignement scolaire, à ceux de l'éducation familiale.

Partout où un enfant échoue à faire quelque chose de sa vie, il y a une faute commise par l'école ou la famille ; trop souvent par les deux. Toutes les autres raisons invoquées sont secondaires.

J'avais donc huit ans, et on me mit au judo. C'était le bon âge, paraît-il. Pour le karaté, il faudrait attendre un peu, mais cela viendrait. J'ai tout de suite aimé l'ambiance du dojo, son cérémonial et le silence qui y régnait : s'habiller d'un kimono blanc, fouler de ses pieds nus un tatami rugueux, saluer, apprendre à combattre, respecter l'adversaire, chercher la maîtrise de soi, s'entraîner et recommencer mille et mille fois le moindre mouvement jusqu'à la perfection, tout cela me plaisait. J'aimais bien cette volonté de perfection que l'on exigeait de nous ; je trouvais ça stimulant. J'avais plaisir à faire mon sac pour partir au dojo. C'était une école magnifique, comme celle de la brousse.

Quand nous quitterons le Sénégal, deux ans plus tard, je poursuivrais le judo en France avec la même joie profonde, tout en commençant le karaté. Les écoles Kodokan et Shotokan deviendraient un nouveau toit tutélaire au-dessus de ma tête jusqu'à l'âge de dix-huit ans – moins par la suite, malheureusement, du fait de trop nombreux voyages. J'eus pour maître le grand Guillemot. Beaucoup plus tard, le non moins grand Pariset. Je leur dois beaucoup à eux aussi. À cette époque, les judokas et karatékas français commençaient à se hisser au niveau de leurs camarades japonais, et il y avait beaucoup de stimulation pour progresser.

De la pratique des arts martiaux à cette époque de mon adolescence découle tout naturellement ma découverte de l'univers des samouraïs. Dans les dojos où j'étais, le code du bushido était toujours accroché à un mur et les élèves le connaissaient par cœur. C'était un idéal de combattant fait de noblesse et d'orgueil maîtrisé.

Cet étrange mélange m'était apparu pour la première fois – de manière assez confuse, mais suffisamment marquante pour que je m'en rappelle très bien – au cinéma du camp Leclerc quand j'avais une dizaine d'années. Ce cinéma était en plein air et réservé aux soldats. Il était d'autant plus populaire que personne n'avait la télévision. Les séances auxquelles les enfants avaient droit étaient rares. Alors, avec les garçons de mon âge, il nous arrivait de nous faufiler en cachette pour aller voir de quoi il retournait, dissimulés au milieu des manguiers et des bougainvilliers qui entouraient le cinéma. Un soir, l'un des films, je ne sais plus lequel, était précédé d'une annonce qui défilait sur l'écran et dont je crois me souvenir parfaitement malgré le temps passé. Elle disait : « Il n'y a pas de solitude plus grande que celle du samouraï, si ce n'est celle du tigre dans la jungle, peut-être. » J'avais été très impressionné.

La figure du samouraï était donc un modèle – comme celle du chevalier – en ces temps de mon enfance où l'on écrivait toujours à la plume sergent-major et à l'encre violette, et où les instituteurs donnaient encore comme exemple d'énergie des hommes qui avaient pour nom Du Guesclin ou Bayard, sans oublier les pontonniers du général Eblé construisant des ponts dans l'eau glaciale de la Bérézina pour sauver leurs camarades de la Grande Armée. On en pensera ce que l'on veut, mais ces gens-là me paraissaient dignes d'être suivis. Sans doute correspondaient-ils déjà à la vision héroïco-tragique de la vie qui allait m'intéresser plus tard.

C'est par les arts martiaux que je découvrirais un peu plus tard le cinéma japonais pour lequel j'ai une affection particulière : Ozu, Kurosawa et Mizoguschi, pour les classiques, ont donné aux hommes des films qui comptent parmi les plus beaux chefs-d'œuvre du cinéma mondial ; aussi bien *Les Sept Samouraïs* que *Dersou Ouzala*, *Le Voyage à Tokyo*, ou des films moins connus, mais sublimes de poésie comme *Après la pluie*. Sans oublier ce film quasi généalogique qu'est *La Légende du grand judo* où j'ai pu voir avec émotion les seules images existantes de Jigoro Kano, le grand maître japonais fondateur du judo.

Je n'irais au Japon qu'en 1981, à vingt-six ans, après un long voyage par le Transsibérien pour saluer Blaise Cendrars. Je m'y sentirais tout de suite chez moi.

C'est avec tristesse que je découvrirais à l'âge adulte les vérités qui écornent les mythes du samouraï et ceux du chevalier : ils descendraient de leur piédestal. Ma découverte serait progressive, ma déception très grande ; une fois de plus, la réalité ne correspondait pas à la légende. Je reste cependant attaché à cette dernière et je l'assume. Le modèle me plaît encore. Toujours est-il que je ris maintenant quand j'entends pour caractériser un événement exceptionnel des formules du genre : « La réalité dépasse la fiction. » C'est une bonne blague que racontent les sots. Les livres font toujours mieux que la vie si les écrivains sont à la hauteur. C'est pourquoi il faut essayer de vivre comme dans les livres.

9

Après le Sénégal, nous étions rentrés en France.

J'avais l'âge où les parents, les tantes et les oncles demandent aux enfants :

« Alors, qu'est-ce que tu veux faire quand tu seras plus grand ? »

Je répondais : pompier, soldat, docteur, ingénieur, des choses de ce genre, très communes. Et puis, vers l'âge de douze ou treize ans, je me suis dit de manière assez confuse qu'en réalité, ce que je voulais vraiment, c'était faire quelque chose où il n'y aurait que des livres et des aventures…

Ce « faire » et ce « quelque chose » étaient encore dans les limbes, mais enfin, ils avaient quelque consistance dès ce moment-là. Ils prirent lentement une forme plus précise : ma route à moi, ce serait vivre l'aventure comme dans les livres, et écrire des livres qui ne seraient pas que des aventures. Quand je commençais à faire naïvement cette réponse, je vis naturellement des haussements d'épaules, des sourires, des soupirs. Et je m'attirais toujours la même réplique : « Mais ce n'est pas un métier, voyons… » La chose était entendue : il fallait choisir un métier bien identifié, bien précis – pompier, soldat, docteur, ingénieur, tout cela, c'était parfait.

Je me sentais très désorienté. Je me mis donc à chercher le métier qui pouvait correspondre à mes désirs. Je ne trouvais rien. Je voulais toujours écrire des livres et vivre des aventures. Je ne savais plus quoi répondre aux questions concernant mon futur métier. Je décidais de ne plus rien dire.

Ma mère m'a raconté beaucoup plus tard qu'au cours de cette période, lorsqu'elle venait me réveiller le matin, j'étais soit dans mon lit couvert de tous mes livres d'enfant, soit allongé par terre – je lui disais alors que c'était pour m'habituer à l'inconfort…

Comme je ne voulais en faire qu'à ma tête, j'achetai des carnets pour écrire – perdus depuis, je crois – et poursuivis l'entraînement commencé dans les traces du sergent Bour. Cela me paraissait nécessaire pour être prêt le moment venu, c'est-à-dire quand je partirais vivre l'aventure et écrire des livres. J'étais excité d'avoir un but. Je n'ai jamais pu vivre sans but. J'ai longtemps cru qu'il s'agissait d'une qualité ; j'en suis moins certain aujourd'hui.

Quoi qu'il en soit, j'aimais cette idée de me préparer pour le grand jour ; je m'entraînais donc avec jubilation en attendant qu'il survienne. La marche tenait une grande place dans cet entraînement que je volais à mes temps d'école – où je n'ai guère brillé d'ailleurs passé la sixième, sauf en français, en espagnol et en histoire-géo ; j'étais nul en mathématique et je n'ai jamais été bon en anglais. J'adorais apprendre, mais j'avais la tête ailleurs : dans des cartes, des voyages, des livres et des rêves.

Question entraînement, je m'étais donc mis dans la tête que la marche était au centre de tout, juste après les arts martiaux. Sans doute parce que l'on m'avait appris avec bon sens que l'on voyage d'abord avec ses jambes – si l'on veut vraiment voyager. C'est pourquoi je n'ai jamais eu le moindre goût pour les caravanes de voitures traversant le désert à toute allure, ou les équipées motorisées. De toute façon, j'aime le silence.

Quand j'étais chez nous en Corse, je marchais donc

beaucoup. Je le faisais sans chaussures, sur le goudron de la route entre mon village et la plaine qui mène à la mer. Il y avait bien vingt kilomètres aller-retour, mais je voulais avoir assez de corne sur la plante des pieds pour pouvoir me passer de chaussures si le besoin s'en faisait sentir un jour ; c'était cuisant et très puéril.

Dans ces années-là, entre 1966 et 1972 – c'est-à-dire entre les deux séjours que je fis au Sénégal en famille –, nous « montions » au village chaque été. Mon village s'appelle Pancheraccia ; on le trouve entre Aléria et Corte, après avoir grimpé depuis la côte par une route étroite et sinueuse où il vaut mieux klaxonner à chaque virage si l'on ne veut pas emboutir les voitures venant en sens inverse. Mais il n'y en a guère, surtout l'hiver.

Les villages qui nous entourent ont pour nom Giuncaggio, Pietraserena, Piedicorte et Altiani. Ce sont les villages de notre canton, des villages de montagnes, très en pente, accrochés à la roche depuis des siècles. Le temps semble passer sur eux sans pouvoir les abîmer.

Pancheraccia est un village de taille modeste, fait de maisons de pierre aux murs épais comme la longueur d'un bras. Mon père, Michel, y est né en 1930, dans la maison de mon grand-père, Pierre-Félix, qui avait épousé ma grand-mère Marie Vecchierini, en revenant de la Grande Guerre. Il avait été canonnier-pointeur, et le sort avait décidé que son nom ne serait pas gravé sur la plaque du monument aux morts du village. Chaque fois que je regarde cette plaque, je me demande qui auraient été mes camarades d'enfance si tous les hommes dont les noms sont inscrits là n'avaient pas été tués à la guerre. Mon grand-père avait eu de la chance, sans doute, et moi par la même occasion. Il s'était battu de la Somme aux Balkans pendant cinq ans, mais il était revenu. Il avait même abattu deux avions allemands – un exploit avec les canons de l'époque –, et ses médailles se trouvaient accrochées sans ostentation dans la salle à manger où se déroulaient les repas de famille.

Pour un paysan des montagnes corses, c'était un honneur en ce temps-là d'avoir servi la France, d'avoir souffert pour elle, d'avoir été décoré par elle. Les médailles étaient encore la fierté des modestes, celle des sans-grades, la seule reconnaissance sociale à laquelle ils pouvaient prétendre par leur mérite. Depuis, on leur a volé la valeur de ces médailles, devenues dans leur ensemble de simples récompenses pour services rendus aux puissants.

De mon grand-père, je garde le souvenir d'une voix calme et sûre qui ne haussait jamais le ton. Cette voix, on ne l'entendait vraiment que le dimanche à la messe quand s'élevait le *Dio vi salve Regina*, ce chant religieux qui sert d'hymne à la Corse. Mon grand-père chantait avec une puissance qui m'impressionnait ; il se plaçait toujours au fond de la petite église du village – une église au décor très baroque, pleine de saints et de dorures, comme il sied au bord de la Méditerranée –, mais on n'entendait que lui au milieu de toutes les autres voix.

J'aimerais laisser à mes enfants des souvenirs de cette force.

La maison de ma grand-mère était une ancienne tour de guet érigée au temps des guerres contre les sarrasins. C'est du moins ce que racontaient les anciens. Elle existe toujours dans le bas du village, face à une vallée rocheuse et encaissée qui s'élance jusqu'aux montagnes suivantes. Sur ces montagnes, les villages du canton voisin se découpent comme des profils de médaille. Ce sont des paysages d'une grande rudesse, mais qui s'adoucissent avec la lumière du soir. La vallée est couverte de maquis et de chêne-liège. Tout au fond coule une étroite rivière du nom de Corsiglièse. On ne la voit pas depuis le village tant le maquis est épais, mais au temps de la jeunesse de mon grand-père, il y avait là quelques maisons éparses et un moulin au bord de la rivière.

Dans mon enfance, ces maisons et le moulin n'étaient déjà plus que des ruines, mais c'était mon terrain d'entraînement préféré. Il n'y venait que quelques chasseurs et de rares bergers, que je connaissais tous. J'étais tranquille. Je descendais dans la vallée avec le chien de mon grand-père, la musette militaire de mon père, ma tente à moi ; et je ne rentrais pas de plusieurs jours, campant au bord du moulin, me nourrissant de *coppa*, de fromage et de pain. C'était frugal et j'aimais cette sobriété, ce sentiment que peu de choses étaient nécessaires pour être heureux.

Je connaissais par cœur cette vallée ; j'avais donné un nom à chaque vallon, chaque sommet, chaque ravine : c'était mon territoire. J'y avais installé des campements, tracé des sentiers, dégagé des clairières. J'y étais heureux. Devenu adulte, il m'est arrivé une fois, une seule, d'y retourner, entre deux séjours en Afghanistan pendant la guerre : la crainte m'était venue un matin de ne plus revoir cet espace de liberté.

Au village, on s'étonnait de mes disparitions régulières dans la vallée du *calanelu*. On jasait comme dans tous les Clochemerle : les vieux disaient que le fils de *Miguel* était comme un sanglier, les jeunes me raillaient, mon grand-père me demandait pourquoi je m'habillais comme un clochard, personne ne comprenait. Mais on me laissait faire. C'était tout ce qui comptait. Je me rattrapais en étant un honnête joueur de boules et en servant sagement la messe le dimanche. Passé l'âge de quinze ans, je devins même un carillonneur acceptable.

J'aimais particulièrement ce rôle de carillonneur. Quand les feux d'été menaçaient le village, il fallait sonner le tocsin et nous nous en donnions à cœur joie : tout le monde courait combattre l'incendie et, vu du clocher, c'était un spectacle prodigieux. Pour le reste, sonner les cloches était, et demeure, un art à part entière en Corse. C'est toute une affaire qui demande un long apprentissage et beaucoup d'exercice. Il faut d'abord grimper les marches de bois du clocher dans l'obscurité, étage par étage, entre des murs de pierres humides et froides, d'une vieillesse extrême, puis s'installer avec précaution sur la plate-forme qui donne accès aux quatre cloches. On est alors environné de tous côtés par le vide, et mieux vaut ne pas avoir le vertige. Ensuite, il faut saisir avec chaque bras les cordes qui relient les cloches horizontalement, respirer un bon coup, car l'épreuve est physique et assourdissante, enfin se mettre à « jouer » pour de bon et à toute force : glas, tocsin, appel de la messe, c'est selon. Ces airs sont complexes et riches, de véritables musiques venues de lointaines traditions, que chacun connaît par cœur. Aujourd'hui, il m'arrive encore parfois de sonner les cloches de mon village.

L'été, nous habitions dans la maison de ma grand-mère. Nous avions un voisin du nom de Pierre-François. C'était un paysan massif quoique déjà âgé. Comme tous les hommes de sa génération, il semblait ne jamais quitter ses vêtements de nuit. En se levant le matin, il enfilait ses vêtements de jour directement par-dessus, et on voyait le col blanc de son pyjama dépasser de sa chemise ; c'était un usage qui m'étonnait beaucoup dans mon enfance. Mon grand-père faisait de même, et c'est l'une des choses que j'ai retenues de lui ; avec son fusil qui était toujours suspendu derrière la porte de sa chambre.

Pierre-François savait à peine lire et écrire. De temps à autre, il venait à la maison demander à mon père de rédiger à sa place les lettres officielles dont il avait besoin pour l'administration. Il buvait un verre d'eau-de-vie, disait ce qu'il avait à dire, parlait en corse avec mon père, et s'en allait ensuite d'un pas pesant qui faisait craquer le plancher.

Le vieux Pierre-François possédait une mule aussi robuste que lui ; il me la confiait souvent pour parcourir le maquis, et je trouvais cette mule autrement plus « aventureuse » que les ânes sur lesquels nous juchait mon grand-père quand nous avions quelques années de moins. Des ânes, il y en avait partout dans les rues du village. C'était très commun, comme les chiens qui étaient innombrables, ou les vaches qui paissaient aux abords de l'unique route et que les voitures emboutissaient de temps à autre. Une mule, c'était autre chose.

Comme tous les « vieux » du village, Pierre-François parlait beaucoup. Il me racontait les histoires de Grossu minudu, l'un des personnages les plus populaires de notre culture traditionnelle, et il fut le premier à me faire découvrir les légendes qui entouraient les bandits d'honneur. À l'entendre – lui et quelques autres de son âge, que nous, les enfants, écoutions bouche bée –, c'étaient de sacrés bonshommes, qui vivaient libres dans le maquis, armés jusqu'aux dents, ne craignant rien ni personne et n'obéissant qu'à leurs propres lois. Pierre-François prétendait que les bandits d'honneur existaient toujours, qu'ils n'avaient pas tous disparu, que certains devaient sûrement se cacher encore quelque part, peut-être bien autour du village. Naturellement, la vérité était assez éloignée de cette image d'Épinal, mais ce que les anciens nous disaient nous plaisait bien. À mes yeux de gamin, les bandits d'honneur corses étaient auréolés de la même aura que les samouraïs et les chevaliers.

Ma mère, Ginette, est originaire de Bastia. C'est une Tiramani et sa mère à elle une Alfonsi prénommée Antoinette, dont le père s'était installé à Marseille au début du XXe siècle ; c'était fréquent en ce temps-là tant la Corse était pauvre. Cet arrière-grand-père y avait épousé une Provençale du nom de Roman, très élégante à en juger par le portrait qui ornait la maison de la mère de ma mère. Cette Roman était morte au cours de la grande épidémie de grippe espagnole qui avait ravagé la France en 1918. Ma grand-mère maternelle était restée enfant unique. Une exception. Le père de mon père avait eu neuf enfants, et c'était plutôt la règle. Comme lui-même avait autant de frères et sœurs, nous étions très nombreux l'été quand toute la famille se réunissait au village, ainsi qu'il est de tradition – ou dans la maison construite plus bas dans la plaine entre les deux guerres, plus vaste que celle de Pancheraccia.

J'aimais ces rassemblements, cette sensation de clan, cette chaude sécurité du groupe protecteur ; et la fierté d'entendre dire « les » Franceschi quand on parlait de nous. Les filles de ma famille étaient jolies, saines, pleines de vie. Les garçons avaient de l'ardeur et de l'orgueil ; ils étaient susceptibles et vigoureux, toujours prêts à en découdre. Cela bataillait sans cesse, et quand nous étions tous ensemble, nous les garçons, frères et cousins, il fallait que l'on s'en aille chercher querelle à nos camarades des autres villages. Les filles ne nous décourageaient jamais ; elles avaient le goût du combat. Plaies et bosses étaient donc assurées, mais tout cela était bon enfant entre jeunes Corses du même canton où tout le monde se connaissait.

Aux repas, mon grand-père était invariablement en bout de table, à la place d'honneur. Tout le monde le respectait. Il avait fière allure avec sa grosse moustache grise, ses pantalons de velours côtelé et ses gilets de grosse laine. C'est l'image que j'en ai gardée. Il accrochait sa serviette autour de son cou, sortait son couteau de sa poche et le dépliait lentement pour le poser à côté de son assiette. Le repas commençait.

Il est mort quand j'avais quinze ans.

Je n'ai pas eu le temps de lui parler.

J'ai encore moins connu mon grand-père maternel, Louis Tiramani ; il s'en est allé trop tôt. Il avait d'abord été marin sur la ligne de Madagascar – on disait « Madame Gaspar » à l'époque, pour plaisanter. Puis, comme c'était un malin, semble-t-il, il s'était lancé dans la finance et avait amassé une coquette fortune en jouant à la Bourse. Très tôt séparé de ma grand-mère, il s'était remarié, et je n'ai pas su grand-chose d'autre de lui. J'ai mieux connu son frère, mon grand-oncle, Ange Tiramani. De tous les membres de ma famille, c'est sans doute celui qui m'a le plus marqué au temps de mon enfance. On l'appelait Jeannot, peut-être à cause de son second prénom. Il était l'aventurier de la famille ; un aventurier à l'ancienne. Sur les rares photos qui me restent de lui et que m'a transmises ma mère, il doit avoir une trentaine d'années ; sur l'une d'elles, on le voit sourire, une cigarette à la main, un chapeau mou sur la tête, le sourire enjôleur – une vraie gueule d'acteur de cinéma des années 1930 dans un film de mauvais garçons.

Lui aussi avait fait fortune, davantage encore que son frère, mais en Indochine. Il était parti de rien, en s'enfuyant de chez lui à seize ans, quittant Bastia pour Marseille. Il avait fréquenté le milieu corse de la ville et avait fait tous les métiers. Puis il avait acheté un chalutier et s'était fait marin-pêcheur. Plus tard, il était parti en Afrique, à la recherche de mines de diamants au Dahomey, et avait bourlingué un peu partout. Il avait maintes fois gagné des fortunes, tout perdu, tout regagné. Ses récits m'enchantaient. Au cours de la Seconde Guerre mondiale, il s'était engagé dans les services de renseignements de la Résistance ; il me racontait sans fioritures les succès qu'il avait obtenus contre l'Italie fasciste en prenant dans son réseau uniquement des voyous qu'il connaissait bien, qui étaient malgré tout des patriotes, et qui n'avaient peur de rien.

Après la guerre, mon grand-oncle avait repris la mer sur un nouveau bateau qu'il s'était procuré Dieu sait comment en cette époque troublée ; cette fois, il s'était mis à la recherche du trésor de Rommel que l'on disait coulé au large de la Corse. Il l'avait cherché longtemps avec un équipage de durs à cuire, mais n'avait finalement rien trouvé. Il était alors parti pour l'Indochine. Et c'est donc là qu'il avait constitué sa vraie fortune, celle que je lui ai connue dans mon enfance : plantations, bars, restaurants, immobilier, il faisait un peu de tout, mais sur un grand pied. J'ai toujours regretté d'avoir été trop jeune pour aller le rejoindre dans ce pays où la vie ne semblait faite que d'aventures.

Au Vietnam, mon grand-oncle était associé à un autre Corse du nom de d'Ornano. C'étaient deux hommes libres, qui ne dépendaient que d'eux-mêmes, toujours sur le qui-vive pour défendre leur indépendance et qui n'obéissaient à personne. Ange Tiramani n'avait ni sécurité sociale, ni retraite, ni quoi que ce soit de ce genre, et ne voulait pas en entendre parler. Pour lui, la liberté était de n'être entre les mains de personne.

En affaires, il parlait corse avec d'Ornano pour que nul ne puisse les comprendre – surtout quand ils traitaient avec des Américains. Ça l'amusait beaucoup de me raconter cela… Je crois qu'il n'aimait pas beaucoup ce que les Américains faisaient au Vietnam.

Il s'était marié avec Van, une jeune Vietnamienne ravissante et gentille que j'aimais beaucoup. Tous les ans ils venaient nous rendre visite en France, quand nous n'étions pas en Afrique. Voir débarquer mon grand-oncle chez nous, dans notre modeste appartement de la banlieue parisienne, était toujours un spectacle. Il était habillé comme un prince, souvent tout en blanc, conduisait une grosse automobile américaine qui me fascinait, car elle était équipée de vitres électriques – ce qu'aucune voiture française ne possédait à l'époque – et il nous faisait, à mes frères et moi, des cadeaux mirifiques. Après avoir achevé la tournée de toute la famille et des affaires qu'il avait en France, il s'en retournait au Vietnam jusqu'à l'année suivante.

J'ai commencé à parler avec lui beaucoup plus tard, vers l'âge de quinze ans. C'était un conteur né, et sa vie avait été si riche, si pleine d'aventures de toutes sortes qu'il avait toujours quantité d'histoires à raconter. Il était infatigable. Même devenu très âgé, il me confiait qu'il se sentait encore immortel, comme au temps de sa jeunesse ; il me demandait si je ressentais déjà la même chose. Pour ne pas le décevoir, je lui disais que oui, et il était content.

Parvenu au seuil de la vieillesse, il restait un seigneur. Il aimait toujours la belle vie et mener grand train. Il avait sa marque de champagne préféré, ses habitudes dans les plus beaux palaces d'Asie. À Paris, il fréquentait les meilleurs restaurants. Il avait connu la gêne dans sa jeunesse, vécu mille fois la fortune et l'infortune. Il considérait donc avoir pris assez de risques dans son existence mouvementée pour mériter de profiter de tout jusqu'au dernier jour.

J'avais dix-huit ans quand il m'estima sans doute assez grand pour l'accompagner dans l'un de ses restaurants favoris. J'ai oublié depuis longtemps le nom de ce restaurant, mais ce fut pour moi qui ignorais tout du monde comme une scène surréaliste : les plats n'en finissaient pas de passer, il y avait des maîtres d'hôtel partout, des violonistes qui revenaient sans cesse jouer autour de la table et, en partant, mon grand-oncle sortait des billets de toutes ses poches pour les distribuer avec magnificence aux serveurs, aux musiciens, aux gens du vestiaire, aux portiers, au voiturier, à tous ceux qui se présentaient, dans un ballet bien réglé qui me donnait le tournis…

Quand les Viêt-Cong s'emparèrent de Saigon en 1975,

Ange Tiramani fut de ceux, très rares, qui refusèrent de quitter la ville ; il connaissait bien les Vietnamiens après vingt ans passés dans leur pays et pensait pouvoir s'entendre avec ceux du Nord aussi bien qu'avec ceux du Sud. Ils lui prirent tout ce qu'il possédait. Comme il n'avait pas voulu non plus mettre sa fortune à l'abri à l'étranger au détriment des Vietnamiens qui travaillaient avec lui, il termina sa vie à Marseille dans un modeste appartement, où il mourut malade et âgé.

Je me souviens du dernier conseil qu'il m'ait donné ; c'était en 1998, au moment où je négociais au Cambodge l'achat de mon premier navire, une jonque chinoise de haute mer que je comptais appeler *La Boudeuse* et avec laquelle j'allais parcourir les mers d'Asie. Il m'avait téléphoné pour me dire :

« Patrice, fais surtout attention aux tarets. Vérifie bien qu'il n'y en ait pas dans ta coque, sinon, avec ces maudits vers, ton affaire est fichue… »

Sacré grand-oncle ! Tu es mort trop tôt pour que je puisse t'assurer qu'il n'y avait pas de tarets dans ma coque.

Voilà, c'est fait.

Mon père et ma mère se sont rencontrés à Toulon, je crois, au début des années 1950. Mon père préparait Saint-Cyr, ma mère étudiait pour devenir infirmière militaire. Dans leur génération, presque tout le monde était soldat chez nous. C'était comme ça. De toute façon, pour beaucoup de familles corses, l'armée française et républicaine représentait un idéal, aussi bien personnel que collectif. Et comme dans la société corse la chose guerrière était valorisée, le soldat admiré et l'amour des armes un fait culturel, cela ne posait aucun problème de choisir le métier des armes. C'était même très honorable. L'antimilitarisme d'aujourd'hui était inconnu dans ces années-là ; chez les hommes comme chez les femmes, d'ailleurs. La Corse était peut-être belle, mais elle était surtout rude, pauvre et violente. Les gens n'imaginent plus comme la vie était âpre dans les villages de montagne, à peine adoucie dans les villes côtières. La Corse produisait donc des hommes à son image, et ces hommes aimaient les armes et le combat, la querelle pour un rien, et les vengeances que l'on rumine de génération en génération.

Tout cela n'est pas seulement du folklore. À Pancheraccia comme ailleurs, on trouvait des gens qui ne se parlaient plus depuis les disputes de leurs aïeux dont ils se souvenaient à peine. Les haines étaient tenaces et recuites. Il fallait un ennemi commun pour rassembler tout ce monde. Et des ennemis, il y en avait toujours : dans le village voisin, le canton d'à côté, la région d'en face. Et naturellement à l'extérieur de la Corse s'il le fallait, comme pendant la Grande Guerre. Alors, les rivaux éternels devenaient les meilleurs amis du monde et se révélaient redoutables. Mais les clivages étaient innombrables sous une unité apparente, fractionnés par la géographie, les variantes de langues ou d'accents. Une succession de patriotismes s'emboîtaient les uns dans les autres : la France, la Corse, le nord ou le sud de l'île, le territoire – Castagniccia, Niolo, Balagne, Cap Corse, Nebbio… –, le canton. Au final, la plupart des Corses étaient d'abord de leur village ; et c'était toujours le plus beau de tous les villages corses. Ces particularismes, je les retrouverais en Afghanistan des années plus tard – et dans bien des sociétés, de la Méditerranée aux Balkans et jusque dans le Caucase. Des traits typiques de sociétés traditionnelles, sûres d'elles-mêmes et arc-boutées sur leur identité.

Malgré tout, depuis qu'elle était française, la Corse fournissait des soldats à la France par contingents entiers. Et autant de fonctionnaires, de douaniers, de gendarmes ou de policiers. Pour les paysans corses, servir la France était aussi un moyen de sortir de leur condition, de partir, de vivre l'aventure, de tenter leur chance à l'autre bout du monde, de faire fortune si possible. Contrairement à ce qui se passe aujourd'hui, tout le monde voulait voir du pays. Et tout le monde revenait prendre sa retraite au village. Pour ceux qui revenaient, du moins.

Mon père était donc soldat, comme ses frères, même ceux qui avaient choisi la marine ou la médecine ; et mes propres frères suivraient la même voie dans l'ensemble. C'était comme ça. Chez nous, on servait la France dans son armée, et bien des familles corses faisaient de même. Pourtant, il n'y avait aucun bellicisme dans tout cela, bien au contraire. Jusqu'à la génération de mon père, tout le monde avait fait la guerre et, pour l'avoir connue, personne ne la glorifiait, ne l'aimait, ni ne la souhaitait. Cela peut paraître un curieux paradoxe, mais on faisait la distinction entre ce fléau qu'est la guerre et le statut du soldat considéré comme défenseur des siens. Cette conception était très importante chez nous. Elle a beaucoup disparu dans la société occidentale actuelle.

Pour ma part, je ne souhaitais pas devenir soldat ; si j'aimais la discipline personnelle, je me méfiais de la discipline tout court. Pour autant, je n'avais pas de problème particulier avec l'autorité, le métier des armes ne me déplaisait pas en lui-même à condition de servir une cause qui me semblât juste, mais j'aimais trop pouvoir décider chaque matin de faire de ma vie ce que je voulais, sans personne pour me dire quel chemin prendre. J'avais d'autres désirs… Embrasser la vie tout entière, ou comme le disait si bien Pindare : « Épuiser le champ du possible. » Et pour cela, je devais rester entièrement libre.

Je me contenterais donc du « minimum vital » quant à notre atavisme familial – qui cessera d'ailleurs après ma génération. Je passerais ainsi mon brevet de parachutiste et le genre de chose qui va avec au cours de mon service militaire en 1977. Tout cela me servirait plus tard.

L'ironie du destin voudra que par des circonstances imprévues, mais auxquelles je consentirais, ce métier des armes dont je n'avais pas fait le choix me rattraperait au cours de la guerre d'Afghanistan, pendant de longues années. Mais c'est une autre histoire. J'y reviendrai.

En attendant, peu avant que je ne parte au Congo, mon père me demanda :

« Tu ne voudrais pas faire Saint-Cyr, quand même ?

– Non, je vais partir.

– Très bien. »

L'affaire était réglée.

Au moment de ma naissance, Toulon était un port d'embarquement pour les soldats en partance vers l'Afrique. J'y suis donc né par le plus grand des hasards, le 18 décembre 1954, à l'hôpital militaire de Sainte-Anne ; au son du clairon, m'a dit ma mère : il était 6 h 30 ce jour-là, et sur la place d'armes on hissait les couleurs.

Je serai l'aîné de cinq garçons : les cinq doigts de la main. Mon père et ma mère n'auront pas de filles. Deux de mes frères, Didier et Lionel, naîtront aussi à Toulon pour les mêmes raisons. Les deux autres, Philippe et Éric, à Abidjan et Dakar.

Trois mois après ma naissance, j'embarquai avec mes parents sur le paquebot *Claude Bernard*, direction la Côte d'Ivoire où mon père, jeune sous-lieutenant, venait d'être nommé au 4e régiment d'infanterie coloniale. Mon premier voyage. C'était encore le temps de « l'Afrique de papa », celui de l'Empire français. Je n'en ai pas d'autres souvenirs que des photos jaunies.

Il y aurait ensuite l'Algérie pendant la guerre, le Sénégal à deux reprises, et la France, naturellement, entre deux garnisons lointaines de mon père.

Je connaîtrais quatorze écoles différentes jusqu'à mes dix-huit ans quand j'entrerais pour de bon dans la vie.

J'ai toujours vécu entre des cantines, des malles et des sacs.

10

C'était un cercueil de qualité médiocre, mais l'homme que l'on enterrait n'avait jamais été riche. Il n'y avait pas grand monde non plus dans l'église de ce petit village perdu des Yvelines où attendait le cercueil : quelques rares membres de la famille, des amis sans doute, des habitués du village, quelques voisins, mais pas un seul des centaines d'enfants, devenus adultes maintenant, qui auraient dû se trouver là en une foule compacte pour accompagner dans sa dernière demeure l'homme qui venait de mourir.

Ils lui devaient tant…

Ce 22 février 2001, je suis venu rendre un dernier hommage à l'abbé Roger Coutelle : un homme d'importance ignoré de tous. Ma mère et quelques-uns de mes frères m'accompagnent. Il nous a fallu du temps pour trouver le village sur la carte ; un village dont le nom sonnait comme un exil et qui semblait au bout du monde.

Dehors, il fait froid et presque lugubre. La cérémonie est brève, tout le monde semble pressé. Devant le cercueil, laissé un moment sur son tréteau pour le recueillement des fidèles, je dis seulement : « Merci pour nous tous. »

Mais j'en veux un peu à mes anciens camarades de ne pas être là.

Il y a des choses qu'il ne faut pas oublier.

Devant ce pauvre cercueil, je cherche à me remémorer tous les souvenirs que la mort du vieil abbé éveille en moi ; et je revois tout.

En rentrant de notre premier séjour au Sénégal, en 1966, nous nous étions installés dans un minuscule appartement de Fontenay-sous-Bois où nous vivions entassés. La revalorisation de la solde des militaires n'était pas encore à l'ordre du jour, et il ne fallait pas songer habiter Paris. Les loyers y étaient déjà hors de prix. Outre-mer on vivait bien, mais en France ma mère devait tirer le diable par la queue pour que sa marmaille puisse vivre comme elle l'entendait.

Le séjour à Fontenay allait durer six longues années ; jusqu'en 1972 où, enfin, nous retournerions au Sénégal. Pendant ces six années, qui me parurent d'une tristesse infinie tant l'Afrique me manquait, l'abbé Roger Coutelle que l'on enterrait aujourd'hui jouerait pour moi un rôle central, comme un repoussoir à la grisaille. Grâce à lui surtout, je continuerais à voyager.

À cette époque, l'abbé dirigeait à Nogent-sur-Marne, tout près de Fontenay, une manécanterie de petits chanteurs, sorte de filiale des Petits Chanteurs à la croix de bois. Elle avait pour nom les « Moineaux du Val-de-Marne ». L'appellation n'était sans doute pas très heureuse, mais cette manécanterie avait sa célébrité et elle était, je crois, d'une grande qualité. Une soixantaine de garçons de dix à dix-huit ans la composait. Ma mère m'y avait inscrit, car le chant et la musique étaient sa passion et elle voulait nous la transmettre d'une manière ou d'une autre.

Avec cette troupe de garçons, je retrouvais pour une part ce que j'avais connu avec les louveteaux : camaraderie, solidarité, buts communs, enthousiasme. Il y avait des répétitions trois fois par semaine ; nous nous y réunissions avec un plaisir toujours renouvelé. Nous aimions rire et chanter, nous aimions la musique, être ensemble.

J'étais toujours surpris par la beauté à laquelle il était possible d'accéder en harmonisant à quatre voix ce qui apparaissait au départ comme un chaos musical. Il fallait travailler dur pour faire de soixante voix différentes une unité esthétique. Ce travail d'équipe nous plaisait, mais par-dessus tout nous aimions voyager, découvrir sans cesse de nouveaux pays. Et la manécanterie organisait des tournées de chants un peu partout. L'abbé Coutelle bataillait avec le monde entier pour nous offrir cela.

Il avait hérité de cette manécanterie un peu par hasard, je crois, et l'inertie du système la vouait principalement à chanter la messe du dimanche à Nogent-sur-Marne. Il aurait pu s'en contenter ; sa vie aurait été un long fleuve tranquille et sans souci. Mais il avait d'autres ambitions pour nous. C'est grâce à sa ténacité et à celle de l'équipe dont il s'était entouré que nous pouvions chaque été et chaque hiver chanter dans une bonne partie de l'Europe et jusqu'au Canada.

J'ai aimé cette vie de voyage où l'on changeait chaque jour de ville, trimballés dans des cars : Italie, Allemagne, Belgique, Hollande, Autriche… J'en garde des souvenirs très forts. Mes frères aussi, sans doute : Philippe, qui était né un an après moi, m'avait rejoint très vite à la manécanterie ; puis Didier, qui avait quatre ans de moins, Lionel un peu plus tard. Éric était beaucoup trop jeune.

Au cours de ces voyages mémorables pour les enfants que nous étions, il y avait concert tous les soirs – une première partie religieuse, une seconde partie profane –, et nous logions chez l'habitant. C'était chaque fois des rencontres nouvelles, chaque fois l'angoisse de tomber sur une famille où nous ne trouverions pas d'enfants de notre âge. Mon goût pour les rencontres humaines, la découverte de ce que sont les autres, est sans doute né à ce moment-là. J'aimais savoir qui était celui que je rencontrais, que je ne connaissais pas cinq minutes plus tôt, que je ne reverrais peut-être jamais, mais qui pouvait me raconter quelque chose de neuf.

Pendant toutes ces années, j'ai eu des camarades de mon âge dans presque toute l'Europe occidentale – pour les pays de l'Est, c'était encore prématuré, malheureusement. Nous nous écrivions, enregistrions des cassettes. Avec le temps, je les ai perdus de vue, mais mon intérêt pour l'Europe est né à ce moment-là, tout doucement, jusqu'à se transformer à l'âge adulte en quelque chose de beaucoup plus fort : la passion pour l'idée d'une nation européenne sans frontières et unie, puissante et solidaire, d'où serait à jamais bannie toute guerre fratricide. Aujourd'hui, je suis et reste un partisan déterminé de la construction européenne, des États-Unis d'Europe pour être plus précis ; donc un déçu permanent de la lenteur avec laquelle elle avance et des mauvaises routes qu'on lui fait trop souvent emprunter…

Au cours de ces voyages avec le père Coutelle, nous étions très heureux quoi qu'il arrive : c'était l'aventure, et avec mes camarades nous profitions de cette liberté loin de nos parents pour tenter de reproduire ce que nous lisions dans le « Club des cinq » et les livres du même genre. Nous étions très romanesques, je m'en rends compte maintenant – et pour ma part, j'assume de ne pas avoir changé. Nos frasques pour libérer les chèvres d'un enclos, piller la nuit les cuisines d'un établissement, explorer tout ce qui pouvait l'être dans un pays étranger – et plus tard, pour nous en aller retrouver les filles de nos premiers flirts – déclenchaient d'innombrables problèmes et les colères retentissantes de l'abbé, qui n'avait pas toujours un caractère facile. Mais nous étions invariablement pardonnés, nos parents n'apprenaient jamais rien, et nous pouvions recommencer l'année suivante.

Dans tous ces pays, nous ne faisions pas que chanter ou provoquer des catastrophes. L'abbé Coutelle en profitait pour nous faire découvrir la culture des hommes qui y vivaient et leur histoire. Il y tenait beaucoup, et sa façon de faire tissait autour de nous la sensation d'une humanité généreuse en qui nous pouvions avoir confiance : l'abbé était parfois très naïf. Il croyait réellement à cette idée que les hommes devaient s'aimer les uns les autres, comme le proclamait sa foi. Nous n'en n'étions pas vraiment convaincus.

Il mettait aussi entre nos mains les livres qui pouvaient résonner en nous, et nous rassemblait le soir autour de lui pour lire à haute voix quelques pages des grands textes que nous devions connaître. C'est l'époque où j'ai découvert les voyages de l'ingénieux Ulysse dans *L'Odyssée* d'Homère, et les aventures de ce fou de Don Quichotte, deux personnages qui me sont chers – ils ont vite rejoint dans mon panthéon personnel les chevaliers, samouraïs et autres bandits d'honneur… L'abbé me dirait plus tard qu'à ses yeux, la vie consistait pour chaque homme à se cultiver sans cesse, à apprendre toujours, et à devenir meilleur ; pour soi-même comme pour les autres. Tout le reste était sans importance.

Ce n'était pas forcément un mauvais but.

L'abbé était prêtre, mais jamais il ne nous poussait dans la religion. Nous étions très libres. J'ai même pu perdre la foi à quinze ans sans que cela ne provoque de drame. L'abbé considérait que l'essentiel consistait à se comporter en bon chrétien ; et comme je m'y efforçais en ce temps-là, il m'aimait bien quand même.

De temps à autre – quand notre popularité le justifiait j'imagine –, nous enregistrions des disques ; c'étaient de grands moments et nous nous amusions bien. Je possède encore ces disques, dans les vieilles cantines de fer où je continue à entreposer mes « archives » et que je disperse un peu partout. Ces disques sont pour moi comme un lointain souvenir de nos pérégrinations enfantines et j'y tiens beaucoup.

Je ne devais pas être trop mauvais, car après deux ans d'apprentissage comme soprano, je devins soliste. Ce fut la période la plus stressante de ma vie. Chanter seul face au public, avec tous mes camarades derrière moi, me fichait un trac pas possible ; la plupart du temps, je m'en tirais honorablement, mais je me souviens d'une émission de télévision – un dimanche matin en direct, je devais avoir douze ans – où je fus incapable d'articuler la moindre note. Le pire flop de ma « carrière » de petit chanteur…

J'avais quitté la manécanterie en 1972, au moment de notre retour au Sénégal ; avec le temps, j'avais fini par perdre de vue l'abbé Coutelle. En 1998, je m'étais demandé ce qu'avait bien pu devenir cet homme à qui je devais tant. Il m'avait fallu des décennies pour me rendre compte de la dette que j'avais à son égard. Ingrate jeunesse…

Avec mes frères, nous avions cherché sa trace un peu partout ; ma mère avait fini par la retrouver dans un hospice pour religieux où il achevait sa vie, presque entièrement paralysé par la maladie depuis des années. Nous lui avions aussitôt rendu visite. Nous l'avions trouvé allongé dans son lit, pouvant à peine bouger la tête, incapable de parler, mais parfaitement lucide. C'était un triste spectacle, même si l'abbé n'avait pas beaucoup changé par rapport à mes souvenirs, avec son crâne chauve, ses grosses lunettes et son air sérieux. Sa petite chambre austère était tapissée de photos de nous tous enfants, dans tous les pays où il nous avait emmenés : c'était poignant. Lui ne nous avait jamais oubliés.

Tout cela, c'était il y a presque quarante ans.

Ce 22 février 2001, on enterre l'abbé Coutelle et il y a encore moins de monde qu'à l'église pour suivre la dépouille mortuaire sous le ciel tout sale. Nous fermons la marche en famille, sans rien dire. Parvenus au cimetière, il ne reste plus devant nous qu'une poignée d'hommes et de femmes, en file indienne, tous âgés et silencieux.

La tombe est un simple trou dans une terre meuble et sans joie, à l'écart de toutes les autres : pas de caveau, pas de dalle, pas de pierre tombale, rien qu'un trou béant. Je me dis que nous aurions dû nous en douter et faire quelque chose. Il est trop tard. Le cercueil est descendu dans la fosse.

On enterre le vieil abbé comme à la sauvette.

11

C’est au cours de la « période française » de Fontenay-sous-Bois, à l’époque de l’abbé Coutelle, que j’ai découvert le musée de l’Homme. C’était en 1970 très exactement ; cinq ans avant que Raoul Hartweg, le spécialiste des Pygmées, ne nous accueillît mes camarades et moi au bas du grand escalier pour nous prodiguer ses conseils.

Ce grand musée a disparu en tant que tel aujourd’hui, mais dans ces années-là, c’était une institution prestigieuse. Et le mot de découverte que je viens d’employer à son égard est un terme assez faible pour ce qui s’est passé en réalité.

J’avais une quinzaine d’années, et je commençais à lire de nombreux récits de voyages et d’aventures vécues. Ils complétaient les romans que je lisais en même temps ; tous allaient dans le sens que je voulais faire prendre à ma vie future. Les livres des grandes explorations d’autrefois me plongeaient dans des rêves dont je m’évadais difficilement. J’imaginais ce qu’avaient pu ressentir les explorateurs des temps anciens, l’inconnu absolu qui était leur quotidien, l’insécurité totale qu’ils devaient assumer. C’était quelque chose que je trouvais exaltant ; je me désolais de ne pouvoir le vivre à mon tour à notre époque moderne.

Dans les livres d’exploration plus récents, on parlait beaucoup de peuples aux coutumes étranges, vivant dans des contrées lointaines, comme l'Amazonie, Bornéo ou la Nouvelle-Guinée. Tout cela m'attirait beaucoup. Ma mère m'avait dit que la science qui s'occupait des peuples s'appelait l'ethnologie et que son temple était le musée de l'Homme, place du Trocadéro, en face de la tour Eiffel. Un jour, j'avais donc pris le bus, le métro, et j'y étais allé tout seul ; c'était un jeudi quand il n'y avait pas école.

Ce fut instantanément l'un des grands chocs de mon adolescence ; je ne sais toujours pas comment une telle chose peut être expliquée, pourquoi ce qui a peu d'effet sur quelqu'un peut avoir autant de force sur un autre. Toujours est-il que je fus subjugué dès mon entrée dans la première salle du musée, celle à gauche après avoir monté l'escalier : les peuples du monde entier semblaient s'être donné rendez-vous à cet endroit. C'était fascinant : tant de richesses, tant de diversité, tant de voyages et d'aventures derrière chacun des objets tout simples qui étaient exposés là. Malgré le temps écoulé, j'ai encore devant les yeux avec une précision parfaite l'image de la plupart d'entre eux : le crâne mortuaire d'un Indien munduruku dans sa petite vitrine à hauteur des yeux, la célèbre Vénus hottentote debout dans la sienne, les têtes réduites de Jivaros suspendues dans une autre, grimaçantes au bout de leurs fils, et ainsi de suite ; je pourrais en remplir des pages… J'enviais aussitôt les explorateurs qui avaient rapporté ces objets incroyables.

Je fus certain à ce moment-là qu'une part au moins de mes aventures futures serait consacrée aux peuples du monde. Je fis le tour complet du musée jusqu'à la fermeture. Il aurait été ouvert toute la nuit, je serais resté jusqu'à l'aube…

Pendant les deux années qui suivirent – jusqu'à notre retour au Sénégal –, j'irais deux à trois fois par semaine au musée de l'Homme. Cela doit bien faire plusieurs centaines de visites… Rien qu'à la perspective d'y retourner, je frissonnais de joie. Mon maigre argent de poche y passait, comme la plupart de mon temps libre. Je m'en fichais ; je ne me lassais jamais. Je connaissais tout ce qui avait trait aux Pygmées, aux Papous, aux Indiens, aux Polynésiens, aux Bushmen, aux Esquimaux. Je vivais par procuration ce que je lisais sur les étiquettes de chaque objet. Dans chacune des salles se trouvaient d'immenses cartes : Afrique, Asie, Amérique, Océanie. Les noms de tous les peuples de chaque continent y étaient inscrits. Je les apprenais par cœur.

Je ne le mesurais pas alors, mais le musée de l'Homme m'offrait quelque chose de très complémentaire aux expériences que je vivais à la même époque avec l'abbé Coutelle et mes camarades au cours de nos voyages en Europe. Quelque chose qui allait plus loin que la simple attirance pour le lointain et l'ailleurs : un intérêt de plus en plus grand pour les sociétés autres et la nature humaine en général. Tout cela est sans doute né de la conjonction d'un musée, de voyages adolescent, et de la parole de quelques hommes de qualité.

Le musée de l'Homme disposait d'un petit cinéma dont les entrées n'étaient pas trop chères. On y passait chaque semaine des films d'ethnologie : je n'en ratais aucun. Je connaissais aussi tous les livres que vendait la petite librairie qui se trouvait à côté de la tête de Moaï de l'île de Pâques, au fond de l'entrée. J'y dépensais tout mon argent, je suivais avec impatience les nouveaux arrivages, les rééditions. Je faisais de même à la librairie de la « grande rue » de Nogent où je commandais sans cesse des livres introuvables d'explorateurs inconnus…

Tout cela avait le goût des choses nouvelles qui ne reviennent plus ensuite.

Avec cet environnement, l'envie de partir pour de bon me tenaillait. Le monde était là, qui tournait autour de moi, et je n'en faisais rien. C'était insupportable.

Pour me donner l'illusion de commencer à entreprendre quelque chose – et m'entraîner autrement qu'au dojo ou au bois de Vincennes où je marchais –, je me mis à échafauder des aventures qui étaient à ma portée : explorer en pleine nuit et dans le plus grand secret Fontenay-sous-Bois quand tout le monde dormait… J'emmenais mes petits frères dans ces « folles » aventures, ceintures et poignards aux côtés en cas de mauvaise rencontre. Quitter l'appartement familial en silence quand nos parents s'étaient enfin endormis constituait un immense plaisir de transgression. Atterrir dans le silence des rues me donnait la sensation de pénétrer enfin un vrai mystère. Revenir entre quatre policiers qui, un jour, nous repérèrent et nous ramenèrent très vite chez nous, représenta le premier sentiment d'échec et de ridicule de ma vie.

Mieux valait attendre des circonstances plus favorables…

À mes camarades de la manécanterie, je ne parlais donc que d'aventures : celles que je lisais dans les livres, celles que je me proposais de vivre, avec toutes ces tribus, dans tous ces pays. J'avais en permanence un atlas de poche sur moi, et je les embêtais à tous propos en leur montrant mes itinéraires futurs, les grandes expéditions à venir, tout ce qu'il fallait entreprendre. J'avais la réputation d'être un peu fou, de vivre dans un autre monde, de raconter n'importe quoi ; je me sentais souvent mortifié. Lentement, je m'isolais et finis par ne plus me soucier de ce que l'on pensait de moi : je mènerais la vie que je voulais, et voilà tout. Il n'y avait aucune raison d'en douter ; je trouvais même qu'il n'y avait rien de plus facile et de plus naturel. Et peut importait que l'on ne puisse rattacher aucun métier à une vie de ce genre.

Depuis l'origine, l'un de mes problèmes est de croire que tout est toujours plus simple qu'il ne semble. J'ai constaté que cela permettait de faire beaucoup de choses ; et conduisait parfois à beaucoup de catastrophes…

Pendant ces six années où je passais tout mon temps dans les livres, au musée de l'Homme, au dojo et à la manécanterie, je ne me rendais pas compte que je devais cela à ma mère, qui sacrifiait tout pour ses cinq fils. Nous élever ne lui laissait jamais le moindre loisir ; je la voyais toujours à la cuisine, au ménage, aux courses, à la couture, aux incessants va-et-vient pour nous, s'épuisant à mille travaux, veillant tard, se levant tôt, fatiguée, éreintée. Elle se consacrait exclusivement à notre éducation, à nos activités culturelles, à tout ce qu'elle estimait nécessaire pour notre avenir ; il ne restait jamais de temps pour elle. Elle aurait aimé faire beaucoup de choses, de la musique notamment, mais y avait renoncé pour nous, comme à bien d'autres activités.

À la même époque, mon père occupait différents postes à l'état-major parisien et préparait l'École de guerre ; c'était le passage obligé pour tout officier voulant devenir général, et il fallait travailler dur. Mon père tenait légitimement à aller le plus loin possible dans sa vie de soldat. Finir général de la République, j'imagine que cela devait aussi représenter quelque chose pour le fils d'un paysan corse né dans un village de montagne.

Quoi qu'il en soit, il atteindra son but et terminera général de corps d'armée après une brillante carrière et les faits d'armes qui vont avec – dont l'opération Shaba en 1977 au Zaïre où, jeune colonel commandant le 1er régiment de parachutistes d'infanterie de marine, il stoppa avec une poignée de ses hommes et les parachutistes marocains l'avancée des « gendarmes katangais » sur Kolwesi, un an avant l'opération du même nom.

Il a depuis longtemps pris sa retraite en Corse, dans la maison qu'il a fait construire, non loin de celle de son père.

12

En 1972, nous sommes de retour au Sénégal pour un second séjour au camp Leclerc. Mon père est un jeune commandant. Je suis en terminale au collège de Hann.

Après l'intermède de la banlieue parisienne, j'ai l'impression que la vie reprend enfin son cours normal. J'ai retrouvé l'Afrique, la vie est belle, j'ai bientôt dix-huit ans. Au collège, les cours ont parfois lieu dans le sable de la cour, sous le soleil que j'aime par-dessus tout et qui m'a tant manqué ; le week-end, nous nous baignons dans les eaux de l'île de N'Gor. La grisaille s'est enfuie.

Surtout, j'ai l'impression d'entrer pour de bon en aventure. C'est un sentiment à l'évidence hors de toute maturité compte tenu de la « normalité » qui m'entoure, mais il satisfait mes désirs du moment. Je ne vois plus l'Afrique de la même manière ; à mes yeux, c'est un territoire vierge à explorer de toute urgence. En fait, j'expérimente cette idée banale que l'inconnu est à l'échelle de l'ignorance de chacun.

Ma réputation auprès des garçons et des filles de mon âge est vite établie : je suis celui qui rechigne aux sorties festives et passe son temps libre à arpenter dans tous les sens le Cap-Vert, pied nus sous le soleil, une canne de marche à la main. De fait, je furète dans les moindres recoins, les plus petits villages de la côte. Je suis littéralement transporté par ces « explorations ». Le moindre événement suffit à m'enthousiasmer pour peu qu'il sorte de l'ordinaire. Je me fais des amis sénégalais un peu partout ; j'adore partager leur repas traditionnel de tiboudienne, je fais ma joie d'un simple plat de riz, mon plaisir de discussions sans fin avec les marchands de *banna-banna* et les marabouts.

J'ai l'impression d'entrer dans la puissance de la vie, de commencer à « épuiser le champ du possible ». C'est sans doute encore très naïf, mais enfin, cela fait mon bonheur.

C'est au cours de cette période que je sers d'assistant à Philippe Rolland pour ses séances de « magie » dans les villages de pêcheurs – deux ans avant que nous ne partions au Congo avec Hughes et Jean-François. Grâce à lui, je me rends compte qu'il existe bien d'autres moyens de communication entre les hommes que le langage. Mais je ne pose pas les bonnes questions à ceux que je rencontre ; je n'ai aucune expérience, je me contente des apparences. Je découvre des hommes différents, je les vois, mais je ne me demande pas comment eux me voient ; je ne me demande pas comment ils pensent, comment ils ressentent les choses, quelle est leur manière d'appréhender le monde, comment cette vision est façonnée par leur culture, influencée par leur histoire. Je ne sais pas encore que l'essentiel de l'échange humain consiste à se mettre d'abord dans la peau de l'autre, au sens propre ; et à ne pas faire l'économie d'une connaissance approfondie de ce qui fonde son mode de pensée.

Quoi qu'il en soit de ces erreurs, je prolonge d'une certaine manière la chance que j'ai eue de baigner dès mon enfance, et pendant de longues années, dans des cultures autres que la mienne. C'est cela peut-être qui m'a donné l'envie de me frotter à des sociétés différentes, d'y puiser de la nouveauté et même de la force. Sans doute est-ce pour ces raisons aussi que je n'ai jamais eu de problèmes particuliers à m'intégrer quelque part, à me sentir toujours assuré dans mon identité sans la poser par opposition à d'autres identités. La mienne n'est pas une muraille infranchissable. Elle est une frontière que j'ouvre à ma guise. Je suis à l'aise avec ces questions.

J'ai dit plus haut qu'au cours de ce séjour au Sénégal, j'évitais autant que possible les sorties des garçons et des filles de mon âge. C'est exact ; je ne trouvais rien d'attirant à la danse, à la découverte de l'alcool ou aux nouveautés de la mode. Je n'étais pas intéressé par les rassemblements bruyants et festifs. Je m'y ennuyais. Pour autant, je n'étais pas indifférent aux filles ; au contraire. Il y en avait beaucoup au camp Leclerc, très belles pour la plupart : c'est ainsi que je les voyais en tout cas. Elles étaient filles d'officiers ou de sous-officiers, toujours dans des robes légères sous le soleil, bronzées, les jambes nues, joyeuses, et je vivais avec elles quotidiennement. Elles seront mes premières amours.

Au cours de l'année 1973, je connais une autre initiation : le parachutisme. C'était inévitable ; je l'attendais avec impatience. Lorsque j'étais enfant au cours de notre précédent séjour, ma mère nous emmenait voir mon père « sauter » avec ses soldats au-dessus des grandes dunes de M'Gaparou, la DZ où s'exerçaient les parachutistes. Je regardais avec fascination les centaines de corolles blanches ou kaki qui se mettaient à éclore dans le ciel au passage des avions ; je trouvais le spectacle superbe. Le fait que des hommes osent sortir d'un avion en marche me laissait stupéfait d'admiration – une partie du prestige que nous attribuions d'ailleurs au sergent Bour venait de là…

C'était donc mon tour, puisque j'avais dix-huit ans. Le camp Leclerc disposait d'un paraclub pour ceux qui, comme moi, n'étaient pas soldats, mais avait un lien avec le régiment par leur famille. J'ai pris un plaisir infini à suivre l'entraînement des officiers et sous-officiers qui dirigeaient ce paraclub, à apprendre le roulé-boulé, le maniement des suspentes accroché à des arceaux, le déploiement du parachute ventral en cas de malheur, la manière exacte de se propulser avec les bras hors de l'avion au moment crucial, toutes ces sortes de choses… Une fois de plus nous étions en groupe ; mais cette fois, on nous enseignait que chacun d'entre nous ne pourrait compter que sur lui-même une fois dans le ciel ; parce que le ciel était le seul endroit où on ne pouvait être aidé par personne.

Quand le grand jour du « premier saut » arriva, mon père prit place dans l'avion devant moi ; c'était l'usage si l'on voulait encourager un « bleu ». On ne se plaçait jamais derrière lui ; surtout ne pas donner l'impression de vouloir le pousser. L'avion était un Noratlas, modèle déjà déclassé en France, mais qui servait toujours en Afrique. C'était un appareil très ventru, avec deux queues élégantes de part et d'autre du fuselage ; on n'y tenait pas à plus de trente si ma mémoire est bonne. Au cours des mois suivants, j'aurais l'opportunité d'effectuer six sauts avec les Dakota de l'armée sénégalaise, des appareils encore plus anciens, mais légendaires : c'étaient avec eux que les parachutistes de la France libre avaient sauté sur la Bretagne le jour du débarquement, en juin 1944.

Je me souviens de mon premier saut avec précision. J'étais dans le fond de l'avion, sans hublot, et je n'ai rien vu du paysage pendant le trajet entre l'aéroport de Yoff et la zone de saut de M'Gaparou. Le bruit était l'élément dominant de l'affaire avec l'odeur du kérosène, reconnaissable entre toutes – et qui me poursuit toujours quand je monte dans un avion pour sauter en parachute… Il fallait hurler pour se faire entendre. J'étais serré sur mon siège de toile, incapable de bouger. Puis le largueur avait fait signe à tout le « stick » de se lever et d'accrocher les sangles automatiques des parachutes au câble de largage. Il était passé dans les rangs pour une ultime vérification de notre équipement : une tape sur l'épaule et c'était O.K…

Cela fait, il avait ouvert les deux portes de l'avion, lentement, lourdement, et le vent s'était engouffré à toute volée, comme une furie. Ensuite, la lumière verte des portes s'était allumée très vite, la sirène avait retenti comme une âme en peine, vrillant mes oreilles, et tout le reste avait été un peu confus devant mes yeux ; mais il n'y avait qu'à suivre les consignes mille fois répétées, se laisser porter par les réflexes inculqués des semaines durant : avancer, marcher, saisir les montants de la porte les bras écartés, ne penser à rien d'autre, rester droit, se jeter dans le vide le plus loin possible comme venait de le faire mon père…

Une fraction de seconde plus tard, je connus le silence le plus impressionnant de toute mon existence : un silence absolu comme il n'en existe peut-être nulle part ailleurs. Quelque chose d'infiniment profond après le vacarme qui avait précédé.

Et puis, ce silence fut peuplé du doux chuintement de la soie du parachute : tout allait bien. Sous mes pieds, la brousse s'étendait à perte de vue, la mer se confondait avec l'horizon. C'était beau… Ma joie était sans limites : j'avais passé la porte de l'avion, j'avais aimé tout ce que je venais de vivre.

Le choc sur le sol fut amorti par le sable ; je me redressai, ôtai mon casque ; je ruisselais de sueur, j'étais encore plus heureux.

Je ne retrouverais cette joie inexprimable de la première fois qu'une quinzaine d'années plus tard, lorsque je me lancerais dans la chute libre en prévision d'un saut en parachute à quatre mille mètres au-dessus de la Nouvelle-Guinée, le pays des Papous – saut que les autorités indonésiennes m'interdiront finalement. Et une dernière fois en 1996, quand j'irais sauter au-dessus de Tel-Aviv pour passer mon brevet de parachutiste militaire israélien.

De mon premier saut, j'ai gardé une photo : mon père vient de me rejoindre sur la zone de saut, nous posons côte à côte, j'ai l'air d'être très fier.

Je l'étais.

À Dakar, je ne faisais pas que sauter en parachute, ou parcourir le Cap-Vert à pied, ou m'occuper de mes premières amours. Je travaillais aussi à passer mon bac. Il le fallait bien. Je vivais cette épreuve comme la fin d'un cycle ; quand il serait achevé, je serais plus proche de la vie que je voulais.

En terminale, il y avait une matière nouvelle qui ne nous était pas enseignée auparavant : la philosophie. Notre professeur s'appelait N'Diaye ; c'était un grand Sénégalais jovial qui n'avait pas son pareil pour nous intéresser à ses cours. Je dois dire que j'ai eu de bons professeurs cette année-là. Dans toutes les disciplines. Mais N'Diaye était exceptionnel. Je lui dois ma découverte de ce qu'est vraiment la philosophie ; elle prendra par la suite une grande importance dans mon existence.

N'Diaye était un philosophe rationaliste. Quand, assis à nos tables de travail, nous imaginions que la philosophie était une manière tranquille de penser les différentes façons d'exister, et les morales qui s'y rattachaient, il nous disait avec jubilation que nous avions parfaitement raison ; mais que la philosophie ce n'était pas seulement la sagesse. C'était aussi l'emploi de la raison pour tenter d'expliquer le monde ; c'était la volonté de démontrer plutôt que d'affirmer sans preuve, la quête incessante du savoir. Et c'était là une chose infiniment plus difficile et exigeante que de méditer sur la seule conduite de la vie. Apprendre à raisonner était le socle de toute pensée, d'où l'importance d'étudier la logique et de nous intéresser aux mathématiques. Il nous disait que si tout homme ne pensait jamais qu'à partir de ce qui avait été pensé avant lui, il lui fallait aussi se débarrasser des idées reçues, des préjugés, du conformisme, des lieux communs, de tout ce qui encombrait l'esprit dans sa recherche de la vérité.

C'est au professeur N'Diaye que je dois en partie ma conviction future que la conquête de toute liberté passe d'abord par la libération de l'esprit bien avant celle du corps ; et qu'il est donc possible d'être plus libre entre quatre murs qu'au fin fond des grands espaces. L'enseignement de N'Diaye mettra plus de vingt ans à prendre sa place en moi ; jusqu'à me conduire, la quarantaine passée, à reprendre de fond en comble des études de philosophie à Nanterre, puis à la Sorbonne. Ce seront de longues années d'intense plaisir intellectuel ; entre deux aventures, deux voyages, deux engagements, accompagnés de cette découverte lumineuse que, finalement, les études valent surtout à la maturité.

Pâlir sur des cours, des traités, des mémoires, des études, m'a beaucoup plu à l'âge où je l'ai entrepris. Passer des examens aux côtés de gens deux fois plus jeunes que moi ne m'a pas gêné, au contraire. C'était de toute façon une confrontation avec moi-même. J'ai pris le temps pour ce long voyage hors de toute géographie. Je n'ai préparé ma thèse de doctorat qu'en 2003 – sur les problématiques de l'identité – et je la poursuis encore. Dans ces études, j'ai trouvé un apaisement et une plénitude : le moyen de réconcilier enfin en moi action et réflexion – ce que m'avait offert d'une certaine manière mon éducation, mais que l'environnement social et traditionnel avait ensuite tendu à séparer.

Ce fut une tentative de conquête qui me passionna

davantage que de mettre mon énergie à acquérir des biens matériels.

À Dakar, j'obtins mon bac de manière à peu près honorable. Je vécus ce succès avec le sentiment d'une forme de libération. À partir de là, quelque chose devait changer. Mais, il me fallait impérativement choisir un métier et les études qui allaient avec ; je ne pouvais plus tergiverser ; les questions de l'entourage familial se faisaient pressantes. L'ethnologie me tenta un moment : j'y renonçai en craignant de m'enfermer dans une seule vie. Que faire alors ? Quel métier choisir pour vivre l'aventure et écrire des livres ? Je n'avais toujours rien de précis en tête. Mon père trouva la solution : foin de toutes ces élucubrations… Puisque j'avais laissé entendre un jour que la médecine me plaisait, je serais médecin ! Son frère Achille, mon oncle, était médecin colonel ; il venait d'être affecté aux pompiers de Paris ; on m'enverrait chez lui, caserne Champerret, et je suivrais mes études à la faculté de Bobigny. L'affaire était réglée. La majorité était en ce temps-là fixée à vingt et un ans ; je pouvais difficilement échapper à la volonté paternelle. J'irais donc caserne Champerret.

La rentrée universitaire étant fixée au mois d'octobre et les examens ayant eu lieu en juillet, j'avais du temps devant moi. Mon père me demanda quelle récompense je souhaitais pour la réussite de mon bac. Je répondis : « Voyager : faire le tour de l'Afrique occidentale… »

Je partis quelques jours plus tard, un petit pécule en poche.

Ce tour de l'Afrique occidentale à dix-huit ans a été mon premier vrai voyage en solitaire. J'étais plus inexpérimenté encore que lorsque j'irais au Congo deux ans plus tard ; je commis donc toutes les fautes du voyageur débutant et immature : sac trop lourd encombré d'un fatras d'objets inutiles, distances à parcourir trop grandes par rapport au temps disponible, mauvais discernements dans le jugement des gens rencontrés, et j'en passe. Même un chauffeur de taxi était capable de me rouler sur le prix de la course… À Niamey au moins, je retrouvais Hughes Tissandier – qui avait fait partie des enfants du camp Leclerc huit ans plus tôt, et dont le père servait maintenant dans le régiment français établi au Niger. Rendez-vous fut pris pour nous revoir en France dès que possible afin de partir ensemble à l'aventure. Ce serait le Congo…

Un matin enfin, je débarquai à Paris. Je trouvais qu'il faisait froid, que le soleil était gris, que les gens avaient l'air tristes. J'eus l'impression glaciale de revenir en arrière pendant mes ternes années de banlieue parisienne. Je me fis d'abord une raison. Au moins la caserne Champerret se révélait-elle moins lugubre que je ne l'avais craint. Je commençai mes cours à Bobigny. Je découvris que la médecine pouvait me passionner, surtout l'anatomie, je ne sais pourquoi… Pour le reste, je ne parvins pas à me faire un seul ami.

Je découvris aussi autre chose : la politisation de l'époque. Les autres étudiants ne cessaient de parler politique, et je ne saisissais pas un traître mot de leurs discours ; je ne comprenais rien à ce qui se passait autour de moi. Allende fut assassiné au Chili à ce moment-là. Il y avait des manifestations à la fac, mais je ne me sentais pas concerné. J'ignorais qui était Allende. Je me demandais à quoi tout cela rimait. On m'avait appris beaucoup de choses au cours des années passées, mais laissé à l'écart de tout ce qui touchait à la politique. On n'en parlait jamais à la maison ; tout ce que je savais de mes parents, c'est qu'ils étaient gaullistes et que mon père, officier parachutiste, avait été contre l'OAS.

Nous en avions juste discuté une fois. Pour le reste, c'était le néant.

Je me rendais compte que j'avais vécu dans une étonnante forme d'autarcie. Je me souviens avoir dû demander piteusement à un camarade de cours ce que signifiait la « gauche » et la « droite », ces étranges termes géométriques que lui et les autres étudiants ne cessaient d'invoquer à tout propos. Je ne compris rien à ses explications. Après quelques efforts, je laissai tomber avec lassitude. Il faudrait cinq années supplémentaires pour que je m'intéresse vraiment aux questions politiques. Et je devrais tout apprendre à partir de rien, combler un retard sidéral. Cela dit, je ne crois pas avoir perdu quoi que ce soit en ne baignant pas dès ma jeunesse dans un milieu politique quelconque. Bien des œillères et des idées toutes faites m'ont sans doute été épargnées.

Si la faculté de médecine ne m'a guère marqué, je garde un souvenir très fort de ma vie au milieu des pompiers. Leur devise était inscrite au fronton du mess où mon oncle m'invitait souvent à partager ses repas : « Sauver ou périr. » Il y avait de l'idéal là-dedans.

Décembre arriva. Je fêtai mes dix-neuf ans. Toute la nuit je réfléchis à l'avenir…

Le lendemain, j'étais certain de ce que je devais faire : ma révolution personnelle. Ce devait être quelque chose de brutal. Une rupture nette et précise. Cette vie où je me voyais partir pour sept ou dix ans, enfermé entre les mêmes murs, ne pouvait être la mienne. Je devais sauter hors des rails où l'on m'avait mis ; ce n'étaient pas les miens. Je devais tout quitter pour être libre.

J'envoyai une lettre à mon père pour lui dire que je voulais partir un an ; après quoi nous verrions bien… En attendant sa réponse, je profitai des vacances de Noël pour m'entraîner encore en entreprenant le tour du Luxembourg à pied, seul dans le froid de l'hiver ;

cela me changeait. Cette semaine de marche glaciale me redonna de l'énergie.

À mon retour, je trouvais la réponse de mon père ; elle était brève et négative, comme je le craignais.

Je résolus de partir malgré tout.

J'étais mineur : ce ne pourrait être qu'un départ clandestin.

13

J'ai donc fait ma révolution personnelle le 21 janvier 1974.

Ce n'était pas une révolution contre mon passé ; bien plutôt une révolution pour mon avenir. Cela me mettait à l'aise d'une certaine manière : je m'en allais dans le but de construire quelque chose.

La veille au soir, j'écrivis une lettre à mon oncle pour lui annoncer que je partais et qu'il ne fallait pas chercher à me rattraper : je reviendrais un jour. Le lendemain matin, j'attendis qu'il eut quitté l'appartement et posai la lettre sur mon bureau ; je fermai ma cantine à clef, la laissai dans un coin de ma chambre ; je remplis mon sac à dos de ce que je croyais indispensable pour ma nouvelle vie, rien de plus, et quittai la caserne.

Une fois dehors, je regardai les rues en humant l'air avec un sentiment inexprimable de liberté, une joie qui n'en finissait pas : ces rues sentaient déjà les grands espaces ; je partais enfin pour faire ce que j'avais toujours voulu, ce dont j'avais toujours rêvé. Et peu importait les risques ou les dangers. J'y étais : au pied du mur.

Je suis vraiment né à moi-même ce 21 janvier 1974.

J'avais décidé de gagner la Guyane ; c'était l'un des pays qui m'attirait le plus et il avait l'avantage d'être français. Question finance, j'avais retiré de la banque les trois mille francs que je possédais – l'équivalent sans doute de mille euros d'aujourd'hui. Cela me semblait suffisant pour commencer, à condition de ne rien dépenser de trop ; on verrait ensuite. En Guyane, je trouverais certainement à travailler ; c'était une terre de pionnier, on y exploitait l'or et le bois. Je me voyais bien forestier ou chercheur d'or en attendant mieux. Je n'avais pas de projet précis.

Le voyage débuta porte d'Orléans : en stop. Direction Marseille, où je comptais m'embarquer sur un cargo. Il faisait un froid terrible ; j'attendis des heures en gelant. Un chauffeur routier finit par me prendre. À la nuit, il me déposa à Lyon, près de l'autoroute, dans l'entrelacs des échangeurs. Un spectacle pénible. Je trouvai à dormir dans l'encoignure d'une porte, au fond d'un vestibule, enroulé dans mon duvet. Au matin, un homme me donna des coups de pied pour m'expulser : je devais partir sur-le-champ, j'étais chez lui… Dans ces conditions, je ne pouvais même pas lui casser la figure. Je partis sur la route et dans le froid. Depuis ce jour, je me sens une certaine solidarité avec les sans-abris que l'on chasse à coups de pied.

J'arrivai à Marseille un soir. Dans un café du vieux port, on me renseigna : inutile d'espérer embarquer sur un cargo. Les temps avaient changé. Si je n'étais pas « inscrit maritime », aucun navire ne me prendrait à son bord ; je fus très déçu. Au Sénégal, j'avais découvert la voile sur ces magnifiques bateaux que sont les « requins » et j'aimais la mer. Je voulais partir en cargo. Ce serait pour plus tard ; comme les aventures en mer. Il faut un temps pour tout.

Ma grand-mère maternelle habitait non loin de Marseille à cette époque, dans une petite ruelle perdue de Sanary, la rue de la Prudhommie. Je décidai d'aller l'embrasser. Bien m'en prit : en trois jours, la nouvelle de mon départ avait fait le tour de la famille, et mon père me faisait rechercher. Bientôt, j'aurais les gendarmes aux trousses.

« Tu vas dire que je suis ici, Mamie ?

– Jamais : va où tu veux, que Dieu te bénisse ! »

Je parlerai plus loin des deux grand-mères exceptionnelles que j'ai eues.

Il fallait donc que je quitte la France au plus vite. Je me précipitai au guichet d'une compagnie aérienne :

« Qu'est-ce que je peux acheter comme billet avec trois mille francs ? Pour l'Amérique du Sud si possible…

– Pour ce montant-là, monsieur, j'ai juste Cayenne. »

Le hasard rejoignait mes désirs.

Le reste fut une course contre la montre… Mais je débarquai finalement à Cayenne sans anicroche, après un détour par les Antilles. Je n'avais plus un sou en poche.

Je me souviens de la chaleur étouffante à la sortie de l'avion, du couple sympathique qui me prit en stop, de mon arrivée dans la ville, place des Palmistes, des vieux bâtiments coloniaux en bois avec leurs avant-toits et leurs arcades fraîches, du calme qui y régnait.

Débute une période délicate : comment vivre sans argent ? Je me mets à chercher du travail, prêt à n'importe quelle expérience. Je deviens maçon sur un chantier : salaire au noir, repas faméliques de sandwichs, travail éreintant sous le soleil : la certitude d'être exploité. Mais je suis jeune, je peux tenir.

Comme à ces débuts je ne fréquente pas que du beau monde – je prends ce que je trouve sur ma route –, je finis par être hébergé chez un certain « Tony », un Guyanais qui semble traficoter je ne sais quoi avec des Brésiliens. On me raconte qu'à son heure de gloire, il a été le masseur de Brigitte Bardot. L'homme est sympathique, dans la force de l'âge, bâti tout en muscles, fort en gueule. Il habite une grande maison de bois pareille à un caravansérail : il y a des filles partout, on ingurgite beaucoup de rhum, on fait l'amour encore davantage. On y discute à voix basse dans les coins, des têtes bizarres ou patibulaires surgissent aux moments les plus inattendus, on y mange à n'importe quelle heure. Toute une faune cosmopolite circule de jour comme de nuit dans cette drôle de maison, et les jeunes Brésiliennes qui nous rendent visite sont superbes, effrontées et libres. L'ambiance me plaît parce qu'il y a de la vie ; au moins il se passe quelque chose…

J'ai mon hamac dans un coin, personne ne m'ennuie, Tony m'aime bien ; et nul ne se soucie de mon âge. Cette maison de tous les possibles est une forme d'aventure particulière que je ne connais pas encore. Je me dis qu'en son temps, mon grand-oncle Ange Tiramani, l'aventurier de la famille, a dû vivre quelque chose du même genre quand il s'est enfui de chez lui à seize ans et s'est retrouvé dans le milieu corse de Marseille.

De cette maison aux bas-fonds de Cayenne, il n'y avait qu'un pas ; je découvre très vite le quartier malfamé de la Crique, où se croisent les malfrats de la ville. Je n'aime pas particulièrement ce genre d'endroits, mais il est toujours intéressant de voir l'envers du décor. La certitude que le vrai voyage est d'aller là où ça ne va pas plutôt que là où tout va bien me vient peu à peu en constatant la distance qui existe entre la réalité dont je fais l'expérience et ce que racontent les guides de voyage.

Et puis j'aime le romanesque de ces bars faits de mauvaises planches, bâtis de guingois sur des pilotis, toujours enfumés, avec au plafond de grands ventilateurs qui halètent sourdement, des planchers qui craquent, des lumières chaudes et lourdes, des tables de gros bois, cette odeur d'autrefois, indéfinissable au milieu des relents de lampe à pétrole, de sueur et de rhum. J'aime le bric-à-brac dont ces bars sont faits, et je me plais à côtoyer la faune des bas-fonds qui y traîne, hélant les serveuses délurées, jouant aux cartes ou au billard, des couteaux passés dans les ceintures sous les chemises. Tout cela sent la chaleur moite, les tropiques d'un autre temps, une forme de vie aventureuse oubliée ailleurs.

Dans ces bars de la Crique, on voit de tout : il y a fréquemment des bagarres, surtout avec les légionnaires de Kourou qui viennent y boire et chercher des filles – des prostituées surinamiennes qui attendent avec résignation dans les étages. Les clandestins venus des deux frontières, Brésil et Surinam, s'y retrouvent pour leurs affaires, discutent, boivent, haussent le ton, s'en vont régler leurs comptes ailleurs ; ça « chauffe » souvent. Malgré tout, l'ambiance est plutôt bon enfant ; tout juste trouve-t-on de temps à autre un cadavre flottant le matin dans la rivière, un poignard au milieu du dos. Mais ce genre de chose est tout de même assez rare.

Dans l'un de ces bars, un soir à une table, entre deux tournées de ce punch guyanais dont j'ai appris à aimer le goût, on me propose de laisser ma pelle au chantier et de devenir contrebandier. L'affaire est simple : escorter vers le Brésil un chargement d'or clandestin. Le trafic se fait dans des *tapouilles*, ces bateaux brésiliens non pontés. J'aurai naturellement une arme pour défendre l'or – pas de problème – et le voyage ne durera pas plus d'une semaine. Ce sera bien payé, et rubis sur l'ongle.

Je suis très jeune, sans grande expérience, mais tout de même, je ne sens pas les voyous qui veulent m'entraîner dans cette combine : mines patibulaires, regards mauvais, quelque chose de malsain. L'or, je veux bien ; mais à condition d'aller le chercher au fond de la jungle avec pelle, pioche et batée – comme tout le monde pour ainsi dire. Je décline l'offre. Dans l'aventure, on rencontre toute sorte de gens dont votre vie peut dépendre à un moment ou un autre si vous avez besoin d'eux. Souvent le temps est compté pour les juger. On n'a que son instinct pour décider – et l'expérience acquise progressivement. Toute ma vie, comme ce soir-là, je vais avoir à dire oui ou non en quelques secondes à des visages à peine entrevus. Je me suis toujours fié à mon instinct. Et j'ai fini par trouver une sorte de plaisir intellectuel à cette forme subtile de jeu de hasard qui se passe dans le grand livre de la vie et non sur les tapis vert des casinos…

Quand je ne manie pas la pelle, je passe mon temps à découvrir Cayenne. Je tombe amoureux de la ville. En ce temps-là, la criminalité est inexistante en Guyane. Je dors parfois sous les arcades de la place des Palmistes, mon sac sous mon hamac, et je n'ai pas à me demander s'il y sera toujours le lendemain. On raconte que l'on peut perdre son portefeuille au milieu de la place et être certain de le retrouver au même endroit une semaine plus tard : il n'y a pas d'escrocs, pas de voleurs, pas de criminels. La Crique est une exception au milieu d'un océan de sérénité. De nos jours, tout a changé : on peut se faire agresser en plein jour sur cette même place. Cayenne a connu en trente ans la même croissance incontrôlée de la criminalité que la plupart des villes de la planète situées hors de la part protégée du monde – celle que nous habitons, nous autres Européens.

En 1974, Cayenne est donc une ville encore paisible. L'atmosphère générale y est celle d'une vieille sous-préfecture coloniale endormie depuis plus d'un siècle dans la moiteur de l'équateur : il ne s'y passe rien d'autre que l'immense répétition d'un quotidien suranné. Le pays est immense, empli des richesses qu'offrent les tropiques, mais il est vide d'hommes ; et ceux qui s'y trouvent se contentent manifestement de ce qu'ils ont : un pays de pionniers qui attend ses pionniers.

J'aime l'atmosphère de Cayenne. L'architecture n'a guère changé depuis les premiers temps de la ville : beaucoup de maisons sont en bois, avec des toits de tôle qui brillent au soleil, les rues en damier sont étroites, les trottoirs défoncés par les pluies diluviennes. C'est un peu le Far West. Il n'y a pas de plages, pas de touristes, rien n'y est artificiel ; et on croise toujours d'anciens bagnards devenus chasseurs de papillons.

La place des Palmistes est mon lieu de prédilection. Il y a là deux cafés : le Bar des Palmistes à l'angle sud, le Café des Tropiques à l'angle est. Dans ce dernier, c'est une grosse mamie pétulante qui sert les habitués et je m'entends bien avec elle. Ce bar a disparu aujourd'hui, remplacé par une grande surface, je crois. En 1974, il est très populaire. J'y vais tous les soirs, bien plus qu'à la Crique, car beaucoup de routards s'y donnent rendez-vous. On boit du punch, on échange des idées, on fait des projets ; le temps passe.

Je finis par me demander ce que je vais bien pouvoir devenir. Je sais très bien ce que je veux, je ne sais absolument pas comment le trouver. Je me suis installé dans une existence qui ne me déplaît pas, pleine de rencontres et de découvertes, mais où se trouve exactement l'aventure que je cherche ? Comment la découvrir ? Combien de temps vais-je rester ici ?

Régulièrement, je croise des types qui sont arrivés en Guyane il y a cinq, dix, quinze ans, pleins d'espoir en une vie nouvelle et qui l'attendent toujours entre deux petits boulots, deux petits espoirs, deux petits verres de rhum au Café des tropiques. Et l'écriture ? Je ne cesse de noircir de gros carnets que je cache au fond de mon sac, mais je tourne en rond. Je finis par me laisser aller à la nostalgie des années passées à Dakar. Je songe aux filles que j'y ai connues, j'écoute la musique que nous écoutions ensemble ; tout ce qui en Guyane peut me rappeler cette vie d'antan me plonge dans des abîmes de tristesse diffuse mêlée de perplexité ; j'attends quelque chose, je n'agis plus. Il faut que je me secoue.

Je ne vois qu'une solution : chercher un travail plus

adapté à mes désirs. La forêt amazonienne est aux portes de la ville, l'intérieur de la Guyane est à portée de main, immense. C'est là qu'il faut que j'aille. J'ai déjà arpenté la côte jusqu'à Saint-Laurent-du-Maroni, bivouaqué à la montagne des Chevaux pour m'éprouver dans une vraie jungle, mais c'est insuffisant. Il me faut autre chose.

Un jour, Tony qui me voit errer comme une âme en peine, me dit :

« Ça te plairait d'aller travailler dans la jungle ?

– Tout ce que tu veux Tony... »

Je suis vraiment prêt à tout.

« Alors, j'ai quelque chose pour toi. »

Le quelque chose en question s'appelle Albert Léveillé. C'est une sorte de géant noir débordant d'énergie vitale. Il possède un chantier forestier au lieu-dit Menado, sur le fleuve Mahury, à la frontière du territoire de l'Inini ; Albert a besoin de bras supplémentaires pour sa scierie et de quelqu'un de sûr pour mesurer les troncs d'arbres qu'il achète aux Saramakas de l'intérieur. Les Saramakas sont des descendants d'esclaves, comme les Bonis des fleuves ; ils coupent du bois pour Albert, assemblent les troncs en radeau, et les descendent à la scierie où ils se font payer leur travail. Je suis le bienvenu, me dit Albert, car il a du mal à trouver des Blancs pour vivre en forêt. Et il ne se fie pas outre mesure à ses travailleurs brésiliens, saramakas ou guyanais.

Me voilà embarqué dans une nouvelle aventure. Au cœur de l'Amazonie, enfin...

Je débarque à la scierie de Menado quelques jours plus tard, après une longue remontée du fleuve Mahury, dans une barge surchargée de vivres et de matériel pour le chantier. Je me crois revenu un siècle en arrière ou dans un livre de Conrad. Je tiens le bon bout...

J'ai voyagé avec une dizaine de Brésiliens : de pauvres

hères qui sont venus chercher un sort meilleur dans ce morceau de France. Ils n'ont pas de statut précis, pas d'avenir déclaré, et Albert les a engagés dans les mêmes conditions que moi : pas de contrat, juste la parole, un salaire plutôt chiche, mais qui n'est pas négligeable au bout du compte puisqu'il sera impossible à dépenser sur place. Ces Brésiliens sont de braves garçons pour la plupart, qui deviendront vite des compagnons de fortune et d'infortune, et avec qui je m'entendrai bien.

La scierie se dresse sur la rive droite du fleuve : un débarcadère de fortune, quelques bâtiments de bois pour les hangars, de gros engins de chantiers pour la manutention, de mauvaises bicoques de planches sur pilotis pour les employés. Et tout autour, la jungle interminable parcourue par des bandes de singes hurleurs. Un décor de bout du monde.

On m'installe dans l'une des cabanes au bord de l'eau, avec un vieux Guyanais édenté du nom d'André : deux hamacs, des moustiquaires, un réchaud pour la cuisine, deux tabourets. Rien d'autre ; je m'y trouve bien. André est ravi d'avoir un compagnon.

Il y a un autre Blanc à la scierie, un certain Bassaler. Il est assez âgé et très blasé me semble-t-il : c'est le contremaître. Et il a ses préjugés : il n'est pas mécontent de me voir, bougonne-t-il, car avec tous ces Brésiliens, les Saramakas, les Noirs, les Guyanais, ça va le changer de voir un Blanc, de pouvoir compter sur quelqu'un, d'échanger des livres avec moi. « Quelle vie ! », soupire-t-il. Il est en Guyane depuis si longtemps qu'il ne s'en souvient même plus ; plutôt que de finir par crever sous ce climat pestilentiel, il a choisi de passer son temps à bouquiner au fond du chantier, dans son hamac ; en surveillant quand même ce qui se passe, naturellement ; c'est son travail à lui. Le mien, ce sera de scier des troncs d'arbres, et il faudra être à l'heure le matin. On commence tôt…

Dès le lendemain, je découvre ce que scier du bois veut dire : des dizaines de troncs sont amarrés sur les berges boueuses du fleuve, liés en radeaux par des lianes, comme d'immenses boîtes d'allumettes. Il faut les haler jusqu'aux scies mécaniques, les disposer sur des plans horizontaux, les pousser à la main vers ces scies qui hurlent sans discontinuer, découper chaque tronc en planches ; des planches qui pèsent des tonnes et qu'il faut ensuite charger à la main sur des barges à fond plat qui les emportent à Cayenne pour la vente.

Nous avons les reins brisés le soir, les bras aussi durs que le bois que nous coupons. Plus encore que lorsque je maniais ma pelle de terrassier, je finis par me dire que ce travail que j'ai accepté est destructeur ; il ne peut grandir personne. C'est la première fois que la notion de travail m'apparaît sous cet angle. Jusqu'alors, le travail était pour moi quelque chose de positif ; il était ce que j'étudiais, ce que j'apprenais, ce pourquoi je concédais des efforts. Il aboutissait toujours à une récompense ; le travail était un accomplissement. L'argent n'avait rien à voir avec lui ; je n'avais encore jamais travaillé dans le but d'en gagner. À Menado, je travaille pour gagner ma vie. Et ce travail nous abrutit tous : de bruit, de fatigue, de la répétition incessante des mêmes gestes, de l'inutilité d'avoir à réfléchir, de l'impossibilité même de réfléchir normalement parvenu à un certain stade d'abattement. Comment un homme pourrait-il s'accomplir à travers un tel travail ?

Je regarde mes compagnons brésiliens, je vois leurs yeux résignés, j'écoute leurs discours fatalistes, je vois leurs perspectives de vie totalement vides, leurs horizons fermés. Quelle misère… Je sais, moi, que je partirai un jour ; j'ai le choix. Mes compagnons ne l'ont pas. Que pourraient-ils faire d'autre ? La plupart ne savent ni lire ni écrire. Alors ce travail, ils y tiennent. Il est au moins la certitude de manger, de nourrir une famille restée au pays. Pour le reste, vivre c'est survivre et il n'y a rien à faire contre cela…

Je découvre ainsi au jour le jour une forme de condition ouvrière – de condition humaine pour tout dire – que je n'imaginais pas auparavant ; je me sens concerné dès le début. Cette condition, je la partage avec ces hommes, même si ce n'est pas pour toute la vie : je suis des leurs. Je ne l'oublierai jamais. C'est pourquoi depuis cette époque je me considère, d'instinct, proche de tous ceux qui leur ressemblent.

Quand je rejoins ma cabane le soir, je suis éreinté, presque écœuré. Mais alors, rien n'est fini, pas question de se jeter dans son hamac : il faut prendre le fusil et partir chasser pour améliorer l'ordinaire ; sinon, c'est haricots et farine de manioc à tous les repas. Au cours de ces chasses nocturnes, j'apprends beaucoup de mes compagnons. Ce sont eux qui me font découvrir caïmans, tapirs, singes, tatous, perroquets, rongeurs ; la façon de les débusquer, de les dépecer, de les cuire ou de les boucaner. C'est cette première expérience qui me fera croire, l'année suivante au Congo, que j'en sais déjà beaucoup sur la manière de survivre en forêt. En vérité, on n'en sait jamais assez…

Quoi qu'il en soit, nous rentrons fourbus au milieu de la nuit, parfois bredouilles ; et quoi qu'il arrive, il faut reprendre le travail à l'aube, recommencer le cycle de l'abrutissement. Par chance, il règne à Menado une grande solidarité entre les travailleurs. L'expérience de la misère rend la plupart des hommes généreux quand ils peuvent l'être : une bonne chasse profite à tous, les charges de travail imprévues sont partagées, on peut toujours compter sur quelqu'un en cas de coup dur. Il se trouve aussi que je suis le plus jeune des travailleurs et les autres prennent soin de moi ; c'est parfois très touchant.

De temps à autre, j'ai l'occasion d'échapper au travail de la scierie. Quand des groupes de Saramakas sont annoncés en amont du fleuve, on m'envoie en pirogue mesurer le diamètre des troncs d'arbre qu'ils viennent vendre au chantier et je peux souffler quelques heures ; je prends ma pagaie, mon mètre pliant, de quoi écrire, je choisis un compagnon, et en avant sur le fleuve… J'aime ce travail : je rencontre d'autres hommes, je découvre d'autres têtes. Ces Saramakas sont de rudes gaillards, de vrais coureurs de brousse, rustiques, austères, sobres : tout ce que j'aime. Leurs peaux noires sont tannées, leurs visages anguleux et maigres – et quand ils sourient, ce n'est pas pour rien.

À intervalles plus ou moins réguliers, on nous accorde quelques jours de repos. On nous ramène alors à Cayenne avec les barges de bois et nous rentrons de la même manière après quelques excès à la Crique : castagnes, soûleries et compagnie. Ce n'est pas toujours de mon goût, mais il faut tenir sa place… C'est aussi l'aventure. Pour la première fois, les arts martiaux me sont utiles en dehors d'un dojo. Cela m'amuse ; j'ai de l'énergie et j'aime la bagarre.

Parfois, plutôt que de faire ces allers-retours à Cayenne, je m'en vais explorer les environs de Menado. Je prends un fusil, des cartouches, mon hamac ; la plupart du temps, je gagne le lieu-dit Boulanger par l'étroite piste qui y mène depuis Menado. Boulanger est un *placer*, un site de chercheurs d'or. En 1974, une dizaine d'hommes y travaillent, habitant dans des cabanes de planches dressées dans une vague clairière. Je suis toujours le bienvenu en tant que voisin ; les nouvelles têtes sont rares, là aussi : autant en profiter. J'aime ces moments de détente où je partage sans contrainte le travail des orpailleurs ; j'aime la magie de la batée, les paillettes aurifères qui apparaissent au milieu du sable noir.

Je n'ai pas de fascination particulière pour l'or, mais

je suis sensible à l'ambiance qui l'entoure, à cette quête perpétuelle de la fortune, toujours à portée de main, toujours envolée, à la fièvre réelle qui habite les hommes qui se lancent dans cette aventure. Mais je remarque très vite – avec un certain étonnement au début – que la richesse ne règne pas plus à Boulanger qu'à Menado. L'or ou le bois, c'est tout comme. De toute façon, ce sont les mêmes hommes qui triment, courbés vers la terre, usés avant l'âge.

Mirage de l'or.

Deux fois encore dans ma vie, je vivrais au milieu des orpailleurs. Je constaterais chaque fois la même misère. La richesse n'était pas chez les travailleurs ; elle était chez ceux qui les faisaient travailler.

En 2010 – à l'époque où je retrouverais le sergent Bour avec *La Boudeuse* –, je reviendrais du côté de Boulanger. L'une des équipes du navire y tournerait des images et me les montrerait : le placer n'avait plus rien à voir avec mes souvenirs. Il était devenu une immense exploitation, très mécanisée. Je ne reconnaîtrais rien.

Ma vie à Menado aurait pu durer des mois encore. Un événement imprévu allait l'abréger brutalement. Un matin, j'entendis un bruit de pirogue à moteur sur le fleuve : de loin, j'aperçus des képis. La pirogue se dirigeait vers la scierie ; un sombre pressentiment me prit et je filai me cacher dans la forêt. Le silence revint. J'attendis un long moment assis au milieu des arbres. Enfin, je perçus le bruit du moteur qui redémarrait, s'éloignait vers l'aval. Je rentrai en catimini. Albert Léveillé, le patron, était présent ce jour-là à la scierie. Il m'appela :

« Dis donc, c'étaient les gendarmes. Ils te recherchaient ; ils voulaient savoir si je ne t'avais pas vu dans les parages, si tu ne travaillais pas pour moi. J'ai répondu que non. Ils m'ont dit que tu t'étais enfui de chez toi. Il paraît que tes parents s'inquiètent. T'es mineur alors ? »

J'étais très ennuyé :

« C'est exact. Bon, je vais écrire à mes parents. »

Puis, après un moment de réflexion, je demandais :

« Ça vous embêterait de me payer tout de suite ce que vous me devez ? Il vaut mieux que je parte au Brésil. Les gendarmes risquent de revenir… »

Léveillé était un homme loyal et il avait tout compris : il me paya mon dû. Je rentrai à Cayenne avec une barge de bois qui s'en allait.

Menado et la vie de forestier, mes camarades brésiliens, ma cabane au bord du Mahury, tout cela était terminé. D'une certaine manière, j'étais triste. Toute ma vie, j'aurais ce drôle de défaut de garder la nostalgie des expériences passées, aussi dures soient-elles.

Quelques jours plus tard, j'atterrissais à Belém, à l'embouchure de l'Amazone.

14

Au Brésil, la vie devint vite difficile. L'argent gagné en Guyane fut rapidement dépensé à Belém. Avec une certaine inconscience, je restai dans la ville plus que de raison. Je ne savais trop que faire ; je passais mon temps à réfléchir en déambulant dans les rues ou sur les bords de l'Amazone dont les eaux informes parsemées d'îles me fascinaient ; le soir, je dormais sur des bancs publics ou dans des jardins. Je mangeais dans la rue.

Je ne me préoccupais guère de découvrir Belém. Tout ce que je remarquais, c'était que le Brésil était un pays joyeux – et violent. Il y avait autour de moi un bouillonnement d'élan vital, de forces vives et de jeunesse tout à fait étonnant ; surtout en comparaison de la langueur guyanaise. Un pays « émergent » était en train de naître, n'importe qui pouvait le sentir ; ce pays venait au jour avec une puissance tranquille, foisonnante, à l'image de la forêt tropicale. Chaque fois que je reviendrais au Brésil, je serais impressionné par l'énergie et la joie des Brésiliens.

Bientôt, je me retrouvai en compagnie de va-nu-pieds arrivés de divers pays et de routards français en voie de paupérisation ; c'étaient des compagnons d'infortune tout à fait conformes à ce que je vivais dans ce moment précis de ma vie. Ces malheureux m'expliquaient que le seul moyen de nous en sortir était de mendier. Pas question de voler : la police était implacable. Quant à travailler, c'était renoncer à la liberté.

Cet état d'esprit m'horrifiait. L'aventure pouvait-elle mener à un tel état d'abandon ? Je craignais que oui si elle se limitait à errer sur les routes du monde. Il fallait un but.

Un matin, je décidai de gagner Rio de Janeiro. L'un des cousins germains de mon père, Joseph Castelli, y était employé dans une grande entreprise de travaux publics. L'année précédente, il était passé par Paris avec sa femme Lucienne ; il m'avait donné son adresse pour lui écrire. Je ne l'avais pas fait, mais cette adresse était dans ma poche : rue Paulo-Freitas, à Copacabana – le quartier chic de Rio à l'époque. Autant lui rendre visite. Joseph pourrait sans doute m'aider à trouver un travail dans un coin aventureux du Brésil. Pour le reste – et surtout l'avenir –, on verrait plus tard. Il fallait parer au plus pressé. D'autant qu'il y avait quelques milliers de kilomètres à parcourir avant d'atteindre Copacabana.

Gagner Brasília, à mi-chemin de Rio, fut une affaire sans histoire. À l'arrivée, j'avais encore de quoi me payer un *cafezinho* : cinquante centavos très exactement. Je m'offris ce café, debout dans une petite gargote de la gare routière, avec délectation et presque avec défi. Je me souviens parfaitement de la scène, de cette dernière pièce que je tendis au marchand. Désormais, je n'avais plus un sou en poche. Mais je n'étais pas inquiet outre mesure. J'ai toujours eu ce défaut de ne m'inquiéter de rien.

La capitale brésilienne était épuisante pour un homme à pied, sans argent, trimballant un sac sur son dos. Elle étendait sa modernité à perte de vue. Les rues étaient grandes et vides, très artificielles. Je n'aimais pas. Le soir de mon arrivée, je dormis dans un coin de la cathédrale ; c'est ce que je trouvais de mieux dans l'immensité de la ville. Dès le lendemain, je pris la route de Rio. Je mis longtemps pour y parvenir. Ce fut une drôle d'expérience. J'appris énormément sur la nature humaine.

Je faisais du stop naturellement. Il y avait de belles voitures et beaucoup de camions. Les voitures ne s'arrêtaient jamais ; leurs occupants me faisaient des bras d'honneur ou se moquaient de moi. Les camions me prenaient souvent. Les trajets étaient plus ou moins longs, mais toujours enrichissants ; j'apprenais le portugais avec les chauffeurs. Aux haltes, ils s'apercevaient vite que je n'avais pas de quoi m'acheter à manger. Ils m'invitaient toujours. Ne sachant pas de quoi le lendemain serait fait, je me goinfrais de viande dans les *churrascarias* des bords de routes où ils prenaient leurs repas ; c'étaient des gens généreux. Je ne demandais jamais rien, mais je n'ai jamais connu la faim au cours de cette période. Si les chauffeurs roulaient la nuit, je m'endormais dans la benne à l'arrière, au creux d'un tas de foin ou au milieu de ballots ; j'étais très heureux. J'étais sale, de plus en plus en haillons, mais je voyais défiler du pays et j'étais en compagnie de gens simples.

Entre deux trajets, dans les petites villes où m'arrêtaient les camions – car ils allaient dans toutes les directions –, je me débrouillais au mieux. Je dénichais toujours un coin de rue tranquille pour dormir. Je remarquais qu'il valait mieux choisir les quartiers pauvres ; personne ne m'y ennuyait, je ne faisais pas tache dans le paysage. Quand je demandais un verre d'eau dans un restaurant, on voyait bien que je ne pouvais rien acheter et il arrivait que le propriétaire ou un serveur m'apporte sans condescendance une assiette de *feijoada*, le plat national. Je refusais d'abord pour la forme, je ne pouvais pas payer ; on insistait, je finissais par manger ces plats de riz et de haricots rouges dont j'ai gardé le goût. C'étaient sans doute des hommes qui avaient eu faim un jour. Dans les rues des quartiers trop riches, je ne pouvais compter sur rien de tout cela ; on me chassait souvent, je n'avais rien à faire là.

De jour en jour, je notais ainsi avec l'étonnement de mon âge que le niveau de générosité d'un homme n'avait que peu de rapport avec le volume de sa bourse ; la générosité des gens que je croisais était même inversement proportionnelle à leur richesse. C'était un apprentissage essentiel. Aucune école n'aurait pu me l'enseigner, sinon celle de la vie. Comme à Menado, je me rendais compte que l'expérience d'une existence difficile rendait souvent les hommes moins durs avec leurs semblables. Il y avait des exceptions notables et nombreuses, mais la règle générale était celle-là. Trente-cinq ans plus tard, je ne vois rien à changer à ce premier jugement.

Si l'attente était trop longue entre deux camions, je vendais mes maigres affaires à des boutiquiers : stylo, couteau, lampe-torche, de quoi voir venir le repas suivant. Je n'aimais pas les boutiquiers ; ils étaient âpres au gain. Avec eux, tout était rapport de force. C'étaient des hommes qui vous obligeaient à devenir méfiant et roublard, voleur même si l'occasion se présentait. Leur règle semblait être : prendre le plus, donner le moins. Ce n'était pas dans mes valeurs ; ça ne m'intéressait pas du tout de les imiter, de devenir comme eux. Je n'avais déjà pas de goût particulier pour le commerce avant d'arriver au Brésil ; sur la route de Rio de Janeiro, ce désintérêt se transformerait pour la première fois en défiance et cela ne s'arrangerait pas avec le temps.

Enfin, un dernier camionneur me mena aux portes de Rio. C'était encore un brave homme. Il devait livrer son chargement dans la grande banlieue de la ville, et Copacabana était loin. Il me trouvait trop jeune pour traverser à pied les favelas dangereuses qui me séparaient de mon but ; il appela un taxi, lui donna l'adresse de mon cousin et le paya d'avance…

Bientôt, je frappais à la porte de l'appartement de Joseph au dernier étage d'un bel immeuble près de la mer ; ma cousine Lucienne ouvrit, recula de stupéfaction : « Patrice ! » s'écria-t-elle… Et ne put dire un mot de plus avant un bon moment. Toute la famille se demandait ce que j'avais bien pu devenir depuis mon départ de Guyane – j'avais quand même écrit à ma mère – et j'apparaissais soudain devant ses yeux sans crier gare…

Joseph ne tarda pas à arriver. Comme Lucienne, il avait la solidarité familiale dans le sang ; c'étaient de vrais cousins corses. Ils me jetèrent dans un bain, m'habillèrent d'un superbe costume de velours bleu, et comme ils me trouvaient famélique, me gavèrent des meilleurs plats toute la soirée. Je m'endormis repu.

Le lendemain, Joseph me dit :

« Dans l'immédiat, tu vas rester ici te reposer. Je vais appeler ton père au Sénégal, pas moyen de faire autrement. Mais ne t'inquiète pas, les choses vont s'arranger. Ensuite, on verra… »

Je ne sais ce qu'il dit à mon père, mais Joseph m'assura que l'on me laisserait désormais aller où je voulais à condition de donner régulièrement de mes nouvelles ; ça m'allait parfaitement.

Je me reposai plusieurs jours rue Paulo-Freitas ; j'arpentais l'Avenida Atlantica dans de beaux vêtements, mangeais à satiété, ne m'étonnais qu'à moitié de la nudité des Brésiliennes sur les plages de la ville, Copacabana, Ipanema, Leblon – chez Tony, à Cayenne, j'avais déjà eu un aperçu de leur liberté malgré le machisme ambiant –, je découvrais la ville, lisais des livres sur le Brésil, m'aventurais vers les favelas où l'on m'accueillait plutôt bien : c'était à nouveau la belle vie.

Après quoi, je décidai de partir pour le Mato Grosso ; c'était une région qui me semblait aussi aventureuse que l'Amazonie. Je savais monter à cheval et il y avait là-bas de grandes *fazendas* qui pourraient me convenir. On m'engagerait peut-être pour garder quelque troupeau. Ce serait une nouvelle expérience. J'en étais avide.

Joseph me prêta de l'argent pour l'aventure – dont il ne me demanda jamais le remboursement – et je partis un matin comme à l'ordinaire, mon sac sur le dos.

Parvenu dans le Mato Grosso, je n'eus aucune peine à trouver des *fazendeiros*. Je fus pris en stop par l'un d'eux qui m'amena dans une immense propriété. Cette dernière était dirigée par une femme d'un certain âge. Sa demeure, digne d'*Autant en emporte le vent*, était calme, fraîche et silencieuse. Elle s'amusa de ma demande : non, me dit-elle, elle n'avait aucun travail pour moi, elle avait assez de *vaqueros* pour cela ; que ferait-elle d'un novice de mon espèce, même sachant monter à cheval ? Mais je lui étais sympathique, dit-elle ; je pouvais rester parmi les gardiens de ses troupeaux aussi longtemps que je voulais.

On me donna un revolver Taurus pour ne pas vivre nu selon l'usage de la région, et je partis avec ses vaqueros dans la brousse. C'étaient encore de rudes gaillards, avec des gueules marquées – de vraies trognes de réprouvés –, habillés de pantalons de cuir, des machettes passées dans la ceinture. Je passais avec eux une période joyeuse. Nous campions autour de feux de camp, mangions midi et soir de la *feijoada*, et il n'y avait pas grand-chose à faire, semblait-il. J'ai surtout retenu un moment mémorable de ma vie avec eux, celui d'une chasse au fourmilier qui n'était pas prévue au programme. Un jour que nous parcourions les terres de la fazenda dans un tracteur, l'une de ces bêtes – appelées *tamandua* au Brésil – surgit inopinément devant nous ; l'animal était énorme, de la taille d'un veau, et portait des griffes impressionnantes. Mes compagnons voulurent aussitôt sa tête. Ils aimaient la chasse, les distractions étaient rares, et la vie ne les avait pas habitués à faire preuve d'une sensiblerie démesurée…

Les fourmiliers ont la réputation de n'être dangereux qu'acculés et celui-là fuyait déjà devant nous. Une grêle de balles s'abattit sur lui. Mais rien n'y fit ; il encaissait sans broncher et courait toujours ; mon barillet fut bientôt vide. Plus personne n'avait de cartouches : le fourmilier allait nous échapper. Nous courûmes derrière lui, haletants, sans parvenir à réduire la distance qui nous séparait de lui. Mon revolver était devenu inutile, mais j'avais encore mon poignard ; j'avais appris à le lancer au Sénégal et j'en avais fait quelques démonstrations aux fazendeiros pour gagner leur respect – dans certaines communautés humaines, il vaut mieux toujours montrer sa force pour ne pas avoir à s'en servir. C'était le moment où jamais de ne pas faillir à ma réputation…

Par chance, je fis ce jour-là un lancer parfait. Le tamandua reçut mon poignard dans le flanc et s'abattit comme une masse. Pas plus de six mètres me séparaient de lui au moment du lancer ; mais dans les jours suivants, lorsque mes compagnons racontèrent mon « exploit » à qui voulait l'entendre – c'est-à-dire dans tous les bars de la brousse où nous allions –, ils l'exagérèrent au fur et à mesure des verres de *cachaça* que nous avalions à grandes rasades. Quand je quittai la fazenda, j'étais celui qui avait tué le plus gros fourmilier que l'on n'ait jamais vu de mémoire d'homme, à plus de cinquante mètres de distance, avec un simple poignard…

Ces vaqueros étaient vraiment de gais compagnons…

Puisque je n'avais pas trouvé à m'engager dans un travail à cheval au Brésil, je décidai de gagner la pampa argentine, pays des gauchos, où j'aurais peut-être plus de chance. Ce fut une nouvelle aventure. Je passai par l'Uruguay et le Paraguay, marchai beaucoup, restai longtemps isolé, vécus sans rien changer à mes habitudes, mangeant dans les rues, dormant dehors. Je connus ma nuit la plus insolite à Asunción, la capitale du Paraguay : au centre de la place principale de la ville, un char d'assaut trônait sur un terre-plein, glorieux vestige d'un ancien fait d'armes. Je dormis tranquillement sous le char, protégé de la pluie, réveillé au matin par un attroupement de curieux : j'avais frisé le crime de lèse-majesté…

Puis ce fut l'Argentine : un coup de foudre immédiat. Je me laissai tout de suite prendre par les images d'Épinal ; je me mis à aimer particulièrement les *cuevas del tango* de Buenos Aires ou les immenses platitudes du Sud, bousculées par le vent et la solitude. La culture française était encore très prégnante parmi les classes aisées de la population. Quand je me rendais dans des Alliances françaises pour chercher de quoi lire, de vieilles dames ou de vieux messieurs m'invitaient chez eux pour parler de Balzac ou m'entendre réciter du Ronsard sans accent castillan ; c'était très touchant. Ces gens-là vivaient dans un ailleurs révolu. Ils n'étaient pas les seuls : au cours de mes voyages futurs, je rencontrerais de vieux Égyptiens, de vieux Cambodgiens ou encore de vieux Libanais imprégnés comme les Argentins d'une culture française qu'ils voyaient s'évanouir autour d'eux, irrémédiablement, et dont ils gardaient la nostalgie.

Sans le savoir encore, je vivais en Argentine les derniers feux de l'influence culturelle française dans le monde. Elle n'a cessé de décliner depuis, comme le poids de l'Occident de manière générale. Quand longtemps plus tard je déciderais de me mêler au monde en marche, à mon simple niveau d'individu, mais partout où l'on se battait ou guerroyait, je m'apercevrais que mon époque était bien marquée par l'achèvement de la domination européenne sur le reste de la planète. Bon gré, mal gré, il allait désormais falloir s'adapter à un monde différent où l'Occident ne serait plus le premier de la classe comme au temps de « l'Afrique de papa » que j'avais connue enfant.

Un jour, je quittai la ville de Rosario pour m'en aller à pied vers le sud. Je marchai deux ou trois semaines dans la nature, pratiquement droit devant moi, mangeant au petit bonheur la chance, dormant sous la tente – pas moyen d'attacher un hamac dans ces platitudes sans arbres. Je finis par trouver ce que j'espérais : de grandes plaines parcourues par des cavaliers harnachés de cuir, des haciendas comme j'en rêvais, des bars où l'on attachait son cheval devant la porte. Il y avait trop de barbelés à mon goût pour clôturer ces espaces immenses, mais enfin, cela me convenait.

Pour je ne sais plus quelle raison, je décidai de revenir à Rosario avant de chercher un emploi dans l'une de ces haciendas. Le hasard fit que je tombai à l'Alliance française sur un vieux numéro du journal *Le Monde*. En le parcourant pour y trouver quelques nouvelles, j'appris que Valéry Giscard d'Estaing avait été élu président de la République ; ça ne m'intéressait guère. Mais plus bas dans l'article, je découvris qu'il venait de ramener la majorité à dix-huit ans. Je restai un long moment interloqué : j'étais donc brusquement devenu majeur… Cette nouvelle provoqua un choc incroyable en moi. Bêtement, je me sentis tout d'un coup adulte.

De manière très impulsive, je décidai alors de rentrer en France : désormais, je pourrais y faire ce que je voudrais. Ma fugue pouvait prendre fin. Depuis des mois, je me disais qu'il fallait trouver un but précis à mes aventures ; la simple découverte des pays et des hommes ne suffisait pas. Seule une véritable expédition pourrait m'apporter ce but recherché. C'est à cela que je devais m'atteler maintenant.

Sans tarder, je repris la route de Rio de Janeiro et débarquai une nouvelle fois chez mes cousins. Je leur expliquai tout. En quelques jours, Joseph me trouva un embarquement sur un cargo mixte brésilien du nom de *Petrópolis*, qui devait bientôt rallier Le Havre. Je n'en demandais pas plus : ce cargo était comme une forme de revanche pour moi qui n'avait pu quitter la France en bateau.

Il fallut trois semaines au vieux *Petrópolis* pour traverser l'Atlantique, avec un détour par les Canaries pour cause d'avaries de machines… Ce furent trois semaines enchanteresses. J'étais en mer, le voyage était long, il y eut une tempête au milieu de l'océan – j'espérais un moment que nous fassions naufrage, mais rien ne vint – et l'équipage était digne des personnages d'un roman de Conrad. L'officier radio jouait de la guitare à longueur de journée dans son réduit, le commandant que l'on ne voyait presque jamais portait un grand short blanc et des chaussettes de même couleur, et le plus jeune des lieutenants qui s'ennuyait dans les longs quarts de nuit devint vite un ami, m'initiant au sextant et à la navigation.

Ce fut au cours de ces quarts sur la passerelle silencieuse du *Petrópolis* que je sus à dix-neuf ans qu'un jour je naviguerais pour de bon sur de solides navires. Je me sentais trop bien dans la solitude des immensités de l'océan. Depuis, malgré ma préférence pour les grands voiliers traditionnels, je garde un amour particulier pour les cargos.

Puis ce fut le port du Havre. Ma famille était rentrée du Sénégal et se trouvait en Corse. Je pris le chemin des écoliers pour gagner Pancheraccia, mon sac fatigué toujours sur le dos. Avec une certaine appréhension… De la part de mon père, je ne m'attendais pas à un accueil digne du retour du fils prodigue…

À Marseille, j'embarquai sur le ferry, débarquai à Bastia. Un matin enfin, j'embrassai ma mère et mes frères : ce furent des moments d'émotion rare. Mes frères étaient sans doute trop jeunes pour prendre la mesure exacte des choses, mais je voyais combien ma mère s'était inquiétée, s'était « fait du mauvais sang » comme elle disait, craignant chaque jour le pire pour son fils, s'angoissant au fil du temps. J'étais très ému parce que je savais que je lui ferais vivre encore bien des inquiétudes de ce genre.

L'abbé Coutelle lui avait écrit à plusieurs reprises pour la rassurer ; c'étaient de belles lettres que j'ai lues plus tard. Il cherchait à m'excuser de tout et voyait dans cette fugue l'expression d'une vocation qui voulait s'affirmer et qu'il ne fallait pas contrarier. Ce qui était arrivé ne l'étonnait pas en fin de compte.

Mon père m'attendait chez l'une de mes tantes, assis à une table, l'air sévère. La première conversation fut brève. Il me dit :

« Tu as vécu l'aventure que tu voulais ; très bien. Tu vas en faire un livre alors, comme tu disais ? »

Étonné que mes désirs soient maintenant compris, je répondis :

« Pas encore. Je veux d'abord préparer une expédition. Ensuite seulement, j'écrirai. »

Au mois de septembre 1974, j'étais de retour à Paris. Je retrouvais Hughes Tissandier, Philippe Rolland et Jean-François Theisse, pour préparer l'expédition chez les Pygmées… Trois mois plus tard, il y eut la rencontre avec « l'aveugle de Madrid », en Espagne.

Puis ce fut le départ pour le Congo.

C'est au retour de cette expédition, au moment où j'en faisais le bilan, que je compris qu'un certain cycle de vie s'achevait : celui du premier apprentissage.

J'étais désormais engagé pour le reste de mon existence dans l'aventure sous toutes ses formes. Il n'y aurait plus de retour en arrière, j'en étais certain : c'était la vie que je voulais.

Restait à écrire.

Un premier livre.

15

Je m'attelai à ce livre dès l'année suivante, en 1976. Naturellement, il s'agissait du récit de notre « expédition initiatique » au pays des Pygmées. En ce temps-là, je concevais un lien direct entre écriture et aventure. Les romans, les nouvelles, les essais, tout ce qui me passionnait viendrait par la suite, me disais-je ; en temps utile. Je n'étais pas pressé ; de toute façon, je ne savais pas comment m'y prendre. Ce serait un autre apprentissage.

Un ami m'avait fait rencontrer un personnage important des éditions Fernand Nathan. C'était un homme à peine plus âgé que moi, un héritier ; il m'avait écouté et m'avait dit :

« C'est peut-être intéressant votre affaire. Je vais vous faire une avance. Écrivez et on verra ensuite. »

À ce moment-là, juste après mon retour du Congo, je préparais une nouvelle expédition ; en Amazonie cette fois, chez les énigmatiques Indiens macuje vivant dans l'extrême sud de la Colombie et que peu de gens connaissaient. Hughes Tissandier était encore de la partie, avec un nouveau venu dans mon univers, Pascal Manoukian, un autre garçon formidable dont je reparlerais, devenu aujourd'hui le patron d'une grande agence de presse française. Philippe Rolland et Jean-François Theisse avaient décidé de repartir au Congo.

J'interrompis la préparation de l'expédition pour écrire ; je retournai dans mon village en Corse ; pendant un mois, je m'isolai, seul dans la maison de ma grand-mère, face à la grande vallée de mon enfance, et jetai tout sur le papier. Je rendis le manuscrit tel quel, écrit à la main – l'avance de l'éditeur n'avait tout de même pas permis d'acheter une machine à écrire – et partis presque aussitôt pour l'Amazonie.

Cette expédition avait été aussi dure à mettre sur pied que celle du Congo, sans un sou pour la démarrer ; mais enfin, nous y étions parvenus, dans les mêmes conditions matérielles que l'année précédente, en serrant la ceinture, en consentant beaucoup de sacrifices. Ce ne fut pas en vain. L'expédition nous apporta de longs mois d'aventures humaines avec une communauté macuje vivant sur le haut Apaporis, l'un de ces recoins perdus de l'Amazonie ; des aventures qui s'inscrivaient dans le prolongement naturel de ce que nous avions vécu avec les Pygmées, l'épreuve de la survie en moins.

Ce serait même une expérience de vie suffisamment forte pour que je veuille retourner à deux reprises chez ces Indiens macuje – dont je découvrirais vingt ans plus tard qu'ils m'avaient caché leur vrai nom : Yuhup. J'y reviendrais en 1996 avec Catherine Bricard et Dominique Martial, deux personnes de qualité qui seront les compagnons d'aventures de nombreuses expéditions ultérieures, et en 2004 avec *La Boudeuse* après avoir remonté le fleuve Amazone sur des milliers de kilomètres, de son embouchure au Brésil à la frontière colombienne. Martial serait encore de la partie, avec ma camarade philosophe Hedwig Marzolf, le photographe Éric Féferberg, et l'exceptionnel Gérard Chaliand dont je reparlerais aussi.

Le livre sur l'expédition au Congo parut au début de l'année 1977, juste après notre retour d'Amazonie – qui se fit en cargo une nouvelle fois –, et quelques jours avant mon départ pour le service militaire. J'avais vingt et un ans. Quand j'eus un exemplaire du livre entre mes mains, je restai longtemps à le contempler, à le toucher, à le feuilleter ; ce n'était pas de la vanité, je m'en souviens ; je ressentais plutôt une nouvelle forme de libération, proche de celle que j'avais éprouvée en quittant la caserne Champerret le 21 janvier 1974, ce jour d'hiver où j'avais définitivement choisi ma vie. Ce livre était la preuve que j'étais en train d'atteindre mon second objectif : écrire.

J'étais heureux. Je me sentais libre. Je crois que je l'étais autant que l'on peut l'être.

Un nouveau cycle pouvait commencer où je vivrais de mes livres, plus tard de mes films, conservant ainsi la liberté d'entreprendre uniquement ce qui avait du sens à mes yeux.

Je payais dès le début la résolution de cette vie indépendante, ce choix de l'insécurité consentie : je vécus dans la gêne financière les quinze années qui suivirent mon retour d'Amazonie. Il n'est jamais facile de vivre de ses seuls droits d'auteurs, tout en sachant que votre environnement vous suspectera toujours de quelque chose parce que vous n'entrez dans aucun cadre normal, pire : que vous vous situez dans trop de cadres différents en même temps.

Cela s'arrangea par la suite, mais tout de même, ce furent des années difficiles. Quoi qu'il en soit, c'était le prix à payer pour être propriétaire de ma vie et je me disais que même au double du tarif cela m'aurait encore convenu…

Pendant toutes ces années, j'ai eu Marianne à mes côtés pour rendre les choses moins ardues. Je n'ai pas vocation à faire ici le récit de ma vie privée, mais sans elle, ces années de mes débuts n'auraient pu aboutir à ce qui est advenu par la suite.

Au cours de cette longue période, donc, je partais rarement en vacances ou en week-end, je n'en avais pas les moyens – et ne bénéficiais évidemment d'aucun congé payé –, mais je ne cessais de voyager, d'écrire, de travailler. Je ne pouvais pas me permettre d'être malade, ni même d'être envahi trop longtemps par le doute – un luxe impossible dans mes conditions –, mais ce que je gagnais était aussitôt dépensé pour mieux recommencer d'autres aventures et d'autres livres, pour mieux me lancer dans tous les engagements qui me semblaient en valoir la peine, en France ou à l'autre bout du monde – et j'ai beaucoup donné dans l'humanitaire, les luttes de libération ou les guerres de ce temps-là.

S'il n'y avait rien de tout cela à un moment donné, cet argent, si j'en avais, je ne voulais pas le laisser sur un compte en banque : je le dépensais pour mieux connaître le monde ; je traversais l'URSS avec le Transsibérien, j'allais au Japon, en Chine, en Australie, en Laponie, en Thaïlande, Dieu sait où, partout où je pouvais, voyageant comme je l'avais toujours fait, à pied, sans être encombré de quoi que ce soit, juste pour tenter de comprendre le monde. Ce que je perdais en sécurité, je le gagnais en liberté, en intensité de vie. Celle-ci était comme un manège enchanté où tout pouvait advenir ; je ne pouvais pas me plaindre, j'aimais à me dire que tout ce qui m'arrivait était bon.

J'avais toujours aussi peu de besoins matériels et j'ai toujours pris soin de ne pas les augmenter, de rester sobre, de prendre plaisir au dépouillement, à l'austérité, de vivre en nomade. Il y a une jouissance à ne rien posséder ; en outre, quand on n'a rien à perdre, on peut tout risquer, répondre à tout moment à l'appel de l'aventure. Ce que je possédais était immatériel : des actes, des souvenirs, des écrits, des choses que personne ne pouvait m'enlever.

Jusqu'à aujourd'hui, j'ai aimé ce sentiment de disponibilité que je m'étais choisi. Quel qu'en soit le prix.

16

Les nécessités de l'aventure conduisent parfois à franchir clandestinement des frontières. En ce qui me concerne, je ne le fais jamais par goût de la transgression ou du défi ; seulement quand il n'y a pas d'autre choix, que cela en vaut la peine, ou que les circonstances l'exigent.

Il s'agit à chaque fois d'un jeu subtil et plein d'aléas qui, pour ne pas s'achever en désastre, réclame la conjonction favorable d'un grand nombre de facteurs humains et d'éléments pratiques. Il y faut un peu d'entraînement et beaucoup de chance.

Certains passages clandestins de frontières m'ont davantage marqué que d'autres : ceux entre l'Afghanistan et le Pakistan, la Thaïlande et le Cambodge, la Tchécoslovaquie et la Pologne, l'Inde et la Birmanie, la Turquie et l'Irak. Mais je garde un souvenir particulier du tout premier, celui entre le Soudan et l'Égypte en 1978 : j'avais vingt-trois ans.

Ce fut un passage clandestin tout à fait à part ; le seul à vrai dire hors de tout contexte de guerre et de tout engagement politique.

Après le Congo, l'Amazonie et mon service militaire, il me vient à l'esprit d'entreprendre une histoire personnelle avec le plus long fleuve du monde, le Nil : je ne sais plus d'où me vient cette idée, mais toujours est-il que je prépare sa mise en œuvre dès 1977. Je m'arrête très vite sur un projet aussi simple à formuler qu'ardu à exécuter : suivre le Nil de sa source à la mer pour découvrir les peuples qui vivent sur ses rives – le musée de l'Homme emplit encore ma tête. Naturellement, il s'agira de voyager de manière essentiellement traditionnelle, à pied, avec des ânes, en pirogue ou à chameau.

Cette expédition que je baptise « Néferkara » en mémoire du pharaon dont parlait Hérodote à propos des Pygmées va représenter un périple de huit mille kilomètres qui me mènera du Burundi à l'Égypte, et occupera huit mois de ma vie. La frontière soudano-égyptienne se trouvera au bout du voyage. Mais avant de raconter ce que sera son passage, je veux d'abord faire ici le bref récit de l'expédition elle-même.

Je quitte la France en avril 1978, rejoignant le Burundi par le chemin des écoliers, via l'Irak, l'Arabie saoudite et le Kenya. Je ne suis pas pressé, j'ai encore tout mon temps dans ces années-là.

Parvenu dans les collines ondoyantes et paisibles du Burundi, je gagne le sud du pays. La vraie source du Nil, celle de ses plus longues eaux, se trouve dans cette région isolée, au bas d'une petite colline appelée Kikizi. En découvrant cette source, j'ai la réponse à l'une des questions que je m'étais toujours posées : comment naît un fleuve ? Et mon étonnement est aussi grand que ma déception…

Le Nil gigantesque prend vie dans un marigot spongieux alimenté par de l'eau suintant des roches de la colline ; ce marigot est légèrement en pente et l'un de ses bords laisse échapper un ruisselet à peine large comme la main, qui se fraie un passage difficile au milieu des herbes, zigzaguant vers le nord avant de disparaître derrière un repli de terrain… Voilà la naissance du Nil légendaire : quelque chose de trois fois rien.

Si la source du Nil n'est guère impressionnante en elle-même, l'histoire de sa découverte est en revanche d'une incroyable densité aventureuse. Les plus grands explorateurs du XIXe siècle y ont participé : Livingston, Stanley, Burton, Speke, tant d'autres... Il fallut plus d'un siècle et des dizaines d'expéditions pour comprendre d'où venait ce Nil que l'on associait surtout à l'Égypte, mais qui venait d'au-delà de bien d'autres pays, à commencer par l'immense Soudan.

C'est l'explorateur allemand Waldecker qui, en 1937, acheva l'écriture de cette longue saga lorsqu'il démontra que l'ultime affluent du Nil, celui dont on pouvait dire qu'il formait les plus longues eaux du fleuve, était ce minuscule ruisselet que les tribus alentour appelaient Kasumo. Il érigea alors, tout en haut de la colline de Kikizi, une petite pyramide de pierre en mémoire de celles que les anciens Égyptiens avaient construites à l'autre bout du fleuve, là où ce dernier mourait dans la mer Méditerranée pour renaître sans cesse au cœur des montagnes africaines.

Je pars à pied de cette source du Nil et traverse le Burundi en vingt-quatre jours de marche solitaire, suivant au plus près cette partie du fleuve qui ne cesse de s'élargir ; je longe ensuite le Rwanda, parcours le nord de la Tanzanie, dois hélas éviter l'Ouganda en ébullition, passe au Kenya, et entre alors au Soudan qui n'est pas encore retombé dans l'épouvantable guerre civile qu'il connaîtra quelques années plus tard. Jusque-là, des postes frontière se trouvaient entre chaque pays et le passage de l'un à l'autre n'a pas posé de problèmes particuliers.

Le plus intéressant de l'aventure commence au Sud-Soudan. Il faut franchir les territoires de tribus parmi les plus belliqueuses qu'il m'ait été donné de rencontrer dans ma vie : Turkana et Toposa notamment. Ce sont des hommes hautains, très farouches, vêtus de peaux d'animaux tannées, ornés de parures de perles, la tête surmontée de coiffures sophistiquées, armés de lances et de couteaux circulaires portés aux poignets ; ces hommes vivent de l'élevage et bataillent sans cesse entre eux.

Quoi que je fasse, je ne parviendrai pas à établir avec ces tribus le type de liens que j'avais pu nouer avec les Pygmées ou les Indiens. Je garde un souvenir mitigé de ces gens, tant leurs réactions pouvaient être imprévisibles et peu amènes. J'en déduirai en tout cas que, contrairement à la vision très européocentriste qui est alors la mienne, on ne peut ranger les « peuples premiers » en une seule catégorie, idéale, uniforme et positive. Chez eux aussi existent des sociétés plus guerrières et violentes que d'autres, plus justes ou plus injustes.

Le pays des Turkana et des Toposa est une implacable savane à acacias, immensément plate, coupée d'oueds souvent à sec. Je mets trente-neuf jours pour traverser cette région puissante ; un véritable voyage dans le temps. Je me suis procuré des ânes pour porter eau et ravitaillement, un jeune Turkana du nom de Benson Etabo m'accompagne comme interprète, et l'aventure de notre modeste caravane dans ces solitudes interminables, au milieu de peuples d'un autre âge, est romantique au possible.

Plus tard, Hughes Tissandier me rejoint à Malakal sur le Nil Blanc ; le fleuve est devenu immense maintenant, mais nous le descendons dans une barque minuscule trouvée au hasard de nos rencontres. C'est avec cette coque de noix que nous traversons le Soudan du sud vers le nord. Tout ce temps, nous vivons avec de nouvelles tribus nilotiques qui ont pour nom Dinka, Nuer, Shilluk : des tribus tout aussi ancestrales que les Turkana ou les Toposa, aux sociétés difficiles à pénétrer, riches et complexes, très guerrières, qui nous renvoient sans cesse aux récits des premiers explorateurs.

Après plusieurs semaines de navigation improbable au

milieu des hippopotames et des crocodiles, martelés par le soleil ou des tornades mémorables, dévorés par les moustiques, nous parvenons enfin à Khartoum, capitale poussiéreuse d'un Soudan demeuré à l'écart du monde.

Reste à gagner l'Égypte, dernier pays que traverse le Nil.

À l'époque, le trafic caravanier est encore important dans tout le Sahara oriental qui va du Tchad à la mer Rouge. Cette immense région est vierge de toute modernité, contrairement au Sahara occidental : aucune route goudronnée ne la traverse, le tourisme y est parfaitement inconnu, aucun étranger n'y vit.

Face à Khartoum se dresse Omdurman, la capitale traditionnelle du Soudan : c'est le carrefour des caravanes. Il en vient de tous les horizons ; de l'ouest par les déserts du Kordofan et du Darfour – à travers l'ancestral *darb el arbaïn*, la « piste des quarante jours » –, du nord-ouest par l'oasis d'El Atrun en Libye, et naturellement de la mer Rouge à l'est, par le terrible désert de Nubie où vivent les tribus arabes des Hadendoa et des Rachaïda. Beaucoup de ces caravanes prennent ensuite le chemin du nord vers l'Égypte pour y vendre des chameaux et ramener les produits manufacturés de l'Occident.

Pour suivre le Nil comme je l'ai fait jusqu'alors, je peux soit continuer à descendre le fleuve dans une embarcation – mais il y a de nombreuses cataractes –, soit longer à pied les rives comme au Burundi, soit me joindre à l'une des caravanes qui traversent directement le Sahara par la bordure ouest du fleuve. Dans ce cas, j'aurai mille deux cents kilomètres à parcourir jusqu'à Assouan, première ville du Nil après le désert.

En déambulant au marché aux chameaux d'Omdurman, véritable caravansérail des temps bibliques, je me décide pour ce dernier moyen. La vision des impressionnantes caravanes qui arrivent de partout et repartent dans toutes les directions fait naître en moi le désir absolu de découvrir leur univers : j'ai l'impression d'être retourné à l'époque des mille et une nuits… Je ne peux pas manquer une telle expérience. D'autant que, je le sens, tout cela disparaîtra bientôt.

Seul ennui si je pars avec une caravane : il n'y aura pas le moindre poste frontière dans la partie du désert qu'elle traverse ; je me retrouverai donc à Assouan sans aucun tampon d'entrée sur mon passeport, comme un sans-papiers. Et en Égypte, on ne plaisante pas avec cela.

Je décide de prendre le risque.

Pour d'autres raisons, Hughes choisit de retourner dans les savanes du Sud-Soudan qui l'ont fasciné. Je vais continuer seul, comme j'ai débuté ce voyage.

Depuis mon entrée au Soudan par le pays des Turkana et des Toposa, plusieurs mois ont passé et je commence à m'exprimer correctement en arabe – même si c'est un arabe de charretier comme me l'affirmeront plus tard en riant des amis marocains. J'apprends donc assez vite que les chameaux soudanais ont la réputation d'être, à tous points de vue, les meilleurs de toute cette partie du Sahara. Pour cette raison, les Égyptiens en sont très demandeurs comme animaux de bât ou viande de boucherie. Toutes les caravanes qui gagnent l'Égypte font la contrebande de chameaux.

Comment me faire accepter dans l'une de ces caravanes ? Chaque jour je bois le thé avec des chameliers, m'enquiers de leur mode de vie, demande à me joindre à eux. J'ai fort à faire car ils me répliquent, amusés, que je ne sais pas monter à chameau – ce qui est exact –, que je suis beaucoup trop jeune pour résister à la dureté de cinq à six semaines de marche dans un désert d'une hostilité absolue – ce dont je me crois néanmoins capable malgré mes vingt-trois ans – et que même si je parviens à tout cela, j'aurai ensuite de graves problèmes avec les autorités égyptiennes pour avoir passé leur frontière sans autorisation – ce à quoi je ne peux évidemment rien répondre, si ce n'est que ces problèmes ne regardent que moi. Eux peuvent faire ce qu'ils veulent ; ce sont des contrebandiers dont personne ne s'est jamais soucié depuis qu'existent les caravanes…

Après deux semaines de palabres infructueuses, après avoir vu mille et mille caravanes s'en aller sans moi, j'en viens à désespérer. Personne ne veut s'encombrer de ma personne…

Le miracle survient sous la forme d'un vieux chamelier du nom de Suleyman ; c'est un petit homme amène, au visage d'ascète coiffé d'un turban blanc, le corps enroulé dans une djellaba ocre, un fouet de cuir passé au côté : le regard honnête et franc. Il est originaire d'El Fasher, au Darfour, et chef de caravane. Deux ou trois fois l'an, comme maintenant, il prend le chemin de l'Égypte. Le reste du temps, il va jusqu'à Koufra en Libye, ou mène ses bêtes à travers la Nubie. Il me prend en sympathie ; sans doute parce que malgré les rebuffades des autres chameliers, j'insiste jour après jour pour demander la même chose sans jamais me lasser.

Un soir, à l'heure du thé, alors qu'il me voit probablement très abattu, il me dit :

« Ma caravane est prête ; nous partons dans deux jours ; si tu veux venir avec moi, alors je t'emmène. À tes risques… Ce sera dur. Achète un bon chameau, une selle confortable, des *guerbas* pour ton eau, tout ce qu'il faut, et reviens demain. »

D'un coup, tout se précipite… Avec une joie rare, je file au bazar d'Omdurman, me procure la meilleure selle qui soit, de bonnes guerbas de cuir, une solide épée de chamelier, quelques kilos de dattes séchées : je me sens prêt… Reste le chameau. Je reviens voir Suleyman le lendemain, très embêté. Je lui dis :

« Pour ce qui est d'acheter une monture, je n'y connais vraiment rien… »

Il éclate de rire :

« Bon, pour ça, je vais t'aider. »

Nous voilà partis au milieu du caravansérail où blatèrent d'innombrables bêtes. Suleyman inspecte celles qui sont en vente, regarde leurs dents, examine leurs soles, scrute leurs flancs et leurs naseaux : mille deux cents kilomètres de désert à franchir d'une seule traite est une affaire sérieuse dont tous les chameaux ne sont pas capables.

Finalement, le choix de Suleyman s'arrête sur un animal de belle taille, à l'air dédaigneux et hautain comme tous ses congénères :

« Celui-là est excellent, m'annonce-t-il. Tu pourras compter sur lui. Le vendeur en veut cent cinquante guinées ; c'est un bon prix. Tu pourras le revendre deux cents guinées en Égypte. »

Me voilà chamelier. Je baptise ma monture du nom de Simoun, l'un des vents du désert.

Le lendemain, la grande caravane de Suleyman s'ébranle vers l'Égypte.

Nous traversons d'abord le désert de Bayuda pour rejoindre la première boucle du Nil et l'oasis de Dongola sur la rive gauche du fleuve. Les premiers jours, une inquiétude sourde m'habite ; elle n'a pas trait aux dangers du désert, mais aux hommes que j'accompagne. Une dizaine de chameliers encadrent la caravane et je me rends compte tout à coup qu'il leur serait d'une facilité déconcertante de me voler à la première occasion et de m'abandonner dans le désert : je n'aurais aucun recours. Je me persuade même dans mes rêves nocturnes qu'ils pourraient m'égorger avec ces poignards aiguisés qu'ils portent à leurs ceintures, cachés à l'intérieur de leurs djellabas…

Avec le temps et l'expérience, j'ai pris conscience de la dangerosité des hommes et qu'ils sont généralement plus à craindre que la nature dans le genre d'aventure où je me suis engagé. Mais je ne sais pas bien encore distinguer ceux qui font exception. La nuit, je ne dors que d'un œil.

Ma méfiance s'évanouit très vite ; les Soudanais à qui j'ai affaire sont d'honnêtes chameliers plus inquiets de mon sort de novice embarqué dans un univers que j'ignore que de leurs propres soucis quotidiens. Leur vie tout entière est faite de l'ascèse exigée par le désert et du plaisir qu'ils éprouvent à y vivre en liberté. L'argent et le commerce tiennent une grande place dans leurs conversations le soir au bivouac – comme lorsque nous avançons chameau contre chameau des jours entiers –, mais étrangement, ils semblent assez peu préoccupés d'objets matériels pour eux-mêmes : ils ne possèdent ni montre, ni radio, ni lampe torche, pas même un oripeau de vêtement occidental. Ils sont vêtus comme l'étaient leurs pères, heureux de leur culture et de leur mode de vie. Leur allure est fière, sans ostentation ; ils marchent souplement, un air de joie sur le visage, et montent leurs chameaux avec une élégance rare.

Pas une seule fois il n'a dû venir à l'esprit de ces hommes de me dépouiller ou de me rançonner comme dans une vulgaire ville du monde.

Leur première préoccupation est de m'apprendre à monter correctement mon chameau, à le mener à la course, à le faire baraquer, à le soigner, ou encore de m'enseigner comment lui donner à manger le grain contenu dans les grosses guerbas réservées à cet effet aux flancs des chameaux de bât.

Au début, je tombe quelquefois de Simoun, surtout lorsqu'il quitte la position agenouillée pour se mettre debout : les chameliers se lamentent sincèrement. Je finis par maîtriser ma monture aux différentes allures : ils me félicitent avec la même sincérité. Leurs attentions sont permanentes et à tout propos ; dans la journée, il y a toujours quelqu'un pour galoper vers moi et me demander avec inquiétude : « Es-tu fatigué ? As-tu mal quelque part ? N'as-tu pas trop chaud ? » Et le soir autour du feu, quand tous les chameaux s'assoupissent autour de nous, un autre pour s'enquérir avec la même sollicitude : « As-tu faim ? As-tu soif ? N'as-tu pas trop froid ? » Et le matin au réveil, encore un troisième pour m'interroger avec douceur : « As-tu bien dormi ? Ta famille ne te manque-t-elle pas déjà ? N'es-tu pas trop inquiet avec la police pour ton arrivée en Égypte ? »

Bientôt, les chameliers de Suleyman deviennent de ces amis véritables avec qui l'on partage tout – au début par nécessité, par goût ensuite –, à commencer par la nourriture qui est bien chiche : dattes pour l'essentiel, patte de sésame – le *taanïa* – et pain – la *kessra*. Le tout crissant toujours de sable sous les dents… La viande est rare et le thé la remplace à tous les repas. Quant à l'eau, il faudra bien la rationner au bout de trois semaines, ce qui nécessite de consentir chacun aux mêmes efforts. Pour le reste, il faut répartir équitablement le travail et les multiples astreintes qu'exige la conduite en bon ordre de deux cents chameaux – une fois que d'autres caravanes nous auront rejoints.

Je ne ménage pas mes efforts pour tenir ma place ; les hommes m'en sont reconnaissants, je le sens très vite ; je ne leur suis pas un poids. Pour m'intégrer, je m'astreins aussi, et sans réserve, à respecter l'ensemble de leurs règles aussi bien que l'autorité de Suleyman : j'urine accroupi, je mange avec ma main droite, je me mets où l'on me dit dans la caravane ; car il faut flanquer de droite et de gauche notre immense file d'animaux afin de la maintenir sur la bonne route – ou se poster en arrière-garde pour rameuter les chameaux traînards. Là aussi, je comprends rapidement que l'on me sait gré de ce respect ; jamais je ne me sentirai étranger.

Ces hommes ont pour noms : Hassan, personnage

énigmatique et peu bavard, Saïd, qui porte une petite barbe en pointe lui donnant des allures de Simbad le marin, Abul, à coup sûr le plus solide d'entre nous, Ibrahim, qui est au contraire le plus frêle, Ahmed, que rien ne semble impressionner dans le désert, ou encore Abu Youssef, Mohammed, Amin, et bien entendu Suleyman qui est un chef de grande valeur.

Tous ces caravaniers sont de bons musulmans et une joie sereine les soude entre eux, faisant de la succession des jours et des nuits une suite de petits bonheurs humains dont je garde un souvenir très fort. Nul ne peut vivre seul dans le désert, la solidarité entre les hommes est la meilleure garantie pour chacun d'y survivre longtemps, et la conscience de cette évidence imprègne tout le monde : nous avons besoin les uns des autres.

Bien que le Coran les y autorise en voyage, ces caravaniers tiennent à pratiquer la plupart de leurs cinq prières quotidiennes ; si nous sommes en route aux heures préconisées, ils effectuent leurs dévotions à tour de rôle, sautant prestement de leurs chameaux, étendant sur le sable leurs tapis de prière tandis que la caravane s'éloigne, et rejoignant ensuite celle-ci au grand galop pour passer le relais à l'un de leurs camarades…

Pas un jour je ne vais sentir le poids de cet islam sur moi. Nous sommes en 1978, un an avant la révolution iranienne de Khomeiny, et le monde musulman n'est pas encore entré dans la phase de surchauffe que nous lui connaissons depuis lors, avec les crispations, les haines, les frustrations, et l'anti-occidentalisme qui caractérisent sa frange extrémiste. Rien n'existe alors de tout cela. L'honnêteté rigoureuse des chameliers, leur sens de l'hospitalité, la générosité désintéressée qu'ils me témoignent, découlent des préceptes du Coran qu'ils tiennent à suivre scrupuleusement ; et le Coran ne leur désigne d'autres ennemis que ceux qui se manifestent directement à leur encontre. De surcroît, ils ne vivent pas au quotidien la domination culturelle occidentale, et la foi tranquille dont ils font preuve provient à l'évidence de la fierté qu'ils tirent de leur identité. Aucun d'entre eux ne se sent humilié par sa condition modeste ou n'en accuse des étrangers. Or, l'humiliation – ou, exprimé plus justement : le sentiment d'humiliation – est la raison principale, avant toute autre, des haines suscitées par le monde occidental – aujourd'hui avec l'islamisme, hier avec le colonialisme. S'il y a une chose que la fréquentation des mouvements de libération dans le monde m'a apprise par la suite, c'est bien celle-là.

Je retrouverai un autre type d'islam pacifique dans les écoles soufies d'Afghanistan et chez les chefs de la résistance qui en seront issus au début de la guerre contre les Soviétiques, dans les années 1980. Tous choisiront des organisations politiques modérées ; ce pourquoi je m'engagerai à leur côté. Mais en vingt ans de guerre, les mouvements musulmans fondamentalistes et djihadistes parviendront à réduire cet islam historique à presque rien – par la faute de l'Occident et de son aveuglement pour une bonne part. J'y reviendrai.

L'islam vécu chez les chameliers de Suleyman, me conduira à choisir Khartoum pour me marier l'année suivante avec Marianne, en août 1979, après avoir traversé les déserts du Darfour et du Kordofan d'ouest en est au cours d'une nouvelle méharée très éprouvante. Cet islam d'une grande humanité s'est beaucoup effacé aujourd'hui dans le monde arabo-musulman en bouillonnement ; je fais le pari que nous le retrouverons un jour malgré d'autres bouleversements à venir ; je suis à peu près certain de ne pas le revoir de mes yeux.

Cheminer dans le désert avec une caravane est l'un des plus beaux spectacles que je connaisse ; l'harmonie esthétique existant entre le monde-en-soi que représente une caravane et le monde-en-lui-même qu'est le désert appartient à ces purs chefs-d'œuvre poétiques qu'engendrent l'homme et la nature quand ils parviennent à se comprendre. Dans le miracle de ce mariage réussi entre un milieu naturel et la production matérielle des hommes, peu de choses me procurent une telle émotion – un grand trois-mâts toutes voiles dehors sur l'océan sans doute, un monastère tibétain dans un ourlet de l'Himalaya peut-être. Que je n'aime pas les bruyants 4 × 4 dans le désert n'étonnera pas ; c'est pour moi une souillure.

Le monde-en-lui-même du désert est avant tout constitué de paysages d'une extraordinaire puissance émotionnelle qui procède aussi bien de la beauté propre de ces paysages que de leur hostilité à l'homme. Il y a du tragique dans ce monde qui semble pétrifié à jamais, profondément immobile, comme définitivement mort ou venu d'une autre galaxie ; de la tragédie encore dans ces interminables plateaux de pierres fouillés par le vent d'où semble avoir été bannies toute végétation, toute vie, tout changement, tout mouvement. Le chaos formé par les montagnes qui surgissent souvent de ces paysages ne rappelle en rien les montagnes de pays plus cléments où quelque chose de vivant bouge toujours : arbres ou animaux. Les montagnes du désert paraissent plus déchiquetées qu'ailleurs, plus tranchantes, plus violentes, plus noires aussi. Et la magnificence des dunes que le vent rassemble et déploie parfois sur de vastes espaces, jaunes et luisantes, faites d'innombrables replis soyeux, n'est un repos que pour les yeux qui les regardent de loin.

Le monde-en-soi de la caravane est d'abord fait de silence, comme le désert lui-même. Mais d'un silence habité de bruits qui n'appartiennent qu'à ce monde-là : blatèrement des chameaux, crissement du sable sous leurs soles, claquements des fouets, cris gutturaux des hommes, craquement du cuir des selles… Et puis, enveloppant tout cela, le constant froissement du vent qui balaie le monde minéral du désert.

Ce n'est plus ici le foisonnement acoustique de la grande forêt vierge, la lente respiration de l'océan ou le silence glacial de la très haute montagne : c'est le monde du silence immobile peuplé des bruits envoûtants de la caravane qui passe.

Des choses que mes enfants n'auront plus la chance d'entendre.

Ce monde du désert sur lequel l'homme n'a encore posé aucune marque indélébile, je le découvre pour la première fois avec Suleyman et ses chameliers ; il s'empare tout de suite de moi et me frappe d'abord par sa propreté absolue. Il m'aspire ensuite comme un gouffre horizontal : l'impression du vertige que l'on peut ressentir en se penchant sur un puits ; plus nous avançons, plus l'horizon me semble reculer et se confondre avec le ciel. Je comprends que des Européens aient pu trouver là un appel mystique à leur foi ou à leurs croyances ; de la propreté absolue du désert à la pureté originelle il n'y a qu'un pas que l'on franchit aisément dans l'infini du désert si l'on n'y prend garde.

Ce monde me plonge dans une rêverie interminable ; et sur un chameau des semaines durant, le temps est donné à un homme pour rêver, pour accéder à une vision poétique de ce qui l'entoure ; c'est un cadeau de la vie. Dans le livre que j'écrirai dix ans plus tard, les chapitres consacrés à cette méharée en subiront l'influence ; ils s'intituleront sobrement : « Le ciel et le sable », « La lune et le vent », « Le soleil et les étoiles. »[1] Comme beaucoup plus tard, après avoir pénétré le monde à l'attirance vénéneuse des hautes vallées papoues de Nouvelle-Guinée, d'autres chapitres d'un autre livre auront pour

1. *Qui a bu l'eau du Nil*, Robert Laffont, J'ai Lu.

titres : « Le pays sans étoiles », « Les montagnes de brouillard », « La forêt cathédrale.[1] »

Le désert de Bayuda est un désert encore clément par la grâce des quelques touffes de végétation qu'il offre aux chameaux. Sa traversée nous met en contact avec les tribus arabes vivant aux abords des points d'eau ; j'y prends conscience de la lutte ancestrale et universelle que se livrent nomades et sédentaires depuis toujours ; rien n'est simple lorsque les populations sédentaires voient apparaître notre caravane. Si l'eau manque dans les puits, il faut presque en venir aux mains pour abreuver nos chameaux assoiffés ; si les pâturages alentour ne sont guère verdoyants, on nous engage à quitter les lieux au plus vite ; si nous voulons cueillir des dattes fraîches dans les palmeraies, nous devons les dérober. Nous sommes rarement les bienvenus ; tout au plus accepte-t-on de nous vendre ici ou là quelque chèvre pour améliorer notre ordinaire de dattes dures comme du bois.

Chaque chose de la vie est un combat pour le nomade qui m'apparaît alors comme l'étranger perpétuel par excellence, celui qui est partout chez lui et chez lui nulle part.

C'est au cours de cette méharée vers l'Égypte que je me sens pour la première fois attiré par la vie nomade, cette liberté qui ne s'encombre de rien.

Après avoir quitté le désert de Bayuda, nous continuons vers le nord, longeant le Nil à distance ; et les jours passent encore dans les désolations splendides qui nous entourent. Un matin, tandis que la caravane traverse une série de hautes dunes, mon regard est attiré par des ruines qui émergent du sable : chapiteaux de pierre, murs écroulés, tours affaissées sur elles-mêmes. Un spectacle à

1. *Raid Papou*, Robert Laffont.

la fois grandiose et tragique. Je demande aux chameliers quels sont les hommes qui ont bien pu construire de tels monuments dans le désert. Ils l'ignorent et ne s'en préoccupent guère : ils ne font que passer. Je n'étudie pas encore assez l'histoire des pays que je traverse pour savoir qu'il s'agit des ruines de l'ancienne civilisation de Méroé, l'une des plus énigmatiques de l'époque pharaonique, lorsque l'Empire égyptien s'étendait loin au sud de son territoire d'origine ; je ne l'apprendrai que beaucoup plus tard.

Régulièrement, nous revenons sur le Nil pour y chercher l'eau et les pâturages dont nous avons besoin, ainsi que le bois sec nécessaire à nos feux de bivouac et que nous chargeons à l'arrière de nos montures. C'est au cours de ces retours sur le fleuve que je découvre la beauté prenante des bourgades qui s'y dressent depuis des siècles au milieu des palmeraies : elles me paraissent comme une vision du monde arabe d'antan avec leurs maisons blanches à moucharabieh et leurs venelles sableuses emplies de la poussière levée par les ânes qui y circulent parmi une foule tout droit sortie d'un péplum italien. Il y règne la rumeur des cités marchandes et l'animation des bazars d'autrefois. Nous n'y restons jamais très longtemps, car le passage de nos chameaux jette le désordre dans ces ruelles étroites et nous sommes rarement les bienvenus, là encore.

Une fois le Nil laissé derrière nous, la caravane oblique vers le nord-est. Puis un jour, Suleyman me dit en tendant le bras devant lui, montrant des paysages devenus brusquement d'une hostilité sans nom :

« Ce que tu vois, c'est le *batn el hagar*, le "ventre de la pierre", le désert dans le désert : là-bas, il n'y a pas d'eau, pas de nourriture, pas d'oasis, aucun homme, plus rien que du sable et de la pierre ; si tout va bien, si nous marchons vite, si nous ne perdons pas trop de chameaux en route, de soif ou d'épuisement, nous mettrons deux semaines pour le traverser. De l'autre côté nous serons en Égypte et nous retrouverons le Nil… »

Nous nous engageons dans cette fournaise avec appréhension.

Le batn el hagar se révèle d'une beauté éblouissante comme je n'en reverrai plus jamais dans un désert ; et d'une dureté innommable. Les dunes sont d'une immensité à donner le tournis et terriblement pénibles à franchir lorsque les contourner demanderait trop de temps ; la caravane s'allonge interminablement, zigzaguant dans l'entrelacs de ces dunes qui croulent sous nos pieds, ralentissant la marche, épuisant hommes et bêtes. Ailleurs, nous rencontrons des plateaux de pierre si interminables qu'il semble qu'aucun de nos pas ne pourra jamais nous en faire sortir. Ailleurs encore, au milieu d'un sable d'une fluidité extrême, émergent des roches noires et coupantes qui s'étendent elles aussi à perte de vue pendant de longs jours ; elles tailladent les soles des bêtes qui blatèrent de fureur de se voir pousser en avant dans de pareils lieux. Si leurs blessures sont trop graves, il faut les mettre à terre à la première halte, les entraver de tous côtés comme de vulgaires poulets à la broche, et recoudre leurs plaies à l'aide de gros fil avant de les remettre sur pieds pour avancer encore.

Comment Suleyman trouve-t-il son chemin dans ce chaos ? Cela reste un mystère pour moi. À mes questions, il répond chaque fois qu'il est venu là souvent et que la route lui est connue ; il n'a besoin que de sa mémoire pour la retrouver…

C'est dans cet enfer lunaire que, pour la première fois, le sol se jonche d'ossements de chameaux ; il y en a bientôt partout, jour après jour, interminablement, par centaines, comme un chapelet lugubre qui dit à lui seul les souffrances de la soif endurées par les hommes et leurs montures sur cette route de l'Égypte. Les plus anciens de ces ossements sont d'une blancheur absolue, dispersés par le vent et le pas des caravanes ; les chameaux morts plus récemment sont encore au stade de momies, la peau parcheminée, les gueules grimaçantes, tous pétrifiés dans les postures horribles où la mort les a pris.

Dans un tel désert et sur une aussi longue distance, il n'est plus question de progresser comme dans le désert de Bayuda, l'âme en paix et le corps somme toute tranquille. Nous allons la plupart du temps à pied, ménageant nos montures ; nous ne buvons qu'un peu d'eau le matin aux cols de cuir de nos guerbas, à peine davantage le soir, nous desséchant peu à peu. Il n'est plus question non plus de marcher le jour et de dormir la nuit ; tout cela, cette normalité des premiers temps de la caravane, est oubliée. Nous partons bien avant le lever du soleil, profitant du froid glacial des nuits d'hiver pour avancer jusqu'au milieu du jour ; alors, quand le soleil parvient au zénith, lorsqu'il brûle affreusement nos visages, que le vent qui ne cesse jamais devient insupportable tant il crible nos peaux de tout le sable qu'il transporte, nous immobilisons la caravane au milieu de nulle part, cherchant un peu de paix allongés à l'ombre de nos chameaux baraqués. Quand le soleil est prêt de se coucher et que le froid revient lentement après la dernière prière du jour, nous repartons et poursuivons ainsi jusqu'au milieu de la nuit. Dans l'obscurité du désert, sous la pureté vertigineuse du ciel, la caravane prend des allures fantomatiques, presque irréelles, emplie d'un silence impressionnant : plus personne ne parle, chacun garde ses forces pour avancer, les chameaux eux-mêmes grognent moins. Enfin, éreintés par quatorze ou quinze heures de marche, nous faisons halte à nouveau. Alors, nous dormons dans le sable autour de nos feux, protégés du vent par nos selles et nos montures, enroulés dans de maigres couvertures sous les étoiles innombrables. Et nous gelons jusqu'au réveil suivant qui apporte comme seul réconfort quelques verres de thé noir, âcre et brûlant, que nous tournons longuement dans nos mains pour nous réchauffer ; avant de regretter quelques heures plus tard, dans la chaleur accablante de midi, le froid sidérant de ces nuits.

Après une dizaine de jours passés ainsi, les naseaux de nombreux chameaux se mettent à suinter de sang, une bave blanche apparaît à la commissure de leurs lèvres : c'est le signe précurseur de la mort brutale de ces bêtes qui s'abattent toujours d'un seul tenant, résistant jusqu'au dernier moment à la soif comme à la fatigue. Je crains de perdre Simoun, mais il poursuit sa route vaille que vaille. Je prends conscience alors du lien indissoluble qui peut unir un chamelier et sa monture dans les épreuves du désert : l'un ne peut rien sans l'autre, la mort de l'un signifiant la fin de l'autre. Jusqu'alors, Simoun n'était pour moi qu'un chameau de selle presque anonyme, une simple bête qui me portait et dont je devais m'occuper ; il devient mon meilleur compagnon. Je me découvre de l'affection pour lui, il a pour moi les attentions d'un chien fidèle. Une forme de destin nous lie désormais.

Nous avançons toujours et l'eau finit par diminuer dans nos guerbas qui s'aplatissent sinistrement et glougloutent aux flancs de nos montures épuisées ; je crains que nos dernières réserves soient insuffisantes pour parvenir de l'autre côté du « ventre de la pierre » et que nous n'ayons plus rien à boire les derniers jours. Mais Suleyman, en grand chef de caravane qu'il est, a calculé nos besoins comme il convenait. Nous aurons soif encore, mais nous disposerons d'eau jusqu'au bout.

Un jour enfin l'horizon se teinte d'une ligne verte et ténue, à peine discernable : la palmeraie du Nil à nouveau… Une vision de douceur à nulle autre pareille.

Le « ventre de la pierre » est derrière nous… Nous regardons longtemps cette promesse de paix qui va se rapprocher d'heure en heure maintenant ; la joie des chameliers est aussi intense que discrète. La mienne s'accompagne de la satisfaction profonde de toucher bientôt au but que je m'étais fixé l'année précédente : parvenir à Alexandrie, tout au bout du Nil, là où le fleuve géant se jette dans la mer.

Le lendemain, notre caravane campe aux abords du village de Bimban, au nord de la grande ville d'Assouan. Depuis longtemps nous sommes en Égypte ; mais cette fois, il y a des hommes et le problème du franchissement de la frontière sans contrôle policier va bientôt se poser pour moi qui dois continuer dans ce pays alors que mes compagnons vont s'en retourner chez eux dès leurs chameaux reposés ; ils vont vendre les bêtes du troupeau, acheter des produits manufacturés, charger leurs montures et reprendre la route du sud. Pour moi, cela risque d'être différent.

Dans l'immédiat cependant, je ne fais pas « tache » pour les Égyptiens de rencontre ; j'ai la peau aussi brûlée que celles des chameliers, je suis des leurs, vivant comme eux, et je participe aux négociations de la vente des bêtes de la caravane avec les commerçants égyptiens qui viennent nous voir au bivouac. Personne ne semble s'étonner de ma présence.

Les marchandages sont rudes avec les Égyptiens ; ces derniers se révèlent âpres au gain et retors, promenant leurs ventres arrondis et leur condescendance au milieu des corps maigres et souples des chameliers qui dissimulent à peine le mépris qu'ils leur portent : toujours le même affrontement des nomades et des sédentaires… Suleyman n'est guère heureux du prix qu'il obtient pour ses bêtes, les marchands se lamentent de ne pouvoir faire mieux ; *Inch Allah*, la vie est si dure… Ainsi vont les choses…

Je revends Simoun pour moins cher qu'il ne vaut, peu soucieux de m'attarder, et un serrement me vient au cœur en le voyant partir avec l'un des marchands. Nous nous étions bien entendu tous les deux. Me voilà redevenu « piéton »…

C'est l'heure pour moi de quitter les chameliers ; ils ont été des compagnons d'une grande qualité et je regrette déjà la vie rude et libre qu'ils m'ont offerte dans leur caravane. Ce fut un grand moment d'existence dont je leur suis reconnaissant. Mais le Nil m'attend. Les adieux sont sobres : embrassades, promesses de se revoir un jour, souhaits de vie heureuse, l'essentiel est dit, nous nous séparons.

Je reviendrais l'année suivante au Soudan pour retrouver ces hommes afin que nous repartions ensemble comme nous nous l'étions promis et peu importait où. J'irais les chercher jusqu'au Darfour, à la frontière du Tchad, leur contrée d'origine ; mais on me dirait qu'ils étaient tous engagés dans de nouvelles caravanes aux quatre coins du Sahara. L'année suivante, l'Afghanistan m'emporterait dans son tourbillon pendant de longues années et je n'aurais l'occasion de revenir dans cette région du monde qu'en 1981 et en 1993. Je chercherais chaque fois ce qu'étaient devenus Suleyman et ses hommes ; sans succès. Je ne les reverrais jamais. C'étaient de vrais nomades.

En ce mois de décembre 1978, Suleyman m'accompagne jusqu'au bord du Nil, m'aidant à porter ma selle, mes guerbas, mon épée, tout ce que je ne veux pas abandonner derrière moi. Aujourd'hui encore je possède ces objets, entassés dans le grenier de la maison de mon père en Corse. J'y tiens beaucoup.

Suleyman me trouve une felouque pour me conduire à Assouan et me fait ses adieux au bord de l'eau ; il me serre dans ses bras, me souhaite bonne chance avec la police. Je l'embrasse à la façon arabe : oui, nous nous retrouverons un jour…

Parvenu à Assouan, je n'hésite guère sur la conduite à tenir ; j'y ai beaucoup réfléchi les jours précédents. Mieux vaut aller s'expliquer sans tarder avec la police. Assouan est une ville touristique, haut lieu des visites aux temples égyptiens de la région, et j'ai quelque chance de ne pas terminer dans une geôle humide.

Je déniche le commissariat le plus grand de la ville et expose mon cas : venu du Soudan avec une caravane, j'ai eu beau chercher le poste d'immigration qui devait se situer à la frontière, je n'ai rien vu. Pas de chance ; je viens donc faire tamponner mon passeport là où je trouve enfin un uniforme…

Devant ce cas non conforme, on me mène devant un responsable galonné ; l'homme me toise d'un air ennuyé, triturant mon passeport entre ses mains, se demandant visiblement que faire. Je me présente comme « touriste », ma meilleure protection ici, et je vois qu'il ne voudrait pas commettre d'impair avec cette catégorie d'hommes dont l'Égypte tire un grand profit. Ma mine ne doit pas lui paraître non plus patibulaire ; et devant la tenue que je porte, il convient que je sors manifestement du désert où j'ai dû rester un bon bout de temps pour être aussi maigre et brûlé de soleil. « Bien, dit-il finalement, pour le moment vous allez prendre une chambre d'hôtel et y attendre l'enquête que nous allons mener sur vous au Caire ; si la capitale nous dit qu'il n'y a rien à vous reprocher, on vous tamponnera votre passeport et vous irez où vous voudrez. Dans le cas contraire… » L'homme laisse sa phrase en suspens et je réponds que tout ira donc pour le mieux dans le meilleur des mondes puisque je connais d'avance le résultat.

Je file sans demander mon reste, trop heureux de cette décision.

Je trouve un vieil hôtel à ma convenance dans le centre de la ville et passe trois jours à patienter dans des draps blancs, rêvant déjà à d'autres méharées, me gavant de nourritures raffinées avec presque la même avidité qu'au retour du Congo trois ans plus tôt. La faim toujours revient, comme une constante après les privations. Toutes les expéditions s'achèvent ainsi…

Enfin la réponse du Caire arrive : il n'y a rien à me reprocher, on peut me laisser repartir. Un tampon est apposé sur mon passeport à la suite d'un long texte en arabe expliquant mon histoire sur une page entière ; je reprends ma route.

C'est ainsi que j'ai franchi ma première frontière sans autorisation.

Ce fut la plus facile.

Pour ce qui est de l'histoire personnelle que je voulais vivre avec le Nil, elle s'achève peu avant Noël à Alexandrie après une pénible traversée de l'Égypte où, Dieu sait pourquoi, on tente de me lapider plusieurs fois dans des villages… Sans parler des moqueries et des quolibets que je subis un peu partout lorsque l'on me voit passer avec mon sac sur le dos. L'hospitalité du Soudan et de ses hommes me semble d'un autre monde. Le contraste est indéniable et violent. Est-ce la présence importante d'Occidentaux en Égypte – considérés à la fois, et contradictoirement, comme des envahisseurs et comme une source de profit dont on peut tirer parti sans scrupule – qui pousse ces hommes à de tels comportements ? Je ne sais. Ai-je manqué de chance dans mes rencontres ? C'est possible. Y a-t-il une sorte de règle générale qui veut que l'hospitalité accordée aux Occidentaux dans les pays du tiers-monde soit inversement proportionnelle au nombre de touristes qui s'y promènent ? C'est probable. Mais depuis, j'ai une méfiance instinctive pour l'Égypte. Je n'y suis retourné qu'à deux ou trois reprises dans ma vie, toujours par le hasard des circonstances et sans plaisir particulier.

En attendant, je me console de ces avatars en regardant le Nil disparaître et mourir mélancoliquement dans la Méditerranée peu après Alexandrie ; et je songe avec une certaine nostalgie qu'au même instant le grand fleuve renaît encore et toujours, tout là-haut au Burundi, au pied de la petite colline de Kikizi d'où je suis parti il y a bien longtemps.

17

Tous mes passages clandestins de frontières n'ont pas été aussi heureux que celui de l'Égypte. Deux d'entre eux se sont terminés par des arrestations : en Colombie et au Pakistan.

Chronologiquement, la Colombie précédait l'Égypte et il s'agissait dans ce cas d'une frontière intérieure au pays ; l'affaire se passe en 1976, en compagnie de Manoukian et Tissandier, au cours de l'expédition chez les Indiens macuje dont j'ai déjà parlé et qui avait suivi celle chez les Pygmées.

À l'époque, le territoire amazonien de la Colombie, là où nomadisaient les Macuje, était une « zone réservée » nécessitant des autorisations spéciales pour y pénétrer. À notre arrivée à Bogota, nous étions allés voir un ethnologue d'origine allemande, un certain Hildebrand. Il était le spécialiste déclaré des Indiens de l'Amazonie colombienne ; il était patenté, reconnu, il avait pignon sur rue, de l'entregent, un grand bureau au Muséum de Bogota, des relations avec tous les ministères. C'était un homme important ; à lui seul une institution. Nous lui avions demandé avec innocence de faciliter nos démarches pour être autorisés à entrer dans le territoire de « l'Amazonas ». Ce que nous allions y faire pouvait l'intéresser : nous avions l'intention de séjourner plusieurs mois dans la région et de tenter d'approcher les tribus indiennes les moins connues. Naturellement, nous mettrions à sa disposition tout ce que nous pourrions découvrir.

Hildebrand nous avait regardés avec un mélange de condescendance et de stupéfaction. C'était un homme qui n'avait guère le temps d'aller en Amazonie – peut-être pas tout à fait le goût pour cela – et nous venions lui dire que nous comptions nous rendre dans des endroits où il n'était jamais allé et chez des tribus insaisissables qu'il n'avait jamais pu approcher. Il était consterné, il bouillait même de fureur rentrée. Notre demande était une sorte d'affront pour un spécialiste tel que lui. Une forme de déni de ses capacités. Et nous n'avions que vingt et un ans…

Hildebrand allait effectivement intervenir dès le lendemain de notre rencontre ; mais pour nous empêcher d'obtenir l'autorisation d'entrer dans l'Amazonas. Il en avait toutes les possibilités.

Nous ne faisions pas le poids.

Mais nous savions tout de même faire preuve d'un peu de malignité devant l'ennemi. Dans le combat feutré qui s'était ensuivi auprès des administrations, nous avions joué sur les mots, intrigué, contourné les textes. Au final, nous avions obtenu du ministère de l'Information – le seul sur lequel Hildebrand ne semblait pas avoir de prise – quelque chose qui pouvait ressembler à une vague autorisation. C'était largement insuffisant, mais nous avions décidé de nous en contenter. D'ailleurs, pour être franc, cela nous préoccupait assez peu : ce qui nous importait, c'était que les Indiens nous acceptent chez eux, pas que le gouvernement colombien nous y autorise.

Nous avions donc fait à notre façon, laissant entendre à Hildebrand que nous abandonnions nos projets – ou quelque chose d'approchant. Après quoi, nous étions partis pour ce fameux territoire de l'Amazonas. L'isolement de ce dernier était si grand que nous n'avions rencontré aucune difficulté pour y pénétrer.

L'expédition avait été une formidable aventure pour nous ; une nouvelle expérience de la « vie sauvage ». Mais, les mois passant, la nouvelle de notre intrusion avait fini par atteindre Hildebrand sans que nous le sachions. Il avait averti les villages périphériques où se trouvaient de petites garnisons militaires, mais nulle autorité ne s'était lancée à nos trousses. À quoi bon ? Il aurait été pratiquement impossible de nous retrouver dans cette jungle. Mieux valait attendre notre retour dans l'un de ces villages qui étaient tous des passages obligés pour revenir à la « civilisation ». On nous y capturerait sans aucun problème.

Ce qui devait arriver arriva donc ; et au pire moment pour nous, car les mois passés dans la forêt nous avaient abîmés presque autant qu'au Congo ; nous étions diminués par le manque de nourriture et éreintés par les longues marches que nous avions dû entreprendre, comme par les centaines de kilomètres parcourus à la pagaie dans nos pirogues. À cela s'ajoutaient des maladies : Pascal Manoukian avait dû supporter une terrible furonculose, Hughes Tissandier portait à la jambe une plaie proche de la gangrène et, pour ma part, je souffrais d'une grave ophtalmie qui m'avait rendu aveugle plusieurs jours. Sans parler des fièvres qui nous jetaient dans nos hamacs à intervalles réguliers.

Lorsque du fond de notre pirogue nous vîmes apparaître le village de La Pedrera sur le fleuve Caquetá – village par lequel nous étions passés au début de l'expédition –, nous crûmes revenir au paradis. L'expédition « Yacumo » était terminée, nous étions saufs malgré toutes les avanies subies, et nous serions chez nous dans quelques semaines.

La Pedrera est une bourgade sans attraits ; on n'y trouve pour se distraire que quelques bars de planches offrant des alcools douteux au milieu d'une mauvaise musique, et pour s'y soigner un dispensaire hélas démuni d'à peu près tout. Pas le moindre hôtel non plus – mais un terrain d'aviation en terre où se pose deux fois par mois un dakota permettant de quitter la région.

Si l'on vient de la capitale, La Pedrera semble un bout du monde à fuir toutes affaires cessantes ; si l'on vient du plus profond de la forêt vierge, il paraît le plus doux des refuges. C'est dans cet état d'esprit que nous accostons au wharf du village.

Mais en guise de comité de réception, nous trouvons une demi-douzaine de soldats casqués et bottés… Ils nous entourent en un tournemain et nous signifient que nous sommes en état d'arrestation pour être entrés illégalement dans le territoire de l'Amazonas. Aussitôt dit, aussitôt fait : les soldats nous conduisent, fusils dans les reins, vers leur poste militaire qui se dresse en lisière du village : adieux nos rêves de paix et de tranquillité… Nous nous voyons déjà croupir dans ces lieux un temps indéterminé, loin de tout, sans recours prévisibles…

Cependant, il n'y a aucune geôle où nous enfermer. Que faire ? Les soldats qui tiennent le poste ne sont pas de mauvais bougres ; ils sont tout au plus une vingtaine et vivent dans un ennui si profond tout au long de l'année, n'ayant à peu près rien à faire, que nous représentons en quelque sorte une distraction soudaine et providentielle…

Leur chef, un sergent nonchalant, trouve donc la moins mauvaise des solutions : puisqu'il ne dispose pas de prison digne de ce nom, nous vivrons avec lui et ses hommes le temps qu'il reçoive de nouvelles instructions nous concernant ; bien sûr, cela peut prendre du temps ; mais en attendant, il y aura des grabats disponibles dont nous pourrons nous satisfaire et la nourriture ne manquera pas… Bien entendu, nous devrons rester enfermés dans le poste.

Je nous vois mal partis…

Sur ces entrefaites, nous découvrons le vrai responsable

de nos malheurs. Il surgit à la nuit : c'est Hildebrand, évidemment… Quand il a appris notre équipée, il a mis tout en œuvre pour l'interrompre : sans succès. Nous étions « dans la nature », aussi insaisissables que les Macuje. Trop tard… Mais maintenant, il nous tient. Décidément, il n'aime pas les gens de notre espèce. À ses yeux, nous sommes des francs-tireurs, c'est-à-dire des gens suspects de tout n'étant rattachés à rien. Le mot aventure semble d'ailleurs une grossièreté dans son langage.

Dans le petit poste militaire, éclairé par la lueur fauve des lampes-tempête, je découvre ce que peut être une caricature d'ethnologue. Comme beaucoup de ses pareils, Hildebrand ne parvient pas à accepter la forme de liberté que nous représentons, si opposée à la sienne : nous ne sommes embarrassés d'aucune contrainte administrative ou bureaucratique, nous n'avons de compte à rendre à personne qu'à nous-mêmes, et nous soucions assez peu du jugement de nos semblables ; nous allons où bon nous semble et aussi longtemps que nous le souhaitons. Tout cela est visiblement une forme d'insulte à sa personne. Nous devons en payer le prix d'une manière ou d'une autre et un peu de prison ne nous fera pas de mal. Cela nous apprendra aussi à vouloir porter sur son « sujet de travail » – les peuples dits « primitifs » – un autre regard que celui de la « science ». Voilà le grand crime ! À l'entendre, il est inadmissible de considérer ces peuples autrement qu'à travers ce prisme académique : ce sont des *objets* d'étude, pas des *sujets* de compréhension.

Mais en définitive et de manière inavouée, le plus répréhensible n'est pas là pour Hildebrand ; il est dans la liberté que nous avons prise de venir « jouer » sur son territoire. Le sentiment de propriété qui l'habite est à la hauteur de l'image qu'il se fait de lui-même : démesuré et ridicule. Ce soir-là, je comprends que lorsqu'un ethnologue « étudie » un peuple, en général il se l'annexe : nul ne peut en approcher. Celui qui l'ose en n'appartenant pas au sérail ou à l'establishment encourt les foudres de la « science » qu'il se prête ; s'il en fait partie, les critiques seront d'un autre venin, cauteleux et précautionneux, mais tout aussi vindicatif. Ainsi vont les choses dans ce milieu.

À deux ou trois reprises au cours de ma vie, des ethnologues joueront à mon encontre ce rôle de mauvais plaisants qu'Hildebrand en Colombie aura été le premier à initier. Ils m'embarrasseront quelquefois par leur utilisation dévoyée de « l'argument d'autorité » ; mais je m'en amuserais toujours. Chacun sa route.

J'ai aujourd'hui d'excellents amis ethnologues ou anthropologues avec lesquels j'ai beaucoup partagé, beaucoup échangé, parfois sur le terrain. Ils s'appellent Stéphane Breton, Bernard Dupaigne ou Reimar Shefold de l'université d'Amsterdam. Ils appartiennent à de grandes institutions, mais portent un regard d'une autre stature sur leur métier, la vie et les hommes.

Dans le poste militaire de La Pedrera en cette année 1976, Hildebrand est heureux du mauvais tour qu'il nous a joué. Toutefois, nous sentons maintenant qu'il cherche autre chose que notre simple arrestation ; et qu'à coup sûr, il détient le pouvoir de défaire ce qu'il a permis de faire. Comment nous sortir de là ? Peut-on négocier ? Voudrait-il quelque chose en contrepartie d'une intervention pour notre libération ?

Sa réponse est on ne peut plus claire et cynique : puisque nous sommes quand même allés chez les Macuje, il en veut sa part – celle justement que nous lui avions proposée à l'origine. Par conséquent, si nous lui fournissons une copie de toutes les images faites sur les Macuje, il fera en sorte que les autorités ferment les yeux sur notre « faute ». Dans le cas contraire, il laissera les militaires passer au stade suivant : notre renvoi devant la justice de Bogota.

Évidemment, les images des Macuje du haut Apaporis sont uniques. Personne n'en possède. Nous ne réfléchissons pas longtemps ; comme nous considérons que les Macuje ne nous appartiennent pas, leurs images non plus. Nous disons à Hildebrand : « Très bien, nous sommes d'accord. Comment procéder ? » Il répond, très content de lui : « Rien de plus simple : deux d'entre vous resteront prisonniers à La Pedrera tandis que le troisième prendra avec moi le premier dakota en partance pour Bogota – il y en a justement un prévu après-demain. Là-bas, on signera des papiers pour garantir la remise des copies de vos images. Ensuite, on pourra libérer les deux prisonniers. »

On s'arrange toujours avec la justice de certains pays…

C'est moi qui vais partir à Bogota avec Hildebrand, laissant Hughes et Pascal en « otages » à La Pedrera. Un voyage sans agréments. Le dakota nous dépose dans une ville du sud dont j'ai oublié le nom et nous gagnons la capitale par la route, de nuit, dans un pauvre bus déglingué. Hildebrand aimerait prendre son temps pour ce long voyage, mais je le pousse à ne pas traîner en chemin. Je suis pressé : mes compagnons sont enfermés dans ce qui n'est finalement qu'une misérable cabane, et la plaie d'Hughes a très mauvaise allure.

Parvenu dans le bureau de l'ethnologue, nous rédigeons je ne sais plus trop quels documents à destination du producteur du film ; ça râle à Paris. Copier tous ces rushs coûte de l'argent. Je me démène avec le frère de Pascal qui est en France ; chaque jour perdu est un jour de prison pour mes camarades.

Deux semaines plus tard, la réponse tombe, laconique : le producteur paiera. Il télexe les papiers de garantie, Hildebrand jubile. Je le somme de se dépêcher de prévenir La Pedrera. Magnanime, il envoie un message au poste militaire qu'il semble commander en personne. L'affaire est close. Mes compagnons me rejoignent à Bogota par le premier dakota.

Ils me racontent alors leur emprisonnement ; en gaillards qui ne s'en laissent pas compter, ils ont su mener les choses à leur façon pour les rendre le moins désagréable possible. Les soldats s'ennuyaient-ils à mourir ? Ils organisèrent de méthodiques parties de poker en échange de quelques sorties dans le village. Les soldats manquaient-ils de bonne nourriture ? Ils obtinrent de vendre le matériel de l'expédition dont nous comptions nous débarrasser pour acheter dans les échoppes du village de quoi améliorer l'ordinaire de tout le monde. Voulaient-ils se baigner dans le fleuve ? Quelques cadeaux au sergent et l'affaire était réglée. Ils firent ainsi pour toute chose, se rendant presque indispensables. Quant à la plaie d'Hughes qui nécessitait des soins immédiats, ils surent convaincre l'infirmier du poste de mettre tous ses efforts à le soigner : ce fut douloureux faute d'antalgique, car il fallut cureter la plaie jusqu'à l'os pour éviter la gangrène et recommencer chaque jour ; du moins Hughes s'en tira-t-il sans séquelles.

Les soldats les virent partir avec regret…

Finalement, tout était bien qui finissait bien dans cette mésaventure.

En janvier 1977, nous regagnions la France en cargo, somme toute enchantés de l'expédition dans son ensemble.

Nous avions beaucoup appris et c'était l'essentiel.

18

La seconde fois où j'ai été arrêté pour avoir franchi illégalement une frontière fut plus sérieuse et d'une toute autre tournure. C'était en 1982, au Pakistan.

Le contexte politique était celui de la guerre soviéto-afghane ; un contexte pour le moins sensible quand il s'agissait de traverser la frontière entre le Pakistan et l'Afghanistan pour apporter de l'aide à la résistance afghane… En ce temps-là, il n'était pas question d'en demander l'autorisation à quelque autorité que ce soit – si ce n'est aux combattants afghans eux-mêmes, les moudjahidin.

J'étais alors avec un autre ami, Gérard Viguié ; un passionné d'histoire qui pouvait parler des nuits entières autour d'un feu de camp de la succession des rois de France, des intrigues politiques des partis marxistes qu'il connaissait par cœur, ou des luttes d'influence parmi les Brigades internationales. Il avait effectué avec moi la méharée de 1979 au Darfour et au Kordofan. Il aimait l'aventure, mais aussi l'action au sein des institutions. Quelques années après l'histoire que je vais raconter, il entrera au programme alimentaire mondial des Nations unies, et s'occupera, entre autres, de l'aide officielle à l'Afghanistan pendant la période allant du départ des Soviétiques en 1989 à la libération de Kaboul en 1992. Plus tard, il écrirait des livres pour la jeunesse – comme ceux qu'il aimait lire au cours de son adolescence – et finirait par se marier… à une Russe.

En cette année 1982, lorsque Gérard Viguié me rejoint, j'ai déjà franchi une dizaine de fois la frontière pakistano-afghane depuis l'invasion soviétique de décembre 1979. Sans réel problème. Mais il arrive parfois que les choses ne tournent pas comme on en avait pris l'habitude… Par chance, notre arrestation se passerait du « bon » côté de la frontière, au Pakistan. D'autres subiront un sort autrement plus tragique en étant capturé du « mauvais » côté, en Afghanistan même, par les Soviétiques, comme Augoyard et Guillot, que l'on a oubliés aujourd'hui, mais à qui il faut rendre hommage – autant pour ce qu'ils ont fait au profit des Afghans que pour ce qu'ils ont enduré de longs mois dans leur prison.

Mais avant d'en arriver à ce que Viguié et moi avons connu avec la police pakistanaise, il faut dire ce qu'était cette frontière pakistano-afghane.

Géographiquement, les paysages qui la composent sont d'un prodigieux envoûtement : il n'y a là qu'un enchevêtrement de montagnes violentes déroulant leurs crêtes à perte de vue. Tous ces reliefs sont âpres, aiguisés comme des coutelas, parsemés ici ou là de forêts, ailleurs de rares conifères, creusés de gorges profondes que parcourent des rivières impétueuses ; l'été, ces gorges sont desséchées et poussiéreuses, l'hiver les couvre de neige et les rend glaciales. Mais en décembre, le ciel peut être si pur et la lumière si violente qu'elle brûle les visages avec autant de force que le soleil étouffant du mois d'août.

Les cols sont nombreux, épuisants à franchir ; on n'en voit jamais la fin. Si la neige est abondante, ils sont impraticables. D'innombrables sentiers sillonnent ces montagnes, à flanc de coteaux ou sur les crêtes, reliant vallées, villages et tribus. Ces sentiers ne sont pas plus larges parfois que le dos de la main, mais un flot ininterrompu de caravanes les empruntent, composées d'hommes, de chameaux, d'ânes, de chevaux, de mulets, qui achèvent parfois leur vie dans les précipices. C'est ainsi que la résistance est ravitaillée, comme dans une guerre d'autrefois. Mais il n'y a pas d'autre choix. Au milieu de ces caravanes, j'ai souvent songé à Bonaparte franchissant les Alpes à la tête de « l'armée d'Italie ». Ce devait être aussi dur pour ses « grognards ».

Les routes sont peu nombreuses, zigzaguant dans les quelques vallées dédaignées par les montagnes qui les surplombent à des hauteurs vertigineuses. Ces routes sont dangereuses : l'Armée rouge les utilise pour mener de grandes offensives destinées à nettoyer les poches de résistance de la guérilla. Dans les montagnes, seuls les hélicoptères de combat sont à redouter – ces terribles Mi-24 blindés qui peuvent faire des ravages dans les colonnes de moudjahidin – ou parfois les embuscades des spetnaz, les commandos soviétiques ; mais elles sont rares.

Les tribus pachtounes qui vivent dans cet univers d'une roidesse extrême sont à son image : intrépides, durs à la souffrance, querelleurs, amoureux des armes, n'obéissant qu'à leurs chefs de tribu, fiers de leur liberté. Mieux vaut être bien introduit auprès d'eux si l'on veut traverser leurs territoires. Et respecter leurs règles. Ce sont des hommes sourcilleux sur leurs traditions, peu enclins au changement.

Malgré le temps écoulé, cette frontière est toujours mythique pour les « anciens » d'Afghanistan qui ont eu à la franchir. Je ne sais au juste combien d'hommes et de femmes l'ont fait : deux ou trois cents peut-être – surtout Français – pendant les douze années de la guerre soviéto-afghane ; nul n'en sait rien en vérité. C'est très peu finalement pour un laps de temps aussi long, un pays aussi grand, une guerre aussi dure, et un engagement aussi nécessaire. Quoi qu'il en soit, ils étaient médecins de différentes associations, journalistes de rares médias, agents secrets de multiples pays, humanitaires de divers métiers, émissaires d'organisations politiques plus ou moins reconnues, soldats en activité ou retraités, infirmières parmi les plus déterminées que j'ai rencontrées, mercenaires de nationalités indéterminées, tout ce que l'on veut pour certains, tous volontaires en tout cas. Ils formaient à des titres divers la cohorte hétéroclite des partisans de la résistance.

Aucun de ceux que j'ai connus n'a oublié ce qu'était le passage de cette frontière extraordinaire par lequel commençait toute aventure au « royaume de l'insolence ».

Naturellement, il fallait aller à pied ; la marche était l'élément dominant du passage clandestin de la frontière comme de tout séjour en Afghanistan. Il fallait marcher sans cesse et c'est l'un des souvenirs les plus marquants que je garde de toutes ces années. L'un des plus cuisants aussi. Selon les régions où l'on se rendait, il fallait consentir à des marches allant de une à quatre semaines. Et continuer ensuite de la même manière en fonction de ce que l'on avait à faire…

Il n'y avait pas d'autre choix non plus que de se vêtir à l'afghane : large pantalon, longue chemise, gilet, cape et turban. C'était obligatoire pour d'innombrables raisons, à commencer par la nécessité toute simple d'échapper à la police pakistanaise qui surveillait la frontière et les zones tribales attenantes par lesquelles il fallait passer, à l'aller comme au retour. Dans ces régions aux cultures très traditionnelles, nul n'est habillé à l'occidentale. À l'intérieur de l'Afghanistan, les moudjahidin préféraient aussi que nous soyons vêtus comme eux. Il n'était pas rare non plus qu'ils nous donnent des noms afghans – Zelmaï en ce qui me concerne : jeune homme.

Des combattants afghans accompagnaient toujours les étrangers ; parmi ces derniers, rares étaient ceux qui parlaient dari ou pachto et mieux valait éviter les quiproquos avec les tribus frontalières ; elles avaient vite fait d'assimiler tout étranger à un *shurawi* – un Russe. Mais si l'on échappait aux malentendus, l'accueil était d'une extrême hospitalité.

Tout cela me convenait très bien. Dans l'univers afghan, on était réellement ailleurs ; et cet ailleurs, pour celui qui le cherchait, ce lointain comme il n'en restait plus beaucoup sur terre, cette impression de voyager dans le temps plutôt que dans l'espace, ajoutaient à la cause afghane et aux périls encourus une onde de romanesque à laquelle nul ne pouvait être insensible si de l'eau ne coulait pas dans ses veines.

L'histoire proprement dite de notre arrestation à Viguié et moi au Pakistan commence en octobre 1982, de l'autre côté de la frontière, dans la zone la plus sensible de l'Afghanistan : Kaboul. J'achève alors un nouveau séjour dans la province du Wardak et je suis monté avec Gérard dans les environs de la capitale où les combats sont très violents à ce moment-là. Il y a de nombreuses embuscades de la résistance sur la route permettant de quitter Kaboul par le sud-ouest et la région de Maïdan ; les convois soviétiques sont harcelés sans cesse, jour après jour. Je ne peux qu'admirer une fois de plus la vaillance des guérilleros qui attaquent les blindés au lance-roquettes à quelques mètres de distance, sans protection, dans une furie désespérée et sanglante. Des carcasses fumantes de chars et de camions jalonnent la route entre les parois rocheuses des montagnes et même dans les zones de plaine ; les pertes sont sérieuses de part et d'autre. Les commandants moudjahidin sont néanmoins satisfaits : l'Armée rouge paie un lourd tribut pour le ravitaillement de ses garnisons éloignées et chaque village qu'elle détruit.

Ces commandants sont des amis, notamment l'un d'eux, du nom de Naïm. J'ai vu ses hommes se battre avec furie et lorsque je dois retourner au Pakistan, j'obtiens de ramener là-bas les livrets militaires pris sur les corps des soldats soviétiques tués au combat. Je le fais quand l'occasion m'en est donnée, confiant ces livrets à la Croix-Rouge, afin que les familles soient informées du sort des leurs. Souvent elles n'en savent rien ; Moscou cache même aux siens les réalités de cette guerre qui dure. Et derrière les photos d'identité de ces livrets militaires, je ne peux m'empêcher de voir d'autres visages : ceux des pères, des sœurs, des frères, des mères surtout, qui ont passé leur temps à craindre le pire pour les leurs, qui ont prié pour qu'ils reviennent un jour, et qui vont vivre maintenant une tragédie intime, une fracture définitive que rien n'effacera. Il y a tant d'autres visages derrière celui d'un mort… Je sais aujourd'hui que tous les porte-feuilles de tous les combattants, de tous les bords, dans toutes les guerres, contiennent tous les mêmes photos : celles de femmes, d'enfants, de parents, laissés au loin. La guerre est une succession en cascades de souffrances dans la chaîne des hommes.

Je suis opposé depuis le début à l'invasion soviétique de l'Afghanistan ; j'ai été pris dans ce maelstrom par un détour du destin, je me suis engagé dans le camp de la résistance afghane parce que je suis jeune, que j'ai le goût d'une certaine forme de liberté, celui de l'aventure, et que j'ai vu l'Armée rouge commettre des crimes de guerre contre les populations civiles ; et puis, j'aime bien ces gens pour tout dire. Et cela me suffit : défendre ceux que l'on aime est toujours une raison suffisante pour s'engager à leurs côtés. Mais je ne peux m'empêcher de plaindre d'une certaine manière ces soldats russes, le plus souvent des conscrits de mon âge, jetés dans l'enfer sans l'avoir choisi : un jour, par le choix de dirigeants qui resteront toujours en paix chez eux, ils ont quitté leurs familles et sont partis au loin faire une guerre où dominait le mensonge par-delà toutes les horreurs.

Et comme souvent dans les guerres, ils sont devenus à la fois bourreaux et victimes.

Nous partons vers le Pakistan à l'aube d'un matin sans joie. La petite semaine de marche pour atteindre la frontière se déroule sans anicroche ; pas le moindre hélicoptère dans le ciel, pas la plus petite embuscade, même pas un accrochage. Une douzaine de maquisards locaux, partisans de l'ancien roi Zaher Shah, forment notre escorte à Gérard et moi. Ce sont des Pachtouns austères et braves sur lesquels je sais pouvoir compter ; trop sans doute comme on le verra…

Bientôt, nous abordons les contreforts de la frontière ; encore une montagne à gravir, un col pentu à franchir, et nous serons en sécurité de l'autre côté, dans la zone tribale de Khorm, au nord du Waziristan. C'est encore le bout du monde, mais les Russes ne seront plus à redouter. Traverser la frontière dans ce sens est toujours un soulagement.

Nous parvenons essoufflés au sommet du col. De ces hauteurs, le spectacle est prenant comme à chaque fois, d'une rare grandeur : la plaine de Khorm s'étale à nos pieds, immense, telle une carte sur une table. Au loin, j'aperçois Paracinar, la ville principale de cette zone tribale.

Nous poursuivons notre route le long d'une crête très aiguë ; au loin se devinent les contours d'un fortin pakistanais tout droit sorti d'un livre de Kipling, gardien de cette portion de frontière.

Nous ne progressons pas sur cette crête depuis une heure, attendant de trouver le sentier permettant de descendre vers la plaine, qu'une vingtaine de soldats pakistanais surgissent brusquement tout autour de nous : ils nous encerclent, l'air menaçant, fusils braqués… Aucun de nous ne les avait vus embusqués. J'enrage un peu de notre laisser-aller, mais il n'y a a priori pas grand-chose à craindre ; il est normal que ces soldats patrouillent sur leur frontière et s'agacent de temps à autre des mouvements incontrôlés de moudjahidin qui passent sous leur nez sans s'occuper d'eux. Ils vont montrer aux Afghans par quelques brutalités choisies qui commande ici et nous en serons quittes pour un moment désagréable. Évidemment, il n'est pas question qu'ils découvrent que deux Français se trouvent dans cette colonne de guérilleros : la donne ne serait plus la même ; mais rien ne nous distingue, Gérard et moi, des autres moudjahidin, pas même une peau trop claire. Tout devrait donc bien se passer.

Les soldats nous fouillent les uns après les autres avec brusquerie ; je ne dis rien, attendant mon tour ; je m'inquiète d'autant moins que la fouille est brouillonne, davantage faite pour humilier que pour trouver quelque chose, de l'argent à racketter par exemple, ce qui est fréquent.

Notre tour, à Gérard et moi, arrive ; des soldats me bousculent vivement. Je grogne juste ce qu'il faut pour être dans mon rôle, grommelant l'insulte pachtoune appropriée aux circonstances et dont personne ne devrait se formaliser : « *Kharkos* »… (vagin d'ânesse). Les soldats n'y prennent effectivement pas garde, ils ont l'habitude ; généralement, les choses ne vont pas plus loin. Mais deux des moudjahidin, sans doute offusqués de voir le traitement qui nous est infligé, s'interposent tout d'un coup ; ils repoussent les soldats sans ménagement, se mettent à crier et, sûrs de leur bon droit, expliquent dans de grands gestes outragés qu'ils ne sauraient tolérer que l'on se comporte ainsi avec leurs amis français…

Stupéfaction des soldats pakistanais ! Et consternation chez moi. Les moudjahidin, à mille lieues des subtilités internationales de souveraineté territoriale et autres jeux politiques, ont cru bien faire dans leurs bonnes têtes de montagnards afghans ; ils ne se rendent même pas compte encore de leur gaffe et vont jusqu'à insister sur les égards qui nous sont dus…

Il est trop tard maintenant. J'ai beau prétendre que Gérard et moi sommes des Ouzbeks de Mazar-e-Charif alliés des Pachtouns de Maïdanshar, en route pour Peshawar, la « capitale » de la résistance au Pakistan où nous avons toutes sortes de choses à faire, les soldats ne nous croient pas un instant. Leur fouille au corps se fait méthodique ; c'est tout juste s'ils ne nous attrapent pas par les pieds pour nous secouer de haut en bas comme dans un dessin animé de Tex Avery… Dans ces conditions évidemment, ils finissent par découvrir nos passeports cachés dans les revers de nos gilets afghans ; cette fois, c'est fichu.

Excités par leur prise, les soldats se désintéressent définitivement des moudjahidin. D'un geste, ils leur intiment l'ordre de poursuivre leur route sans plus se préoccuper de nous. Notre escorte prend soudain la mesure du problème ; et ce ne sont pas des hommes à se laisser impressionner. Il faut calmer le jeu ; ils seraient bien capables d'en venir aux mains avec les Pakistanais ; le pire des scénarios.

Je dis au chef de l'escorte de ne pas faire d'histoires, de gagner Peshawar au plus vite et de prévenir simplement le commandant Amin Wardak, ou l'un de ses adjoints s'il est sur le front. Il saura quoi faire. Ce n'est pas le moment de créer des problèmes supplémentaires.

J'aurai beaucoup à dire plus loin d'Amin Wardak et de notre amitié au cours des trente années suivantes.

Les moudjahidin disparaissent dans la pente en file indienne, grommelant et rageant, tandis que les soldats pakistanais nous poussent sur la crête en direction du fortin aperçu plus tôt ; nous marchons un long moment, l'esprit en désordre pour Gérard et moi : nous voilà prisonniers. Comment tout cela va-t-il tourner ?

Parvenu au fortin, je ne suis pour une fois guère d'humeur à admirer son architecture « romanesque » ; et je n'aime pas du tout la tête du chef de la garnison devant lequel les soldats satisfaits nous présentent au garde-à-vous : c'est un gros homme, genre poussah, complaisamment allongé sur un lit, habillé en civil, l'air sournois, entouré de serviteurs empressés et serviles qui lui préparent du thé : un satrape de village ; la pire espèce de potentats dans ces montagnes reculées.

Je regarde autour de moi : les bâtiments intérieurs sont en mauvais état, sales, puants, à peine aérés par des ventilateurs aux plafonds. La saleté suinte de chaque mur : une ambiance de négligence, de laisser-aller, de désordre.

Des images de *Midnight Express* passent devant mes yeux. Ici règne l'arbitraire : tout peut arriver.

Les soldats déballent le contenu de nos sacs aux pieds de leur chef ; le poussah feuillette nos passeports d'un air ahuri, toujours allongé dans son lit, la tête appuyée sur un oreiller ; les bonnes « prises » sont rares dans la région. La fouille de nos affaires se poursuit, méticuleusement. Bientôt, les soldats trouvent les livrets militaires des soldats russes, les brandissent devant leur chef en jacassant à toute vitesse ; le poussah se redresse, cette fois il jubile : notre compte est bon, nous sommes des mercenaires ou quelque chose du même genre ; de toute façon, nous n'avons rien à faire ici…

Prenant un air outragé devant de telles accusations, je demande à téléphoner sur le champ à mon vieil ami le général Zia-ul-Haq, président du Pakistan, qui sait très bien qui nous sommes : des partisans de son pays. D'ailleurs, quand j'ai dîné chez lui la dernière fois, il m'a assuré que je pourrais toujours compter sur ses soldats en cas de problèmes… Et voilà maintenant que mon camarade et moi sommes traités comme de vulgaires bandits…

Naturellement, je n'ai jamais vu Zia-ul-Haq de ma vie et je n'ai aucune estime pour ce dictateur ; mais je suis à peu près certain que de telles affirmations vont déstabiliser les êtres bornés peuplant ce fortin. Dans des cas semblables, le bluff a toujours une chance de marcher, surtout s'il est gros ; et de fait, le poussah se renfrogne : qui sommes-nous au juste ? Et si nous étions ce que nous affirmons ? Ces étrangers sont capables de tout… Le voilà pensif, hésitant, craignant maintenant de commettre une bourde monumentale ; le genre de chose qui ne pardonne pas dans un régime comme celui du Pakistan, surtout quand on est un petit sous-officier anonyme en poste sur une frontière éloignée…

Après mille contorsions mentales, le poussah finit par déclarer avec prudence qu'il n'a évidemment pas le téléphone ; qu'à cela ne tienne, rétorquons-nous avec l'aplomb supposé de deux amis du président de la République, il lui suffit de prévenir par radio son chef à Paracinar ; lui saura quoi faire pour résoudre une affaire qui risque de lui coûter cher.

Le poussah aboie un ordre, deux ou trois de ses hommes courent vers le poste radio situé dans une pièce voisine. J'entends des grésillements, un flot de paroles en urdu, la réponse ne tarde pas : ordre est donné de nous emmener à l'état-major de Paracinar.

Je souffle intérieurement ; là-bas, nous devrions avoir affaire à des officiers d'un autre niveau : le spectre de *Midnight Express* s'éloigne.

Nous voilà de retour dans les montagnes, poussés hors du fortin avec plus de ménagements qu'à notre entrée me semble-t-il… Les mêmes soldats nous escortent sur les sentiers qui descendent vers la plaine. Nous marchons plusieurs heures.

Au soir, nous sommes à Paracinar ; comme tout le reste de la zone tribale, la ville est interdite aux étrangers depuis que le Pakistan existe. Dans ce territoire au statut d'exception, l'État n'exerce son rôle régalien qu'à l'intérieur des agglomérations et sur les routes ; ailleurs, ce sont les tribus qui font la loi. Des tribus dont la réputation belliqueuse n'est plus à faire. C'est donc une région à l'ambiance plutôt rude : tout le monde y circule en armes, cartouchières sur la poitrine, vieux fusils anglais en bandoulière, poignards à la ceinture et turban sur la tête. Ici, on ne rigole pas, l'atmosphère est lourde, on se méfie des étrangers ; peu de chose ont dû changer depuis l'époque où Lawrence d'Arabie, devenu le soldat anonyme Shaw, s'y trouvait en garnison entre les deux guerres mondiales.

Premier signe rassurant pour Gérard et moi, les soldats nous enferment dans un poste de police militaire et non dans un cul-de-basse-fosse ; nous dormons sur des *angarebs* en attendant d'être interrogés le lendemain.

Au matin, nous sommes présentés à un officier à l'uniforme impeccable, très « armée des Indes » avec son stick sous le bras, l'air sévère et intraitable ; c'est un capitaine du nom de Singh – un Sikh, donc. Il appartient à l'ISI, les inquiétants services secrets pakistanais, manipulateurs en chef des partis politiques afghans. Il sait très bien qui nous sommes, prétend-il : des soutiens de la résistance afghane ; ça ne le gêne pas, ni lui ni son gouvernement. Seulement, il a besoin de renseignements sur ce que font les moudjahidin en ce moment, ce qu'ils préparent, l'état d'esprit des chefs que nous connaissons, leurs noms, le niveau de leur armement ; et tout ce que nous pouvons lui apprendre aussi sur les opérations de l'Armée rouge dont nous avons été témoins.

Avec cet officier, plus question, évidemment, de prétendre être des intimes du général Zia-ul-Haq. Il nous rirait au nez.

L'interrogatoire commence par moi. On m'installe sur un tabouret derrière un bureau dans une pièce vide. Le capitaine Singh s'assoit face à moi, deux soldats debout me surveillent. L'ambiance est pesante. Le capitaine parle un très bon anglais ; il repose ses questions. Il lui faut absolument des réponses. Sans quoi, il m'en cuira.

Je n'aime pas du tout la tournure que prennent les événements, mais je n'ai pas l'intention de lâcher quoi que ce soit pour les raisons que l'on imagine ; et tant que ce capitaine n'envisage pas un niveau de brutalité supérieur à ce que nous avons connu jusqu'alors, je n'ai pas de raisons de m'inquiéter. Pas encore, du moins. Mais je le vois mal aller plus loin. Après tout, Français et Pakistanais sont *objectivement* alliés dans l'affaire afghane. Je me rassure avec cette logique politique…

Le capitaine Singh est intelligent, visiblement très éduqué. Il a dû passer par une école militaire britannique : je ne lui ferai pas croire que je ne sais rien. Je préfère jouer la carte d'une certaine franchise : si je ne compte pas dire un mot de ce que je sais, c'est parce que les résistants afghans sont mes amis et que l'on ne trahit pas ses amis… C'est une position qu'un officier tel que lui devrait pouvoir comprendre, dis-je…

Le capitaine Singh est très ennuyé par ma réponse ; il comprend, naturellement. C'est tout à mon honneur, même, affirme-t-il – mais sur un ton à demi moqueur. Toutefois, il est impératif qu'il puisse mettre quelque chose de plus substantiel dans son rapport, n'est-ce pas ? D'autant que cela faciliterait ma libération. Je ne veux toujours rien dire ? Très bien ; dans ce cas, je vais être condamné pour franchissement illégal de la frontière pakistanaise ; en temps de guerre, cela coûte cher, des mois de prison au moins ; et dans ce trou à rats de

Parachinar. Ce n'est pas une sinécure. Ne voudrais-je pas m'éviter de tels désagréments ?

Je songe que quelques mois, ce n'est pas très long ; et puis, les chefs afghans vont bien me tirer de là avant qu'il ne soit trop tard. Non, je n'ai toujours rien à dire.

Le capitaine Singh se lève, tourne en rond, réfléchit ; c'est un malin. Il se rassoit et me dit qu'il a une autre solution, beaucoup plus simple pour tout le monde. Je demande : « Ah ? Laquelle ? » Eh bien ! tout simplement de me renvoyer là d'où je viens, déclare-t-il : en Afghanistan. Ainsi, il pourra se laver les mains de l'affaire et moi je n'aurai pas à répondre à ses questions. Je dis : « Pourquoi pas, ça me convient parfaitement… »

On me fait lever, on m'entraîne hors de la pièce et du poste ; dehors se trouve une Jeep militaire, celle du capitaine. Un chauffeur prend place au volant, le capitaine s'assoit à côté de lui, deux soldats m'encadrent à l'arrière, leurs fusils entre les jambes.

À cet instant précis, je me dis que tout est trop facile ; il doit y avoir un piège…

Trop tard : nous voilà partis le long d'une piste de terre sur laquelle nous cahotons dans un panache de poussière étouffante ; la piste rejoint bientôt une route goudronnée. Je regarde le soleil par la vitre ; nous allons vers l'ouest et l'Afghanistan ; mais par la route… Une sourde angoisse monte en moi. Je commence à imaginer le piège ; je ne m'étais pas trompé. Je demande :

« Où m'emmenez-vous comme ça ? »

Le capitaine Singh se tourne vers moi, un faux air d'innocence sur le visage :

« Mais en Afghanistan, comme prévu…

– D'accord ; mais ce qui n'était pas prévu, c'était d'y aller par la route. À la frontière, il y a les Soviétiques… Ça va mal se passer pour moi. Il faut me ramener dans les montagnes, là d'où je viens, pas ailleurs. »

Le capitaine hausse les épaules avec un sourire ironique.

« Dans les montagnes, il n'y a pas de poste frontière, monsieur le Français. Ce serait tout à fait illégal de vous faire passer par là. Je ne peux pas faire ça. Sur la route, en revanche, nous avons un poste de contrôle. Ce sera parfaitement légal. Derrière notre poste, évidemment, il y a celui tenu par les communistes afghans et les Russes, mais je n'y peux rien ; si vous êtes arrêté, ce sera votre problème… »

Je pense : le salaud ! Il m'a bien eu… Bon sang, que faire maintenant ?

La Jeep continue à toute vitesse dans le silence revenu et je dois faire un effort considérable sur moi-même pour rester impassible. Les soldats ont un air d'indifférence sur le visage ; sans doute n'ont-ils rien saisi du dialogue qui s'est passé en anglais ; et de toute façon, ils se fichent pas mal de ce qui les entoure ; ça ne les concerne pas.

Je réfléchis aussi vite que je peux, tenaillé par la crainte : si je vais au bout de cette route, j'en prends à coup sûr pour des années à la sinistre prison de Pul-e-Charki, l'immense polygone concentrationnaire de la banlieue de Kaboul où croupissent en permanence de huit à dix mille prisonniers…

Le capitaine Singh se tourne vers moi :

« Évidemment, si vous répondiez maintenant à mes questions, ici même, nous pourrions ensuite retourner à Paracinar ; et demain, nous vous relâcherions. On fermera les yeux sur votre entrée clandestine et vous pourrez aller où vous voudrez… »

Je pense cette fois : la crapule ! Mais bon, il est dans son rôle avec ce chantage. Chantage qui brutalement m'exaspère autant qu'il m'effraie. J'essaie de réfléchir encore plus vite, la frontière approche à toute vitesse.

Et si le capitaine Singh bluffait ? Comme moi l'autre jour avec le sergent du fortin à la *Midnight Express*. Ce ne serait pas impossible. J'essaie de me convaincre qu'il n'a pas *vraiment* l'intention de me livrer aux Russes, qu'il ne *peut* tout simplement pas le faire.

J'ai le vertige. Et s'il disait vrai, malgré tout ?

La frontière se rapproche. Je pense : pourquoi ne pas raconter n'importe quoi au capitaine Singh ? Non, ça ne marcherait pas, il dispose sûrement d'un tas de renseignements qu'il peut recouper. On en reviendrait au même point.

Alors surgissent devant mes yeux quelques-uns des modèles d'hommes qui par choix conduisent ma vie depuis toujours. Que feraient-ils à ma place en ce moment, les pontonniers du général Eblé, les samouraïs de Kurosawa, les chevaliers et autres bandits d'honneur ? C'est naïf sans doute, mais dans les moments difficiles, quand l'heure de vérité approche, on a les recours que l'on peut. Et tous ces hommes viennent à ma rescousse en même temps : quelle tricherie ce serait que de les admirer quand tout va bien et de les renier à l'approche du danger. Dans cette épreuve déterminante, ils m'aident à faire un choix définitif ; mais moins par fidélité aux Afghans que par fidélité à l'image que je veux conserver de moi-même. Question d'orgueil donc. Mais je l'assume ; j'ai bientôt vingt-huit ans et je ne veux pas tricher. Je me sens soudain en paix : quoi qu'il arrive, je ne dirais rien au capitaine Singh.

Ce dernier attend toujours ma réponse, tourné vers moi. J'ai l'impression vague, peut-être imaginaire, qu'il s'intéresse autant à ce qui se passe en moi – et à ce qu'il ferait s'il était à ma place – qu'aux besoins concrets et matériels de son interrogatoire. Un instant, je sens comme une brève complicité intellectuelle ; je la chasse très vite. C'est lui qui a mon sort entre ses mains, pas l'inverse.

« Alors, quelle est votre réponse ? »

Je manque répliquer : « Va te faire f… » Mais il faut

faire preuve d'un peu de diplomatie et de malignité. Je dis du ton le plus neutre possible pour ne pas le provoquer :

« Ce ne serait pas correct pour mes amis afghans… »

Et je me renfrogne dans mon coin, attendant la suite avec une paix de l'âme comme j'en ai rarement connu.

Quelques minutes passent, très longues ; le capitaine Singh ne dit plus rien. J'aperçois le poste frontière pakistanais qui se profile au loin ; je commence à craindre le pire. Mon Dieu, quelle tension ! Je crois que je n'ai jamais eu les nerfs aussi à vif… Je ne sais plus si je suis en train de mener un bras de fer avec le capitaine Singh ou si le destin m'emmène inexorablement vers une prison soviétique.

Et puis soudain, presque au dernier moment, le capitaine hausse les épaules, donne un ordre bref au chauffeur : la Jeep ralentit, s'arrête, fait demi-tour…

C'était bien du bluff… Malgré toute ma résolution, je me sens gagné par un vide immense.

Aurais-je tenu jusqu'à l'entrée du poste frontière ?

Le soir même, l'armée nous remet, Gérard et moi, entre les mains de la police pour instruction de notre affaire. Nous n'entendrons plus jamais parler du capitaine Singh…

On nous enferme dans un poste au milieu de policiers rébarbatifs qui deviennent conciliants aussitôt que nous leur apprenons les raisons de notre arrestation : ce sont tous des sympathisants de la cause afghane. Tant mieux. Un peu plus et ils nous féliciteraient. Dans des circonstances inverses, je n'aurais pas donné cher de notre sort compte tenu de la « rusticité » de ces policiers et de leurs prisons… On a parfois les chances que l'on peut.

Leur chef nous annonce que nous passerons rapidement en jugement ; il n'y a qu'à prendre patience.

Avec des policiers aussi compréhensifs, notre emprisonnement se déroule sans trop de problèmes ; je me souviens que Gérard et moi parvenons à ce que la lumière soit éteinte la nuit pour que nous puissions dormir correctement. Et après avoir déclaré immonde la nourriture qui nous est servie, nous obtenons le droit de manger à l'extérieur, encadrés de policiers armés qui nous donnent tout le temps nécessaire pour nous restaurer dans les vagues bouis-bouis de Paracinar, trop heureux d'échapper à leur quotidien en compagnie d'étrangers. Tout cela me rappelle la manière dont Tissandier et Manoukian, en Colombie, avaient réussi à mettre leurs gardiens dans leurs poches… Quand on est privé de liberté, on a les fiertés que l'on peut… Mais j'ai largement le temps de méditer sur le sentiment d'arbitraire que peut ressentir un homme tenu prisonnier par d'autres hommes, sur la sensation pénible et terrifiante qui l'habite lorsqu'il se voit passer du statut valorisant de sujet à celui misérable d'objet, qu'il comprend qu'il est en quelque sorte rétrogradé au stade d'animal ; ce stade où d'autres que lui disposent de ce qu'il est selon leur volonté, le dépouillant au passage de la sienne et de la dignité qui lui est associée.

C'est une expérience infiniment désagréable et nous sommes inquiets pour la suite.

Bientôt, un policier nous apprend que nous allons être jugés le matin suivant ; mais nous n'avons rien à craindre, dit-il ; les choses ont été arrangées à l'avance. Quelqu'un est intervenu et a payé ce qu'il fallait : si nous reconnaissons sans discuter notre entrée illégale au Pakistan et nous engageons par écrit à ne plus jamais recommencer, le juge nous fera relâcher immédiatement. Un véhicule ami nous attendra alors à la sortie du tribunal pour nous conduire aussitôt à Peshawar.

Nous reprenons espoir.

Le lendemain, tout se passe comme prévu ; le jugement est une mascarade comme il y en a tant dans les pays livrés à la loi du plus fort : l'accent pakistanais du juge est du plus haut comique, ses gestes courroucés pour condamner nos actes prêtent au fou rire quand on sait la suite, et nos aveux circonstanciés, très humbles, tiennent de l'hypocrisie la plus aboutie ; chaque partie joue son rôle, connu de l'autre, dans une magnifique parodie de justice et de vraie corruption. Une belle caricature…

Nous signons aveuglément tous les documents que le juge nous tend.

Le gros véhicule qui nous attend à la sortie est rempli de visages familiers et avenants : une demi-douzaine de solides moudjahidin de la garde rapprochée du commandant Amin Wardak.

C'est lui, naturellement, qui a tout arrangé pour nous tirer de ce mauvais pas…

19

Une quinzaine d'années après le Pakistan, je me retrouverais encore en prison, mais cette fois par un effet du tragi-comique que revêt parfois la vie : des policiers amis n'avaient pas trouvé de meilleur moyen pour nous soustraire, mes camarades et moi, aux policiers ennemis qui nous pourchassaient que de nous cacher dans leur propre prison…

C'était dans l'extrême est de l'Inde, au cœur de l'État du Nagaland, au tout début de l'année 1998. J'avais quarante-trois ans.

Si j'avais été jeté dans cette situation où le burlesque le disputait au danger, c'était autant par un enchaînement logique d'événements – quoique surprenants par les détours qu'ils avaient pris – que pour m'être intéressé à la cause défendue par un peuple dont peu de gens connaissaient l'existence : les Naga.

À l'époque, j'étais engagé depuis longtemps en faveur des minorités et des mouvements de libération armés dont personne ne parlait. Par un étrange phénomène « d'optique intellectuelle », je me sentais davantage attiré par les combats qui ne font pas l'actualité que par ceux dont on trouve chaque jour la relation à la une des journaux. C'est ainsi : les luttes oubliées et les causes perdues m'intéressent.

Mais avant d'en arriver à cette prison indienne, il me faut commencer par le commencement et raconter en détail ce que fut cette aventure étonnante au pays des Naga.

J'avais d'abord découvert leur combat deux ans plus tôt par l'intermédiaire d'un ami corse, Sylvain Gianini, qui avait beaucoup bourlingué dans le Sud-Est asiatique, notamment chez les Karen, les Shan et d'autres peuples en rébellion contre le régime dictatorial de Rangoon. Il était venu me voir un jour de 1995 à Paris pour me faire part de l'histoire de ces Naga qui, depuis les bouleversements politiques de la naissance de l'Inde, vivaient à cheval entre ce pays et la Birmanie, luttant les armes à la main contre les deux États à la fois pour préserver leur identité et réclamer leur indépendance.

Les Naga forment une population à part dans la fascinante mosaïque des ethnies de l'espace indo-birman, aux confins de la Chine et de l'Himalaya ; c'est un peuple d'origine mongoloïde, très traditionnel, qui avait donné bien du fil à retordre aux Britanniques lorsqu'ils s'étaient aventurés chez eux à l'époque de la conquête coloniale. Leur caractéristique principale était d'être des chasseurs de têtes aussi redoutables que réputés ; les Anglais, malgré leur victoire, avaient eu beaucoup de mal à éradiquer cette pratique qui n'avait jamais totalement disparu, disait-on… Couper la tête d'un ennemi, c'était s'emparer pour toujours de son esprit.

Les Naga sont plus de deux millions aujourd'hui, divisés en une trentaine de tribus parlant des langues tibéto-birmanes complexes ; leur territoire se compose de chaînes montagneuses difficiles d'accès. Ils vivent en communautés guerrières dans de vastes maisons collectives appelées *morungs*, ornées de toute une statuaire mythologique et de têtes coupées d'hommes et d'animaux ; dans ces morungs, on trouve de grands tambours de guerre faits dans des troncs d'arbres, et nombre d'objets d'art de toute beauté.

Au temps de leur indépendance, les Naga avaient les

visages entièrement tatoués, étaient armés de vieux fusils à pierre, de grands coutelas, et portaient sur la poitrine des têtes de laiton stylisées indiquant pour chaque homme le nombre de têtes qu'il avait coupées au cours de son existence. D'après Gianini, ces Naga étaient à coup sûr des hommes d'un autre temps, même si la modernité avait fini par les atteindre ; mais c'étaient des hommes d'honneur ; leur parole était sacrée. Si l'on était admis chez eux, on n'avait rien à craindre. Ils étaient de surcroît chrétiens depuis leur évangélisation au début du XXe siècle, et cette étonnante particularité faisait d'eux une exception au milieu des peuples hindouistes et musulmans qui les environnaient.

Depuis plus d'un demi-siècle, les Naga résistaient aux volontés hégémoniques de l'Inde et de la Birmanie dans un anonymat quasi absolu ; la presse ne parlait jamais d'eux, tout le monde ignorait leur combat. En Inde, ils avaient déjà quasiment perdu la partie malgré l'instauration d'un État Naga au sein de la fédération indienne, mais en Birmanie, ils tenaient toujours tête aux troupes de Rangoon, réfugiés dans le bastion montagneux qui formait leur territoire ancestral au pied de l'Himalaya. Ils avaient un chef du nom de Kaplang. Un irréductible, disait-on.

Pour finir, Gianini me faisait une proposition :

« Pourquoi ne pas essayer d'y aller ensemble ? D'après mes informations, aucun étranger n'a réussi à pénétrer au Nagaland birman depuis l'indépendance de l'Inde en 1947. Nous pourrions tenter le coup, voir ce qui se passe et, dans un premier temps, témoigner en leur faveur... »

La proposition était séduisante ; cette région des contreforts himalayens m'attirait depuis longtemps par les mystères qui en émanaient comme par les causes qui devaient y être défendues. Je n'en avais pas les clefs ;

Sylvain me les proposait. Je les acceptai aussitôt. Puis je lui dis :

« Ce sera sûrement difficile de parvenir chez eux par Rangoon compte tenu de l'éloignement. Penses-tu que ce soit possible par New Delhi et l'Inde ? Ce serait plus simple par là. »

Sylvain était d'accord avec cette idée ; et il avait bien étudié son dossier. Il me dit que les Naga étaient alliés à tous les mouvements de libération de leur zone frontalière, notamment dans les États indiens du Manipur, du Meghalaya et de l'Arunashal Pradesh – où vivaient de nombreuses minorités en rébellion chronique. Lui, Gianini, avait des liens avec des étudiants birmans réfugiés en Inde ; par leur intermédiaire, il se faisait fort de nouer des contacts avec des opposants du Manipur ou du Meghalaya ; si cela aboutissait, il pourrait leur demander de nous faire passer clandestinement la frontière indo-birmane pour gagner le réduit naga.

L'affaire était entendue ; nous partirions au Nagaland.

Restait à trouver le financement du projet ; je décidai de proposer à un producteur de réaliser un film sur l'expédition que représenterait cette aventure ; c'était une solution commode et rapide que j'avais déjà utilisée à maintes reprises : elle préservait mon indépendance tout en m'offrant du temps. Elle me permettait, de plus, de donner libre cours à mes désirs d'écriture et de création. Enfin, un film était encore la meilleure façon de témoigner de la situation des Naga, avant de passer éventuellement à une autre étape. Bref, c'était à tous points de vue le moyen idéal.

Je m'en allais donc trouver le plus fou des producteurs de la place de Paris que je connaissais en ce temps-là : Claude Carrère. C'était un homme dont la société avait pignon sur rue et qui s'ennuyait après avoir produit des chanteurs de variétés célèbres et des films à succès ; il était riche, fantasque, mondain, toujours entouré de jolies filles, capable de tout, même de faire un gros chèque en cinq minutes si on savait lui en donner l'envie et si cela le distrayait : une caricature de producteur hollywoodien ; il ne lui manquait que le cigare. Mais il fallait bien un homme comme lui pour un film comme le mien – dont l'existence finale était pour le moins incertaine compte tenu des difficultés.

J'expliquais franchement les choses à Carrère. Je lui affirmais aussi qu'il allait sûrement perdre son argent mais que si nous réussissions dans notre entreprise, il pourrait peut-être en gagner un tout petit peu… Carrère aimait bien ce genre de discours. Il avait ri aux éclats et aussitôt accepté de produire le film, comme de payer l'ensemble des frais de l'expédition.

Restait à constituer l'équipe pour l'aventure elle-même. Ce fut bientôt fait : outre Sylvain Gianini et moi, elle serait composée de Dominique Martial et de Catherine Bricard, des gens que je connaissais bien, solides, sûrs et fiables, comme il en faut pour les aventures risquées. Ensemble, nous avions déjà effectué plusieurs expéditions difficiles en Nouvelle-Guinée et en Amazonie.

Dominique Martial avait quatre ans de plus que moi et une longue expérience des entreprises dangereuses ; il avait notamment tenté d'arracher à des bandits philippins le fameux trésor que le général japonais Yamashita avait amassé à la fin de la Seconde Guerre mondiale : des tonnes d'or, paraît-il… L'affaire avait hélas raté de peu après de rocambolesques rebondissements que j'avais suivis de loin. Dominique était un aventurier « à l'ancienne » et un ami de longue date que la bagarre n'effrayait pas s'il était besoin. Son humour grinçant et décalé m'enchantait et il était, pour finir, un excellent cinéaste : il assurerait les images.

Catherine Bricard était pour sa part une jeune géographe impétueuse et courageuse qui, outre l'Amazonie et la Nouvelle-Guinée avec Dominique, m'avait accompagné dans des missions en zone de guerre, du Kurdistan à la Somalie. Elle avait les nerfs solides : capturée par des miliciens somaliens après une embuscade à Mogadiscio en 1993, elle avait stoïquement tenu le choc jusqu'à ce que nous la fassions libérer : elle s'occuperait de la logistique de l'expédition.

Pour achever ces portraits, disons que Catherine et Dominique étaient aussi des compagnons de voyage comme il en faut pour les aventures lointaines, d'humeur toujours égale, joyeux, énergiques, intelligents, généreux, solidaires et ne se décourageant jamais. Des gens vrais. On travaillait en confiance, tout en prenant du bon temps quand nous le pouvions. Nous formions une bonne équipe.

Il fallut deux ans à Sylvain Gianini pour assurer la chaîne de contacts nécessaire à notre projet d'entrée clandestine au Nagaland birman. L'affaire fut menée dans le plus grand secret, afin que ni le gouvernement indien ni celui de Birmanie n'aient vent de nos intentions ; le secret fut bien gardé si j'en juge par les résultats. Sylvain dut se rendre en Inde pour garantir la confidentialité des contacts et mettre au point les aspects pratiques de l'opération, tandis que je m'occupais des contingences matérielles à Paris et des arguments à communiquer aux Naga pour qu'ils voient l'intérêt de nous accepter chez eux. Entre-temps, je partais au loin pour d'autres expéditions.

Tout fut prêt à l'automne 1997.

En novembre de cette année-là, nous atterrissons à New Delhi avec des visas touristiques, noyés dans le flot des visiteurs : direction Connaught Place, où nous nous installons dans un modeste hôtel. Gianini est là depuis un mois pour préparer le terrain. Ses contacts chez les étudiants birmans nous indiquent bientôt la marche à suivre ; nous ne devons pas nous attarder et rejoindre par le train la ville de Guwahati au bord du Brahmapoutre, à l'autre bout de l'Inde. C'est la capitale de l'Assam, État frontalier du Nagaland indien. Nous y jouerons notre rôle de touristes jusqu'à ce que des représentants de l'armée de libération du Manipur entrent en contact avec nous dans un hôtel que l'on nous désignera ; ces hommes connaissent parfaitement la région frontalière, l'emplacement des postes de contrôle de l'armée indienne, son mode de fonctionnement, la fréquence des patrouilles ; ce sont eux qui se chargeront de nous faire passer clandestinement la frontière pour nous mener jusqu'au fameux Kaplang, commandant les Naga de Birmanie. Il faudra sûrement beaucoup marcher dans la jungle et les montagnes.

Nous voilà donc partis en train vers l'Assam. Le voyage se déroule sans incident notable, dans le confort suranné de vieux wagons de première classe qui semblent sortis tout droit de l'époque coloniale britannique ou d'un roman d'Agatha Christie.

Parvenus à Guwahati, vaste métropole posée dans la plaine étouffante de l'Assam, nous découvrons que la ville est l'organisatrice du dix-huitième championnat du monde de bras de fer… Je n'imaginais même pas que cela puisse exister… Des jours durant, nous contemplons avec un certain effarement les athlètes bodybuildés qui arrivent du monde entier en roulant des mécaniques dans les restaurants et les bars avant le début de la compétition. Beaucoup sont logés dans l'hôtel où nous avons pris place. Le spectacle qu'offrent ces hommes aux regards vides et aux muscles des bras disproportionnés est si éloigné de nos préoccupations et de la tension qui monte en moi à l'approche du danger que j'en garde une image indélébile…

En attendant que les rebelles du Manipur se manifestent, nous jouons notre rôle de touristes ; nous visitons les environs et nous intéressons à la ville, sans grand attrait par elle-même mis à part le Brahmapoutre parcouru d'embarcations à voiles pareilles à des sampans chinois. La pollution est terrible ; on la sent physiquement. Le nombre de vélopousses est impressionnant, image caricaturale de la misère et de la condition humaine. Bref, une grande métropole indienne comme tant d'autres dans un pays en pleine expansion anarchique.

Le zoo de Guwahati, cependant, n'est pas sans intérêt. Il possède quelques vrais tigres à l'allure inquiétante, et surtout de superbes spécimens de rhinocéros unicorne qui ne vivent nulle part ailleurs qu'en Assam. On raconte que Marco Polo, lorsqu'il découvrit ces bêtes splendides au cours de son voyage vers la Chine, les prit pour les mythologiques licornes. À nos yeux, ce sont plutôt des « Robocop » ou des chars d'assaut tant leurs corps sont protégés de plaques de blindage ajustées par des soufflets. De vraies machines de guerre. En comparaison, leurs congénères d'Afrique sont des bébés inoffensifs…

De ce zoo, je garde aussi l'image terrible de singes enfermés dans leur prison comme des bagnards de Cayenne dans le film *Papillon*. Tout y est : cages en briques rouges, barreaux rouillés, chaînes et cadenas aux portes, végétation luxuriante alentour, suintement de l'humidité sur les murs, décrépitude générale ; et l'attitude désespérée des singes, leurs regards tragiques de condamnés à perpétuité.

Jamais je n'ai vu de singes plus humains que dans ce bagne appelé zoo.

Un soir enfin, un messager contacte Gianini dans une rue : un 4 × 4 anonyme viendra nous chercher la nuit suivante ; nous devrons faire comme si nous partions en excursion avec un véhicule loué par nous-mêmes.

Le lendemain à l'heure dite, le 4 × 4 se présente discrètement devant l'hôtel. Nous jetons nos affaires à l'intérieur et quittons Guwahati sans regret ; nous roulons vers l'est, jusqu'à atteindre une grosse bourgade où l'on nous cache de longues heures dans une maison en compagnie de sympathisants du groupe de rebelles qui nous a pris en charge : l'aventure commence pour de bon.

Notre patience n'est pas mise à rude épreuve ; très vite des hommes en armes surgissent : ils sont une demi-douzaine et portent des tenues de combat camouflées toutes neuves, des foulards rouges autour de la tête comme des pirates ; leurs écussons d'épaules disent qu'ils appartiennent à l'armée de libération du Manipur ; tous sont jeunes, souriants, affables. De bonnes têtes, des regards francs. Visiblement, ils cherchent à faire bonne impression et nous inspirent tout de suite confiance. C'est le plus important. En cas de doute dans ce type d'aventure, ne jamais aller plus loin ; ne jamais confier son sort à des individus que l'on ne « sent » pas. J'ai maintenant assez d'expérience des mouvements de guérilla pour être certain de ne pas avoir affaire à des voyous comme on en trouve dans beaucoup d'organisations indépendantistes en bout de parcours ou à bout de souffle : celles-là ont commencé avec l'étendard de leurs idéaux mais avec le temps, les difficultés et les tentations, elles ont basculé peu à peu dans le banditisme. On peut tout craindre de ces organisations. Les FARC de Colombie sont un bon exemple de ces dérives mafieuses où le trafic de drogues et les enlèvements crapuleux structurent désormais la lutte d'origine.

Rien de tel chez ces guérilleros du Manipur, malgré l'ancienneté de leur combat.

La suite du voyage reste très confuse dans ma mémoire tant elle se révèle complexe. Nous repartons dans un nouveau 4 × 4, les visages dissimulés sous des couvertures ; il fait assez froid ; nous passons par des routes de montagnes très abruptes et sinueuses, changeons notre véhicule pour un camion, puis un autre 4 × 4, nous embourbons dans des ornières. Un soir nous parvenons dans un camp militaire de la guérilla : des tranchées dans le sol, des tentes, des cahutes de bambous, des feux de bivouac sommaires. Là encore, de bonnes têtes de montagnards asiatiques, mais cette fois, ce sont des Naga. Des Naga indiens, petits, râblés, foncés de peau, biens proportionnés ; nous n'avons pas encore franchi la frontière, mais elle n'est plus très éloignée.

Ces Naga ont l'air de s'entendre au mieux avec notre escorte de gens du Manipur : solidarité de rebelles en lutte contre tous les États de la région, probablement. Tant mieux ; car depuis cinquante ans, l'Inde et la Birmanie jouent de leurs populations naga respectives pour les dresser les unes contre les autres ; l'Inde s'allie souvent aux Naga birmans pour contrer ses propres Naga, la Birmanie manipule les Naga indiens pour s'opposer aux Naga birmans, et il est parfois difficile de s'y retrouver. La complexité de ce « grand jeu » politique rappelle à bien des égards ce qu'ont toujours connu les Kurdes vivant à cheval entre la Turquie, l'Irak et l'Iran.

Beaucoup de ces Naga n'ont jamais vu d'étrangers, vivant dans la clandestinité depuis toujours ; ils sont curieux, souriants et très mal armés à ce que je peux en juger rapidement.

Une grande cérémonie d'accueil est organisée à notre intention. On nous traite comme des émissaires importants venus d'un monde inconnu. Tout va bien. Au milieu des soldats en armes, déguenillés, crottés, dans des garde-à-vous approximatifs et bon enfant, on nous remet divers cadeaux traditionnels de bienvenue ; chacun de nous reçoit entre autres l'une de ces couvertures de laine dans lesquels se drapent tous les hommes. À l'image des tartans écossais, elles sont brodées aux motifs des différentes tribus naga où le rouge et le blanc dominent.

Il y a quelque chose de très « Indiens d'Amérique du Nord » dans tout cela.

Nous repartons le lendemain : encore des véhicules, de la boue sur des pistes de terre pleines de trous, des parcours de nuit, une ambiance surréaliste ; nous prenons des chemins détournés pour éviter les patrouilles de l'armée indienne ; nous ne voyons guère le paysage. Et puis, après les véhicules, il faut aller à pied, nos sacs sur le dos. Des rivières apparaissent au fond de longues vallées, traversées par des ponts suspendus de bambous. Les hommes de notre escorte parlent un mauvais anglais et nous ne savons pas exactement où nous franchissons la frontière ; quelque part en tout cas dans ces montagnes birmanes couvertes de forêts.

Beaucoup plus tard, nous parvenons dans un village naga accroché aux pentes d'une montagne recouverte par la brume. Dans ce décor inquiétant, nous découvrons nos premiers morungs, ces habitations collectives traditionnelles, gigantesques, tout en longueur, où peuvent tenir dix ou vingt familles ; elles ont le sommet de leurs toits recourbés où se devine l'influence de la Chine toute proche. Les façades sont ornées de nombreux crânes de buffles et parfois de fresques sanglantes illustrant des scènes de chasse aux têtes : on n'y voit que guerriers pourchassant des ennemis, femmes décapitées, enfants égorgés, scènes de guerre, de violence et de feu.

Les entrées des morungs sont encadrées de figures humaines taillées dans le bois, peintes de couleurs vives : statuaire de la fertilité ou de la virilité, elles sont un résidu des anciennes croyances en une multitude de divinités bienfaisantes ou malveillantes.

Des hommes passent dans les ruelles de terre entre les cases et les morungs, nous jetant des regards effarés ; leurs visages sont tatoués d'arabesques noires et ils portent à la ceinture leur *dao*, le grand coutelas des coupeurs de têtes ; ils sont vêtus de hardes informes qui leur donnent des allures de brigands du Moyen Âge, et de petites têtes en laiton sont montées en sautoir sur leurs poitrines : trois, quatre, cinq pour certains. Le nombre de têtes qu'ils ont coupées au combat, leurs « décorations » en quelque sorte ; mais ces hommes sont peu nombreux et tous âgés, reliquat manifeste, eux aussi, d'une époque révolue.

Non loin de l'un des morungs, au fond d'une caverne, on nous montre avec une délectation évidente un ossuaire où s'empile un nombre considérable de crânes : les trophées de guerre accumulés par les ancêtres… Impressionnant, je dois dire. Voilà bien de quoi terroriser l'ennemi. Mais cette montagne de crânes, devenus blancs et lisses, presque brillants comme de la nacre, lustrés par la patine du temps, est moins macabre, moins sinistre que les ossuaires du Rwanda que j'ai pu voir deux ans plus tôt, disposés autour des fosses communes où les « génocidaires » hutu avaient enfoui en hâte leurs innombrables victimes sans défense. Une culpabilité terrible en émanait. Ici, ces crânes sont ceux d'autres guerriers, tués en « combat loyal » pour ainsi dire ; dans la mythologie naga, ils sont porteurs d'une gloire qui auréole aussi bien les vainqueurs que leurs victimes ; on peut les montrer avec fierté.

L'air de ne pas y paraître, je demande à l'un des chefs du village, paré d'une coiffure d'os et de peaux :

« Vous continuez à couper les têtes de vos ennemis ? »

L'homme pouffe de rire, secouant la tête comme si je venais de lui raconter une bonne blague :

« Non, non, finit-il par dire. Enfin, presque pas… Les chefs du parti l'interdisent. »

Il s'exclaffe à nouveau d'un air entendu qui semble vouloir tout dire.

Nous passons une excellente soirée à ses côtés. Et nous endormons dans le roulement lancinant des tambours de guerre qui résonnent au loin ; un bruit de fond qui deviendra vite une habitude.

À partir de ce village reculé, toute route disparaît. Le réduit naga est loin dans les montagnes et il faut marcher. Pas d'étonnement : on nous conduit au quartier général du grand chef Kaplang et nous ne l'imaginions pas installé dans une plaine sillonnée de routes que l'armée birmane pourrait emprunter à sa guise… Kaplang ne peut se trouver que dans un endroit réellement inaccessible à une armée moderne.

Nous marchons longtemps, souvent sous la pluie et toujours avec notre escorte de jeunes rebelles du Manipur auxquels nous avons fini par nous attacher et réciproquement. Ils aiment particulièrement Catherine qu'ils couvrent d'attention. Je les verrai pleurer pour de bon le jour où, leur mission accomplie, ils devront retourner au Manipur… Ce qui me laissera cyniquement supposer qu'ils n'ont encore jamais vu la guerre de près…

Les amateurs de marche disent généralement qu'elle est comme un exercice spirituel ; c'est tout à fait exact. Mais pour qu'elle libère l'esprit, le poussant à s'évader vers les méditations qu'elle seule procure, il faut un certain nombre de conditions, à commencer par des difficultés techniques réduites et une proportion de fatigue raisonnable. Ces conditions sont rarement réunies dans les marches dont l'objectif n'est pas la marche elle-même. J'ai cependant cette chance au Nagaland ; le terrain n'est pas particulièrement difficile et je peux au moins considérer le décor qui m'entoure. Ces confins de la Birmanie où aucun étranger n'a pénétré depuis des décennies sont d'une beauté très particulière ; il en émane une émotion subtile, à peine perceptible. Ces paysages de montagnes plus souvent arrondies qu'acérées, parsemées de forêts ondoyantes, très légères, où domine le foisonnement du bambou, sont comme les reflets en couleur de tableaux chinois au fusain qui se refléteraient dans une eau agitée par le vent : tout est d'une infinie douceur. Des paysages presque féminins, à l'opposé de la virilité des montagnes afghanes.

Un jour, nous sentons que nous approchons du but lorsque le sentier sur lequel nous marchons se trouve occupé à intervalles réguliers par des groupes de femmes portant des calebasses d'eau qu'elles nous tendent pour étancher notre soif. Étonnantes apparitions après des jours de relative solitude. Ce sont des femmes d'une grande beauté pour la plupart, très fines, souriantes, allant d'un pas souple, la peau pareille à de l'or satiné, le regard sombre au fond des yeux bridés, vêtues de robes aux couleurs vives en forme de saris qui creusent leurs reins et mettent les bras en valeur. Elles semblent libres et sans manières : des femmes d'une société où la féminité n'a pas été évacuée. Elles sont à l'image de leurs montagnes.

En observant ces jeunes filles naga, je ne peux m'empêcher de les comparer aux femmes afghanes que j'ai pu connaître, très belles aussi, mais venues d'un autre univers, presque opposé, celui d'une société essentiellement masculine, à l'image de leurs montagnes. En Afghanistan, un homme occidental ne voit presque jamais de femmes – je veux parler de l'Afghanistan des campagnes dans les années 1980-1990. Elles sont un mystère pour lui, presque un fantasme. S'il reste longtemps dans le pays, il aura l'occasion d'entrevoir quelques visages au détour d'un champ ou des maisons d'un village ; s'il est bien introduit, on l'admettra peut-être dans le gynécée d'un grand khan à l'occasion d'un événement exceptionnel et il verra d'autres visages, plus nombreux, maquillés de khôl, qui le regarderont avec intérêt et, en quelque sorte, lèveront le voile sur leur beauté – tout en laissant percer l'idée que l'effacement des femmes dans la société afghane se compense en partie par l'influence qu'elles exercent en coulisse sur les hommes, à l'intérieur des maisons, là où aucun œil extérieur ne peut les observer. Mais s'il lui arrive, par chance, de croiser la vie d'une tribu koutchi – ces nomades pachtouns dont l'indifférence à tout ce qui n'est pas eux est la caractéristique principale –, alors l'espace d'un bref instant il croira comprendre *vraiment* ce qu'est la féminité afghane – car les femmes koutchi ne sont pas astreintes à vivre voilées devant des hommes étrangers : il les verra vêtues de longues robes à franges, rouges et noires, souvent constellées de piécettes qui tintinnabulent à chaque pas, couvertes de parures d'argent, les chevilles et les poignets ornés de bracelets. Il contemplera une forme de beauté sauvage venue d'infiniment loin, il aura en face de lui des visages aigus aux pommettes saillantes, des fronts hauts et fiers, des regards intelligents d'une effronterie parfois sans nom.

En vérité, il pensera avoir dissipé le mystère des femmes afghanes, mais ne sera jamais certain de rien…

Sur les sentiers des montagnes de haute Birmanie, les femmes naga nous abreuvent d'eau de place en place avec chaque fois de petites courbettes polies, comme il est d'usage ici ; elles nous suivent ensuite en file indienne au milieu des arbres, pouffant de rire entre elles.

À cette animation de plus en plus grande, nous comprenons que nous approchons du quartier général de Kaplang.

En milieu d'après-midi, nous y sommes. Un gros village apparaît sur les flancs d'une colline, avec les longs toits de chaume de ses morungs, ses cases de bois et de bambou sur pilotis, ses venelles de terre : un véritable nid d'aigle… Peu avant d'y parvenir, une colonne d'hommes en armes, vêtus d'uniformes à la chinoise, descend à notre rencontre pour nous saluer. Elle encadre respectueusement un petit homme frêle, drapé d'un tartan naga, assez âgé, dont le visage tout rond et ridé ne dit rien qu'une grande lassitude masquée par un énigmatique sourire : Kaplang, le chef des rebelles naga de Birmanie.

Les présentations se font à l'entrée du village, sans cérémonie, mais avec une infinie courtoisie, comme dans un salon à la mode que l'on aurait ouvert sur un prodigieux cirque de montagnes ; la scène ne manque pas d'originalité et d'un certain panache. Kaplang m'est tout de suite sympathique ; une forme de douceur rentrée, maîtrisée, imprègne son regard comme ses gestes mesurés ; c'est à coup sûr un émotif. Mais je ne suis plus à l'âge où cette impression première suffit à emporter mon adhésion – surtout pour un chef de guerre. Je sais désormais réfréner mon empathie naturelle. Deux ans auparavant, j'avais été frappé, une fois de plus, par le contraste étonnant qui peut exister entre la sympathie dégagée par un visage de chef rebelle et les méthodes absolument inverses qu'il lui arrive d'employer pour mener son combat. C'était avec Abdullah Ocalan, le chef du PKK Kurde de Turquie qui combattait pour l'indépendance du Kurdistan. L'histoire mérite un détour, je crois.

À l'époque, le PKK était d'obédience marxiste léniniste avouée et Ocalan était considéré par la terre entière comme le terroriste le plus dangereux du moment – on est toujours le terroriste de quelqu'un dans ce genre d'affaires, comme les résistants français l'étaient, par exemple, pour les nazis. Quoi qu'il en soit, tout le monde recherchait Ocalan, à commencer par les Turcs qui remuaient ciel et terre, aidés par la CIA et nombre d'autres services de renseignements – Ocalan finirait d'ailleurs par être capturé au Kenya quelques années plus tard après une cavale incroyable et de multiples trahisons. En attendant, ses bases arrière se trouvaient dans la dangereuse Syrie et j'avais rejoint l'un de ses camps par des chemins détournés et complexes compte tenu des circonstances. J'étais très lié avec certains des mouvements de libération kurdes d'Irak depuis la première guerre du Golfe en 1991, et c'était l'un de leurs responsables, Ahmed Bamarni, un ami très proche, qui avait organisé l'équipée en question. L'objectif pour moi était de mieux connaître les Kurdes de Turquie et leur chef dans l'éventualité de participer d'une manière ou d'une autre à leur lutte – ce qui se limiterait finalement à transmettre un message de négociation d'Ocalan qui se révélerait tout à fait inutile, puisque ses ennemis ne cherchaient qu'à l'éliminer purement et simplement.

Avec Ahmed, nous étions restés une semaine en compagnie d'Ocalan dans son camp. C'était un homme agréable, qui riait beaucoup et ne manquait pas d'humour ; il s'amusait à se comparer au Christ au moment des repas et désignait du bras ses lieutenants comme ses bons apôtres… Il aimait jouer au football l'après-midi avec ses hommes et appréciait la bonne chère comme la compagnie des femmes – qui semblaient bien le lui rendre. Il faisait son footing chaque matin et revenait tout transpirant et heureux ; les repas avec lui étaient joyeux, on devisait de tout et on riait bien. En somme, si j'avais vécu tout cela avec lui à Paris, j'aurais pu en conclure que l'homme était presque parfait.

Cependant, je vivais dans son camp et en même temps que je riais avec Ocalan, je constatais que les principes marxistes-léninistes de son organisation étaient appliqués avec une roideur si absolue et une absence si totale d'état d'âme que le sentiment central qui paraissait habiter les combattants était la peur. Comme dans la vieille armée prussienne, on craignait davantage ses chefs que l'ennemi. La discipline était extrême, impitoyable, les sanctions terribles. Je voyais parfois les plus proches adjoints d'Ocalan trembler littéralement devant lui au garde-à-vous quand ils avaient commis une erreur. C'était très pénible. Lorsque des unités opérationnelles rentraient de Turquie, il y avait des séances d'autocritique sur les combats menés en territoire ennemi ; ces séances se faisaient devant les images filmées au cours des attaques. C'était efficace et implacable.

Il y avait également des unités féminines dans le camp, composées de femmes venant de toute la diaspora, notamment de France. Elles tenaient toutes le même discours stéréotypé sur leur cause ; un discours bien rodé qui ne laissait la place à aucune interprétation personnelle, aucune liberté individuelle. On était loin du joyeux désordre des Kurdes d'Irak qui faisaient profession de démocratie.

Naturellement, ces conditions de vie, d'action et d'organisation du PKK étaient considérées par ses dirigeants comme la condition première de la survie du mouvement et le gage de sa réussite future – ce qui du point de vue de la stricte efficacité pouvait se défendre. Néanmoins, cela ne me satisfaisait pas ; je n'ai jamais eu dans mon ADN des préceptes du genre : la fin justifie les moyens.

L'expérience Ocalan s'ajoutait donc à d'autres pour m'inspirer beaucoup de défiance quant à la réalité des apparences affichées par les chefs rebelles d'où qu'ils viennent. Une fois dégagée de la gangue du romantisme, la révolte – révolutionnaire ou non – perd de ses attraits. Les chefs de guerre ont été, avec les hommes politiques, les premiers à m'apprendre que le langage sert davantage à tromper qu'à dire le vrai. Ces gens-là ne peuvent fonctionner que dans la désinformation – seuls les maîtres de la publicité et du viol des foules les surpassent, sans doute. De surcroît, le choix de la violence n'est jamais anodin. Il transforme n'importe qui et pousse invariablement aux extrêmes, même quand ils n'ont pas été choisis d'emblée. Il y a un fatalisme du choix des armes.

En résumé, l'éventuel aspect avenant d'un chef rebelle ne dit rien de sa vérité profonde. En être convaincu, c'est déjà être protégé du mensonge.

Pour la petite histoire et les leçons que l'on peut en tirer, j'aimerais préciser, avant de revenir aux Naga, qu'Ahmed Bamarni, qui avait commencé comme « rebelle aux pieds nus » dans les montagnes kurdes et m'avait amené chez Ocalan, finirait ambassadeur d'Irak en Suède après la chute de Saddam Hussein. Quant à son chef, le démocrate Djalal Talabani que j'avais connu en 1991 dans les mêmes conditions de dénuement misérable, il deviendrait, lui, président de la République…

D'une certaine manière, j'aime bien être le témoin des bons tours que l'histoire sait parfois jouer au destin.

Avec Kaplang, nous allons être plus proches des Kurdes d'Irak que de ceux de Turquie. Mais nous n'en sommes pas encore là. Après notre rencontre sur ce sentier des montagnes birmanes, nous remontons ensemble vers le village qui lui sert de quartier général, devisant côte à côte – en mauvais anglais – de banalités diverses dont je n'ai pas gardé le souvenir.

On nous installe dans une grande case, à la fois cérémonieusement et sans façon. Quelque chose dans les manières subtiles et délicates des Naga me rappelle le Japon : tout est d'une extrême politesse ; ce qui en soi ne veut rien dire mais traduit au moins la certitude d'un bon début…

Je suis en même temps tout à la joie profonde qui m'habite ; nous avons réussi à parvenir jusqu'ici et me voilà au cœur d'un monde neuf pour moi : la plus belle des émotions dans l'aventure. Je suis très sensible au bonheur intellectuel que représentent de tels moments dans une vie. Il semble alors que tout puisse être réinventé, renouvelé, imaginé devant l'inconnu qui s'offre. « Épuiser le champs du possible » n'est plus une vaine formule. Ces moments sont des états de grâce personnels. Je suis toujours prêt à payer le prix fort pour les vivre.

Au cours de notre séjour, nous allons rester aux côtés de Kaplang ou parcourir les différentes places de la forteresse naga. Nous prenons conscience en premier lieu de l'incroyable foi chrétienne qui anime les rebelles – et du « complexe de Massada » qui lui est associé. Kaplang se dit encerclé par des non-chrétiens, en butte à leurs persécutions : au nord, il doit composer avec les Chinois, communistes et athées ; au sud, se méfier des musulmans du Bangladesh toujours à l'affût ; à l'ouest, repousser les hindous de l'Inde qui briment ses frères ; à l'est, combattre sans cesse les bouddhistes birmans qui refusent toute indépendance aux Naga. S'il maintient fermement la chrétienté dans le réduit qu'il occupe, effaçant autant que possible les anciennes croyances animistes, c'est pour affirmer un élément supplémentaire de l'identité des Naga face aux peuples qui les entourent. Et cela dure depuis cinquante ans… Il est las mais déterminé. Vaille que vaille, année après année, il repousse les assauts de l'armée de Rangoon, parvient à la tenir à distance, à l'empêcher de prendre pied dans son bastion. C'est sa victoire quotidienne : tant qu'il tiendra les armes à la main ces arpents du territoire birman adossés à l'Inde – devenu, de fait, un État naga indépendant –, l'avenir de son peuple ne sera pas réduit à la volonté d'un pouvoir étranger.

Je découvre en même temps ce que peut être une guerre totalement oubliée du reste du monde, bien pire que l'Afghanistan des débuts : une guerre de pauvre ; de très pauvre même. Kaplang a installé un peu partout des camps militaires camouflés sous l'abri des forêts ; ils sont occupés par des centaines de combattants, très jeunes, disciplinés, déterminés. Le nombre de femmes est important. Les armes, hélas, sont peu nombreuses, vieilles et dépareillées pour la plupart : de vraies pétoires, peu d'armes collectives, pas d'armes lourdes. Pour l'entraînement, ces milliers d'hommes et de femmes ne disposent que de fusils de bois grossièrement taillés. Les voir manœuvrer dans ces conditions est un spectacle que je n'oublierai jamais : celui de gavroches courant en tous sens pour simuler assaut ou retraite, hurlant, frappant en cadence leurs faux fusils avec des bâtonnets de bois pour imiter le bruit de la mitraille, harcelés par les badines des instructeurs et leurs coups de sifflet incessants ; ceux-là sont habillés d'uniformes vert olive et coiffés de casquettes chinoises à jugulaire. Leurs élèves sont vêtus de guenilles, les visages noirs de crasse, mangés de pelades, visiblement affamés ; tous dorment dans des huttes de paille et de bambou, plus souvent à même le sol que sur des paillasses, mangent surtout du riz, n'ont jamais l'occasion de se distraire. C'est du Zola, c'est du Dickens.

La vie est implacable, la discipline rigoureuse : pas le choix. Et pourtant, une forme de joie est perceptible partout. La loi est dure, mais c'est la loi des Naga. Cela suffit.

Je n'ai pas connu la guerre d'Indochine, mais j'imagine que les Viêt-minh des années 1950 étaient comme ces Naga irréductibles : nombreux, spartiates, démunis, mais motivés malgré tout – ou peut-être à cause de cela. Il faut se méfier des loups maigres : ils n'ont rien à perdre, tout à gagner.

Dans ces camps, où nous vivons en toute simplicité au milieu des Naga, la journée commence par le salut aux couleurs comme dans toutes les communautés militaires souveraines ; une bien misérable cérémonie dans des conditions d'aussi grande pauvreté, mais exaltée par l'hymne national naga chanté en anglais à pleine poitrine ; un hymne dont les premières paroles sont « *God bless my Nagaland* » et qui s'achève par un cri de guerre :

« *Nagaland for Christ !* » Une telle proclamation dans de tels lieux me laisse perplexe de longues journées…

De semaine en semaine, nous constatons que l'organisation du territoire rebelle est à l'image de tout le reste : efficace quoique sans beaucoup de moyens. Partout il y a des postes de guet, des fortins pour contenir les premiers assauts ennemis, des barrages et des pièges pour ralentir son avance ; tous les chemins sont gardés et contrôlés. Des patrouilles d'hommes à pied les sillonnent sans cesse, des branchages passés dans leurs uniformes en guise de camouflage. Tous ces hommes sont issus des villages de la région ; l'imbrication entre les combattants et le peuple – dans la bonne vieille tradition léniniste – est une évidence et cimente l'indépendance du réduit naga.

Au final, l'impression générale est celle d'un mouvement de libération très pauvre mais rigoureux à la façon chinoise – seul pays qui accorde aux Naga quelques ressources, et influence manifestement leur doctrine de combat. Une organisation qui maintient l'unité des combattants et l'adhésion de la population, exigeant de tous une discipline consentie, comprise comme nécessaire à la survie collective ; la sécurité est assurée partout, la délinquance insignifiante, les dérives criminelles inexistantes. L'abandon des libertés individuelles au profit des règles et lois du « parti » est néanmoins une constante. On est en Asie. Rien à voir avec la plupart des luttes armées ailleurs dans le monde – à quelques exceptions près : PKK ou « Tigres » tamouls, par exemple. La règle commune est plutôt l'anarchie, la multiplication des partis, l'individualisme, les rivalités, l'éclatement des responsabilités, la pagaille bien souvent ; et s'il n'y a rien de tout cela, c'est l'arbitraire des dirigeants qui gouverne tout. Dans les mouvements africains, ce sont le banditisme et la corruption qui minent le plus souvent ces mouvements ; ils finissent par ne plus régner que sur des régions dévastées par la famine et la violence gratuite, comme en Ouganda ou en Somalie ; en Amérique du Sud, c'est le crime organisé qui s'empare bientôt des organisations politico-militaires, les détruisant peu à peu de l'intérieur et les déconsidérant à l'extérieur. Au Moyen-Orient, le cumul de ces deux fléaux peut être dévastateur pour les populations sous leur emprise, comme ce fut longtemps le cas au Liban.

Les organisations qui surmontent ces difficultés et prennent le pouvoir après de longues années de lutte n'en ont pas pour autant fini avec leur histoire personnelle : si elles n'y prennent garde, leur pouvoir dérive, imite celui qu'elles ont chassé, et les fait passer promptement du statut de victime à celui de bourreau, notamment envers leurs propres minorités… Je ne sais pas ce que cela donnera pour les Naga s'ils parviennent un jour à obtenir leur indépendance, mais cette transformation et ce processus, je les ai déjà vus à l'œuvre une fois : chez Hissène Habré à partir de 1981, après que les Libyens se sont emparés du Tchad. Dans les longs moments de méditation que nous laisse notre séjour chez les Naga, je repense souvent à ce moment de l'histoire tchadienne – tant voyager, c'est comparer. Hissène Habré et ses deux adjoints d'alors, Hassan Djamous et Idriss Deby – l'actuel président du Tchad –, s'étaient réfugiés dans un misérable village de la frontière soudanaise du nom de Koulbous ; il ne leur restait plus que deux mille hommes, mais ils étaient bien décidés à reconquérir un jour leur pays. Par un concours de circonstances inopiné et après un parcours tumultueux, je les avais retrouvés dans une simple hutte de ce village, démunis de presque tout, pourchassés de partout. Ils n'étaient plus rien, devaient faire face à l'adversité, à l'infortune, au malheur, à leurs vies menacées à chaque instant ; c'étaient des hommes aux abois comme je n'en avais encore jamais vu, cherchant désespérément les alliances qu'ils pouvaient encore nouer avec les adversaires de Kadhafi, le Soudan et l'Égypte en premier lieu ; ils n'avaient pas d'autre choix non plus que de rebâtir toute leur organisation militaire et civile en la repensant de fond en comble.

J'avais observé avec intérêt leur façon de faire, la remise en cause quotidienne qu'ils étaient contraints de réaliser sur leurs anciens modes de pensée ; c'étaient des gens très intelligents, endurcis par les épreuves de la vie, dégagés de tout scrupule par les nécessités mortelles de la guerre : des hommes capables de tout.

Puis j'avais amené sur place des amis comme Philippe de Dieuleveult et Rony Brauman de MSF afin de voir comment aider éventuellement ces Tchadiens sur le plan civil ; à mes yeux, ils étaient les agressés du moment, comme les Afghans l'avaient été, et tant d'autres après eux. Plus que jamais j'étais prêt à m'engager pour ce type de cause.

Au final, Hissène Habré avait su s'inspirer des doctrines léninistes pour les adapter aux spécificités du territoire et de la société tchadienne. En un temps record, il avait reconquis son pays et pris le pouvoir à N'Djamena. Par la suite, tout s'était passé conformément aux prévisions pessimistes de l'histoire – je dirais même aujourd'hui : conformément à une forme de déterminisme propre à ce type de mouvements de libération. Quelque chose que je ne connaissais pas encore à titre personnel, que j'observerais de loin avec regret, mais dont je tirerais les leçons : despotisme progressif d'Hissène Habré après une période classique « d'état de grâce » comme on dit plaisamment, montée en puissance du favoritisme tribal, minorités vite brimées comme précédemment, tentative de coup d'État par les anciens camarades, assassinat des vieux compagnons de route comme Hassan Djamous, prise de pouvoir final par le plus fort de toute la bande, Idriss Deby, qui y est encore… Pour le peuple tchadien, toute cette aventure sanglante n'avait été en quelque sorte qu'un retour à la case départ.

Tout ça pour ça.

Dans le réduit Naga de Kaplang, nous vivons une vie paisible entre camps militaires et villages traditionnels, marchant le jour dans ce « pays du bambou » qu'est le Nagaland, dormant la nuit où le hasard nous porte, souvent dans de grandes cases à véranda sur pilotis. Dans l'harmonie qui nous entoure et à laquelle je suis sensible, la guerre semble très loin. Il y a bien à un moment une tentative d'offensive de l'armée birmane, mais aux marches du territoire naga ; elle est vite brisée dans l'œuf par les avant-postes ; nous n'entendrons pas même un coup de fusil.

Nous bougeons sans cesse, allant et venant librement. Kaplang nous aime bien, je crois, comme ses différents lieutenants ; ce sont des gens agréables, de bonne compagnie, cultivés, dont je garde un souvenir ému – en dépit de tout ce que j'ai dit précédemment sur les chefs rebelles – tant leur solitude est sans limite dans ces montagnes perdues qu'ils ne peuvent jamais quitter. Je me suis toujours demandé ce qui se passait réellement dans la tête des réprouvés de leur espèce, ces êtres qui luttent leur existence durant pour une cause qui leur semble juste, ne connaissant des bonheurs de la vie que l'insécurité permanente, la souffrance, l'angoisse, la fatigue, les espoirs déçus, la crainte des lendemains qui ne chantent jamais, toutes ces choses dont les autres hommes ne veulent pas… On peine à imaginer l'énergie et la force de caractère qui sont nécessaires à ces hommes pour traverser la succession d'épreuves en quoi consistent leurs vies, surtout s'ils sont investis de responsabilités : tout est problème, tout est difficulté, les joies et les plaisirs sont rares, souvent insignifiants. Ces conditions extrêmes éliminent les plus faibles, développent chez les autres une ingéniosité jamais démentie, une grande intelligence des rapports de force, et des capacités de survie que l'on ne trouve chez aucun autre type d'homme. Hors de tout jugement éthique, il faut admettre qu'ils sont exceptionnels. Pour résister à la pression, à la mort possible chaque jour, à l'incertitude absolue de l'avenir, il leur faut une structure mentale bien particulière qui mène à une vision du monde incompréhensible aux hommes vivant dans les habitudes confortables de la norme.

Ceci également : entre le soldat d'une armée régulière qui, à tout instant, peut sentir derrière lui le soutient de l'État constitué qui est le sien et de la nation tout entière qu'il représente – avec toute la sécurité que cela implique, même au plus fort du danger – et le combattant d'un mouvement de libération qui n'a le plus souvent pour réconfort que la certitude de l'immense fragilité de son camp et de sa difficulté à exister, il y a plus que la différence abyssale des moyens matériels ; il y a un fossé psychologique majeur qui ne se comble que par une force d'âme supérieure. Ce pourquoi le soldat régulier est, d'une manière générale, inférieur individuellement au combattant irrégulier. Le premier cherche la plupart du temps à ménager sa vie, le second consent plus aisément à la perdre.

Le territoire naga de Birmanie est si bien défendu, si inexpugnable, si organisé, qu'il a donné refuge à tous les rebelles de cette partie du monde ; dans les conseils de chefs auxquels nous assistons, nous trouvons des hommes des mouvements de libération de Birmanie, de l'Assam, de l'Arunashal Pradesh, du Meghalaya, du Manipur, du Mizoram, de régions dont nous n'avons même jamais entendu parler… Tous ces hommes se retrouvent unis par leurs ennemis communs : l'Inde et la Birmanie. C'est un spectacle étonnant je dois dire que de voir ces guérilleros de peuples si différents, aux langues si distinctes, deviser entre eux d'un air docte sur les meilleurs moyens à employer pour combattre leurs adversaires, se soutenir les uns les autres et gagner un jour leur indépendance. Ils sont cérémonieux, polis, sérieux ; l'ambiance est sereine, on s'amuse presque de ces réunions où l'on se sent plus fort à plusieurs qu'isolé. Quant à notre petite équipe, elle représente pour eux une fenêtre inespérée sur un monde extérieur qui leur est interdit.

Kaplang nous convoque souvent pour « deviser sur le monde ». Il a mis deux ans avant de se décider à nous autoriser à venir ici – rien que de très naturel, la prudence était de rigueur : les hommes libres ont tant d'ennemis –, mais il apprécie maintenant l'intérêt que nous portons à son combat oublié. Nous ne sommes que peu de choses en vérité, il ne peut rien attendre de nous de très important, mais la considération que nous lui accordons, nous qui venons de si loin, lui apparaît comme une forme de réconfort moral – quelque chose de très subtil que j'ai constaté chez tous les réprouvés des causes perdues : se sentir moins seul par la seule présence d'étrangers… C'est donc un peu à cela que nous servons tout au long de notre séjour : à conforter Kaplang et ses hommes dans leur conviction intime que le monde extérieur peut s'intéresser à eux. Et je me sens coupable de cette illusion que j'essaie en vain de dissiper.

La fin de l'année 1997 arrive et nous passons avec Kaplang un étonnant Noël dans les montagnes. Il y a si peu pour faire la fête que chacun semble se forcer à la joie malgré les appels des cornes de buffle dans lesquels soufflent les hommes, les tambours de guerre qui résonnent dans les morungs comme des galops de chevaux, et les grands feux allumés partout dans les villages.

La messe de Noël a lieu dans l'église de bois d'un

hameau haut perché protégé par des unités de combattants ; une messe qui se déroule de jour puisqu'il n'y a d'électricité nulle part dans la région, et me paraît plus surréaliste que tout ce que j'ai vu jusqu'à présent – avec une foule mélangée de vieux coupeurs de têtes à barbiche recueillis dans leur foi nouvelle, des hommes enfouraillés de la tête aux pieds, des villageois endimanchés et des petites filles en robes de couleurs… On y chante des airs missionnaires venus d'Occident que j'ai déjà entendus à Tahiti ou au Burundi. Une autre forme de la mondialisation…

Une grande cérémonie traditionnelle suit cette messe ; elle réunit des délégations de toutes les tribus naga arrivées depuis peu des quatre coins du pays pour renouveler leur allégeance à Kaplang. Devant leur grand chef et son état-major installé sur un tertre, des guerriers tatoués dansent, chantent et hurlent leurs cris de guerre sur une vaste place de terre battue, armés de leurs longs coutelas et de leurs vieux fusils à pierre dont chaque coup dégage une épaisse fumée.

Catherine, Dominique, Sylvain et moi sortons cette nuit-là de nos sacs à dos les cadeaux de Noël que nous avons pris la précaution d'acheter en Inde avant de partir et que nous nous offrons mutuellement. Mais cette petite fête privée, organisée dans la case où nous nous trouvons cette nuit-là, sans rien à boire et rien à manger de chez nous, songeant aux nôtres restés au pays, n'a d'autre effet que de jeter une sourde nostalgie dans notre petit groupe de Français.

Notre séjour tire bientôt à sa fin. Il faut maintenant penser à rentrer. C'est là que notre histoire va virer au tragi-comique.

Dans ce genre d'affaire, une prudence extrême est nécessaire quand on repasse clandestinement une frontière dans l'autre sens. À l'aller, on peut considérer qu'il est toujours possible de réussir sans se faire repérer, pour peu que l'on joue sur l'effet de surprise et la promptitude de l'opération. Mais l'on doit considérer également que le temps est un élément défavorable pour un retour par le même chemin. En effet, si l'on séjourne longtemps de « l'autre côté » de cette frontière, il y a fort à craindre – comme en Colombie vingt ans plus tôt – que la nouvelle de ce franchissement clandestin ait fini par atteindre les autorités concernées, qui ont toujours des espions partout. Elles peuvent donc vous attendre sereinement sur le chemin du retour. C'est le moment le plus périlleux du voyage. Le danger n'est d'ailleurs pas, en général, sur la frontière elle-même, mais un peu plus loin, dans les villes et villages qui sont des « passages obligés ».

Kaplang est parfaitement conscient du problème ; nous en discutons à plusieurs reprises avec lui et il va mettre toutes ses ressources à notre service.

Nous partons par un matin comme tant d'autres, gagnant d'abord le village naga le plus proche de la frontière indienne. Jusque-là, tout se passe bien ; notre escorte est constituée d'hommes de la garde rapprochée de Kaplang et tout le monde leur obéit sans rechigner. Ils ont ordre de nous faire passer la frontière par des pistes isolées, comme à l'aller, et de nous remettre ensuite entre les mains d'autres Naga appartenant à leur organisation clandestine en Inde. Ces Naga ont pour particularité intéressante de faire partie… de la police indienne. Ils l'ont infiltrée et travaillent en sous-main pour leur peuple. Kaplang a jugé qu'ils seraient les plus à même de nous protéger en cas de difficulté. On va voir qu'il avait vu juste…

Mais nous allons vite nous rendre compte que l'Inde sait aussi rendre la monnaie de sa pièce à Kaplang ; les services de renseignements de New Delhi disposent d'un réseau efficace d'informateurs, naturellement constitué de

Naga à leur solde. C'est la règle dans ce type d'affrontement. Tous les camps sont infiltrés, il faut se méfier de tout le monde.

Un vrai jeu du chat et de la souris commence.

Nous passons d'abord la frontière de nuit, dans les montagnes, sans rencontrer aucune patrouille. Conformément à ce qui a été prévu, nous changeons d'escorte une fois arrivés sur le territoire indien et parvenons bientôt dans une petite ville dont j'ai oublié le nom. Notre nouvelle escorte n'a plus désormais qu'à nous transférer discrètement vers l'Assam dans un véhicule quelconque, chose relativement aisée puisqu'ils sont policiers ; l'Assam étant ouvert aux étrangers, nous pourrons y rejouer tranquillement notre rôle de touristes, gagner New Delhi et reprendre l'avion pour la France.

Mais à peine sommes-nous installés dans une maison anonyme, attendant que la suite s'organise, que les mauvaises nouvelles tombent : les Indiens ont semble-t-il déjà appris notre présence et des barrages sont en train d'être établis sur toutes les routes ; on nous cherche partout, les maisons suspectes commencent à être fouillées… Pas question de partir maintenant ; quant à la maison où nous avons trouvé refuge, rien ne dit qu'elle soit sûre très longtemps.

L'ambiance devient très lourde. Les Naga ne cessent de parler entre eux, manifestement inquiets et très énervés… La tension monte. Nous laissons faire, n'ayant aucune maîtrise sur la situation, mais plutôt confiants dans les hommes qui sont chargés de nous.

Au bout du compte, le chef de notre escorte trouve une solution qui semble satisfaire ses compagnons. Il se tourne vers nous et nous la détaille ; c'est une solution extrême, très surréaliste à mes yeux – voire comique vue sous un certain angle –, mais imparable si elle est bien exécutée :

« Il faut d'abord attendre que les choses se calment,

dit-il avec logique. Et pour attendre en sécurité, je ne vois qu'une solution : vous cacher dans la prison de la ville, là où personne ne songera à vous chercher… Cette prison se trouve à l'intérieur d'une enceinte militaire, mais ce sont mes hommes qui en ont la charge. Ce sont tous des policiers naga. On peut vous y faire entrer sans que nos camarades indiens de la police ne s'en aperçoivent. À côté des cellules, il y a les logements des gardes. On peut vous mettre là quelques jours. On repartira quand les barrages seront levés… »

Il rit déjà du bon tour qu'il se voit jouer à son propre gouvernement et semble maintenant très excité par son idée ; de notre côté, elle ne nous amuse qu'à demi : d'une certaine manière, nous allons nous jeter dans la gueule du loup. Le résultat final dépendra exclusivement de la fiabilité réelle de ces policiers naga et de leur fidélité à Kaplang. Si nous sommes pris, nous risquons des années de prison pour espionnage ; en Inde, on ne plaisante pas avec les entrées illégales en territoires interdits et les primes pour dénoncer les espions doivent être élevées dans les parages…

Nous nous rendons toutefois aux arguments de nos hôtes et une voiture de police officielle vient nous chercher quelques heures plus tard ; c'est dans cet équipage inédit que, le ventre un peu noué tout de même, nous franchissons le poste de garde d'un vaste camp militaire indien. Nous traversons ce camp et pénétrons un peu plus loin dans l'enceinte de la prison elle-même. On nous a revêtus de tartans naga, mélangés avec de vrais Naga, personne n'a fait attention à nous, nul ne s'est aperçu de rien…

Une fois dans la prison, je suis pris d'un mauvais pressentiment ; et si on nous mettait tout bonnement en cellule maintenant ? L'affaire serait faite en toute discrétion… Mais non ; les policiers nous installent à côté des cellules, dans de petites chambres certes spartiates mais confortables, avec de véritables lits et des tables. Il y a même un jardin clôturé où nous pourrons nous promener. Le responsable des lieux est un policier corpulent qui a tout du sergent Garcia dans *Zorro*. Excellent !

Nous allons passer là plusieurs jours ; des jours calmes et sereins. Un cuisinier a été mis à notre disposition, nous lisons, devisons, paressons. Chaque matin, le sergent Garcia vient nous rendre compte de la situation. Cela donne le premier jour quelque chose du genre : « Non messieurs, impossible de partir aujourd'hui, les barrages sont encore très actifs, nos camarades continuent à vous pourchasser : quatre Français dont une femme, c'est la fiche de recherche ; il faut attendre. En plus, il y a des émeutes dans toute la province, ça complique les choses. » Le deuxième jour : « Même situation, désolé, il faut patienter ; mais il n'y a rien à craindre dans l'immédiat et la nourriture est bonne, n'est-ce pas ? » Puis : « Nos chefs pensent qu'ils vous ont ratés et que vous êtes loin maintenant ; ils commencent à se lasser. » Enfin : « Les barrages sont levés, vous allez bientôt pouvoir partir… »

Un beau matin enfin, la voie est libre ; plus personne n'est à nos trousses. Une nouvelle voiture de police vient nous prendre dans l'enceinte de la prison et nous repassons le poste de garde du camp militaire – non sans un ultime et violent moment de stress…

Direction le Meghalaya maintenant. Cette région discrète et sa capitale Shillong ont été finalement choisies de préférence à l'Assam. Pour verrouiller leur affaire jusqu'au bout, les Naga préfèrent aussi que nous continuions le voyage dans le même véhicule de police ; en cas de contrôle inopiné sur la route, il y a peu de chance qu'il soit arrêté. Il le sera néanmoins, mais nous passerons les check points grâce au sang-froid du policier naga qui nous accompagne.

Et c'est ainsi que nous parvenons à Shillong, conduits par un policier à la fois naga et indien, qui a tout fait pour que nous échappions à la police de son propre pays. Je mesure une dernière fois le surréalisme de notre situation et l'efficacité de l'organisation de Kaplang.

À Shillong, nous redevenons de simples touristes. Nous sommes en principe tirés d'affaire.

Cependant, une dernière crainte me vient : je doute que les Indiens lâchent prise aussi facilement. À leur place, j'aurais averti tous les aéroports, les gares, les hôtels et communiqué nos signalements. Je dis à mes camarades :

« La police doit encore chercher quatre Français dont une femme, mais ils ne doivent pas en savoir davantage, même pas nos noms à mon avis, nous ne les avons jamais donnés ; il faut se séparer, au moins deux par deux, et jouer vraiment les touristes dans la région pendant quelques jours. Ensuite, nous prendrons l'avion pour New Delhi, mais séparément toujours. Nos visas indiens sont encore valides, cela devrait passer. »

Tout le monde s'accorde sur cette solution. Dominique ajoute :

« Il faut aussi se débarrasser des objets naga qu'on nous a offerts ; si on trouve ça sur nous, on est bons…

– Bien vu, camarade. Mettons-les dans des sacs à part ; on verra ce qu'on en fera plus tard.

– Je peux les confier aux étudiants birmans qui nous ont servi de relais, propose Sylvain. Comme ça, on pourra peut-être les récupérer un jour.

– Et tant qu'à faire, poursuit Catherine, cachons aussi les pellicules, nos carnets de notes et tout ce qui peut être compromettant. »

C'est l'évidence même ; nous nous mettons au travail pour modifier le contenu de nos sacs et, cette corvée achevée, nous séparons sur une poignée de main vaguement inquiète. Rendez-vous est pris à New Delhi. Je fais équipe avec Catherine ; Dominique et Sylvain restent ensemble.

Avec Catherine, nous trouvons un hôtel isolé, tout en bois, le Pine Wood – reliquat parfait de l'époque coloniale anglaise – et y passons quelques jours sans histoire. Et même très heureux. Nous sommes les seuls clients.

Lorsque nous estimons en avoir assez fait, nous laissons nos sacs compromettants au Pine Wood et regagnons les touffeurs de l'Assam tout proche ; comme n'importe quels touristes. Mais tout se complique à l'aéroport de Guwahati quand nous présentons nos passeports :

« Français ? Suivez-nous, nous avons des questions à vous poser. »

Allons bon, ce que nous craignions est en train d'arriver…

Catherine et moi sommes conduits dans des pièces différentes. Je me retrouve dans un bureau isolé, plusieurs policiers face à moi ; et ce ne sont pas des Naga cette fois… On fouille méticuleusement mes bagages : rien à dire, tout est clair, pas le plus petit objet compromettant pouvant signifier d'où je viens. Puis l'interrogatoire commence, courtois mais précis. Est-ce que par hasard je ne serais pas allé au Nagaland ? Qu'ai-je fait tout ce temps en Inde ? Du camping dans l'Assam ? Ah, je n'ai donc même pas d'adresses d'hôtels à fournir ? Non, évidemment…

C'est bien nous que l'on recherche. Mais les policiers sont embarrassés ; nous ne sommes pas quatre Français, Catherine et moi. Peut-être sommes-nous réellement deux touristes innocents. Comment savoir ? Finalement, et sans doute parce qu'ils n'ont pas d'autre choix légal, les policiers me rendent mon passeport et me laissent aller.

Je retrouve Catherine dehors ; elle a subi les mêmes fouilles et les mêmes questions, mais elle en a vu d'autres ; nous montons néanmoins dans l'avion en nous disant que tout n'est peut-être pas terminé.

Dominique et Sylvain nous raconteront plus tard avoir connu exactement les mêmes interrogatoires et s'en être tirés de la même manière : rien ne pouvait prouver qu'ils appartenaient à l'équipe des quatre Français qui était recherchée.

À New Delhi, nous remarquons que le petit hôtel de Connaught Place où nous nous installons est surveillé par des policiers en civil ; les portiers nous préviennent qu'ils les interrogent sur nos faits et gestes. Mieux vaut donc continuer à jouer les touristes avant de rentrer en France. Sait-on jamais ? D'autant qu'il va falloir récupérer nos sacs laissés à Shillong, et qu'il ne faudra avoir personne derrière nous…

Et nous voilà reprenant l'avion Catherine et moi ; pour le Rajasthan cette fois… Une région réellement touristique… S'ensuivent dix jours de promenades entre la superbe cité de Jaisalmer à faire du chameau, et Jodhpur à visiter les palais des anciens maharadjas. Je ne me reconnais plus… Mais au moins prenons-nous du bon temps. À la suite de quoi, nous revenons à New Delhi. Cette fois, nous ne notons plus aucune présence policière sur nos talons. Nous avons dû finir par convaincre que nous n'étions pas les Français du Nagaland…

Nous retrouvons discrètement Sylvain et Dominique dans un hôtel. Après un rapide conciliabule, nous jugeons qu'ils peuvent désormais rentrer en France avec Catherine, mais dans des avions séparés, tandis que je resterai pour m'occuper de nos sacs restés à Shillong.

Une fois mes trois camarades partis, je retourne au Meghalaya en avion, et récupère en catimini nos sacs au Pine Wood Hôtel, à l'exception de ceux contenant les objets naga – dans un dernier réflexe de prudence. Nous ne les reverrons jamais.

Cela fait, je prends le train pour New Delhi et rentre en France à mon tour.

Mais l'affaire ne s'arrête pas tout à fait là. Quand le film de notre équipée est diffusé l'année suivante sur une chaîne française, l'ambassade d'Inde à Paris tente de le faire interdire ; n'y parvenant pas, elle me signale, furieuse, que désormais je serais *persona non grata* en Inde. C'était à prévoir.

Deux ans plus tard, cependant, je m'aventure avec la jonque *La Boudeuse* aux îles Andaman, territoire excentré de l'Empire indien dans l'océan du même nom. J'ai l'intention d'entrer en contact avec les Jarawa, un minuscule peuple indigène dont New Delhi interdit l'accès à quiconque. Tout ce que l'on sait des Jarawa, c'est qu'ils vivent comme aux premiers temps de l'humanité et seraient aujourd'hui en voie de disparition, victimes de la politique de développement du gouvernement indien.

Après le Nagaland, l'entreprise avait peu de chance d'aboutir, mais je voulais la tenter malgré tout, voir ce qu'il en était vraiment des Jarawa.

Comme il fallait s'y attendre, les Indiens m'en empêchèrent et je subis les pires avanies aux îles Andaman : arraisonnement en pleine mer par un patrouilleur militaire, intimidations de l'équipage, menaces diverses, fouilles multiples du navire pendant deux semaines – suivies d'une perquisition en règle – interrogatoires, suspicion de trafic d'armes au profit de je ne sais plus quels rebelles, et j'en passe… L'une des périodes les plus désagréables de ma vie.

Finalement, tout a bien un prix sur terre…

20

Le passage clandestin de frontière le plus invraisemblable qu'il m'ait été donné d'entreprendre a eu lieu seize ans avant celui du Nagaland ; au cours de l'hiver 1981 très exactement, entre ce qui était encore la Tchécoslovaquie et la Pologne, au temps du fameux « rideau de fer ».

À cette époque, l'Union soviétique existait encore et le monde était bipolaire ; l'Armée rouge occupait l'Afghanistan, les deux blocs luttaient entre eux depuis plus de trente ans par nations interposées, et la Pologne du pacte de Varsovie menaçait de se rebeller avec à sa tête un certain Lech Walesa soutenu par son syndicat ouvrier, Solidarnosc.

Ces mouvements de l'histoire polonaise étaient survenus pour moi entre deux séjours en Afghanistan. Et l'on parlait d'une intervention possible de l'Armée rouge à Varsovie ; comme deux ans plus tôt à Kaboul. Les Polonais me semblaient donc, à tort ou à raison, risquer les mêmes maux que les Afghans. Je m'étais alors précipité chez mon éditeur chercher quelques fonds pour partir à Varsovie voir de quoi il retournait. Le prétexte était tout trouvé : si les Soviétiques débarquaient, j'écrirais le livre de ces événements comme en Afghanistan l'année précédente et Pascal Manoukian en ferait les photos ; après quoi, je pourrais m'engager auprès des Polonais pour ce qu'ils voudraient bien me donner à faire. Bref, je suivrais le même chemin qu'en Afghanistan. Telles étaient mes intentions profondes.

Mon éditeur m'avait octroyé avec un soupir les fonds demandés et je m'étais retrouvé en Pologne avec le solide Manoukian. Nous avions sillonné le pays dans tous les sens, partout où les événements grondaient ; j'avais bien aimé les Polonais. Leur désir de liberté était irrépressible, très enthousiasmant, et Solidarnosc l'incarnait. J'étais stupéfait de l'ampleur des manifestations de rue, de la ferveur que l'on y trouvait, des masses humaines que ce désir de liberté soulevait. Nous nous étions fait des amis un peu partout.

Finalement, l'Armée rouge n'était pas intervenue, le livre était parti aux oubliettes, et j'étais retourné en Afghanistan, bien content pour les Polonais.

Mais en cet hiver 1981, la situation avait brusquement basculé. Devant les poussées de Solidarnosc et la menace d'une révolte générale, Jaruzelski, le chef de l'État, avait décrété l'État d'urgence et fermé toutes les frontières. En vingt-quatre heures, la Pologne s'était retrouvée coupée du monde ; plus aucune nouvelle ne filtrait, plus personne ne pouvait entrer ou sortir du pays, nul ne savait ce qui s'y passait, le black-out était total. Le monde entier craignait une remise au pas définitive du peuple polonais.

Il fallait aller voir.

Le prétexte pour moi fut vite trouvé cette fois : les journaux étaient prêts à donner n'importe quoi pour obtenir des informations. Qu'à cela ne tienne : Pascal Manoukian et moi tenterions d'entrer en Pologne pour les leur fournir, via une agence aujourd'hui disparue, mais d'un poids considérable à l'époque : Sygma. Le travail de reporter indépendant était un moyen d'action qui avait ses avantages et je devais beaucoup l'employer jusqu'en 1984 – j'aurais même une carte de presse au cours de cette brève période. À l'époque de l'expédition au Congo, j'avais même songé à devenir reporter pour de bon et j'avais rencontré Manoukian dans une école de journalisme parisienne. Mais le journalisme obligeant au simple témoignage, je n'avais pas donné suite.

Notre aventure polonaise commence très mal. Nous tentons d'abord d'entrer dans le pays de manière normale, par l'Allemagne de l'Est ou la Tchécoslovaquie, en train et en avion. Sans succès : comme tout le monde, nous sommes refoulés à chaque fois. Sur la frontière, l'ambiance est délétère, sinistre, toute en noir et blanc. Il fait un froid terrible et il y a des soldats partout, dans de grandes capotes grises, les visages fermés. On ne passe pas…

Après plusieurs échecs, nous nous retrouvons à Prague chez une de mes amies, du nom d'Iréna Kreschova. Elle nous console comme elle peut de nos insuccès. Un soir, dans son appartement, je lui dis après avoir longuement parlé avec Pascal :

« Iréna, je crois qu'il n'y a plus qu'un seul moyen pour entrer en Pologne : clandestinement, à pied, dans un coin de frontière isolé. Tu ne connaîtrais pas quelqu'un qui pourrait nous servir de passeur ? Il faut absolument que nous parvenions à Varsovie. On veut savoir ce qui se passe et ce qu'est devenu Lech Walesa… »

Iréna se récrie aussitôt ; elle partage nos vues quant à l'aide à apporter aux Polonais, mais à l'entendre, ce n'est même pas la peine de demander à un Tchèque de nous aider pour un projet aussi insensé ; il nous en coûtera au moins cinq ans de prison si nous nous faisons prendre…

Nous sommes très ennuyés. D'autant que depuis notre séjour précédent en Pologne, nous avons avec nous un atout qui nous semble décisif pour séjourner clandestinement dans le pays : la clef de l'appartement d'une autre amie de Varsovie qui habite rue Mokotovska, à deux pas du siège de Solidarnosc. Nous lui avions demandé de garder cette clef dans l'hypothèse, justement, d'un retour précipité et anonyme si les choses tournaient mal.

Puisqu'il paraît évident à Iréna qu'aucun Tchèque ne se risquera à participer à l'aventure, nous décidons d'y aller seuls, Pascal et moi.

Notre idée est simple, mais il ne va pas être facile de la mettre à exécution : traverser la frontière de nuit par les montagnes, trouver de l'autre côté une petite ville polonaise pour y contacter secrètement des prêtres – l'église est alors la meilleure alliée des opposants polonais – et les convaincre de nous emmener d'une manière ou d'une autre jusqu'à Varsovie. Nous nous voyons très bien effectuer cette dernière partie du voyage déguisés en curés… Parvenus rue Mokotovska, nous pourrons nous dissimuler dans l'appartement de notre amie et voir venir.

Nous préparons notre « expédition » en deux jours ; le temps presse. Nous achetons d'abord des vêtements susceptibles de ne pas nous trahir : vieux jeans, bonnets d'ouvriers, gants de laine, parkas, petites musettes de toiles ; habillés ainsi, nous ressemblons à deux jeunes des pays de l'Est comme on en rencontre un peu partout… J'ajoute à cet équipement une petite boussole – hélas très sommaire – et une lampe torche.

Cela fait, je me procure un guide de voyage dans une agence de tourisme. Il comporte quelques cartes des zones limitrophes avec la Pologne ; nous devrons nous en contenter. Tenter d'acheter des cartes plus précises dans un pays du pacte de Varsovie, en cette période de tension internationale, pourrait paraître vraiment trop suspect.

Je cherche dans ce guide une ville tchèque qui ait en vis-à-vis une ville polonaise suffisamment proche pour être atteinte en une dizaine d'heures de marche au maximum. Faute de quoi nous aurions à progresser de jour et nous ne passerions pas inaperçus. De surcroît, ces deux villes ne doivent à mon avis être ni trop grandes – pour que nous ne nous y perdions pas faute de plans – ni trop petites – pour éviter que nous soyons repérés trop facilement.

Je finis par trouver quelque chose qui semble convenir : deux gros bourgs assez isolés dans la campagne, séparés par des reliefs peu élevés. Ces derniers doivent être couverts de forêt et crouler sous la neige en cette saison, mais nous ne devrions pas mettre plus de huit heures pour les traverser si nous ne traînons pas en chemin. Impossible de dire, en revanche, si nous nous heurterons à des hameaux ou à des villages entre les deux villes ; ou à autre chose. Les cartes du guide de voyage sont à une échelle hélas beaucoup trop grande pour fournir ce genre de détails. Celle que je vais devoir utiliser – puisque c'est moi qui serais chargé de la « navigation –, n'est pas plus grande qu'une feuille de format A5…

Avec une telle carte et si peu de renseignements, en marchant en outre de nuit et sans lumière, je ne suis pas certain de parvenir à coup sûr à destination avant que le jour ne se lève. Je le dis à Pascal sans détour : nous sommes contraints à l'improvisation la plus totale et je n'aime guère cela compte tenu de l'enjeu ; il hausse les épaules. Nous en avons vu d'autres tous les deux, semble-t-il dire, et on s'en est toujours tiré, n'est-ce pas ?… Alors, à quoi bon s'en faire. De toute façon, nous sommes décidés à y aller quoi qu'il arrive. Alors, concentrons-nous sur la résolution des problèmes pratiques plutôt que de réfléchir trop longtemps aux risques encourus.

Je sais gré à Manoukian de partager cette manière de voir et de me faire confiance. Depuis l'Amazonie, nous avons fait un bon bout de chemin ensemble, toujours avec la même satisfaction je crois, et nous nous retrouverons encore dans bien des situations difficiles par la suite, au Maroc pendant la guerre contre le Polisario, ou au Liban. La confiance réciproque que nous nous portons est ce qu'il y a de plus essentiel dans une entreprise comme celle que nous préparons à Prague : l'imprévu sera notre lot quotidien, l'adaptation permanente aux événements une nécessité. Il faudra garder son sang-froid tout au long de l'aventure, se comprendre à demi-mot, se soutenir dans les épreuves, préférer la solidarité au cavalier seul ; je sais Pascal d'une solidité aussi souple que tranquille face à ces exigences ; sa force d'âme ne se découvre qu'à l'usage tant son apparence est calme et paisible, mais alors elle résiste à tout. Dans les pires situations, Manoukian sait même s'en tirer par un humour joyeux dont je suis généralement dépourvu ; et j'admire la présence d'esprit dont il peut faire preuve dans les coups durs.

Nos préparatifs achevés, nous quittons la sécurité de l'appartement d'Iréna pour gagner en voiture la petite ville tchèque choisie comme point de départ ; il neige abondamment et il fait froid. Moi qui aime les pays chauds, j'appréhende la longue nuit de marche qui nous attend bientôt. Tout a l'air triste autour de nous ; le ciel est sale comme une vitre souillée de boue. Mauvais présage, me dis-je, avant de chasser cette pensée inutile.

Parvenus dans la ville, nous cherchons à passer inaperçus. En déambulant dans les rues, nous tombons sur un cinéma ; il projette en séance permanente un film français avec Annie Girardot. La cachette idéale. Nous restons tout l'après-midi dans de mauvais fauteuils de velours à nous demander comment quitter cet endroit de nuit, à pied, vers les montagnes, sans nous faire aussitôt repérer.

Je ne me rappelle pas avoir réellement regardé le film et je n'ai pas retenu son nom. Je me souviens surtout de ces heures dans le noir comme d'intenses moments de réflexion où l'excitation du danger se mêle à l'angoisse sourde qui commence à monter en moi ; je me rends bien compte que notre entreprise est une folie ; toutes les conditions sont réunies pour nous mener à la catastrophe, à commencer par le manque presque total d'informations. Mais Dieu sait pourquoi, je ne nous vois pas capturés et emprisonnés. Mon instinct me dit que tout va bien se passer et je lui fais confiance, comme souvent. Et puis, le défi qui consiste à traverser clandestinement une frontière du rideau de fer dans un moment d'aussi grande tension m'aiguillonne quand même un peu…

Au soir, nous n'avons découvert aucune solution pour quitter la ville en toute discrétion, mais il faut nous résigner à sortir du cinéma ; on finirait par se demander ce que deux spectateurs peuvent bien trouver à un film qu'ils ont déjà vu au moins trois ou quatre fois…

À l'extérieur, nous cherchons de quoi manger. Dans un restaurant, nous rencontrons un Franco-Algérien qui nous invite à sa table, tout heureux de pouvoir parler français ; voilà déjà un bon alibi pour attendre la nuit et voir venir. Nous trinquons avec lui ; l'homme est un habitué des lieux depuis des années. Il nous explique que vu son salaire en France, il a depuis longtemps décidé de prendre toutes ses vacances dans un pays de l'Est comme la Tchécoslovaquie où les prix sont imbattables ; ici, il peut se donner l'illusion d'une vie de nabab et jouer au « richard », comme il dit, en nous montrant fièrement les filles qui s'empressent autour de lui. Noël approche et il compte bien passer des fêtes fastueuses.

Au royaume des aveugles…

Afin de glaner des informations sur la région, je demande à Pascal de faire boire l'animal, quitte à s'enivrer un peu lui-même – à l'époque, je suis d'une sobriété absolue, mais je me rattraperai par la suite… Pascal se dévoue sans rechigner et notre nouvel ami nous raconte bientôt tout ce qu'il sait ; nous apprenons qu'il existe au nord de la ville un petit village encore plus proche de la frontière, mais surtout réputé pour ses filles prétendument faciles. Une idée germe aussitôt dans nos têtes. De ce village, il devrait être aisé de disparaître dans la nature et le prétexte pour nous y rendre est tout trouvé : chercher des filles.

Aux environs de vingt-deux heures, nous quittons notre « ami » déjà prêt à démâter et dénichons un taxi ; nous lui racontons venir de Paris et avoir rendez-vous dans le village en question avec deux de ses superbes compatriotes ; elles nous attendent impatiemment pour faire la fête et nous sommes pressés. Ce discours plaît manifestement au chauffeur qui nous embarque avec un rire de grasse complicité masculine ; en voilà un au moins qui n'ira pas signaler à la police deux étrangers qui lui auraient paru suspects…

Nous roulons un long moment dans la nuit obscure. Très tendus. L'épreuve approche et mon esprit s'évade : qu'allons-nous trouver devant nous ? Que nous réserve le destin ? De quel côté va se trouver la chance ? Je chasse ces mauvaises pensées ; surtout se concentrer sur l'aspect pratique des choses, ne penser à rien d'autre. Mais j'aimerais déjà être à demain et que tout soit terminé…

Parvenu à l'orée du bourg, le taxi nous demande l'adresse exacte de nos deux « fiancées » ; l'affaire se complique. L'endroit est désert et il y a peu de lumières dans les rues. Tout semble endormi. À tout hasard, Pascal indique au chauffeur une maison pourvue d'une longue allée fermée par un portillon. Très bonne idée ; le temps que nous parcourions l'allée, le taxi aura eu tout le temps de partir sans se rendre compte que nous ne pénétrons pas dans la maison…

Le chauffeur nous dépose devant le portillon ; par chance, il n'est pas fermé à clef ; nous remontons l'allée lentement, faisant mine de deviser entre nous, de perdre quelque chose à nos pieds. Le taxi, qui ne semblait pas pressé de repartir, finit par s'en aller quand même. Lorsque ses phares disparaissent au détour des maisons, nous rebroussons précipitamment chemin pour revenir dans la rue. Heureusement, il n'y a pas âme qui vive alentour. Avec ce froid, tout le monde est calfeutré chez soi :

« Et maintenant ? » demande Pascal.

Je sors ma boussole, la page que j'ai arrachée dans le guide de voyage et la petite lampe torche ; je calcule rapidement notre route.

« Tout droit par là, dis-je en indiquant une série de champs qui s'ouvrent sur notre droite. La Pologne est à une trentaine de kilomètres à mon avis. »

Aujourd'hui encore, je revois nettement ces champs dont la blancheur parvenait à percer les profondeurs de la nuit. Il y avait également un peu de lune, je crois. À l'horizon, on devinait une ligne de hautes collines sombres. C'était un spectacle impressionnant dans le silence.

Je respire un grand coup, conscient des risques que nous allons prendre dès l'instant où nous quitterons cette rue déserte pour nous lancer à travers champs ; mais pas question de reculer maintenant.

Nous traversons la rue en surveillant une dernière fois nos arrières : toujours personne.

Une marche hallucinante commence.

Nous franchissons ces premiers champs sans trop de peine, de la neige jusqu'aux genoux, grimpant peu à peu vers l'enchevêtrement de collines qui nous fait face ; ces hauteurs sont couronnées de forêts de sapins dont les arbres me semblent être soudain comme autant de soldats alignés en rangs serrés qui nous attendent, immobiles et menaçants. Et s'il y en avait vraiment, me dis-je brusquement, cachés derrière ces arbres ? Je réfrène mon imagination avec peine ; allons, ne nous laissons pas intimider par ces paysages…

Après avoir atteint le sommet des collines, nous avançons plusieurs heures durant, montant et descendant dans des paysages rendus fantasmagoriques par notre inquiétude ; nous échangeons peu de paroles Pascal et moi, concentrés sur les efforts à fournir, économisant nos forces et notre souffle, tous nos sens aux aguets ; nous ne savons pas où se trouve précisément la frontière et craignons des patrouilles ou des postes de garde dissimulés au milieu de la forêt.

Il fait de plus en plus froid et nous ne sommes pas équipés en conséquence. Mais emporter le matériel nécessaire aurait pu paraître suspect. Mieux vaut souffrir un peu. Au moins, il n'y a pas de vent ; mais je sens mes pieds durcir peu à peu, mes mains devenirs de plus en plus insensibles sous mes maigres gants de laine.

La neige cache les innombrables obstacles du sol et nous trébuchons à tout propos, tombant souvent, nous relevant en maugréant contre le sort. C'est une constante dans l'aventure que de maudire les épreuves dans lesquelles on s'est volontairement jetés alors que l'on aurait pu rester paisiblement chez soi. On se dit alors : mais qu'est-ce que je fais ici ? Et quand tout est achevé, on conclut par : ça valait vraiment la peine de vivre une expérience pareille ! Alors, on recommence.

Lorsque nous devons franchir les ravins qui surgissent de temps à autre sous nos yeux, nous nous enfonçons jusqu'à la taille dans une neige pulvérulente comme de la farine. Nous sommes bientôt trempés et gelés ; nous raccourcissons d'autant les dix minutes de pause que nous nous accordons toutes les heures. Rester assis dans cette neige à grelotter devient plus redoutable que de marcher sans interruption.

Nous n'utilisons la lampe que pour consulter la carte

à intervalles réguliers, très brièvement, dissimulant le rayon de lumière entre nos mains. À chaque fois, je recalcule la route et corrige notre cap le plus soigneusement possible. Si je rate l'arrivée sur la ville polonaise, nous risquons de nous retrouver en pleine campagne au lever du jour… Triste perspective à coup sûr. Mais ces corrections de route sont ardues à établir : notre vitesse de progression n'est jamais la même et nous devons louvoyer sans cesse entre les obstacles. Je passe mon temps à calculer et recouper mentalement nos changements de cap et nos temps de marche ; au moins cela m'occupe…

De temps à autre, de lointains aboiements de chiens nous mettent en alerte : une ferme isolée probablement. Nous modifions notre route et le silence revient, à peine troublé par le crissement régulier de la neige sous nos pas.

Nous devons être à mi-parcours quand nous entendons brusquement le cliquetis caractéristique d'une sonnette de bicyclette. Nous nous jetons à plat ventre dans la neige, le cœur battant. Bien nous en prend : une colonne d'hommes à vélo surgit tout à coup de l'obscurité en ombres chinoises, passant face à nous sur une déclivité : une route ! À moins de vingt mètres. Nous n'avions rien vu. Il me semble discerner des fusils sur le dos des hommes… Une patrouille militaire. Nous devons être sur la frontière. La colonne passe et disparaît, le silence revient très vite. Nous attendons encore un moment par sécurité, toujours allongés dans la neige, très excités :

« Allons-y maintenant ! »

Nous nous redressons, et courons droit devant nous. Je sens sous mes pieds le sol dur d'une route très étroite et gelée, puis la neige meuble à nouveau qui me monte jusqu'aux cuisses et que je dois pousser à grands coups devant moi.

Nous sommes sûrement en Pologne maintenant.

Notre marche hallucinée reprend, fantomatique et

irréelle au milieu d'une nouvelle forêt. Il ne reste plus que quelques heures avant l'aube. Nous pressons notre allure, inquiets, trébuchant de plus en plus dans l'obscurité, éreintés maintenant. Nous grimpons le long d'une nouvelle colline, cherchant les passages les moins abrupts, tombant, nous relevant encore.

Et puis, les reliefs déclinent peu à peu ; nous redescendons vers une plaine. Une ou deux heures passent à nouveau, interminables. Nous franchissons une succession de ravins, dévalons une nouvelle pente et, en contrebas, découvrons une route assez large. Nous restons un long moment à épier les environs, cachés derrière des arbres. Tout est désert, le silence est total.

Nous pouvons y aller.

Un panneau indicateur est planté au bord de la route ; nous nous en approchons prudemment, surveillant toujours les alentours, n'osant pas allumer notre lampe dans cet espace dégagé. Nous levons la tête vers le panneau, presque à le toucher pour discerner quelque chose, et une onde de joie monte à ma tête : le nom de la ville polonaise y est inscrit en lettres noires sur fond blanc… Nous avons réussi ! Nous sommes presque à l'entrée de la ville.

Mais pas le temps de se réjouir. Des bruits de moteurs se font entendre derrière nous, lointains mais menaçants ; nous nous précipitons dans le fossé, recouvrant de neige nos vêtements trop sombres à notre goût. Bientôt, un convoi de véhicules militaires, tous phares allumés, déboule au-dessus de nos têtes avec fracas et disparaît en direction de la ville. Le silence revient. Tout s'est passé très vite.

Nous quittons notre fossé, frigorifiés, et prenons le parti de marcher le long de la route, l'un derrière l'autre, sans plus penser à rien. Deux ou trois fois encore, le passage de voitures nous jette à plat ventre sur les bas-côtés pour de longues minutes de peur contenue. Le jour se lève comme nous voyons apparaître enfin les éclairages ténus de la ville.

Nous pénétrons dans les faubourgs avec une angoisse mêlée de fébrilité. Tout peut arriver désormais… C'est l'instant de vérité, me dis-je, ou quelque chose d'approchant, et il va falloir garder son sang-froid : jusqu'à présent, nous avons couru beaucoup de risques, mais nous nous sentions d'une certaine manière protégés par le ventre obscur de la nuit ; maintenant, nous devons nous mettre à nu et c'est un sentiment désagréable, très oppressant. L'impression d'être désossés. Allons, ce n'est pas le moment de se laisser impressionner…

Nous avançons au milieu des premières maisons : le spectacle est d'une tristesse sans nom : la ville s'éveille et la lumière jaune qui coule des lampadaires au milieu des rares flocons de neige venus du ciel éclaire les ombres blafardes des passants ; ils vont sans bruit, emmitouflés chaudement, et se croisent à pas pressés tels des fantômes. Des portes s'ouvrent dans les façades, d'autres ombres en surgissent et se mêlent à celles des rues dans un flot humain qui gonfle peu à peu ; des hommes et des femmes passent à nous toucher sur les trottoirs et je n'ose regarder leurs visages de crainte de me trahir ; mais personne ne nous prête attention. Chacun va à ses affaires d'un air morne. Quelques vieilles voitures glissent lentement dans les rues, presque sans bruit.

Nous progressons droit devant nous, au hasard, nous demandant bien comment trouver une église pour entrer en contact avec des prêtres comme le prévoient nos plans. Mais pas le moindre clocher en vue. Je compte sur la chance, mais il ne faut pas qu'elle tarde… La crainte d'être abordés par quelqu'un pour une raison ou une autre me serre le ventre ; nous parlons à peine quelques mots de polonais et nous serions aussitôt découverts. Je me souviens avoir pensé : pourvu que personne ne vienne me demander l'heure. Et m'être dit : bon, je jouerai au sourd-muet…

Parvenus à un carrefour, nous apercevons un barrage militaire, nouvelle preuve tangible de l'état d'urgence décrété en Pologne. Une onde d'angoisse me traverse la poitrine ; mais nous avons vu à temps le barrage et prenons aussitôt une rue perpendiculaire. Les militaires ont l'air de contrôler tous les passants, mais ne quittent pas leur poste. Nous avançons encore au hasard et je me dis que nous n'allons pas tenir longtemps comme ça, à errer dans les rues sans même pouvoir nous réfugier dans un café. Jamais je n'ai autant regretté d'ignorer une langue étrangère.

Et soudain la chance vient à notre rescousse d'une manière inattendue : les cloches d'une église se mettent à retentir au loin, fraîches et pures dans le jour qui se lève ; l'appel à la messe du matin. Je bénis le catholicisme fervent des Polonais.

« Pascal, on se dirige à l'oreille vers ces cloches… »

Nous trouvons l'église quelques rues plus loin, ses portes grandes ouvertes, accueillant déjà les premiers fidèles qui se pressent dans l'entrée. Nous nous mêlons à eux et pénétrons à l'intérieur, emplis de soulagement et rassurés par le silence. Nous avisons une série de bancs un peu à l'écart et nous installons sur l'un d'eux à genoux, côte à côte, faisant mine de prier. Nous devrions être tranquilles un moment ; autour de nous, chacun est abîmé dans le recueillement.

Nous faisons le point à voix basse : comment contacter un prêtre ? La messe n'a pas l'air de vouloir commencer tout de suite. Pascal me dit :

« Il y a un confessionnal à côté, tu as vu ? Et des gens qui attendent. Je pourrais en faire autant ; quand ce sera mon tour de me confesser, j'expliquerai notre cas au prêtre. Je me débrouille en allemand et il y a des chances pour qu'il le parle.

– C'est une très bonne idée, vas-y… »

Et j'ajoute pour moi-même dans le premier moment d'humour décalé de toute cette affaire : « Confesse bien nos péchés, camarade, on va en avoir sacrément besoin… »

Pascal s'installe près du confessionnal ; les minutes passent interminablement. Je me sens très fébrile sur mon banc, littéralement engourdi par le froid, pieds et mains gelés. L'attente me paraît presque insupportable. Où tout cela va-t-il nous mener ?

Enfin, le tour de Pascal arrive. Il entre d'un air humble dans le confessionnal, disparaît derrière le rideau. Je continue à faire semblant de prier, le visage entre les mains, observant discrètement ce qui se passe entre mes doigts écartés.

Cinq minutes ne se sont pas écoulées que je vois tout à coup le prêtre sortir du confessionnal d'un air très agité, sa soutane noire toute tremblante. Pascal apparaît aussitôt de l'autre côté et retrouve le prêtre derrière un pilier où il s'est réfugié ; d'un signe discret, il me fait signe de les rejoindre.

Le prêtre est jeune, avec un visage rond partagé entre peur et ahurissement. Évidemment, il ne s'attendait pas à ce que deux Français déboulent de nulle part pour lui demander de l'aide dans de telles circonstances…

« Il parle allemand, me dit Pascal ; je lui ai tout expliqué et ça l'a terrorisé. La situation est très dure paraît-il avec la police. Mais il est d'accord pour parler de nous à son supérieur. En attendant, il veut bien nous cacher dans le presbytère. »

Nous suivons l'homme, très fébrile, quittant l'église par une porte adjacente donnant sur une cour. Le presbytère se trouve derrière. Nous montons des escaliers, traversons un couloir, pénétrons dans une petite chambre avec deux lits. Le prêtre nous dit d'attendre là ; quelqu'un va nous apporter des vêtements secs et de quoi manger.

La porte se referme. Nous tombons sur les lits, éreintés par cette nuit de marche et le manque de sommeil. Nous ôtons nos chaussures et tentons de trouver un peu de repos, somme toute rassurés par l'attitude du prêtre. Nous sommes provisoirement en sécurité.

On frappe à la porte : un jeune diacre entre sans mot dire avec les vêtements promis, du thé et des gâteaux. Affamés, nous nous jetons sur ces derniers ; après quoi nous nous changeons, réchauffons nos pieds comme nous pouvons et nous endormons d'un coup, ne cherchant plus à savoir ce que nous réservera l'avenir. Nous verrons bien. *Inch Allah*… Au moins avons-nous réussi la première partie de notre plan.

De nouveaux coups à la porte nous réveillent : c'est le prêtre, accompagné de son supérieur, un homme affable, mais visiblement très angoissé lui aussi. Qu'attendons-nous au juste ? Son aide ? Il nous affirme en se tordant les mains que notre présence ici met en danger la sécurité de sa communauté. Il voudrait bien nous aider à entrer en contact avec Solidarnosc, mais c'est très dangereux. Le pays est sens dessus dessous et la police se montre d'une grande brutalité. On ne sait rien de ce qui se passe au juste ; la confusion est extrême, les arrestations d'opposants nombreuses. Il ne sait quoi faire de nous…

Nous lui demandons s'il peut simplement nous emmener sur Varsovie déguisés en prêtres, accompagnés de gens de son église. Rien d'autre. Ensuite, nous nous débrouillerons seuls. Nous savons où nous cacher à Varsovie. Il nous regarde avec des yeux déboussolés, stupéfait d'une telle demande ; il faut qu'il réfléchisse, bien sûr ; l'affaire est hautement dangereuse. Il y a des barrages sur toutes les routes et des contrôles incessants, même dans les trains.

Il s'en va sur ces mots et nous nous rendormons beaucoup moins rassurés. La peur est palpable partout maintenant ; elle me semble même suinter des murs de notre chambre.

Nouveaux coups à la porte un peu plus tard. C'est le prêtre à nouveau, le visage convulsé de peur. Il a de mauvaises nouvelles : la police fouille la ville à la recherche de deux espions venus de Tchécoslovaquie et interroge tous les habitants.

J'ai l'impression de recevoir un grand coup sur la nuque. Pascal demande fébrilement davantage d'informations. Le prêtre raconte qu'à l'aube, une patrouille frontalière a découvert nos traces dans la neige. Ils les ont perdues à l'entrée de la ville, mais ils ont mis des chiens dessus ; et ces damnés animaux sont en train de les mener à l'église… Il faut quitter les lieux immédiatement, brouiller les pistes.

« Il y a une messe en ce moment, ajoute le prêtre. On va vous remettre dans l'église. Avec un peu de chance, les chiens devraient perdre votre trace devant le parvis ; beaucoup de gens passent par là. Nous verrons ensuite… »

Moins de dix minutes plus tard, nous sommes de retour dans l'église ; la journée touche à sa fin et la foule des fidèles est compacte. Je me sens vaguement rassuré par cette masse d'hommes et de femmes recueillis dans la prière. Comme le matin, nous nous agenouillons sur les bancs d'une travée, dissimulant nos visages entre nos mains jointes et attendons.

La tension monte brutalement en moi lorsque je vois apparaître des bottes noires dans la travée centrale ; je lève les yeux et découvre avec désespoir un groupe de policiers habillés de longues capotes grises : de vraies gueules de kapos… Ils remontent lentement la travée, regardant de droite et de gauche, scrutant les visages au milieu d'une hostilité aussi manifeste que silencieuse. Tout le monde les ignore ; les policiers passent devant Pascal et moi sans ralentir, vont jusqu'à l'autel, redescendent, regardent encore autour d'eux, disparaissent enfin… J'ai le sang qui bat très fort dans mes tempes. Ces policiers n'ont sans doute pas osé fouiller les gens un par un dans une église. Une forme de sacrilège ; nous sommes en Pologne… La cachette était bonne.

La messe achevée, l'un des prêtres vient nous chercher et nous ramène dans la chambre. Il tremble littéralement. Les chiens policiers ont effectivement perdu nos traces devant le parvis de l'église, mais leurs maîtres ont interrogé tout le monde au presbytère. Personne n'a parlé, bien sûr ; les policiers pensent maintenant que nous avons dû nous réfugier dans une maison des rues attenantes et ils commencent à les fouiller systématiquement. Ils sont très excités et furieux, paraît-il. Comme ils ne trouveront rien, ils risquent de croire qu'on leur a menti à l'église – et alors ils viendront s'occuper sérieusement du presbytère. Nous ne pouvons pas rester là, le temps est compté.

Nous devons retourner d'où nous venons.

Toute la soirée, nous restons avec les prêtres, tentant de les faire changer d'avis. En vain. Il n'est plus question d'aller à Varsovie. Ils ont trop peur et nous ne pouvons leur en vouloir. Si la police nous trouve ici, ils seront jetés avec nous en prison pour un nombre d'années indéterminé ; et ils écoperont sans doute de peines plus lourdes que nous.

Tout ce que nous obtenons des prêtres, c'est de ne repartir qu'à la nuit suivante, le temps de reprendre des forces pour affronter les épreuves d'une nouvelle marche. Il faudra du temps à la police pour achever la fouille des maisons du quartier et ils ne devraient pas revenir dans nos parages avant deux jours au moins. Les prêtres en conviennent.

Nous demandons alors de mettre à profit cette journée de repos pour rencontrer les gens sûrs de leur entourage ; nous tenons à ce qu'ils nous racontent au moins ce qu'il ont vu depuis l'instauration de l'état d'urgence et la fermeture des frontières. Nous ne voulons pas rentrer en France sans un minimum d'informations sur la situation.

Toute la nuit, je remue en moi le demi-échec que notre retour prématuré va représenter ; certes, nous sommes parvenus à entrer en Pologne et allons en savoir plus que quiconque sur ce qui s'y passe réellement. Mais notre objectif était d'atteindre Varsovie ; et d'y rester aussi longtemps que nécessaire.

Quant à notre retour vers la Tchécoslovaquie, rien ne dit encore qu'il se déroulera aussi bien qu'à l'aller. Les mesures de sécurité ont peut-être été renforcées sur la frontière. Nous sommes loin d'être tirés d'affaire.

Je m'endors sur des pensées fort peu réconfortantes.

La journée du lendemain est d'une tension extrême ; la pression de la police ne se relâche pas dans la ville, terrorisant tout le monde ; mais les prêtres ont transmis notre message et quelques hommes et femmes courageux nous rejoignent dans notre chambre, tremblants mais déterminés à nous faire le récit de ce qu'ils ont vécu ces derniers jours et de ce qu'ils ont pu apprendre ; hélas, ils n'ont qu'une vision parcellaire de la situation. Les communications avec le reste du pays sont difficiles. La confusion règne partout. Impossible pour nous d'en déduire quoi que ce soit sur ce qui se passe réellement et sur ce que sera l'avenir.

Il me faudra des années pour comprendre que le coup de force de Jaruzelski était peut-être la seule solution que cet autocrate avait trouvée pour éviter le pire à ce moment précis de son bras de fer avec Solidarnosc : une intervention de l'Armée rouge en Pologne comme deux ans plus tôt en Afghanistan.

La nuit suivante arrive et nous nous préparons, moroses et inquiets. Cette fois, il va falloir ruser avec l'ennemi juste pour sauver nos peaux et c'est évidemment moins exaltant que pour des raisons plus nobles.

Le premier problème que je me pose est très concret : comment retrouver les faubourgs de la ville par lesquels nous sommes arrivés ? Si nous ne repartons pas de là, jamais je ne parviendrais à faire ma route vers la ville tchèque d'où nous sommes partis. Et pour retrouver ces faubourgs, je nous vois mal demander notre chemin en allemand dans la rue… L'un des prêtres nous dit :

« Je comprends votre problème ; je vais vous conduire moi-même jusqu'à la lisière de la ville par où vous êtes entrés ; mais vous me suivrez de loin. Si vous êtes arrêtés, on ne doit pas faire le lien entre vous et moi. D'accord ? »

Dans notre situation, nous sommes d'accord pour tout ce qu'il veut…

Nous quittons le presbytère et nous voilà à nouveau jetés dans le froid et l'obscurité ; nous retrouvons les mêmes rues mornes et silencieuses, les mêmes silhouettes fantomatiques et tristes, les mêmes barrages policiers que nous évitons, suivant toujours le prêtre à distance respectueuse ; il avance à grandes enjambées, ne se retourne jamais.

Et puis, parvenu aux dernières maisons de la ville, je reconnais enfin les lieux. Je juge que nous pouvons nous enfoncer directement à travers champs à partir de cet endroit, sans reprendre le tronçon de route qui nous avait amenés ici et où nous avions croisé un convoi militaire : trop dangereux maintenant.

À cet instant, le prêtre s'arrête, regarde tout autour de lui : la nuit est déjà bien avancée et il n'y a plus âme qui vive dans les rues. Il revient vers nous à pas pressés : « Vite, nous dit-il, venez avec moi maintenant, il ne faut pas traîner ici. » Nous le suivons sans discuter et il nous entraîne jusqu'au refuge discret d'une cave située au pied d'un petit immeuble grisâtre, face à une colline couverte de forêts. « Attendez-moi, dit-il encore, je vais vérifier qu'il n'y a rien à craindre devant. »

Il remonte vers la rue et disparaît vers la sortie de la ville.

Un quart d'heure passe. Il fait de plus en plus froid. Pascal grommelle :

« Je trouve ça inquiétant qu'il ne revienne pas.

– Moi aussi. Qu'est-ce qu'il peut bien faire ? »

Cinq minutes s'écoulent encore. Cinq longues minutes dans nos conditions. Finalement, je dis :

« Je ne sais ce qui se passe ou s'il est arrivé quelque chose au prête, mais à mon avis, il vaut mieux décamper. On ne sait jamais. »

Je calcule rapidement notre route sur la carte. Cela fait, nous quittons prudemment notre refuge, marchons à pas mesurés vers la colline ; un dernier regard autour de nous : toujours personne. Nous bondissons dans le fossé bordant la colline ; quelques minutes plus tard, nous disparaissons au milieu des arbres.

Nous n'avons jamais su pourquoi le prêtre n'était pas revenu – ou si nous avions été trop impatients.

Au petit matin, nous sommes de retour à notre point de départ en Tchécoslovaquie après une nuit de marche en tout point identique à la précédente. Nous titubons de sommeil, mais nul ne nous a repérés.

Nous trouvons un hôtel discret et y prenons quelques heures de repos. En début d'après-midi, rassérénés, nous gagnons la gare routière dans l'intention de prendre un bus pour Prague. Il s'agit maintenant de rentrer chez nous.

Mais à peine sommes-nous arrivés devant la gare que trois voitures de police surgissent de nulle part, sirènes hurlantes ; une dizaine d'hommes en jaillissent et se précipitent sur nous, réclamant nos papiers. Stupéfaits, nous tendons nos passeports, mais sans trop de crainte ;

ces policiers sont des Tchèques et nos visas d'entrée sont en règle ; tout au plus aurons-nous à justifier notre présence dans cette ville isolée, mais j'ai déjà prévu quelques explications crédibles.

Je n'en aurai pas besoin ; car l'étonnement change de côté à l'instant même où les policiers découvrent notre nationalité ; je vois un net flottement s'installer au milieu d'eux. Ils deviennent même beaucoup plus aimables. Je leur demande la raison de ce contrôle en pleine rue ; l'un des policiers, très jeune, me répond benoîtement en anglais qu'ils sont à la recherche de deux Polonais qui ont franchi clandestinement la frontière cette nuit. Ils ont découvert leurs traces dans la neige le matin même, toutes fraîches… Ces Polonais ne doivent pas être loin ; ils ont pensé que c'étaient nous vu notre allure d'étrangers. Ils s'excusent maintenant de leur erreur…

Pas un instant, il ne leur vient à l'idée que des Français auraient pu laisser ces traces. Dans leur logique, il ne peut s'agir que de Polonais. Si la situation n'était pas si délicate, je m'amuserais de cette forme de quiproquos… En tout cas, ces policiers ont été aussi rapides à réagir que leurs homologues d'en face deux nuits plus tôt ; mais pas plus chanceux d'une certaine manière. À l'évidence aussi, ils ne communiquent pas entre eux. Du moins pour l'instant. Mais s'ils venaient à échanger leurs informations, nous n'aurions qu'à bien nous tenir… Nous avons intérêt à ne pas trop traîner en Tchécoslovaquie…

Les policiers nous rendent nos passeports et regagnent leurs voitures, poursuivant leur chasse à l'homme dans les rues. Nous montons dans le bus pour Prague.

Parvenus à destination, nous récupérons nos vêtements français laissés chez Iréna et filons aussi vite que possible à l'aéroport.

« Vous avez un vol pour Paris ce soir ?

– Non, pas avant demain.

– Et pour une autre ville occidentale ?

– Il y a Francfort dans une heure, mais il faut se dépêcher.

– Ça tombe bien, mademoiselle, nous sommes pressés : deux billets pour Francfort, s'il vous plaît. »

Le soir même nous sommes en sécurité.

21

L'air de Paris est encore tiède en cette soirée d'automne du 29 novembre 2010 et toute une foule se presse à l'entrée de l'Espace Reuilly dans le 12e arrondissement. Il y a là des hommes et des femmes, des jeunes et des moins jeunes, des gens qui arrivent de province, d'autres de l'étranger, on se bouscule joyeusement dans le hall d'entrée : Solidarités international fête ses trente ans d'existence et je suis venu retrouver de vieux camarades.

La séance d'anniversaire est très académique pour une organisation humanitaire – vaste salle, estrade, écran de cinéma, interminables rangées de fauteuils –, mais c'est un moment plein d'émotion pour la poignée d'hommes et de femmes qui, comme moi, ont participé dès l'origine et sur la longue durée à l'aventure de cette grande organisation qu'est devenue Solidarités.

Sur la scène, les films et les débats se succèdent pour rappeler l'histoire mouvementée de ces trente années d'engagement aux côtés de peuples frappés par la guerre, les révolutions ou les catastrophes naturelles : Afghanistan, Roumanie, Liban, Bosnie, Kurdistan, Rwanda, Kosovo, Congo, Haïti… La liste n'est pas exhaustive.

Je regarde mes camarades dans la salle : les Lagourgue, de la Bretesche, Lemoult, Hutin, Poirel, Rosset, tant d'autres. Malgré le passage des années, ils sont toujours là, solides et discrets. Ils ont pris des cheveux blancs, les rides de leurs visages se sont creusées, les réalités de la vie ont sans doute cabossé une partie de leurs idéaux, mais ils n'ont guère changé à vrai dire. Je pense aussi à tous ceux qui n'ont pu être présents – les Rousselle, de la Villardière, Krotoff, Gautier, de Torcy, Van Laere, et j'en oublie. Ils feraient un livre à eux seuls si je devais les citer tous et dire en détail leurs « états de service ».

Je tiens beaucoup à leur amitié. J'ai aimé le temps passé avec eux dans la tension des missions de terrain, les départs précipités à l'autre bout du monde et les retours tristes ou heureux selon les circonstances. J'ai aimé les fatigues de cette effervescence permanente et les succès comme les échecs, les bons moments vécus ensemble comme les coups durs affrontés en commun. J'ai aimé que notre liberté soit de choisir nos contraintes et que notre bonheur vienne d'une forme de devoir que nous nous imposions. Plus encore, j'ai aimé l'ambiance de camaraderie qui nous unissait, la fièvre de nos séances de travail parisienne qui finissaient au bout de la nuit et nos inlassables discussions sur la notion de solidarité – qui aboutiraient à cette formule radicale : « Aller là où les autres ne vont pas. »

Cette longue camaraderie est une histoire en elle-même – solide, fidèle, permanente. C'est elle qui nous a préservés des luttes de pouvoir qu'on trouvait parfois dans d'autres associations humanitaires – luttes feutrées ou violentes, ponctuées de révolutions de palais ou de coups d'État de papier que nous regardions avec sidération. On s'engueulait quelquefois à Solidarités, nous n'étions pas d'accord sur tout, les opinions divergeaient souvent, mais on se retrouvait toujours. Il n'y avait jamais rien de grave. Un tourbillon permanent nous emportait. Solidarités fait partie de ma vie.

Sur la scène de l'Espace Reuilly, un homme mène les débats de ce trentième anniversaire : Alain Boinet. Il approche la soixantaine maintenant, mais il a gardé la foi des commencements et, d'une certaine manière, les mêmes illusions. Il est celui d'entre nous qui a fait le plus dans l'aventure de Solidarités ; il en a été la cheville ouvrière et le directeur permanent. L'association lui doit tout.

En règle générale, les hommes refroidissent avec le temps ; Boinet a gardé le feu des premières années. Jusqu'à devenir, sans l'avoir cherché, le « doyen » des directeurs des grandes organisations humanitaires françaises. Quand tous les autres ont fini par se tourner vers des activités moins pénibles, mieux rémunérées, ou plus visibles médiatiquement, lui est toujours resté à son poste. Il a développé année après année les innombrables missions de l'association et construit une expertise intellectuelle de l'action humanitaire reconnue par tous, lucide et intelligente.

C'est ensemble que nous avons mené la mission « fondatrice » de Solidarités. C'était en Afghanistan, au cours de l'hiver 1980-1981. Dans ces débuts du conflit, la résistance afghane faisait l'unanimité au sein du monde occidental, mais aucun pays ne la soutenait ; elle était livrée à elle-même et avait besoin de tout. Des amis m'avaient fait rencontrer Boinet qui souhaitait se rendre utile en bâtissant quelque chose avec eux, mais ils ne connaissaient pas l'Afghanistan. Nous nous étions entendus tout de suite.

Cette mission allait donner naissance à ce que nous appellerions plus tard les « caravanes de l'espoir » : acheminer été comme hiver à travers les montagnes du ravitaillement pour les populations prisonnières de la guerre. L'entreprise durerait des années, mais nous étions bien incapables alors, d'imaginer que nous tracions une route aussi longue. Nous réagissions aux événements, guère davantage. Personnellement, je ne regardais pas plus loin. J'étais très jeune.

Cette mission fondatrice avait été terriblement compliquée : nous étions cinq à y croire, et j'avais à nouveau entraîné Tissandier dans l'aventure ; Boinet avait récupéré un peu d'argent auprès de diverses entreprises et nous avions gagné Peshawar au Pakistan pour y acheter des stocks de vêtements d'hiver ; nous avions ensuite trouvé des ânes et des mulets pour les transporter jusque dans la province du Wardak, des moudjahidin pour les escorter, et nous étions partis au milieu de l'hiver comme si de rien n'était.

L'affaire est rocambolesque dès le départ. Notre caravane est tout d'abord accrochée par l'Armée rouge dans un défilé : des obus de mortier se mettent à pleuvoir sur nous, dispersant les animaux qui glapissent de terreur, et nous voilà jetés en désordre à l'abri de rochers couverts de neige. L'orage passé, nous reformons non sans mal notre caravane, et repartons dissimulés par les flancs d'un précipice, poussant ânes et mulets à coups de badines. Boinet, Tissandier et mes autres camarades français se sont parfaitement comportés pour leur baptême du feu. C'est de bon augure car le lendemain, comme nous franchissons une crête abrupte, nous essuyons plusieurs rafales de mitrailleuse, heureusement tirées de loin et maladroites – mais qui nous contraignent à nous engager dans des escarpements rocailleux qui cèdent partout sous nos pas. Les bêtes, effrayées, rechignent à l'effort et, un moment, je crois bien que nous allons tous finir le cou rompu dans ces éboulis. Il y a ensuite une escarmouche, brève et violente, pour se frayer un passage aux abords d'une vallée, mais en fin de compte, c'est la neige qui va avoir raison de nous. Dans le col de Pakhari à des milliers de mètres d'altitude, elle est si abondante, si épaisse et si drue qu'elle enserre nos tailles et dépasse le poitrail des bêtes qui n'en peuvent plus d'épuisement ; chaque pas est une misérable victoire sur l'hiver. Nous avançons avec une peine inouïe.

Dans ce col se trouve une masure isolée. Nous croyons à un peu de répit, au repos peut-être. Mais la neige se révèle encore plus dense devant nous. Une véritable muraille : impossible d'aller plus loin. Dépités et rageant, nous devons nous résigner à laisser notre cargaison sur place, où elle attendra le printemps pour être acheminée à destination. Nous n'aimons pas ce demi-succès après toutes les épreuves endurées. Nous le trouvons injuste. Mais ainsi va la vie, ainsi va la guerre.

Le nouvel an arrive en cet instant. Malgré notre déception, nous ouvrons la bouteille de champagne emportée pour l'occasion et trinquons avec les Afghans dans les replis d'un sommet immaculé par la neige – c'est le début du conflit et les moudjahidin ne refusent pas tous de goûter au plaisir de l'alcool.

Après quoi, nous faisons retraite vers le Pakistan, bien décidés à recommencer à la première occasion.

Et nous recommençons très vite…

Jusque dans les années 1990, Alain Boinet supervisera des dizaines d'autres caravanes pour le Wardak – auxquelles je participerai à l'occasion. Il montrera dans cette affaire un courage exceptionnel et une persévérance qui n'ont pas d'équivalent dans l'aide que les Français ont apporté à des Afghans au cours de ces années difficiles. À ces caravanes s'ajouteront très vite la reconstruction d'écoles, la réhabilitation de l'agriculture – avec le soutien notamment de Mme Mitterrand et de Régis Debray – la création de banques agricoles et beaucoup d'autres choses encore pour permettre aux populations de ne pas prendre la route de l'exil vers le Pakistan. Tout cela se fera dans une insécurité permanente, souvent sous les bombardements. Une grande et belle époque que j'ai aimée sans réserves. Elle nous prenait « aux tripes », mes camarades et moi.

Par la suite, de la Roumanie à la Bosnie, je n'ai été qu'un compagnon de route pour Solidarités, certes fidèle, répondant présent à tous les appels, à toutes les missions, exerçant pendant plusieurs années la présidence de l'organisation, mais vivant de mon côté mes autres engagements et me consacrant à mes livres. Je n'ai jamais été un militant dans l'âme, tout juste un écrivain-aventurier engagé. J'étais incapable de vivre une seule existence, de suivre une seule route. J'avais une vie en accordéon qui alternait missions humanitaires, expéditions d'exploration, navigations lointaines, raids aériens, engagements de terrain… J'étais comme un express lancé à toute allure sur les rails incertains d'un réseau ferré en toile d'araignée. Boinet parvenait à garder un seul cap comme une locomotive tirant d'innombrables wagons vers un solide terminus.

Malgré tout, l'action humanitaire dans les pays en guerre a été l'une de mes vies – fragmentaire, mais intense. Elle a été ma manière à moi « d'assumer un maximum d'humanité » pour répondre à un certain type de situations dans le monde ; mais il y avait d'autres façons d'agir que je ne voulais pas exclure.

Cette aventure humanitaire dont je souhaite faire maintenant le récit chronologique – avant de revenir à d'autres périodes – commence en fait un an avant l'Afghanistan, au début de l'année 1979 pour être précis, juste après mon retour du Nil. Avec ce fleuve, je viens de vivre une belle histoire personnelle, mais j'ai le désir d'autre chose. Je sens que l'aventure du voyage et de l'exploration, si elle m'est nécessaire, m'est aussi insuffisante. En réalité, je brûle de m'engager physiquement pour quelque chose qui en vaille la peine. C'est une forme d'aventure que je veux connaître – et tant qu'à faire, là aussi sans limites. J'ai vingt-trois ans.

Au mois d'avril 1979, je lis dans un article du *Monde* qu'un certain Bernard Kouchner vient d'affréter un cargo en Nouvelle-Calédonie pour partir au secours des dizaines de milliers de Vietnamiens qui fuient par la mer le régime installé dans leur pays à la suite de la chute de Saigon, en 1975. Ils sont si nombreux à s'embarquer dans de mauvaises barcasses de bois pour tenter de gagner la Malaisie ou l'Indonésie de l'autre côté de la mer de Chine qu'on les appelle les *boat people*, le « peuple des bateaux ». Tous risquent leur vie dans cette entreprise hasardeuse ; beaucoup sont attaqués par les pirates en cours de route, d'autres disparaissent corps et biens dans les tempêtes de la mousson, d'autres encore meurent de soif au milieu de la mer avant d'avoir aperçu le moindre rivage ; ceux qui parviennent au bout du voyage sont accueillis à la pointe du fusil et enfermés dans des camps.

L'article parle de sauver ces gens, d'un cargo au nom prédestiné pour le faire – l'*Île de lumière* –, et des mers de l'Extrême-Orient. Il y a tout dans cette aventure utile : elle correspond exactement à ce que je cherche à ce moment-là.

Je trouve le numéro de téléphone de Bernard Kouchner, appelle fébrilement, obtiens un rendez-vous et me présente à son domicile parisien. La porte s'ouvre, Kouchner apparaît. Il a, dans l'instant, cette exclamation que je n'oublierai jamais – à la fois joyeuse et étonnée :

« Mais, vous êtes trop jeune ! »

Je l'assure comme je peux du contraire. Il me fait entrer en riant, nous nous asseyons à son bureau : « Qu'est-ce que vous voulez faire avec nous ? me demande-t-il. Vous n'êtes pas médecin. Alors ? »

Je lui dis que personne n'est prévu pour raconter l'histoire des boat people et celle de l'*Île de lumière* par la même occasion – c'est bien dommage. Je pourrais en écrire le livre. Je suis peut-être très jeune, comme il dit, mais j'ai déjà deux ouvrages à mon actif, un bon éditeur, et tout le temps nécessaire devant moi.

C'est osé, mais je n'ai rien à perdre…

Kouchner est peu connu à l'époque. Il a participé à la fondation de Médecins sans frontières, a profondément innové dans l'esprit et les méthodes de l'intervention humanitaire d'urgence, mais il se dispute maintenant avec ses anciens camarades qui lui reprochent de n'en faire qu'à sa tête et de se mettre trop en avant. Il est aussi accusé par nombre d'intellectuels du moment de venir en aide à des Vietnamiens soupçonnés d'anticommunisme viscéral – l'heure est encore à l'admiration du marxisme. Une bonne partie de la presse est aussi contre lui ; il est fatigué de toutes ces attaques, me dit-il, mais il ne veut pas s'encombrer de ces détails. Il faut aller de l'avant et sauver les boat people. Si je souhaite être de l'aventure et en écrire l'histoire, pourquoi pas, après tout ? On verra bien ce que je serai capable de faire.

Je n'en demande pas plus.

Quelques jours plus tard, j'embarque en Malaisie sur l'*Île de lumière* arrivé depuis peu de Nouméa. C'est l'unique cargo de la minuscule Compagnie des Chargeurs Calédoniens, propriété d'un armateur à l'ancienne : Michel Cordier. L'homme est plein de faconde et d'énergie, à la fois entrepreneur et aventurier, peu enclin à s'effrayer des risques encourus par son cargo. À coup sûr le genre de personnage qu'aurait aimé mon grand-oncle Ange Tiramani quand il courait les mers à la recherche du trésor de Rommel… Nous devenons amis. Deux ans plus tard, Cordier me permettra de revenir naviguer sur l'*Île de lumière* dans les lieux perdus que dessert son cargo entre l'Australie, la Nouvelle-Zélande, l'île de Norfolk et celle de Lord Howe. Une parenthèse de vie où je puiserais des forces pour la suite.

En attendant, l'*Île de lumière* a été transformé en hôpital flottant par des équipes de volontaires et les médecins ne manquent pas à bord ; l'idée est d'envoyer le navire en mer de Chine recueillir les boat people

– et même de contrecarrer l'action des pirates –, mais les autorités malaisiennes s'y opposent obstinément. Personne ne voit d'un bon œil cette entreprise privée et indépendante qui vient jeter une forme de désordre généreux dans la gestion réticente des boat people dont personne ne veut.

Kouchner a beau se démener, l'*Île de lumière* est contraint de limiter son travail aux réfugiés parqués dans un îlot situé au large de la ville côtière de Kuala Terrenganu : Pulau Bidong.

C'est décevant, mais le travail ne manque pas dans cette île surpeuplée au-delà de l'imaginable. Elle mesure à peine plus d'un kilomètre carré, mais cinquante mille personnes s'y entassent déjà dans un fouillis ahurissant d'abris de fortune : où que le regard se porte, ce ne sont que huttes de branchages collées les unes contre les autres, bâches en plastique tendues sur des piquets dans les moindres espaces libres, cabanes érigées les unes sur les autres à l'aide de planches de bateaux. Le spectacle est insensé. Et pourtant, il faut accueillir chaque jour d'autres boat people. Leurs rafiots surchargés de foules hagardes et affamées surgissent de la mer en vagues continues et s'échouent par dizaines sur la plage ; il y a des enfants morts de soif au fond de ces barcasses, de la saleté partout, une misère absolue ; les femmes sont souvent prostrées après les viols à répétition subis par les pirates, incapables de parler, anéanties. C'est la première fois que je vois une telle désolation.

Ces boat people sont aussi bien paysans, ouvriers, étudiants, petits employés ou fonctionnaires qu'anciens du régime qui s'est écroulé quatre ans plus tôt sous les coups de boutoir des Viêt-Cong. Ils disent fuir la tyrannie, l'embrigadement, l'absence de liberté. Et tout ce qu'ils trouvent au bout de leur voyage, c'est l'enfermement dans ce chaudron humain qu'est Pulau Bidong. Personne ne peut quitter l'île sans un visa en bonne et due forme octroyé par un pays étranger – la plupart du temps occidental. Et ces derniers ne les donnent qu'au compte-gouttes, embarrassés par le flot grandissant de ces réprouvés : des Pulau Bidong, il y en a des dizaines sur les côtes d'Indonésie et de Malaisie. Il faut patienter des mois ou des années pour sortir de ces « purgatoires ».

Le haut-commissariat pour les réfugiés fournit les secours qu'il peut, notamment de la nourriture en vrac, mais il est débordé. L'*Île de lumière* est accueillie avec un espoir immense par les boat people ; il n'y a aucune structure médicale à Pulau Bidong.

Le travail commence sans attendre.

Mais soigner cette population presque livrée à elle-même ne peut représenter qu'une partie de l'action. Pour résoudre le problème des boat people, il faut aussi se battre au niveau international afin d'obtenir des visas, des aides et des appuis. C'est un combat sur tous les fronts où les alliés sont rares et les adversaires nombreux. Kouchner et ses camarades vont remuer ciel et terre pendant des mois.

Je découvre alors ce qu'est l'humanitaire – en ce temps-là, du moins : une forme de guerre contre les normes établies, contre les penseurs du discours dominant, contre les pouvoirs en place, contre les petites lâchetés quotidiennes, contre l'abandon, le défaitisme, l'indifférence, l'inertie. Je découvre quelque chose de très révolutionnaire et de très libre, qui me plaît tout de suite.

Il y avait à bord de l'*Île de lumière* – chez tous ces gens largement plus âgés que moi – une volonté tenace de changer l'ordre du monde et ses nécessités. Et personne ne se préoccupait de l'échec possible ; ce souci semblait un luxe impossible. Il fallait d'abord agir et voir ensuite… De toute façon, il resterait toujours quelque chose de cette action. Quand certains médecins disaient :

« Même si on ne sauve qu'un type, on ne sera pas venus pour rien », je trouvais que ça avait de l'allure.

Plus étonnant encore, les hommes et les femmes de l'*Île de lumière* venaient d'horizons politiques si différents qu'ils paraissaient a priori inconciliables : certains se réclamaient du gauchisme, d'autres de la droite, d'autres du trotskisme, d'autres du centre, d'autres de nulle part et s'en fichaient. On pouvait entendre quelqu'un citer Mao à longueur de temps tandis que l'un de ses camarades lisait *Minute* à côté de lui… Tous ces médecins s'entendaient sur le même but collectif et c'était ce qui comptait à leurs yeux ; ils mettaient de côté leurs différences et en plaisantaient souvent à table. Toutes les bonnes volontés étaient les bienvenues, aucun sectarisme n'intervenait quant au choix des volontaires. Je ne verrais pas toujours la même chose dans les organisations humanitaires que je connaîtrais par la suite, ou « l'entre-soi » est généralement la règle. Sur l'*Île de lumière*, Kouchner considérait manifestement que ce qui importait n'était pas comment les gens se situaient politiquement, mais ce qu'ils étaient prêts à consentir comme effort pour quelque chose qui en valait la peine. Bref, si c'était des « gens bien ». Il essayait de rassembler plutôt que de séparer, mais n'y parvenait pas toujours. Les hommes sont réticents à abandonner leurs idées reçues.

Un cyclone médiatique accompagnait cette épopée qui passionnait les médias. Kouchner l'utilisait abondamment pour les besoins de la cause ; j'en voyais les avantages comme les limites et les duperies de certains : je l'éprouvais au quotidien. Ce fut une grande leçon ; la première fois aussi où je me fis la réflexion que nous vivions dans le mensonge. Les gens disaient n'importe quoi.

Les médecins avaient tant de travail devant l'afflux incessant des boat people qu'ils me mettaient souvent à contribution, notamment en salle d'opération ; les chirurgiens travaillaient à fond de cale dans des conditions difficiles, torse nu dans la chaleur accablante. Je ne faisais rien d'important si ce n'est d'actionner des interrupteurs pour les perceuses qui foraient les bras ou les jambes des blessés, mais j'étais heureux d'avoir ma modeste utilité. Toutefois, mon rôle principal était de témoigner, d'enregistrer chaque jour l'histoire de ces boat people, pour que rien ne se perde, pour que rien ne s'oublie, même pas le plus petit détail. Je m'y consacrais entièrement. Je passais tout mon temps disponible dans l'île au milieu des réfugiés, vivant avec eux pour tenter de les comprendre autant qu'il était possible.

Au bout de quelques semaines cependant, mon travail me parut insuffisant, presque dérisoire ; je pataugeais dans des récits d'horreur qui demandaient davantage qu'une plume de débutant ; il fallait aller plus loin. Je me jurais d'être la prochaine fois directement impliqué dans l'action.

À peine de retour en France, je rédigeai à chaud mon livre sur les boat people et l'aventure de l'*Île de lumière*[1]. Je travaillai dans la fièvre, enfermé jour et nuit, revivant page après page cette expérience qui m'avait fait entrevoir pour la première fois le mal radical ; deux mois plus tard, je remis le manuscrit à mon éditeur et repartis aussitôt dans le désert soudanais. Il me fallait maintenant de grands espaces. Nous étions à l'été 1979. C'est à cette époque que j'ai traversé à chameaux le Darfour et le Kordofan avec Gérard Viguié – trois ans avant que nous ne soyons arrêtés ensemble au Pakistan.

Pendant les vingt-quatre jours de cette méharée de huit cents kilomètres qui devait nous mener à Khartoum, je ne cessai de réfléchir à ce que je venais de vivre à Pulau Bidong : j'y songeais le jour sous le soleil juché sur ma monture, et la nuit la tête appuyée sur ma selle

1. *L'Exode vietnamien*, Arthaud, 1979.

comme au temps de Suleyman. Ce ne fut pas à proprement parler une expérience mystique dans le désert mais néanmoins quelque chose qui en approchait : que m'avait enseigné cette première expérience sur l'*Île de lumière*, à moi qui voulais m'engager dans le monde pour des choses qui en valaient la peine ? J'avais cru au début, très naïvement, qu'il fallait être un homme important et haut placé pour s'impliquer efficacement dans un mouvement de l'histoire. J'avais vu que ce n'était pas nécessairement le cas et cela me rassurait : n'importe qui pouvait le faire si tel était son choix. On « pesait » ensuite sur les choses à son échelle et c'était déjà ça. Le fait que je ne sois rien à titre personnel n'avait donc aucune importance. Je pouvais m'investir où bon me semblait puisque j'étais libre et ne dépendais de personne. Là était l'essentiel.

Dans cette méharée soudanaise, je perdis l'un de mes chameaux de selle, Haboob, littéralement mort d'épuisement tant notre marche dans le désert fut intense, se terminant dans des vents de sable où nous ne voyions pas à dix mètres. Mais parvenu à Khartoum, j'avais pris une décision définitive : désormais, je consacrerais une partie de ma vie à des combats comme celui vécu à Pulau Bidong. Et, en vérité, j'étais prêt pour cela à toutes les formes d'action : politique, humanitaire, militaire, individuelle ou collective, tout était envisageable en fonction des situations et de leurs nécessités.

Cinq ans après ma « fugue » en Amérique du Sud, j'avais conscience d'achever la seconde partie de mon apprentissage.

22

L'occasion d'agir ne va pas tarder. Je suis à peine revenu en Corse pour me reposer des fatigues du désert que j'apprends – une nouvelle fois par la presse – que les Afghans se soulèvent en masse contre le régime communiste installé à Kaboul par un coup d'État sanglant l'année précédente. On parle de répressions aveugles sur les populations civiles, de révoltes dans les campagnes, de jacqueries qui se déclarent partout. Il n'est pas encore question d'invasion soviétique, tout juste d'une guerre de guérilla qui s'allume comme un feu de braise dans les montagnes.

Pourquoi cela suscite-t-il tout à coup mon intérêt ? Je ne le sais toujours pas : je ne suis jamais allé en Afghanistan, je ne connais pas ce pays, il ne m'a jamais attiré. Serait-ce la sombre fascination de la guerre, le désir de voir de près ce point extrême de la violence collective ? Sans doute, mais pas seulement. Aujourd'hui encore je ne trouve aucune explication satisfaisante à cette brusque certitude qui m'envahit : je dois partir là-bas.

Cette décision va signer le principal bouleversement de mon existence. Pendant douze ans au moins, de l'invasion soviétique de décembre 1979 à la libération de Kaboul au printemps 1992, l'Afghanistan sera la grande affaire de ma vie – comme celle de quelques hommes et femmes de ma génération.

Je rentre bientôt à Paris, me renseigne sur la situation à Kaboul et propose à Manoukian de m'accompagner dans cette nouvelle aventure ; il accepte sans hésiter. Mon éditeur vient de publier *L'Exode vietnamien* et m'avance l'argent pour un nouveau livre qui racontera ce que j'aurai vu en Afghanistan. Tout va bien : nous voilà munis d'un minimum de viatique.

Pour combien de temps partons-nous ? Un jour, un mois, un an, je n'en sais rien. Je n'envisage alors que de témoigner et je me dis : tout dépendra des hommes que je rencontrerai ; s'ils me plaisent, je reste, sinon, je rentre…

En novembre, j'embarque sur un cargo, le *Gauguin*, qui quitte Marseille à destination de Karachi, au Pakistan. J'ai tout mon temps et rien ne presse en Afghanistan. Le voyage est paisible, via le canal de Suez, Djibouti et la mer d'Oman ; un voyage comme je les aime pour rêver des jours entiers devant la mer. Ces semaines où le temps semble suspendu entre le ciel et l'océan me rappellent les traversées vers l'Afrique de mon enfance, quand celles-ci se faisaient encore sur de grands paquebots.

Manoukian me rejoint à Islamabad et après mille détours compliqués, nous voilà dans les maquis afghans, au milieu d'une steppe déserte qui jouxte la frontière du Baloutchistan. Tout est calme, le pays est couvert de neige à perte de vue ; nous vivons aux côtés de rudes moudjahidin dans des casemates enterrées et de petits fortins de terre tout droit sortis du *Désert des Tartares* : tout le monde attend quelque chose.

Le 27 décembre 1979, l'Armée rouge envahit l'Afghanistan.

La guerre, la vraie, nous rattrape de plein fouet…

Six mois durant, Pascal et moi en vivons l'initiation cruelle. Je reviendrai plus loin sur ce que cette expérience extrême a représenté pour moi – et les choix à long terme qu'elle a impliqués. Pour l'instant, je veux en rester au domaine de l'action humanitaire.

Lorsque je reviens en France à l'été 1980, je ne pense qu'à une chose : ce qui a été fait avec l'*Île de lumière* pour les Vietnamiens doit être renouvelé pour les Afghans ; certes de manière différente compte tenu de la géographie et de la présence militaire soviétique, mais cette difficulté n'est quasiment qu'un détail à mes yeux.

Je retourne donc voir Bernard Kouchner – je ne rencontrerai Alain Boinet qu'à l'automne de cette année-là. Après une scission douloureuse d'avec Médecins sans frontières, Kouchner vient de créer Médecins du monde et cherche déjà à envoyer des équipes en Afghanistan. Je lui dis :

« Il y a un commandant qu'il faut absolument soutenir : Amin Wardak. Dans sa province, ils ont besoin de tout, il n'y a pas un seul médecin, ils ont tous fui à l'étranger, et les combats sont très durs.

– Il est comment ton commandant ?

– Fiable, sûr et honnête ; capable de prendre en charge des équipes médicales et d'assurer leur sécurité. J'ai passé beaucoup de temps avec lui dans les maquis. Il est solide, crois-moi.

– Tu peux mettre ça en place, assurer les liaisons sur le terrain ? Elles se feront avec les médecins que tu as connus sur l'*Île de lumière*.

– Je ne demande pas mieux… »

Une deuxième aventure humanitaire commence.

Pendant plus de dix ans, MDM sera installé dans le Wardak, construisant des hôpitaux de fortune, formant des infirmiers, soignant les populations et les blessés de guerre. Ce sera une action très complémentaire de celles menées en parallèle par Solidarités dans les domaines alimentaires ou scolaires comme je l'ai déjà raconté. De 1983 à 1984, j'assurerai la responsabilité directe de cette mission pour MDM et Kouchner, tout en poursuivant au côté d'Alain Boinet le développement de notre propre organisation. Des années très chargées, très dures et très exaltantes à la fois.

Avec Amin Wardak, MDM allait connaître ce qu'il y avait de mieux en Afghanistan d'un point de vue humain et relationnel. Car par-delà les problèmes de la guerre, ce pays était d'abord un espace de rencontre frictionnel entre les cultures de l'Orient et de l'Occident dont l'harmonie ne va pas de soi. Pour les Afghans, il fallait faire preuve d'une grande tolérance envers les coutumes étranges et libres des Français. Pour ces derniers, il fallait consentir à beaucoup d'efforts afin de dépasser le choc initial de la découverte d'un monde déroutant à bien des égards – et en accepter les contraintes. Ceux qui, de part et d'autre, parvenaient à surmonter leurs différences s'entendaient très bien. En revanche, les incompréhensions et les malentendus étaient inévitables entre les responsables afghans qui se révélaient trop repliés sur eux-mêmes et ignorants du monde extérieur, et les volontaires étrangers qui arrivaient dans le pays dépourvus d'armature historique ou culturelle, emplis de leur seule bonne volonté et de beaucoup d'illusions.

Chez les Wardaki, il y avait une grande perméabilité culturelle, aucune épaisseur dogmatique, beaucoup d'ouverture d'esprit : tout se passa au mieux. Ailleurs, les organisations humanitaires se heurtaient souvent aux difficultés de l'islam rigoriste régnant dans beaucoup de régions, ou à l'islam politique prôné par quelques groupes de résistants – sans parler des bandes de brigands que le désordre de la guerre libérait à foison.

Il y eut donc des tragédies : des Français furent assassinés par des Afghans, un certain nombre furent volés, d'autres agressés, des femmes connurent l'horreur du viol. Tout cela est arrivé dans le chaos de la guerre. Mais ce fut l'exception d'une situation générale qui vit

Français et Afghans fraterniser sur la longue durée. Une histoire unique.

Je garde un souvenir profond des médecins et infirmières qui furent mes compagnons de cette période ; en particulier Louise Marie Delamata, Philippe Béasse, Hélène Ceyzériat, Ilana Polac. J'ai partagé avec eux beaucoup de joies et beaucoup de drames. C'étaient des gens exceptionnels. Ils acceptaient de passer de très longues périodes dans les montagnes du Wardak, été comme hiver, dans un isolement total. Cela pouvait durer six, huit, douze mois : une immersion complète dans un autre univers. En ce temps-là, il n'y avait ni téléphone satellite, ni Internet, ni quoi que ce soit de ce genre ; nous étions coupés au sens propre de nos familles comme du reste du monde. Quand nous rentrions, le choc pouvait être violent. Nous croulions sous des avalanches de nouvelles, bonnes et mauvaises. Elles nous paraissaient le plus souvent dérisoires. Bien des choses autour de nous semblaient être devenues d'ailleurs artificielles et sans valeur. Nous faisions le tri dans nos amis, nous changions nos modes de vie, nous regardions notre société différemment. En général, nous voulions repartir très vite.

Pour un Français, la guerre soviéto-afghane n'avait que peu de choses à voir avec la guerre d'Afghanistan actuelle, ne serait-ce que pour cette raison essentielle que nous la vivions du côté du faible, dans l'austérité des montagnes et la dureté des maquis, sans aucune protection, sans aucun recours. Il fallait renoncer à tout confort, être capable de dormir n'importe où, de manger peu et n'importe quoi, de marcher sans cesse pour éviter d'être capturés ou tués par les Soviétiques. Tout cela sur de longues périodes. C'était l'ordinaire de la vie.

Ces médecins et infirmières subissaient des bombardements fréquents, se trouvaient pris au milieu d'embuscades, et soignaient dans des conditions de précarité qu'on peine à imaginer. Bien souvent, ils opéraient les blessés de guerre à même la paille, amputaient à la lueur de lampes-tempête, coupaient et taillaient les chairs comme on le faisait sur les champs de bataille de jadis. C'était à la fois terrible et grandiose. Après cela, il n'était pas aisé de croire encore au caractère sacré de la vie humaine. Si on n'y prenait garde, ce principe abstrait s'effaçait devant la réalité des faits. Pour ma part, je m'efforçais de trouver dans chaque événement, aussi cruel soit-il, quelque chose qui puisse ne pas définitivement ruiner ce principe auquel je tenais. Je n'y réussissais pas toujours.

Tous ces hommes et femmes – comme tous les volontaires de Solidarités – étaient en Afghanistan parce qu'ils souhaitaient être utiles en servant quelque chose qui en vaille la peine : l'idée même de solidarité. À leurs yeux, cette idée justifiait les risques encourus. Et beaucoup de sacrifices matériels. Est-il besoin de préciser ici que dans les années dont je parle, tout le monde était bénévole ? L'esprit qui imprégnait chacun était que l'argent ne devait rien avoir à faire dans les motivations de l'engagement. Tout cela a bien changé.

Ces volontaires, cependant, étaient aussi là parce que de manière consciente ou non, ils portaient en eux un autre désir : celui de connaître une forme de vie plus exaltante que celle proposée par la société française – on va toujours chercher ailleurs ce que l'on ne trouve plus chez soi. L'Afghanistan, en les aspirant hors de l'uniformité, leur offrait aussi ce versant de leur aspiration ; et cela de la façon la plus forte et la plus intense qui soit. Au point que beaucoup de Français finissaient par se demander si ce n'étaient pas eux qui étaient redevables aux Afghans, et non l'inverse. C'était une bonne question, je crois.

Cependant, rares étaient ceux qui reconnaissaient ouvertement cette facette de leur engagement. Pour ma part, je trouvais très sain – et même légitime – de pouvoir servir une cause tout en y trouvant des satisfactions personnelles. Cela protégeait de bien des dérives possibles, fortifiait les convictions dans les coups durs, et évitait d'être trop affecté par les malheurs qu'il fallait bien côtoyer au quotidien.

Ainsi donc, sous une forme ou une autre, il y avait du romanesque chez tous ces Français, une attirance pour l'aventure, un sens de l'épique, une quête des moments d'exception, une volonté d'héroïsme pour certains. Sans cela, comment auraient-ils pu s'acquitter de leurs missions, y prendre goût, et, à peine rentrés chez eux, ne songer pour beaucoup d'entre eux qu'à retourner dans les montagnes afghanes ?

Parmi les milliers de souvenirs qui me restent de mes camarades médecins et infirmières, j'aime me rappeler leur attitude lors des combats qui embrasaient régulièrement la ville de Ghazni. C'était une agglomération de taille moyenne qui faisait verrou sur l'axe stratégique reliant Kaboul à la frontière iranienne. Les moudjahidin y menaient beaucoup d'opérations, notamment de nuit, harcelant avec ténacité les positions soviétiques en dépit de l'effarante disproportion des moyens militaires. Malgré leurs besoins, les résistants afghans répugnaient à exposer au feu les équipes de MDM dont ils prenaient un soin maniaque ; mais ces dernières parvenaient parfois à les convaincre de les laisser monter au « front » pour prendre en charge les blessés au plus près des combats ; dans ces cas-là, médecins et infirmières partaient, généralement à trois, munis de quelques sacs d'instruments chirurgicaux et de médicaments. C'était très rudimentaire pour faire face à des blessures de guerre, mais c'était cela ou rien. Les femmes étaient nombreuses dans ces équipes ; je les trouvais motivées, courageuses, très féminines souvent. Des membres de Solidarités accompagnaient régulièrement leurs camarades de MDM pour leur prêter main-forte.

Naturellement, quand la bataille commençait, il fallait avoir un peu de chance. Et beaucoup de sang-froid. J'ai encore devant les yeux le visage grave de la blonde Louise-Marie qui n'avait pas trente ans, penché sur les blessés qu'on lui amenait gémissants dans les décombres d'une maison où nous avions trouvé refuge. Au milieu du vacarme assourdissant de la guerre, de la poussière des obus, de la mitraille qui frappait non loin, des cris furieux et de la peur, elle avait le calme tranquille des vieilles troupes que rien n'émeut. Les gestes doux et professionnels de cette infirmière que personne ne récompenserait jamais, et qui ne chercherait jamais à l'être, avaient quelque chose d'infiniment grand.

C'est au contact de femmes de cette trempe et de cette générosité que j'ai su une fois pour toutes qu'elles pouvaient aussi bien que les hommes affronter les situations extrêmes – celles où il faut faire preuve de force d'âme. À dire vrai, quand elles avaient du caractère – ce qui était fréquent –, elles se montraient souvent plus fiables. La seule et unique fois où j'ai vu un médecin fuir au sens propre du terme devant ses responsabilités, c'était un homme : il n'avait pu supporter l'amoncellement soudain de blessés après une embuscade tragique qui avait vu l'anéantissement complet d'une unité de moudjahidin. Tout ce sang, ces cris, ces chairs éventrées, c'en était trop tout à coup… J'étais stupéfait de cet abandon brutal au pire moment. Seules les infirmières n'avaient pas flanché et fait ce qu'elles pouvaient pour ces blessés. Impressionnés par leur volonté, les guérilleros afghans, si imprégnés de culture masculine, avaient revu l'essentiel de leurs conceptions sur les femmes. Ce n'était pas un mince exploit auquel étaient parvenues ces infirmières, sans l'avoir cherché…

En ce qui me concerne, c'est à partir de l'Afghanistan que j'ai voulu avoir des femmes à mes côtés dans l'aventure. Il n'y en avait jamais eu auparavant.

La guerre mettait à rude épreuve les idées que ces médecins et infirmières se faisaient de la vie et des hommes. Ils étaient très jeunes pour la plupart, très idéalistes, et sans grande expérience. La guerre pouvait tout renverser en eux ; ou tout remettre d'aplomb, c'est comme on veut… Je me rappelle en particulier d'Hélène Ceyzériat. C'était une jeune femme très douce, pacifiste convaincue, à peine sortie de la faculté de médecine. Sa première mission se passe avec moi vers 1982 ou 1983 ; elle va quelque peu modifier sa vision du monde.

Cette mission débute de façon plutôt violente.

À peine avons-nous traversé la frontière par les zones tribales du Waziristan que notre colonne est prise à partie par des hélicoptères… Ils ont volé très bas, personne ne les a entendus venir, et ils ont surgi d'un seul coup au ras des crêtes dans un bruit infernal d'*Apocalypse Now*.

En quelques secondes, nous sommes dispersés dans la nature, faisant corps avec la terre de toutes nos forces. Il y a là une dizaine de moudjahidin, Béasse, Lemoult, Viguié, Hélène Ceyzériat et moi.

Les hélicoptères d'attaque MI-24 sont notre hantise permanente ; on ne peut rien contre ces canonnières volantes qui délivrent le feu de l'enfer en quelques instants de toutes leurs roquettes, balles, bombes et obus. Plusieurs fois je les ai eus au-dessus de ma tête, volant à quelques dizaines de mètres du sol dans le bouillonnement de leurs pales qui soulevaient la terre, cherchant leurs proies lentement. Je me mettais sur le dos pour être prêt à toute éventualité, confondu avec les rochers, et je regardais passer cette mort annoncée, plein d'effroi, impuissant, contemplant les plus petits détails du ventre blindé de ces machines de guerre, leurs museaux de sauterelles, les paniers de roquettes suspendus sous les ailerons, parfois même la silhouette immobile des pilotes dans leur carlingue de verre. Et j'attendais, j'attendais… Chaque fois, ils s'en étaient allés frapper ailleurs.

Aujourd'hui encore, je ne peux m'empêcher de tressaillir au moindre bruit d'hélicoptère.

Ce jour-là, les pilotes russes se montrent d'une grande maladresse, ce qui nous sauve la vie : ils se trompent de cible, détruisent les cahutes de terre que nous venons de quitter au bas d'une pente, et après quelques tournoiements s'en retournent vers leur base. Je me relève, le cœur battant, en me disant que ça commence mal… Je n'aime pas la tournure que prennent les événements. Les Russes ont des espions un peu partout sur la frontière et ces hélicoptères ont agi, à l'évidence, sur renseignements. La suite risque d'être difficile.

La marche reprend au milieu des montagnes, inquiète. Rien d'autre ne se passe jusqu'à la tombée du jour où nous faisons étape dans une *tchaï-khana* – une « maison de thé » – comme il en existe sur toutes les pistes de montagne pour servir aux haltes des caravanes. Avant de nous endormir, entassés les uns sur les autres entre les murets de pierre de cette pauvre bicoque, nous devisons de choses et d'autres ; la discussion vient bientôt sur un sujet sensible : nos médecins doivent-ils soigner les soldats soviétiques si le cas se présente ? Les Français sont pour, les moudjahidin sont contre : ils ne voient pas pourquoi les Russes mériteraient de la pitié alors qu'ils massacrent leurs femmes et leurs enfants – et ont cherché à nous tuer le jour même. Il faut les achever ; au mieux, ne pas s'en occuper. Hélène s'indigne : il y a des principes d'humanité auxquels on ne déroge pas ; personne ne l'empêchera de porter assistance à un blessé quel qu'il soit. Les Afghans haussent les épaules en souriant.

La tchaï-khana pullule de puces comme à l'habitude.

Des flacons de DDT en poudre passent de main en main, je saupoudre tout mon corps ; sans cela, pas moyen de trouver le sommeil.

Le lendemain, nous ne parlons plus d'éventuels blessés soviétiques ; il faut une semaine pour parvenir dans le Wardak et les sujets de conversation ne manquent pas dans la pierraille des sentiers de montagne. Pour ma part, je profite du plaisir que m'apporte cet interminable chemin. Je commence à en connaître les moindres détails : tel col après cinq heures de marche à flanc de coteaux, tel corridor étroit où il faudra prendre garde aux chutes de pierres, tel raidillon plus loin, avant une descente vertigineuse où les chevaux risquent de se rompre les jarrets, tels éboulis au bout de la pente sinueuse qui vient d'apparaître ; un peu plus tard, tel torrent derrière cette crête effilée où nous pourrons boire enfin une eau glaciale et bouillonnante, telle plaine dangereuse le jour suivant, parsemée de postes soviétiques, avant de retrouver la protection des montagnes qui se dessinent déjà à l'horizon comme des tours de châteaux forts ; telle vallée encaissée ensuite avant ce cèdre solitaire et immense qui annonce le col suivant – et sur cet escarpement invisible de loin, telle tchaï-khana qui nous accordera quelques instants de repos bienvenus…

Je suis ici chez moi maintenant. Enfin, presque…

Deux jours passent encore : tout va bien. Hélas, à l'aube suivante, à l'heure où la lumière du soleil rabote les reliefs, des hélicoptères surgissent encore dans le ciel, jetant de nouvelles craintes parmi nous. Cette fois, cependant, les monstres n'approchent pas : ils déposent des spetsnaz – les commandos des forces spéciales soviétiques – sur l'arrière de notre colonne. En vérité, ce n'est guère mieux. Car plus de doute désormais : c'est bien notre groupe que les Russes cherchent à tuer ou capturer.

Un instant je me dis que nous sommes fichus. Les

spetsnaz sont plus nombreux que nous, bien mieux armés et ils disposent de la maîtrise du ciel. Mais nous n'avons pas l'intention de nous laisser faire.

Une poursuite furieuse commence. Elle va durer soixante-douze heures, dans une tension inimaginable et une confusion extrême – comme toujours à la guerre : l'une des marches les plus hallucinantes de mon existence. La mort aux trousses et la peur au ventre…

Au cours de ces trois jours et de ces trois nuits, nous avançons sans interruption, les spetsnaz sur nos talons, traversant à une allure proprement infernale vallées, plaines et montagnes comme nous ne l'avons encore jamais fait et comme nous ne le ferons jamais plus… Sous le soleil accablant du jour ou dans l'obscurité inquiétante de la nuit, les yeux rivés sur nos bottes, serrant les dents, titubant bientôt de sommeil, le ventre creux, assoiffés, nous ne pensons qu'à une chose : maintenir la distance entre nous et les Russes ; quelques kilomètres au moins pour rester hors de portée de leurs armes.

C'est à qui sera le plus rapide, du chasseur ou de la proie… Je me dis que dans ces circonstances, la proie bénéficie d'un avantage certain. L'enjeu est sa vie et il décuple ses forces : la fatigue, la faim et la soif deviennent très secondaires. L'enjeu du chasseur est moindre. Il ne joue pas sa vie, il veut juste remporter la partie. Il est défavorisé : tôt ou tard il finit par sentir la fatigue, la faim et la soif.

De petits groupes de moudjahidin voltigent sur nos arrières, retardant comme ils le peuvent l'avance ennemie. Quelques rafales : quinze minutes de gagnées. Et on recommence un peu plus loin.

Je ne crains qu'une chose au cours de cette interminable course : que les Soviétiques larguent d'autres spetsnaz devant nous ou sur nos flancs, afin de nous prendre en tenailles. La nasse serait très facile à monter ; nous n'échapperions pas au piège. Mais rien de ce genre ne se produit. Aujourd'hui encore, je me demande comment l'officier en charge de notre poursuite a bien pu manquer son affaire… À moins qu'il n'ait cessé de demander des effectifs qui lui ont été refusés faute de moyens. C'est une chose si commune dans toutes les armées en guerre…

Toujours est-il qu'au soir du troisième jour, les spetsnaz lâchent prise.

Des hélicoptères font leur apparition sur nos arrières et les embarquent avant de disparaître à l'horizon. Un soulagement indicible nous submerge, mêlé d'une fierté qui ne me paraît pas déplacée sur le moment : nous avons été les meilleurs et nous allons vivre.

La fatigue, la faim et la soif tombent sur nous d'un seul coup.

Exténués, nous nous traînons vers un village dressé sur une ligne de crête, et nous réfugions dans une mosquée ; nous y dormons d'une traite jusqu'au lendemain, les jambes semblables à des piquets de bois, douloureuses à en crier. Hélène, la seule femme du groupe, a parfaitement tenu le choc. C'est une fille des montagnes du Jura et elle s'est bien entraînée avant de partir. La vie tient à peu de chose parfois.

À notre réveil, les villageois nous apportent eau et nourriture. Nous aimerions manger à n'en plus finir, puis dormir encore et encore, mais la prudence nous incite à ne pas nous attarder ; les Soviétiques pourraient revenir. Nous repartons au bout de quelques heures.

Brisés de fatigue, nous poursuivons notre route vers le Wardak, franchissant pas à pas les derniers cols et les dernières montagnes de notre long voyage. Deux jours plus tard, nous sommes enfin rendus. Mais en atteignant le premier village ami, nous décidons d'y faire halte pour la nuit : nous sommes loin d'avoir récupéré et plus rien ne presse ; il sera toujours temps d'effectuer le lendemain l'étape qui doit nous mener au camp de la résistance où se situe la base médicale.

On nous installe dans la meilleure maison du village et tout ce qui s'y trouve de nourriture nous est servi ; nous mangeons avec avidité. Un illusoire sentiment de sécurité s'empare de nous. Autour du thé, nous parlons de l'épreuve que nous venons de vivre. Puis la conversation revient sur le sujet des soins à apporter à d'éventuels blessés soviétiques. Hélène ne dit rien.

Nous nous endormons tard dans la soirée, enroulés dans de lourdes courtepointes.

À l'aube, je suis réveillé en sursaut par le halètement sourd des pales de plusieurs hélicoptères : encore eux. En un instant, tout le monde est debout dans un désordre indicible. Le bruit des hélicoptères s'amplifie de seconde en seconde, comme si l'air lui-même se mettait à gronder et à trembler ; je ne connais pas de stress plus violent que celui qui saisit un homme au sortir du sommeil quand il est encore incapable de juguler la peur qui monte en lui devant l'imminence du danger… Je crie :

« Ne restez pas à l'intérieur ! Dégagez dans les jardins, dispersez-vous ! Vite, vite ! »

Nous jaillissons de la maison dans une bousculade effrénée. Les Afghans courent comme nous en tous sens. À peine la porte franchie, je vois trois hélicoptères à une centaine de mètres, très bas, qui survolent déjà les premières maisons. Dans le même instant, des chasseurs traversent le ciel dans le rugissement de leurs réacteurs, larguant leurs premières bombes : l'impression d'un train de marchandises roulant sur ma tête.

Hélène se trouve près de moi ; je la pousse dans le jardin le plus proche et lui intime de se cacher sous son *patou* – cette cape afghane couleur de terre qui fait partie de l'équipement de chaque moudjahid. Je me jette à plat ventre près d'elle ; il n'y a plus qu'à attendre, ne plus bouger et espérer…

Les hélicoptères se mettent à tournoyer, fondant les uns après les autres sur le village, mitraillant et canonnant dans un vacarme de terreur ; ils sèment la désolation avec une effrayante assurance, la certitude de l'impunité. Par chance pour nous, les moudjahidin décident de ne pas riposter pour éviter que nous ne soyons repérés. Sage décision ; leurs kalachnikovs seraient de toute façon inutiles contre ces hélicoptères.

Toujours à plat ventre, j'observe cette tragédie avec un sentiment d'injustice absolu. Et j'entends tout à coup la douce et pacifiste Hélène hurler en regardant le ciel :

« Les salauds, les salauds ! Ah, si j'avais une arme, je les abattrais tous… »

Par la suite, Hélène dû amputer des enfants avec Philippe Béasse – autre médecin admirable – ou soigner les plaies horribles qu'infligeaient à ces innocents les balles de mitrailleuses des hélicoptères. La première fois, elle pleura avant de pouvoir trouver la force d'opérer. Plus tard, elle gardera ses émotions pour elle.

Je ne devais plus l'entendre parler de venir en aide à des soldats soviétiques. Elle savait maintenant qu'ils tuaient volontairement des femmes et des enfants – et ce n'était pas la même chose que de tuer des moudjahidin armés.

Sa mission achevée, elle revint en France ; puis, comme beaucoup d'autres Français, elle ne tarda pas à retourner dans le Wardak ; elle avait aimé ce pays et ses hommes qui le lui rendaient bien.

L'occasion de soigner des Russes ne se présenta jamais. Il n'y eut pas de dilemme, pas de confrontation entre un principe moral idéal mais abstrait, et une réalité concrète vécue au quotidien. Si tel avait été le cas, je crois qu'elle aurait fait son « devoir », comme on dit. Bien entendu. Mais sans doute avec rage et mépris.

Trente ans plus tard, un jour que nous assistons ensemble à un mariage afghan en Allemagne en compagnie d'autres « anciens », je lui reparle de cette matinée pleine de violence où elle a découvert la vraie guerre. À ce souvenir, des larmes lui viennent aux yeux.

« C'était vraiment terrible », me dit-elle en regardant les jeunes Afghanes qui dansent en cercle devant nous dans leurs longues robes multicolores.

Pour je ne sais quelle raison, je lui rappelle alors le cas de conscience des blessés soviétiques. Elle hoche la tête sans rien dire. Je n'ose pas lui demander ce qu'elle en pense avec le recul du temps, ce qu'elle aurait réellement fait si le cas s'était présenté. Tout cela est si loin maintenant…

Elle dit simplement – en anticipant peut-être ma question :

« Cette guerre nous a beaucoup changés, n'est-ce pas… »

23

Peu de temps après avoir vu Bernard Kouchner à l'été 1980 pour participer au démarrage des missions de MDM dans le Wardak, je reçois un appel de Philippe de Dieuleveult. Le président de Médecins sans frontières, Claude Malhuret, vient de lui demander d'aller filmer en urgence le travail de ses équipes auprès des réfugiés cambodgiens de la frontière thaïlandaise ; MSF veut développer ses actions de témoignages auprès du public et compte sur Philippe pour l'aider. Ce dernier a besoin d'un assistant au pied levé et me propose la place. Je n'ai pas de compétence particulière en matière de cinéma à l'époque, mais j'accepte aussitôt : au diable ce détail de compétence, me dis-je, et tant pis pour la fatigue accumulée après six mois d'Afghanistan. Quand l'aventure appelle, il faut répondre.

Je refais mon sac.

Philippe de Dieuleveult n'est pas encore l'homme célèbre qu'il deviendra par la suite en animant La Chasse aux trésors – ce jeu télévisuel qui passionnera des millions de Français au début des années 1980. Je l'ai connu en 1975, au cours de ma préparation militaire parachutiste à Orléans. Il était alors lieutenant de réserve ; plus âgé que moi de quelques années, il assurait l'instruction des nouveaux venus dont j'étais. C'était un garçon râblé, intelligent, plein d'énergie, partagé entre une profonde passion pour le théâtre et le désir d'aventure. Avec Diane, sa jeune femme, il avait traversé le Sahara et brûlait de repartir quelque part, tout en rêvant à une carrière de comédien. Pour l'heure, il s'essayait au reportage, mais ne trouvait que des « petits boulots » de circonstances, courant en vain les rédactions : le métier n'offrait guère de perspectives aux « indépendants » – déjà – et il en vivait difficilement ; il se morfondait. Les périodes d'encadrement de recrues étaient sa manière de respirer.

Nous avions sauté ensemble en parachute et étions devenus amis après un largage de nuit particulièrement ardu à cause du vent. Nous avions commencé à partager quelques verres le soir dans nos chambrées. Je lui racontais les découragements de mes préparatifs pour le Congo, il me parlait de ses difficultés à être propriétaire de sa vie : rien n'allait, mais il était certain de s'en sortir un jour, puisque chaque échec, comme il disait, était un apprentissage vers le succès. J'avais aimé cette manière de voir les choses.

À l'issue de la formation, nous nous étions promis de nous revoir un jour pour partir ensemble à l'aventure – d'une manière ou d'une autre.

Maintenant, nous y étions.

Grâce à Philippe et MSF, je retrouve l'Asie du Sud-Est et ses bouleversements du moment, autrement dit le génocide des Khmers rouges au Cambodge.

En Thaïlande, de l'autre côté de la frontière, les fuyards ne se comptent plus. Ils sont parqués dans des camps de réfugiés comme à Pulau Bidong : de la misère, de la boue sous les pluies de la mousson, du désespoir, de la résignation. Encore les mêmes images, encore des avenirs d'hommes brisés par d'autres hommes. Et cette impression nouvelle et sordide – qui ne me quittera plus jamais – qu'il y aura toujours des massacres et des réfugiés qui tentent d'y échapper.

Nous sommes dans le camp de Khao i Dang, grand comme une ville, avec des baraquements alignés sans fin dans une végétation tropicale de carte postale. Philippe filme le travail des médecins, je l'assiste de mon mieux avec le gros magnétophone qui sert à l'enregistrement du son. Je dois tout apprendre sur le tas, m'emmêle souvent dans la manipulation des boutons, mais j'aime cette découverte.

Parfois, assis sur n'importe quoi dans la boue des camps, je cherche à déchiffrer le visage de ces réfugiés auxquels il ne reste rien que leurs vies sauvées *in extremis*, comme à la sauvette. Que se passe-t-il dans leurs têtes maintenant ? À quoi pensent-ils ? Peuvent-ils encore rêver à quelque chose ? Où se situe le niveau de brisure mentale chez un homme ? Comment me considèrent-ils, moi qui viens d'un monde où les problèmes sont insignifiants comparés aux leurs ?

Des enfants traînent partout dans ces camps, nus, les ventres ballonnés, les yeux immenses dans des visages fatigués. Je les regarde et, pour la première fois, je me dis que ce sont les miens qui pourraient être à leur place. Jamais encore je n'avais éprouvé une telle forme d'identification, quelque chose d'aussi palpable et concret : si j'étais né dans un autre pays et dans une autre classe sociale – ces deux indicateurs premiers de nos destins individuels –, ce sont mes enfants qui pourraient être dans ces camps. Je me sens tout à coup redevable d'une forme de dette vis-à-vis de la société dont je suis issu, celle qui me permet d'être moi-même.

Je découvre dans le même temps les délices de Bangkok, base arrière des organisations humanitaires ; le contraste est si saisissant entre la tragédie des camps et la débauche de sensualité des quartiers chauds de la capitale thaïlandaise que j'en reste longtemps mal à l'aise : on peut travailler la journée entière dans des abîmes de détresse et la nuit se réjouir sans complexe des plaisirs sexuels les plus débordants. C'est ainsi que vivent beaucoup d'humanitaires en disant qu'il faut bien « décompresser ». Je m'interroge au début sur cette étrange mentalité, mais ne m'en laisse pas moins entraîner dans cette forme de vie presque schizophrénique.

De retour en France, je repars pour l'Afghanistan. De Dieuleveult s'en va sous d'autres cieux. Nous allons nous retrouver très vite pour de nouvelles aventures, notamment au Tchad en 1981, et pour réfléchir un peu plus tard à d'autres projets – en particulier un tour de la terre en dirigeable. Mais le destin va en décider autrement : quatre ans plus tard, Philippe disparaît mystérieusement dans l'intérieur du Zaïre au cours d'une expédition en raft sur le fleuve Congo.

Je souhaite faire ici une parenthèse pour dire ce que furent les suites tragiques de cette disparition. Je me trouve alors au Mexique en train de tenter un raid aérien en solitaire autour du monde. Lorsque j'apprends la nouvelle, je ne veux pas croire à la mort de mon camarade. Puisqu'on n'a pas retrouvé son corps, c'est qu'il est toujours vivant, quelque part dans cet immense pays. J'interromps mon parcours et pars au Zaïre à sa recherche, accompagné de son frère Jean et de Pascal Manoukian.

Quand nous arrivons à Kinshasa, la presse s'est déjà emparée de l'affaire, échafaudant sur la disparition de Philippe et celle des membres de l'expédition des théories plus sensationnalistes les unes que les autres. Les rafts ont été retrouvés, vides, au bas des chutes d'Inga, qui ont la réputation d'être plus infranchissables que le Niagara ; on laisse donc entendre que Philippe a été tué avec ses compagnons par les services de sécurité de Mobutu pour s'être aventuré dans cette zone sensible où se dresse le barrage qui ravitaille Kinshasa en électricité – on a ensuite escamoté les corps.

Philippe est célèbre et les pires rumeurs se mettent à circuler à son propos ; on raconte qu'il pourrait bien être un agent de renseignements en mission pour le gouvernement français dans cette région – raison pour laquelle une unité de la Légion étrangère a été dépêchée sur place afin de participer aux recherches. D'autres prétendent qu'il est vivant, mais aux mains de rebelles du Cabinda qui se seraient aventurés au Zaïre pour capturer des otages. Les théories conspirationistes les plus abracadabrantes ne cessent de circuler, exacerbées par le peu d'enthousiasme des autorités zaïroises à faire la lumière sur cette affaire.

Dans ces conditions, notre enquête sur le terrain est difficile. Nous suivons les traces de Philippe jusqu'aux chutes d'Inga, interrogeons les prétendus témoins du passage de l'expédition et, avec l'armée française, tentons d'en reconstituer les dernières heures en larguant l'un des rafts à l'entrée des chutes à partir d'un hélicoptère.

Le spectacle qui suit laisse peu de doutes quant à la possibilité de sortir vivant d'un tel maelstrom ; le raft virevolte dans les rapides, écrasé à intervalles réguliers par des montagnes d'eau furieuse qui l'engloutissent dans des tourbillons d'écume, il rejaillit plus loin tel un bouchon en folie, accélère vertigineusement dans les rétrécissements, rebondit de rocher en rocher, se retourne, disparaît encore, ressurgit, et recommence sa course folle comme si rien ne pouvait l'arrêter.

Plus tard, des cartomanciens, astrologues, sourciers et autres charlatans s'en mêlent depuis la France en agitant des pendules au-dessus des cartes du Zaïre pour nous enjoindre de le chercher à tel ou tel endroit. Lorsqu'un premier corps est enfin repêché en aval du fleuve Congo – et formellement identifié comme l'un des membres de l'expédition –, il ne porte aucune trace de balles ; des journalistes peu scrupuleux n'en trouvent pas moins matière à confirmer la thèse d'un complot destiné à dissimuler la vérité ; et quand un second corps est récupéré sur la berge du fleuve, dépourvu cette fois de tête, de mains et de pieds, ils se déchaînent. Certains vont jusqu'à parler de cannibalisme… Avec Pascal et Jean, j'assiste à l'autopsie pratiquée par un médecin français de Kinshasa pour lever les doutes sur ce corps. Le résultat est sans appel : les extrémités du cadavre ont été dévorées par les poissons. Et, là encore, aucune trace de balle. Mais rien n'y fait ; partout on continue à échafauder des hypothèses rocambolesques qui entravent notre travail. Tout cela est très pénible. C'est une affaire pleine de mensonges et de désinformation.

Après avoir épuisé toutes les possibilités, suivi toutes les pistes, décortiqué tous les indices, nous devons nous résigner à rentrer en France pour informer Diane de nos maigres résultats : nous avons cherché en vain.

Sans doute Philippe s'est-il noyé en tentant de franchir les rapides d'Inga ; mais cette version ne convient pas à une certaine presse qui continue d'attiser les feux du sensationnel. Elle n'est pas satisfaisante non plus pour une partie de sa famille qui espère encore et se réfugie dans le déni. Le corps de Philippe n'a pas été retrouvé ; tout est encore possible.

Les années vont passer. De décennie en décennie, le mystère « Dieuleveult » va rebondir, ravivant les théories complotistes, meurtrissant ses enfants sans jamais apporter de certitude, désespérant sa femme. Elle mettra fin à ses jours en 2009 et je crois que tout cela a beaucoup joué.

Nul n'a jamais su la vérité.

En 2010, le second fils de Philippe, Tugdual, qui était à peine né au moment de la disparition de son père, rejoint l'équipage de *La Boudeuse* en Amérique du Sud ; il participe à nos missions chez les chercheurs d'or clandestins de la Guyane française et tient sa place avec une sûreté tranquille.

Son père aurait aimé, je crois.

24

Au cours des années 1980-1990, ma vie est un vrai capharnaüm. Elle part dans tous les sens, au point que j'ai du mal à m'y retrouver aujourd'hui… L'action en Afghanistan domine, mais elle s'entremêle avec les autres aventures que je vis en parallèle. Dans le domaine de l'humanitaire, je ne m'engage sur un nouveau terrain qu'en 1989. Un soir de décembre de cette année-là, je reçois un coup de téléphone d'Alain Boinet.

« Tu as vu ce qui se passe en Roumanie ?

– Je suis justement en train de regarder les événements à la télévision. C'est incroyable !

– C'est la révolution, tu veux dire ! On doit aider les Roumains. Ils vont avoir besoin de tout le monde. Il faut y aller… »

Et nous voilà repartis sur les routes avec Solidarités, convoyant cette fois des camions chargés de vivres et de ravitaillements divers…

Nous parvenons en Roumanie au début de l'année 1990. À la suite des premiers combats de rue, l'armée est passée du côté du peuple et la révolution a tout emporté dans un irrésistible désir de liberté. Ceausescu a été balayé du pouvoir et exécuté avec sa femme dans une parodie de justice. Après la chute du mur de Berlin quelques mois plus tôt, les frontières de la Roumanie s'ouvrent à leur tour et nous découvrons un pays exsangue, moralement abattu, misérable, où tout manque, et d'où toute joie semble avoir été bannie : un pays en noir et blanc qui émerge des ténèbres d'un long hiver politique. Des mendiants cognent chaque nuit aux portes de nos camions pour quémander de quoi vivre, les routes de campagne sont encombrées de carrioles d'un autre âge, les files de nécessiteux ne cessent de gonfler devant les églises. Un choc : pour la première fois, nous sommes confrontés à des scènes de malheur collectif en Europe, dans une région du monde culturellement proche de nous, de surcroît très francophile.

Nous allons nouer des rapports très forts avec les Roumains au gré de nos distributions de vivres dans les villes que nous traversons. Après toute une existence dans l'isolement, ils sont bien plus affamés de rapports humains, libres et sans crainte, que de nourritures terrestres. Avec les responsables que nous trouvons un peu partout pour assurer la répartition de l'aide – maires de petites bourgades, prêtres orthodoxes, responsables de foyers, directeurs d'écoles –, nous passons de longues soirées à boire de la *tsuica* jusqu'à des heures avancées de la nuit, autour de poêles ronflants qui dissipent le froid de l'hiver, parlant de littérature, de politique, d'art, de la France surtout qu'ils rêvent de connaître – et des larmes leur montent aux yeux. Nous offrons les quelques livres que nous possédons et ils les enfouissent précieusement dans leurs sacs pour les lire plus tard, en pensant à nous, disent-ils – et ajoutant qu'il faudra leur en rapporter quand nous reviendrons, les vrais livres sont si rares. On ne veut plus nous laisser partir, on veut nous revoir, on nous demande nos adresses, on se quitte dans de grandes embrassades… Et tout recommence dans la ville suivante. Nous nous faisons des amis partout. De leur côté, les nouvelles autorités nous logent gratuitement dans les hôtels, et les stations d'essence ont ordre de nous offrir tout le carburant dont nous avons besoin pour les camions. Même dans les plus petites bourgades, on nous accueille comme si nous venions délivrer des prisonniers.

Au même moment en France, le public se montre très réceptif au malheur des Roumains et nous recueillons suffisamment de dons pour développer notre action et renouveler les convois de ravitaillement. Je me souviens particulièrement de l'un de ces dons ; il provenait d'un retraité d'un certain âge. Le montant n'était pas très élevé – l'homme n'avait guère de moyens –, mais son chèque était accompagné d'une lettre expliquant son geste : au cours de la Seconde Guerre mondiale, il avait été fait prisonnier par les Allemands. Avec beaucoup d'autres Français, il avait dû accomplir une longue marche pour rejoindre son camp d'internement. Au cours de cette marche, un jour qu'ils attendaient dans un fossé, épuisés et affamés, d'autres prisonniers étaient passés sur la route. Les Allemands leur avaient fait faire halte au même endroit. L'un de ces prisonniers, sans doute plus chanceux que les autres, avait du pain. Il lui en avait donné un morceau avant de repartir. C'était un Roumain. Notre donateur n'avait jamais oublié ce geste qui avait éclairé son malheur d'un peu d'humanité. Avec l'argent qu'il nous faisait parvenir pour servir à d'autres Roumains un demi-siècle plus tard, il disait avoir enfin trouvé le moyen de s'acquitter de sa dette et il en était heureux.

Toute l'année 1990, nous multiplions les convois de camions ; mais très vite, nous consacrons l'essentiel de nos efforts aux orphelinats. Car s'il y avait dans le régime de Ceausescu quelque chose de sinistre, c'était bien le sort réservé aux enfants abandonnés et handicapés. Le système qui les encadrait était carcéral et moyenâgeux, plus totalitaire encore que celui qui régissait le reste de la société.

Ce à quoi nous assistons dans ces orphelinats soudain

livrés à l'abandon révolterait le plus endurci des geôliers : il n'y a là que mauvais traitements, misère extrême, nourritures avariées, saletés innommables. Un univers concentrationnaire glacial ; on y chercherait en vain une once de pitié, d'humanité, de réconfort, d'affection.

Dans les pires endroits – ceux dont les journaux se font l'écho à l'époque –, les enfants sont enchaînés à leurs lits, battus et humiliés par leurs gardiens : une indignité absolue, comme la représentation des bas-fonds les plus nauséeux du comportement humain. N'importe quel père serait pris d'une ivresse vengeresse si un tel sort était réservé à ses propres enfants.

Dickens n'avait rien vu.

D'autres surprises du même ordre nous attendent en Roumanie. Tout au long des trois missions auxquelles je participe, je découvre la haine tranquille qui habite la plupart des Roumains à l'égard des Tziganes – et réciproquement. Le pays abrite depuis toujours d'importantes communautés de « gens du voyage », et leur mise à l'écart est totale. De part et d'autre, on se déteste sans complexes. Beaucoup de Tziganes me disent leur refus absolu de s'intégrer et tout le plaisir qu'ils prennent à voler les Roumains ; beaucoup de Roumains me font part de leur volonté de ne jamais intégrer de pareils gens. Quand je demande aux uns et aux autres s'ils envisagent un avenir commun, maintenant qu'ils sont libérés du régime de terreur de Ceausescu, presque tous me répondent qu'ils comptent bien continuer comme avant.

Décidément, il n'y a pas de peuple innocent.

À la fin de l'année 1990, nous mettons en place une opération spéciale avec nos camions : le « Noël des orphelins roumains ». L'idée est d'offrir à ces gamins quelque chose qui leur permette de se sentir considérés, au moins une fois, comme les autres enfants. Des milliers de cadeaux sont préparés en France, mis dans des boîtes, acheminés sur place, distribués un peu partout. Dans chaque orphelinat, nous organisons une fête la plus proche possible de ce que les autres enfants connaissent au même instant partout ailleurs.

Cette opération de Noël est très vite critiquée par d'autres associations humanitaires. On nous reproche de donner dans le superflu. À Solidarités, nous sommes consternés. Ainsi donc, le statut de « bénéficiaire » – comme on commence à dire dans le jargon humanitaire – interdirait l'accès à autre chose que les biens de première nécessité. Comme si des enfants n'avaient pas besoin d'un supplément d'âme. Je dois bien constater que la mentalité humanitaire évolue déjà vers quelque chose qui m'est de plus en plus étranger. Il y a dans ces critiques une volonté nouvelle et incompréhensible d'ordonner toute action dans des cases précises et des statuts administratifs définis, une confusion manifeste entre solidarité et charité, une froide volonté de pitié déshumanisée.

Dix ans ont passé depuis l'*Île de lumière*.

Le désastre des orphelinats roumains est si considérable qu'il est impossible de le résoudre par des actions dispersées et simplement associatives. Boinet va être de ceux qui vont mobiliser les institutions internationales pour une réponse à la hauteur de l'enjeu. Le résultat sera à peu près conforme à nos vœux ; Solidarités prendra sa part de l'action collective en se chargeant des orphelinats d'une région roumaine précise : la Moldavie. Une tâche immense.

Il faudra dix ans de travail ininterrompu pour en venir à bout ; dix longues années pour que ces orphelinats retrouvent un niveau de décence acceptable. La fermeture, mission accomplie, de notre mission de Moldavie au début des années 2000 sera l'une de nos grandes satisfactions.

25

L'action en Roumanie est à peine entamée que je suis entraîné au Kurdistan un an plus tard. L'année 1991 débute par un conflit majeur : la guerre du Golfe. Après avoir envahi le Koweït, Saddam Hussein subit en représailles d'intenses bombardements de la part des armées de la coalition mise en place par les Nations unies. En quelques semaines, ses forces sont écrasées dans le sud de l'Irak. Au nord, en revanche, ses troupes sont demeurées intactes et parviennent à repousser vers la frontière turque les combattants de la minorité kurde irakienne – les *peshmergas* – qui ont cru pouvoir saisir cette occasion pour se rebeller une nouvelle fois. Laissés sans défense par le recul des peshmergas, des millions de Kurdes, hommes, femmes et enfants, se jettent dans les montagnes, fuyant la terreur que leur inspire la soldatesque irakienne – trois ans plus tôt, elle a gazé la ville d'Halabja, tuant en une seule journée plus de cinq mille civils.

Des troupes de la coalition occidentale – essentiellement composées d'Américains et de Français – sont envoyées en Turquie pour venir à la rescousse des Kurdes. C'est à ce moment-là que je décide d'aller voir sur le terrain ce qu'un « irrégulier » de mon espèce peut éventuellement faire.

Je débarque dans le sud de la Turquie au milieu du brouhaha de la guerre ; les premières unités françaises ont déjà franchi la frontière pour sécuriser les zones les plus sensibles du Kurdistan. Le reste du corps expéditionnaire se prépare à s'engouffrer derrière elles dans une débauche de blindés, d'hélicoptères et d'avions. Des camps se construisent un peu partout, du matériel est acheminé sans interruption par des norias de camions, des renforts ne cessent d'arriver d'Europe. L'ambiance de la guerre imprègne jusqu'à la plus petite particule de l'atmosphère. Quelque chose qui m'est désormais familier.

Je traverse la frontière à mon tour et rejoins les combattants peshmergas de Jalal Talabani, le chef de l'Union patriotique du Kurdistan, l'une des deux grandes organisations politico-militaires kurdes, laïque et ancrée à gauche. J'ai moins de contacts avec le Parti démocratique du Kurdistan de Massoud Barzani, plus conservateur dans ses convictions, mais figure historique du mouvement de libération kurde.

Je trouve Talabani et son état-major en grande effervescence. Ils ont établi leurs quartiers dans les ruines éparses d'un village et reçoivent des émissaires venus par toutes les pistes des montagnes alentour ; ils sont assis en tailleur sur des coussins, alignés en rang d'oignons le long des murs, leurs kalachnikovs en travers des genoux ; ils boivent du thé, grignotent des friandises sucrées, discourent à n'en plus finir, congédient les uns, conseillent les autres, baisent les mains des personnages importants, bondissent sur leurs pieds à l'arrivée d'un représentant occidental, rajustent leurs turbans, remontent leurs larges pantalons, se rassoient, se relèvent, se démènent en tous sens. Le désordre est complet, l'agitation permanente. Des messagers vont et viennent sans discontinuer. C'est l'Orient compliqué…

Talabani ne sait pas encore qu'il sera un jour président de la République d'Irak. Dans ces heures incertaines, il joue toujours sa vie et trône au milieu de ce capharnaüm avec un calme souverain, imposant, le ventre lourd et l'esprit alerte – sa jeune femme, Héro Ahmed, près de lui, attentionnée et délicate : vingt ans au moins que ces deux-là se battent contre le régime de Bagdad, affrontant tout ensemble et d'abord l'infortune, aujourd'hui comme hier.

J'aime bien Talabani et j'aime bien les Kurdes ; ils me rappellent mes amis afghans, mais en moins corsetés. Les traditions tribales sont vives, mais le poids de l'islam est faible. On sait faire la fête et on boit de l'alcool – Talabani est un fervent adepte du châteauneuf-du-pape… Les femmes sont nombreuses dans les rues, sans voiles, fières, très belles souvent. Elles participent à toutes les activités sociales et sont les bienvenues dans les unités combattantes – ce qui n'arrive jamais en Afghanistan. Ce sont alors de redoutables guerrières, mais dénuées de la cruauté des amazones tchadiennes que j'ai connues dix ans plus tôt chez Hissène Habré du côté du Tibesti ; celles-là étaient surnommées par leurs camarades masculins BMP, PT-76, BRDM ou T-72 – des noms de blindés russes. Elles avaient la réputation d'en avoir la puissance implacable et trouvaient flatteur de servir de chair à canon…

Les dirigeants kurdes se savent à la croisée des chemins après des décennies de luttes contre le pouvoir de Bagdad. S'ils parviennent à s'entendre entre eux – ce qui n'a pas toujours été le cas –, et si l'Occident les soutient, ils ont une chance raisonnable de survie ; dans le cas contraire, Saddam les écrasera une nouvelle fois dans des torrents de sang. L'autonomie ou l'indépendance ne sont plus à l'ordre du jour ; l'urgence pour les Kurdes est de convaincre les Occidentaux de les protéger pour de bon et à long terme.

En attendant, ces dirigeants sont démunis de tout et la situation de leur peuple est catastrophique dans les montagnes de la bordure irako-turque battues par le froid. Les routes et les pistes sont encombrées d'un flot ininterrompu de fuyards et de tout ce qui a pu prendre la route : charrettes, carrioles, voitures brinquebalantes, camions bariolés, chevaux, ânes et mulets, bus cabossés ; et tout cela surchargé d'amas de caisses et de ballots mal ficelés, de bidons de plastique, de chaises, de tables, de matelas, de fûts d'essence, de mauvaises valises en carton, de malles d'osier et de cartons de toutes les tailles. La cohue est intense, désordonnée. Tous ces gens ont pris leurs maigres biens et sont partis droit devant eux, les plus misérables à pied, portant sur leurs dos d'invraisemblables charges.

L'exode de 1940 en France devait ressembler à quelque chose de ce genre.

Les fuyards sont si nombreux dans certaines régions malgré le recul des Irakiens, que le flanc des montagnes disparaît sous leur masse. Le spectacle est dantesque. Sur la frontière même, l'armée turque contient cette multitude à coups de botte et de crosse, l'empêchant de se mettre en sécurité de l'autre côté de cette frontière – et c'est pitié de voir des alignements de femmes en larmes, leurs enfants dans les bras, implorer la mansuétude de soldats imperturbables. Partout règnent la peur, la faim, la souffrance, la maladie. On campe comme on peut, n'importe où, dans des creux de rochers, sous des bâches hâtivement dressées. On creuse des abris, on se prépare au pire.

Pour une fois, cependant, la communauté internationale s'est mobilisée dans des délais suffisants et, après le parachutage de vivres en urgence, poursuit maintenant le ravitaillement des Kurdes par hélicoptère et par camions. Les organisations humanitaires débarquent, l'aide aux réfugiés s'organise.

La situation se stabilise lorsque les forces coalisées repoussent définitivement la garde républicaine de Saddam Hussein loin vers le sud. L'étau se desserre enfin sur les Kurdes.

Dans une position fortifiée dominant l'axe routier menant au cœur du Kurdistan, je retrouve mon frère Didier, le troisième de la famille. Jeune capitaine, il commande la compagnie de parachutistes du 3e RPIMa qui est entrée la première en territoire irakien quand il a fallu bousculer les troupes d'élite de Saddam Hussein pour empêcher le massacre des Kurdes. Une mission qu'il a aimée. À Paris, nous nous étions promis de nous rejoindre sur le terrain puisque son régiment partait en intervention. Voilà qui est fait. Nous échangeons nos informations, partageons avec ses hommes quelques rations de combat, et après nous être souhaité mutuellement bonne chance, retournons à nos missions respectives.

Avant de m'enfoncer plus avant dans le pays kurde, je m'intéresse aux autres minorités vivant dans le nord de l'Irak, celles dont on ne parle presque jamais : Assyriens, Nestoriens et autres chrétiens. Ce sont des minorités dans la minorité – avec tout ce que cela a pu comporter de difficultés dans un État s'imposant par la violence et tentant par tous les moyens de dresser les communautés les unes contre les autres.

Les chrétiens sont organisés de manière assez classique autour d'un clergé bien structuré, plutôt haut en couleur, dominé par des personnalités foisonnantes à la don Camillo, habillées de soutanes noires, portant de lourdes croix d'argent passées en sautoir, le verbe haut. Les Assyriens se sont regroupés en un parti politico-militaire à la manière des Kurdes. Mais leur parti pèse peu de choses : de bons cadres, mais guère de moyens et presque pas d'armes. Ils sont bien décidés cependant à prendre leur part de la victoire et à consolider une alliance définitive avec les Kurdes.

Si j'en juge par la situation vingt ans plus tard, tous ces gens ne se sont pas si mal débrouillés pour vivre ensemble et en paix – tout en développant économiquement le Kurdistan, leur territoire commun.

En attendant, je parcours le pays avec des unités de peshmergas et Ahmed Bamarni – le représentant de Talabani en France avec qui j'irai cinq ans plus tard chez Abdullah Ocalan, le chef du PKK. Des régions entières sont désormais accessibles aux étrangers et je prends la mesure de la répression subie par les Kurdes depuis vingt ans.

Pour la première et unique fois de ma vie, je contemple des villes de plus de cent mille habitants dont la hauteur ne dépasse pas quelques mètres…

Elles ont été entièrement rasées.

Il n'en reste rien. Réellement rien que de gigantesques cimetières de béton. Ces villes martyres ont pour noms Qala Diza ou Saïd Sadiq, sans parler encore d'Halabja. On y circule dans des avenues rectilignes bordées sur des kilomètres et des kilomètres par des mille-feuilles de pierre. Où que l'on tourne dans ces rues à angles droits, où que le regard se porte, le spectacle est le même : des entassements ininterrompus de ruines alignées dans le plan d'urbanisme d'origine. L'impression qu'une main géante s'est abattue sur ces villes pour les aplatir soigneusement, sans qu'aucun gravat ne déborde dans les rues. Une forme d'anéantissement qui ne ressemble pas aux destructions habituelles de la guerre.

L'explication est ailleurs : au cours des répressions de ces dix dernières années, les villes kurdes considérées comme insoumises étaient encerclées par l'armée, leur population déportée dans des camps – souvent au milieu du désert – et tout était méthodiquement dynamité : chaque immeuble, chaque maison, chaque magasin, chaque habitation, jusqu'au moindre réduit, jusqu'au plus petit appentis. Tout y passait, tout s'écroulait comme des empilements d'assiettes. Cela prenait des jours ou des semaines, mais c'était sans importance pour les Irakiens ; il fallait que rien, absolument rien, ne reste debout.

Devant cet insondable spectacle de désolation, je me fais la réflexion que lorsque les éruptions volcaniques, les tremblements de terre ou les tsunamis s'en prennent à une ville, ils font preuve de plus de clémence que l'armée irakienne. Ils épargnent toujours quelque chose quelque part. Pas Saddam Hussein.

Je découvre les mêmes ruines dans les montagnes. Sur une profondeur de plusieurs kilomètres le long de la frontière turque, l'intégralité des villages a été pulvérisée et passée au bulldozer. J'en compte cent, puis deux cents ; j'arrête ensuite, écœuré. Il y en a des centaines dans le même état.

Autrefois, je me serais dit : comment des hommes ont-ils pu faire cela ? Cette fois, je me demande plutôt : pourquoi personne n'en a-t-il parlé en Occident ? Tous ces crimes se sont déroulés sous nos yeux pour ainsi dire. Et il y a quelques années seulement.

« Tu sais, me dit Ahmed, chacun s'occupe de ses problèmes dans la vie ; je suis entré dans la résistance en 1975, au début de la révolte de Barzani. Depuis cette époque, nous n'avons connu que des massacres et des destructions, mais à part nous, personne ne se sentait vraiment concerné.

– Tu devrais écrire un livre pour raconter tout ça.

– J'y pense depuis longtemps ; ce sera peut-être nécessaire maintenant pour éviter l'oubli. »

Quatre ans plus tard, Ahmed écrira ce livre : *Le Printemps kurde*. Je le publierai dans une collection de témoignages que je dirige alors chez un éditeur parisien.

Un très beau texte qui n'intéressera pas grand monde.

Dans le petit hôpital d'une bourgade du nom de Ranya, je trouve quelques membres d'une ONG médicale française. Avec une efficacité méticuleuse, ils réhabilitent les locaux aux trois quarts détruits, réinstallent du matériel opératoire, accueillent les premiers malades et blessés. Tout est méthodique, rationnel, rapide. On est loin de l'amateurisme qui prévalait à la naissance du mouvement humanitaire d'urgence. Tant mieux.

Un jour, dans une pièce isolée, je découvre un blessé dont personne ne semble se soucier. Il est allongé sur le dos à même un grabat, une femme âgée à ses côtés, coiffée d'un châle : sa mère, me dit-on. L'homme est immobile, les yeux grands ouverts ; son visage est émacié, contracté par une souffrance indicible. On me dit encore que c'est un peshmerga, blessé depuis plusieurs mois déjà. Il a reçu une balle dans la colonne vertébrale et ne peut plus bouger, entièrement paralysé. Il a été abandonné là au moment de la débâcle. Depuis, il attend.

Je retourne le malheureux sur le côté et découvre une vision d'horreur : les escarres provoquées par l'immobilité ont rongé l'ensemble du bassin, laissant apparaître le squelette comme sur une planche d'anatomie. Une puanteur infâme se dégage des chairs noirâtres encore attachées aux os. Je n'ai jamais vu pareille plaie.

Les yeux de l'homme ne cessent de me suivre, seules choses mobiles dans ce corps silencieux, contracté en lui-même par la douleur incessante. Des yeux d'une violence inouïe.

J'appelle le médecin français responsable de l'hôpital :

« Dis donc, tu as vu ça : vous faites quelque chose pour ce blessé ?

– Non. C'est de la chirurgie lourde ; il y en aurait pour des mois.

– Évidemment… »

Je réfléchis un instant, cherchant une solution. Puis je dis :

« De l'autre côté de la frontière, il y a l'hôpital militaire de campagne français. Ils ont tout ce qu'il faut pour s'occuper d'un cas pareil. On pourrait trouver un véhicule et évacuer ce type. »

Le médecin s'irrite de cette proposition :

« Écoute, je crois que tu n'as pas bien suivi l'évolution du boulot ces dernières années. Mon job maintenant, c'est de gérer les grandes masses, pas de m'occuper des cas particuliers. Je n'ai pas le temps ; de toute façon cet homme va mourir, laisse tomber… »

Et il disparaît, me laissant interdit…

C'est la première fois que j'ai à faire à un fonctionnaire de l'humanitaire : je ne m'y attendais pas. Je m'assois dans un coin de la pièce, maugréant contre les technocrates auxquels une certaine forme de professionnalisme fait désormais appel. Ces gens-là n'aiment pas les cas individuels qui exigent une énergie disproportionnée en regard de la « productivité » générale du travail. Ils ne sont pas « rentables » au regard des chiffres à produire pour les bureaux parisiens ; ces chiffres qui traduiront l'efficacité de l'organisation – le nombre de bénéficiaires par rapport aux moyens engagés – et en retour, les moyens financiers auxquels elle pourra prétendre. C'est l'intrusion de la logique d'entreprise dans l'humanitaire.

Je quitte le blessé un peu plus tard, maugréant toujours. Je n'ai pas envie de verser dans le sentimentalisme, aucune intention de me mettre en avant ou de faire des histoires dans ce petit hôpital de Ranya qui a besoin de tranquillité, mais je fais soudain de ce blessé un cas personnel. Il est sous mes yeux, pas à des milliers de kilomètres.

Je me rends dans une organisation allemande voisine, trouve un médecin, l'amène au chevet du blessé, lui demande :

« Qu'est-ce que vous en pensez ? »

L'Allemand secoue la tête, dubitatif :

« Il a peu de chance de s'en sortir.

– Est-il transportable jusqu'à la zone française ?

– Vous pouvez toujours essayer ; il n'a rien à perdre. »

Je regarde attentivement ce médecin. Il est très jeune mais semble de la vieille école, celle qui se préoccupe des hommes un par un. Je dis :

« Si je trouve un véhicule, vous acceptez de le convoyer avec moi ? Je ne peux pas faire ça seul, j'ai besoin d'un médecin ; ne me racontez surtout pas que vous n'avez pas le temps, c'est votre travail après tout… »

L'Allemand sourit :

« Je n'ai pas un moment à moi si vous voulez tout savoir ; mais je vais venir quand même. J'ai déjà vu des miracles. Si j'étais dans l'état de ce type, j'aimerais bien que quelqu'un fasse ça pour moi. »

C'est ce que j'avais envie d'entendre… Je loue le 4 × 4 de commerçants kurdes qui traînent dans les parages et nous transbordons le blessé à son bord ; aussitôt après nous partons vers la frontière par les pistes de montagne, lentement, pour éviter trop de secousses à notre passager allongé à l'arrière.

Deux jours plus tard, nous sommes à l'hôpital militaire français qui dresse ses tentes sur la lisière d'une plaine aride balayée par le vent. Une équipe chirurgicale prend le blessé en charge sans poser de problème particulier. Un médecin colonel l'examine rapidement et me dit :

« Votre gars est très abîmé. Il va falloir des mois de chirurgie réparatrice pour le tirer de là ; mais on devrait y arriver. »

Lorsque je rentre en France, j'ai définitivement pris fait et cause pour les Kurdes – comme pour les autres minorités du nord de l'Irak. Ce que j'ai vu me pousse à l'action sans plus attendre ; la forme la plus appropriée dans l'immédiat me semble être l'aide humanitaire. Il y a tout à faire dans ce domaine. Absolument tout.

Alain Boinet est déjà convaincu et Solidarités se mobilise : réunions des équipes, appels aux dons, recrutement des volontaires, recours aux entreprises alimentaires. C'est presque la routine maintenant.

Au cours des mois suivants, nous intervenons au Kurdistan avec des convois de ravitaillement comme en Roumanie ; le chemin est autrement plus long, mais nos équipes l'accomplissent à de multiples reprises.

Très vite, nous décidons aussi d'impliquer des régions françaises dans notre action. L'avantage est double : démultiplier l'aide elle-même et sensibiliser un public toujours plus large à la situation des Kurdes. Depuis l'origine, nous considérons que le volet « témoignage » de nos opérations est une composante de celles-ci ; nous ne voulons pas nous interdire de dénoncer ce qui doit l'être, d'intervenir dans les sphères politiques si nous le pouvons, ou d'en appeler à une prise de conscience citoyenne lorsque cela paraît utile. À nos yeux, c'est le rôle des ONG indépendantes ; c'est la partie « militante » du travail – contrairement aux grandes organisations internationales comme le comité international de la Croix-Rouge de Genève, astreint à la neutralité par ses statuts, ou le Haut Commissariat pour les réfugiés des Nations unies, contraint à des règles d'engagement limitées par les États. Ces grandes organisations officielles font un travail exceptionnel – sans elles, tout serait pire –, mais nous avons en mémoire les silences de la Croix-Rouge sur les camps de concentration nazis, ou son refus pendant la guerre soviéto-afghane d'envoyer des équipes sur place puisque Moscou s'y opposait. Il y en aurait bien eu besoin pourtant.

D'une certaine manière : à chacun son travail. Ainsi considérons-nous que franchir des frontières sans autorisation est un mode d'action qui doit être entrepris quand aucun autre moyen n'est possible ; et que rapporter des preuves de crimes de guerres, de massacres ou de déportations, quand il en existe, fait partie du « job ».

Mais sans angélisme : les victimes du jour deviennent souvent les bourreaux du lendemain.

Ce « job » est fréquemment critiqué par les institutions. À intervalles réguliers, nous sommes taxés d'interventionnisme exagéré, de mélange des genres, de partialité parfois ; on nous considère comme des cow-boys incontrôlables ou des activistes dangereux. Mais c'est notre choix et il nous convient. Au moins avons-nous le sentiment d'être à notre place.

Dans l'action menée auprès des régions de France, je prends en charge la Bourgogne et me mets aussitôt au travail. Hélas, du temps a passé depuis la fin de la guerre du Golfe et les médias ne parlent plus guère du Kurdistan ; le moins que l'on puisse dire est que j'ai du mal à mobiliser les foules… Une actualité chasse l'autre, un drame emporte le précédent avant d'être emporté à son tour par le suivant, et la course en avant médiatique est sans fin. Dans nos sociétés de l'information constante, ce dont on ne parle pas n'existe pas. Le Kurdistan bascule donc lentement dans l'oubli alors que seule la situation d'extrême urgence est réglée.

Au début de l'année 1992 cependant, je parviens à achever la constitution d'un convoi de camions ; il quitte Dijon, escorté par une demi-douzaine de volontaires très motivés, dont Catherine Bricard qui effectue alors sa première mission avec moi.

Italie, Yougoslavie, Bulgarie, Turquie, le chemin est long jusqu'au Kurdistan irakien… C'est l'hiver et nous rencontrons des difficultés considérables pour franchir les montagnes turques ; les routes sont couvertes de glace, les éboulements fréquents, et le brouillard qui stagne dans les cols est gluant comme de la poix. Ces obstacles passés, le plateau anatolien nous réconforte de ses immensités ; je garde le souvenir d'une steppe sans fin où les troupeaux de moutons piquetaient la blancheur de la neige d'innombrables taches noires.

À la frontière turco-irakienne, la situation a beaucoup évolué en un an. Plus question d'entrer au Kurdistan n'importe comment et en toute liberté. Les contrôles douaniers ont repris, mais ce sont des peshmergas qui les effectuent. Et ils sont tatillons – selon la loi générale qui veut que tout nouveau pouvoir exprime sa souveraineté par une bureaucratie inversement proportionnelle à sa puissance.

De l'autre côté, je découvre effectivement un Kurdistan nouveau – mais plus positif. L'urgence alimentaire ne concerne plus que quelques poches résiduelles et la sécurité est assurée partout. Quand on entend des rafales d'armes automatiques dans les rues, c'est qu'une fête est en cours ou qu'un mariage traditionnel se prépare. Saddam Hussein a été laissé au pouvoir par les Occidentaux, mais l'interdiction où il se trouve de pénétrer au Kurdistan permet à ce dernier de bénéficier d'une autonomie de fait.

Nous parcourons une bonne partie du pays, distribuant notre cargaison de nourriture dans les zones montagneuses à l'écart des routes principales ou aux populations défavorisées dans les villes. Pour la première fois depuis longtemps, j'éprouve du plaisir à ces distributions : les gens ont encore faim, mais il règne une joie et une liberté inconnue l'année précédente. Partout les Kurdes sont au travail pour rebâtir leur pays. Routes, villes et villages sont reconstruits à toute allure et je ne reconnais déjà plus Qala Diza ou Saïd Sadiq : les mille-feuilles de béton sont démantelés à coup de bulldozers rageurs, les gravats évacués, de nouvelles maisons surgissent de terre. On sent de l'espoir partout.

Les Kurdes s'en sortent enfin après un demi-siècle de tragédie.

26

Au retour du Kurdistan, je suis plus que jamais disponible pour m'engager où bon me semble et j'éprouve dans cette liberté un plaisir presque physique. J'ai trente-sept ans maintenant, encore du temps devant moi, et beaucoup de projets. Toutefois, ce sont les circonstances bien plus que des choix personnels qui vont décider de ma vie au cours des deux années suivantes – toujours dans le domaine de l'action humanitaire.

Coup sur coup la Yougoslavie se désintègre au printemps 1992, provoquant une succession de guerres abominable au cœur de l'Europe, et la Somalie sombre à l'été dans l'une des famines les plus meurtrières de l'histoire.

Lorsque Serbes et Croates commencent à s'étriper de l'autre côté de l'Adriatique, je suis en train d'achever un roman – mettant à profit les quelques mois de repos que je me suis accordés. Des amis me parlent de partir là-bas : je refuse. Je suis très réticent à l'idée de me plonger à nouveau dans la violence collective ; j'écris, je vis entre quatre murs avec mes personnages, je coule des jours heureux ; je crois même me souvenir que le printemps est clément. Je ne vois pas pourquoi j'irais prendre des risques pour des gens qui me semblent d'une brutalité sans nom, hantés par la pureté raciale et adeptes du nettoyage ethnique. Je n'ai aucune envie d'aller traîner dans les charniers que je pressens. J'ai le désir d'autre chose.

Le temps passe. J'observe les événements de loin ; avec intérêt quand même. Tout cela se déroule à nos portes. Et puis la guerre déborde en Bosnie ; les Serbes orthodoxes s'en prennent maintenant aux Bosniaques musulmans. Bientôt, ils encerclent Sarajevo. Au mois de juillet, le blocus de la ville est total. Plus rien ni personne ne peut entrer, plus rien ni personne ne peut sortir. Seul l'aéroport est encore ouvert sporadiquement grâce à la présence des casques bleus, notamment français, envoyés sur place au début du conflit.

Sarajevo est assiégée comme un château fort ; les Serbes ont installé leur artillerie sur les hauteurs de la ville et écrasent la population de leurs obus : tous les jours un carnage de civils…

Les grandes institutions internationales et nombre d'ONG se mobilisent pour tenter de ravitailler la ville. Kouchner – devenu ministre de la Santé et de l'Action humanitaire – fait de son mieux pour les aider à forcer le blocus, tout en agissant par lui-même sur le plan politique. Agresseurs et victimes sont clairement désignés. La réprobation est mondiale : il faut sauver les Bosniaques du massacre.

Cette fois, la situation ne me laisse plus indifférent. Je dois en être. Solidarités organise déjà un premier convoi de ravitaillement pour Sarajevo : je renvoie mon roman à plus tard et rejoins mes camarades. Tout le monde se démène dans l'urgence, Boinet le premier : au mois d'août, ce convoi est prêt. Nous prenons la route de Sarajevo. Les hasards de l'histoire me rangent une nouvelle fois aux côtés de musulmans.

Deux nouveaux venus ont rejoint notre équipe : Gérard d'Aboville – qui s'est rendu célèbre les années précédentes par ses traversées à la rame de l'Atlantique et du Pacifique – et Louis de Broissia, député à l'Assemblée nationale. Nous comptons sur eux pour démultiplier les actions de sensibilisation de l'opinion publique que nous mettons en place par ailleurs.

Dans le convoi se trouvent également Pierre de la Bretesche, Erik Van Laere et beaucoup d'anciens. L'un des chauffeurs volontaires est un nain qui conduit son trente-six tonnes presque debout ; j'ai oublié son nom, mais il va nous impressionner par sa motivation et son courage lorsqu'il faudra subir les tirs serbes.

L'été est splendide sur le sud de l'Europe. Lorsque nous parvenons à la frontière croate, les combats ont pratiquement cessé dans cette région ; les Serbes ont été contenus plus au nord, vers la Bosnie, et une paix relative s'est installée. Les plages de la côte sont inondées de soleil, couvertes de Croates qui s'amusent dans le sable et nagent dans la mer. De telles images d'insouciance me paraissent surréalistes à deux pas des massacres de Sarajevo, et même écœurantes – la vie résiste décidément au pire. L'un des chauffeurs s'étonne : « Mais, ce ne serait pas à eux d'aller aider les gens de Sarajevo ? Ce sont leurs voisins. Il y a encore trois mois ils faisaient partie du même pays, non ? » Un autre, plus âgé, répond avec un cynisme grinçant : « Justement, c'est pour ça qu'ils ne risquent pas d'y aller… »

La traversée de la Croatie se déroule sans difficulté particulière ; nous nous heurtons partout à des barrages de miliciens croates, mais ces derniers nous laissent passer puisque nous allons aider les ennemis de leurs ennemis. Quand ils ouvrent leurs herses ou leurs barrières de bois, je me contente de hocher la tête. Je n'aime pas du tout la « gueule » de ces types qui nous gratifient au passage de saluts nazis : des mines patibulaires, des regards de violence, des corps massifs où la graisse le dispute aux muscles, des uniformes noirs et sinistres, peu de discipline, beaucoup d'arrogance. Le genre de voyous que les pulsions de la guerre libèrent de tout, parce que l'architecture sociale qui les contenait jusqu'alors s'est écroulée d'un coup, victime de son caractère artificiel ; plus rien ni personne ne retient de tels hommes ou ne veut les retenir, et la possession d'armes les enivre de puissance. La haine la plus pure peut s'exprimer sans frein. On est loin de la retenue des guerriers afghans ou kurdes, structurés par des sociétés peut-être archaïques mais solides, où les traditions encadrent chaque individu dans un faisceau de règles précises et codifiées, limitant les excès dans la guerre comme la liberté individuelle dans la paix. On sent qu'avec les miliciens croates, les choses peuvent basculer très vite dans l'abject. Ils ont le goût du sang.

Des têtes comme celles-là, j'en verrai pas mal aussi chez les Bosniaques et les Serbes. Un vrai malaise à la longue. Il me semble déjà que cette guerre est détestable. Car je sais au moins une chose maintenant : que s'il n'y a pas de guerres propres, il en est de plus sales que d'autres. Et ici, je sens que je pénètre dans une guerre *vraiment* sale, comme toutes les guerres ethniques et religieuses, comme toutes les guerres civiles.

Toutefois, la question est : comment la société yougoslave a-t-elle pu produire de tels hommes dans un temps aussi court ?

Je n'ai pas de réponse. Et dans l'immédiat, je dois bien considérer qu'il y a plus urgent : secourir des assiégés. La mission me convient toujours.

Lorsque nous parvenons aux abords de Sarajevo, le tumulte est complet : beaucoup de convois comme le nôtre attendent l'opportunité d'un passage et des camions s'enchevêtrent un peu partout dans la plaine qui précède la ville. Mais à bonne distance. Au loin, la canonnade est presque ininterrompue.

Alain Boinet part aux renseignements auprès des casques bleus ; ce sont eux qui gèrent ce chaos où l'on ne sait jamais très bien ce qui se passe et qui fait quoi, où, quand, et comment : l'habituel grand désordre de la guerre… Heureusement, beaucoup de soldats français font partie de ces unités de casques bleus et le dialogue est rapide.

Alain revient avec des nouvelles plutôt rassurantes : des tractations seraient en cours pour contraindre les Serbes à laisser entrer un minimum de convois de ravitaillement dans la ville. Si elles aboutissent, nous devrions repartir très vite.

Un ordre de départ nous parvient effectivement le lendemain : les barrages serbes seront levés pendant la matinée, mais pour quelques heures seulement. Il ne faudra pas traîner pour atteindre Sarajevo ; et une fois dans l'agglomération, se méfier autant des obus que des snippers. Ces derniers sont nombreux et tirent sur tout ce qui bouge. La levée provisoire des barrages ne modifie en rien la guerre dans la ville et sur sa périphérie.

L'objectif donné à notre convoi, une fois entré dans Sarajevo, est l'abri d'un grand hôtel relativement protégé des tirs serbes par des immeubles voisins. Quand nous l'aurons atteint, nous serons en sécurité. On nous distribue des gilets pare-balles.

Nous réorganisons notre dispositif : en tête, l'un des véhicules légers pour éclairer la route ; j'y prends place avec Boinet. Derrière, les camions dont l'espacement devra être aussi réduit que possible – dans chacun d'eux, un chauffeur et un chef de bord. En queue, les derniers véhicules légers. Chaque chef de bord dispose d'une radio. Si les choses tournent mal, consigne leur est donnée de suivre les ordres de la voiture de tête sans discuter.

Nous sommes en territoire inconnu et nous mémorisons longuement la carte de Sarajevo avant le départ. Pour atteindre l'abri prévu, il faut parcourir une longue avenue rectiligne que la presse baptisera bientôt « snipper allée » tant elle est sous le feu des Serbes embusqués dans les collines voisines. Bien des hommes tomberont sur cette avenue qui représente le danger principal de l'entrée dans Sarajevo.

Nous notons aussi soigneusement toutes les rues adjacentes à cette avenue où nous pourrions trouver refuge si nous devions faire éclater le convoi. Moi qui ne suis déjà pas très doué pour circuler en voiture dans Paris, je peine à ce travail fastidieux… Mais enfin, il faut ce qu'il faut…

Quand tout est prêt, les moteurs sont mis en route et nous fonçons vers Sarajevo. À Dieu va !

Comme souvent dans les actions dangereuses, rapides et intenses, ma mémoire a tout enregistré sur le coup, je me suis souvenu longtemps du moindre détail, puis, les années passant, vingt en tout, ces détails se sont effacés peu à peu. Je ne me rappelle ainsi que d'images kaléidoscopiques : l'apparition des premiers immeubles de la ville, la vision d'une avenue déserte encombrée de gravats et de voitures calcinées, le spectacle de maisons éventrées par les obus ; je me souviens du bruit des tirs tout autour de nous, du calme de chacun pendant les appels radio, de mon regard rivé sur la carte dans la crainte d'une erreur d'itinéraire, de notre arrivée en trombe à l'abri de l'hôtel, et des camions se garant à toute allure derrière les murs dans un grondement de moteurs martyrisés et de crissements de pneus…

Nous sommes passés ! Et sans dégâts… Un long soulagement suit le stress brutal qui l'a précédé ; on se congratule, on se donne des tapes dans le dos, des blagues fusent avec quelques rires, tout le monde est bien content de ce dénouement ; chacun a fait son travail, le député Louis de Broissia comme les autres – avec un supplément de simplicité et de modestie comme simple chef de bord d'un camion. Avant le départ de France, lorsque nous cherchions des hommes politiques pour s'impliquer avec nous en Bosnie, témoigner dans les cercles de l'Assemblée nationale et faire quelque chose de plus que s'indigner, nous n'avions pas rencontré beaucoup d'écho. Lui avait répondu présent. Mais je n'avais pas de certitude quant à sa réelle détermination ; comment savoir avec les hommes politiques ? Il est des nôtres désormais.

De ce jour, Louis deviendra un ami ; par la suite, il embarquera à plusieurs reprises sur *La Boudeuse* pour de longues navigations au bout du monde – tout en étant l'un des soutiens les plus efficaces de nos entreprises.

À Sarajevo, nous découvrons ce que peut être une ville assiégée. Les habitants survivent comme ils peuvent, sous la constante menace de l'artillerie ennemie et de ses snippers. Ils ne sont en sécurité nulle part, toute sortie est périlleuse, aucune vie normale n'est possible. L'atmosphère est sinistre. Une ville morte. Des ruines partout.

Les chefs bosniaques se sont organisés pour résister, mais ils manquent de tout. Leur principale raison d'espérer vient de la population qui conserve son calme, un certain moral, et demeure très disciplinée. Mais pour combien de temps encore ? La pression serbe est effroyable ; elle est contenue aux limites de la ville par les combattants bosniaques, mais qui peut dire comment tout cela finira ?

À l'aéroport, tenu par des unités françaises, l'ambiance n'est guère plus réjouissante. Les Serbes n'osent pas s'en prendre trop ouvertement aux casques bleus, mais ils sont agacés par leur présence qui maintient vaille que vaille une porte ouverte sur l'extérieur – et les empêche d'écraser la ville comme ils l'entendent. Alors, de temps à autre, ils envoient quelques salves d'obus de 155 mm dans les alentours de la piste, et l'on peut suivre l'approche des impacts par les ondes de choc successives qui font trembler le sol des abris. Les officiers maugréent. Ils enragent de devoir subir en permanence, d'être réduits au rôle de cibles vivantes, de se voir toujours ligotés par les règles d'intervention des Nations unies. À leur avis, il faudrait se montrer plus offensif pour sauver les habitants des massacres quotidiens. Rien de pire que de s'immiscer à moitié dans les guerres des autres : il faut les faire complètement ou ne pas les faire du tout…

Dans le contexte de pénurie générale qui règne sur la ville, les quelques dizaines de tonnes de produits alimentaires que nous apportons sont les bienvenus ; ils ne représentent qu'une goutte d'eau dans la mer des besoins, mais c'est toujours ça de pris…

Pour distribuer ces vivres, nous devons choisir des zones protégées telles que les parkings souterrains ou tout autre lieu invisible aux guetteurs serbes ; ces derniers n'attendent que des rassemblements de population pour déclencher le tir de leurs canons ; alors, ils font des « cartons » sur la population, notamment lors des marchés publics. Du tir aux pigeons d'une lâcheté infinie.

Les Bosniaques se montrent très dignes lors des distributions : ils s'alignent en rangs silencieux, patientent jusqu'à ce que vienne leur tour, et s'en repartent les bras chargés, les visages résignés. Du jour au lendemain, ils ont découvert que la guerre n'anéantit pas seulement des vies et des biens matériels : elle détruit aussi les anciennes normes de vie, bouleverse les rapports humains, renverse les valeurs, remet tout en cause. Beaucoup supportent mal cette découverte brutale qui les oblige à vivre de véritables révolutions intérieures.

Au fur et à mesure des jours qui passent, je me sens envahi par un étrange sentiment de précarité pour mon propre pays. Et si tous les malheurs qui m'entourent survenaient un jour chez moi, chez les miens ? Au regard de ce que j'ai vécu, le pire me semble tout à coup possible. Ne suffit-il pas de très peu de choses pour que tout bascule, pour que tout revienne en arrière et retourne au chaos d'origine ?

Ce sentiment de précarité, je l'avais déjà ressenti, très confusément, à chaque retour d'Afghanistan. En France, on nous interrogeait souvent sur ce que nous avions vécu là-bas. Je n'aimais pas en parler, sauf à ceux qui avaient connu la même expérience. Nous vivions beaucoup entre nous, je dois dire, unis par des liens puissants que nous ne pouvions pas avoir avec d'autres ; mais même ainsi, ce n'était pas notre sujet de conversation préféré.

Quand je parlais néanmoins de la guerre à d'autres qu'eux, j'étais frappé par la difficulté de la plupart des gens à concevoir ne serait-ce que l'idée d'un retour de ce fléau dans notre propre pays. La guerre, comme la pauvreté ou la famine, était les attributs des pays situés hors de l'Occident tranquille. Cela ne nous concernait que de loin. Nous avions passé ce cap. C'était le passé. Je comprenais qu'une existence entière vécue dans la paix empêche d'imaginer la guerre pour soi-même, sa famille, ses amis, son territoire. Et pourtant… Dans ce domaine, je parlais plus facilement avec la génération qui avait connu les années 1940-1945 et gardait encore la crainte ancestrale du retour possible de la guerre ; elle avait un regard différent sur sa matérialité.

À Sarajevo, nous dormons au gré des circonstances, par petits groupes dispersés, souvent dans des immeubles désertés. Dans ce cas, nous choisissons de préférence des lieux déjà bombardés, selon la règle non écrite – et non vérifiée absolument – qu'un obus ne tombe jamais deux fois au même endroit… On se rassure comme on peut.

Je me souviens en particulier d'une nuit de bombardements. Je suis avec d'Aboville au sommet d'un bâtiment, couché sur de mauvais matelas, dans une pièce au sol jonché de gravats. La canonnade s'intensifie d'heure en heure et nous décidons de rester éveillés pour surveiller son évolution afin de changer de place en cas de danger direct. Précautionneusement accroupis derrière une fenêtre, nous regardons la ville s'embraser – et des images identiques se superposent aussitôt dans ma mémoire : celles de Kaboul avec Manoukian au moment de l'invasion soviétique treize ans plus tôt. C'est par la fenêtre d'un hôtel, en pleine nuit, dans un pays que je ne connaissais pas encore, dissimulé derrière des rideaux, que j'ai découvert la guerre pour la toute première fois, avec son vacarme, sa fureur, et le ballet des balles traçantes, rouges et lumineuses dans le ciel noir.

Je n'aime pas ces heures sombres où il faut se contraindre à observer dans l'obscurité des impacts d'obus sur des immeubles et des maisons, ces heures où l'on contemple impuissant des explosions dont chacune emporte sans doute quelques vies ; on calcule la fréquence des tirs, on mesure leur éloignement ou leur proximité, on distingue le grondement caractéristique des canons de 155 de l'artillerie plus légère, et on reste là à écouter la musique de la guerre sans pouvoir faire autre chose qu'attendre.

Un autre sentiment curieux s'installe en moi au cours des tristes journées qui suivent : je me sens concerné par le drame de Sarajevo puisque je le partage au quotidien, mais je m'y sens en même temps étranger. Quelque chose m'empêche de me fondre complètement dans ce qui se passe autour de moi. Est-ce la sensation d'une trop grande présence de la violence gratuite ? Une répulsion certaine pour le côté guerre ethnique qui m'entoure ? Autre chose ? Je ne le sais toujours pas. L'empathie victimaire joue, mais je ne me vois pas m'engager dans cette cause au-delà de l'action humanitaire. Ce n'est pas l'Afghanistan. Je n'ai plus le même âge non plus.

Cette première mission de Solidarités en Bosnie sera le prélude à beaucoup d'autres jusqu'à la fin de la guerre. Au ravitaillement alimentaire d'urgence succéderont au fil des années de nombreux programmes d'aide à plus long terme, comme la réhabilitation d'habitations ou d'écoles. Du travail « lourd », mais intimement satisfaisant quand il s'agit de participer à la reconstruction d'un pays.

Je reviendrais plusieurs fois en Bosnie et à Sarajevo pour suivre la progression de ces programmes ; chaque fois, j'aurais plaisir à retrouver les Bosniaques, chaque fois je retrouverais en moi la défiance instinctive ressentie lors de mon premier contact avec ce pays. Ce ne serait jamais comme en Roumanie ou en Pologne.

27

Au retour de cette première mission à Sarajevo, j'écris à Bernard Kouchner pour lui faire part de quelques idées d'action en Bosnie. Après tout, au poste de ministre qu'il occupe, ses possibilités d'interventions sont multiples et nous nous entendons bien. Depuis l'époque de l'*Île de lumière*, je le vois régulièrement et j'apprécie les déjeuners ou les dîners chez lui ; on ne s'y ennuie jamais, on y rencontre des gens toujours passionnants, inconnus ou célèbres – Michel Foucault, Yves Montand, Jean-François Deniau, tant d'autres –, et les idées qui fusent dans ces réunions sont la plupart du temps originales, souvent généreuses, parfois un peu folles.

La réponse de Kouchner me parvient quelques jours plus tard – en Corse où je suis parti me reposer en attendant de voir ce que l'avenir me réserverait. Il me dit en substance qu'intervenir en Bosnie est une bonne chose, mais qu'il y a maintenant beaucoup plus urgent : la Somalie. Une famine comme on n'en a encore jamais vu ravage le pays, tuant des centaines de milliers de personnes ; et elle s'aggrave de jour en jour. Dans le concert des nations qui se mobilisent pour faire face à ce fléau, la France a décidé d'être en pointe. Le président François Mitterrand lui a donné toute latitude pour mettre en place des opérations d'envergure : l'ennemi désormais, c'est la famine. Mais il faut faire vite. Si je tiens à être utile à quelque chose, c'est ce nouveau combat qu'il faut entreprendre. Il m'engage à rejoindre son équipe au ministère.

Je ne réfléchis guère plus d'une fraction de seconde ; la mission est belle, j'y vais.

Le lendemain, je saute dans l'avion pour Paris.

Au ministère, Kouchner me dit :

« Pour ne rien te cacher, j'ai tout le monde dont j'ai besoin ici ; en revanche, il me faut un représentant permanent à Mogadiscio pour assurer sur le terrain la coordination de l'aide que le gouvernement va envoyer. Il y aura surtout des cargos chargés de vivres ; ça devrait te plaire… »

Je demande quand même :

« Comment ça se passe sur place ? J'étais en Bosnie, je n'ai rien suivi. »

Kouchner lève les yeux au ciel à sa manière inimitable :

« C'est le chaos complet, la guerre civile partout ; depuis qu'il n'y a plus d'État central, des "Seigneurs de la guerre" ont levé des milices tribales qui s'entretuent les unes les autres. C'est en grande partie à cause d'elles qu'il y a la famine. Il n'y a pas que la sécheresse qui est en cause.

– Tu m'envoies dans un drôle de coin… Et je ne connais rien à ce pays. Bon. On fait comment ?

– D'abord tu pars seul, le plus vite possible ; on vient de mettre en place en urgence un pont aérien entre Djibouti et Baidoa, l'épicentre de la famine. C'est au milieu de la Somalie. On a affrété un avion-cargo russe pour ça ; il te lâchera dans le coin ; tu fais une évaluation de la situation et tu reviens dès que tu peux. Ensuite, tu formes une équipe de quelques personnes, les gens de ton choix, et tu t'installes dans Mogadiscio pour assurer ta mission. Il n'y a plus d'ambassade depuis longtemps, plus rien qui tienne, la ville est à moitié en ruine ; tu te débrouilles. Attends-toi à passer au moins six mois là-bas… »

Ça me convient tout à fait.

Quelques jours plus tard, je gagne Djibouti et embarque dans l'avion-cargo qui sert au pont aérien vers Baidoa. Il est rempli jusqu'à la gueule de sacs de riz destinés à la Croix-Rouge ; on m'a dit qu'elle faisait un travail remarquable. C'est avec elle que j'aurais surtout à collaborer pour la répartition de l'aide dans les zones isolées du pays.

Pendant tout le vol, assis sur un strapontin de toile dans la cabine de pilotage, je réfléchis à cette mission ; à Paris, j'ai eu le temps de me documenter sur la Somalie et sa situation de déliquescence absolue. Je sais à peu près dans quoi je m'engage : une vraie guerre civile entre tribus, clans et sous-clans. Je ne vais pas m'amuser. Pour simplifier, deux groupes se disputent le pouvoir à Mogadiscio depuis la mise à bas du régime de Siad Barre l'année précédente et l'éclatement du pouvoir central qui a laissé le pays sans État et sans gouvernement.

Le premier groupe est mené par le « président » Ali Mahdi, le second par le général Aïdid. Deux seigneurs de la guerre au sens propre. Chacun a ses milices tribales, organise des trafics avec les pays voisins, pille l'aide internationale, et fait tout ce qu'il peut pour affamer la population de l'autre. Le moins que l'on puisse dire est qu'aucun des deux n'est recommandable.

Au nord du pays, le Somaliland a fait sécession et reste en retrait pour l'instant. Dans le sud, on ne sait guère qui fait quoi ; il y a des chefaillons et des roitelets de villages dans toutes les régions, chacun avec sa propre milice. Les démons du tribalisme ne sont plus contenus nulle part : bref, une guerre bien délétère avec la population au milieu pour en faire les frais. Le genre d'endroit où l'on ne sait jamais si l'allié du jour ne sera pas l'adversaire du lendemain.

En ce qui concerne la sécurité, je devrais prendre garde aux fameux « Mad Max », les miliciens somalis ; ces brutes se déplacent sur des 4×4 aux plateaux arrière équipés de mitrailleuses ; ce sont souvent de jeunes gens ivres de khat, incontrôlables, fascinés par la mort et dénués de toute sensibilité. S'inspirant de ce qu'il y a de plus macabre dans le cinéma de fiction, ils s'habillent de défroques propres à terroriser par leur surréalisme : redingotes, perruques, écharpes, grosses lunettes de soleil…

Tout ce que la guerre peut produire de pire.

Pour se défendre contre ces hurluberlus et leurs seigneurs de la guerre, mieux vaut ne pas compter sur les casques bleus pakistanais de l'ONUSOM à pied d'œuvre depuis les prémices de la famine ; ils sont peu nombreux, ligotés comme en Bosnie par leurs règles d'intervention, et manifestement peu désireux d'affronter les Mad Max. Ils se contentent de garder les bureaux locaux des Nations unies et ceux des grandes organisations internationales ; à peine les voit-on patrouiller mollement quand tout est calme.

Dans cet avion-cargo qui m'emporte au-dessus d'une savane jaune et désertique, je laisse au moins derrière moi les polémiques pénibles que déclenche déjà l'opération française en Somalie. Je songe : pauvre Kouchner ! Être ministre de la Santé et de l'Action humanitaire n'est pas de tout repos. Dès qu'il veut faire quelque chose, tout le monde lui tombe dessus ; et peu importe que la chose soit bonne ou mauvaise… Les critiques les plus vives viennent naturellement des « humanitaires », des anciens amis. Sur le principe, déjà, ils ne supportent pas l'existence d'un ministère dédié à un type d'action qui leur était jusqu'à présent réservé. Pour eux, il y a là comme une usurpation d'identité et de bonne conscience, une forme de récupération politique proche de la duplicité. Mieux : une perversion de la pensée humanitaire. À leurs yeux, cette ingérence de l'État au cœur d'un domaine qui devrait être réservé aux seuls « indépendants » est proprement inadmissible.

Dans cette vision du monde, l'État est le diable – on ne peut rien attendre de bon de lui –, l'ONG est la probité – c'est elle qui délivre le bien. En vertu de ce constat sans appel, seules les ONG doivent intervenir dans les actions humanitaires. Les lignes ne doivent pas bouger. S'il y a une frontière infranchissable pour les « sans-frontiéristes », c'est bien celle-là.

Je ne partage pas cette conception des choses. Ce que j'ai vu de la vie jusqu'à présent m'engage à plus de retenue dans mes conceptions de l'État comme dans celle des ONG. À ceux de mes camarades qui, avant mon départ, n'ont pas manqué de me reprocher d'être passé – même momentanément – dans le camp de « l'humanitaire d'État », j'ai fait remarquer deux choses. Premièrement, qu'un État démocratique comme le nôtre est, sur le fond, bien plus légitime que n'importe quelle ONG puisqu'il est la représentation du peuple par le biais du suffrage universel, alors que les ONG ne sont jamais que des structures autoproclamées ne représentant qu'elles-mêmes. Deuxièmement, que si j'admets volontiers qu'un État, même démocratique, doit être considéré comme un « monstre froid » de par la nature de ses fonctions régaliennes et des intérêts qu'il doit défendre – sans parler de sa pente naturelle vers toutes sortes de dérives – et que, par conséquent, il doit être étroitement surveillé par les citoyens, je ne vois pas pourquoi, justement, il ne faudrait pas tenter de « l'humaniser » de quelque manière que ce soit, de le changer de l'intérieur par une orientation différente de son pouvoir, surtout en faisant appel à des hommes venant de la « société civile » comme Kouchner. N'y a-t-il pas contradiction à reprocher sans cesse aux hommes politiques de n'être pas assez « citoyens », tout en refusant qu'un citoyen aguerri devienne homme politique ?

Enfin, je veux être pragmatique pour le défi que représente cette gigantesque famine en Somalie. Ce ne sont pas de simples ONG qui vont résoudre le problème. Le concours de tout le monde sera indispensable, sans exception, à commencer par les États avec leurs moyens considérables. Si des dérives politiques surviennent, chose éminemment probable, il faudra faire avec et voilà tout. Dans certains cas, l'on doit choisir la pire des solutions à l'exclusion de toutes les autres.

Et en vérité, quand un affamé reçoit un sac de riz pour survivre, ça ne l'intéresse pas de savoir s'il vient d'une ONG ou d'un État, de savoir s'il s'agit d'un « bon » ou d'un « mauvais » sac aux yeux des intellectuels parisiens.

L'avion-cargo atterrit sur la piste en terre de Baidoa dans une traînée de poussière rougeâtre qu'aucun vent n'entraîne nulle part ; l'endroit est plat, désertique, planté d'une maigre végétation, sans attrait. Le Sahel dans toute sa dureté.

Un véhicule de la Croix-Rouge nous attend avec des camions et des grappes de Somaliens dépenaillés accrochés aux ridelles. Un Suisse dirige l'équipe qui s'empresse de décharger l'avion ; les pilotes laissent tourner les moteurs tout au long de l'opération, manifestement peu soucieux de s'attarder, et redécollent dès le dernier sac de riz à terre. Je regarde disparaître l'avion avec le sentiment d'avoir été abandonné au milieu de nulle part. J'ai rarement éprouvé une telle solitude. Il flotte dans l'atmosphère quelque chose de malsain. À moins que ce ne soit moi qui me sente quelque peu désemparé par ce monde inconnu.

Loin à l'horizon, des 4 × 4 de Mad Max apparaissent dans l'air surchauffé qui tremble au-dessus du sol ; ils émergent bientôt de ce halo et tournent autour des camions comme des frelons, brandissant leurs armes. Première vision de « l'ennemi » ; elle m'emplit de malaise. Ce ne sont ni des guerriers, ni des soldats, ni des militaires ; juste des Mad-Max : quelque chose que je ne connais pas encore.

« Il ne faut pas traîner, me dit le Suisse. Allez, on rentre à la "station" avant que ça ne tourne mal. On a passé des accords avec ces gens-là, on les paye pour nous laisser tranquilles, mais on ne sait jamais ; ce sont des malades mentaux… »

En quelques heures d'avion, je suis passé de la sécurité d'un monde où règne le droit, à l'arbitraire d'un univers sans foi ni loi.

La « station » en question se trouve en bord de ville : des bâtiments en dur très sommaires disposés en carré ; probablement d'anciens locaux administratifs. Les sacs de riz sont déchargés à l'intérieur de ce fortin illusoire. Le Suisse me parle des problèmes que la Croix-Rouge rencontre pour installer un peu partout des « cantines » destinées à alimenter en urgence les affamés qui accourent de tous côtés. Le riz du pont aérien est une bouffée d'oxygène dans cette période cruciale ; les sacs livrés aujourd'hui seront répartis dès l'aube dans les cantines des environs, mais il faudrait multiplier par dix les quantités pour faire face aux besoins.

La nuit tombe sur ces entrefaites et je m'endors sur un lit de camp, dans une petite pièce nue et silencieuse.

Le lendemain matin, le Suisse m'emmène dans la ville, constituée d'une succession de cubes bas, souvent blanchis à la chaux, sans aucune architecture précise. J'y découvre une vision d'apocalypse : des dizaines de cadavres sont allongés au hasard des rues, comme jetés là par la main d'un démiurge vindicatif. Tous ces cadavres ont des visages de momie aux yeux enfoncés dans les orbites, des torses bombés aux côtes décharnées, des jambes et des bras où il ne reste que la peau et les os. Des images de camps de concentration nazis. Il y a là des hommes, des femmes, des enfants. Quand ils sont en tas informes, ce sont des familles entières qui ont cessé de lutter au même endroit, au même moment, comme dans une démission collective devant la mort après des mois de résistance commune.

J'ai rarement vu quelque chose d'aussi poignant. Devant ces corps squelettiques, souvent nus, parfois à peine enveloppés de quelques vêtements, j'imagine la somme de souffrance que chacun d'eux porte en lui ; une souffrance accumulée jour après jour pendant des mois.

À chaque heure, des centaines de paysans, de bergers, d'agriculteurs, de pasteurs, seuls ou en groupe, surgissent comme des spectres des campagnes environnantes et convergent vers la ville à la recherche d'un ultime espoir ; beaucoup expirent au seuil des secours. Ils se sont mis en marche trop tard, après être restés dans leurs villages aussi longtemps qu'ils le pouvaient, espérant Dieu sait quoi malgré la sécheresse – où craignant trop pour leurs vies s'ils s'aventuraient hors de chez eux. D'autres, qui s'étaient réfugiés dans des zones désertiques pour échapper aux prédations des miliciens de tribus adverses, ont connu un sort encore moins enviable, n'ayant jamais appris que des secours les attendaient quelque part. Tout cela est très confus pour quelqu'un comme moi qui connais mal le pays. Mais le résultat est là. Et la situation est identique dans la plupart des villes de province. On parle déjà de centaines de milliers de morts et de millions d'autres personnes menacées à court terme.

Plus tard, en m'aventurant hors des pistes, je découvrirai les cadavres isolés de ceux qui n'ont même pas pu atteindre une ville et sont tombés d'épuisement en cours de route. Des camarades me diront avoir découvert de leur côté des villages de brousse où chaque case était emplie de dépouilles : ceux-là n'avaient pas même trouvé la force de partir.

Dans Baidoa, personne ne se préoccupe plus de ces cadavres devenus un spectacle quotidien, habituel en somme. La routine s'est installée, désensibilisant tout le monde. L'homme s'habitue à tout. Chacun pour soi. Ces Somaliens me paraissent d'une dureté de diamant les uns envers les autres. Pas la moindre pitié, pas la plus petite compassion. La mort et la souffrance sont comme la vie : le quotidien de tout le monde.

De toute façon, pour les habitants de Baidoa, la famine est le problème des paysans, beaucoup moins le leur ; dans les villes, on survit toujours avec les trafics, à commencer par le détournement de l'aide alimentaire et le racket des organisations humanitaires. Et puis, tous ces gens qui arrivent du désert appartiennent le plus souvent à d'autres tribus ; ce sont des étrangers. On n'en a que faire.

Les équipes de la Croix-Rouge assistées d'un embryon d'autorité municipale quadrillent chaque matin les rues avec des camions ; ces croque-morts improvisés ramassent les cadavres un par un, les entassent dans les bennes en couches bien ordonnées, têtes vers l'avant, pieds vers l'arrière, et l'on ne voit plus que des centaines de jambes maigres, empilées les unes sur les autres, qui tressautent en cadence au gré des cahots : direction les fosses communes.

Très vite, je gagne Mogadiscio en profitant d'un véhicule de la Croix-Rouge. En traversant une succession de savanes arborées, plates, interminables, piquetées de villages aux cases rondes en pisé, je suis frappé par l'aspect sélectif de la famine : au spectacle de la désolation humaine dans certaines régions succèdent ailleurs les scènes communes de la vie africaine : enfants jouant entre les cases, femmes pilant leur nourriture au mortier, hommes devisant en paix sous les arbres. Mystère insondable du malheur qui frappe au hasard ?

Répartition de la vie et de la mort selon la force ou la faiblesse de chacun ? Qui peut le dire avec certitude…

Je découvre Mogadiscio. Certains quartiers ont dû être agréables aux temps anciens de la paix, surtout en bord de mer où s'élèvent de belles villas à colonnades et vérandas, détruites maintenant pour la plupart, mais dont le charme se devine encore. Dans le centre, on trouve des marchés débordant de vie, de grandes avenues parcourues de 4 × 4 de miliciens ; le reste de la ville est sans grand intérêt, sans architecture particulière. Les traces des combats sont visibles partout, mais très modérées en fin de compte ; ce n'est pas le Beyrouth que j'ai connu en 1983, où des zones entières comme la place des Canons étaient réduites à de la dentelle. Ici, c'est une guerre de pauvres, sans armes lourdes et artillerie, sans gros moyens de destruction – une guerre de bandes dominée par la rapacité et le goût du pillage.

Je vais passer six mois à Mogadiscio, mais ne parviendrais jamais à m'y attacher ; peut-être à cause des événements presque tous négatifs que j'y vivrais, peut-être à cause des Somaliens eux-mêmes avec lesquels j'aurais du mal à nouer des liens. Habituellement dans la guerre, un minimum de complicité et d'entraide s'installent très vite entre gens « du même bord ». Avec les Somaliens, je ne vivrais rien de cela. Ce sera la seule fois de ma vie.

À mon arrivée, la ville connaît une période de calme relatif entre factions situées de part et d'autre d'une « ligne verte » qui coupe l'agglomération en deux : le président Ali Mahdi au nord, le général Aïdid au sud. Sur cette ligne d'affrontement, la guerre est davantage visible, avec des barricades, des véhicules calcinés, des bâtiments ravagés par les balles et les obus. Pour la franchir, il faut l'accord des deux seigneurs de la guerre. Je vais les voir l'un après l'autre dans leurs grandes résidences qui grouillent de miliciens dépenaillés traînant leurs fusils à bout de bras dans une indiscipline inquiétante et une arrogance qui ne l'est pas moins ; toute une faune d'affairistes africains aux nationalités indéterminées se pavane dans des fauteuils de faux cuir. Ils portent de grosses montres dorées aux poignets, sont habillés de boubous délicatement brodés, ou de costumes aux cravates criardes, négocient Dieu sait quoi avec l'entourage des chefs de guerre, parlent fort en leur absence, mangent dans de grands plats que leur apportent des serviteurs zélés : ici, on vit confortablement.

Chez Ali Mahdi comme chez le général Aïdid, on sait très bien qui est Kouchner. Les deux seigneurs de la guerre se déclarent ravis de me voir et enchantés de ce que souhaite faire la France : hypocrisie et convoitise. Dans leurs yeux passe déjà le pactole des détournements de dizaines de milliers de tonnes de vivres. Une part de mon travail sera de les convaincre que leur intérêt est ailleurs. Autant dire que ce n'est pas gagné d'avance… Naturellement, ils promettent de ne toucher à aucune cargaison. Nous verrons…

Je fais la tournée des ONG et des institutions internationales. Tout ce qui compte dans la « planète humanitaire » est là, s'activant dans des nuées de 4 × 4. Des centres de nutrition ont été ouverts un peu partout pour les réfugiés des campagnes et l'affluence est inimaginable. Des milliers d'enfants dénutris sont déjà pris en charge dans des bâtiments désaffectés et insalubres. Les conditions sont précaires, la mortalité considérable. La famine n'a pas atteint Mogadiscio, mais la ville compte un nombre impressionnant de miséreux qui traînent au hasard des rues, mendiant et chapardant dans l'attente de jours meilleurs.

Dans les bureaux des organisations occidentales, chacun s'accorde à dire que les détournements des cargaisons alimentaires sont abyssaux et – paradoxe suprême – servent à alimenter la guerre civile puisque ces chargements sont souvent revendus au Kenya ou ailleurs pour acheter des armes. Personne ne peut ou ne veut chiffrer ces détournements, mais 50 % paraît un minimum ; certains parlent de 90 %, pour expliquer les difficultés à enrayer la famine.

Le système de détournement est bien rodé ; tout commence dans le port par où transite l'essentiel de l'aide alimentaire : 10 à 20 % des cargaisons sont prélevées d'office par les seigneurs de la guerre comme « droit de sortie » de la ville – sans parler de vols divers. Sur les routes, nouvelles « taxations » du même ordre, par d'autres factions, pour la simple autorisation de circuler ; dans les provinces, les prélèvements se poursuivent de manière plus traditionnelle par le pillage des convois. En bout de course, il n'arrive plus grand-chose dans les cantines de la Croix-Rouge qui alimentent les affamés.

À ces détournements massifs, s'ajoute un racket endémique touchant les moindres aspects de la vie quotidienne ; il faut payer pour tout et n'importe quoi. Ce racket est institutionnalisé, admis, accepté comme un mal nécessaire : les miliciens font la loi, s'enrichissent éhontément, personne ne peut rien contre eux.

Dans des conditions aussi détestables, je vois mal comment la famine pourrait être jugulée rapidement. L'intérêt des chefs de guerre est de continuer à affamer la Somalie afin de ne pas tarir la manne de l'aide internationale et les profits qu'elle génère – ce pourquoi chacun d'eux prend garde à laisser en état de fonctionnement aussi bien l'aéroport que le port. Ces infrastructures sont déjà minuscules et en mauvais état, il ne faut pas en rajouter dans leur délabrement. Le cynisme est total.

Je rentre à Paris avec ce sombre tableau comme arrière-plan de mon rapport pour Kouchner. Entre-temps, les choses se sont accélérées et je forme mon équipe aussi vite que possible. Un tout petit noyau pour commencer. Naturellement je « pioche » dans le vivier de Solidarités : Pierre de la Bretesche prend le poste d'adjoint, Catherine

Bricard sera mon assistante, et Philippe Gautier nous rejoindra plus tard pour s'occuper de l'extension de notre mission à Oddur, l'un des territoires les plus désertiques de Somalie – l'un des plus beaux aussi.

Pierre et Philippe ont la trentaine ; ce sont des garçons remarquables d'un point de vue humain. Ils sont expérimentés en matière d'aide humanitaire et se complètent : Pierre est un administratif ordonné, très bon négociateur, Philippe est davantage logisticien et organisateur de talent. Tous deux me succéderont à la présidence de Solidarités au cours des quinze années suivantes. En dehors de l'humanitaire, Pierre s'occupe de petites sociétés commerciales qu'il crée à Paris pour tenter de rester indépendant et Philippe travaille dans le cinéma. Il a déjà participé à la série *Médecins des hommes* dans laquelle Jacques Perrin et Kouchner étaient partie prenante. Nous sommes en famille… Par la suite, il fera encore de belles choses dans son métier, notamment comme régisseur principal de Perrin pour de grands films comme *Microcosmos* et *Le Peuple migrateur* ; sans parler de beaucoup d'autres. En Somalie, il sera durement blessé au visage au cours d'un accident sur une piste de brousse.

Une nouvelle venue va s'adjoindre à l'équipe dans un deuxième temps : Virginie Lasserre. Elle est stagiaire au cabinet de Kouchner. Elle m'aborde au sortir d'une réunion :

« Je veux aller là-bas ! S'il vous plaît, demandez au ministre de me prendre avec vous… »

Elle a du culot, de la motivation, beaucoup d'énergie et sait ce qu'elle veut. Je me renseigne : on m'apprend qu'elle est compétente. Kouchner me dit :

« Si elle te va, emmène-la. »

C'est ainsi qu'elle se retrouve parmi nous.

Virginie et Catherine ont le même âge, vingt-trois ans ; elles deviendront des amies inséparables et effectueront un travail remarquable, risquant leurs vies à de nombreuses reprises. Deux ans plus tard, Virginie participera comme Catherine à mes expéditions chez les Papous de Nouvelle-Guinée, et plus tard encore à celles de la jonque *La Boudeuse* dans les îles de la Sonde ; après quoi, elle rejoindra le cabinet de Bertrand Delanoë à la mairie de Paris où elle se trouve toujours. Une femme de terrain autant que de dossiers, chose plutôt rare.

L'équipe ainsi constituée, nous repartons pour la Somalie.

28

Les six mois suivants vont être d'une rare intensité. Et répartis en deux périodes bien distinctes : la première, *avant* la fameuse opération militaro-humanitaire des Nations unies du 9 décembre 1992, appelée « Restore Hope », la seconde *après* le déclenchement de cette opération – jusqu'au 31 mars 1993 en ce qui me concerne.

Car si tout avait commencé par une catastrophe humanitaire entraînant une mobilisation internationale à dominante civile, tout s'achèvera par un échec militaire et politique retentissant, du fait d'une intervention armée aussi parfaitement conçue d'un point de vue logistique et tactique que fort mal menée d'un point de vu social et humain – composantes jamais prises en compte. Une préfiguration américaine des affaires d'Irak et d'Afghanistan quelques années plus tard.

Cet échec, qui interviendra après notre départ, hypothéquera l'avenir de la Somalie pour des décennies, la laissant à ses risques récurrents de famine et surtout à ses démons politiques et tribaux, racines principales de ce mal. Restore Hope avait pour objectif la paix, elle avait été manquée.

Toutefois, il me semble juste de rappeler que l'action humanitaire en tant que telle fut un succès – quoi qu'en aient dit certains dans le fatras des polémiques de l'époque. Quand je suis arrivé en août 1992, la famine était terrifiante. Sept mois plus tard, elle avait globalement disparu. Ce résultat était dû au travail de toutes les organisations présentes sur place – institutions internationales comme ONG – et au gain de sécurité apporté pendant les premiers mois de l'opération Restore Hope par les troupes occidentales. Sans cette sécurité qui permit de réduire considérablement les détournements de l'aide internationale, rien n'aurait été possible. Ce qui s'est passé par la suite est autre chose. Les actions entreprises pour rétablir la paix se virent confisquées par les Américains – qui fournissaient le gros des troupes. Elles furent improvisées, brutales, menées en dépit du bon sens et dans une méconnaissance profonde de la société somalienne.

Personne n'a pu peser de quelque manière que ce soit sur l'attitude des Américains dont le comportement vis-à-vis des populations allait à l'encontre des buts recherchés.

En ce qui concerne le ministère de la Santé et de l'Action humanitaire, son action a largement participé à la victoire contre la famine ; tous ceux qui se trouvaient dans la chaîne d'intervention allant de Paris à la Somalie ont effectué un travail remarquable. De ce point de vue, l'action française fut un succès et sauva un nombre incalculable de vies ; j'ai été l'un des maillons de cette chaîne et j'en garde de la fierté – la seule chose qui reste avec le temps.

Tout au long de cette période, j'ai travaillé en harmonie avec des gens qui croyaient en ce qu'ils faisaient et se montraient efficaces. Il y avait là, notamment, Jean-Maurice Ripert qui coordonnait l'opération au cabinet de Kouchner, René Roudaut, responsable du bureau des affaires humanitaires du ministère des Affaires étrangères, et Frédéric Tissot, directeur de la cellule d'urgence du même ministère, dont le travail était d'assurer la difficile logistique du pont aérien et des cargos envoyés à Mogadiscio. Il était assisté de Christian Hyvernat, un jeune commandant de l'armée de terre qui effectuait chaque jour des prouesses.

Frédéric venait comme moi des ONG et y retournera, Jean-Maurice et René étaient de hauts fonctionnaires qui feront de belles carrières d'ambassadeurs. Christian a maintenant pris sa retraite à Tahiti où il écrit des romans policiers…

Pour en arriver au succès de l'opération, nous avons travaillé dur. Avec l'équipe de « l'Action humanitaire France » – c'est ainsi que se dénommait officiellement la mission du gouvernement français –, nous nous étions installés dans une vaste villa louée dans le nord de Mogadiscio. Je l'avais choisie pour ses possibilités de défense, la guerre étant constante dans la ville. Elle comportait un bâtiment central, quelques dépendances et des garages, l'ensemble intégralement ceinturé de hauts murs. Nous l'avions baptisée la « Maison de France » et en avions fait une sorte de fort Chabrol, renforçant toutes les protections. Comme il n'était pas question de nous « bunkériser » à l'américaine dans notre vie quotidienne – nous circulions sans cesse dans la ville et à l'intérieur du pays –, je tenais à ce que nous disposions au moins d'une base de repli sûre et fonctionnelle. Le ministère nous avait fourni les moyens de communication satellite les plus performants du moment et nous pouvions travailler en liaison constante avec Paris.

J'avais ensuite recruté vingt-six miliciens somaliens pour assurer notre sécurité. Dans le contexte du pays, toutes les organisations humanitaires, ONG comprises, étaient contraintes de le faire, bon gré mal gré. L'insécurité était telle à Mogadiscio comme dans le reste de la Somalie que tout Occidental se déplaçant seul risquait sa vie ou sa liberté. La règle en usage pour tout le monde était donc de toujours sortir avec un véhicule comportant un chauffeur, deux gardes de chaque côté des portes arrière, et souvent un troisième sur le toit, tous armés de M16 ou de kalachnikovs.

La seule fois où nous avons dû nous passer de ces gardes du corps, nous n'avons échappé aux balles des Mad Max que par un miracle probablement dû aux effets du khat dont ils faisaient un usage constant. C'était au cours d'une brève mission exploratoire au Somaliland. Kouchner voulait savoir si la famine affectait cette partie nord du pays, autoproclamée indépendante ; je m'y étais donc rendu depuis Djibouti avec Catherine Bricard et un diplomate de l'ambassade. Nous n'avions pas pu emmener nos gardes du corps dans cette région excentrée, mais on la disait beaucoup plus sûre que la Somalie elle-même – ce qui était exact. Cependant, près de Burao, nous avions été arrêtés en pleine brousse par un barrage de miliciens proprement « déjantés ». Ils dansaient devant notre 4 × 4, brandissaient leurs armes, hurlaient et vociféraient dans une ronde guerrière insensée ; j'avais l'impression d'assister à un remake local d'*Orange mécanique* tourné par un malade mental au milieu de la savane… Il n'y avait aucun moyen d'engager le dialogue. La démence pure. Qui n'a pas vécu une telle expérience ne peut comprendre ce que veut dire : pas de dialogue possible…

Le demi-tour effectué en force pour nous dégager avait décuplé la fureur des Mad Max. Ils avaient mitraillé la voiture tandis que nous zigzaguions à toute allure pour leur échapper au milieu des acacias ; mais on tire mal en dansant, ivre de khat… Ils nous avaient ratés de peu et n'avaient pas cherché à nous poursuivre, incapables sans doute de conduire leur 4 × 4. Catherine avait éclaté en sanglots : c'était la troisième fois qu'elle échappait à la mort en quelques mois.

Pour le recrutement de nos miliciens, j'avais pris garde à mélanger les différentes tribus – notamment Abgal et

Aberguédir, les plus influentes à Mogadiscio – afin de minimiser les possibilités de double jeu et de trahisons. Leur solde mensuelle était alignée sur ce qui était en usage mais, pour les fidéliser, j'avais mis en place toute une série de primes en fonction de leur efficacité et de leur loyauté. Des primes supplémentaires s'ajoutaient encore à ce pactole chaque fois qu'il y avait ouverture du feu et combat. Enfin, les familles des tués et des blessés étaient assurées d'une « pension » conséquente versée en une seule fois.

Aucune organisation étrangère n'allait aussi loin dans le traitement des Somaliens chargés de sa sécurité ; mais tant qu'à payer des mercenaires, je tenais à ce que cela serve vraiment à quelque chose. Je dois dire que ce système a parfaitement fonctionné, même s'il me répugnait sur le fond – nos miliciens étaient des affameurs du peuple comme tous les autres. Ainsi, alors que beaucoup d'ONG se faisaient racketter par leurs propres gardes à la moindre occasion, les nôtres ne nous posèrent jamais de problème de cet ordre. Comme chef d'équipe, j'avais trouvé un jeune Somalien remarquable ; il coordonnait à la perfection notre petite troupe de miliciens – comme les cuisinières, jardiniers et autres employés qui faisaient tourner au quotidien la Maison de France. Il s'appelait Ali, il était honnête et dévoué ; je ne sais pas ce qu'il est devenu après notre départ.

L'efficacité de nos hommes ne fut prise en défaut qu'à deux reprises. La première fois, lorsque huit d'entre eux se débandèrent sous le feu adverse au cours d'une embuscade dans la banlieue de Mogadiscio, laissant Catherine livrée à elle-même dans un fossé où elle s'était réfugiée pour échapper aux balles – c'est à cette occasion, dont j'ai déjà parlé, qu'elle fut capturée par ses agresseurs avec d'autres Français, dont l'un avait été blessé au bras dans la fusillade.

La seconde fois survint lorsqu'une foule de plusieurs

milliers de personnes tenta de pénétrer par la force dans notre fort Chabrol au cours d'une émeute – c'était un ou deux mois après le déclenchement de l'opération Restore Hope. Effrayés par cette multitude hurlante et vindicative qui ne se laissait pas impressionner par les rafales tirées au-dessus de leurs têtes, nos gardes abandonnèrent leur poste et se réfugièrent avec armes et bagages dans le garage de la Maison de France. Pierre de La Bretesche – qui assurait ce jour-là l'intérim en mon absence – dut appeler à la rescousse les hélicoptères américains ; leur arrivée en rase-mottes dispersa heureusement les émeutiers. Il ne restait plus qu'à désamorcer une grenade qui, en tombant au milieu de la cour, avait bien voulu ne pas exploser…

Dans toutes les autres circonstances, nos gardes du corps se comportèrent avec courage et détermination. Au final, sur les sept mois de notre action, je n'aurais à déplorer qu'un tué et un blessé, tombés tous les deux au cours d'un même traquenard, en octobre 1992. Celui-ci aurait d'ailleurs dû également nous coûter la vie à Catherine et moi, si un concours de circonstance n'en avait décidé autrement. L'histoire n'est pas sans intérêt pour ce qu'elle dit du hasard, de la chance et de la nécessité, ces grands mystères du destin. La voici :

Je ramenais à son compound un fonctionnaire des Nations unies dans l'un de nos 4×4 lorsque, passant devant les bureaux d'une ONG française, je décidai brusquement de m'y arrêter pour discuter avec son directeur. Je n'avais aucune raison particulière de le faire, je n'avais rien prévu de tel, c'était juste une impulsion. Je la suivis d'instinct, sans réfléchir. Je donnai consigne au chauffeur de revenir nous chercher une fois le fonctionnaire en sécurité chez lui.

Une bonne heure passa, peut-être davantage. Nous attendions en prenant le café avec l'équipe de l'ONG, bavardant de choses et d'autres. Le 4×4 ne donnait plus signe de vie, mais je ne m'inquiétais pas outre mesure : nos gardes pouvaient avoir été retenus par des encombrements, être tombés en panne, avoir changé d'itinéraire pour une raison ou une autre ; les motifs d'un retard ne manquaient pas.

Puis il y eut un appel radio, très surexcité et confus : le 4×4 avait été pris dans un piège tandis qu'il revenait vers nous. Des Mad Max l'attendaient à un carrefour. Mon chauffeur avait été tué sur le coup, les gardes avaient riposté ; celui sur le toit avait reçu une balle dans la jambe au cours de l'échange de tirs ; les deux autres avaient réussi à se dégager à coups de rafales de M16 et s'en étaient revenus dare-dare à la Maison de France. L'affaire était très étrange ; nous n'avons jamais su si nous étions visés directement.

J'examinai le 4×4, criblé de balles ; je comptai sept impacts dans les deux sièges passagers situés à côté du chauffeur. Je dis rêveusement à Catherine :

« Tu vois, si on ne s'était pas arrêtés en route, ces sept balles étaient pour nous ; et il n'y avait aucune raison pour qu'on s'arrête en route. À quoi ça tient parfois… »

J'étais en réalité très impressionné. Ce n'était pas la première fois que je m'en tirais par un mélange inexplicable de hasard et d'instinct. Ce qu'on peut appeler la baraka, je crois. Je me souvenais, entre autres, d'une affaire du même genre, onze ans plus tôt en Afghanistan : un obus de mortier russe était tombé juste sur l'arbre sous lequel j'aurais dû me trouver, si quelques instants plus tôt je n'avais pas décidé de me placer de l'autre côté de la colline où se trouvait cet arbre – sans raison précise là encore, simplement poussé par une force que je ne m'étais pas expliquée.

Je contemplai longtemps notre 4×4, empli du sentiment de l'immense fugacité de l'existence humaine.

La présence armée de miliciens pour protéger les humanitaires donnait lieu à d'interminables débats éthiques chez les Français – beaucoup moins chez les Irlandais, les Britanniques ou les Allemands, qui faisaient preuve d'un grand pragmatisme. Pour beaucoup de mes compatriotes, l'obligation de trimballer partout des gardes du corps était vécue comme une insupportable contradiction intime : on ne peut à la fois se consacrer à sauver des hommes et risquer d'en tuer. C'était un bon principe sur le fond. Malheureusement, il était mis à mal par la réalité. En Somalie, la vie humaine ne valait strictement rien et il fallait bien en tenir compte, même au prix d'un déchirement entre des devoirs opposés et contradictoires : on ne pouvait sauver qu'à condition de ne pas être tué, ce qui pouvait amener à tuer pour se défendre – que cela puisse se passer par l'intermédiaire de gardes somaliens ne changeait rien à l'affaire. C'était comme ça, on devait s'y faire ou rentrer chez soi. Je prenais les choses comme elles étaient et je m'adaptais.

Par tempérament, je ne concevais pas de renoncer à mon droit à la « légitime défense » en cas de nécessité ; même entouré de nos gardes, j'avais toujours un pistolet dans la boîte à gants de mon 4 × 4, et un autre sur moi la nuit quand je devais m'aventurer dans le port de Mogadiscio livré à la loi du plus fort. C'était bien utile, parfois, pour éviter les vols massifs de nourriture. En la matière, je ne pouvais me résoudre au comportement général qui consistait à toujours détourner les yeux pour ne pas « faire d'histoire » avec les Somaliens. Il était admis par tout le monde qu'il valait mieux se laisser voler que de prendre le risque de s'y opposer. J'avais du mal avec cette attitude faite d'une somme trop importante d'abdications et de renoncements.

Le décalage conceptuel entre certaines ONG et nous était donc très grand en ce qui concernait le regard sur la guerre ; cependant, chacun mettait du sien pour que les rapports soient acceptables. Dans l'ensemble, cela fonctionnait. Nous y avions tous intérêt, tant pour la réussite de nos missions respectives, très complémentaires les unes des autres, que pour notre sécurité mutuelle.

C'était avec MSF que les choses grinçaient le plus. Leur président à cette époque était Rony Brauman, un homme estimable que je respectais. Nous avions été ensemble au Tchad avec Philippe de Dieuleveult dix ans plus tôt et je connaissais sa valeur ; j'étais loin d'être en accord avec lui sur la conception générale de l'action humanitaire, mais je considérais sa vision des choses comme un élément nécessaire à la réflexion sur la pluralité de l'action. Il avait toute la légitimité pour s'exprimer et ses arguments étaient défendables. Hélas, il était l'ennemi juré de Kouchner et lui menait la vie dure par médias interposés. Je me voulais étranger à ces « guerres des chefs » qui depuis des années secouaient le monde humanitaire, je m'en tenais soigneusement à l'écart, mais ma loyauté allait naturellement à Kouchner, puisque j'étais son représentant sur place. Chaque fois que je défendais publiquement son action, ma réputation en prenait un coup dans l'autre camp de mes camarades. Mais je m'en fichais comme d'une guigne ; nous faisions du bon boulot pour les Somaliens, le reste m'importait peu.

Notre travail en Somalie était ample et varié : négociations avec les seigneurs de la guerre, prise en compte des besoins des ONG françaises bénéficiant des subventions du gouvernement, appuis financiers aux ONG somaliennes naissantes, coordination de l'action avec la Croix-Rouge – principal bénéficiaire de l'aide française –, contrôle et traçage de cette aide dans les régions, suivi régulier auprès des populations des résultats de l'action, etc. C'était une mission très différente d'un travail de terrain proprement dit, tel que je l'avais connu jusqu'alors. Nous supervisions et coordonnions plus que nous n'agissions en direct. Mais cette fonction était indispensable. Elle seule permettait une vue générale de la situation et de son évolution. C'était un travail passionnant.

En définitive, malgré la désolation qui nous entourait, les risques encourus et les innombrables difficultés quotidiennes, j'éprouvais une forme de profonde satisfaction qui provenait du sentiment d'être utile à quelque chose. Je n'avais pas l'impression d'agir en vain, de me démener pour rien. Je me faisais peut-être des idées sur cette utilité, mais quand une cargaison de riz atteignait son but ou que nous parvenions à éviter un détournement, je savais à quoi j'avais servi ; lorsqu'un convoi était pillé ou qu'une négociation échouait, je savais à quoi je n'avais pas servi – mais qu'il était toujours possible de recommencer. Au moins, notre travail recevait-il toujours une sanction concrète et immédiate, positive ou négative.

Je vivais ma mission pleinement, je me donnais à fond, je ne trichais pas ; je vivais pour de bon avec un vrai but. Dans cette grande bataille livrée contre la famine, je me considérais comme un petit soldat qu'on avait mis en première ligne, qui l'avait accepté, et qui devait donc tenir sa place quoi qu'il arrive. Je m'y efforçais de mon mieux et cela faisait mon bonheur du moment. Je voyais bien que l'enjeu final me dépassait, que d'innombrables forces étaient à l'œuvre pour contrecarrer cette victoire contre la famine, mais je tenais à garder de l'espoir à défaut d'illusions perdues depuis longtemps.

L'une des tâches qui nous accaparaient le plus était le « rapport de situation » très détaillé que nous adressions à Bernard Kouchner presque quotidiennement ; nous étions ses yeux et ses oreilles pour aider au meilleur ajustement possible de l'aide, suggérer des modes d'action, ou trouver des solutions aux problèmes qui survenaient chaque jour. Cette fonction d'information et de proposition nous obligeait à parcourir la Somalie en tous sens.

Les tournées des centres de nutritions et des cantines de la Croix-Rouge étaient les moments les plus pénibles de ces incessants déplacements ; nous touchions là aux frontières du mal radical. Savoir que la vie est tragique est une chose, le vivre au quotidien en est une autre. La famine provoquait des coupes sombres parmi les enfants et il n'y avait rien de plus démoralisant que le spectacle inlassablement répété de hangars abritant des centaines de corps minuscules et ravagés, nus, avec leurs visages de vieillards, silencieux, alignés côte à côte à même le sol dans ces lieux d'infortune ; quand on s'accroupissait pour examiner l'un de ces enfants martyrs, on n'avait plus autour de soi, où que le regard se porte, qu'une suite interminable de corps identiques noyés dans une forêt de jambes et de bras décharnés percés de perfusions ou de cathéters.

Les visions de déchéance offertes par les cantines n'étaient pas moins affreuses. La Croix-Rouge en avait ouvert des centaines, partout où sévissait la famine ; ce n'était souvent que de simples enclos de branchages aux abords des villages, érigés en hâte et dans l'urgence. C'était extrêmement rudimentaire, mais très efficace. Dans ces enclos, on faisait cuire une mélasse à base de riz à l'intérieur de fûts d'essence de deux cents litres recyclés pour l'occasion. Des milliers d'hommes et de femmes tenant à peine debout se pressaient alentour, masses mouvantes et résignées qui ondulaient d'épuisement, laissant fréquemment échapper de leurs poitrines des plaintes monocordes comme des chants funèbres ; la faim était telle parfois chez ces malheureux qu'ils ne pouvaient attendre la fin de la cuisson. Alors, ils rompaient le barrage des employés somaliens de la Croix-Rouge, se ruaient sur les fûts, les renversaient, et se jetaient dedans la tête la première pour dévorer leur contenu à pleine bouche.

Des images qui marquent pour la vie.

29

Dès le commencement de l'action française en Somalie, Bernard Kouchner a l'idée d'y impliquer les enfants de France en organisant une gigantesque collecte de riz dans les écoles et les lycées. L'idée, bien sûr, est d'augmenter les capacités de l'aide, mais aussi d'amener la jeunesse à prendre conscience qu'il est toujours possible à un individu de faire quelque chose quelque part s'il veut combattre l'injustice ou le malheur des autres. L'opération me plaît : j'adhère pleinement et depuis longtemps à cette idée de la possibilité de l'action individuelle.

Hélas, dans l'instant où l'initiative est lancée, une nouvelle polémique surgit quant à l'instrumentalisation politique de cette action et son utilité réelle. J'en suis le développement depuis Mogadiscio, consterné de voir combien, une fois encore, la moindre initiative généreuse est aussitôt entravée si elle est engagée par le gouvernement. Des semaines durant, ce qu'il y a de plus exécrable dans l'esprit français se trouve à l'œuvre : manœuvres politiciennes, arrière-pensées partisanes, querelles de personnes, jeux de pouvoir, intrigues de palais, rien ne manque à ce vaste jeu de masques habillé de débats faussement éthiques développés dans les salons à la mode.

Malgré tout, les enfants répondent en masse à cet appel et il y a bientôt de quoi charger deux cargos, la *Paimpolaise* et le *Tadorne*.

En Somalie, nous attendons ces cargos avec espoir.

Le premier quitte la France en novembre 1992, si ma mémoire est bonne. La polémique parisienne redouble immédiatement, cette fois sur le front de l'efficacité : jamais ce « riz des enfants de France » ne pourra parvenir à ses destinataires ; il se perdra dans la confusion somalienne faite de violence, de détournements et de pillages.

La controverse augmente ensuite de manière inversement proportionnelle à la distance parcourue par le cargo : moins il lui reste de chemin à faire, plus elle prend de l'ampleur.

Les médias se mettent à envoyer des journalistes en masse à Mogadiscio, d'autant que le bruit de l'intervention militaire des Nations unies commence à courir les rédactions.

Il n'y a plus d'hôtels dans la capitale somalienne ; les journalistes cherchent à se loger dans des endroits sécurisés. Quelques-uns occupent les rares places disponibles dans les compounds de l'ONUSOM, la plupart préfèrent recourir à l'hospitalité des ONG et de la Maison de France. Nous sommes de loin les plus gros contributeurs : il y a très vite une cinquantaine de journalistes chez nous ; Catherine et Virginie les répartissent partout où elles peuvent : dans nos chambres, les bureaux, les couloirs, les terrasses, trouvant pour chacun des couchages, attribuant nos véhicules et nos gardes du corps à tous ceux qui en font la demande.

À ce moment précis, la situation se dégrade à Mogadiscio. Pour des raisons mal identifiées, les combats s'intensifient entre les seigneurs de la guerre. On tire partout dans la ville. Un cargo du Programme alimentaire mondial tente d'entrer dans le port et reçoit derechef un obus dans ses superstructures. Il n'y a pas de blessés, mais le port est fermé sur-le-champ par les Nations unies. Les cargos en attente sont déroutés vers le Kenya.

Plus aucun chargement conséquent de nourriture ne peut entrer en Somalie.

Dans ces conditions, le riz offert par les enfants de France devient capital. Il y en a pour plusieurs milliers de tonnes. Que faire pour le débarquer ? Je vais voir le général Aïdid, qui a normalement la haute main sur le port ; il secoue la tête : impossible de garantir la moindre sécurité par les temps qui courent. Il faut trouver autre chose. Les coups de téléphone se multiplient avec Paris ; tous les scénarios sont envisagés. Finalement, nous choisissons avec la Croix-Rouge le plus aléatoire d'entre eux, mais le plus efficace s'il fonctionne : décharger sur une plage au nord de Mogadiscio.

En plein conflit, rien n'est moins évident, d'autant qu'une barrière de récifs longe la côte ; mais le président Ali Mahdi qui exerce encore son autorité sur cette zone donne son accord. Nous voilà partis pour une nouvelle folie.

Il va falloir plusieurs jours pour mettre en place cette opération de déchargement sauvage ; les Suisses de la Croix-Rouge en gèrent les aspects techniques avec une dextérité remarquable : location à Mombassa d'une barge capable, une fois le cargo mouillé au large, de franchir les récifs avec quelques dizaines de tonnes de riz à son bord ; accord avec des centaines de pêcheurs pour effectuer autant d'allers-retours que nécessaire entre la barge et la côte ; recrutement de milliers de « coolies » pour le déchargement des sacs de riz sur la plage. Sans oublier la mobilisation des dizaines de camions indispensables au transport de ce riz vers les cantines de l'intérieur du pays.

Quand tout est prêt, j'avertis Kouchner ; il m'annonce qu'il vient assister à l'opération de déchargement, accompagné de plusieurs membres de son cabinet et d'un groupe de journalistes. Cette visite ne m'enchante guère ; elle représente un surcroît de travail et il va falloir la sécuriser. Mais j'en comprends la nécessité : il est temps de montrer l'efficacité de l'opération à tous les sceptiques qui nous critiquent depuis des mois.

Bien évidemment, les journalistes présents à la Maison de France demandent à être eux aussi de la partie, à voir de leurs yeux ce que devient ce riz des enfants dont on ne cesse de parler. Cela fait beaucoup de monde à emmener sur cette fichue plage… Mais il faut en passer par là.

Pierre de la Bretesche prépare l'organisation d'un convoi pour nos « invités » en mobilisant l'ensemble de nos gardes, et j'obtiens sans difficulté un passage sécurisé de la ligne verte auprès du général Aïdid et du président Ali Mahdi.

Un petit avion privé venu du Kenya amène un matin à Mogadiscio Kouchner et sa délégation. Direction la plage de débarquement.

La suite est un parfait succès technique et un désastre pour l'image de Kouchner : la caricature le montrant un sac de riz sur l'épaule le poursuivra toute sa vie. Une affaire très injuste et très cruelle à vrai dire. La vérité oblige à raconter l'histoire en détail.

Lorsque le convoi parvient sur les dunes de la plage, le spectacle est pharaonique. Au large, le cargo tire sur sa chaîne d'ancre à une encablure de la barrière de récifs, ses grues chargeant avec régularité la grosse barge à fond plat venue du Kenya ; entre la barge et la côte, la mer est couverte de dizaines de barques de pêche qui effectuent d'incessants allers-retours dans un mouvement brownien du plus bel effet ; sur la plage, les sacs de riz s'entassent déjà par milliers et des centaines de Somaliens en colonnes rectilignes les transportent un à un sur leurs dos vers les dizaines de camions qui attendent un peu plus loin, les uns derrière les autres.

Je n'ai jamais rien vu d'aussi réconfortant. Kouchner est soulagé au-delà du possible. Pour lui, ce spectacle est la preuve matérielle que son action n'a pas été vaine et qu'il va pouvoir mettre fin aux incessantes critiques politiques : tout ce riz ne finira pas stocké au Kenya, inutile et dérisoire comme tant d'autres chargements. C'est une bataille de plus gagnée contre la famine.

Nous sommes en tête du convoi et notre 4 × 4 s'immobilise dans le sable, entre la file des camions et les colonnes de porteurs. Les véhicules dans lesquels Pierre a placé les journalistes sont encore à bonne distance derrière nous. Kouchner est tout à sa joie ; il descend du 4 × 4 et s'approche d'un porteur en riant de plaisir ; d'un geste naturel, il s'empare de son sac de riz, le pose sur son épaule, fait quelques pas, et le jette à l'arrière d'un camion. Je m'amuse de cette facétie, comme ceux de son cabinet qui l'entourent – et n'y prête pas plus d'attention.

Je presse maintenant Kouchner d'embarquer sur le canot envoyé par le cargo : le commandant nous attend à bord et nous sommes en retard.

À cet instant, les véhicules des journalistes nous rejoignent au bord de l'eau. Ils ont vu de loin la scène du sac de riz et se précipitent sur Kouchner pour lui dire qu'elle était magnifique – le symbole même de la réussite de l'opération – et qu'il doit impérativement la refaire – le commandant peut bien patienter. Kouchner se laisse convaincre : il faut marquer les esprits, d'autres cargos sont en route.

Chaque photographe et chaque cameraman veut sa propre prise ; Kouchner se plie à leurs exigences et répète trois fois la scène, répondant à leurs questions, son sac de riz sur l'épaule ; sans doute en fait-il trop et avec beaucoup moins de naturel que lors de son geste spontané. Quoi qu'il en soit, les journalistes – surtout ceux des chaînes de télévisions – ne retiendront de ces interviews que les passages « à charge », ceux où il se met en avant et cabotine, satisfait de lui-même. Je verrais les reportages plus tard : ils ne correspondent pas à ce qui s'est réellement passé ce jour-là sur cette plage somalienne.

Nous vivons dans le mensonge. Kouchner est piégé par ceux qui voulaient sa tête.

En attendant, deux réunions d'importance ont lieu avec les seigneurs de la guerre. Kouchner sait qu'il ne sert à rien d'éradiquer la famine si la paix ne s'installe pas en Somalie – la famine reviendrait tôt ou tard. Il veut donner une tournure plus politique à son action en tentant une réconciliation entre le général Aïdid et le président Ali Mahdi sous l'égide de la France. L'entreprise est hasardeuse, mais elle va au fond des choses ; de toute façon, elle ne coûte rien à être entreprise. Les deux chefs de guerre se montrent d'autant plus réceptifs que les bruits de bottes venus de Washington les effraient véritablement. Les grandes lignes de cette réconciliation sont abordées : cessez-le-feu, ouverture complète du pays à l'aide humanitaire, fin des détournements. Le reste viendra ensuite. Une telle paix pourrait éviter une intervention militaire.

Kouchner quitte Mogadiscio en me disant :

« Tu maintiens les contacts avec eux. Essaie de les convaincre que nous pourrions signer un traité à bord du prochain cargo de "riz des enfants de France". Symboliquement, ce serait très fort. »

Un tel projet est de la politique comme je l'aime : utile et positive. Les jours suivants, je me démène avec Pierre pour mettre au point les détails techniques de l'opération. Il faut agir avec la plus grande confidentialité, car l'initiative de Kouchner contrarie une multitude d'intérêts. La paix n'arrange que les pauvres et les faibles.

Nous passons dans chaque camp, traversant la ligne verte aussi souvent que nécessaire. Au bout du compte, les deux parties consentent sans difficulté à signer un accord de paix à bord du cargo français. La date dépendra de l'arrivée de ce dernier dans les eaux territoriales somaliennes, mais le mode opératoire est fixé : un petit remorqueur emmènera à bord le général Aïdid et sa délégation, tandis qu'un hélicoptère fera de même pour le président Ali Mahdi – ce dernier nous a posé un problème de dernière minute, se disant sujet au mal de mer, et il a fallu lui promettre cet hélicoptère…

Entre-temps, les Américains sont parvenus à finaliser l'engagement militaire des Nations unies en Somalie, justifié par l'incapacité de la communauté internationale à éradiquer la famine dans un contexte d'insécurité et de pillages. Restore Hope vient de naître. Une véritable armada se prépare à intervenir.

Tout est prêt pour notre accord de paix quand, à quelques jours de l'arrivée de l'armada onusienne – largement dominée par le contingent américain –, Washington envoie dans le plus grand secret un représentant à Mogadiscio, l'ambassadeur Oaks ; celui-ci atterrit de nuit sur une route isolée, escorté d'une poignée de marines, et gagne la capitale pour prévenir les seigneurs de la guerre de l'arrivée imminente des troupes occidentales ; son rôle est de les menacer du pire s'ils s'y opposent. Les chefs somaliens, apeurés, l'assurent de leurs meilleures intentions ; les milices tribales auront ordre d'éviter tout affrontement.

Le président Ali Mahdi et le général Aïdid apprennent alors à l'ambassadeur qu'un projet de paix avec la France doit être signé sous peu ; aussitôt, Oaks leur met le marché en main : ce traité est une bonne idée, mais il doit se signer sous l'égide américaine – et plusieurs jours après l'intervention militaire et non avant. Il ne doit pas contrecarrer cette intervention, mais l'accompagner. Oaks les laissera d'ailleurs mettre ce qu'ils veulent dans cet accord de paix. Les seigneurs de la guerre cèdent sans discuter.

Nous apprenons ces détails par des messagers que les

deux chefs de guerre nous envoient la nuit en catimini. Ils se disent désolés, mais contraints de renoncer au projet avec la France ; la pression américaine est trop forte : dans quelques jours, les États-Unis seront les maîtres de la Somalie et ils ne tiennent pas à connaître le sort des Irakiens.

Très frustré, j'appelle Kouchner. Il me dit qu'il se doutait bien d'un mauvais coup de ce genre compte tenu du tour pris par les discussions aux Nations unies ; mais il n'a plus aucun moyen de peser sur le cours des événements.

Les Américains ont pris la main.

Le 9 décembre 1992, l'armada de l'opération Restore Hope est en vue des côtes somaliennes.

À l'aube, quelque vingt-cinq mille soldats américains, anglais, italiens, français – et de bien d'autres nationalités – débarquent sur les plages de Mogadiscio au vu et au su de tout le monde. Nul besoin de tirer un coup de fusil : tout a été parfaitement préparé et les Mad Max se sont égaillés depuis longtemps dans la nature.

De tous les soldats étrangers, ce sont les Américains qui bénéficient de l'accueil le plus favorable par la population ; on agite des drapeaux sur leur passage, on leur offre des cadeaux, on les prend pour des libérateurs. Avant peu, ils auront bouté les seigneurs de la guerre hors du pays.

Le déploiement de force de ces militaires – victorieux d'une guerre sans victimes – est impressionnant, comme à l'habitude : partout ce ne sont qu'hélicoptères tournoyant dans le ciel, avions gros porteurs vomissant du matériel sans discontinuer, navires de guerre déchargeant camions et véhicules blindés dans un port soudain saturé de bateaux.

Mais les Américains s'installent comme en pays conquis. Une semaine après leur arrivée, plus personne n'agite de drapeaux en voyant défiler leurs gros Hummers, ni ne leur offre de cadeaux. Le cycle du désenchantement est amorcé.

Les Américains se « bunkérisent » ensuite de toutes parts pour assurer leur sécurité et accentuent leur main mise sur la capitale : ils se comportent bientôt en troupe d'occupation, font partout la loi, affichent leur mépris pour les Somaliens, se montrent arrogants avec eux, bafouent leurs traditions, négligent de prendre en considération leurs demandes les plus légitimes, ne tiennent aucun compte des structures sociales du pays.

Deux semaines après l'arrivée des Américains, on crache sur leur passage, et des enfants sautent à la volée dans leurs camions pour dérober les fusils des soldats. Le cycle du rejet commence.

À partir de là, tout est perdu pour la paix ; l'accord signé à la va-vite entre Aïdid et Ali Mahdi dans les locaux d'une ancienne entreprise pétrolière américaine n'est qu'un tour de passe-passe auquel nul ne croit. Ce qui domine, c'est l'humiliation d'un peuple qui attend sa revanche.

Pour l'heure, Restore Hope a le mérite de rétablir un semblant de sécurité et de stabilité en Somalie. Les effets s'en font très vite sentir. Les détournements de l'aide alimentaire diminuent largement, le racket institutionnalisé faiblit, les cantines sont mieux ravitaillées, des infrastructures sont reconstruites.

Les unités françaises de l'opération onusienne se sont vues attribuer le secteur d'Oddur, loin dans le désert ; elles y ont pris leurs quartiers de manière spartiate, veillant à ne pas se couper des populations et à leur apporter toute l'aide possible. Le contraste avec les Américains est saisissant. L'armée française ne rencontrera aucun problème avec les Somaliens. À la demande de Paris, nous mettons en place dans cette région des programmes de réhabilitation de puits et de points d'eau ; Philippe

Gautier s'installe à Oddur pour en suivre le développement et ce travail porte rapidement ses fruits.

Au cours de cette période, notre mission redouble d'intensité, mais n'a plus le caractère « pionnier » des premiers mois. Le nombre « d'humanitaires » ne cesse de croître dans toute la Somalie et l'activité se normalise. La famine en tant que telle disparaît progressivement à partir du mois de février 1993.

En France, des élections législatives ont lieu au mois de mars ; elles ramènent l'opposition au pouvoir pour une nouvelle cohabitation avec Mitterrand. Kouchner quitte le gouvernement et notre mission prend fin avec son départ. C'était de toute façon la date prévue pour notre retour si les choses suivaient un cours favorable en Somalie.

Je rentre à Paris le 31 mars 1993 avec un sentiment d'inachevé.

C'est de loin que j'observe la triste revanche des Somaliens sur l'humiliation. Elle commence par une lente dégradation de la situation militaire à partir du mois de mai ; puis le général Aïdid décide de lancer ses Mad Max contre les GI. La guerre civile reprend très vite dans toute la Somalie.

Le 3 octobre, les Américains perdent en une seule journée près de vingt soldats à Mogadiscio. Incapables de rétablir la sécurité, ils finissent par quitter le pays sans avoir rien résolu sur le fond.

J'ai toujours été fasciné par l'aveuglement qui peut découler du sentiment de puissance.

30

En avril 1993, Lucette Michaux-Chevry est nommée ministre déléguée à l'Action humanitaire et aux Droits de l'homme. Par rapport au ministère plein dont disposait Bernard Kouchner, c'est un recul très net – et un assujettissement à la politique générale du gouvernement, puisque ce portefeuille est sous l'autorité du ministre des Affaires étrangères dont le titulaire est alors Alain Juppé. À dire vrai, cette perte d'autonomie est le premier signe du désintérêt progressif de l'État pour une action humanitaire gouvernementale de haut niveau – elle cessera, de fait, en 1997. Nombre d'ONG y verront un sujet de satisfaction, d'autres un renoncement.

En attendant, Alain Boinet et moi avons la surprise d'être invités à déjeuner au Quai d'Orsay par Lucette Michaux-Chevry quelques mois après sa prise de fonction. Au cours du repas, elle nous annonce qu'elle cherche deux nouveaux conseillers pour étoffer son cabinet ; elle ne manque pas de collaborateurs, nous dit-elle, mais ce sont des fonctionnaires sans expérience concrète de l'action humanitaire. Si ces postes nous intéressent, nous sommes les bienvenus.

Nous ne nous sentons pas particulièrement flattés, plutôt inquiets de ce manque de compétences avoué – d'autant qu'il est exprimé devant plusieurs membres de son cabinet, conviés, eux aussi, à ce déjeuner.

Le lendemain, je m'ouvre de cette proposition à Kouchner ; il vient de créer une nouvelle ONG et se réadapte, non sans mal, à une vie « normale ». Je lui demande ce qu'il en pense et il me répond en haussant les épaules : « Cette femme n'y connaît rien. Alors, accepte ; tu seras peut-être utile à quelque chose. Mais fais attention… »

Sage conseil, auquel, sur le coup, je ne prends pas assez garde.

Je vais passer six mois dans l'équipe de Lucette Michaux-Chevry. L'une des périodes les plus décevantes de ma vie. Alain Boinet tiendra un an.

Au départ, je pense retrouver ce que j'ai connu avec Kouchner et la Somalie : des objectifs de mission précis et motivants, des gens décidés à les atteindre en effectuant leur tâche du mieux possible – avec de surcroît un souci des deniers de l'État –, et une réelle ambiance de travail collectif.

Je découvre l'inverse.

Alain et moi subissons une marginalisation aussi insidieuse que tenace de la part de l'entourage du ministre qui voit d'un très mauvais œil notre arrivée. Nous n'appartenons pas au sérail et ce défaut est manifestement rédhibitoire – dans ce monde-là, on préfère rester entre soi. Nous faisons de notre mieux pour que la greffe prenne, mais au bout de quelques semaines, je dois me rendre à l'évidence : ces hommes de cabinet craignent que nous cherchions à leur faire de l'ombre auprès du ministre – ce en quoi ils ont tort – et que nous entraînions celui-ci dans des actions par trop dissemblables de la prudente activité déployée jusqu'alors – ce en quoi ils n'ont pas tort. Toutefois, je suis moins étonné par ce comportement – qui fait de nous des intrus et non un complément aux compétences des fonctionnaires – que par l'attitude de Michaux-Chevry : elle laisse aller les choses sans jamais intervenir, fuyant jusqu'à l'idée même d'imposer ses vues. Kouchner avait l'art de mêler des gens d'univers différents pour tirer tout le parti possible de ce mélange, Michaux-Chevry ne s'en préoccupe jamais, ne semble même plus en voir l'intérêt.

Je me crois plongé dans les pages d'un roman de Balzac dominé par le ballet des ambitions courtisanes. Le ministre est très entouré, mais elle est seule. Chacun de ses collaborateurs joue son propre jeu et déploie pour ce faire des trésors d'imagination florentine : on s'écharpe entre deux échanges de sourires cauteleux, on se complimente de traits venimeux tirés avec une adresse consommée, on se neutralise dans des échanges de notes d'une sublime dialectique bureaucratico-littéraire. Partout l'énergie s'épuise dans les manigances et les procédés byzantins. Quant aux rapports humains, ils sont d'une simplicité biblique : les subalternes sont méprisés avec une douce suffisance par leurs supérieurs qui reçoivent en retour les plus constants témoignages de zèle, agrémentés de crocs-en-jambe d'une rare perfidie.

J'apprends au jour le jour la subtilité dont il faut savoir faire preuve pour laminer les idées des autres sans en avoir l'air, le brio indispensable pour enterrer tout ce qui peut déranger l'ordre immuable des choses en donnant l'apparence du contraire, toutes les roueries pour plaire en escamotant le réel, les mille manières de nuire en laissant habilement croire l'inverse, et toute la virtuosité nécessaire pour faire de son poste le tremplin vers de plus hauts sommets, fût-ce au prix de tous les renoncements. Dans cette agitation feutrée immuablement répétée sous les lambris de la République, au milieu d'huissiers impassibles et de visiteurs compassés, il n'y a jamais un mot plus haut que l'autre, pas la plus petite expression d'humeur déplacée : une exquise courtoisie règle les relations des uns et des autres, l'idéal le plus haut s'exprime avec la condescendance de l'habitude derrière les portes capitonnées des bureaux, et le service du pays est invoqué avec d'autant plus de force qu'il est employé à de basses manœuvres d'appareil.

Le plus grave, naturellement, n'est pas dans cette parodie de comédie humaine – que je n'avais encore jamais approchée, mais dont la connaissance me sera d'une grande utilité par la suite. Elle est dans l'action générale du ministère : celle-ci est d'une extrême confusion, sans suite dans les idées, toujours à court terme, manipulée par d'autres ministères, variant au gré de décisions dont on peine à savoir qui les prend. La maison n'est pas tenue. Des idées d'opérations sont oubliées aussi vite qu'elles ont été émises, des missions abandonnées aussi promptement qu'on les a commencées, d'autres encore, laissées en jachère quand la lassitude s'installe.

Dans ce magma confus, je trouve difficilement des raisons de me croire utile. J'espère chaque jour des changements pour le lendemain, mais rien ne vient ; je perds mon temps. En six mois, c'est à peine si je peux mener à bien un unique projet.

Celui-ci va concerner le Soudan. En 1993, la guerre civile entre musulmans du Nord et chrétiens du Sud a repris depuis longtemps et le pays est au bord d'une nouvelle catastrophe humanitaire : la disette s'installe, les réfugiés et les déplacés sont innombrables, les malades et les blessés ne se comptent plus, et l'accès à ces populations est de plus en plus difficile compte tenu de l'insécurité. L'amour que je porte depuis toujours au Soudan me pousse à y entreprendre quelque chose de positif. D'une certaine manière, j'aimerais rendre à ce pays un peu de ce que j'ai reçu d'hommes comme Suleyman et ses chameliers.

Le ministère songe justement à quelque action dans cette région pour renouer des liens très distendus avec Khartoum dans le contexte de l'époque – le pays abrite alors le terroriste Carlos. On me charge de réaliser une mission exploratoire et de proposer des moyens d'action. Cela tombe parfaitement.

J'effectue un premier voyage au Soudan, ainsi que

dans les zones frontalières du Kenya où je retrouve les tribus Toposa et Turkana dont j'avais traversé le territoire avec mes ânes du temps où je suivais le Nil de sa source à la mer. Tout a bien changé avec le retour de la guerre. L'insécurité règne et le pays crie misère.

De retour à Paris, je propose au ministre de mettre en place une barge médicalisée sur le Nil blanc, permettant d'assister d'amont en aval toutes les populations du fleuve sur près de mille cinq cents kilomètres. C'est dans cette région que la guerre est la plus dure et ses conséquences les plus manifestes ; c'est là qu'il faut aller. Une telle barge, avec ses équipes de médecins, ses possibilités d'emport de vivres et de matériels divers, sa capacité à se rendre partout, est idéale pour une efficacité maximale dans tous les domaines. J'ai trouvé les steamers nécessaires à Khartoum – des barcasses de l'époque coloniale abandonnées sur une berge mais aisées à remettre en état –, obtenu l'accord des autorités soudanaises, et n'ai eu aucun mal à convaincre le Programme alimentaire des Nations unies de s'associer à l'opération en fournissant des centaines de tonnes de vivres.

À Paris, on s'empresse de juger l'idée « baroque ». C'est une affaire à la *Fitzcarraldo*, me dit-on, propre à générer des problèmes. Mieux vaut s'en tenir à des projets plus classiques, par exemple la remise en état d'un hôpital fixe, quelque part sur le fleuve. Certes, il ne pourra assister que des populations limitrophes, sans possibilité d'aide alimentaire, mais ce sera toujours mieux que rien. Malgré mes efforts, Michaux-Chevry se laisse convaincre de ne prendre aucun risque et c'est ce projet qui est retenu ; j'obtiens néanmoins que cet hôpital se fasse dans un lieu située à peu près au centre géographique du Nil Blanc, à Malakal – là où Tissandier m'avait rejoint quand nous avions descendu ensemble le fleuve en barque. C'était quinze ans plus tôt.

En 1993, Malakal est dans un état de délabrement

sidérant. La ville était splendide autrefois, dotée de vieilles maisons coloniales à vérandas et colonnades, et d'une grande allée ombragée bordant le Nil ; on y voyait se promener comme de grands échalas des Dinka entièrement nus ; il ne reste à peu près rien de ce passé, et l'ancien hôpital anglais n'est que ruine ; la situation politique et militaire ne vaut guère mieux : le gouvernement de Khartoum occupe la ville, mais la rébellion tient la savane alentour. Le ravitaillement passe au compte-gouttes, la pénurie est complète ; Malakal est très éloignée de la capitale et l'ancienne piste de terre qui rompait l'isolement de la ville se révèle maintenant impraticable dès les premières pluies, faute d'entretien ; le reste du temps, elle est coupée par la guérilla. Pour se poser sur l'aéroport, les rares petits avions qui se rendent encore dans ce bout du monde doivent se laisser tomber de très haut, en spirales concentriques, afin d'échapper à des tirs éventuels.

Réhabiliter un hôpital dans ces lieux que j'ai aimés autrefois me console du projet de barge avorté. J'effectue plusieurs nouveaux voyages au Soudan afin de mettre en place l'opération ; le ministre de la Santé soudanais n'est guère difficile à convaincre, je recrute à Paris une petite équipe motivée capable de suivre les travaux sur place – elle y restera huit mois si ma mémoire est bonne – et Michaux-Chevry dégage le budget nécessaire. Toutefois, pour que le projet aboutisse, je vais devoir fournir plus d'énergie à combattre l'inertie du ministère à Paris qu'à régler au Soudan les problèmes inhérents à l'entreprise ; notre ambassadeur à Khartoum n'est pas le moindre des freins. Il aurait voulu que le ministre subventionne des cliniques privées dans le nord du pays et, comme je ne l'ai pas suivi dans cette voie – parfaitement inutile si ce n'est pour ses amis –, il entame l'une de ces guérillas franco-françaises dont l'administration a le secret ; pour retarder les travaux, il bloque les formalités d'arrivage de ciment à Khartoum ou fait traîner les demandes de visas de l'équipe. Lucette Michaux-Chevry, peu soucieuse de confrontations, préfère laisser faire. Plus personne ne commande, plus personne n'obéit. Il faudra trois fois plus de temps pour finir l'hôpital de Malakal qu'il n'en aurait fallu normalement.

Fin mars 1994, la reconstruction de l'hôpital étant enfin sur les rails, je décide de démissionner, lassé d'un poste que je considère désormais comme sans utilité pour personne ; je choisis pour partir la date du 1er avril. Ce jour-là, je dépose ma lettre de démission sur le bureau du ministre – absent comme souvent – et, sans plus m'occuper de quoi que ce soit, m'en retourne à mes affaires personnelles.

Cette expérience malheureuse aurait pu signer la fin de mon engagement dans l'action humanitaire ; d'autant que l'évolution de cette dernière me laissait sceptique depuis plusieurs années. Je trouvais beaucoup de sujets de satisfaction dans la professionnalisation progressive du travail au sein des ONG. Ces dernières avaient certes dû en passer par la mise en place de véritables administrations afin de produire de la norme, du contrôle, des procédures, de la sélection, de l'audit, de la spécialisation, mais c'était un moindre mal. En bout de chaîne, cela servait à une meilleure efficacité des missions de terrain où l'on ne rencontrait plus guère l'amateurisme d'antan armé de sa seule bonne volonté.

Ce qui n'allait pas, c'était la mentalité qui peu à peu accompagnait cette professionnalisation en forme de « normalisation ». Le temps était loin déjà où le bénévolat dominait, assorti d'un strict refus d'institutionnalisation perçu comme un danger pour l'esprit même de l'action humanitaire indépendante. Dans les débuts de MDM, par exemple, les dirigeants se refusaient à l'existence de bureaux permanents – les réunions avaient lieu dans les locaux d'une bibliothèque médicale, rue du Fer-à-Moulin – et, à l'exception d'une secrétaire à mi-temps, nul ne recevait de salaire. Avec le temps et l'augmentation du nombre des missions, une situation inverse s'était installée et ne cessait de progresser. Toutes les associations s'étaient résolues à recourir à des locaux de plus en plus grands, à du personnel de plus en plus qualifié, à l'abandon du bénévolat. Mais un point d'équilibre avait sans doute été dépassé. L'humanitaire était devenu un métier comme les autres. On commençait à y entrer avec des plans de carrière – les plus ambitieux visant à terme les grandes institutions internationales des Nations unies –, les salaires s'alignaient sur ceux du privé, on pouvait disposer de logements de fonction et d'avantages divers. Comme partout ailleurs.

Une certaine forme de déshumanisation de l'action humanitaire – devenue action de masse – s'installait avec cette normalisation. Inévitablement. De l'amateurisme à la professionnalisation, le gain pouvait paraître mince.

Dans le même temps, les ONG, en se développant, prenaient du poids dans la société civile et n'échappaient plus à leur institutionnalisation de fait ; pour elles, la suite naturelle ne pouvait être qu'un désir constant d'aller toujours plus loin dans cette voie, jusqu'à approcher la taille des institutions internationales dont elles avaient voulu se démarquer à l'origine. Par un effet mécanique impossible à maîtriser, elles créaient dans le même mouvement une caste d'apparatchiks en leur sein, tenaillée par l'envie d'acquérir pouvoir, influence, statut social et salaires importants. Comme partout ailleurs.

Dans ce contexte, la logique d'entreprise s'installait au cœur des ONG, proportionnellement à leur taille. Déjà, on ne les jugeait plus que par le montant de leur budget, comme on juge une multinationale par le montant de son chiffre d'affaires. Mais le gonflement de ces budgets n'était généralement dû qu'à la manne de grands bailleurs de fonds mis en place par les États. Et la foire d'empoigne pour les budgets colossaux qu'ils allouaient – plusieurs milliards d'euros par an, tous bailleurs confondus – devenait chaque jour plus grande entre les ONG, comme la lutte pour l'accès aux dons privés, seuls capables de leur assurer les fonds propres nécessaires à un minimum d'indépendance. On appelait désormais ce champ de bataille le « charity business » et c'étaient deux mots très pénibles à entendre – comme le terme de « sous-traitant », de plus en plus employé, puisque les ONG vivaient essentiellement des appels d'offres qu'elles remportaient auprès des bailleurs de fonds.

Ces évolutions étaient sans doute inéluctables ; je ne les jugeais pas toutes négatives, mais elles me convenaient de moins en moins. J'avais aimé la vitalité sans calcul du temps des « pionniers ». L'époque qui le remplaçait n'était pas faite pour moi. En la matière, j'étais « à l'ancienne ».

Il n'y avait qu'à Solidarités que je continuais à me trouver bien ; pas seulement parce que j'y avais mes amis, mais parce que tous s'appuyaient sur l'esprit d'origine pour tenter d'encadrer les contraintes nouvelles dont il fallait bien tenir compte. Boinet était le gardien du temple.

Toutefois, le désenchantement était là. Il devait aller à son terme naturel : en 2001, je décidai de redevenir simple membre de Solidarités international. C'était une manière de tourner la page sans perdre mes camarades. Cette année-là, je ne me représentai donc pas à la présidence de l'association. Bernard de La Villardière me remplaça. Ce journaliste de télévision était célèbre, mais il avait une vraie préoccupation pour l'humanitaire. Il était avec nous depuis longtemps et c'était un ami. Quelques mois plus tôt, j'avais mené avec lui ma dernière mission : une évaluation de la situation sanitaire et alimentaire au Kasaï, au Kivu et au Katanga, dans ce qui était encore le Zaïre – pays où je n'étais jamais revenu après la disparition de Philippe de Dieuleveult.

Depuis, je ne suis plus reparti en mission humanitaire.

31

J'ai beaucoup parlé de l'Afghanistan jusqu'à présent, mais par strates de temps successives et entremêlées, sans ligne directrice précise. Cela n'avait rien de fortuit : c'est ainsi que j'ai vécu ces années d'engagement aux côtés des moudjahidin et il me semblait nécessaire que cela apparaisse comme tel.

Le temps me semble venu maintenant de regrouper les autres moments de cet engagement afghan pour lui donner enfin la cohérence qu'il a pu avoir à mes yeux – plus encore, lui donner toute sa chair et sa substance puisque c'est d'abord de cela qu'il s'agit.

Si l'Afghanistan a représenté la grande affaire de ma vie, il est certain que je le dois à une rencontre, celle du commandant Mohammed Amin Wardak. C'est ainsi que les circonstances nous façonnent souvent : par des personnages qui surgissent un jour dans notre existence et nous placent tout d'un coup devant d'étranges carrefours du destin où se croisent les routes incertaines de la providence et du hasard. On peut choisir de rebrousser chemin afin de ne prendre aucun risque ; on peut aussi décider de forcer la chance pour qu'advienne ce que l'on désire le plus au monde – quelque chose de neuf.

Cette rencontre eut lieu au cours de mon tout premier séjour en Afghanistan avec Manoukian, plus précisément au printemps qui succéda à l'invasion soviétique de 1979. Amin Wardak n'était pas encore le grand commandant de la résistance qu'il deviendrait par la suite, participant douze ans plus tard à la libération de Kaboul. À l'époque, il était juste le troisième fils d'un seigneur pachtoun de la tribu des Wardakis que son père avait appelé à ses côtés dès le début des révoltes populaires contre le régime, et envoyé ensuite au Pakistan pour obtenir des armes auprès des chefs de l'opposition afghane. Pascal et moi revenions de Kaboul et cherchions à retourner à l'intérieur du pays avec de nouveaux groupes de maquisards ; nous voulions notamment gagner le Hazarajat, cette région centrale de l'Afghanistan peuplée des descendants des hordes mongoles qui occupèrent l'Afghanistan au XIIIe siècle. Nul ne savait ce qui s'y passait avec la guerre.

Des responsables du parti de l'ancien roi Zaher Shah nous avaient conseillé de prendre contact avec cet Amin Wardak que nul ne connaissait hors de sa région ; il était, nous avaient-ils affirmé, un jeune commandant de vingt-huit ans qui n'avait peur de rien, et s'apprêtait à regagner sa province à la tête d'une caravane de chameaux chargée de deux tonnes d'armes. S'il voulait bien de nous, nous serions entre de bonnes mains. Et une fois dans le Wardak, sans doute pourrait-il nous faire passer au Hazarajat.

La rencontre se déroula dans un hôtel borgne de Peshawar, cette cité frontalière appelée à devenir la « capitale » de la résistance afghane – et un nid d'espions comme peu de conflits de la guerre froide en ont connu. Cet hôtel était fait de pénombre et il n'y avait aucun bruit malgré la proximité du plus grand bazar de la ville ; légèrement en avance, nous avions attendu dans des canapés élimés, sous de grands ventilateurs qui peinaient à brasser la moiteur du jour, buvant du thé que des serveurs apportaient avec la discrétion d'ombres énigmatiques et silencieuses.

Amin Wardak était arrivé à l'heure, chose rare pour

un Afghan. Il nous avait salués sans ostentation et s'était assis devant nous avec une aisance tranquille, nous interrogeant du regard. Il était à peine plus âgé que moi, de taille moyenne, mince, mais solidement bâti ; ses traits étaient d'une grande finesse, éclairés par des yeux sombres et intelligents qu'encadrait une barbe noire et bien taillée ; il était coiffé d'un large turban dont le pan tombait sur les revers d'un gilet brodé passé par-dessus une tenue traditionnelle couleur de terre ; une cape de même teinte enveloppait ses épaules. Il avait fière allure.

Amin parlait notre langue pour avoir été élève au lycée français de Kaboul. C'était la première fois que nous côtoyions un résistant francophone et francophile, nous étions les premiers Français qu'il rencontrait depuis le début de la guerre ; cela nous rapprocha instinctivement.

Je l'interrogeai sur ses motivations, soucieux de savoir entre les mains de qui nous allions peut-être remettre nos vies ; d'une voix douce et posée, presque triste, il nous dit vouloir des choses naturelles pour n'importe quel homme soumis à l'oppression : chasser l'envahisseur de son pays, défendre sa famille, sa terre, sa culture, sa foi, tout ce qu'il aimait profondément – et être prêt à mourir pour cela. Cette guerre, précisa-t-il, était une guerre de libération et elle était juste, comme l'avait été le combat des Français contre les nazis. Il ajouta qu'il n'avait aucun amour particulier pour la guerre, lui qui aurait simplement voulu faire fructifier sa terre comme l'avait fait son père, et avant lui le père de son père, et avant eux tous ses aïeux ; mais avait-il le choix ? La libération de son peuple ne primait-elle pas sur tout le reste ? N'exigeait-elle pas tous les sacrifices ? Il avait conscience que ce serait une lutte longue, dure et aléatoire, car l'Afghanistan était peu de choses au regard de la superpuissance soviétique. Mais il irait jusqu'au bout.

Ces mots nous étaient allés droit au cœur, à Manoukian et moi, qui avions assisté à la prise de Kaboul par l'Armée rouge, aux bombardements des populations civiles et à l'exode de millions de réfugiés.

L'entente avec Amin fut immédiate.

Quelques jours plus tard, nous partions avec sa caravane d'armes pour le Wardak.

Ce voyage au plus profond de l'Afghanistan en guerre, le premier d'une longue série, fut épique de bout en bout. Un choc : la rencontre entre ce dont j'avais toujours rêvé et la réalité qui portait enfin ce rêve au plus haut niveau. Moi qui voulais qu'il m'arrive n'importe quoi plutôt que rien, je me trouvais plongé d'un coup dans une existence d'une infinie puissance que, par-delà les motivations de l'engagement lui-même et les malheurs de la guerre, il serait malhonnête de nier.

À réfléchir trente ans plus tard à cette intensité de vie, je me dis qu'il doit être impossible aujourd'hui de retrouver où que ce soit dans le monde une expérience d'une telle plénitude. Je ne vivrais plus jamais cela.

Il y eut tout dans cette odyssée du printemps 1980 : la défense d'une cause désormais incarnée par des visages précis et amicaux, l'intégration fulgurante, obligatoire et passionnante à une société tribale hors du temps – comme aucun ethnologue n'aurait pu en rêver –, le romanesque d'une aventure absolue d'où toute tricherie ne pouvait qu'être bannie et, en fin de compte, la force de vie qui découlait de la présence continuelle de la mort, cette présence portant au paroxysme tous les sentiments. Ce mélange rare fut quelque chose de fondateur dans mon engagement ultérieur. Et il me fit comprendre en quelques mois que ce que l'on retire d'un engagement est toujours à l'exacte mesure de ce que l'on y met soi-même. Le désir me vint alors de ne pas mettre de limites.

Tout commença avec les vicissitudes du franchissement des montagnes par notre caravane ; ces montagnes, dont j'ai déjà parlé, formaient un univers si grandiose et tourmenté – démesuré pour tout dire – qu'il me parut avoir été créé dans l'unique intention de ramener l'homme à son humble condition, à sa dimension insignifiante. Notre caravane n'était rien dans cette immensité chaotique dont je ressentais physiquement la violence rentrée par-delà la beauté extraordinaire. Et aucune trace du monde moderne n'était visible nulle part. Jamais je ne m'étais senti autant « ailleurs ».

Les chameaux étaient lourdement chargés de caisses de bois qui contenaient des lots impressionnants de kalachnikovs, de grenades, de mines, d'explosifs, d'obus de mortiers, de roquettes et de munitions diverses ; les bêtes peinaient sur des sentiers escarpés bordés d'à-pics vertigineux ; à chaque passage dangereux, elles manquaient de précipiter leurs charges au fond de ces gouffres qui avaient de quoi effrayer les plus téméraires par leur profondeur farouche. À flanc de coteaux, les sentiers étaient parfois si étroits que les caisses attachées de part et d'autre des chameaux raclaient d'un côté la paroi rocheuse et de l'autre surplombaient l'abîme… C'était miracle que de parvenir à franchir de tels obstacles ; mais les moudjahidin veillaient à tout. Quand ils sentaient l'une de leurs bêtes prête à basculer dans le précipice, ils se jetaient à plusieurs, dos contre son flanc, bras largement écartés, plantaient leurs pieds dans la rocaille à quelques centimètres du gouffre et, arc-boutés sur leurs jambes, poussaient de toutes leurs forces, ahanant et suant, jusqu'à ce que l'animal soit passé.

Naturellement, il arrivait que les cordes servant à attacher les caisses finissent par être cisaillées par les rochers ; alors, la chute brutale de l'une de ces caisses nous arrachait des cris d'inquiétude ; mais il eût fallu beaucoup de malchance pour que leur contenu explose, même sous un choc violent.

Je mettais à profit tout ce que m'avait enseigné Suleyman au Sahara pour prêter main-forte aux moudjahidin d'Amin, mais j'étais dans un monde autre que celui du désert ; je ne me trouvais une utilité qu'aux haltes, lorsque nous déchargions les bêtes et les nourrissions du grain contenu dans de grands sacs accrochés à leurs flancs ; pour le reste, je devais tout apprendre d'une caravane de montagne, à commencer par la manière de retenir les chameaux dans les descentes en s'accrochant à leurs queues. Ces descentes étaient ce qu'il y avait de plus dangereux. Elles se faisaient parfois dans des gorges encaissées, au milieu de torrents qui bondissaient de rocher en rocher en éclaboussant bêtes et hommes, ou dans les amas de neige abandonnés par l'hiver dans les recoins que la lumière n'atteignait jamais ; les chameaux glissaient sur cette neige verglacée, chutaient en blatérant de fureur, aussitôt relevés par vingt bras solides qui s'assuraient en même temps qu'aucune caisse d'armes n'avait été endommagée ; et nous continuions sans paroles inutiles. Mais s'il y avait encore de la neige dans le fond de ces gorges, là où le sol redevenait plat, les chameaux s'enfonçaient cette fois jusqu'au poitrail et c'était toute une affaire de les tirer de ces pièges.

Quand les sentiers se faisaient plus larges, ou que nous traversions des oueds pour la plupart à sec, les moudjahidin, soulagés, rejetaient leurs turbans en arrière d'un revers de main, passaient leurs vieux fusils en travers de leurs épaules et, les bras appuyés de chaque côté, continuaient d'avancer, le front haut et nu, riant ou chantant à pleine voix des mélopées gutturales dont les échos tragiques ricochaient entre les crêtes et les pitons qui nous environnaient de toute part. J'avais l'impression d'être revenu des siècles en arrière, dans un univers où tout était vrai, pur et dur, aux côtés d'hommes que plus aucune autre terre ne portait.

De fait, ces moudjahidin étaient de rudes gaillards, à la peau mille fois crevassée par le soleil, solidement bâtis et qui allaient pieds nus dans de mauvaises sandales ; ils avaient pour nom Moko, Hachem ou Abdallah, et c'étaient des compagnons avec lesquels j'étais désormais uni pour le meilleur et pour le pire, expression qui prenait ici tout son sens.

Ces hommes-là ne se souciaient guère d'emporter quoi que se soit pour dormir ou manger. On les sentait préparés à tout supporter des duretés de la vie comme des tourments de la guerre, insouciants des privations comme des souffrances. Ils allaient avec leur seul fusil à l'épaule, le torse bardé de cartouchières de cuir, la ceinture alourdie de poignards ou de baïonnettes, et toute leur attitude, leurs gestes, leurs regards, leur comportement, laissaient entendre avec orgueil qu'ils n'avaient besoin de rien d'autre pour exister et être eux-mêmes, c'est-à-dire des guerriers. Sans doute étaient-ils sales et hirsutes, dépenaillés, désordonnés s'il en est, mauvais soldats si l'on veut, querelleurs, emportés, fidèles à leurs seules lois, mais tout cela était peu de chose au regard de ce qui importait à leurs yeux : montrer partout et à chacun qu'ils étaient habités par l'allant combattif figurant dans le code d'honneur de leurs tribus : le « pachtouwali ».

Et quand vous veniez de l'autre côté des mers, de pays qu'ils n'avaient jamais vus, de contrées dont ils n'avaient jamais entendu parler, d'endroits qu'ils ne verraient jamais, ils vous regardaient – vous, piteux hommes d'Occident qui pensiez tout savoir mais que tout effrayait –, avec un air de dire que pour eux, peu importaient la vie ou la mort, le bonheur ou la souffrance, la richesse ou la pauvreté, car la vérité du guerrier était de mourir les armes à la main au grand soleil de la vie ; et qu'il était bien qu'il en soit ainsi.

Cependant, ces moudjahidin qui ignoraient encore qu'ils auraient à se battre vingt ans durant – et pour une bonne moitié d'entre eux, qu'ils ne verraient pas l'issue de leur combat –, aimaient écouter des poèmes le soir au bivouac, l'œil mélancolique et mouillé, et ne dédaignaient pas plaisanter sur tous les sujets avec ironie et sensibilité ; ils prenaient même des allures d'enfants devant la beauté d'une simple fleur ; ils adoraient en cueillir pour orner coquettement leurs tuniques et, dans ces moments-là, la douceur de leurs gestes me semblait d'une grâce étrange et presque inquiétante au milieu de la guerre dont les signes étaient partout : dans les Mig ou les hélicoptères qui nous survolaient régulièrement en patrouilles lugubres, dans les ruines des villages bombardés empuantis encore de l'odeur des cadavres, dans les champs de blé noircis par les brûlures du napalm, dans les carcasses de blindés qui jalonnaient par dizaines les plaines que nous franchissions. Mais ces fleurs passées dans les tuniques de ces guerriers disaient qu'un peu de ce qui fait la vie normale continuait d'exister envers et contre tout, et je leur étais reconnaissant de préserver cette vie autant qu'il était possible. Beaucoup plus tard, je découvrirais aussi l'amour inimaginable que ces Afghans portent aux enfants – comme je l'ai rarement vu dans d'autres sociétés. Alors, la forme d'innocence qui emplissait ces hommes me réconcilierait avec l'excès de virilité dont ils faisaient preuve.

Le soir, nous faisions étape dans des PC de la résistance locale – où des dizaines de maquisards s'entassaient autour de gros poêles dont la fumée dense et épaisse se mélangeait aux odeurs de vieux cuir, de crasse, de sueur et de graisse d'arme – et si nous ne trouvions aucun de ces PC, souvent camouflés dans des grottes ou des casemates enterrées, nous dormions dans des *tchaïkhana* isolées transformées en caravansérails dignes de la route de la soie tant il y avait de caravanes allant et venant de part et d'autre de la frontière. Mais la plupart de ces caravanes ne transportaient ni soie, ni encens, ni épices, ni rien d'exaltant ; elles étaient composées de réfugiés qui fuyaient les zones de combat par vagues successives. Nous croisions chaque jour des familles entières juchées sur des chameaux éreintés, les enfants enroulés dans des couvertures, ballottés en tous sens, les yeux vides et hagards.

Puis, chaque matin, nous repartions avant même les premières lueurs de l'aube pour reprendre notre longue marche.

Les problèmes commencèrent aux abords de la plaine de Gardez, qui sépare deux immenses replis montagneux ; en ce temps-là, cette plaine permettait de relier toute une série de postes militaires occupés par l'armée gouvernementale ou des unités soviétiques ; la malchance voulut que, peu de temps avant d'aborder sa périlleuse traversée, l'Armée rouge déclenchât une vaste offensive pour desserrer l'étau des maquisards qui contrôlaient l'ensemble des montagnes environnantes et ne cessaient de les harceler. À dire vrai, cette offensive était d'une ampleur encore jamais vue et concernait toutes les plaines que nous avions à franchir avant d'arriver dans le Wardak. Les moudjahidin refluaient de partout vers le refuge des montagnes et venaient buter sur notre caravane ; ils étaient harassés par les combats, traînaient leurs blessés comme ils pouvaient, et parlaient de centaines de blindés et d'hélicoptères qui avaient surgi des quatre coins de l'horizon pour tout balayer sur leur passage. Même en faisant la part de l'exagération coutumière des Afghans, cela faisait beaucoup.

Lorsque le premier groupe de ces combattants nous alerta, Amin fit stopper la caravane et envoya des hommes en reconnaissance tandis que nous déchargions les chameaux en hâte, cachant les caisses d'armes au milieu des rochers. Lorsque nos éclaireurs revinrent, il fallut se rendre à l'évidence : le massif dans lequel nous nous trouvions était totalement encerclé.

Les jours qui suivirent furent d'une âpre intensité. Il fallait à la fois sauver nos vies et mener les armes à bon port. Ce n'était pas gagné d'avance, mais Amin était bien décidé à passer entre les mailles du filet tendu par l'Armée rouge.

Les premiers temps, nous attendîmes au milieu de nulle part, dans le chaos minéral où le hasard nous avait bloqués, sans cesse survolés par des hélicoptères en maraude. J'imaginais les pilotes dans leurs appareils, coiffés de leurs casques, tournant la tête de tous côtés, cherchant où donner la mort avant de rentrer boire un verre de vodka au mess des officiers de leur garnison de Kaboul. Que pensaient-ils ? Nous ne nous connaissions pas, je ne leur avais rien fait, ils ne m'avaient rien fait, et nous étions d'irréductibles ennemis. Par quel mystère des hommes pouvaient-ils en arriver là ?

Mais il fallait revenir aux choses concrètes. Nous avions conscience d'être tout à la fois dans un refuge et au milieu d'une nasse ; cette situation inconfortable avivait nos inquiétudes. Que faire ? Si les Soviétiques se contentaient de « nettoyer » les zones de plaines, il suffirait d'attendre leur départ pour reprendre notre route ; ils ne pourraient s'éterniser durablement. Si, en revanche, ils décidaient de pénétrer dans les contreforts montagneux, ce serait une autre histoire. Mais il y avait peu de chance qu'ils s'y risquent, compte tenu du terrain, impraticable à leurs blindés.

En attendant et, fort heureusement, les chameaux se confondaient avec les rochers grâce à leur pelage ocre, et nous leur intimions une immobilité absolue au passage des hélicoptères, nous recouvrant en même temps de nos patous couleur de terre pour nous rendre invisible. Cent fois je nous crus perdus, cent fois les hélicoptères passèrent sans nous voir.

Dans ces heures pénibles, je me demandais comment tout cela allait finir. Au Pakistan, Amin nous avait équipés, Pascal et moi, de pistolets et de cartouchières de poitrine ; c'était moins pour combattre à ses côtés que pour faire face aux pillards qui infestaient la zone tribale, tout en nous faisant respecter des autres groupes de résistants, puisque dans ces contrées viriles où la guerre est le « sport » par excellence, un homme n'en est vraiment un que s'il porte une arme… Je trouvais maintenant mon pistolet bien dérisoire compte tenu de la situation. Certes, dans ces premiers temps de la guerre je n'étais pas là pour m'engager militairement aux côtés de rebelles dont la cause n'était pas directement la mienne, mais pour écrire un livre sur leur condition ; cependant, je me sentais empli de gêne à la seule idée de me désolidariser d'Amin et de ses hommes en cas de danger réel. Une amitié commençait à naître entre nous dans les épreuves partagées, les fatigues et les périls courus ensemble, les privations et les souffrances endurées côte à côte. Un lien mystérieux se tressait. Tout ce qui avait précédé dans ma vie me portait à y être sensible. Ces Afghans n'étaient plus des étrangers pour moi. Et même, à dire vrai, je les aimais bien. Je découvrais combien, à l'heure d'une menace commune, des hommes que peu de choses rapprochent peuvent soudain se souder par-delà leurs différences et former une communauté nouvelle. J'en étais. Et j'aimais cela.

Alors, puisque mon sort était lié à ces Afghans depuis le début de cette aventure, je me dis, au milieu de cette rocaille surchauffée, qu'il devait l'être jusqu'au bout, c'est-à-dire les armes à la main s'il le fallait. C'était, me semblait-il, la seule disposition d'esprit permettant de ne pas tricher avec eux comme avec moi-même, la seule attitude loyale, la seule manière de demeurer en parfaite cohérence avec mes idées, avec ce qu'avait été mon passé, avec ce que je voulais que soit mon avenir. La seule façon, pour tout dire, de refuser ce qui me répugnait depuis toujours : l'indifférence.

Cette décision personnelle assumée, le reste était simple en pratique : pour les Afghans, il allait de soi de mettre une arme entre les mains des Français qui désiraient combattre avec eux. Cette attitude était admise et encouragée. C'était quelque chose de naturel à leurs yeux ; c'était aussi un moyen de tester la réalité de l'engagement de ceux qui prétendaient être à leurs côtés. Refuser ne prêtait pas à conséquence ; accepter, c'était passer une frontière dangereuse, aussi bien physiquement que d'un point de vue culturel et identitaire.

Mais, *Inch Allah*, comme disait Amin et ses hommes, nous verrions bien… Demain, nous serions peut-être morts, blessés ou prisonniers, et cette pensée qui me venait naturellement tandis que je comptais mes cartouches à plat ventre derrière un rocher, le cœur battant, était d'une réalité qui me parut toute crue dans son intensité, presque irréelle. Alors, je compris que par tempérament j'aimais de toute façon ce qui était en train de m'arriver.

Toutefois, les circonstances allaient décider que ce ne serait pas dans ces jours difficiles que j'aurais à utiliser une arme pour de bon – ce qu'on appelle le baptême du feu –, mais seulement huit mois plus tard, en janvier 1981. Ce serait aux côtés de l'un des frères d'Amin et de ses moudjahidin, avec une poignée d'autres Français venus défendre une cause qui leur paraissait juste, au cours d'un bref engagement contre une position russe appuyée par des chars et des mortiers. Mais c'est une autre histoire.

Pour l'heure, nous attendions toujours dans la chaleur suffocante de l'été qui approchait, écoutant la rumeur de la guerre qui nous parvenait de loin quand ce n'était pas au-dessus de nos têtes. Je craignais que cette attente ne durât interminablement, mais le premier jour ne s'était pas achevé qu'il nous apporta un problème inattendu : une patrouille envoyée par Amin aux abords de la plaine de Gardez pour surveiller les mouvements soviétiques captura deux espions afghans qui s'apprêtaient manifestement à renseigner l'ennemi sur notre présence. Ils trouvèrent sur eux de nombreux documents compromettants et ramenèrent les deux hommes dans nos rangs afin qu'Amin puisse les interroger. Dans ces débuts du conflit, le gouvernement de Kaboul disposait d'un réseau important d'informateurs à sa solde, et ces « collabos » étaient la hantise des moudjahidin qui leur vouaient une haine bien plus féroce que celle qui était en train de naître chez eux contre les Russes.

Les deux espions n'en menaient pas large ; comme nous tous, ils savaient qu'en situation de guerre la vie humaine ne vaut plus grand-chose, surtout quand règnent de tous côtés l'arbitraire et la loi du plus fort.

L'un était grand et maigre, avec une tête d'oiseau de proie, l'autre petit et trapu. Attachés les bras dans le dos, des kalachnikovs dans les reins, ils niaient farouchement les faits malgré les preuves accablantes étalées sous les yeux d'Amin. Ils transpiraient abondamment sous le soleil, les yeux emplis de terreur, pathétiques, les mains tremblantes, le regard fuyant, convaincus de leur mort prochaine ; ils m'inspiraient davantage de compassion que de mépris tant leur sort me semblait scellé : les moudjahidin ne pouvaient ni les relâcher, ni les emprisonner où que ce soit, et parlaient déjà de les exécuter d'une balle dans la tête sans plus attendre. C'était la guerre, disaient-ils, et nous avions mieux à faire que de nous préoccuper de la vie de deux traîtres alors que nous étions en si fâcheuse posture.

Avec Pascal, j'intervins auprès d'Amin en faveur des deux hommes, avançant l'argument décisif qu'une exécution aussi hâtive le ravalerait au niveau de ses ennemis. L'argument porta :

« Vous avez raison, dit-il. Nous ne pouvons pas faire comme les shurawis. On va emmener ces deux types avec nous jusque dans le Wardak pour les faire juger par un conseil d'anciens ; ça va être compliqué, mais ce sera mieux. »

Ses combattants maugréèrent un moment devant la perspective d'avoir à traîner derrière nous ces deux espions qu'il faudrait surveiller constamment, mais ils obéirent.

Je dois dire que les jours suivants, au cours de notre fuite éperdue entre les lignes soviétiques, j'allais regretter au moins à une reprise de m'être mêlé de cette affaire. Un après-midi, alors que nous dormions une fois de plus dans des anfractuosités de rochers, épuisés et affamés, encerclés de toute part, je m'assoupis un instant alors que c'était mon tour de garder les prisonniers. Faute grave que j'aurais pu payer très cher. Par pure humanité, nous avions obtenu, Pascal et moi, que les deux hommes ne dorment pas attachés ; ils profitèrent du demi-sommeil dans lequel j'avais sombré pour ramper vers moi dans l'intention de m'écraser la tête avec un rocher avant de s'enfuir. Par quel miracle me suis-je réveillé à temps, je ne l'ai jamais su… Mais il s'en fallut d'une seconde. J'ouvris brusquement les yeux et vis les prisonniers à deux pas de moi, prêts à bondir et tuer. Nos regards se croisèrent ; dans les leurs, je surpris une lueur d'une intensité inouïe, une lueur nouvelle pour moi – celle qui naît dans les yeux d'un homme au moment de donner la mort à un autre homme.

Par pur réflexe, je saisis la kalachnikov qu'Amin m'avait confiée, l'armai, et dans le claquement sec de la culasse, mis en joue les deux misérables à bout portant ; le canon de mon fusil les touchait presque. Il y eut un moment d'immobilité absolue ; j'étais prêt à tirer, ils ne savaient plus que faire. Je vis une terreur sans nom remplacer la violence dans les yeux des deux hommes qui comprenaient que leurs vies ne tenaient pratiquement plus à rien, et soudain, avec une sorte de jappement de panique, ils se rejetèrent en arrière pour se coucher sur le sol, face contre terre.

Je me redressai aussi furieux contre moi-même que contre les prisonniers. Désormais ils dormiraient attachés. Que valait la mansuétude dans la guerre ? Je n'en savais rien encore, mais à cet instant précis je me reprochai d'y avoir cédé et me traitai de tous les noms. Les moudjahidin, réveillés à leur tour, parlaient à nouveau d'abattre sur-le-champ les deux traîtres. Amin les calma : il ferait ce qu'il avait dit.

De toute façon, et sans que nous le sachions encore, le destin de ces deux hommes était scellé. La suite de leur histoire fut celle-ci : notre colonne parvint à les ramener vivants au Wardak, où ils furent jugés par le conseil des anciens. Devant les « barbes grises » réunies en assemblée, ils trouvèrent une parade inattendue qu'ils avaient eu tout le temps de mûrir en cours de route : ils déclarèrent qu'ils étaient bien des espions, mais qu'ils travaillaient en fait pour le Hezb-e-islami, l'un des partis de la résistance, en tant qu'agents doubles infiltrés chez les Russes…

Devant cette affirmation qui, si elle était exacte, pouvait sauver les deux hommes, Amin se résolut à leur donner une ultime chance ; il les fit transférer au Pakistan pour vérifier leurs dires auprès du Hezb-e-islami. Il apparut très vite qu'ils n'avaient jamais appartenu à ce parti ; hélas, avant même d'être démasqués, ils parvinrent à s'échapper de la cellule dans laquelle ils avaient été enfermés, et s'évanouirent dans la nature.

L'histoire aurait pu s'achever sur cet épilogue douteux. Cependant, et par le plus grand des hasards, ces deux espions furent repris quelques mois plus tard dans une affaire du même genre que la nôtre.

Cette fois, les moudjahidin les exécutèrent sans autre forme de procès…

En attendant, nous étions toujours encombrés d'eux pour franchir la plaine de Gardez. Amin attendit d'abord que le gros des troupes russes s'éloigne vers l'ouest ; il scinda alors notre caravane en plusieurs groupes de quelques hommes seulement. Chaque groupe tenterait sa chance de son côté pour rompre les lignes russes, marchant de nuit, dormant le jour. Nous nous retrouverions tous au Wardak, *Inch Allah*... Seuls les chameaux, les caisses d'armes et une escorte réduite ne prendraient aucun risque et patienteraient dans les montagnes, le temps que tout danger soit absolument écarté.

Le groupe dans lequel me plaça Amin comprenait – outre lui-même –, Pascal, Hachem, Moko et les deux prisonniers. Afin d'être aussi rapides que possible, nous n'emportions que des armes légères et des munitions – à l'exception d'un lance-roquettes antichar qu'Amin chargea sur son épaule, et de nos sacs, à Pascal et moi, qui furent imposés aux prisonniers par nos amis. Pas de nourriture, pas d'eau, pas de couchage. Il faudrait tenir et serrer les dents aussi longtemps que nécessaire.

C'est dans cet équipage réduit à sa plus simple expression que notre odyssée se poursuivit.

Comme nous nous apprêtions à dévaler sans bruit la pente menant à la plaine de Gardez qui, dans la nuit tombante, ressemblait à une interminable plaque de granit aussi lugubre qu'inquiétante, nous fûmes rejoints par plusieurs bandes de résistants ; elles surgissaient de tous les recoins de la montagne en longues colonnes serrées, pareilles à des fantômes. C'était très impressionnant. Avant de les voir, on percevait le léger martèlement sur la roche de pas très lointains, puis, comme les maquisards se rapprochaient, de sourds murmures s'élevaient dans l'obscurité ; on entendait ensuite le froissement de leurs tuniques, le cliquetis des armes contre les ceinturons ; bientôt, tous ces bruits ténus d'une troupe en marche se matérialisaient en ombres chinoises sur le ciel, hérissés de turbans et de fusils, et les visages, alors, se laissaient deviner dans les ténèbres, barbus, moustachus, les yeux sombres, tendus, les traits rudes et aigus : des loups maigres qui passaient dans la nuit.

Tous ces hommes étaient comme nous bloqués depuis des jours dans ces parages inhospitaliers et comptaient s'engager sur le même chemin que le nôtre pour s'échapper. Ils étaient une bonne centaine à ce que je pus en juger. Pour la discrétion, c'était raté. Amin décida de partir en tête, afin de ne pas se trouver mêlé à cette masse de combattants par trop repérable. Derrière nous, on s'organisa tant bien que mal. C'était chacun pour soi…

Cette nuit de marche me parut interminable tant la cadence fut soutenue. Nous avancions sans trêve ni repos, poussant les prisonniers devant nous, tous nos sens en alerte, traversant des villages déserts où des molosses hurlaient à la mort, des zones détruites au napalm, d'autres parsemées de ruines ; partout, je craignais de tomber dans une embuscade. Mais rien ne vint : les Russes ne bougeaient pas la nuit.

Ils ne bougeaient pas la nuit, mais nous attendaient de l'autre côté des montagnes… À peine y avions-nous trouvé refuge à l'aube que notre colonne manqua buter sur l'une de leurs colonnes de blindés qui faisaient mouvement dans un vallon. Il fallut refluer en hâte vers les sommets par des gorges rocailleuses. Alors, nous découvrîmes avec angoisse que les Russes avaient aussi repris position derrière nous. Le vacarme de leurs mouvements emplissait l'air de tous côtés : désormais, nous avions des chars aussi bien devant nous que sur nos arrières ; et des hélicoptères commençaient déjà à fouiller le ciel au-dessus de nos têtes… Une fois de plus nous étions encerclés, mais dans une souricière bien plus étroite que la précédente. La partie était très mal engagée pour nous…

Dans l'immédiat, il n'y avait rien d'autre à faire que rester cachés une fois de plus dans des anfractuosités de rochers, immobiles et silencieux ; et surveiller les panaches de poussière dégagés par les chars qui investissaient les villages les uns après les autres, nettoyant toute la zone à coups de canon, appuyés par des hélicoptères qui lâchaient bombes et roquettes. À intervalles réguliers, la canonnade s'intensifiait : des groupes de maquisards résistaient. De ce que je pus en voir de loin, leur courage ne leur servait surtout qu'à périr vaillamment en vendant chèrement leurs vies. Et je me disais en contemplant ce désastre qu'il fallait des siècles de patience pour bâtir un village d'hommes, et quelques minutes seulement pour le réduire à néant. Il y avait là comme une injustice ancestrale de la vie, comme un excès des hommes à en abuser partout et toujours.

Le sursis pour nous fut de courte durée. Bientôt, les Russes engagèrent des troupes au bas des éperons rocheux qui permettaient de gagner notre refuge. Il fallut reprendre notre fuite éperdue au milieu des éboulis, des ravins, des escarpements ; nous allions au hasard, en file indienne – et plus personne ne savait précisément où nous étions. Amin houspillait les prisonniers de la pointe de sa baïonnette car ces derniers, sournoisement, faisaient tout pour nous ralentir.

Quand nous voulions étancher notre soif, nous trouvions autant d'eau que nécessaire dans les torrents ; mais nous n'avions rien d'autre à manger que quelques biscuits rassis qui restaient au fond de nos poches. Nous nous les partagions équitablement aux rares haltes, sans oublier les prisonniers, ce qui faisait dire à Moko que nous étions d'une grande stupidité, lui compris… Mais une émotion véritable me prenait au ventre dans le partage fraternel avec mes camarades de ces mauvais biscuits qui valait toutes les fortunes du monde et nous rapprochait les uns des autres ; et c'était comme une énigme d'éprouver un tel sentiment.

La nuit vint à nouveau comme nous abordions un ravin abrupt au bord duquel se dressait une masure isolée, probablement celle d'un berger. Des maquisards venus de je ne sais où y avaient déjà trouvé refuge et attendaient en silence, entassés épaule contre épaule ; ils étaient affamés, presque sans munitions, et n'avaient qu'un peu de thé à nous offrir. Bientôt, ils tentèrent de nous convaincre qu'il valait mieux forcer ensemble le passage au cours des heures suivantes plutôt que de laisser le temps à l'ennemi de resserrer son dispositif. Amin ne partageait pas cet avis. À ses yeux, les Russes devaient avoir déjà tendu des pièges un peu partout au pied des montagnes, là où ils pouvaient dissimuler leurs chars : c'est ce qu'il aurait fait à leur place.

Ces moudjahidin ne voulurent rien écouter ; ils nous quittèrent au milieu de la nuit après force salutations et souhaits de bonne chance réciproques, s'en remettant à Allah ; et l'obscurité les engloutit comme une colonne d'alpinistes têtus qui s'en vont conquérir un sommet impossible.

Les Russes les étrillèrent aux abords du premier village qu'ils tentèrent de traverser. Il n'y eut qu'un rescapé. Le malheureux parvint à revenir vers nous dans l'obscurité, haletant et gémissant, nous enjoignant de nous sauver sur-le-champ. Il y avait eu des prisonniers et s'ils parlaient, nous étions perdus.

Nous reprîmes notre fuite dans le froid glacial de l'aube.

La journée suivante fut une longue errance au hasard des montagnes et des bombardements qui écrasaient les plaines environnantes ; nous allions où nous pouvions avec un seul but, toujours le même : échapper aux

Russes. Mais les tenailles de leur opération venaient nous serrer de si près parfois, nous imposant tant d'incessantes volte-face, contournements, replis, courses de vitesse dans les éboulis, que j'étais bien obligé de me dire que tout cela finirait mal pour nous. Jamais je ne m'étais senti aussi vulnérable, aussi démuni, aussi impuissant.

Cependant, notre instinct de survie était intact ; pas un instant il n'y eut de découragement dans nos rangs. Manoukian faisait face à la situation avec son habituelle placidité, ne se plaignant jamais, et de ce jour, je sus qu'il ne craignait pas l'adversité. Quant aux Afghans, ils mettaient toute leur ruse et toute leur hardiesse à nous sortir vivants de ce piège ; même, ils se galvanisaient de ce défi.

Toutefois, aux rares haltes, tandis que nous soufflions entre les rochers, je me rendais compte de ce que nous étions en vérité : cinq fugitifs qui ne pouvaient compter que sur leurs propres forces pour s'en sortir – et ces forces étaient peu de choses face aux événements. En voyant le dispositif soviétique et ses moyens immenses, en contemplant mes compagnons qui n'avaient que leurs seuls fusils à la main, je me dis que la guerre serait longue. Mais je compris en même temps que, d'une manière ou d'une autre, ils en sortiraient vainqueurs. Ces hommes-là savaient pourquoi ils acceptaient de mourir. Les Russes ne le savaient pas. À partir de là, tout était réglé ; ce n'était qu'une question de temps. Et la force mécanique ne pouvait rien contre cela. Je ne voulais même pas prendre en considération l'aspect religieux du problème, la force éventuelle que la foi peut procurer face à la mort. Tout simplement parce qu'il me semblait y avoir chez ces Afghans la volonté de défendre avant tout leurs terres, leurs familles et leur identité, bien plus que Dieu.

Quelques mois plus tard, j'écrirai dans *Ils ont choisi*

la liberté[1] cette certitude qui était née en moi d'une victoire finale des Afghans ; elle allait à l'encontre de l'avis de tous les « experts » et « spécialistes » de l'époque. Eux ne donnaient pas cher de la peau des Moudjahidin. Sans doute auraient-ils dû venir s'assurer des choses par eux-mêmes.

En attendant, Amin montrait une intelligence tactique remarquable dans les épreuves que nous affrontions : il comprenait instinctivement comment utiliser le terrain et possédait le sens du danger ; il avait aussi le « coup d'œil » manœuvrier et, mieux encore, la capacité de se projeter dans la stratégie de l'adversaire pour imaginer ses intentions. Trente ans plus tard, je me dis que ce sont ces qualités qui lui ont permis de survivre à ces années de guerre, même s'il fut blessé à deux reprises.

Hachem cheminait en éclaireur lorsqu'il découvrit plusieurs familles campant comme elles pouvaient au milieu d'un amoncellement de rocs surchauffés par le soleil ; ces gens formaient un spectacle pitoyable. Il y avait là des femmes, des vieillards, des enfants, tous terrorisés. Pas d'hommes en âge de se battre. Ils avaient fui leurs villages en panique devant l'arrivée des chars et ne savaient où trouver un lieu sûr. Ils avaient décidé d'attendre aussi longtemps que nécessaire dans ce réduit des montagnes, espérant que les Soviétiques ne les tueraient pas s'ils les découvraient ; mais rien n'était moins certain à leurs yeux ; ils avaient vu beaucoup de civils se faire massacrer.

Ces villageois connaissaient bien la région et nous indiquèrent des hauteurs vers l'ouest par où nous pourrions peut-être rompre l'encerclement du massif. À condition d'atteindre ces hauteurs avant la nuit – et avant que les Soviétiques ne prennent position dans les villages situés

1. Arthaud, 1981.

en contrebas. C'était un espoir. Il y avait par là, nous dirent ces réfugiés, un PC du Harakat – autre parti de la résistance – fort de centaines de moudjahidin qui faisaient front et ne s'en laissaient pas compter.

Amin décida de tenter notre chance dans cette direction. *Inch Allah*, une fois encore…

À la nuit tombante, notre maigre colonne atteignit les hauteurs indiquées par les villageois ; elles étaient formées de pitons tourmentés qui se dressaient dans un rétrécissement du massif. De là, nous pouvions apercevoir tout à la fois la plaine de Gardez qui, derrière nous, commençait à prendre la couleur du mercure dans l'obscurité naissante, et à nos pieds la plaine que nous aurions bientôt à franchir, avec en son centre la dangereuse route Kaboul-Kandahar-Hérat, l'axe principal des communications soviétiques.

Nous faufilant dans un ravin abrupt qui menait aux abords de cette nouvelle plaine, nous trouvâmes, dissimulé dans les contreforts, le fortin qui servait de PC aux hommes du Harakat. Des sentinelles en armes se dressaient sur les parapets et leurs silhouettes immobiles se découpaient sur le ciel comme des médailles antiques.

Ces moudjahidin du Harakat nous accueillirent avec des nouvelles meilleures que celles des jours précédents : les shurawis n'avaient pu détruire réellement aucun groupe de résistants dans leur zone et nous étions en sécurité, pour peu que nous restions cachés avec eux le temps que tout rentre dans l'ordre ; les Soviétiques semblaient sur le point de mettre fin à leur opération.

En écoutant ces maquisards, je compris qu'une bonne nouvelle fait découvrir parfois combien, avant elle, on se cachait la réalité de son infortune.

Le chef de ce poste était un petit mollah bardé de couteaux, de pistolets et de cartouchières à la façon d'un Pancho Villa d'Asie centrale. Amin lui expliqua avec superbe que notre intention n'était pas de nous terrer chez lui, mais de poursuivre notre route dès que possible. Je ne compris pas pourquoi Amin tenait tant à ce que nous partions aussi vite, mais je m'amusais de ce trait d'orgueil de la part d'un homme qui détestait la vanité et ne confondait pas les deux.

Le mollah hocha la tête, décontenancé devant tant de panache. Toutefois, comme il était un brave homme, il consentit à nous fournir une escorte connaissant bien la région ; mais à condition que nous attendions tout de même deux jours. À la jumelle, il nous désigna une colonne de blindés qui semblait prendre la direction de Kaboul, et dit :

« Deux jours, ce n'est pas trop. Au moins, ces chars-là devraient être partis. »

Amin finit par acquiescer. Après tout, au point où nous en étions, quelques jours de plus ou de moins n'avaient guère d'importance.

La nuit du surlendemain, donc, après une longue attente dans les pièces souterraines du fortin où s'entassaient tout ce que le secteur devait compter de combattants, notre colonne, grossie d'une poignée d'hommes du Harakat, se lança dans la hasardeuse traversée de la plaine où sinuait la route de Kaboul.

Ce fut une affaire difficile. Les Russes avaient laissé derrière eux de nombreuses positions renforcées qui quadrillaient la plaine, enterrant à demi leurs blindés pour les protéger ; jusqu'à l'aube, il fallut se faufiler entre ces positions, courbés en deux, au pas de course souvent, nous cachant des fusées éclairantes qui montaient vers le ciel à intervalles réguliers, illuminant la nuit de longues paraboles blanches, rouges ou vertes ; alors, le ciel obscur se muait en un dôme dantesque où l'on voyait presque comme en plein jour. Je me demandai comment il était possible de passer inaperçus sous une telle lumière ; mais les Soviétiques n'avaient sans doute pas d'autre but au milieu des dangers de la nuit que de se limiter à repérer les groupes de moudjahidin qui cherchaient à les attaquer. Le reste ne semblait pas les intéresser.

Quoi qu'il en soit, le soleil n'était pas encore levé que je sentis sous mes pieds le goudron de la route de Kaboul. Je n'étais guère rassuré par cette sensation qui traduisait à mes yeux une nouvelle forme de vulnérabilité, mais j'eus l'impression que nous venions de remporter une grande victoire : cette route était un symbole important dans ces débuts de la guerre. Nous montrions que les Soviétiques n'en avaient pas le contrôle permanent.

De l'autre côté, la plaine remontait en pente douce vers des vallées qui s'enfonçaient en direction de nouvelles montagnes dont on devinait la masse lointaine dans les ténèbres ; le jour parut comme nous cheminions toujours vers ces vallées ; elles me firent l'effet d'un havre de paix par la douceur de leurs contours et les peupliers qui poussaient autour des rivières.

C'était le Wardak.

32

Notre arrivée au château familial d'Amin, dressé au fond d'une vallée paisible appelée Jeghatu, fut le grand moment de cette équipée qui nous avait vus traverser bien des tourments. Deux des quatre tours d'angle du château avaient été détruites dans des bombardements, ainsi qu'une partie des murs, mais ce qui restait des lieux invitait au romanesque le plus achevé : il ne manquait qu'un pont-levis et des douves pour se croire revenu en des temps médiévaux.

Devant la grande porte d'entrée dont le bois épais était clouté de ferrures, se tenait un groupe d'Afghans qui entourait un vieillard de haute stature, à la barbe blanche, drapé dans une cape qui flottait au vent. On sentait que cet homme plein d'allure et de noblesse avait été une force de la nature dans sa jeunesse. C'était le père d'Amin : Razi Gullam Hazrat Khan Wardak.

Il vint vers nous, les bras tendus pour accueillir son fils au milieu des acclamations ; des centaines d'hommes accouraient en même temps de toute la vallée pour honorer notre ami ; ils se jetaient à ses pieds, baisaient ses mains, brandissaient leurs fusils au-dessus de leurs têtes, se répandaient en mille compliments – et surtout remerciaient Allah de l'avoir épargné. Puis ils tiraient de longues salves de fusil vers le ciel.

Parmi ces hommes se trouvaient deux des frères d'Amin : Mustapha qui avait mon âge, et Ruhani, qui était un peu plus jeune. Ils allaient jouer un rôle important dans ma vie au cours des années suivantes.

Mustapha était un pur guerrier, sans doute trop impulsif à mes yeux, mais d'un grand courage physique. Il portait ce jour-là une barbe noire très fournie, un énorme turban blanc et, côte à côte dans sa ceinture, une baïonnette russe et un long poignard afghan. Ses yeux étaient peut-être ce qu'il y avait de plus remarquable dans sa physionomie : ils avaient une profondeur étonnante ; et prenaient l'éclat de l'acier lorsque la colère le saisissait – des colères qui pouvaient lui venir pour un rien. Mieux valait alors ne pas lui tenir tête, ni même se trouver à proximité… Cependant, j'allais toujours bien m'entendre avec lui. Pour une raison que je n'ai jamais élucidée, il n'aimait guère le nom afghan qu'Amin m'avait donné – Zelmaï, jeune homme –, et préférait m'appeler Abdul Patrice.

Ruhani était presque à l'opposé de Mustapha, le courage mis à part. C'était une tête pensante, calme et réfléchie, sur laquelle Amin pouvait compter dans l'organisation des combattants. Il mettait un soin minutieux à préparer les opérations contre la ville de Ghazni, ou les embuscades de convois sur la route de Kaboul, ne laissant rien au hasard. Mais là où il montra peut-être le plus sa virilité aux yeux de tous, ce fut dans les vingt-deux enfants qu'il fit aux quatre femmes qu'il épousa au fil du temps… Un record dont ses frères ne cessent de s'amuser encore aujourd'hui.

Ruhani était doté, de surcroît, d'un humour corrosif qui faisait habituellement ma joie, mais s'exprimait parfois de manière douteuse : en 1992, lors de la libération de Kaboul, alors qu'il était le premier à prendre pied dans l'ouest des faubourgs de la capitale avec plusieurs centaines de ses hommes, il s'empara sans coup férir d'un camp militaire, capturant au passage deux généraux. Campé devant ces malheureux vaincus qui tremblaient, le visage décomposé, et qui enfonçaient leurs cous dans leurs grosses pelisses kaki comme pour se protéger, il leur annonça tranquillement, avec un grand sourire, les mains sur les hanches, qu'ils allaient être fusillés sur-le-champ. J'étais là avec Boinet, et devant nos airs réprobateurs – et nous sentant prêts à intervenir –, il se mit à rire avant de dire :

« Bon, ça va, je blaguais… Si on ne peut plus s'amuser à faire peur à ces vagins d'ânesse… »

Les trois jours qui suivirent notre arrivée au Wardak furent un enchantement : l'exact opposé de ce que nous venions de vivre depuis le Pakistan. Le père d'Amin organisa de grandes fêtes dans le nid d'aigle montagneux où il avait trouvé refuge depuis la destruction du château ; et tout ce que sa tribu comportait de combattants disponibles y fut convié. Il y en avait tant qu'ils formaient comme une marée. Il y eut des concours de tir – où Pascal m'étonna par sa précision, lui qui n'avait jamais tenu un fusil de sa vie –, des combats de chiens – qui étaient de fameux molosses aux oreilles et aux queues coupées pour ne pas donner prise à l'adversaire –, et d'époustouflants jeux de lance à cheval pendant lesquels j'osai rivaliser avec Amin au grand galop de nos montures. Il y eut même des danseurs et des musiciens qui vinrent nous distraire au son des tambourins, tandis que nous nous prélassions avec volupté dans des amas de coussins. Rien ne manqua, pas même la nourriture, car on tua nombre de vaches et de moutons en notre honneur. Je sus alors que Manoukian et moi avions passé avec succès notre « rituel d'initiation » – je veux dire que nous étions désormais considérés comme dignes de vivre parmi les moudjahidin.

Ce fut dans ces jours heureux que je pris définitivement conscience d'être immergé au sein d'une société profondément traditionnelle, très hiérarchisée, codifiée, se satisfaisant de ce qu'elle était, conservatrice et coupée du monde – mais apte pour cela à supporter toutes les vicissitudes de l'histoire. Car de telles sociétés fournissent à leurs membres des réponses à l'ensemble des questions existentielles, sociales et religieuses qu'ils peuvent se poser ; elles assurent à chacun la confiance en soi, elles déterminent la discrimination ami / ennemi, la place de chaque homme et de chaque femme dans le groupe, place immuable et consentie. En somme, elles suppriment le doute qui pourrait naître de l'esprit critique. Des sociétés de cette nature ne peuvent que se révolter contre l'obligation de se transformer sans concertation ni délai – et par la force –, ce qui avait été à l'origine du conflit deux ans plus tôt.

Cependant, les Afghans qui m'entouraient ne formulaient aucune objection contre la modernité en tant que telle et tout ce qu'elle comportait comme évolutions nécessaires. Dans ces campagnes, il n'y avait ni électricité, ni eau courante, ni quoi que ce soit de ce genre, et on aurait bien voulu de tout cela ; comme d'écoles ou d'hôpitaux. Simplement, ces Wardakis voulaient que les changements se fassent à leur rythme et selon leur volonté, en aucun cas sous une botte étrangère.

Je décidai d'accepter ces hommes tels qu'ils se présentaient à moi puisqu'ils étaient chez eux ; et de ne pas leur faire porter le poids de mes jugements personnels – encore moins de ceux que j'aurais pu formuler par le prisme de ma propre société, notamment sur la place des femmes. De toute façon, toute position consistant à vouloir qu'ils soient tels que je l'aurais souhaité et non tels qu'ils étaient aurait été inutile et vaine.

Sur ces entrefaites, les chameaux que nous avions laissés derrière nous arrivèrent à Jeghatu avec leurs caisses d'armes et de munitions : tout était intact. Comme l'avait ordonné Amin, les hommes de leur escorte avaient attendu le départ définitif des Soviétiques pour reprendre leur route et n'avaient eu qu'à s'en féliciter.

Ce succès était un soulagement pour notre ami, auquel s'ajoutait la satisfaction de voir apparaître les uns après les autres les groupes de moudjahidin dont nous nous étions aussi séparés au moment de la dispersion de la caravane. La liesse était générale.

La vie paisible dans laquelle nous avions plongé ne laissait pas de m'étonner. En ce temps-là, je croyais que la guerre de guérilla était quelque chose de constant dans le temps, qu'elle ne cessait jamais, ni nulle part ; j'apprenais qu'elle était une suite de longues périodes de temps immobiles ponctuée de brefs moments de violente intensité.

Les festivités achevées, Amin se mit en devoir de parcourir la région pour se faire une idée des destructions occasionnées par les Soviétiques. Il nous emmena, Pascal et moi, avec une poignée de ses hommes.

Comme partout ailleurs, je découvris des villages incendiés où les familles pleuraient leurs morts, des carcasses de chars déjà désossées par les moudjahidin qui avaient récupéré tout ce qui pouvait servir, des abris creusés à flanc de montagne afin de protéger les femmes et les enfants des bombardements, et toutes les traces habituelles de la guerre : ici, un groupe de combattants avait été si bien haché par des roquettes d'hélicoptère qu'il n'en restait plus que de sinistres bouts de chair et de vêtements dispersés parmi les rochers éclatés ; là, d'autres maquisards avaient été surpris à leur bivouac par un commando héliporté qui avait tout détruit et brûlé, ne laissant aucun survivant ; ailleurs, c'était la carcasse d'un hélicoptère d'attaque MI-24 qui montrait aussi combien les Wardakis s'étaient défendus avec acharnement malgré les quelque deux cents tués qu'ils avaient à déplorer.

La chute de cet hélicoptère était d'ailleurs due à Mustapha lui-même, qui en tirait beaucoup de fierté. Il était parvenu à l'abattre grâce à un concours de circonstances assez rare : le MI-24 rôdait en rase-mottes en remontant un torrent encaissé au fond d'une gorge, sans doute en quête d'une proie au milieu des combats. Il n'avait pas décelé la présence de Mustapha et de ses hommes dissimulés sur les hauteurs de la gorge.

Les résistants disposaient seulement d'armes légères, incapables de percer le blindage qui protège ce type d'hélicoptère sous le fuselage. Mais pour une fois, ils avaient l'avantage de la position. Ils surplombaient l'appareil. Alors, Mustapha avait attendu qu'il arrive à portée pour déclencher le tir de ses hommes, de haut en bas, et tous en même temps. Touché dans ses œuvres vitales, l'hélicoptère s'était cabré et avait tenté de passer le sommet du vallon pour gagner la vallée suivante où progressait une colonne de blindés russes : l'espoir pour les pilotes. En vain. Le MI-24 s'était écrasé à quelques dizaines de mètres du sommet, tordant ses pales dans la rocaille.

D'autres hélicoptères étaient aussitôt venus à son secours, tandis que des moudjahidin hazâras accouraient en renfort de ceux de Mustapha. La bataille avait fait rage jusqu'à la nuit ; sans succès pour les Soviétiques qui avaient abandonné la partie à la tombée du jour. L'équipage de l'hélicoptère abattu avait refusé de se rendre et avait été massacré dans l'assaut final.

Je récupérai auprès des combattants le carnet de vol de l'un des pilotes, dans lequel une balle était fichée, et son livret militaire – le premier qu'il m'était donné d'avoir entre les mains. J'ai oublié le nom de ce soldat russe qui était venu mourir au milieu des montagnes de l'Afghanistan, mais je me souviens qu'il avait mon âge, vingt-cinq ans, un visage blond et avenant, des traits poupins, et qu'en regardant sa photo, il m'avait semblé voir toute une existence se dérouler dans une ville lointaine de Russie, avec des enfants qui couraient au milieu de la neige, de jeunes hommes riant autour de verres de vodka, et une mère penchée sur son fils près d'un feu de cheminée.

J'ai observé longtemps cette photo. Jusqu'à me demander si, finalement, le fléau de la guerre n'était pas d'abord la somme des tourments insupportables, et si longs, infligés à l'infinité des mères ayant perdu leur fils, plutôt que la souffrance en fin de compte rapide endurée par les corps de ces fils morts. Et j'en vins aussi à me dire que dans d'autres circonstances, ce pilote aurait pu être un camarade.

Sur son carnet de vol étaient inscrites sa base militaire de départ, Bagram, et sa mission de bombardement sur le Wardak. Avant de mourir, il avait dû beaucoup tuer.

C'était la guerre.

Au cours du mois suivant, Amin tint à nous escorter avec une dizaine de ses hommes au cœur du Hazarajat qui était notre but initial, et nous partîmes à cheval vers les sommets de l'Hindu Kuch pour y rencontrer les principaux chefs de guerre de cette région isolée. Ce fut une aventure d'une grande intensité là aussi, faite de nouveaux périls et d'épreuves partagées avec Amin. Mes liens avec lui en sortirent définitivement forgés.

Aussi, lorsque je revins en France à l'été 1980, étais-je sûr de vouloir passer du statut de témoin à celui d'acteur en m'engageant pour de bon auprès des Afghans ; mais moins pour les moudjahidin en général – ou contre les Soviétiques en particulier – que pour Amin, en réalité. Tout ce qui est advenu par la suite a été une histoire d'amitié. Je n'étais pas certain que les autres commandants vaillent la peine qu'on risque sa vie pour eux. C'est pourquoi, si Amin n'avait pas existé, ou si je ne l'avais pas rencontré, ou encore si je n'avais pas vécu avec lui les événements dont je viens de faire le récit – et beaucoup d'autres ensuite –, il est probable que ma participation au conflit se serait limitée à de l'aide humanitaire, à de l'action politique sans doute, mais guère plus. Pour aucun autre chef afghan mon engagement ne serait allé aussi loin ni n'aurait duré aussi longtemps, même s'il l'a été par intermittence – cinq ans si je me limite à la période la plus intense des débuts de la guerre, douze si je vais jusqu'à la libération de Kaboul, vingt si je compte la date de mon dernier séjour, trente si je considère l'amitié qui me lie toujours à Amin Wardak.

De tous les grands commandants de la résistance afghane, il était le seul qui puisse me conduire à adopter pleinement un combat qui n'était pas directement le mien – et à vouloir le mener jusqu'au bout et dans toutes ses dimensions, militaire comprise.

Ce qui a joué tout d'abord, c'est naturellement la nature même du conflit : j'estimais la cause afghane indéniablement juste et, en la matière, mon jugement n'avait aucune originalité puisqu'il était partagé par l'immense majorité des peuples de l'époque et par leurs gouvernements, en Occident comme ailleurs. Ce n'était pas un hasard : l'Union soviétique avait envahi l'Afghanistan, et les Afghans – quoi qu'on puisse penser d'eux ou de leur société – se battaient pour libérer leur pays ; l'affaire était entendue. Restait à en tirer des conclusions logiques. À titre individuel, ces conclusions allaient de soi pour quelqu'un comme moi, qui voulait participer physiquement aux événements du monde et avait été pris dans celui-là presque par hasard : il fallait s'engager.

Ce qui a été déterminant ensuite, c'est le fait, naturellement, qu'Amin et ses frères devinrent peu à peu comme une seconde famille pour moi, par la seule force de ce que nous vivions ensemble. Cela nous conduisit à partager une forme de communauté de destin par-delà nos différences culturelles. C'est chose rare dans la vie d'un homme et cela compte pour moi. J'ai trouvé dans ce partage une grandeur qui me semblait avoir déserté ma propre société. Aussi, quand Amin me demanda de l'aider, acceptai-je aussitôt. Refuser aurait été tricher avec moi-même et avec ma conception de l'amitié comme avec ma vision du monde. Et il n'était pas dans mon tempérament de mettre de limites à cette aide ; d'autant que celle-ci ne pouvait être qu'extrêmement modeste au regard de ce que j'étais.

Alors j'ai fait de mon mieux dans les conditions qui étaient les miennes et à l'âge que j'avais : apporter de l'aide médicale ou alimentaire, organiser les structures administratives de terrain, sensibiliser l'opinion publique étrangère, conseiller Amin dans les domaines politiques et militaires, l'accompagner à l'étranger pour obtenir des appuis, rédiger des rapports sur les massacres de civils commis par l'Armée rouge, entraîner militairement ses unités à la guerre de guérilla moderne, être présent au combat quand il le fallait, créer en France et ailleurs le réseau d'amitié qui lui était nécessaire pour durer, lui faire rencontrer des personnalités importantes. La liste est peut-être longue, mais c'était très peu de chose au regard de ce qu'il aurait fallu faire et des nécessités de ce conflit. Et je sais aujourd'hui que le résultat a été sans aucune conséquence décisive sur quoi que ce soit dans l'issue de la guerre. Tout au plus ai-je été utile à Amin, à quelques autres Afghans ici ou là, dans telle ou telle circonstance, à tel ou tel moment. Guère davantage. C'est ce que doivent se dire, j'imagine, la plupart des soldats dans la plupart des guerres.

Cependant, je me sentais heureux de servir à quelque chose, d'être utile quelque part, et d'y associer tous les Français qui le voulaient bien. Et il y en eut beaucoup qui firent, eux aussi, autant qu'ils purent dans leurs domaines.

Quand en 1983, après les combats de cette année-là à Ghazni, Amin souhaita que je devienne son frère de sang selon le code du pachtouwali, je trouvais à cet honneur qui m'était fait moins un goût de romanesque qu'une raison supplémentaire d'aller jusqu'au bout de mon engagement. Mais ce ne serait jamais assez de mon point de vue.

Ainsi donc, je ne voulais pas seulement aider les Wardakis à mieux manger ou à mieux se soigner ; je voulais être de ceux qui les aidaient à reconquérir leur liberté et c'était autre chose, quelque chose qui ne pouvait se réduire à l'action humanitaire. Il fallait faire davantage ; en fait, il fallait faire comme les Afghans eux-mêmes. J'ai donc donné tout ce que je pouvais, tout ce qu'un individu solitaire peut donner, sans jamais compter et sans jamais chercher à en retirer un quelconque bénéfice matériel. En quelque sorte, j'ai voulu faire en Afghanistan ce que j'aurais fait si j'avais eu vingt ans en France en 1940. Pour moi, il n'y avait pas d'autre route possible, et là-dessus, je n'ai pas triché un seul instant.

Une autre chose reste certaine à mes yeux : tout jeter dans la balance pour défendre ceux que l'on aime est une nécessité profonde et impérieuse, la dernière manifestation de notre humanité ; et cette nécessité doit se prononcer quoi qu'il arrive, quoi qu'il en coûte et quel qu'en soit le prix. Sinon, ce serait encore l'une de ces impostures dont sont coutumiers les hommes. Mais même pour cela, je considère avoir fait bien moins que je n'aurais dû pour mes amis wardakis.

Pour beaucoup de Français de ma génération – et de celle d'aujourd'hui vraisemblablement – la participation active à un mouvement de libération armé ne peut aller de pair avec ce que l'on appelle l'action humanitaire, même si celle-ci se fait au bénéfice de ce même mouvement. Il y a en quelque sorte chez nous une limite à ne pas dépasser, une limite au-delà de laquelle le « ticket n'est plus valable », le ticket d'une forme d'aide qui se refuse à toute prise en compte personnelle de la violence et pose des limites avant même d'agir. À mes yeux, cette conception de l'engagement est tout à fait propre aux sociétés d'abondance. C'est, si l'on veut, une conception confortable. On se lave les mains de l'essentiel. En vérité, un engagement est entier ou n'est pas. Le reste est un métier caritatif ou un soutien circonstancié.

Je fus donc parfois très mal jugé pour être « allé trop loin ». Ces jugements m'importaient assez peu tant ils me paraissaient éloignés de la réalité. Avec le recul du temps, et si je voulais être cruel, je dirais simplement aujourd'hui que les juges qui n'ont pas mis les mains dans l'objet de leur jugement sont à débouter. C'est moi qui les juge.

Au fur et à mesure des années, j'aurais pu regretter mon engagement si Amin ne s'était pas montré à la hauteur de ce qu'il me semblait devoir attendre de lui – naturellement, je veux parler de hauteur humaine, le reste m'étant moins essentiel. Ce ne fut pas le cas. Tout au long de son parcours, il demeura intègre et loyal, dévoué à son pays plus qu'à lui-même, excessivement généreux et d'une grande noblesse d'âme. Dans *Ils ont choisi la liberté*, je disais en 1980 qu'il aurait pu sans peine s'assoir à la table ronde du roi Arthur. Je le redirais encore aujourd'hui. Dans tout ce que j'ai vécu avec lui au cours de ce conflit, il s'est montré un commandant aussi soucieux des siens que magnanime envers l'ennemi. Je n'ai rencontré aucun autre chef de guerre aussi exemplaire dans ce conflit – ni dans aucun autre.

Ce pourquoi, sans doute, il a fini par connaître l'exil en France, et a quitté sans richesse ni pouvoir cette période de l'histoire de son pays qu'il avait tenté de forger.

33

C'est une chose étrange que la guerre : d'un côté le gouffre réellement insondable dans lequel se déversent les plus grandes abominations de l'esprit, les plus bas instincts humains, la violence la plus radicale et les lâchetés les plus viles. De l'autre – et de manière terriblement contradictoire –, le lieu de l'abnégation la plus tragique, du courage le plus ferme, de l'amitié la plus vraie, et même des plus hautes élévations de l'âme, parfois. Chacun sait cela.

Mais que faire de ce savoir ?

Si j'éludais la question, ce serait comme me résigner à traverser la vie sans rien comprendre et sans rien apprendre. Et qu'est-ce qu'une vie, sinon la possibilité d'un apprentissage constant qu'il faut ensuite essayer de transmettre ? Puisque nous ne sommes sur terre que des passeurs dont les maigres flambeaux doivent aller de main en main pour fonder le seul héritage qui vaille.

Toutefois, pour dire la guerre à travers celle d'Afghanistan, plutôt qu'une longue analyse philosophique, je préfère me cantonner à ce que veut être ce livre depuis le début : un récit à hauteur d'homme, trempé du seul savoir de la chair. Le reste viendra plus tard.

À hauteur d'homme, ai-je écrit… En vérité, on ne peut dire mieux pour exprimer ce qui se passe véritablement entre un homme et une guerre ; c'est d'abord une histoire personnelle entre soi-même et ce qui se déroule autour de soi et nulle part ailleurs. Une histoire d'une absolue intimité qui se vit dans le face-à-face individuel avec « l'événement » que représente la guerre, événement si fort en lui-même qu'il exclut toute préoccupation véritable de la guerre dans son ensemble. La tactique, la stratégie, la vision générale des choses, leur compréhension, tout cela existe mais se trouve relégué au second plan la plupart du temps pour celui qui est « au front ». Ce qui compte d'abord, c'est ce qui est vécu individuellement, dans le cercle restreint de l'environnement immédiat – parce que c'est là que tout se joue en définitive : la vie ou la mort, l'une et l'autre sans cesse remises en jeu. Naturellement, cette perspective est celle du simple soldat. Et j'ajouterais : dans les guerres d'intensité suffisante. C'est de celles-ci dont je vais parler ; celles où pour les soldats, la perception continuelle de la possibilité de la mort, ce sentiment quasi charnel de la finitude, modifie en profondeur leur personnalité de combattants et leur caractère, autant que ce que leur fait vivre la guerre elle-même. Surtout si s'ajoute à ce sentiment de finitude la certitude que la guerre est le lieu d'une infinité de choix obligés dans lesquels ils sont entraînés implacablement. Et que dès lors, la liberté du pire devient une possibilité constante tandis que la liberté du meilleur n'est plus qu'une éventualité dont il faut accepter le prix élevé.

La prise de conscience de l'extrême fugacité de la vie est également un accélérateur des sentiments et des désirs comme il n'en existe aucun autre. C'est la chose du monde la plus aisée à comprendre, je crois. Mais sur laquelle il faut insister, tant elle explique les comportements les plus étranges parfois. À la guerre, on regarde chaque chose avec le sentiment de l'urgence. On ne goûte pas de la même manière aux menus plaisirs de la vie quotidienne quand on se demande s'ils ne seront pas les derniers ; on ne parle pas avec un camarade de la même façon quand l'on sait que le lendemain il ne sera peut-être plus là ; on ne dit plus au revoir aux siens comme ceux qui n'ont pas à se demander s'ils les reverront un jour.

À la guerre, les sentiments amoureux portent aussi la marque de l'urgence. Ils sont abordés de manière radicalement différente. Savoir sa vie en danger constant renverse les inhibitions, bouscule les conventions, pousse à ne rien retarder, engage à tout vouloir tout de suite : alors tout va plus vite, tout est plus fort, tout est plus intense.

À cet égard, l'Afghanistan fut le lieu de belles histoires d'amour ; entre Français et Françaises le plus souvent. Entre Françaises et Afghans aussi. En sens inverse, il ne fallait pas rêver…

Les effets de cette infinie fragilité de la vie naissaient chez moi en France même, dès l'instant où je m'apprêtais à partir pour l'Afghanistan ; je ne pouvais m'empêcher de me dire en fermant la porte de chez moi que je ne la rouvrirais peut-être pas. Mais je trouvais une forme d'exaltation à cette inquiétude brutale qui faisait battre mon cœur. Elle me convenait. Pendant quelques secondes, je vivais quelque chose de très fort et de très émouvant ; et d'abord l'amour des miens comme à aucun autre moment.

Ce sentiment de la précarité de la vie prenait une dimension presque mystique à certains moments particuliers, par exemple dans les heures qui précédaient les grandes offensives que les maquisards menaient sur les villes. Si ces offensives avaient lieu de nuit, ce qui était le cas le plus fréquent, les moudjahidin aimaient se réunir pour un dernier repas avant de partir au combat. Dans ces circonstances, chacun avait le temps de méditer son sort à loisir et c'étaient des instants de grande vérité intime : on pensait à tout ce que l'on aimait, à tout ce que l'on risquait de perdre, à tout ce que l'on avait fait de mal, à tout ce que l'on voulait faire de bien, à beaucoup d'autres choses encore.

Le silence de ces repas, le poids empreint de gravité que portait chaque geste, que possédait chaque parole, avaient ainsi quelque chose de grandiose ; j'imaginais que ces moments étaient comme ces ultimes heures de recueillement qu'aux temps médiévaux les chevaliers passaient à genoux durant toute une nuit avant de mener bataille à l'aube.

Mais l'on finissait par se demander surtout, très humainement, ce que réserveraient les quelques heures qui allaient suivre, et si l'on aurait de la chance ou pas. Alors, on regardait les autres sans trop oser se dire : « Qui ne reviendra pas ? » C'était l'ordre des choses. Et puis, l'heure venue, chacun s'attelait au départ vers la guerre, accrochant son arme à l'épaule comme un bon ouvrier y accroche ses outils, et la nuit bientôt avalait tout le monde sans que personne n'ait prononcé en cette heure grave la moindre parole d'importance ; comme si chacun était persuadé que la mort fauche toujours à deux pas de soi.

Si, au niveau individuel, la certitude du caractère précaire de la vie est la marque essentielle de la guerre, la peur et le stress sont, eux, les marques dominantes du combat, ce moment extrême de la guerre. C'est alors que survient l'un des phénomènes les plus impressionnants qu'il m'ait été donné de connaître : le changement radical du visage des hommes. Je ne parle pas ici des fatigues ou des épreuves qui marquent ces visages – momentanément ou à tout jamais. Je parle de l'apparition absolue des sentiments que la peur et le stress font surgir sur ces mêmes visages, je veux parler de la façon effrayante dont ils peuvent déformer les traits d'un homme, altérer son humanité, bouleverser sa physionomie jusqu'à la rendre méconnaissable. Tout ce qui fait un homme est soudain mis à nu à travers son seul visage.

J'en ai été profondément marqué au cours d'une expérience difficile dans les faubourgs de Ghazni au printemps 1983. J'étais avec Ruhani Wardak et une poignée de ses moudjahidin. La pression des résistants sur la ville était très forte cette année-là et les combats presque incessants. L'aéroport et les zones vitales du centre-ville étaient protégés par plusieurs cordons successifs de postes fortifiés tenus par des unités russes ou gouvernementales. Pour accéder au cœur du dispositif ennemi, les moudjahidin devaient soit détruire ces postes ou s'en emparer, soit passer entre eux sous leurs feux croisés. Dans tous les cas, c'était une affaire éminemment dangereuse qui se menait surtout de nuit pour limiter les pertes, toujours importantes.

La fois dont je parle, Ruhani voulait savoir si les Russes n'avaient pas renforcé leur système de défense dans une partie de la ville où se trouvaient de nombreux jardins accolés à des maisons, l'ensemble déjà bien labouré par la guerre ; cette zone paraissait déserte, mais Ruhani craignait que quelque piège n'ait été tendu dans les habitations elles-mêmes où il était aisé de dissimuler des mitrailleuses au milieu des ruines. Il décida d'envoyer une demi-douzaine d'éclaireurs ; je me joignis à eux. C'était un après-midi.

Après avoir cheminé dans des venelles désertes, notre groupe atteignit les parapets de terre qui entourent généralement les jardins afghans. Le silence était total. Abrités derrière les parapets, nous observâmes les lieux un long moment, très attentivement, sans distinguer le moindre signe de vie à l'intérieur des maisons trouées par les obus ; les habitants avaient fui le secteur depuis longtemps. Il n'y avait personne, semblait-il.

Par acquit de conscience, notre chef de groupe décida d'aller voir de plus près en progressant vers les habitations à travers les jardins. Un à un nous bondîmes en silence au-dessus des parapets ; puis nous poursuivîmes en ligne, séparés les uns des autres de quelques mètres, courbés en deux, au milieu d'une végétation qui me parut très dense. J'étais le plus à gauche du groupe. De hautes herbes fouettaient mes hanches. Je n'aimais pas ce silence.

Tout à coup, je vis de courtes flammes naître derrière une fenêtre ouverte à une cinquantaine de mètres en face de moi et entendis en même temps le vacarme d'une rafale d'arme automatique ; baissant les yeux d'instinct, je vis les balles qui hachaient la terre, juste à côté de mes pieds. Je plongeai sans réfléchir… J'atterris dans ce qui me parut être un vague fossé creusé là par la providence. À droite, mes camarades avaient fait de même à toute allure et rampaient à présent dans la poussière à la recherche désespérée d'un abri. Heureusement, les herbes, maintenant, les cachaient efficacement. J'étais le mieux loti dans mon fossé qui n'avait pourtant pas plus de trente centimètres de profondeur, et leur fis signe de me rejoindre à plat ventre sans chercher à riposter ; nous n'avions aucune idée des forces qui étaient devant nous.

Bientôt, nous fûmes rassemblés presque côte à côte dans le fossé ; par miracle, personne n'avait été touché et il me parut inconcevable que nous soyons encore vivants. À la guerre, la vie ne tient parfois qu'à un mauvais tireur qui, peut-être, bâclait ses séances d'entraînement pour aller voir les filles, ou se la coulait douce dans son casernement. Et on lui doit maintenant ce à quoi on avait oublié que l'on tenait beaucoup.

Mais nous n'étions pas pour autant sortis d'affaire : les balles de cet homme continuaient à nous chercher et je voyais avec effroi monter leurs impacts vers moi, labourant le feuillage, frôlant ma tête, s'éloignant ; puis une autre rafale recommençait. Par chance, il semblait n'y avoir qu'une seule arme en action et on sentait qu'elle tirait au hasard, sans plus nous voir ; je n'y trouvais aucun réconfort. Il suffisait de si peu…

C'est à ce moment-là que la peur me prit. La vraie ; celle qui naît de la certitude soudaine de ne bientôt plus exister. Jusqu'à cet instant précis, je n'avais eu en moi que le stress violent généré par l'irruption brutale du danger et l'intensité de l'action – ce stress qui, d'un coup, fait battre le cœur à toute allure et finit par monter à la tête pour rendre tout irréel autour de soi. J'avais maintenant la poitrine broyée par un étau invisible et le ventre noué comme par une corde.

Ce n'était pas la première fois que des balles sifflaient ou vrombissaient à mes oreilles, ou que je courais en voyant des balles frapper le sol à ma poursuite ; mais cela avait toujours été dans des circonstances « actives », avec toutes sortes de possibilités d'initiative. Là, c'était différent : j'aurais voulu pouvoir creuser le sol de mes doigts et m'y enfoncer jusqu'au centre de la terre.

Je regardai alors les moudjahidin un à un et fus stupéfait de ne reconnaître personne… J'avais devant moi des visages inconnus, torturés, incroyablement déformés par la peur, dont tous les traits paraissaient en mouvement, comme secoués par une tempête. Ces visages familiers étaient devenus méconnaissables. Il me sembla même qu'ils avaient changé de couleur, de texture… Et je me dis une fraction de seconde : « Ai-je la même tête ? »

Cependant, ces moudjahidin étaient tous des combattants aguerris ; la première surprise passée, ils se ressaisirent, prêts à en découdre. Alors, leurs figures changèrent encore d'expression ; elles se remplirent d'une violence meurtrière qui, s'ajoutant aux stigmates de la peur et du stress, les rendit telles que je renonce à les décrire – et tout participait à ce bouleversement : le nez, les oreilles, les joues, le menton, le front, les yeux, bien sûr… Ces visages n'avaient plus figure humaine.

Le silence revint brutalement. Les Russes devaient

nous croire morts ou blessés et nous avions peut-être une chance de leur échapper s'ils ne venaient pas au résultat. Mais il fallait vite trouver une solution. Toutes mes pensées ne convergeaient plus que vers cet unique but.

Je tournai la tête en tous sens ; sur la gauche, à une trentaine de mètres, j'aperçus un haut mur de pierre qui courait tout le long du jardin ; il semblait dans un angle mort par rapport à l'axe de la mitrailleuse – et à une dizaine de mètres tout au plus de la lisière de la végétation qui nous dissimulait. De ce côté-là, peut-être pourrions-nous fuir : en rampant d'abord, puis en bondissant d'un coup pour franchir les derniers mètres à découvert et nous mettre à l'abri du mur…

Mes compagnons étaient arrivés à la même conclusion que moi en examinant eux aussi les lieux : « *Inch Allah*, dit l'homme à côté de moi. C'est par là qu'il faut s'échapper. »

– Oui », dis-je en chuchotant. Et ajoutant les gestes aux paroles, je lui signifiais qu'il fallait y aller tous ensemble, d'un coup, sinon, les derniers y resteraient.

Il hocha la tête et chacun se prépara, passant son fusil sur le dos. Les visages étaient toujours aussi convulsés, mais on sentait maintenant chez chaque homme la volonté de dissimuler tout ce qu'ils faisaient paraître. On n'imagine pas combien le regard des autres en pareille circonstance joue pour affermir le courage. Chacun veut laisser croire qu'il y a en lui la plus ferme des déterminations, le sang-froid le plus complet.

Étant le plus à gauche du groupe, j'étais celui qui allait avoir le moins de chemin à parcourir et donc le plus de chance de s'en tirer indemne ; bizarrement, j'étais partagé entre le soulagement de cette position favorable et la honte de ce soulagement. Mais au moins n'avais-je pas choisi ma place.

Je progressai vers la lisière de la végétation en rampant ; parvenu au niveau des dernières herbes, j'attendis que tout le monde m'ait rejoint, chacun touchant des mains les pieds de celui qui le précédait. Le silence était toujours absolu.

Alors, je bondis d'un coup et me mis à courir en zigzag vers le mur, à en perdre haleine, les moudjahidin sur mes talons. Ce fut un galop effréné. Sans que le moindre tir ne se fasse entendre cette fois. Probablement avions-nous surpris les Russes par notre manœuvre.

Parvenus derrière le mur, nous prîmes le temps de souffler un long moment avant de nous éloigner davantage, accroupis les uns contre les autres, submergés par le soulagement. C'est alors seulement, dans les rires nerveux qui naissaient sur les lèvres, que je vis les visages autour de moi redevenir peu à peu ce qu'ils avaient toujours été.

Mais je ne devais plus jamais oublier les effets de la guerre sur le visage des hommes.

Aujourd'hui, quand il m'arrive encore de regarder un film de guerre, je suis frappé par la façon dont les comédiens expriment les sentiments qu'ils sont censés éprouver dans les moments de stress et de peur. J'ai beau chercher avec beaucoup de bienveillance, je ne trouve guère de vérité dans leur jeu. Pas plus, d'ailleurs, que dans les scènes de combats, l'apparence donnée aux blessés, ou encore la façon dont les hommes meurent. Tout est généralement très éloigné de la vérité, profondément factice.

Et puis, la conscience de « l'autre », de l'ennemi, de cet inconnu mystérieux que l'on voit rarement les yeux dans les yeux, est toujours absente de ces films. « L'autre » est réduit au seul rôle de miroir destiné à mieux nous renvoyer notre propre image, flatteuse si possible.

Je ne connais qu'une exception notable parmi les films de guerre : *La 317e Section*, de Pierre Schoendorfer.

Mais ce film ne vient pas d'Hollywood.

Si le stress est un élément central au moment des combats, il est toutefois limité dans le temps et ne revêt pas ce caractère protéiforme que possède la peur ; celle-là procède d'une multiplicité de causes. Par exemple : la peur de sauter sur une mine, la peur d'être blessé, la peur d'être fait prisonnier. Des peurs qui s'étendent dans le temps et prennent une puissance quasi maléfique dans les moments de calme, quand on a tout loisir pour réfléchir ; ou la nuit lorsque l'imagination se met au travail toute seule.

En Afghanistan, j'ai dû vivre avec toutes sortes de peurs de ce genre et m'en accommoder. Celle d'être blessé venait au premier rang. C'était la peur de tout le monde ; et une peur légitime quand on sait les fracas que l'acier tranchant peut infliger à la chair humaine.

Nous étions si éloignés de tout hôpital véritable qu'aucun espoir n'était permis en cas de blessure grave : tête, thorax ou abdomen. Le Pakistan était à au moins huit jours de marche forcée par les montagnes – bien davantage pour les combattants du Nord. Seuls les blessés légers survivaient à un tel voyage ; mais c'était au prix d'interminables souffrances, sanglés sur des ânes ou des chameaux, brinquebalés sur ces sentiers abrupts et chaotiques que j'ai déjà décrits, sous la pluie ou dans le vent, au milieu des rigueurs de l'hiver ou des chaleurs étouffantes de l'été – et la plupart du temps sans le moindre médicament pour atténuer la douleur. Il suffisait de voir – ne serait-ce qu'une fois – ce par quoi passaient ces blessés pour préférer n'importe quoi d'autre, et même la mort – pourvu qu'elle soit brutale et rapide.

Moi qui venais d'une société de confort – post-héroïque pour tout dire – où l'on refuse de souffrir et où la mort est un scandale, j'étais impressionné par l'incroyable capacité d'endurance des Afghans. Naturellement, leurs difficiles conditions de vie les y préparaient dès l'enfance et les accompagnaient tout au long de leur existence. Souffrir faisait partie de l'ordre naturel des choses. On ne concevait même pas qu'il puisse en être autrement.

Cette endurance était d'ailleurs proportionnelle au degré de ruralité des individus : moins un homme avait de vécu citadin, plus il savait souffrir. Je voyais dans cette disposition paysanne à la souffrance une autre marque de cette fracture de la guerre qui mettait la majorité de la paysannerie du côté des moudjahidin – et c'étaient 95 % des Afghans –, et la petite minorité des urbanisés du côté des Soviétiques. Bien évidemment, il y avait aussi des paysans dans le camp russe et des citadins dans celui des moudjahidin mais, globalement, la répartition se faisait ainsi.

Chacun sait que la force et la résignation face à la douleur se retrouvent dans toutes les sociétés traditionnelles – et c'étaient celles de nos sociétés occidentales autrefois. Mais savoir cela de manière théorique ou livresque est une chose, le constater régulièrement dans la plongée au cœur d'une société est autre chose. En Afghanistan, des hommes étaient capables de marcher criblés d'éclats de mines ou de combattre avec le corps traversé de balles. Dans ce pays on serrait les dents et, de manière générale, personne ne s'apitoyait sur lui-même. Les Soviétiques avaient affaire à des gens parmi les plus coriaces que j'ai jamais connus, et leur écrasante supériorité militaire ne pouvait rien contre cela. C'est ce que les Américains découvriront à leur tour à partir de 2002 ; car si les insurgés afghans d'aujourd'hui n'ont que peu de choses à voir idéologiquement avec les moudjahidin d'hier, ils sont cependant produits par la même société. Au moins, les soldats russes étaient-ils à l'image de la rusticité de l'Union soviétique…

Amin Wardak bénéficiait de l'aide modeste de Médecins du monde, mais la plupart des autres groupes de résistants ne disposait d'*aucun* service de santé. Ils luttaient sans le moindre espoir de secours s'ils étaient blessés ; ils l'acceptaient. Chez l'ennemi – du côté du riche –, on combattait avec le réconfort moral d'avoir derrière soi une organisation puissante disposant d'une chaîne de secours où ne manquaient ni les hélicoptères pour être évacué, ni les hôpitaux spécialisés pour être accueilli dans les meilleures conditions. Mentalement, cela changeait la donne.

Ce que je viens de dire des résistants afghans pourrait laisser penser qu'ils étaient tous construits sur un modèle identique qui, en matière militaire, faisait d'eux de redoutables guerriers – si ce n'est de bons soldats. Cette image a beaucoup prévalu pendant des années dans l'imaginaire occidental. En vérité, elle ne correspond à rien de réel. Par bien des côtés, les moudjahidin étaient des hommes comme les autres, partagés entre forces et faiblesses, très humains dans leurs défauts, souvent très attachants quand on les connaissait bien. Il y avait de grandes différences entre eux ; si beaucoup se montraient d'une rare témérité au combat, d'autres détalaient au plus petit danger. J'ai vu des Afghans déserter au pire moment d'un combat et ne plus jamais reparaître. J'en ai vu d'autres crever de peur avant un assaut et fumer tout le haschich qu'ils pouvaient derrière un muret pour se donner du courage – et rester inertes ensuite malgré toutes les injonctions. J'en ai connu d'autres encore si traumatisés par leur première bataille qu'ils mettaient tout en œuvre pour ne plus jamais vivre une telle épreuve ; ils intriguaient alors avec une imagination peu commune et tout était bon pour échapper au feu : un poste de combat moins exposé, une place dans un parti politique au Pakistan, un rôle dans la logistique ou l'approvisionnement, un prétexte familial pour être éloigné du front ; et si tout cela ne donnait rien, ils s'en allaient grossir les rangs des réfugiés qui se comptaient par millions. Plus communément, beaucoup se faisaient « porter pâle » à la première occasion ou jouaient les tire-au-flanc à tout propos, comme dans n'importe quelle armée du monde.

Il y avait chez les résistants certainement autant de « planqués » qu'ailleurs, et les intellectuels n'étaient pas les derniers à fuir le théâtre de la guerre, raison pour laquelle la résistance manquait cruellement de cadres qualifiés ; et ce pourquoi on ne trouvait pratiquement aucun médecin afghan dans les maquis.

Ce défaut d'encadrement avait des conséquences sur toutes les activités militaires. Le désordre régnait souvent, l'indiscipline et le manque de rigueur n'étaient pas rares, la confusion constante dans la bataille. Au cours des offensives de nuit sur Ghazni, quand je distinguais à peine celui qui me précédait dans une colonne d'attaque, il arrivait que je me perde dans les ruelles de la ville tant les ordres étaient contradictoires, les volte-face nombreuses, la pagaille extrême quand les choses sérieuses commençaient et que cela tirait de tous les côtés dans un bruit d'enfer. Je connaissais alors de grands moments de solitude ; d'un seul coup, je me retrouvais étranger. Je me protégeais derrière un mur en attendant de savoir à quoi m'en tenir et regardais le ciel zébré de manière hallucinante par les chapelets rouges des balles traçantes qui se croisaient en tous sens comme des guirlandes lancées dans les ténèbres, les unes rapides comme la foudre si on les voyait de près et perpendiculairement, les autres d'une lenteur invraisemblable si l'angle de vue était fermé. Et je cherchais à travers ce spectacle maléfique où pouvaient être les amis et les ennemis. Quelque chose me sauvait toujours : la flamme de départ d'un lance-roquettes non loin de moi indiquant la présence d'un maquisard, l'appel d'un de mes camarades afghans lancé à ma recherche par Amin, une main brutale et enfiévrée qui se posait sur mon épaule après m'avoir retrouvé et me disait soudain que je n'étais plus seul au monde. Alors, je savais que pour ces Wardakis, j'étais des leurs. Et je ressentais en moi-même combien il peut être bon d'être de quelque chose plutôt que de n'être que de soi-même.

Ceux qui se battaient de leur mieux avaient quelque excuse de ne pas être toujours à la hauteur de ce que l'on pouvait attendre d'eux, puisqu'ils étaient pour la plupart des combattants occasionnels : ils répondaient aux appels de leurs chefs tribaux en fonction des besoins militaires – avec toute la pression sociale que ces appels représentaient aussi –, et le reste du temps cultivaient leurs champs. De surcroît, rares étaient ceux qui avaient été des soldats professionnels avant le conflit ; l'immense majorité des moudjahidin apprenait la guerre « sur le tas », avec toutes les erreurs que cela impliquait et les pertes humaines importantes qui en découlaient. Mais ils apprenaient vite.

Les mines antipersonnel étaient ma seconde peur – comme pour tout le monde, là encore. Elles représentaient le fantasme par excellence, du fait d'une conjugaison étrange entre leur réalité propre et une forme d'abstraction qui les caractérisait.

Pour terroriser la population afghane, les Soviétiques utilisaient des modèles de mines d'apparence anodine – comme des jouets ou des objets domestiques – qu'ils disséminaient dans les villages réfractaires. Contre les moudjahidin, ils employaient des engins plus conventionnels, en forme de papillons, de couleur verte, qu'ils semaient littéralement depuis leurs hélicoptères, par cargaisons entières, sur les axes de déplacement des résistants.

Il était très difficile de détecter ces mines au milieu de la rocaille ou de la végétation : elles n'étaient pas plus grandes que la moitié de la main. On risquait de mettre le pied dessus à n'importe quel moment et nul ne pouvait marcher dans les montagnes sans cette appréhension obsédante.

Des milliers d'hommes – pour le moins – ont sauté sur ces mines. Elles tuaient rarement ; ce n'était pas leur objectif. Leur but était de mutiler atrocement. C'était plus efficace aux yeux des Russes qui infligeaient ainsi davantage de souffrance et de terreur aux rebelles qu'ils appelaient des *duchmans* – des bandits. Et peu importait que ces mines sacrifient avant tout des civils, femmes et enfants ; ils étaient considérés, de toute façon, comme des soutiens à la résistance.

Bien des médecins français se souviennent de ces amputations sauvages qu'ils durent pratiquer au bord des pistes quand quelqu'un, devant eux, avait eu la malchance de mettre le pied au mauvais endroit… Et nombre de moudjahidin dont j'ai été le compagnon au cours de ces années vivent aujourd'hui, ou plutôt survivent, avec de mauvaises prothèses de bois.

Ce problème des mines était aussi la source des petites lâchetés de la vie humaine qui nous concernent tous. Quand il fallait partir sur une piste de montagne dangereuse ou aborder une zone susceptible d'avoir été minée, l'idée de laisser à d'autres que soi le soin de s'exposer en tête s'insinuait dans tous les esprits, poussant insidieusement chacun à chercher une bonne raison pour laisser passer tel ou tel devant lui ; de ces bonnes raisons, on en trouvait toujours, et pas des meilleures. Par exemple : « Si celui-ci est tué, ce ne sera pas une grande perte, après tout. » Ou pire : « Celui-là est quand même moins important que moi, c'est à lui d'y aller. » Ou encore – plus communément pour un Français : « C'est à un Afghan de prendre ce risque plutôt qu'à moi. J'ai le droit de rester derrière. »

Personne ne pouvait être fier de ces pauvres pensées, mais je crois que nul n'y échappait.

Ma troisième crainte était d'être capturé et de passer de longues années à Pul-e-Charki, le polygone concentrationnaire des faubourgs de Kaboul. Tout le monde en parlait dans les maquis. Des dizaines de milliers de prisonniers y croupissaient dans des conditions inhumaines – et l'on disait que les charniers entourant les hauts murs de cette gigantesque prison recevaient par fournées entières les corps des suppliciés qui étaient enterrés la nuit.

Pul-e-Charki faisait partie des fantasmes de peur avec lesquels il fallait vivre et auxquels on finissait par s'habituer parce qu'il le fallait bien.

À la libération de Kaboul, j'ai pu pénétrer dans cette sinistre prison avec Alain Boinet. L'occasion brutale m'a ainsi été donnée de confronter la réalité avec mes craintes d'antan. Je crois qu'Alain ressentait la même chose, mais nous n'en parlions pas, par une forme de pudeur qui nous était propre.

Les murs du polygone carcéral étaient comme je les avais imaginés : énormes, très hauts et très épais ; la porte d'entrée, en revanche, tenait de la poterne ouverte au flanc d'une muraille. Les geôliers venaient de s'enfuir devant l'avance des moudjahidin et tous les prisonniers s'étaient évadés. Il n'y avait plus personne, plus qu'une immensité vide et sinistre. Nous allions au hasard des cours et des galeries, le long d'interminables couloirs bordés de cellules collectives aux barreaux rouillés ; des cellules glaciales, sans le moindre grabat pour dormir. Sur les sols de béton de ces cellules traînaient encore des menottes et des entraves de pied en acier comme on en voyait jadis dans les bagnes de Guyane.

Je regardais ces sombres témoignages de ce que des hommes sont capables de faire à d'autres hommes en me disant en même temps que j'avais peut-être devant moi une réponse très simple et triviale à la vieille question philosophique de la liberté. Si j'avais pu demander ce qu'elle était aux hommes qui avaient été enfermés ici, ne m'auraient-ils pas répondu qu'elle consistait tout simplement, et avant tout, à ne pas être prisonniers entre ces quatre murs ?

Il n'était pas nécessaire non plus de beaucoup d'imagination pour comprendre que chaque mètre carré de ces cellules avait été un précipité de souffrance et de désespoir comme il ne peut en exister que dans les lieux de ce genre. Jusqu'alors, j'avais toujours pensé que s'il avait été possible de « visualiser » comme par magie les sentiments humains, on les aurait surtout « vus » concentrés dans trois lieux : les ports, les gares et les aéroports. N'est-ce pas là, plus qu'ailleurs, que les hommes et les femmes se quittent et se retrouvent, pleurent ou se réjouissent, libérant autour d'eux une quantité sans cesse renouvelée de joie et de tristesse ? Dans ces trois lieux privilégiés commencent et s'achèvent d'innombrables histoires d'amour ; là naissent des rêves, des espoirs ; là sombrent des illusions. C'était une vision romantique à l'excès. J'avais oublié les prisons qui condensent tous les sentiments humains du malheur, et rien que cela.

Dans les salles réservées aux gardiens, il y avait encore des reliefs de repas sur les tables, au milieu d'un désordre sans nom qui disait à lui seul combien on avait fui les lieux avec précipitation ; et dans la salle des archives se trouvaient toujours des centaines d'armoires de fer remplies de milliers de fiches cartonnées : celles des prisonniers, avec en haut à droite leur photo prise de face. En regardant ces visages figés qui nous semblaient si familiers, la rage me prenait, et je me souviens avoir renversé ces armoires à coups de pied comme pour venger ces visages – en me disant en même temps que les résistants devraient garder précieusement ces archives pour servir leur mémoire future.

Les locaux de l'administration pénitentiaire étaient tels que les avaient laissés leurs responsables : des dossiers traînaient sur les bureaux, des uniformes pendaient à des patères de bois, des casquettes militaires étaient rangées sur des étagères, les murs étaient décorés de drapeaux, de fanions et de slogans peints sur des pancartes de bois. Une grande maquette de la prison ornait même le bureau du directeur, et j'imaginais celui-ci devant cette maquette, faisant l'éloge de Pul-e-Charki à des généraux du KGB en visite.

Alors, puisque ces gens-là étaient maintenant vaincus et qu'une nouvelle page de l'histoire se tournait, nous emportions tout ce que nous pouvions comme derniers trophées de guerre ; c'était toujours mieux que ce que nous avions fait précédemment en nous prenant sottement en photo assis dans le siège du président de l'Afghanistan – le sinistre Najibullah – qui s'était réfugié dans les bâtiments des Nations unies. Mais nous avions quelque excuse à nous être laissés aller à ces simagrées : Kaboul était libérée après douze années d'occupation et l'espoir était permis pour les moudjahidin qui, la nuit, s'amusaient à écrire leurs noms dans le ciel à coup de guirlandes de balles traçantes.

La suite serait, hélas, une autre histoire.

34

Il y avait à Ghazni une citadelle appelée Bala Hissar ; c'est un nom commun en Afghanistan pour désigner une fortification traditionnelle, avec ses murailles de pierre, ses tours de guet et ses chemins de ronde.

La Bala Hissar de Ghazni était dressée sur un impressionnant plateau tabulaire qui dominait une partie de la ville et se voyait de très loin. C'était une masse sombre et puissante qui apparaissait comme imprenable et commandait l'accès à de nombreux quartiers de la ville. Elle était tenue par des troupes de l'armée gouvernementale appuyée par une compagnie de fusillés motorisés soviétiques. À bien des égards, elle me faisait songer au château du *Désert des Tartares*, de Buzzati.

La première fois que je vis cette citadelle de près – en 1981 je crois –, j'étais loin de me douter qu'elle prendrait une telle place en moi par la suite et que j'y vivrais tant d'événements.

Le premier d'entre eux survint cette année-là sous une forme qui tint du tragi-comique, aux côtés de l'un des chefs de *commandani* les plus hardis dont disposait Amin : Maduali. C'était un garçon très jeune, très grand et solidement bâti, parfait modèle du guerrier traditionnel qui porte un amour excessif aux jeux de la guerre et n'a que faire des contraintes du soldat moderne. Il aimait le risque à tout prix, l'odeur de la poudre, et n'en faisait souvent qu'à sa tête. Il était de ces combattants dont on se dit qu'ils ne pourront vivre longtemps tant est folle leur témérité. Peut-être aussi se vivait-il comme « déjà mort » ainsi que le font souvent les soldats qui paraissent les plus courageux. Pour ceux-là, ce n'est pas le risque de la mort qui est accepté ; c'est la mort elle-même. Ce consentement admis, tout est plus simple pour eux.

Ainsi, Maduali n'était pas un homme confronté à la guerre ; il *était* la guerre. Elle le faisait tout autant qu'il la faisait. Elle le sortait de sa condition d'humble paysan, le tirait de ces journées mornes où rien ne se passe – l'existence durerait-elle mille ans –, elle donnait un sens aux choses de sa vie. On ne peut comprendre la prolongation de certaines guerres sans saisir en profondeur ce qu'elles apportent à une certaine jeunesse qui n'a rien à perdre qu'une vie de peu de choses.

Maduali était un meneur d'hommes que ses compagnons adoraient. Je l'aimais aussi beaucoup malgré les défauts que je viens d'évoquer, et je me souviens qu'il affectionnait de porter des bottes militaires soviétiques dont il était très fier – comme d'autres s'affublaient de casques de tankistes ou de ceinturons à l'étoile rouge. Pour que ses bottes soient bien visibles, il remontait très haut le pantalon de sa tenue afghane et se sentait ainsi, je crois, différent de tout le monde. Il allait être tué dès 1983 sur la route de Kaboul près du hameau de Khodjkalan au cours d'une embuscade sanglante contre un convoi soviétique ; une embuscade où il se montrerait égal à lui-même : irréfléchi quant à la manière de monter l'attaque, brave à l'extrême au point de détruire deux blindés à lui seul, stoïque jusqu'au bout malgré une blessure au bras et une autre à la cuisse, et choisissant finalement de mourir les armes à la main pour protéger la retraite de ses hommes.

En attendant, Maduali était de ceux qui rêvaient de porter les coups les plus furieux à la citadelle de Bala Hissar, ce symbole de l'occupation ennemie. Comme il était un excellent tireur au lance-roquettes antichar – RPG-7 soviétique –, il se faisait un devoir de ne jamais laisser les Russes tranquilles avec son arme, même le jour, même en petit groupe, et même si son RPG ne disposait plus depuis longtemps de son viseur. Un matin, il me dit : « Tu ne connais pas encore Bala Hissar. Demain après-midi, je vais aller l'attaquer avec quelques moudjahidin. Tu veux venir avec nous ? »

C'est ainsi que les combats se décidaient souvent dans les débuts de la guerre… Selon le bon plaisir de tel ou tel – et avec un sérieux qui laissait à désirer.

Néanmoins, je voulais bien y aller, et Amin était d'accord. Nous voilà ainsi partis le lendemain vers les faubourgs de Ghazni, après avoir quitté aux aurores la protection des montagnes du Wardak et marché de longues heures pour atteindre la ville.

Dès l'entrée des faubourgs, je découvris la citadelle. Elle dominait sans peine toutes les habitations alentour et me parut d'une majesté surnaturelle dans la lumière du jour ; c'était à coup sûr un effet de mon imagination, mais je fus impressionné. Et aussitôt empli d'appréhension : comment allions-nous approcher cette place forte ? Et surtout faire retraite ensuite ?

Maduali ne semblait pas soucieux outre mesure. Il me dit savoir où se trouvait chaque poste ennemi faisant barrage vers la citadelle, et comment les contourner sans se faire repérer en utilisant l'entrelacs des venelles de la ville.

Il nous guida avec sûreté dans ce labyrinthe bordé de maisons de terre, se cachant à peine, marchant droit, sa cape au vent, son RPG-7 fièrement campé sur l'épaule droite ; ses hommes le suivaient, aussi excités que lui, portant des lots de roquettes dans des étuis de toiles, leurs fusils en bandoulière, et je fermais la marche, très soucieux. Comment pouvait-on circuler dans une ville occupée avec autant d'insouciance ? C'était à ne pas y croire. J'aurais voulu être ailleurs tant cette équipée me semblait aussi folle qu'inutile, mais il était trop tard.

Depuis que nous avions pénétré dans le dédale des rues, souvent pareilles à de sombres boyaux, la citadelle avait complètement disparu à nos yeux ; cette absence avait quelque chose de vaguement inquiétant, comme une menace suspendue au-dessus de nos têtes. Je marchais en essayant de faire taire mon imagination, mais me sentais aussi peu rassuré qu'on peut l'être.

Il n'y avait presque personne dans les ruelles poussiéreuses, mais quand un habitant nous apercevait, il rentrait aussitôt chez lui : nous étions la guerre qui approchait. Je voyais des visages apeurés qui nous contemplaient aux fenêtres, des portes qui se fermaient à la volée, parfois un geste d'encouragement au détour d'une maison. Mais l'on avait peur.

Cette progression tranquille me paraissait toujours aussi irréelle et je me disais qu'il était impossible que nous ne finissions pas par croiser une patrouille ennemie ; mais il semblait bien ne pas y en avoir une seule dans les rues, comme si les Russes restaient claquemurés dans leurs différents bastions.

Je saurais plus tard que les moudjahidin disposaient d'un tel réseau d'informateurs au sein des troupes gouvernementales, qu'ils connaissaient à peu près tout des habitudes de leurs ennemis comme de leurs façons d'opérer. Maduali avait choisi un itinéraire où il était à peu près certain de ne rencontrer personne.

La citadelle de Bala Hissar surgit tout à coup devant nous, comme nous débouchions sur une série de maisons en ruine au bord d'un ravin. La muraille était toute proche, surmontée de bâtiments modernes dont les toits de tôle dépassaient des enceintes, protégés par des sacs de sable. Je devais lever les yeux pour les apercevoir tant nous étions près. Je regardais aussi autour de moi ; le sol était retourné par les obus. À l'évidence, on s'était beaucoup battu ici, comme tout autour de la citadelle qui paraissait en état de siège.

Maduali nous fit signe d'avancer avec précaution au milieu des décombres qui étaient comme des maisons hantées ; bientôt, nous prîmes position entre deux murets à moitié démolis : tout ce qui restait d'une habitation en torchis. Il y avait une anfractuosité par laquelle il était possible d'observer Bala Hissar sans être vu – ou presque. Maduali m'indiqua les fenêtres de l'un des bâtiments dépassant de la muraille : « C'est là que dorment les shurawis », dit-il à mi-voix ; avant d'ajouter : « Il faut faire vite ». Il fit aussitôt passer son lance-roquettes dans l'anfractuosité, cala ses genoux dans la terre, visa posément, et tira en direction de l'une des fenêtres.

La détonation du RPG fracassa le silence environnant, tandis que la flamme de départ balayait l'air derrière elle de son souffle brûlant. La roquette fila droit devant, manqua sa cible, et toucha la muraille en contrebas dans une explosion de fumée noire et de rocs disloqués qui retombèrent en gerbes vers nous. Le visage de Maduali avait pris un air terrible et furieux. Fébrilement, on lui tendait déjà une autre roquette qu'il faisait glisser dans le tube du RPG à toute vitesse ; il la verrouilla et tira une seconde fois, sans presque viser. Cependant, ce tir fut plus précis que le précédent ; la roquette toucha le mur de l'un des bâtiments, tout près d'une fenêtre qu'elle rata malgré tout. Néanmoins, et sur un signe impérieux de Maduali, tout le monde se replia vers un jardin en friche à quelques dizaines de mètres de là pour se jeter à plat ventre entre des arbres à moitié déchiquetés : un troisième tir au même endroit aurait été suicidaire, tant la flamme dégagée par un RPG est visible de loin.

Bien nous en prit. Moins d'une minute après l'explosion de la seconde roquette, une volée d'obus de mortier s'abattit autour de la position que nous venions de quitter ; les Soviétiques devaient avoir l'habitude de ce type de harcèlement, car ils avaient réagi très vite et avec précision ; couché dans la terre meuble, j'entendais distinctement le bruit sourd des départs de leurs mortiers tout en haut de la citadelle ; et quelques instants plus tard, les explosions se succédaient, toutes proches, assourdissantes, presque en rafales, et le sol frémissait littéralement sous l'impact des obus dont les ondes de choc couraient jusqu'à nous. J'avais l'impression que la terre souffrait sous ces coups et que tout mon corps collé contre elle résonnait de cette souffrance qui me parvenait comme une succession de frissons.

Puis les Russes arrosèrent les alentours, un peu au hasard semblait-il. Quelques obus commencèrent à tomber si près que de la terre mêlée de gravats se mit à retomber sur nos épaules en cascade. Je n'en menais pas large tant la violence autour de moi paraissait s'être déchaînée, me laissant impuissant une fois de plus.

Ce sont des moments où l'on se dit, en une pensée qui traverse la tête à toute allure : « Mais, qu'est-ce que je fais ici ? » ; des moments où l'on donnerait n'importe quoi pour être ailleurs, auprès d'un feu de cheminée à lire paisiblement, au bord de la mer à regarder les nuages, n'importe où et de préférence dans un lieu serein ; et l'on est là, collé d'un air stupide à de la poussière minérale qui est comme de la glaise, sous une mitraille ennemie qui tout à l'heure, fatalement, vous emportera dans un ailleurs inconnu.

Tandis que tombaient les obus tout autour de nous et qu'avec une sorte de consentement las, j'attendais celui que le destin me réservait peut-être, je me revoyais six ans plus tôt, jeté par la tornade dans l'eau chaude du fleuve Cahuinari en Amazonie après le naufrage de la pirogue *Véronika* avec Manoukian et Tissandier ; j'étais tiré vers le fond par mes bottes de jungle, au bord de la noyade dans un monde vide d'hommes où il n'y avait aucune aide à attendre si ce n'est de cette berge boueuse, si loin, qu'il fallait atteindre pourtant ; et je me disais à chaque seconde de ce combat solitaire : « pas maintenant, pas maintenant, pas maintenant », jusqu'à ce que mes mains agrippent des racines qui étaient comme un morceau de vie repoussant la mort au loin.

Ne pas subir ; lutter, chercher où est la vie quand la mort approche ; il n'y a pas d'autre voie. Et si elle ne mène à rien, rester digne. Au Congo avec Theisse, quand nous avions pensé que tout était fichu, que nos camarades sur leur radeau ne reviendraient jamais, que nous nous retirions déjà en nous-mêmes, prêts à la paix définitive, au moins il n'y avait pas eu de plaintes. Et puis le sursaut était venu pour repartir vers un combat qui nous rendrait la vie. Mais ici ? Sous ces obus ?

Je me souviens que le lendemain, je songerais à la phrase de Malraux : « Il faut vivre dangereusement. » Et que je penserais quelque chose du genre : c'est beau comme une maxime grecque gravée au fronton de Delphes, et dérisoire en vérité, grotesque même, quand ce « vivre dangereusement » se matérialise brutalement et ne nous octroie plus que quelques secondes d'existence à l'âge où l'on a encore toute la vie devant soi. Et pourtant, il faut recommencer ; parce que là est la vie.

Le pilonnage de mortier dura un temps qui me parut infini – cinq minutes peut-être… Puis le silence revint d'un coup. Presque aussi terrifiant que le bruit assourdissant qui ne quittait pas mes oreilles. Maduali rampa vers moi, me tirant de mes pensées : il était le seul à sourire, d'un rictus partagé entre brutalité et satisfaction, comme s'il s'était bien amusé – ce qui devait être le cas. Il me fit un signe, comme à tous les autres ; un signe qui disait : « Il n'y a plus qu'à repartir par où nous sommes venus. Les Russes nous ont ratés et ils ne descendront pas de leur citadelle : on les a bien eus. »

Et nous nous en étions retournés par le même chemin, vaguement hagards.

Tout ça pour ça…

Je reviendrais bien des fois devant Bala Hissar pour accompagner des opérations de plus ou moins grande envergure, de jour comme de nuit. Les moudjahidin auraient bien voulu s'emparer de ce bastion symbolique, mais ils n'y parvinrent jamais malgré douze années d'efforts. La citadelle était trop bien défendue et les maquisards ne disposèrent jamais de l'artillerie nécessaire pour la prendre.

Bala Hissar se rendit sans grand combat en 1992, trois ans après la retraite des Soviétiques, lorsque Kaboul tomba elle aussi. Entre-temps, elle n'avait été qu'un fantasme de conquête dont j'ai gardé quelques photos qu'il m'arrivait parfois de prendre au milieu de l'action – puisque l'un de mes rôles était aussi de témoigner. Quand je regarde aujourd'hui ces photos, je me dis que tout cela était folie.

Quoi qu'il en soit, pendant toutes ces années, cette citadelle a été pour moi comme une obsession romanesque ; j'en rêvais la nuit, j'imaginais mille subterfuges pour que les Wardakis s'en emparent, je voyais ses portes s'ouvrir sous des assauts furieux, le drapeau de la résistance monter au sommet de la plus haute tour…

Surtout, je me demandais qui était le capitaine soviétique qui défendait Bala Hissar : d'où venait-il ? Que pensait-il de cette guerre où on l'avait jeté ? Comment voyait-il les résistants afghans ? Quelles étaient ses craintes et ses peurs ? Que voulait-il vraiment ? Comment jugeait-il les actes de guerre qu'on lui commandait d'accomplir ?

Ce capitaine devait avoir mon âge, il venait d'une culture proche de la mienne, et je l'avais peut-être eu quelquefois en face de moi ; très étrangement, je me mettais souvent à sa place, « dans sa peau », en songeant que les hasards de la vie et du destin auraient pu inverser nos rôles. Qu'aurais-je fait à sa place ? Qu'aurait-il fait à la mienne ? Et je me disais que s'il fallait porter un jugement éthique sur l'engagement des hommes à la guerre, c'était peut-être moins le camp dans lequel ils se trouvaient qui comptait, que la manière dont ils s'y comportaient. On ne choisit pas toujours son camp ; on peut toujours choisir ce que l'on fait.

Aussi, lorsque j'écrivis mon premier roman en 1984[1], c'est à ce capitaine que je songerais pour en faire le personnage principal de ce livre, et dire ce que pouvait être la guerre dans la vision de « l'autre ». Ce fut un exercice périlleux et difficile ; mais le seul qui me parût valable alors.

Bala Hissar n'obsédait pas que moi, naturellement. Elle hantait tous les chefs afghans, et particulièrement Mustapha il me semble, à qui venaient toutes sortes d'idées pour la conquérir. Un jour, il vint me voir au « camp des oiseaux », le centre d'entraînement des commandos du Wardak que nous avions aménagé dans les montagnes aux frontières du Hazarajat. Ses yeux avaient l'éclat d'acier que je lui connaissais bien quand il était excité. Il me dit :

« Abdul Patrice, cette nuit, j'ai eu une idée pour Bala Hissar. L'un des cuisiniers de la garnison est passé de notre côté. On pourrait lui donner du poison et il le mettrait dans la nourriture des soldats. En combinant bien le coup, on donnerait l'assaut juste après… »

Il riait déjà de l'affaire, comme d'une bonne blague. Je m'exclamais :

« Mustapha ! Tu crois vraiment qu'une chose pareille

1. *Un capitaine sans importance*, Robert Laffont, 1987. Pocket 2008. Point Seuil 2012.

serait digne des moudjahidin ? Qu'est-ce qu'on dirait d'un procédé aussi lâche ? Et puis, je ne suis pas un spécialiste des poisons. Et je ne connais personne pour ça. Non, il faut trouver autre chose. »

Et je lui rappelais que, dans ce camp dont j'étais responsable, les lignes de conduite de l'action militaire étaient claires, encadrées par les conventions de Genève auxquelles Amin avait bien voulu souscrire – bien qu'il n'y fût pas tenu –, et en dépit de leur non-respect par les Soviétiques. Il ne fallait pas toucher à cela. C'était notre seul honneur, notre garde-fou. S'il n'y avait pas de guerre propre, lui dis-je encore, il en était de plus sales que d'autres et nous avions décidé une fois pour toutes que nous n'irions jamais dans une voie qui pourrait nous y conduire.

Mustapha était dépourvu de toute cruauté naturelle et sensible aux questions d'honneur et de réputation, raisons pour lesquelles, déjà, comme l'ensemble des résistants, il se refusait aux attentats aveugles dans les villes puisqu'ils provoquaient des victimes innocentes – vision qui disparaîtra chez les taliban après l'arrivée des Américains, mais c'est une autre époque. Il caressa longuement sa barbe, réfléchit, et proposa :

« Alors, on pourrait mettre un somnifère puissant ; ça reviendrait au même… »

Je me mis à rire :

« Je n'ai pas plus de compétence en somnifères qu'en poisons, Mustapha. Ne compte pas sur moi pour une idée pareille ; ça ne marcherait pas de toute façon. Sois patient ; nous finirons bien par trouver une solution. »

Mustapha était reparti, dubitatif, et Bala Hissar avait encore tenu des années…

Cette citadelle de tous les fantasmes et de tous les dangers fut aussi le lieu où la chance quitta celui de mes camarades afghans qui me semblait en être le plus pourvu : Raqib. C'était un garçon jovial et gentil, d'une intrépidité constante, paysan de son état comme tant d'autres, qui avait rejoint le maquis d'Amin dès les premiers jours. Jusqu'à la mort de Maduali, il avait été son « chargeur » attitré, celui qui suit son chef comme son ombre, son sac de roquettes sur le dos, et l'approvisionne après chaque tir. Il avait échappé cent fois à la mort et celle-ci l'avait même épargnée dans l'embuscade où avaient péri Maduali et la plupart des hommes de son groupe. Mais il s'en était sorti par un concours de circonstances si miraculeux que plus personne ensuite n'avait douté de sa chance extraordinaire. Qu'on en juge :

Le jour où cette embuscade eut lieu, je me trouvais à l'arrière et ne fus prévenu du désastre qu'à la tombée de la nuit ; je réveillai aussitôt les deux infirmières françaises qui étaient avec moi – dont Louise-Marie que j'ai déjà évoquée – et nous rejoignîmes en hâte le village où avait été évacuée la demi-douzaine de blessés rescapés du combat.

Nous les découvrîmes regroupés dans les deux pièces d'une masure en torchis ; tous respiraient encore. Mais, à l'évidence, plusieurs d'entre eux étaient trop gravement touchés pour espérer vivre jusqu'au jour. Pour les autres, il y avait beaucoup à faire.

Dans le spectacle pitoyable qui était sous mes yeux, j'assistais à la fraternité qui naît entre des hommes ravagés dans leur chair par la guerre, et leurs compagnons d'armes indemnes penchés sur eux ; ces derniers étaient là, comme à vouloir partager le plus possible de cette peine, de ces souffrances, de ces gémissements, de cette injustice, dans une tendresse des gestes et des regards, une compassion de chaque parole que je n'ai vues nulle part ailleurs, et que seule la guerre peut faire naître dans sa tragédie. Et un lien mystérieux se créait entre eux, à jamais.

Et puis, il fallut bien nous pencher à notre tour vers

les mourants, ces camarades qui allaient nous quitter dans ce dernier soupir qui est la chose la plus bouleversante que je connaisse ; cet instant où l'on comprend que pour l'homme qui cherche de toutes ses forces à retenir un peu de cette vie qui s'en va de lui, plus rien d'autre, absolument plus rien d'autre ne compte.

Raqib me sembla le plus durement atteint ; il était conscient, mais son corps était couvert de sang de la tête aux pieds. Le blessé le plus léger, qui portait juste une plaie au pied, nous expliqua entre deux gémissements de douleur que Raqib avait été la cible d'innombrables tirs d'armes légères avant qu'un obus de char n'explose tout près de lui ; il avait vu son camarade propulsé à plusieurs mètres de hauteur comme un pantin désarticulé et pensait qu'il devait avoir nombre d'éclats d'obus dans le dos et la colonne vertébrale ; sans compter les balles dans le corps.

À la lueur des lampes tempête, sur un sombre grabat, j'aidai Louise-Marie à déshabiller notre camarade. Je défis d'abord son patou qu'il avait enroulé autour de sa taille pour ne pas s'en encombrer au moment du combat. En le déroulant, tour après tour, je constatai qu'il était percé d'une infinité de trous : à ce que je pus en juger, au moins une dizaine de balles l'avaient traversé ; toutes avaient frôlé le corps de notre ami, devant, derrière, sur les côtés, sans le toucher. C'était proprement incroyable. Il fallait le voir pour le croire.

Une balle cependant avait transpercé son genou gauche et je me dis qu'elle avait dû faire éclater tous les cartilages comme souvent en pareil cas. Au mieux, Raqib ne marcherait plus qu'en boitant, au pire, il faudrait se résoudre à l'amputer. Mais en sondant la plaie de part en part, nouveau miracle : la balle avait suivi une trajectoire totalement improbable, évitant toutes les parties vitales de l'articulation… Nous n'en revenions pas. Dans trois semaines au plus cette plaie serait refermée.

Restait le dos et les éclats d'obus. Après avoir retourné Raqib sur le ventre et l'avoir lavé, nous fûmes stupéfaits une fois de plus : s'il avait tant saigné, c'est que des pierres avaient ripé tout le long de son dos dans l'explosion de l'obus, arrachant partout les chairs, mais sans pénétrer nulle part… Il n'avait pas le moindre pouce d'acier dans le corps. C'était tout aussi prodigieux que le reste.

La nouvelle parcourut très vite les rangs des moudjahidin présents dans le village. Ils décrétèrent aussitôt que Raqib était protégé de Dieu, ce pourquoi la mort ne voulait pas de lui. Mais lorsque je découvris dans l'une des poches poitrine de sa chemise une balle de kalachnikov tordue, arrivée là par je ne sais quel prodige – sans doute après avoir ricoché sur un rocher –, ils pensèrent tout comme moi que Raqib était à coup sûr doté d'une veine aussi insensée qu'insolente.

Cette chance le suivit des années durant. En 1989, au moment du départ des Soviétiques, il était mon adjoint afghan du camp d'entraînement où, sur de hauts plateaux glacés à trois mille mètres d'altitude, nous formions les meilleurs combattants d'Amin. C'était un ami et il était devenu un officier remarquable, doté d'une expérience peu commune de la guerre de guérilla. Cent fois encore il était passé entre les balles ennemies, tel un trompe-la-mort.

Au printemps 1992, dans les ultimes jours de la guerre, ces jours où il est enfin possible à chacun de se dire qu'il réchappera de la tragédie, il sauta sur une mine au pied de la citadelle de Bala Hissar, dans un dernier assaut.

35

Quand le Wardak ne connaissait ni offensives ni combats – ce qui constituait une partie non négligeable du temps –, la vie pouvait être très douce et heureuse dans les villages accrochés aux pentes des montagnes, ou dans les vallées herbeuses qui creusaient de longs sillons verts au milieu des plaines couleur de terre. Des saules penchaient leurs têtes au bord des rivières qui ondulaient au fond de ces vallées, et nous allions parfois pêcher dans leurs eaux claires et toujours fraîches avant de nous allonger à l'ombre des arbres en fleurs.

Les paysages étaient partout d'une grande beauté, hérissés d'innombrables fermes fortifiées et de grands châteaux dont les tours se mêlaient aux contours crénelés des montagnes qui entouraient de toute part l'horizon. L'air avait une consistance si limpide qu'on l'aurait dit prêt à tinter, la lumière était très pure, presque transparente, et le silence fait d'une douce sérénité à laquelle les bruits ténus de la campagne apportaient des notes d'une grande harmonie.

Dans les jardins des maisons ou sur les toits plats de celles-ci, nous attendions souvent la tombée du jour en buvant du thé, calés dans des coussins, grignotant des raisins secs et des amandes, devisant du monde et de la vie, écoutant des poèmes perses ou afghans, tandis que la lumière du jour baissait tout doucement, emportant peu à peu le soleil derrière l'horizon. Le temps, alors, n'avait plus de consistance précise et coulait pour notre propre compte. À d'autres moments, nous palabrions à l'intérieur des maisons, dans les pièces réservées aux hommes, et c'étaient alors la lumière ambrée des lampes à pétrole qui nous caressait en projetant des ombres démesurées sur les murs ; je profitais charnellement de ces instants de paix où rien d'autre ne pouvait avoir d'importance. Et l'amitié qui se nouait entre les hommes sur ces toits plats, dans ces jardins sereins et ces pièces d'hôtes accueillantes, était d'une douceur qui complétait celle qui naissait plus rudement sur le champ de bataille.

Au fur et à mesure de mes séjours, je voyais grandir les enfants, mourir des combattants, vieillir les anciens ; puis les plus jeunes se mariaient, d'autres enfants naissaient que je voyais grandir à leur tour, et les anciens finissaient par mourir. J'étais dans le grand cycle de la vie. J'aimais le Wardak, je m'y sentais chez moi, j'y étais heureux.

Si je cherche dans ma mémoire quelle autre occasion de bonheur j'ai pu vivre dans ce pays, et dont je n'aurais pas encore parlé, je n'en vois qu'une : les amitiés puissantes que j'ai pu nouer avec quelques Français, en parallèle des amitiés que je connaissais au même moment avec une poignée de Wardakis.

Parmi les amis véritables de cette époque, il y avait mes camarades de Solidarités et de MDM dont j'ai déjà dit l'essentiel ; il y avait Pascal Manoukian, naturellement, et aussi un documentariste, parmi les plus remarquables : Christophe de Ponfilly. Nous nous étions rencontrés chez notre éditeur commun, le grand et regretté Robert Laffont, qui nous aimait bien et avait la faiblesse de croire en nous. Il nous poussait à écrire et réglait souvent nos problèmes matériels, puisque nous avions une fâcheuse tendance à dépenser bien plus que nous ne pouvions gagner avec nos aventures… C'était une autre époque et c'était dans les débuts de la guerre.

Christophe était un blessé de la vie, en révolte constante contre les infamies du monde. Pour exister sereinement, il lui aurait fallu une planète idéale et il la cherchait partout en vain, sur les cinq continents et dans toutes les sociétés. Sa caméra était sa lance de Don Quichotte contre les moulins à vent de l'injustice et du malheur ; il la maniait inlassablement dans toutes les plaies qu'il dénichait à sa porte ou au bout de la terre, et quand il en avait refermé une, il en débusquait aussitôt une autre. C'était sa quête. Intensément.

Comme homme de télévision, il ne ressemblait à aucun de ses confrères, ni par les motivations, ni par la manière de travailler. Il prenait le temps nécessaire à tout, c'était sa plus grande richesse, le luxe qu'il s'octroyait dans un univers où la pression du temps devenait progressivement une tyrannie contre laquelle peu résistaient. Alors, il était toujours à couteaux tirés avec les chaînes qui comprenaient mal un tel journalisme – qu'un tel journalisme inquiétait même… Il était tellement hors norme, Ponfilly ! Si intemporel, si décalé, si jalousé souvent. Comme nous tous, il refusait d'appartenir au système, se tenant juste en lisière et, comme nous tous, il payait le prix de cette indépendance. Mais avec ses films, il inventait un style et un ton qui font aujourd'hui référence dans beaucoup d'écoles de journalisme.

Je m'entendais à merveille avec lui et pendant vingt-cinq ans nous avons fait un bon bout de chemin ensemble, et pas seulement en Afghanistan. Dans les dernières années, fatigué de tout, il me disait souvent avec un soupir désespéré : « Patrice, j'ai envie d'une grande aventure, n'importe quoi… » Alors, nous cherchions quelque chose qui vaille la peine de vivre, mais nous trouvions si peu de choses dans les miettes que nous laissait le monde d'aujourd'hui que, quoi que nous fassions, il ne pouvait s'en satisfaire.

Quand il a décidé de mettre fin à ses jours en 2006, je lui en ai voulu, un temps, pour toutes sortes de raisons liées à sa famille, parce que nous avions encore des projets communs, et parce que nous n'étions pas si nombreux dans notre « clan » à partager la même vision du monde, les mêmes combats, le même goût pour l'amitié véritable, et la même certitude que l'aventure est l'une des dernières manifestations de la vie libre et intense dans la modernité que la société nous impose. Il n'aurait pas dû nous laisser seuls.

L'Afghanistan fut aussi sa grande affaire, dès les débuts ; et il décida de soutenir avec ses films Massoud et les Tadjiks de la vallée du Panshir. Il se donna pleinement à cette mission, pendant des années, jusqu'au bout, avec une ténacité admirable et une loyauté indéfectible, presque aveugle. Nous parlions souvent de nos choix respectifs puisque, dans le milieu des Français, il y avait les « Panshiris » et les « Wardakis ». Je riais de ces clivages, artificiels à mes yeux ; il était plus ombrageux sur la question, mais peu importait. Nous étions amis.

Parmi ceux qui ont compté, il y avait aussi la petite poignée d'hommes que j'avais engagés à me suivre pour aider à la formation militaire des Afghans. Deux d'entre eux émergeaient du lot : Olivier Le Bret et Bernard Wolfrom ; c'étaient d'anciens soldats à la recherche de vastes espaces de liberté ailleurs disparus, de ces hommes pour qui la liberté est de servir quelque chose de plus grand que soi-même ; ils étaient prêts pour cela à toutes les aventures, pourvues quelles soient nobles et belles – et peu leur importait alors de risquer leurs vies sans la moindre solde. Ils étaient comme ces animaux sauvages qui ont besoin pour s'accomplir de galoper à perdre haleine dans de vastes étendues vierges, ce galop de liberté qu'ont oublié les animaux domestiques.

Ils étaient donc généreux comme on ne l'est plus dans nos temps matérialistes, consentant à tous les sacrifices, aimant ce qui était inatteignable et romantiques à l'extrême – comment sinon auraient-ils pu se retrouver dans ces montagnes ? Le Bret s'occupa un temps de la section mortier du « camp des oiseaux », notre maigre artillerie, Wolfrom y fut mon adjoint en binôme de Raqib. Avec une poignée d'autres Français que j'avais entraînés dans cet engagement militaire, ils firent du bon travail en dépit de ces temps difficiles. Le Bret et Wolfrom acceptèrent plus tard de poursuivre avec moi d'autres aventures dont je reparlerai, notamment en Nouvelle-Guinée, au pays des Papous.

Dans ces années 1980, le reporter-écrivain Jean-Claude Guilbert devint aussi pour moi l'une des figures du compagnonnage afghan. C'était un de ces hommes libres comme on n'en rencontre plus nulle part, grand ami d'Hugo Pratt, avec lequel il avait beaucoup voyagé dans la corne de l'Afrique. Les aventures de Corto Maltese convenaient à l'imaginaire romanesque de cet homme qui affectionnait l'époque médiévale et aurait préféré vivre en compagnie des chevaliers plutôt qu'avec ses contemporains. Il écrira un très beau livre sur son ami Pratt et son héros solaire[1], et lui consacrera de nombreuses préfaces.

Guilbert était à coup sûr un personnage : physiquement, on le reconnaissait de loin à ses cheveux devenus blancs très tôt, à sa silhouette toujours mince malgré le passage des ans, et à ses pull-overs éternellement rentrés dans son pantalon. Pour le reste, il aimait les phrases bien tournées, iconoclastes et incisives, fleuries d'un vocabulaire qui n'appartenait qu'à lui, et dont il régalait son entourage à la moindre occasion. Son style

1. *La Traversée du labyrinthe*, Presses de la Renaissance, 2008.

était inimitable et il avait mis le meilleur de lui-même dans un livre remarquable et remarqué en son temps : *Ils ont tué tous les héros*[1].

Tout ce qui comptait à Paris dans le milieu de l'édition et de la presse connaissait et appréciait Guilbert. On savait que c'était un homme de conviction, à l'intelligence affûtée, fidèle en amitié, dont les idées foisonnantes et originales étaient la force première, et qui, par bien des aspects, possédait le tempérament des romanciers de l'entre-deux-guerres qui faisaient profession d'aventuriers. À la manière d'un Kessel ou d'un Mac Orlan, il mordait dans la vie par tous les côtés.

Comme Guilbert était nomade de tempérament, je ne le retrouvais jamais deux années de suite dans le même appartement et il trimballait toujours de l'un à l'autre des quantités de malles et de cantines remplies de toutes les archives de sa vie rocambolesque ; elles étaient confondantes par leur masse et leur foisonnement, et contenaient l'intégralité de ses manuscrits passés ou à venir, annotés en tous sens de son écriture calligraphique.

Avant que nous nous rencontrions, il avait vécu quantité d'aventures singulières, de la recherche d'un trésor dans l'épave d'un galion aux Antilles, à des expéditions dans l'Himalaya, et sa soif d'en connaître de nouvelles était inépuisable. Mais la plus belle des aventures qu'il connut fut sans doute d'épouser Amaretch, une belle Éthiopienne, intelligente et douce, avec laquelle il s'installa des années durant à Addis-Abeba avec leurs enfants.

À Paris, nous nous retrouvions souvent au dojo de Pariset, car Guilbert était judoka de longue date, ou chez Dominique Martial qu'il m'avait présenté, ou encore chez Boinet, Ponfilly, ou Gautier. Tout ça faisait une bonne bande.

Guilbert serait encore présent à bord de ma jonque

1. Albin Michel, 1978.

chinoise – le premier de mes deux navires portant le nom de *La Boudeuse* –, quand par un mauvais coup du sort je ferais naufrage avec elle et mon équipage au large de l'île de Malte par une dure nuit de l'hiver de 2001. Je sus alors que mon ami ne craignait pas l'infortune, qualité essentielle à mes yeux.

Comme il aimait aussi le panache et que l'Afghanistan le tentait, Boinet et moi lui avions proposé vingt ans plus tôt, en 1982, de se joindre à l'une de nos caravanes de ravitaillement pour le Wardak afin qu'il réalise un film sur la situation dans la région. Hugo Pratt faillit venir aussi, mais renonça au dernier moment.

Sur le terrain, je pus vérifier que Jean-Claude savait faire preuve d'autant de résistance physique que d'endurance mentale – et qu'il n'avait pas froid aux yeux quand cela tournait mal. Au cours de ce séjour, il y eut nombre d'offensives sur Ghazni et il n'hésita pas à venir sur le « front » avec nous tous, notamment une certaine journée mémorable qui mérite d'être racontée.

Ce jour-là, Amin était escorté des meilleurs éléments de sa garde dont Maduali, Raqib, et deux autres combattants qui faisaient florès à l'époque : Ismaël « le petit » et Ismaël « le grand ». Je les appelais ainsi pour les différencier puisqu'ils portaient le même nom, et que leur taille était encore le meilleur moyen de les distinguer. Ismaël « le petit » avait hérité d'un corps trapu, et de longs cheveux lui retombaient sur les épaules, Ismaël « le grand » était un quasi géant et portait des cheveux courts. Pour le reste, ils étaient semblables : fidèles et joyeux compagnons dans l'ordinaire des jours, redoutables guerriers dès que la poudre se faisait sentir. Le genre d'hommes que l'on préfère avoir avec soi que contre soi.

Ismaël « le petit » serait tué dans un bombardement d'hélicoptères quelques années plus tard ; Ismaël « le grand » survivrait à la guerre, mais choisirait d'immigrer aux Pays-Bas à l'arrivée des taliban. Je le revois encore de temps à autre, en Angleterre ou en Allemagne.

En attendant, tous les deux nous précédaient dans l'entrée de Ghazni ; nous suivions de près avec le gros de la troupe et Guilbert découvrait la guerre à l'afghane, la confusion, les courses éperdues sous le feu ennemi, le bruit de la bataille ; il s'attachait aux pas de Maduali et aux tourbillons de flamme et de poussières de son RPG, invariablement suivis des commentaires excités de Raqib sur l'efficacité des tirs…

À un moment donné, une mitrailleuse bloqua notre groupe devant un glacis de terre séparant deux blocs de maisons à moitié démolies. Le passage était pour le moins dangereux tant ce glacis était lisse comme une plaque de marbre et large d'au moins trente mètres. La mitrailleuse était invisible et nous n'avions pas la moindre idée de la distance à laquelle elle se trouvait – et donc de sa précision. Dans ces circonstances, nous passions un par un en courant en zigzag, essayant de surprendre le tireur. Il n'y avait pas d'autres moyens ; dans nos têtes, c'était : « Advienne que pourra. »

Boinet s'élança le premier ; il parvint de l'autre côté sans encombre ; d'autres suivirent, je fis de même ensuite. À chaque fois, des balles passèrent en tous sens, aucune ne nous atteignit. Entre deux passages, la mitrailleuse se taisait ; elle attendait. Je me dis que nous étions comme des gens qui essaieraient de savoir ce que vaut leur chance en jouant à la plus sotte des loteries. Je ne sais pas si je referais cela aujourd'hui…

Vint le tour d'Amin. Je m'étais dissimulé dans l'encoignure d'un mur, de l'autre côté du glacis, et je regardais mon ami de loin, la poitrine serrée, comme pour chacun de ceux qui étaient déjà passés. Le tour de Guilbert devait venir ensuite.

Amin patienta un long moment pour décontenancer le serveur de la mitrailleuse, lui laisser croire, peut-être, que plus personne ne traverserait. Alors, il s'élança d'un coup de son abri, se mettant à courir, courbé en deux autant qu'il pouvait ; le staccato de la mitrailleuse reprit avec un temps de retard et une nouvelle volée de balles se mit à vrombir.

Amin allait atteindre le milieu du glacis quand je vis avec horreur son turban voler à plusieurs mètres de distance et son corps basculer sur le côté pour tomber dans la poussière. Comme dans un flash, une image passa devant mes yeux : celle du républicain espagnol de la célèbre photo de Capa, tué net d'une balle dans le front.

Amin était maintenant allongé sur le ventre, son fusil devant lui ; il ne bougeait plus, la mitrailleuse s'était tue à nouveau. Je n'eus pas le loisir de penser plus longtemps ou de décider de quoi que ce soit. Amin, tout à coup, se releva d'un bond prodigieux, ramassa à la volée fusil et turban, et franchit les derniers mètres à toute allure pour se jeter d'un dernier bond derrière notre abri… Essoufflé, il déroula son turban pour l'observer attentivement et nous le montrer tandis que nous restions ébahis, Alain et moi : la balle l'avait percé de part en part en rasant littéralement son crâne ; il caressait maintenant ce dernier d'une main pensive. Je songeai : « Quand ce n'est pas l'heure, ce n'est pas l'heure… » Lui dit tout bas, très simplement, avec un sourire assez triste : « *Inch Allah*… »

C'est alors que Guilbert eut une idée de génie. Depuis un moment, je ne distinguais plus sa silhouette parmi la masse des moudjahidin de l'autre côté du glacis. Je le vis soudain apparaître à découvert, un peu en contrebas… un vélo à la main. Il avançait paisiblement, sans se presser, tel un habitant de la ville qui aurait eu assez de témérité pour décider de rentrer chez lui malgré les combats… Où avait-il trouvé ce vélo, je ne m'en souviens plus trente ans après ; mais son pari fonctionna au-delà de toute espérance : la mitrailleuse resta silencieuse jusqu'à ce qu'il passe devant nous et nous rejoigne alors d'un coup, un air moqueur sur le visage. Je le trouvai « gonflé ».

Et je me dis aussi qu'il pouvait y avoir un peu d'humanité dans cette guerre : un soldat de l'Armée rouge dont je ne saurais jamais le nom s'était refusé ce jour-là à tirer sur ce qu'il pensait être un civil.

Gérard Chaliand est le dernier ami français que cette guerre m'a permis de rencontrer et qui devait compter par la suite. Malgré les vingt années qui me séparent de ce grand écrivain politique dont le regard stratégique a révolutionné l'académisme tranquille de la géopolitique contemporaine, nous partageons l'essentiel : un certain regard sur la vie et les hommes. En la matière, j'ai beaucoup appris de lui en vingt-cinq ans. Je ne connais personne dont le regard sur l'existence soit aussi véridique.

Chaliand est un intellectuel de terrain comme notre société n'en produit plus ; il s'est donc produit tout seul, dès les commencements de sa vie d'adulte, avec ce sentiment aigu, qui est aussi le mien, que le temps est strictement compté et que l'existence presse. En un demi-siècle d'action, il a parcouru tous les pays où l'histoire était en gestation dans la violence, devenant l'un des meilleurs spécialistes internationaux des conflits – de la guérilla au terrorisme – et un théoricien reconnu des guerres dites asymétriques ; il enseigne dans le monde entier et les étudiants des écoles les plus prestigieuses ont eu la chance de l'entendre. Ce qui ne l'empêche pas d'être aussi, et en même temps, un poète à la virilité sensible.

Son itinéraire savant est passé par d'innombrables pays : Vietnam, Guinée-Bissau, Algérie, Kurdistan, Cuba, Afghanistan, Irak, Érythrée, Colombie, Salvador, et bien d'autres. Chaliand a traversé l'histoire de son temps comme personne, observateur-participant de la marche de l'histoire ; surtout, il a transformé son « savoir de la peau » en une « conscience » traduite dans une multitude de livres qui font référence aujourd'hui et dont bon nombre sont devenus des classiques. Car cet « aventureux » est naturellement un homme du livre dont la culture s'étend à tous les domaines.

Je fus étonné dès le début par cette pensée haute et originale, cette musique de l'intelligence quasi introuvable chez les intellectuels coulés dès leur jeunesse dans le moule des grandes écoles et qui peinent à en sortir. Par son état d'esprit comme par sa manière d'étudier la guerre sur le terrain avant d'en penser les causes et les effets, Chaliand se démarque des pensées dominantes et communes, indifférent à l'air du temps, cette mode fugace et volatile des idées. Refusant d'appartenir à une quelconque institution, il pense librement. Peu soucieux de confort matériel, il vit librement. Ayant le sens de cette ancienne grandeur humaine que n'encombraient pas les petites bassesses des hommes, il juge librement. Enfin, il sait que « ceux qui chassent en solitaire doivent tout emporter à la pointe du couteau »[1]. C'est sans doute la meilleure définition de la liberté individuelle que je connaisse. Celle de quelqu'un qui ne subit pas la vie.

Sa grande affaire à lui a été la guerre d'Algérie. Il a été un farouche partisan de son indépendance et s'est battu pour cela dans des réseaux clandestins. Épris de justice sociale, il a été ensuite un tiers-mondiste actif avant d'en faire la critique la plus intelligente des années 1970 dans un livre qui disait tout : *Mythes révolutionnaires du tiers-monde*[2]. Enfin, grand défenseur des minorités, il s'est toujours engagé à leurs côtés, et cet autre point nous réunit toujours.

1. Gérard Chaliand, La Pointe du couteau, Robert Laffont, 2011.

2. Seuil, 1976.

L'amitié nous liant, nous partagerons au fil des années toutes sortes d'aventures différentes. Comme Guilbert, Chaliand me rejoindra sur la jonque *La Boudeuse* au milieu des mers d'Asie, et plus tard sur le trois-mâts du même nom dans les océans Pacifique et Indien, avec sa compagne l'écrivain Sophie Mousset, autre figure emblématique de l'équipage. Chez les Indiens Yuhup en Amazonie, malgré ses soixante-dix ans, Chaliand m'épatera une nouvelle fois par ces capacités d'endurance et cette faculté rare d'être en toute circonstance un compagnon de voyage simple et agréable, de ceux qui ne se plaignent jamais.

En ce qui concernait la guerre d'Afghanistan, Chaliand portait un regard très critique sur les moudjahidin, lui qui avait connu l'efficacité des Viêt-Cong, leur unité politique et militaire, la stricte idéologie qui les poussait en avant, la discipline rigoureuse dont ils savaient faire preuve. Le désordre des Afghans le consternait, leur désunion chronique l'inquiétait, leur façon anarchique de se battre le décevait, l'immobilisme de leur société le fatiguait. Je lui disais qu'il y avait quelques avantages à ce tableau, par exemple le fait que les Soviétiques devaient combattre mille têtes à la fois et non une seule – ou que l'archaïsme de la société afghane rendait cette dernière solide comme un roc –, mais tout cela ne compensait pas les déficiences politiques et militaires aux yeux de mon ami qui, du reste, n'avait pas connu dans ce pays le « choc » émotionnel que j'avais éprouvé, comme beaucoup d'autres. Sans doute, ou peut-être, parce que ce n'était pas sa première guerre.

En 2001 et 2002, je m'embarque avec lui et Guilbert pour une autre aventure, celle d'un livre commun. C'était inévitable après tout ce que nous avions vécu ensemble… Installés dans un *cottage* des Highlands écossais au bord d'un *loch*, puis l'année suivante dans une chaumière irlandaise du comté de Killarney, nous écrivons un manifeste dont le sujet nous tient particulièrement à cœur : *De l'esprit d'aventure*[1]. Nous y posons trois questions centrales à nos yeux. Qu'est-ce que l'esprit d'aventure ? Quelle est son importance pour l'individu ? Quel rôle joue-t-il au sein des sociétés ? C'est une manière pour nous de proposer une conception renouvelée et originale de cet esprit – bien distinct de la simple notion d'aventure –, en redéfinissant les liens qui peuvent exister entre action et réflexion ; une manière de transmettre un héritage profondément refondé, dont l'importance nous semble avoir été négligée. À chacun d'essayer de peser sur son époque à sa façon.

L'écriture de ce livre reste dans mes souvenirs comme l'une de mes plus belles aventures intellectuelles. Et l'un de mes meilleurs souvenirs d'amitié.

Si je réfléchis aujourd'hui à ce qui m'a tout de suite plu chez les amis que je viens de citer – et chez tous ceux dont j'ai parlé précédemment dans d'autres aventures – c'est, je crois, leur générosité, la vraie, celle qui naît de cette vieille idée que rien de ce qui est humain ne doit nous être étranger. Cette profonde humanité qui habitait leurs tempéraments virils en faisait des « durs aux cœurs tendres », comme aimait à dire ma mère ; de ces personnages capables de donner jusqu'à leur dernière chemise à un malheureux qui la leur demanderait, et une bonne raclée à quiconque essaierait de la leur voler…

J'ai toujours été sensible aux valeurs antiques portées par la philosophie grecque parce que ces valeurs sous-tendent un universalisme qui traverse toutes les époques et toutes les sociétés ; et l'humanisme combattant dont faisaient preuve mes amis me semblait comme une petite

1. Arthaud, 2003 et Arthaud poche, 2011.

flamme issue de ce temps-là, que le souffle du matérialisme d'aujourd'hui n'avait pas réussi à éteindre. D'une certaine manière, ils vivaient comme des « irréguliers », considéraient que pour durer il faut n'être d'aucune époque et d'aucune mode, et je me reconnaissais en eux.

Pour le reste, le courage dont ils étaient pourvus était toujours bien dirigé et la fidélité à leur parole quelque chose de non négociable quel qu'en soit le coût, chose fort rare de tout temps. Quant au sentiment de l'honneur qui les habitait, très vif, il n'était pas celui des vaniteux qui s'inquiètent du regard des autres. Il était celui de « l'honneur pour soi », le seul qui vaille. Ils n'étaient pas de ceux qui disent une chose et en font une autre : ils vivaient ce qu'ils pensaient. En compagnie d'hommes qui validaient leurs discours par leurs actes, je ne pouvais qu'être tiré vers le haut. Ils étaient des exemples.

Ces hommes-là ne tombaient pas non plus dans le travers à la mode de l'antique « connais-toi toi-même », déformé par le narcissisme moderne ; ils lui préféraient un « connais le monde et les autres » qui n'appartenait qu'à eux et me convenait mieux par sa puissance de vie. Ainsi, plutôt que de se demander chaque matin dans un regard doloriste, nombriliste et vaguement niais : « Qui suis-je ? », ils étaient de la trempe de ceux qui posent la question plus fraternelle du : « Qui est l'autre ? » Et y ajoute la question centrale de la connaissance : « Le monde, comment ça marche ? »

36

Au printemps 1992, Kaboul tombe en quelques jours seulement aux mains de la résistance. Malgré le départ des Soviétiques trois ans plus tôt, la ville était demeurée imprenable jusque-là, tenue d'une main d'airain par le régime communiste de Najibullah, l'ancien chef des services secrets afghans. Seul le ralliement des sinistres milices ouzbeks du général Dostom permet cette victoire rapide.

Dans la liesse du moment, chacun espère la fin générale de la guerre et l'avènement de temps nouveaux grâce aux chefs moudjahidin qui viennent de remporter cette victoire après douze années de lutte – et que le monde entier encense. Naturellement, il faut replacer ce désir d'espoir dans le contexte international de l'époque : la guerre froide semble être achevée, la rivalité des deux blocs fait déjà partie du passé, un monde nouveau est en gestation.

Cependant, toute victoire mal maîtrisée divise autant que la défaite, et je fais partie des Français qui s'inquiètent de la tournure des événements à Kaboul. Je n'assiste qu'à une seule réunion des chefs afghans au palais présidentiel, fin avril, mais elle n'augure rien de bon à mes yeux : autour de l'immense table de réunion, bruyante et confuse, agitée de turbans, de capes et de *pacols*, l'ambiance est davantage au partage du butin qu'à l'élaboration d'un gouvernement d'union nationale dans l'intérêt du bien commun. L'heure est plus que jamais aux rapports de forces et aux intérêts personnels. Quitter le statut de victime est un moment dangereux s'il est associé à une victoire. Le statut de bourreau n'est jamais loin.

Dans tous les regards, y compris celui de Massoud, il me semble deviner le ferment de la discorde et de la guerre civile qui ne tardera pas à se déclencher. Trop de divisions n'ont pas été surmontées au cours des années précédentes pour songer les aplanir en un instant. Il est trop tard. Et puis, tous les vieux démons de ce pays ressurgissent d'un coup, des antagonismes tribaux et ethniques, à l'irrédentisme traditionnel vis-à-vis de l'État central ; sans oublier le poids désormais décisif de l'islam radical véhiculé depuis des années par les djihadistes arabes d'Oussama Ben Laden qui se sont insinués peu à peu dans la guerre ; trop d'Afghans s'y sont résignés sans guère entrevoir les conséquences pour eux-mêmes des visées internationalistes de ces alliés de circonstances. S'ajoute enfin le jeu perfide des nations régionales, Pakistan et Iran en tête, qui poussent chacune leurs pions au sein des partis politiques afghans pour assurer leurs intérêts propres, manipulant tout ce qui peut l'être et tous ceux qui veulent bien se laisser acheter. L'Afghanistan ne pèse plus rien au milieu de ce « grand jeu ».

Dans le partage des responsabilités qui suit les réunions des chefs de la résistance, Amin Wardak se voit proposer le poste de ministre de l'Aviation civile. Mon ami le juge légitimement insuffisant au regard de l'influence qu'il a pu acquérir au cours des dernières années de la guerre, notamment lorsqu'il a réussi avec Ruhani et Mustapha une remarquable opération sur l'aéroport de Ghazni. Ils avaient détruit tant d'hélicoptères que leur incendie dans la nuit avait fait date, affermissant considérablement le prestige d'Amin dans cette zone clef de l'accès à Kaboul.

Mais aux yeux de beaucoup, il pêche dans un domaine sensible : son opposition déterminée aux frères musulmans et aux djihadistes arabes. Pour Amin, ils sont au mieux des agitateurs religieux qui feront la ruine de son pays, au pire des agents de l'étranger qui engendreront encore plus de calamités. À de nombreuses reprises au cours des années précédentes, les Arabes ont essayé de le rallier à la cause de l'islam radical, offrant argent, armes et prébendes. Et de l'argent, ils en avaient. Mais Amin a toujours refusé la moindre collaboration.

À la libération de Kaboul, il paie très cher son patriotisme et l'indépendance viscérale qui l'habite – deux traits de caractère dont sont dépourvus nombre d'autres chefs de la résistance. Les plus radicaux lui reprochent, outre de ne pas être des leurs, d'avoir été aussi trop loin dans sa proximité avec les Occidentaux en général et les Français en particulier. De fait, pour trouver des appuis, Amin a beaucoup voyagé à l'étranger au cours de la guerre, le plus souvent en France, mais aussi aux États-Unis et ailleurs en Europe. Jamais dans les pays arabes. Je l'accompagnais parfois, notamment à Washington, pour expliquer aux Américains l'erreur tragique qu'ils commettaient en fournissant des armes prioritairement aux partis intégristes qui leur semblaient plus « méchants » que les autres vis-à-vis des Russes – terme qu'employa devant moi un jour, en aparté, un général du Pentagone. En ces jours de la libération de Kaboul, le fait qu'Amin ait cherché à convaincre les Occidentaux qu'aider les djihadistes revenait à créer un nouveau problème dont son pays, comme l'Occident, paierait fatalement un jour le prix, lui aliène beaucoup d'anciens alliés. Le poste de ministre de l'Aviation civile leur semble à coup sûr le meilleur moyen de limiter son influence future.

Après réflexion et consultation des Barbes grises du Wardak, Amin décline l'offre qui lui est faite et décide de retourner dans sa province avec Ruhani, Mustapha et toutes ses troupes. Il me lance alors :

« Je sens que ça va mal finir. Ils veulent tous le pouvoir, Massoud en tête. Ils vont se battre entre eux ; je ne veux pas en être. Mieux vaut renter chez nous et attendre la suite. »

À quoi je réponds qu'il prend sans doute la meilleure décision de sa vie.

Quand la guerre civile se déclenche deux ans plus tard avec toutes ses horreurs, Amin se refuse plus que jamais à prendre parti et se limite à protéger le Wardak des seigneurs de la guerre qui se mettent alors à éclore dans l'anarchie générale qui s'abat sur l'Afghanistan. Jamais il ne se salira les mains dans une guerre fratricide, jamais il ne cherchera à tirer profit du chaos dans lequel plonge son pays.

Je me demande souvent ce qu'il ressent en profondeur devant le spectacle de son pays en ruine, de sa culture détruite, de son univers disparu. Et je sais alors qu'il est illusoire de comprendre les décisions d'un homme dans la guerre si de telles choses ne vous ont jamais affecté directement dans votre chair, si ce n'est pas votre propre patrie et tout ce que vous aimez qui est irrémédiablement anéanti.

C'est ainsi que me revient en mémoire la crainte née en moi peu de temps auparavant en Bosnie que, pour une raison ou une autre, cette dévastation ne redevienne un jour le lot de mon propre pays – comme au temps de mes pères. Car en matière de guerre et de paix, rien n'est jamais définitivement acquis. Depuis ce jour, je suis habité par l'appréhension d'avoir à me dire un jour en regardant les photos de mon enfance : « Comme la vie était douce alors. »

Quand je quitte Kaboul à la mi-mai 1992, j'estime avoir tenu l'engagement que je m'étais fait douze ans plus tôt d'aider Amin de mon mieux jusqu'à la libération complète de l'Afghanistan. Si je décide, bien évidemment, de rester aux côtés de mon vieil ami aussi longtemps que nécessaire, je me sens dégagé de l'essentiel. Je reprends mon entière liberté pour mes autres engagements ; je ne reviendrais plus qu'épisodiquement dans le Wardak ou à Kaboul.

Je rentre cependant en France avec beaucoup de nostalgie pour l'époque où, tout jeune encore, je m'étais fait cette promesse ; j'ai l'impression que l'aventure de la première caravane d'armes d'Amin au milieu des offensives soviétiques est déjà dans une autre vie, dans un autre temps, dans un autre monde ; avant que tout cela ne s'enfuie, j'essaie d'en tirer les leçons en me posant les deux seules questions qui vaillent : qu'ai-je appris, qu'ai-je compris ?

À dire vrai, je ne le sais pas à ce moment-là tant je sens que plus rien désormais ne sera comme avant. Toutefois, il me semble être certain d'une chose dont l'idée me poursuit depuis des années : si ceux qui décident les guerres devaient les vivre en personne, il y en aurait beaucoup moins sur terre. Exprimé autrement, c'est la certitude de la responsabilité suprême du donneur d'ordre lointain sur l'exécutant de terrain.

Cette certitude m'était apparue dans toute son évidence lumineuse un jour de l'été 1983 devant le corps d'un maquisard sans vie. Jusque-là, lorsque l'un d'eux mourait, j'en rendais d'abord responsable le soldat ennemi qui l'avait tué. Et puis, ce jour de 1983, les choses avaient changé. Parmi les blessés graves de l'embuscade où avait été tué Maduali, se trouvait un jeune combattant de dix-sept ans du nom de Fazeldin ; il avait reçu une balle dans le foie et son cas était désespéré ; toute la nuit, nous avions fait notre possible pour le sauver. En vain.

Il était mort dans nos bras au moment précis où le soleil surgissait au-dessus des montagnes afghanes.

Cette coïncidence m'avait beaucoup frappé, parce que je m'étais dit au cours de ces heures sombres que si Fazeldin tenait jusqu'à l'aube, il survivrait. Dieu sait pourquoi, le jour me semblait salvateur.

J'avais quitté la masure où nous nous trouvions et j'étais resté longtemps à fumer dehors en regardant le soleil monter doucement dans le ciel. Personne ne parlait parmi mes camarades afghans. Amin non plus ne disait rien. Chacun était plongé dans ses pensées.

C'est à ce moment-là, tandis qu'on emportait les corps ensanglantés pour les ensevelir, que je songeai au soldat de l'Armée rouge qui avait tiré sur Fazeldin ; demain peut-être, serait-il tué à son tour par un autre moudjahid et il n'y aurait plus alors aucune différence entre eux. Tous victimes, me dis-je. Dans ce qu'ils subissaient comme dans ce qu'ils faisaient subir.

Et je vis passer devant mes yeux l'image d'une longue table à Moscou, autour de laquelle étaient installés les chefs de l'Union soviétique qui avaient donné l'ordre de cette guerre. Ceux-là, pensai-je, ne verraient jamais de près, dans la tragédie du sang, de jeunes Russes et de non moins jeunes Afghans s'entretuer pour des raisons que l'histoire, plus tard et comme toujours, jugerait vaines et dérisoires.

C'étaient eux, d'abord, qui avaient tué Fazeldin ce matin-là. Pour rien.

La guerre, c'était toujours la même chose.

Et le « savoir de la peau », comme disait Chaliand, autre chose que le savoir théorique.

En 1995, Amin, menacé de mort par les islamistes, prend la décision de demander l'asile politique à la France avec toute sa famille. Je me souviens comme si c'était hier du jour où je suis allé le chercher à l'aéroport de Roissy en compagnie d'Alain Boinet et de quelques amis. Une page se tournait dans l'émotion d'un exil qui dure toujours, même si Amin tente encore de peser sur l'histoire afghane en séjournant dans son pays aussi souvent que possible depuis la chute des taliban.

Mais rien n'est joué… En Afghanistan, l'avenir reste encore à écrire.

37

En revenant en France après la libération de Kaboul au mois de mai 1992, j'apprends la mort de ma grand-mère, Marie Vecchierini, la mère de mon père. Elle a été enterrée quelques semaines plus tôt dans le petit cimetière situé tout en haut de notre village de Pancheraccia, près de mon grand-père ; et je n'étais pas là. Je me sens coupable. À partir de cette date, je découvre l'angoisse de perdre ceux que j'aime – quelque chose qui ne m'était jamais arrivé jusque-là. J'ai trente-huit ans.

Depuis, je ne rentre jamais d'une longue période d'absence sans craindre l'annonce de quelque mauvaise nouvelle dont je vois bien qu'elles ne cesseront de s'accumuler avec l'écoulement du temps. Si la vie est tragique, c'est aussi pour cela : parce que nos carnets d'adresses finissent par devenir des cimetières.

Lors de ce retour d'Afghanistan, la mère de mon père me manque comme personne ne manque quand il est vivant. Je sais alors que je n'ai pas pris assez de temps pour parler avec elle, que je n'ai pas compris l'essentiel. Il est trop tard et tout est perdu. On se promet alors de ne pas faire de même avec ceux qui vivent encore. Mais le fait-on vraiment ? Tant de choses nous détournent de cette nécessité ; l'urgence quotidienne de la vie nous emprisonne.

Marie Vecchierini était une « mama » corse comme la Corse n'en connaît plus aujourd'hui, cette Corse d'un temps révolu où les villages de montagne vivaient en autarcie, où l'on tuait les cochons chez soi pour en faire une charcuterie à nulle autre pareille dans des caves sombres et humides, où paysans et bergers parcouraient leur univers sur des ânes et des mules, l'échine dure et la nuque raide, leurs fusils de chasse en bandoulière, tandis qu'on entendait tinter au loin les cloches des troupeaux dans le maquis.

Toujours vêtue de noir, ma grand-mère était imposante et comme une force bienfaisante qui irradiait les réunions familiales ; soucieuse des traditions et du devoir qui était le sien, de ce qu'elle devait transmettre, elle regardait sa tribu avec cet air de bienveillance qu'ont les vieilles dames heureuses d'avoir tout donné aux leurs ; mon oncle Achille – le médecin colonel de chez qui je m'étais enfui en 1974 pour choisir ma vie – disait d'elle qu'il n'était pas même digne de lacer ses chaussures.

J'ai eu la chance de conserver plus longtemps mon autre grand-mère, Antoinette Alfonsi ; elle aussi avait la grandeur de ces gardiens de phare que nul ne voit jamais dans la solitude de leurs tours, mais qui la nuit guident les navires à travers les dangers de la côte comme d'humbles sentinelles auxquelles plus personne ne prête attention.

Quand elle est partie à l'âge de cent ans, elle sifflotait encore, ainsi qu'elle l'avait toujours fait, en demandant à ce que mes frères et moi l'emmenions manger « chinois » à l'angle de la rue où elle habitait à Paris avec ma mère dans les dernières années de sa vie ; elle avait ce type d'énergie que rien n'entame. Et l'une des dernières phrases qu'elle m'ait dites, un jour que je l'aidais à descendre un escalier, est de celles que l'on n'oublie jamais : « Quand tu étais petit, je te tenais par la main pour que tu puisses marcher ; maintenant, c'est toi qui dois le faire pour moi ; et plus tard, tes petits-enfants le feront pour toi. C'est la famille… »

En l'entendant, ému, je revoyais la vieille maison de La Barrantine qu'elle habitait en Provence quand j'étais enfant, avec son long vestibule aux carreaux noirs et blancs plein de fraîcheur, sa vieille bibliothèque surannée emplie de livres du siècle passé, sa véranda qui donnait sur un jardin tranquille où poussait un cerisier.

Malgré deux guerres mondiales, la mère de ma mère avait traversé la vie sans trop d'encombres et sans lui demander plus de bonheur ou de bienfaits matériels qu'elle ne pouvait en attendre du fait de sa condition modeste ; et comme mon autre grand-mère, elle n'avait jamais fait de mal à personne.

C'est ce qui me reste de ces deux femmes dont le sang coule dans mes veines. L'idée simple et précieuse qu'elles étaient – comme bien des gens discrets qu'aucune mauvaise ambition ne tenaille – les références d'un certain étalon du bien : si tous les êtres du monde avaient été à leur image, tout serait allé bien mieux sur terre.

38

Comme Chaliand, Guilbert, Ponfilly et tous mes amis véritables, j'ai pris pour argent comptant Don Quichotte, Jason et les Argonautes, Ulysse, et quelques autres personnages de cette espèce, à l'âge où le monde est encore neuf et bienveillant aux yeux d'un enfant. C'était un choix précoce, mais beaucoup plus lucide qu'il n'y paraît ; assumé, en tout cas. Je l'ai toujours maintenu par la suite parce que je n'en ai pas trouvé de meilleur. Aucun autre ne me convenait. Et la société ne m'a jamais proposé quelque chose d'équivalent en idéal, en puissance de vie, en liberté. Je me suis débrouillé seul avec ce choix, j'ai dû le construire dans mon coin, à ma façon, comme je le pouvais, de manière souvent imparfaite, mais au moins, j'ai pu faire de ma vie ce que je voulais qu'elle soit. C'est pourquoi je revendique encore sans complexe la volonté de ne rien céder sur la réalisation des rêves que ce choix d'origine comportait.

Parmi ces rêves, il y en avait deux très importants quand j'avais quinze ans : voler dans le ciel et naviguer sur les mers. Davantage que la terre, le ciel et la mer m'apparaissaient comme des espaces de liberté qu'il fallait tôt ou tard conquérir. Et de haute lutte si possible.

Alors, adolescent, je fabriquais des maquettes d'avions et de bateaux : par centaines. À coups de colle, de pinceau et de ciseaux. Il y en avait partout, accrochés aux murs de ma chambre et jusqu'au plafond ; je savais tout des Hurricane, des Messerschmitt, des Dewoitine ou des Spitfire. Je n'ignorais rien des trois-mâts, des bricks ou des goélettes à huniers. Je vivais par procuration, j'attendais le moment favorable pour que tout cela devienne vrai ; car je ne voyais pas d'autre issue à ces passions. Y renoncer à l'âge adulte aurait été une trahison.

La possibilité de vivre le premier de ces rêves m'a été offerte par un coup de chance inespéré à l'âge de vingt ans ; la réalisation du second viendra plus tard pour de basses raisons financières ; car si pour les avions permettant de voler dans le ciel, je voulais quelque chose de modeste, pour les navires permettant de naviguer sur les mers, je voulais, hélas, quelque chose de plus grand.

Pour devenir aviateur, ce fut donc relativement aisé.

Tout commence en 1977, quelques mois après la publication de mon récit de l'expédition chez les Pygmées du Congo. Je reçois un coup de téléphone de mon éditeur. Il me dit :

« Nous venons de vendre les droits de votre livre en format club à un éditeur suisse. Il y a quinze mille francs pour vous. »

Je raccroche, le cœur battant beaucoup plus vite. Quinze mille francs ! Pour moi, c'est une somme à l'époque. Mais surtout, c'est le prix exact du forfait affiché à l'aéroclub de Guyancourt pour l'obtention du brevet de pilote privé d'avion… Tous les dimanches, je traîne dans ce fin fond de la banlieue parisienne pour regarder dans un mélange d'espoir et de tristesse ces avions qui partent sans moi vers le ciel – et je lis, les mains dans les poches, cette affiche qui promet tous les rêves.

J'hésite quelques secondes. Je n'ai pas un sou devant moi et cet argent, littéralement tombé du ciel, améliorerait mon ordinaire. D'autant que je prépare mon expédition sur le Nil et que tout y passe. Il faut choisir. Mais quoi ? me dis-je. Ce coup de téléphone n'est-il pas un signe du destin ? Quand l'aventure appelle, ne faut-il pas répondre ?

Je décide d'être aviateur et de continuer à manger des sardines à l'huile aussi longtemps que nécessaire.

C'est ainsi que les choses se sont faites.

Entre la fin de mon service militaire et mon départ pour l'*Île de lumière* en 1979, je passe ainsi ce brevet de pilote qui me tient tant à cœur ; c'est un bonheur de chaque instant. Comme pour le parachutisme, tout me plaît instantanément dans le fait de voler : la technique elle-même avec ses exigences de rigueur, l'ingrate science météorologique, les mystérieux rudiments de la mécanique, la grâce de la navigation aérienne, et bien sûr la sensation de liberté éprouvée dès le moment où les roues quittent la terre, faisant de celle-ci un monde différent. Des années plus tard, je me passionnerai pour la voltige aérienne elle-même, les boucles, les tonneaux et autres renversements – summum à mes yeux de l'harmonie qui peut naître entre un homme et une machine –, mais dès mon premier vol, je sais que je suis dans mon élément. Comme je l'ai toujours été sur la mer.

Les premières années, je vole autant qu'il m'est possible entre deux aventures. Mais j'ai un autre désir : que l'avion ne soit pas une fin en soi, mais un moyen ; qu'il ne soit pas un but, mais un outil en vue d'un autre but. À cette seule condition, me semble-t-il, l'avion peut représenter quelque chose pour un homme. Je veux dire : quelque chose qui le construise.

Une première occasion se présente en 1983, au plus fort de la guerre d'Afghanistan. Il me vient cette année-là l'idée parfaitement saugrenue – à bien y réfléchir aujourd'hui – de constituer au profit d'Amin Wardak la première « aviation afghane libre. » Partant du constat que la maîtrise du ciel est le point fort de l'Armée rouge, je me dis qu'il faudrait pouvoir la lui contester ponctuellement dans des opérations précises. À certains âges de la vie, on ne doute décidément de rien…

L'idée ne déplaît pas à Amin au début. Avec les droits d'auteur que m'a rapporté *Ils ont choisi la liberté*, j'achète donc un vieux Morane-Saulnier 880 dans l'intention de le convoyer jusqu'à la zone tribale du Pakistan pour l'équiper de roquettes ou de mitrailleuses sous les ailes. Ce brave coucou ne possède plus que trois cents heures de potentiel, mais avec un peu d'huile de coude, il devrait tenir l'air conformément à mes vœux.

Lors de l'un des voyages d'Amin en France – dont la première initiative était revenue à Alain Boinet l'année précédente – j'emmène le « commandant » voler autour de Paris entre deux rendez-vous avec les plus hautes autorités françaises. Amin est enchanté. Dès son retour en Afghanistan, il doit s'occuper de trouver où aménager un terrain d'aviation clandestin dans la zone tribale, et recruter ceux de ses hommes que je pourrais former comme pilotes. Par la suite, si tout se déroule selon nos plans, il est prévu que je trouve de l'argent – Dieu sait où – et me procure d'autres appareils ; « l'aviation afghane libre » verra ainsi le jour pour de bon.

Alors que je me tiens prêt à décoller de France, les Pakistanais interdisent l'opération. À leurs yeux, il est inenvisageable de laisser aux Soviétiques le moindre prétexte pour intervenir chez eux. C'est la douche froide, une déception profonde. Mais c'est en fin de compte de cette manière que les Pakistanais me sauvent la vie… Car, à bien considérer les choses, je n'aurais probablement pas survécu à un seul vol à l'intérieur de l'Afghanistan – sauf à y renoncer au dernier moment par un brusque accès de lucidité…

Fin 1984, cependant, je finis par m'envoler, mais pour d'autres raisons. Après presque cinq années consacrées essentiellement à l'Afghanistan, j'éprouve le besoin impératif d'une parenthèse de temps pour, en quelque sorte, revenir à moi-même. J'ai le sentiment de m'être « oublié » au cours de ces années et je ressens la nécessité de me retrouver tel que je suis. Pour cela, je ne vois pas d'autre solution que de changer radicalement de vie le temps d'un engagement différent, moins sombre aussi. Je décide donc de tenter un exploit aéronautique en solitaire, quelque chose qui n'a jamais été fait : le premier tour du monde en U.L.M. Après quoi seulement, je retournerai chez Amin.

Vingt-cinq ans après, cette volonté de rupture momentanée avec l'Afghanistan m'apparaît plus clairement qu'à l'époque ; c'était une décision de « sauvegarde », le moyen de ne pas me perdre dans une identification trop absolue avec les Wardakis. Je m'étais si impliqué auprès d'eux que je ressentais parfois un véritable vertige d'identité, même en France. Il me fallait retrouver un équilibre.

Alors, je me lance à corps perdu dans cette tentative d'exploit aéronautique… À l'époque, les U.L.M font leurs débuts en France ; c'est le temps des pionniers de l'aviation ultralégère. Celle-ci, par bien des aspects, renoue avec l'époque héroïque de l'aéropostale et de ses aviateurs à vestes et bonnets de cuir, ces Mermoz, Guillaumet et surtout Saint-Exupéry – à qui je dois beaucoup de mon regard de jeunesse sur la guerre, l'aviation et la dimension humaine que l'on peut en tirer. Ces hommes-là n'étaient jamais certains de revenir de leurs vols lointains et risquaient leurs vies moins pour le courrier qu'ils transportaient que pour se grandir des combats qu'ils menaient contre les obstacles de la nature. Comme leurs avions, les U.L.M sont incertains et fragiles ; leurs moteurs tombent souvent en panne – des deux-temps normalement utilisés pour des motoneiges ou des tondeuses à gazon –, l'équipement est réduit à sa plus simple expression, et les appareils de navigation parfaitement inexistants à l'exception du compas. Les U.L.M d'aujourd'hui n'ont plus rien à voir avec les engins de ce temps-là.

Malgré les risques – ou à cause d'eux peut-être –, j'ai l'envie très forte d'ouvrir une forme de route nouvelle en tentant ce premier tour du monde en U.L.M ; je me laisse aller à cette vieille tentation humaine qui pousse à ne pas vouloir mettre ses pas dans des sentiers déjà ouverts, à innover tout en poursuivant le modèle de ceux qui ont innové avant soi, à prendre un flambeau et à le porter un peu plus loin, quelle qu'en soit la raison et quel qu'en soit le résultat. Et puis, il y a autre chose : je me suis toujours dit que si nulle occasion d'épreuve ne nous est donnée pour nous mesurer avec nous-mêmes et devenir meilleur, il faut créer ces occasions ; faute de quoi l'on entre dans le grand sommeil des vocations perdues.

Ce qui me séduit dès mon premier vol en U.L.M, c'est la rusticité dans l'approche de l'art de voler, associée à l'obligation qui est faite au pilote d'en être vraiment un puisqu'il ne peut plus se reposer sur la technologie pour faire le travail à sa place. En somme, ce qui me plaît d'emblée, c'est cet impératif fait à l'homme de maîtriser son métier à la perfection puisqu'il est seul face à lui-même.

Dans cette proximité retrouvée entre l'homme et la machine, dans le face-à-face solitaire que cette proximité impose, il me semble trouver déjà comme une forme de défi et de grandeur : les U.L.M sont parmi les derniers avions à avoir totalement besoin de leurs pilotes.

Et puis, la capacité pour un U.L.M de se poser sur des distances très réduites – et à peu près n'importe où pourvu que le terrain soit assez plat – en fait à mes yeux un outil novateur pour l'aventure et les longs voyages ; en d'autres termes, un outil de connaissance. Tout cela me tente, comme une forme de vie différente.

Mais, en 1984, aucun U.L.M ne s'aventure bien loin : trop incertain, trop risqué, trop aléatoire. Ce sont des fétus de paille d'une centaine de kilos à peine, qui volent à quatre-vingts kilomètres à l'heure en moyenne – et guère plus de cinq heures d'affilée, compte tenu de leurs réservoirs minuscules. Décider de tenter un tour du monde à bord de l'une de ces frêles machines paraît insensé à tout le monde ; quand je m'en ouvre autour de moi, les messages de renoncement pleuvent. Cependant, je crois ce raid aérien possible – à condition d'y mettre le soin nécessaire. Et à coup sûr du temps et de la persévérance. Dans l'aventure comme dans toute chose d'importance, il faut vouloir longtemps.

Toutefois, l'autonomie d'un U.L.M étant réduite à quelques centaines de kilomètres, il est techniquement exclu de traverser les océans Atlantique et Pacifique. Je conçois donc un itinéraire en trois tronçons distincts, dont la somme équivaut à la circonférence du globe : de Paris à Dakar, puis de Recife à San Francisco, enfin de Singapour à Paris. Ces trois tronçons forment une sorte de sinusoïde autour de l'équateur qui approche les quarante mille kilomètres et comporte trente-trois pays à franchir. Pour les océans, l'U.L.M sera démonté et traversera en avion-cargo ou en bateau.

Penché sur une carte du monde, je peux m'enivrer devant un tel voyage : je vais devoir survoler le Sahara à l'époque des vents de sable, l'Amazonie et ses jungles sous leurs pluies diluviennes, l'Amérique centrale en guerre, l'Asie du Sud-Est avec ses moussons, les plaines interminables du sous-continent indien, le Moyen-Orient compliqué, l'Europe sous les neiges de l'hiver, et quelques mers qu'il y aura quand même à traverser, à commencer par le détroit de Gibraltar. Tout cela seul, sur une frêle machine volante, dans un habitacle dérisoire battu par les vents, le soleil ou la pluie, dans la chaleur ou le froid, avec comme seuls compagnons de navigation et d'infortune, un compas, des cartes et une montre. Rien d'autre. Une odyssée qui me ramènera à l'époque héroïque de l'aviation, ce que je recherche alors. Où si l'on préfère : ce que voler veut dire vraiment.

Et puis, j'aime ce type de conquête où nul autre homme n'est à vaincre, où l'on est son seul adversaire. L'opposé absolu de la guerre.

Après des mois de préparation, je m'envole de La Ferté-Alais le 29 septembre 1984 en direction de l'Espagne. Je compte mettre six mois pour boucler la boucle. En vérité, je reviendrai sur ce même terrain en provenance de l'Italie le 26 mars 1987, deux ans et demi plus tard. Entre ces deux dates, l'aventure se sera révélée plus ardue, éprouvante, dangereuse et exaltante que tout ce que j'avais pu imaginer.

39

Dès l'année de mon retour, j'ai écrit à chaud dans *La Folle Équipée*[1] le récit détaillé de ce long périple. Tout y est ou presque. Vingt-cinq ans plus tard, j'aime y repenser différemment, en ne cherchant plus dans ma mémoire que ce qui surnage de cette aventure – le plus marquant sans doute. Et parmi ces restes, je ne veux pas faire de tri. Parce que je suis de ceux qui vivent le présent en puisant des forces à la fois dans leur passé et dans leurs projets futurs ; mais le passé, j'ai rarement le temps d'y songer. Quand je le fais pour une aventure aussi intense que celle de ce premier tour du monde en U.L.M, j'ai l'impression qu'une tempête se presse derrière la porte des souvenirs.

Le premier d'entre eux est l'obligation d'extrême sobriété à laquelle je suis tenu dès l'instant de mon décollage. Sauf à de rares moments, je ne vais pratiquement rien pouvoir emporter avec moi pendant ces deux années et demie. Tout mon univers matériel va se limiter au contenu de trois petits sacs de toile ; le premier est serré entre mes jambes dans l'habitacle et les deux autres logés à l'intérieur des ailes de l'U.L.M – jusqu'à les déformer de façon souvent déraisonnable. Ainsi, je n'ai pour vivre que deux combinaisons de vol, un casque de pilote, des bottes, des gants de cuir, une paire de chaussures de

1. Robert Laffont, 1987. J'ai Lu, 2008.

ville, deux pantalons, deux chemises et une trousse de toilette. Et pour ma machine : quelques litres d'huile, des bougies, un mince lot de pièces détachées. Tout cela constitue mes seules possessions terrestres, que je renouvelle au fur et à mesure des besoins.

Cependant, j'aime ce mode spartiate d'existence ; il est le prolongement de tout ce que j'ai connu jusqu'alors, la marque d'une certaine morale de l'action qui me révèle encore une fois combien peu de choses sont nécessaires pour être heureux. Mon bonheur procède de tout ce qui ne peut s'acheter, de tout ce qui n'a pas de prix, des choses simples que je vis au jour le jour, dans le ciel comme sur la terre ; il surgit de la vision du monde entier qui défile sous mes ailes, des rencontres incessantes avec les hommes, de la satisfaction intime d'avancer vers mon but, de ce trait rouge qui se trace lentement sur ma carte. Ce bonheur des choses immatérielles est des plus vifs et des plus sains. Et j'en viens à me dire que, décidément, les hommes s'angoissent pour rien dans leur désir de possession ; et avec d'autant plus de déraison qu'ils sont repus et craignent de perdre cette opulence dont ils n'ont parfois plus conscience. J'essaie de ne jamais oublier qu'il est des pays comme chez Suleyman où quelques litres d'eau valent le poids de l'or dans le désert, et d'autres où elle coule à flot sans rien dire à personne.

Pendant deux ans et demi, je suis comme une puce qui joue à saute-mouton avec la terre dans une infinité de vols microscopiques. Nombre d'entre eux sont hasardeux et périlleux : je le sais, je l'accepte, j'estime que cela en vaut la peine. Je crée les conditions de la vie que j'ai choisie et cela seul importe.

Au-dessus du tapis des jungles d'Amazonie, pardessus les déserts de sable ou au milieu des montagnes bousculées par les vents, je n'ai rien à attendre de bon d'un ennui mécanique, d'un revirement de la météo, de cumulonimbus apparaissant sur ma route, ou, pire, d'une panne de moteur en vol – cette inquiétude permanente dont je dois m'accommoder avec un moteur de 35 CV qui a été conçu pour tout ce que l'on veut sauf équiper un engin volant…

Et de ces pannes en vol, j'en connais une bonne demi-douzaine qui m'obligent à me poser en catastrophe, là où un bout de terre veut bien m'accueillir. Je m'en tire chaque fois sans dommage corporel – davantage grâce à la chance qu'à ma virtuosité technique, j'imagine. Cela se passe en Espagne, en Mauritanie, au Mexique, en Inde, en Turquie, dans des prairies, du sable, de la neige, des rizières. Chaque fois, je dois atterrir comme je peux après une panne aux raisons diverses : sable dans le filtre à air, bougies perlées, encrassement de l'alimentation en carburant par de l'essence de mauvaise qualité, autre chose encore.

Dans le silence qui s'établit au beau milieu du ciel lorsque cesse d'un coup le bruit du moteur, dans le sifflement du vent qui remplace ce bruit familier, je connais des coups au cœur qu'on n'imagine pas, de ces moments où l'on croit sa dernière heure venue ; comme dans les pires moments de la guerre, on voudrait être ailleurs, mais il faut être plus que jamais présent à soi-même pour jeter tout son être dans la bataille de la survie : l'essentiel va se jouer en de très brefs instants. Alors, on « serre les fesses », on met l'appareil en plané au mieux de ses possibilités techniques pour gagner de précieuses secondes, et l'on cherche un espace de terre accueillant, comme un naufragé cherche avec désespoir un rivage hospitalier ; on tourne la tête en tout sens, le corps penché au-dessus de l'habitacle, les yeux frappés par la pluie ou éblouis par le soleil, et l'on suppute en regardant le sol approcher toujours trop vite : « Là, ce coin de prairie qui paraît sans bosses devrait faire l'affaire si j'effectue une "glissade" sur la gauche. » Ou : « Ce bout de rizière pas trop inondé devrait ralentir ma course au sol avant les murets qui l'entourent, mais il va falloir reprendre du manche si je veux y parvenir ». Ou encore : « Le sable paraît solide entre ces dunes, je peux y aller à condition de bien cabrer l'appareil avant de toucher… » Mais en vérité, l'on n'est sûr de rien.

Selon l'altitude à laquelle la panne a lieu, c'est en minutes ou en secondes que le destin décide de l'issue du combat. Je ne connais pas de solitude plus absolue que celle dont est soudain étreint un homme qui doit prendre seul et sans délai toute une succession de décisions vitales pour son existence, sans le moindre droit à l'erreur, et sans pouvoir compter sur qui que ce soit.

Parfois, je « casse du bois » dans ces atterrissages forcés ; inévitablement. Mais je parviens toujours à réparer et à repartir – le plus souvent avec l'aide d'hommes que je ne connaissais pas une heure auparavant, qui sont accourus en me voyant tomber du ciel, et que je ne reverrais plus jamais. Je retrouve avec eux la solidarité humaine des humbles et des sans-grades.

Ma vraie chance, c'est qu'aucune de ces pannes ne survient au-dessus des terres les plus inhospitalières que je survole, de celles dont je ne serais sûrement pas revenu, comme l'Amazonie, les replis montagneux de la Birmanie, ou la mer Adriatique. Cela fait partie des mystères insondables de ce tour du monde aérien : pourquoi la panne à tel endroit et pas ailleurs ? Pourquoi ici où j'ai quelque chance de m'en tirer, plutôt que là où je n'en ai aucune ? Je n'ai pas de réponse. Si ce n'est celle-ci : mon moteur m'a abandonné parfois, la providence jamais.

Ce moteur qui me lâche selon ses caprices est néanmoins comme un deuxième cœur dans ma poitrine ; un cœur que j'écoute battre des heures durant et qui fait chavirer le mien au moindre raté, au plus petit défaut d'un ronronnement que mes oreilles connaissent à la perfection. Je suis attaché à ce cœur autant qu'au mien, j'en dépends ; je l'aime comme on aime quelqu'un qui ne vous rend pas toujours la pareille mais que vous tenez impérieusement à retenir à vos côtés. Je suis suspendu à ce cœur, il est tout pour moi, comme aucun assemblage de ferraille ne l'a jamais été.

Le sang qui irrigue ce cœur de métal est l'autre souci de chacun de mes vols ; lorsque je suis en dehors de toute installation aéronautique, trouver de l'essence exige parfois de longues journées de recherche à terre – comme lors de ma traversée des zones de chercheurs d'or au Brésil ou dans le désert de Mauritanie. Et les distances à parcourir en l'air sont parfois telles pour ma mince autonomie, que je ne suis pas toujours certain de parvenir au point d'atterrissage que j'ai prévu au moment du décollage. Un changement de direction du vent en cours de route et c'est la panne sèche assurée au milieu de nulle part. Une fois, au Mexique, il n'y avait que des terres hostiles à survoler jusqu'à un petit aéroport salvateur ; celui-ci était atteignable à condition que le vent soit arrière tout le long du parcours. Et le voilà qui passe par le travers à mi-chemin… Les reliefs montagneux défilent sous mes ailes, la jauge du réservoir diminue de minute en minute comme le compte à rebours d'une machine infernale, et finit par atteindre le chiffre fatidique de zéro. Par une fortune inexplicable, le moteur s'arrête à l'instant même où la piste d'atterrissage apparaît dans le lointain. Par précaution, j'étais monté à deux mille mètres d'altitude. Je mets l'U.L.M en plané à sa finesse maximale, joue de longues minutes de toutes ses capacités techniques pour gagner en distance avec le moins de perte de hauteur possible, et exhorte le ciel de m'épargner une fois de plus.

Et mes roues touchent le seuil de piste d'extrême

justesse, à quelques mètres près, dans un soulagement de tout mon corps qui se relâche brutalement.

Se perdre dans le ciel est l'autre danger de chaque vol. Ce qui ne représente qu'un aléa désagréable en voiture est un danger mortel ici – avec très peu de temps pour la rémission, car l'essence, toujours elle, est comptée. Toutes les navigations se font à vue et au calcul d'estime, un crayon à la main, l'œil rivé sur le compas, la montre, et la carte – celle-ci ficelée sur la cuisse pour éviter que le vent ne l'emporte. Dans ce type de vol, les repères au sol sont essentiels. Eux seuls permettent d'évaluer la dérive due au vent, de corriger la route, de la contrôler, de savoir où l'on se trouve exactement.

Certaines régions comportent suffisamment de repères pour que la navigation soit aisée. Mes amis sont alors des villages, des rivières, des voies ferrées, des routes, des lacs, des pipe-lines, des pics montagneux, tous m'informant de choses vitales. Je tiens beaucoup à ces amis, j'ai l'impression de les connaître depuis toujours tant je les ai étudiés sur la carte avant chaque départ.

Ailleurs, comme en Amazonie où n'existe que l'interminable tapis vert de la jungle, ces amis disparaissent et me voilà abandonné à moi-même dans un univers dépourvu de tout refuge. Les calculs de route deviennent hasardeux, tributaires de paramètres incertains, à commencer par le vent qui fait toujours ce qu'il veut, en force comme en direction.

C'est ainsi que le monde prend une autre géographie pour l'aviateur ; le ciel et la terre ne lui envoient pas les mêmes messages qu'aux hommes restés au sol, les cartes lui disent des choses différentes. Une ligne électrique ne transporte plus la lumière bienfaisante nécessaire à une ville : elle est une ennemie qui peut tordre ses ailes. Un champ n'est plus le lieu où pousse la nourriture des hommes : il est juste un havre de sécurité où il posera ses roues en cas de péril. Une rivière n'est plus de l'eau qui abreuve un village : elle est l'annonce que son vol est correct ou incertain. Alors, l'aviateur se sent différent des autres hommes ; mais s'il est expérimenté, cette différence le rend humble.

J'ai connu une fois l'angoisse absolue de la route perdue ; c'était au-dessus de cette diabolique forêt vierge, quelque part au Venezuela, je crois. J'avais devant moi des heures de vols interminables avec un seul lieu où atterrir au bout de trois cents kilomètres – un petit terrain de rien du tout, que je supposais à peine visible au milieu des arbres. Au moment où tous les calculs me disent que ce havre devrait bientôt apparaître, rien ne vient ; un peu de temps s'écoule encore et il n'y a toujours que de la jungle à perte de vue. Je sens s'installer tout doucement en moi la certitude terrifiante que j'ai raté ce terrain, que j'ai dû passer à côté parce que le vent a peut-être changé de direction à un moment ou à un autre et m'a insidieusement poussé hors de ma route. Je me vois déjà englouti par cette forêt vierge qui ne demande qu'à me dissoudre. Et puis, tout à coup, à l'instant où je me prépare à un atterrissage dans les arbres, c'est le soulagement de la route retrouvée grâce à une mince trouée dans la verdure qui s'ouvre inopinément sur ma droite, que je n'attendais plus, vers laquelle je vire instantanément, et qui me mène à bon port à l'ultime moment.

Chacun fait, à sa manière, l'expérience de l'extrême fragilité des choses.

Dans tous les vols, je crains le brouillard, la pluie, l'obscurité, tout ce qui masque la présence des repères au sol, ces camarades fraternels qui éclairent habituellement ma route de place en place comme une succession de phares guident un navire dans les dangers de la côte. Aux abords de Calcutta, je dois ainsi me résoudre un jour à atterrir dans une rizière inondée pour m'être perdu depuis le Bangladesh par les méfaits d'une suite d'orages de mousson qui rendaient la terre aussi noire que la nuit. Je n'y voyais plus rien, la pluie était si drue que chaque goutte me semblait comme une pointe d'acier venant cribler mes yeux ; j'étais descendu au ras du sol pour tenter de me retrouver dans cette crasse, mais il n'y avait rien que des diguettes de terre entourant des rizières, rien que de l'eau partout sans le moindre reflet, rien que des huttes de chaume et des paysans qui levaient la tête, stupéfaits par le passage de mon oiseau blanc…

Dans une longue traînée de gerbes d'écume, je casse mes roues au cours de cet atterrissage de fortune ; comment faire autrement en pareil lieu ? Et puis, quand le silence revient après le raclement sinistre et si long de ces retrouvailles avec la terre, que je m'extraie tout courbaturé de l'habitacle, que je me dis que le plus dur est fait, que je vois des centaines d'hommes accourir de tous côtés – pour m'aider sans doute, mais allez savoir –, il me faut bien songer à réparer et repartir. Et c'est alors qu'il faut encore combattre le découragement qui vient à la simple pensée des jours d'efforts que cela va nécessiter dans cette boue glauque qui semble glaciale si loin de tout.

Cependant, j'aime à chaque vol le combat qui s'engage avec la nature. Dans le ciel, contrairement à ce qui se passe sur terre, les ennemis sont toujours clairement identifiés : cumulonimbus, turbulences orographiques, brumes et brouillards, courants ascensionnels, pluies, tempêtes, et j'en oublie. Ce sont des adversaires redoutables, mais en dépit de leurs avanies, de leurs traîtrises et de leurs coups bas, ils sont sans haine, sans ressentiment, sans jalousie ; ils obéissent à des lois qui ne sont dirigées contre personne en particulier. Ce sont les lois du ciel et elles valent pour tout le monde ; si l'on ne veut pas être vaincu, il suffit de connaître ces lois. Il n'y a pas de triche avec ces ennemis. On les affronte dans des batailles « à la loyale ».

Néanmoins, pour vaincre, il faut ruser avec la nature ; contre elle, il faut utiliser la part humaine de l'intelligence : c'est la loi des aviateurs. Les aviateurs existent par la nature, comme les marins ou les paysans ; ils en acceptent les nécessités, la fatalité parfois. Et s'ils sont de vrais aviateurs, de vrais marins ou de vrais paysans, ils aiment cette nature qui leur demande tant d'efforts et les confronte à tant de dangers. Parce que ce sont ces efforts et ces dangers qui les font aviateurs, marins ou paysans. Ôtez ces obstacles et ces hommes ne sont plus que des machines pressant des boutons.

Cette saine lutte avec la nature prend toutes les formes au cours de mon tour du monde ; elle est parfois d'une extrême douceur, souvent d'une normalité confondante, de temps à autre d'une violence inouïe. Je me souviens du plus délectable de ces combats ; c'était à Teresina au Brésil, dans la région du Nordeste. En parvenant aux abords de la ville à la tombée du jour, alors que le vol a été tourmenté tout du long, le ciel devient brusquement acidulé comme un bonbon d'enfant – quelque chose que je n'ai jamais vu. D'un coup, l'univers autour de moi se transforme en un bain d'huile qui porte mes ailes sans plus aucune secousse. Je glisse dans de la soie, je nage dans un lac immobile, je suis suspendu entre ciel et terre. Tout semble plus léger, plus impalpable, plus ténu. Et cette clémence du ciel me paraît, juste avant l'atterrissage, comme une preuve de ce que la persévérance peut obtenir d'un adversaire comme la nature, toujours implacable, mais juste et honnête.

À l'autre bout de l'échelle, le pire des combats que j'ai à connaître manque me dégoûter à tout jamais de voler. Il a lieu au Nicaragua sur le trajet qui me mène de la frontière du Costa Rica à Managua – au cœur de la région dite du Guacamayo, réputée pour ses vents violents. La zone est hostile à tous niveaux : d'une part, la guerre fait rage au sol et l'on risque de me tirer dessus ; d'autre part, ma route est encadrée d'un côté par l'océan Pacifique et de l'autre par le lac du Nicaragua, la conjonction de ces deux masses d'eau provoquant une aérologie particulièrement féroce. Ici, les vents laminaires sont rares.

À peine ai-je décollé que me voilà pris dans une tourmente proprement abominable. Tourbillons et rafales m'assaillent sans discontinuer ; je suis secoué avec une telle violence que cent fois je crois mon appareil prêt à se disloquer. Des heures durant, je navigue au milieu de véritables montagnes russes ; des mains invisibles me propulsent à des milliers de mètres d'altitude sans que je puisse rien entreprendre pour les en empêcher – même en me jetant en piqué à plein régime –, et, parvenu à des hauteurs démoniaques où je peine à respirer, des vagues déferlantes tout aussi puissantes remplacent cet aspirateur géant pour me ramener à toute allure vers la terre, quoi que je fasse avec mon moteur pour remonter ; cette horreur ne cesse miraculeusement qu'à quelques dizaines de mètres du sol, à l'instant précis où je crois tout perdu. Mais, me voilà déjà rebondissant vers le ciel, pris par des thermiques d'une force infernale qui me catapultent une nouvelle fois vers les sommets. Et le même cycle recommence sans cesse.

Dieu, quels vents ! Même à mon pire ennemi, je ne souhaiterais pas aujourd'hui pareille épreuve. Et je ne sais toujours pas par quel prodige je parviens à me traîner jusqu'à l'aéroport de Managua et à m'y poser sans casse.

Le vent… Pour un aviateur comme pour un marin, il est l'élément dominant de la nature, celui qui est supérieur à tous les autres ; l'air que je respire et qui bouge est ce vent qui m'emporte ou me contrarie, celui qui me caresse ou me gifle, l'ami ou l'ennemi selon les jours ; c'est lui qui m'oblige à vivre la tête quotidiennement levée vers le ciel pour l'interroger dans une quête muette et toujours inquiète.

Le vent est le maître du ciel, il y fait selon sa volonté ; on ne peut rien lui demander. On le prend comme il est, on l'aime et on le craint ; il est celui qui est rarement comme on voudrait qu'il soit, toujours trop fort ou trop faible, pas assez à l'est ou pas assez à l'ouest, trop au nord ou trop au sud. Il est celui avec lequel je dois ruser le plus, celui qui m'oblige à voler à dix mètres du sol quand il est contraire en altitude ou à quatre mille mètres de hauteur s'il est défavorable en dessous. C'est ainsi que je passe le détroit de Gibraltar par-dessus tous les nuages sans connaître autre chose que leur masse cotonneuse, et traverse l'Arabie si bas que j'en aperçois les moindres cailloux et jusqu'à l'expression étonnée des visages dressés vers moi. C'est de cette façon également que je survole aussi haut que possible le Salvador en guerre, et remonte chaque boucle du grand fleuve Orénoque en touchant presque de mes ailes ses eaux ambrées.

Dans mon imaginaire personnel, le vent est associé au monde qui défile sous mes yeux au cours de ces dizaines de milliers de kilomètres parcourus de continent en continent. C'est le vent qui déroule pour moi le kaléidoscope de ces paysages dont le chatoiement infini est l'un des souvenirs les plus émouvants de cette aventure ; car ce chatoiement est d'une beauté si grande et si variée qu'aucun mot ne peut la contenir. Cette beauté est l'une de mes récompenses : je vois des déserts dorés où les langues de sable entre les dunes sont pareilles à des coulées de miel, des montagnes déchiquetées par l'érosion comme par un acide qui les aurait transformées en une série de clous plantés dans la terre, des reliefs devenus si ronds par l'effet du temps qu'ils paraissent semblables aux dos d'un troupeau de moutons ; je vois des mers plates et liquides comme du mercure, et d'autres prenant toutes les couleurs du bleu et du vert aux abords de côtes découpées à coups de rasoir ; je vois des forêts et des lacs, des rivières argentées et d'autres limoneuses, des pains de sucre chevelus surgis de contrées d'un autre temps ; je vois des champs et des prairies, des plages alanguies sur des distances considérables, et le delta des plus grands fleuves ; je vois des villes et des villages de toutes les formes, des huttes rondes et des cases carrées, des maisons de pierre et d'autres de torchis, des immeubles hauts comme des tours et des habitations basses comme des terriers. Je vois des sampans à voile sur le Gange, des processions de bonzes sur des diguettes en Thaïlande, de longues caravanes de chameaux en Mauritanie, des successions de banques au Panamá ; et en traversant le delta de l'Amazone, je me faufile entre les piliers noirs des grains d'orage qui transforment le ciel en une immense cathédrale.

Je vois le monde comme je ne l'ai jamais vu. D'une hauteur où je suis spectateur et où il ne peut m'atteindre. Sensation étrange, puisque ce monde me rattrape à chaque atterrissage. Mais ce qui me marque le plus, c'est qu'il apparaît vide d'hommes. Sous mes ailes, la nature est partout, interminable, insondable, infinie dans ses grands espaces, et l'homme semble à peine l'habiter de-ci de-là, comme par mégarde ou par hasard ; c'est ainsi que les choses apparaissent vues du ciel.

Cette absence des hommes est l'une des autres difficultés de ce tour du monde, car il ne me permet pas de trouver partout des lieux sûrs où atterrir. Quand je le peux, j'utilise des terrains d'aviation. Ailleurs, je dois faire au mieux et tout est bon pour m'accueillir : champs, routes, pistes, plages, terrains vagues ou places de villages… Dans tous ces lieux, je tombe littéralement du ciel au milieu d'hommes qui s'attendaient à tout sauf à cela. Je me souviens m'être posé entre des pirogues de pêcheurs sénégalais au sud de Saint-Louis, sur une mauvaise piste de camion près d'un baraquement de chercheurs d'or au Brésil, dans la cour d'une école au Maroc, à côté d'un pipe-line en Arabie, au milieu d'un campement d'Imraguens en Mauritanie, au bord d'une usine en Turquie, et j'en oublie, c'est évident…

Autant que possible aussi, j'atterris près des pompes à essence que je peux découvrir sur les routes afin de gagner du temps pour mon ravitaillement ; je dois prendre garde alors au défilé des voitures et me poser entre elles aussi vite que possible avant de dégager sur les bas-côtés. Je garde le souvenir ému de visages d'automobilistes éberlués, serrant leurs volants à pleine main, et poursuivant leur route en regardant ma libellule comme si elle venait de la planète Mars.

Mais ces atterrissages sauvages sont chaque fois des coups de dés avec le destin. Je ne sais jamais à l'avance ce que je découvrirai sous mes roues, ni si l'espace sera vraiment suffisant pour ne rien emboutir – et surtout pour pouvoir repartir. Les pièges sont nombreux : trous invisibles du ciel, bosses traîtresses, caniveaux masqués par des herbes, sol détrempé… Souvent, j'interroge les habitants sur ce que je vais trouver devant moi : quel est l'état des routes et des pistes, leurs largeurs, la hauteur des arbres qui les bordent ? Y a-t-il des prairies, des lignes à haute tension ? Est-ce qu'il a plu récemment ? La plupart du temps, les renseignements sont flous, imprécis, douteux. Je ne peux me fier à rien. Alors, arrivé là où je compte me poser, je passe et repasse en rase-mottes pour peser les risques, choisir le meilleur endroit ; et puis, il faut bien y aller. Le plus souvent ça passe, parfois ça casse…

Avant de décoller pour un vol plus risqué que les autres, quand je peux douter sérieusement de l'issue de ce vol, je me rends compte que je ne m'équipe pas de la même manière. Je sais que je joue quelque chose de ma vie. Je me glisse dans ma combinaison avec plus de lenteur qu'à l'accoutumée, presque pesamment, empli du sentiment étrange de revêtir comme une frêle armure avant un tournoi d'un autre temps. Mon casque de pilote en est le symbole ; il me protégera, je n'ai que lui, je le fixe sur ma tête avec religion. S'il fait encore nuit et que l'aube approche, je prends tout mon temps pour ce rituel solitaire ; je le crains et je le savoure : je lasse mes bottes sans me presser, passe en revue chaque objet dont je vais avoir besoin, interroge ma carte une dernière fois, vérifie mes calculs jusqu'à l'ultime moment, enfile mes gants de cuir avec une sensualité particulière, inspecte enfin chaque élément de mon appareil comme un avare compte ses sous. L'heure est grave. Je pèse chaque geste, je mesure chaque instant, je suis toujours seul.

En France, Marianne est mon copilote à terre comme depuis notre rencontre en 1976, assurant la base arrière, mais sur place, la solitude est ma compagne quotidienne. C'est une personne. Une personne comme une autre. Elle est toujours à mes côtés malgré l'infinité des gens que je rencontre entre chaque vol. Ces gens du monde terrestre sont innombrables, mais, en fin de compte, ils sont pareils à un décor qui change de jour en jour, infiniment riche sans doute, mais si fugace en même temps. La solitude demeure : la solitude la plus grande, la plus complète, la plus absolue qui soit.

Et pourtant… Ce qui émerge dans ma mémoire par-delà les vols eux-mêmes, par-delà les peines et les joies qu'ils m'apportent, par-delà tout ce que je viens de raconter, ce sont les hommes. Au début, je crois faire le tour du monde en U.L.M ; je m'aperçois très vite que je fais en U.L.M le tour du monde des hommes. Pendant neuf cent neuf jours, je côtoie les peuples les plus divers de la planète ; j'entends parler toutes les langues, je mange toutes les nourritures, je découvre toutes les coutumes, je me frotte à toutes les couleurs de peau. Ce kaléidoscope d'humanité vaut largement celui de la terre qui défile sous mes ailes et lui est supérieur à mes yeux. J'en prends la mesure comme jamais ; et cette mesure est celle d'une mosaïque humaine où les différences ne l'emportent pas forcément sur les ressemblances.

En règle générale, le premier obstacle aux entreprises d'un homme, ce sont les autres hommes. Les obstacles de la nature sont moindres. De manière générale aussi, si l'on donne à un homme l'occasion d'en exploiter un autre, il le fait et trouve pour cela toutes sortes d'excuses, de raisons, de justifications. C'est ce qu'enseigne la vie à celui qui l'affronte véritablement et ne cherche pas à épargner ses croyances en limitant son expérience aux situations les plus confortables. Mais il y a quantité d'exceptions qui réconcilient avec les hommes tels qu'on voudrait qu'ils soient. J'appelle cela des miracles.

De ces miracles d'hommes, j'en ai connu beaucoup au cours de ce tour du monde ; à dire vrai, sans eux je ne serais parvenu à rien. Partout, des hommes m'ont aidé à la réussite de mon raid aérien. Et ils appartenaient à tous les peuples de la terre. J'en suis arrivé à la conclusion que s'il est une chose, une seule, qui peut rendre chaque homme semblable à tous les autres, il ne faut pas la chercher dans une raison « passive », comme le sang identique qui coule dans les veines de tous les êtres humains – ainsi qu'on le dit souvent –, ou dans les sentiments premiers qui habitent les hommes sans exception, de la joie à la tristesse ; il faut la chercher dans cette raison « active », qui fait que lorsqu'un homme décide d'accorder quelque chose de lui-même à un homme qui ne lui ressemble pas, il devient par là même son semblable. Appelons cela la solidarité.

Ceux qui ne marchent pas sur cette route, ceux qui ne cèdent rien d'eux-mêmes, ceux-là peuvent avoir la même couleur de peau que moi, parler la même langue, partager la même culture, la même histoire, le même destin, tout ce que l'on veut, s'il n'y a que cela, ils me resteront étrangers. Et bien des hommes dont tout me sépare a priori me sont plus familiers aujourd'hui que des Français que je côtoie chaque jour, parce qu'à un moment au moins ils ont su me donner une part d'eux-mêmes. Ce pourquoi je peux me sentir plus proche d'Afghans, de Kurdes, ou de Papous, que de ces Français-là.

Cette solidarité qui fait les hommes semblables m'a été offerte deux années et demie durant. J'ai eu de la chance, sans doute ; et j'avais, certes, déjà assez d'expérience pour éviter ceux des hommes qui auraient pu m'être néfastes. Mais tout de même…

J'ai des dizaines de visages fraternels devant les yeux. Au hasard : Pedro en Colombie… Simple balayeur de l'aéroport de Barranquilla, il veut me préserver des coupe-gorge de la ville et m'emmène dormir dans son bidonville. C'est un homme qui ne compte pas dans sa société, un de ces minuscules rouages de la machine que l'on ne regarde jamais. Personne chez nous ne voudrait de la cahute qu'il habite avec sa femme et ses enfants. Il m'y donne un lit, de la nourriture, et je passe dans ce lieu misérable, mais propre, l'une des nuits les plus sereines de mon existence, entouré de gens d'une délicatesse extrême.

Et le père Anil Mitra… Indien d'une petite mission catholique près de Calcutta, il vient à mon secours après le crash dans la rizière dont j'ai fait le récit plus haut, mobilisant des milliers de ses paroissiens pour construire des jours durant une véritable piste d'aviation dans la zone inondée où je me suis enlisé. Sans ce bon père et ses ouailles, j'y serais toujours. Et ni lui ni personne ne voudront jamais la moindre récompense.

Et ce vieil ouvrier chinois de Puerto Ordaz, sur l'Orénoque – dont j'ai hélas oublié le nom… En vingt-quatre heures et sans rien demander, il répare le stabilisateur de mon U.L.M, détruit au sol à cause d'un autre avion, et me permet lui aussi de repartir dans les meilleures conditions.

Et Naadir Geylan… Il est turc, il a mon âge et pilote des U.L.M dans les environs d'Istanbul. C'est l'hiver, la neige me bloque, tout me manque ; des jours entiers, il prend en charge mes problèmes comme s'ils étaient les siens, jusqu'à ce que je puisse reprendre ma route.

Et les pompiers de l'aéroport d'Alep, en Syrie… De braves Arabes des classes défavorisées qui se mettent en quatre pour m'aider à remettre en état mon pauvre U.L.M, sérieusement détruit après avoir été renversé par une bourrasque de vent.

Et tous les autres encore, comme ce jeune Sénégalais pédalant sur son vélo pour aller prévenir les autorités de mon atterrissage forcé dans son village, ces Marocains qui me logent chez eux à chaque étape, ces militaires jordaniens qui me font fête à mon arrivée à Amman et m'interdisent de repartir tant qu'ils ne m'auront pas fait visiter leur pays ; et encore tous ces Malais, ces Thaïs, ces Omanais, ces Salvadoriens, ces Mexicains, qui partout apportent leur petite pierre à la poursuite de mon entreprise, le temps d'une heure, d'un jour, ou d'un vol. Et je n'oublie pas naturellement tous ces Français de rencontre, dont la liste est longue, qui sont comme un goût de patrie quand il s'agit de m'aider à sortir des innombrables problèmes administratifs que je rencontre dans chaque pays. Ces Français-là me deviennent alors doublement fraternels.

En vérité, ce tour du monde est une prise de conscience pour moi de la communauté possible des hommes. Et de tous les obstacles qui la menacent. J'ai trente ans, je ne l'oublierai jamais.

Je viens d'évoquer les problèmes administratifs… Ceux-là se situent à l'autre bout du spectre positif des hommes et constituent la dernière leçon que m'apporte ce tour du monde. Une leçon négative, cette fois : je m'étais entièrement trompé sur la liberté que je prêtais au ciel.

En vérité, il n'y a pas de lieu plus contrôlé, plus surveillé, plus réglementé que le ciel. L'homme en tant que tel n'y existe plus comme il pouvait y exister autrefois ; il est enserré dans les mailles d'un filet tissé par d'autres hommes pour la sécurité de tous, et sa liberté, il doit l'abandonner, bon gré mal gré, contre cette sécurité. Le choix ne lui est pas donné.

La bureaucratie associée à cette sécurité est l'une des plus tatillonnes du monde. Dans certains pays comme l'Inde, elle touche à la caricature. Si de surcroît, l'on ne se trouve pas « dans les cordes » d'un point de vue administratif – ce qui est mon cas avec un appareil dépourvu de toute légalité technique, sauf en France –, la moindre autorisation de vol est un éreintant parcours du combattant. Je passe plus de la moitié de mon temps à terre dans le seul objectif de régler les problèmes induits par ces autorisations ; et je n'y parviens pas toujours, comme au Maroc, en Birmanie ou en Iran, ce qui « abîme » mon tour du monde.

Et souvent, on me prend pour un autre. Je fais ainsi le tour de bien des commissariats de la planète parce qu'au Surinam on me croit mercenaire, au Guyana gangster en goguette, au Venezuela trafiquant d'armes, aux Émirats arabes unis espion à la solde de la CIA, et je dois en oublier…

Alors, quand j'atterris enfin en France, je me dis que les océans sont en définitive les seuls et derniers endroits du monde totalement libres.

40

La fonction du temps est d'user puis de détruire. C'est ainsi que tout s'écoule. Mais si on le veut, le temps est aussi un élastique ; et un élastique est fait pour être étiré. L'esprit d'aventure est l'un des moyens d'étirer le temps en le remplissant sans cesse de choses essentielles.

Si à force de tirer sur l'élastique du temps, il rompt trop tôt, bah, c'est le destin ! Sans doute a-t-on tiré trop fort, trop vite, et voilà tout. Le jeu en valait la peine de toute façon. Mais si l'on tire avec assez de précaution, juste à la limite de la rupture, chaque minute peut devenir une existence tout entière.

Jusqu'à l'âge de quarante-cinq ans, ma façon d'étirer le temps est sans grande originalité : soit je m'enferme de longs mois pour écrire romans, récits ou nouvelles, soit je multiplie les expériences, les engagements et les aventures.

Dans ce domaine, les expéditions ne vont pas manquer. Au début des années 1990, l'une des plus marquantes à mon souvenir est celle qui me voit partir à la recherche du fameux « tigre de Tasmanie », dont le dernier représentant connu s'est éteint au zoo de Hobart en 1936 – mais qui semble réapparaître régulièrement dans les forêts de l'île si l'on en croit les dizaines de témoins qui prétendent en voir chaque année.

Je saisis aussi les occasions d'aventures qui me sont offertes par des amis ; je rejoins ainsi l'équipe de Michel

Peissel en tant que pilote dans l'une de ses équipées au Yucatán destinée à éclairer l'énigme de la « route du cacao » des anciens Mayas. Plus tard, j'accompagne le regretté Benoît Chamoux dans ses ascensions de l'Annapurna et de l'Everest, moi qui ne suis en rien alpiniste. Dans cette dernière affaire, je n'ai pas pour objectif d'atteindre ces deux sommets légendaires – ce n'est ni dans mon rôle, ni dans mes capacités techniques –, mais de découvrir l'univers de la haute montagne, empli de solitude et de beauté minérale ; je n'en demande pas davantage. J'y apprends sans trop de surprise qu'il s'agit bien du lieu d'aventure le plus dur, le plus dangereux et le plus extrême physiquement qui puisse être proposé à un homme.

Et puis, en 1994, après avoir démissionné de mon poste au cabinet de la ministre Lucette Michaux-Chevry, libre de tout autre engagement d'exigence après l'Afghanistan, je décide de revenir à ma vieille inclinaison pour l'exploration ; elle a ressurgi en moi deux ans plus tôt sous la forme d'un inexorable attrait pour les ultimes « taches blanches » du globe. C'est le vieux fantasme d'une planète encore à découvrir, réservant toujours des espaces de connaissance et de liberté, des mondes vierges et des pays perdus, de la respiration pour tout dire – avant le fatal moment de la clôture.

Avec des scientifiques amis comme les entreprenants géographes Claude Collin Delavaud et Olivier Archambeau – qui me succédera en 2006 à la présidence de la Société des explorateurs français –, je me demande donc si, en cette fin du XXe siècle, il n'existerait pas encore quelques parcelles du monde où aucun Occidental n'aurait pénétré. Des parcelles sûrement minuscules, comme les confettis d'une époque révolue, mais encore à découvrir pour de bon.

Pourquoi pas, n'est-ce pas ? Mais que la chose soit entendue : quand je pose la question des dernières zones inexplorées de la planète, je laisse de côté l'utilité pratique de la réponse. Elle ne m'intéresse que secondairement. Considérant chaque aventure comme une œuvre d'art à forger de toutes pièces à partir de rien, je m'interroge d'abord sur sa valeur créatrice. Disons que j'ai un point de vue littéraire sur la question. Et la valeur créatrice de l'exploration de terres vierges est d'une force immense à mes yeux.

Deux années durant, le petit groupe des géographes travaille à ce projet, assisté de Bernard Wolfrom, d'Olivier Le Bret, de Virginie Lasserre, de Catherine Bricard, et de la compagne de Claude, la Chilienne Rosa Olmos. Il y a des cartes partout dans l'appartement parisien de Le Bret qui nous sert de bureau, d'antre et de caverne aux rêves ; les réunions se succèdent pendant des mois. J'y assiste de mon mieux entre mes séjours à l'étranger de ce temps-là – Bosnie, Somalie, Soudan –, et dès que je peux libérer un peu de ce temps qui me manque et après lequel je cours sans cesse en jouant avec son élastique. Mais le projet avance.

Les cartes disent beaucoup de choses sur ce qui est connu par les hommes et sur ce qui l'est moins. À cette époque, nombre de régions du globe sont peu ou mal cartographiées, faute de moyens ou de possibilités techniques – quand ce n'est pas par manque d'intérêt économique ou politique. D'autres le sont de manière parcellaire ou à des échelles très grandes ; certaines zones particulièrement isolées ont même été si négligées que les cartes se limitent à des lignes de pointillés sur de vastes feuilles blanches.

Ces insuffisances agacent les prospecteurs pétroliers ou miniers ; elles oblitèrent l'administration de beaucoup de pays ; elles gênent les opérations des états-majors quand il y a la guerre. Moi, ces défauts me font rêver. À chacun sa route comme toujours.

Pour une première expédition, nous nous orientons très

vite sur la Nouvelle-Guinée, pays des Papous ; plus que toute autre terre, elle semble recéler d'ultimes espaces vierges dans le fouillis de ses hautes montagnes. Il y a là un univers prodigieusement fascinant, extrêmement difficile à pénétrer, dont la beauté vénéneuse peut obséder un homme à tout jamais – je le découvrirai très vite.

Tout un faisceau de raisons convergentes explique pourquoi cette île de la bordure méridionale de l'océan Pacifique, grande comme deux fois la France, est restée à l'écart de la modernité ; il y a notamment le fait que les régions centrales sont quasi inaccessibles compte tenu des terribles reliefs qui s'y dressent et de la végétation désordonnée qui les recouvre : une alliance démoniaque entre le minéral et le végétal.

La partie occidentale de cette île de Nouvelle-Guinée est la plus passionnante de notre point de vue. Ancienne possession des Pays-Bas, elle a de tout temps été délaissée par une métropole trop éloignée. Les premières explorations hollandaises n'ont débuté qu'à l'aube du XXe siècle, et les dernières, initiées en 1960 par des Français – les intrépides Gaisseau et Delloye que j'ai eu l'honneur de connaître plus tard –, découvraient encore des terres absolument vierges et des tribus parfaitement inconnues.

Lors de l'indépendance de l'Indonésie, cette partie occidentale de la Nouvelle-Guinée lui a été concédée et a pris le nom d'Irian Jaya ; elle est devenue l'une des possessions les plus excentrées de cette nouvelle nation, l'une de ses colonies en réalité, et un lieu de peuplement pour les excédents humains qu'elle produit dans le reste de l'archipel, notamment à Java, et dont elle ne sait que faire.

En 1994, le monde moderne est encore limité aux côtes et à une ou deux grandes vallées – uniquement atteignables par de petits avions. Aucune route n'a pu être construite pour traverser ce territoire immense. Des zones très vastes restent hors de tout contrôle administratif, et de nombreuses tribus papoues issues de temps immémoriaux peuplent comme autrefois ses hautes vallées montagneuses et ses plaines marécageuses.

L'étude attentive des cartes existantes et l'examen minutieux de l'histoire des différentes explorations de l'Irian Jaya me permettent d'acquérir l'assurance qu'un petit territoire de quelques dizaines de kilomètres carrés demeure encore inconnu dans le nord-ouest de l'île. C'est une zone de vallées abruptes et impénétrables enchâssées dans des montagnes couvertes de nuages. On ne sait même pas avec certitude si des Papous y vivent. Les cartes ethnologiques sont sans aucune indication sur cette région.

C'est là que nous décidons d'aller.

Toute l'année 1994 et la moitié de l'année 1995 seront consacrées à cette « tache blanche » de Nouvelle-Guinée ; j'y mènerais quatre expéditions successives qui prendront les noms des rivières de ce monde perdu : expéditions Wapoga 1 et 2, expédition Kihiri, expédition Nabouabu – à laquelle Christophe de Ponfilly se joindra quand il choisira de tourner un film sur nos découvertes : *L'Ombre blanche au pays des Papous.* Et je retournerai encore avec lui dans ce pays fin 1995 pour l'aider à compléter ce film dans d'autres territoires.

En fait, le goût de la Nouvelle-Guinée et l'intuition de ses espaces inconnus m'avaient été donnés dès 1989 et avaient orienté mes recherches.

Cette année-là, j'entreprends ce que j'appellerais le raid papou dans le livre qui en fera le récit[1] : un raid bref et intense qui fait partie des aventures entrecoupant à l'époque mes séjours en Afghanistan. Avec une poignée de vaillants Papous, je traverse à pied une bonne partie de l'Irian Jaya, du nord au sud, franchissant la cordillère montagneuse qui forme

1. *Raid papou*, Robert Laffont, 1990.

l'épine dorsale de l'île et culmine à plus de cinq mille mètres d'altitude.

Ce raid est l'un des autres chocs émotionnels de ma vie – de ces chocs que je ressens chaque fois que je bascule dans le passé au milieu d'une nature intouchée. Plus qu'un raid, d'ailleurs, cette expérience de vie se révèle – d'un point de vue intellectuel si ce n'est scientifique – comme une véritable incursion dans la préhistoire.

Je découvre d'abord un univers à la ténébreuse attirance. Les jungles de Nouvelle-Guinée n'ont pas l'uniformité parfois monotone des grandes forêts d'Afrique ou d'Amazonie. La présence des montagnes, quasiment sur la ligne de l'équateur, façonne le milieu naturel en une infinité de régions très cloisonnées et une série de mondes différents selon l'altitude.

Ainsi, les basses terres du nord et du sud sont le domaine des miasmes et des marais ; la jungle est haute, très fournie en variétés de palmiers utilisés par les Papous pour la fabrication de leurs arcs – palmier nipa –, ou pour leur nourriture – palmier sagoutier. Les sols sont détrempés, les fleuves indolents et immenses, les pluies diluviennes. Le regard ne porte jamais très loin dans cette jungle épaisse ; mais on y trouve toutes sortes d'animaux comme le casoar, le cochon sauvage ou les oiseaux de paradis dont la beauté stupéfiante n'est pas usurpée. Toutefois, il n'y a aucun fauve. Les insectes, en revanche, sont innombrables, les papillons magnifiques, les sangsues particulièrement voraces. Le paludisme règne souvent dans ces basses terres.

Plus haut, dans les premiers contreforts des montagnes, le sol semble se disloquer sous les pas ; des rochers apparaissent, de plus en plus puissants par leur masse, jusqu'à former le soubassement d'une végétation équatoriale moins haute que dans les plaines mais touffue à l'extrême, terriblement difficile à pénétrer, qui s'accroche à la moindre pente, aussi raide soit-elle. Les reliefs se font aigus, coupés d'arêtes vives, d'angles acérés ; les rivières deviennent torrentueuses. Ce monde-là est un chaos d'arbres et de pierres où chaque pas est un effort douloureux ; les animaux se raréfient, les palmiers disparaissent, les nuages caressent les premières cimes.

Plus haut encore, quand les montagnes acquièrent toute leur majesté, l'horizon s'élargit ; on voit loin, l'air se purifie et il fait froid le soir. On ne rencontre plus beaucoup d'animaux, la jungle prend des allures de forêt européenne et des conifères apparaissent, incongrus sous ces latitudes. On trouve aussi des champs de taros ou de patates douces, ces tubercules formant l'alimentation principale des guerriers-agriculteurs qui habitent ces régions. Nous sommes dans le domaine des hautes vallées mystérieuses de la Nouvelle-Guinée, un domaine où l'on cheminerait presque avec aisance s'il n'y avait ces successions interminables d'escarpements abrupts, ces ravins encaissés où se précipitent des eaux tumultueuses, et ces falaises qui surgissent aux moments les plus inattendus pour couper d'un coup toute avance. Les nuages maintenant stagnent sur les sommets.

Les forêts d'altitude succèdent à ces hautes vallées. Désormais il fait froid même le jour, les insectes deviennent invisibles, le silence est constant, l'immobilité impressionnante ; on n'entend plus le moindre chant d'oiseau et tout semble pétrifié pour l'éternité ; la lumière qui filtre des arbres est glauque et verdâtre, infiniment lugubre ; le sol spongieux se couvre de lichens, l'écorce des arbres suinte de mousses gluantes. On avance comme dans des fonds sous-marins. Brumes et brouillards sont la norme et plus aucun homme n'habite ces terres inhospitalières.

Enfin, au sommet de la cordillère montagneuse, entre trois et quatre mille mètres d'altitude, la végétation se fait rabougrie, éparse, très pauvre, comme frappée de malédiction ; le froid devient vif à toute heure du jour, glacial la nuit. On marche dans des fondrières interminables, la boue est partout, il bruine sans cesse au milieu d'exhalaisons de vapeurs qui semblent naître de la terre comme du ciel. Le vent réapparaît dans un chuintement permanent et l'on ne serait pas étonné de voir surgir quelque diplodocus dans ces paysages qu'on imagine identiques à ceux des premiers moments de la création du monde.

Les hommes qui habitent la Nouvelle-Guinée présentent autant de diversité que les terres qui les voient naître. On désigne ces hommes sous le terme générique de Papous, mais ils forment en réalité près de trois cents tribus différentes rien qu'en Irian Jaya, parlant quelque sept cents langues et dialectes… Certaines tribus rassemblent des milliers d'âmes, d'autres quelques dizaines à peine. Tous ces Papous ont la peau noire, mais les teintes de ce noir sont infinies. Les hommes des basses terres sont généralement grands et minces, ceux des hautes terres trapus et vigoureux ; certaines populations des vallées centrales s'apparentent aux Pygmées d'Afrique par leur taille.

La segmentation du pays par le relief et les difficultés du terrain fait que d'une vallée à l'autre on change de tribus ou de clans. En une journée de pirogue le long d'un fleuve, on peut rencontrer successivement quatre ou cinq peuples distincts, toujours rivaux et étrangers les uns aux autres. La « patrie » de ces hommes se borne le plus souvent à quelques jours de marche ou de pirogue de leurs villages de naissance et ils ignorent à peu près tout de ce qui existe au-delà.

En 1989, ces Papous sont encore des guerriers réputés, autrefois cannibales ou coupeurs de têtes selon les territoires. Ils aiment la chasse et surtout le combat ; leur activité préférée reste le rapt des femmes dans les tribus voisines – ou celui des cochons qui sont au cœur de l'activité sociale. Ainsi, on se bat beaucoup en Nouvelle-Guinée et il n'est pas rare de voir des hommes au corps constellé de cicatrices de flèches, survivants de batailles rangées très codifiées ou d'embuscades beaucoup plus sournoises. Pour mener la guerre, certaines tribus montagnardes comme les Yalé ont inventé de surprenantes armures constituées de cerceaux de rotin qui, empilés autour de leurs poitrines, leur donnent l'aspect de Bibendum ; d'autres, comme les Asmat des plaines du Sud, se protègent derrière de somptueux boucliers de bois sculptés qu'ils peignent de noir, de rouge et de blanc.

En 1989 toujours, les Papous vivant sur les côtes de l'île sont depuis longtemps entrés dans la modernité indonésienne, mais dans l'intérieur du pays, c'est tout autre chose. À l'exception des vallées principales, le reste de l'Irian Jaya est demeuré figé dans son passé ; les hommes qui habitent ces territoires sont le plus souvent nus et il n'y a ni routes ni pistes, à peine des sentiers qui servent aux échanges intertribaux et aux expéditions guerrières. Partout, on porte arcs et flèches à la main, parfois encore des haches de pierre à l'épaule.

Les mœurs et les coutumes de ces hommes ont peu varié depuis l'aube des temps, malgré le travail des missionnaires chrétiens dont les « stations » saupoudrent plaines et montagnes. Décrire ces coutumes nécessiterait un ouvrage entier ; comme de recenser la diversité de l'art papou, aujourd'hui très coté dans les galeries d'art américaines.

Le plus frappant, parce que le plus visible, reste encore l'apparence des Papous. Tous portent des ornements faciaux d'une variété confondante. Selon les tribus, il peut s'agir de becs d'oiseau passés dans la cloison nasale – à moins que ce ne soit des os de casoars ou de porcs sauvages –, d'épines de palmier piquées verticalement dans les narines, ou de rondelles de bois passées dans le lobe des oreilles. Les coiffes de plumes d'oiseau de paradis ne sont pas rares, ainsi que les parures de poitrine et les peintures faciales généralement réservées aux cérémonies rituelles. Dans les montagnes, les hommes portent des étuis péniens dont la taille et la forme fournissent des indications sur la tribu d'appartenance ; dans les plaines, le sexe des hommes est le plus souvent enveloppé dans des feuilles ou des coques de fruits. Selon les lieux, enfin, les femmes sont vêtues de jupes de fibres, de pagnes de même fabrication, ou de simples cache-sexe. Depuis les années quatre-vingt, les vêtements occidentaux ont fait leur apparition, mais ils restent exceptionnels dans les zones isolées.

Mon raid papou de 1989 me fait découvrir ce monde étonnant de la Nouvelle-Guinée. Après que les autorités indonésiennes m'ont refusé l'autorisation de sauter en parachute au centre de l'île, je me résigne à un plan B : traverser à pied l'Irian Jaya de part en part, ou peu s'en faut, et de tribu en tribu. Ce n'est pas un mauvais plan de secours : en près de deux mois de marche, je peux prendre la mesure du monde fascinant que j'ai décrit plus haut. Je le vois de près, je le vis intensément, il marque mon esprit autant que mon corps. Alors, quand je parviens enfin dans les plaines du Sud, lorsque je gonfle mon canot de survie pour me lancer sur la rivière Brazza qui doit me mener jusqu'au gigantesque fleuve Eilanden où se trouvent les premiers postes salvateurs de missionnaires, je sais que je reviendrai dans ce pays.

Et pourtant ! J'arrive au bout de mon raid abruti de fatigue, taraudé par le paludisme comme jamais, dévoré de fièvres et d'hallucinations. Je n'en puis plus… Fort heureusement, deux mois plus tôt, j'avais fixé rendez-vous à Bernard Wolfrom à la confluence de l'Eilanden et de la Brazza pour qu'il s'y poste en recueil. Il était prévu qu'il vienne par le sud et m'y attende avec une pirogue, tel jour à telle heure. Si je n'étais pas là, il devait aviser pour venir à ma rescousse…

À peu de choses près, nous sommes tous les deux ponctuels à ce rendez-vous improbable et surréaliste au milieu de nulle part.

En mars 1994, je suis donc de retour en Nouvelle-Guinée. Je vais avoir quarante ans et cette fois, je veux pénétrer à l'intérieur de la « tache blanche » que nous avons localisée dans le nord-ouest de l'Irian Jaya. J'attends beaucoup de cette nouvelle aventure.

D'après les photos satellites fournies par Spot Image, une vallée très encaissée, orientée sud-ouest – nord-est, constitue le cœur de la zone inexplorée. Elle est pour nous la « vallée perdue » et nous nous demandons si des hommes l'habitent. Son accès est excessivement difficile par voie terrestre, car la vallée se situe dans les contreforts des hautes terres, au cœur de leur fouillis de rocs et de végétation. De surcroît, toutes ses entrées sont barricadées par des obstacles naturels : rivières torrentueuses ou montagnes à pic. Je suis impatient et très excité.

L'équipe que j'ai constituée est forte de Catherine Bricard, d'Olivier Le Bret, d'Erik Van Laere – des « anciens » de Somalie, de Roumanie, du Kurdistan ou d'Afghanistan –, et de trois nouveaux sans grande expérience, mais qui feront de leur mieux, dont un médecin très capable, Philippe Podlecki. S'y ajoute un homme qui va beaucoup compter dans les expéditions à venir, le Papou Dixon Samuel Dike. Il va être pour moi ce qu'a été le sherpa Tensing Norgay pour Edmund Hillary au cours de la première ascension réussie de l'Everest : un compagnon indispensable, amical et d'une loyauté indéfectible. De ces hommes rares qui réconcilient avec tous les autres. Nous lui devrons beaucoup dans nos découvertes futures.

Dixon a vingt-cinq ans et appartient à une tribu côtière proche de Jayapura, la capitale de l'Irian Jaya. C'est là que je l'ai engagé comme « pisteur » après de longues recherches. C'est un véritable « jungle man » – comme il aime à dire sans fausse modestie –, de taille moyenne, les traits fins et intelligents, très solide physiquement et mentalement. Aucune fatigue ne le rebute, aucun effort ne l'effraie. Il est intrépide et prudent à la fois, imaginatif et sensible, toujours soucieux des autres avant lui-même ; et s'il porte un tel amour à la « jungle life », c'est parce qu'il y trouve une liberté perdue dans les villes.

Dixon parle un anglais correct et fait partie de ces Papous capables de faire progresser leur pays, mais tenus à l'écart des responsabilités par les Javanais qui gouvernent à Jakarta, la capitale de l'Indonésie. Les réflexes colonialistes de ces dirigeants ont fini par provoquer la naissance d'un mouvement papou de libération armé, l'OPM. Mais Dixon se tient à l'écart de ces turbulences politiques par méfiance instinctive. Il est tout en bas de l'échelle sociale et tente de gagner sa vie comme il peut en accompagnant des Occidentaux demandeurs de trekkings dans la vallée de la Baliem – cette région centrale où les autorités indonésiennes concentrent l'essentiel des touristes débarquant en Irian Jaya. Le reste du pays leur est pour une large part interdit, soumis à des autorisations spéciales de voyage, rarement accordées pour des raisons de sécurité. En obtenir pour une exploration comme la nôtre aurait été illusoire. Pour cette raison, toutes nos expéditions se feront sans permissions officielles – et sans que nous ne rencontrions jamais le moindre uniforme pour nous contrôler tant ces territoires demeurent ignorés.

Quand j'ai demandé à Dixon : « Êtes-vous prêt à aller dans des zones inconnues ? Et sans que les autorités le sachent ? », il m'a répondu : « Tout de suite. »

Nous nous sommes immédiatement entendus.

Pour notre première expédition, nous tentons l'approche de la « vallée perdue » par les basses terres de l'Est où se déploient le grand fleuve Rouffaer et ses rives insalubres. Nous remontons d'abord avec des pirogues à moteur une rivière sans nom officiel que les tribus locales appellent Kihiri ; nous supposons qu'elle est le prolongement de la rivière qui, beaucoup plus haut, coule dans la vallée perdue – intuition qui se révélera exacte.

La Kihiri est assez large et ses eaux limoneuses serpentent au milieu de la forêt vierge comme dans un corridor tortueux. Les grappes de chauves-souris frugivores qui pendent aux hautes branches des arbres s'envolent en essaims criards à notre approche, des poissons argentés sautent en frétillant devant l'étrave des pirogues, nous ne rencontrons personne.

Bientôt, nous parvenons aux limites des terres administrées par les Indonésiens. Les premiers villages papous incontrôlés apparaissent, faits de cases aux toits de chaume, généralement dressées à plusieurs dizaines de mètres des berges tant celles-ci sont boueuses et impraticables. Des arbres géants aux troncs criblés de flèches sur vingt ou trente mètres de hauteur nous accueillent en lisière de ces villages, vestiges de récentes cérémonies rituelles consacrées au culte des morts et à l'apaisement des esprits.

Après avoir traversé les minuscules territoires des tribus Edopi et Kirikiri, nous parvenons chez la dernière tribu recensée sur ce fleuve : les Fayu. Ils sont réputés pour leur caractère belliqueux et les expéditions militaires qu'ils mènent chez leurs voisins. Leur village principal se situe à la limite extrême atteinte par les missionnaires protestants dans leur progression évangélique. Ils l'ont appelé Dua. Plus loin vers l'ouest, c'est l'inconnu – tout comme vers le nord, d'ailleurs, où les Fayu prétendent que se trouvent leurs pires ennemis, les cannibales Sahudate…

Dès qu'ils nous aperçoivent, ces Fayu nous accueillent par des parades guerrières dignes des premiers âges de l'exploration : peinturlurés et vociférant, couverts de parures de plumes, les oreilles et les nez traversés d'ornements divers, ils brandissent arcs et flèches à bout de bras, allant et venant en courant d'un bout à l'autre de la place de leur village, s'arrêtant à chaque extrémité pour scander à pleine poitrine des chants gutturaux particulièrement impressionnants. Ils sont une bonne cinquantaine à hurler ainsi, tout en frappant le sol du pied en cadence.

Les missionnaires qui ont effectué le premier contact avec ces Papous quelques années auparavant seulement ne sont pas installés à demeure dans le village, tant il est éloigné de tout. Ils n'y viennent que par intermittence et aucune trace de leur passage n'est visible au premier abord. Ces missionnaires sont de drôles de gens. Américains ou Allemands pour la plupart, ils consacrent leur vie à apprendre la langue d'une tribu afin de pouvoir traduire la Bible à ses membres – parfois pas plus de trente personnes –, et bien que minés par les fièvres et le climat, ne renoncent jamais.

À Dua, ils ont laissé sur place un Papou christianisé des hautes terres dani. Il fait office de pasteur. Le malheureux semble aussi perdu que nous au milieu des Fayu et nous reçoit avec la joie d'un naufragé. Les Fayu le tolèrent par respect pour ses capacités à distribuer de temps à autre quelques couteaux ou du fil de pêche, mais pour le reste, lui font bien des misères, sa qualité de Papou comptant moins que la tare d'être étranger.

Dixon se charge d'expliquer nos intentions à ce pasteur inespéré : nous voulons poursuivre la remontée de la Kihiri au-delà du territoire fayu, le plus loin possible vers les montagnes. Pour cela, nous avons besoin d'une demi-douzaine de pirogues à faible tirant d'eau et d'une trentaine d'hommes comme pagayeurs. Nous paierons bien : en machettes, couteaux, sel et perles de couleurs. L'argent n'ayant pas cours ici, c'est tout ce qui intéresse les Fayu.

L'affaire est conclue en trois jours de palabres autour des feux.

Les Fayu sont d'humeur changeante et imprévisible, de surcroît grands amateurs de sorcellerie. Jeter des sorts à leurs ennemis par toutes sortes de procédés les occupe une bonne partie du temps ; comme raconter des histoires invraisemblables aussi bien sur leurs voisins cannibales Sahudate que sur ce qui existe en amont de la Kihiri. Ainsi, à la question de savoir ce que nous allons rencontrer au-delà de leur frontière, ils répondent par des récits manifestement sortis de légendes invérifiables. Au moins retenons-nous qu'à deux ou trois reprises du vivant de nos interlocuteurs, des hommes venus du haut de la rivière se sont aventurés sur leur territoire ; ils étaient plus petits qu'eux, portaient des étuis péniens et parlaient une langue inconnue ; ces hommes que les Fayu n'avaient jamais vus étaient en possession de nombreuses haches de pierre qu'ils semblaient vouloir échanger contre des arcs et des flèches. Habituellement, ces transactions commerciales intéressent les deux parties : les hommes des basses terres ne disposent pas de pierres adéquates pour la fabrication de haches et ceux des hautes terres manquent des arbres appropriés pour confectionner les meilleurs arcs. Cependant, les échanges ne s'étaient apparemment pas déroulés au mieux, et il y avait eu bataille. Mais nous avions peut-être avec ces histoires la première preuve que la vallée perdue était habitée.

Au cours de notre séjour à Dua, nous installons nos quartiers dans la case qui tient lieu de chapelle au pasteur Dani. Elle est suffisamment grande pour que nous puissions suspendre tous nos hamacs aux poutres du toit – et suffisamment solide pour résister à un assaut. Cet atout, que j'ai soigneusement considéré à notre arrivée compte tenu de la violence plus ou moins maîtrisée des Fayu, manque bien servir un après-midi.

Ce jour-là, un groupe d'hommes prétend prendre l'avantage sur un autre à propos de la répartition d'un lot de machettes fourni la veille par Dixon en gage d'amitié. La distribution n'a pas été effectuée par le pasteur Dani qui devait s'en occuper et les Papous ont décidé de s'en charger eux-mêmes sans plus attendre ; mais ils ne s'entendent visiblement pas sur le partage de cette manne providentielle.

Le temps que nous comprenions les raisons de l'agitation qui s'est emparée du village, les deux groupes de Fayu en sont déjà à se ranger en ordre de bataille de part et d'autre de la place. Nus et glapissant, ils ont leurs arcs décorés de plumes dans une main, des brassées de flèches dans l'autre, et s'apostrophent à qui mieux mieux dans un face-à-face prodigieux de sauvagerie. Je me demande comment tout cela va finir, lorsque soudain tous les regards se portent vers nous, qui sommes debout devant l'entrée de notre case depuis que tout cet émoi nous en a fait sortir. On semble nous attribuer quelque responsabilité dans l'affaire – à moins que les deux partis ne commencent à se dire qu'au lieu d'en venir aux mains, ils feraient mieux de rester alliés pour venir s'emparer directement chez nous de l'ensemble des trésors qui s'y trouvent.

Profitant de leur hésitation, nous nous barricadons dans la case, observant la suite des événements par les interstices des planches, prêts à toute éventualité. Notre manœuvre ramène les deux clans ennemis à leurs invectives réciproques et les premières flèches sont posées sur les arcs. Je sens que cela va mal finir. À cet instant, la masse des guerriers se déplace sur la droite, les uns avançant, les autres reculant, et ils atteignent bientôt l'extrémité de la place. Il est temps de faire quelque chose. Je dis à mes camarades : « Sortons et mettons-nous à gauche, tous en ligne ; dès qu'ils reviennent vers nous, on tire une salve de fusées au-dessus de leurs têtes ; il faut les disperser avant qu'ils ne s'entretuent. »

L'équipement de chacun d'entre nous comporte un lot de fusées de détresse, très petites mais très puissantes ; en certaines occasions, ces engins peuvent servir d'armes de dissuasion efficaces, surtout dans des parages où l'on n'a jamais rien vu de tel.

Quand la quarantaine de guerriers Fayu qui se trouve là voit passer sept traits de lumière incandescente au ras de leurs parures de tête, c'est la débandade. En quelques secondes, tous se jettent en glapissant sous la protection de la jungle et disparaissent sans demander leur reste.

Le pasteur Dani accourt alors dans des cris de remerciements affolés. Nos machettes étaient bien à l'origine du différend, mais il n'a rien pu empêcher. Il se lamente : ces Fayu sont des gens terribles… Nous le calmons : tout devrait finir par s'arranger avec un peu de palabre. À lui de s'en occuper.

De fait, nos amis Fayu réapparaissent dans le village le lendemain et le pasteur Dani parvient – quoique avec beaucoup de mal – à les convaincre de revenir à de meilleurs sentiments entre eux. La réconciliation se fête autour de quelques cadeaux supplémentaires que nous octroyons pour l'occasion. Mais désormais, nous nous chargerons nous-mêmes de la répartition des futurs paiements en nature. Nos objets provoquent une convoitise par trop démesurée chez ces Papous surexcités. Au point de les pousser les jours suivants à venir nous voir en catimini et à tout moment pour quémander des couteaux, des perles de couleurs et surtout des briquets – dont la flamme les fascine. En échange, ils proposent tout ce qu'ils possèdent. Pour ne pas leur déplaire, nous répondons à ces demandes incessantes, et des brassées d'arcs, de flèches et de parures finissent par s'entasser dans notre case à un point inimaginable. Nous ne savons plus où les mettre. J'en viens à être effrayé par l'insouciance avec laquelle ces hommes se débarrassent de leur culture pour tenter d'adopter la nôtre – à tout le moins ses objets. Si telle était notre intention, nous pourrions vider le village et en un tournemain vêtir ces hommes de pantalons et de chemises. Je n'ai jamais vu cela – et ne le verrai nulle part ailleurs à ce point. Mais je me garde de tout jugement précipité. Que ferais-je si j'étais Fayu après tout ?

41

Par un beau matin brumeux de mars 1994, nous quittons Dua pour entreprendre la remontée de la rivière Kihiri en direction de la vallée perdue. Outre nous-mêmes, l'expédition comporte maintenant une trentaine de Fayu montant une demi-douzaine de pirogues dans lesquelles nous avons transbordé l'ensemble de nos sacs. Il y en a quasiment un par homme et ils contiennent tout le matériel requis pour de longs mois d'isolement, nourriture comprise – sous forme de pâtes et de riz exclusivement. Les repas seront invariables, mais il faudra s'en satisfaire, ces deux aliments de base constituant le meilleur rapport poids-calories sous ces latitudes. Avec quelques condiments supplémentaires pour varier les goûts – et pour le luxe, thé, café et sucre –, nous devrions tenir le temps nécessaire.

Les deux premiers jours se passent sans histoires notables. La Kihiri se rétrécit au fur et à mesure de notre progression, mais nos innombrables coups de pagaie résonnent entre les deux murailles végétales de la rivière sans provoquer autre chose que l'envol de myriades d'oiseaux multicolores. Le soir, nous bivouaquons sur les berges, installant nos hamacs entre les arbres ; les Fayu construisent à la hâte de petites plates-formes de bois pour s'isoler du sol et se roulent en boule dessus, serrés les uns contre les autres.

Puis les courbes de la rivière se font de plus en plus

nombreuses, leurs angles de plus en plus aigus, et des rochers finissent par apparaître dans son lit. Enfin, au troisième jour, nous nous heurtons à des rapides. Nous sommes au pied des montagnes. L'entrée de la vallée perdue ne doit plus être très éloignée.

Désormais, nous avons pied partout et naviguer à la pagaie se révèle de plus en plus ardu. Nous avançons encore, mais bientôt il devient impossible de contrer les remous bouillonnants qui grondent devant l'étrave des pirogues. À plusieurs reprises, elles manquent se retourner devant la puissance du flot et jeter au désastre une bonne partie de notre équipement. L'inquiétude grandit parmi nous tandis que les Fayu s'esclaffent de ces péripéties sans conséquences pour eux ; ils s'amusent de tout, s'éclaboussent les uns les autres, rient et s'interpellent à tout propos. À l'évidence, nous sommes pour eux une occasion inespérée de distraction.

Afin d'éviter de nous retrouver nus avant même d'entamer l'exploration de la vallée perdue, nous décidons de cesser toute navigation et de longer les berges en poussant nos pirogues à pied. Le procédé est plus sûr, mais nous voilà maintenant trempés en permanence.

Tant bien que mal, nous progressons une journée ainsi, dans le flux de moins en moins clément de la Kihiri ; nous devons parfois la traverser d'un bord à l'autre, de l'eau jusqu'à la poitrine, nous tenant les uns les autres pour ne pas être emportés par le courant.

C'est alors que nous apercevons nos premiers crocodiles ; lourds et massifs, ils s'écartent placidement à notre approche et disparaissent dans l'ombre des sous-bois les plus proches, quelquefois dans la rivière elle-même. Les varans et les kangourous arboricoles qui croisent notre route ont moins de chance ; aussitôt fléchés par les Papous, ils finissent dans nos gamelles pour améliorer l'ordinaire du soir. C'est mieux que rien, mais en la matière, j'ai quelque nostalgie de l'Amazonie ; chez les

Macuje du haut Otavella, il m'arrivait de ramener en une nuit de chasse trois ou quatre caïmans et presque autant de cochons d'eau – auxquels pouvait s'ajouter un tapir. Avec mon fusil, il y avait de quoi nourrir le clan pendant une semaine. Ici, pour la troupe nombreuse que nous constituons, notre butin sert à peine de dessert. Et nous ne disposons d'aucune arme de chasse, les Indonésiens interdisant aux étrangers d'en posséder.

Un peu plus tard, nous laissons sur notre droite deux petits affluents aux eaux claires que les Fayu appellent To et Totakolo. C'est au bord de ce dernier que nous dressons un soir le « camp des crevasses » – ainsi nommé en référence aux premières plaies qui ravinent nos pieds constamment mouillés. Derrière ce petit affluent se profilent les premiers reliefs des montagnes qui barrent l'accès de la vallée perdue. Nous sommes très excités par ce qui nous attend.

C'est ce moment que choisissent les Fayu pour nous faire comprendre qu'ils ont décidé de rentrer chez eux dès le lendemain avec leurs pirogues. Nous leur avions dit vouloir aller le plus loin possible et, à leurs yeux, ce plus loin possible est atteint puisque nous sommes aux frontières de leur territoire. Quoi que fasse Dixon pour les convaincre et quel que soit le supplément de cadeaux que nous proposons, ils refusent d'avancer d'un pas de plus. Notre insistance accentue la peur sur tous les visages. Les Fayu n'ont jamais remonté plus haut la Kihiri et l'inconnu qui nous attire tant est ce qu'ils redoutent le plus.

À l'aube du matin suivant, tout est consommé : nos piroguiers se replient vers leur village dans de grands cris de joie et nous laissent seuls sur la berge de la Totakolo avec tous nos sacs.

Il n'y a plus qu'à continuer sans eux.

Mais comment faire ? Sans embarcation, la vallée perdue n'est plus accessible par la rivière. Restent les montagnes. C'est le seul chemin praticable maintenant. Il va falloir les escalader malgré le fouillis de jungles épaisses qui les couvre – c'est-à-dire tracer une route à la machette dans cet univers particulièrement hostile –, et une fois les sommets atteints, redescendre vers la vallée, en espérant qu'elle ne soit pas précédée de replis montagneux trop nombreux. Dans le cas contraire, ce sera un calvaire.

Et c'est très précisément ce qui va se passer.

En trois rudes journées de labeur, nous construisons d'abord un camp de base sur la rive gauche de la Totakolo : solide carbet pour les hamacs, hutte de branchage pour la cuisine, abris de rondins pour nos matériels, sol bien débroussaillé et damé. Ce camp n'est pas grand-chose, mais il recrée pour nous un univers connu au milieu d'un monde inconnu. Nous le baptisons « Bernardville » en hommage à notre camarade Wolfrom qui assure la base arrière de l'expédition à 15 000 kilomètres de là – comme il l'avait fait pour moi cinq ans plus tôt à l'époque du raid papou.

Tous ces jours, je me sens heureux ; les difficultés auxquelles nous sommes exposés, l'isolement extrême qui est le nôtre, la rudesse de notre vie quotidienne, toutes les choses dangereuses dans lesquelles nous sommes entrés en quittant la chaude sécurité de notre société occidentale, ne sont pas des angoisses existentielles ou des craintes physiques, mais leur exact opposé : elles sont le moyen d'être nous-mêmes. Plus précisément : sujets de nous-mêmes. Ici, nous sommes responsables et libres, débarrassés du monde extérieur et de son carcan étouffant de règles pointilleuses, de normes tatillonnes, d'obligations innombrables et infantilisantes, débarrassés de son assistanat et de ses prises en charge obligatoires ; nous sommes loin de tout ce qui empêche d'être et d'agir par refus du risque, par volonté de protection, par désir de sécurité à tout prix.

En vérité, je respire… Et je trouve que le prix à payer pour cette libre respiration est peu de chose.

Le camp de Bernardville doit nous servir de base de départ pour nous lancer à l'assaut des montagnes. Pas question d'y aller en direct comme si nous étions une expédition légère. Les trente Fayu qui auraient dû faire office de porteurs dans une situation de ce genre laissent trente sacs derrière eux et nous ne sommes plus que huit. Il va non seulement falloir tracer un chemin dans la jungle, mais acheminer tous ces sacs dans d'incessants allers-retours. Ce qui nécessitera la construction de camps intermédiaires aux flancs mêmes des montagnes. Nous disposons d'assez de vivres pour que l'affaire soit jouable si nous tenons le coup physiquement.

L'entreprise, hélas, se révèle vite effroyable. La jungle est épaisse comme jamais et la pente des montagnes de plus en plus roide au fur et à mesure de notre avance. Chaque matin, nous lançons quatre hommes à l'assaut de ces obstacles et laissons les autres au repos dans le camp. Nous progressons de cette manière quatre semaines durant si ma mémoire ne me trompe pas. Quatre semaines d'enfer : il ne cesse de pleuvoir, nous devons tailler à la machette d'une main en nous tenant à la végétation de l'autre pour ne pas tomber en arrière, les pieds jamais à plat, et très vite attaqués par des parasites que Dixon appelle des *nandaros* ; ces damnés ennemis, parfaitement inattendus, mettent nos chairs à vif mieux que si nous les frottions au papier-émeri ; chaque pas devient une souffrance. Et la nuit, nous devons installer nos hamacs sur des pentes si fortes que nous ne trouvons plus aucun arbre digne de ce nom pour les y accrocher. Nous suspendons nos couchages entre des troncs si maigres qu'ils deviennent élastiques sous nos poids – et si nous bougeons trop dans notre sommeil, tout s'écroule au milieu de la nuit dans un décourageant bruit de feuillages écrasés.

D'après mes calculs, nous parcourons à peine un kilomètre par jour en moyenne, malgré dix à douze heures d'efforts quotidiens. Pour la première fois, je suis équipé d'un GPS, mais ceux de cette époque nécessitent un large espace à découvert au-dessus d'eux pour être efficaces ; ce qui est rarement le cas ici. Les quelques points de localisation que nous parvenons à effectuer confirment notre faible avance, si ce n'est notre position exacte vers la vallée puisque les cartes disponibles sont faites uniquement de taches blanches agrémentées de quelques pointillés.

Néanmoins nous avançons puisqu'il n'y a pas d'autre choix. Et sur ce chemin de croix, nous réussissons à construire deux autres camps intermédiaires où nous transportons peu à peu nos matériels.

C'est alors que nous vient une récompense bienvenue. Un jour, tandis que j'ouvre la route à coups de machettes, Dixon qui se trouve derrière moi et à l'œil à tout me désigne quelque chose à une dizaine de mètres sur ma droite, légèrement en hauteur.

« Patrice, regarde », me souffle-t-il, excité.

Je tourne la tête dans la direction indiquée et aperçois avec stupéfaction un crâne humain qui, de loin, me regarde de ses orbites vides ; il est disposé sur une claie de bois à demi en ruine dans les branchages d'un arbre : une sépulture aérienne… Catherine sur nos talons, nous approchons avec précaution et restons longtemps à contempler cette sépulture, emplis d'émotion. Elle est manifestement ancienne, mais il est certain désormais que des hommes ignorés du monde extérieur vivent dans la vallée perdue. Les cartes ethnologiques de cette région sont à corriger. C'est une première découverte.

Nous nous demandons qui peut bien être l'homme mort

ici en pleine jungle, et dont le corps a connu les rituels funéraires de son peuple. Était-ce l'un des Papous venus troquer des haches de pierre avec les Fayu ? Ce ne serait pas impossible. Mais à quelle tribu peut-il appartenir ? Une tribu encore inconnue ? Un clan isolé mais lié à une tribu répertoriée dans les territoires adjacents ? Nous le saurons si nous poursuivons jusqu'au bout.

Nous repartons en sachant que désormais nous pouvons nous attendre à rencontrer des hommes.

Hélas, deux semaines après cette découverte, l'état physique de plusieurs de mes camarades s'est tellement dégradé que je dois me résoudre à une décision douloureuse : l'arrêt de cette première expédition. Je n'ai pas le choix. Nous sommes encore très loin de voir la fin de nos efforts et sur les huit membres de l'équipe, quatre sont hors d'état de continuer – et au repos dans l'un ou l'autre de nos camps. Je peux encore compter sur Podlecki, notre médecin, Catherine qui tient parfaitement le choc, et naturellement Dixon que rien ne décourage. Mais plutôt que d'épuiser ces dernières réserves, je crois nécessaire de les utiliser pour rapatrier à bon port malades et blessés avant que l'état de certains ne se détériore définitivement. Ensuite, je reviendrai.

En un éreintant retour vers la Kihiri, nous transportons – plutôt que nous ne ramenons – tous nos camarades et tous nos sacs à Bernardville, dans une succession de voyages dont je préfère ne pas me rappeler le nombre. C'est une retraite en bon ordre, mais une retraite tout de même, et elle me laisse un goût d'amertume.

C'est à l'occasion de cette épreuve que Dixon se révèle pour ce qu'il est : l'un des hommes les plus estimables que j'ai rencontrés dans ma vie. Malgré son propre épuisement et ses pieds terriblement abîmés, il se donne avec abnégation à cette mission de sauvetage, consacrant toutes ses forces à aider des hommes qu'il ne connaissait pas deux mois plus tôt et dont il pouvait se dire qu'il ne les reverrait jamais. Tout cela sans une plainte, sans un mot de trop, avec une rare élévation d'âme.

Parvenu à Bernardville, nous gonflons les deux canots de survie dont nous disposons et, toujours accompagné de Dixon, je me lance sur la Kihiri pour retourner en territoire fayu ; il s'agit maintenant de chercher les pirogues nécessaires au retour de nos compagnons.

Une nouvelle aventure commence pour Dixon et moi ; et c'est certainement à partir de là que nous devenons amis, dans cette navigation échevelée où nous manquons cent fois crever nos canots sur les rochers ou au milieu de la végétation des rives, portés par le flux descendant de la rivière.

Au second jour, nous avons la surprise d'apercevoir derrière une courbe de la Kihiri une longue procession de pirogues montant vers nous comme une expédition guerrière. Des dizaines de Fayu sont à leur bord et pagaient de toutes leurs forces dans le courant avec des han de bûcherons, nus, scintillants de sueur et d'eau, coiffés de toutes leurs parures : une vision farouche qui nous transporte de joie. Nous reconnaissons nombre d'hommes parmi eux ; nous voilà presque au bout de nos peines.

En nous découvrant à leur tour, les Fayu se mettent à scander leurs habituels hululements de bienvenue rythmés par des halètements rauques et puissants venus du plus profond de la poitrine, frappant en cadence du dos de leurs arcs les plats-bords des pirogues.

Que font-ils là en si grand nombre ? Bientôt, nous élongeons les pirogues avec nos canots, nous tenant les uns aux autres pour ne pas être emportés par le courant, et ils nous font comprendre par gestes, parlant tous ensemble, qu'après toutes ces semaines sans nouvelles de nous, ils s'inquiétaient de notre sort et avaient rassemblé tous les hommes disponibles pour venir voir ce que nous étions devenus. Sacrés Papous…

La suite est sans histoire. Après avoir récupéré nos camarades à Bernardville grâce aux pirogues des Fayu, nous revenons à Dua le surlendemain ; après quoi, nous rebroussons chemin vers Jayapura sur la côte nord de l'Irian Jaya où nous parvenons longtemps plus tard, mais sans plus de souffrances.

Nous sommes au début du mois de juin 1994.

Trois semaines plus tard, je suis de retour à Dua. De l'ancienne équipe, seul Dixon m'accompagne – ainsi que six porteurs que je lui ai demandé de recruter dans la tribu des Dani. Ces derniers vivent au cœur de la haute vallée de la Baliem et sont particulièrement accoutumés aux marches de montagnes ; pour ce qui nous attend, ils feront mieux l'affaire que des Fayu. D'autre part, ils parlent indonésien et nous pouvons nous comprendre pour l'essentiel.

Catherine Bricard et Philippe Podlecki auraient voulu être de cette deuxième expédition, mais j'ai préféré n'avoir que des Papous avec moi. J'ai décidé de changer radicalement de stratégie. Plutôt que de repartir avec une expédition bien équipée mais lourde et nombreuse, j'ai choisi d'aller aussi vite que possible en réduisant le matériel et la nourriture au strict minimum.

Un coup de cafard me prend néanmoins en retrouvant le camp de Bernardville : tant de choses de ma vie avec mes camarades se sont déroulées ici ! J'ai l'impression qu'ils vont surgir tout à coup de l'abri de la cuisine, une marmite à la main, ou de la forêt, les bras chargés de bois mort. Comme avant. Et tout est désert. Le seul compagnon qui demeure encore ici est un oiseau mystérieux qui nous a accompagnés tout au long de notre précédent séjour. Dès la tombée de la nuit, j'entends les cinq notes de son chant : do, do, sol, mi, mi. Des notes très douces, limpides et tristes. Dix-sept ans après, ma mémoire ne les a pas oubliées tant elles ont bercé mes nuits de cette époque. J'écoute, fasciné. En dépit de tous nos efforts, nous n'avons jamais réussi à apercevoir cet oiseau. À la moindre tentative d'approche, il s'enfuyait vers les cimes dans un frou-frou soyeux et invisible. Mais il revenait toujours. Et reprenait son chant dès que venait l'obscurité : do, do, sol, mi, mi… Ces cinq notes au-dessus de nos têtes, que nous retrouvions à chaque retour au camp, avaient fini par devenir comme ces lettres bienveillantes que des amis lointains mais fidèles vous envoient régulièrement malgré l'écoulement du temps.

Je chasse mes pensées mélancoliques en me concentrant sur quelque chose de beaucoup moins réjouissant : l'usant combat auquel nous obligent les sangsues. Sur la haute Kihiri, ces bestioles constituent une gêne quotidienne. La région en est infestée. À peine perçoivent-elles les vibrations de nos pas qu'elles quittent le sous-bois où elles guettaient en embuscade pour se diriger vers nous de tous les côtés à la fois, comme si un général guidait leurs pas. Elles forment une armée vorace et peu ragoûtante de limaces démoniaques en quête de sang frais. Pour nous en défendre, Dixon et moi utilisons nos briquets ; à leur échelle, ils sont comme des lance-flammes : les sangsues grillent par dizaines et nous les refoulons rang après rang ; mais quelques-unes échappent toujours au massacre ; et l'on se réveille le matin avec ces saletés accrochées un peu partout sur le corps, pareilles à de petits morceaux de réglisse, gorgées de notre sang. Il est alors facile de les tuer, mais il y a comme un dégoût irrépressible à sentir leur viscosité sous les doigts.

À l'aube, nous repartons. En trois jours de marche sur le sentier ouvert pendant le mois précédent, nous atteignons notre dernier camp intermédiaire, celui de « Martineville », simple espace débroussaillé au bord d'un cours d'eau torrentueux ; il y a tout juste un abri de branchages sous un toit de forêt vierge si épais que même en pleine journée il y fait aussi sombre que dans des catacombes, mais c'est mieux que rien. Au moins, il est situé dans ce que j'espère être l'un des ultimes replis montagneux avant la vallée perdue elle-même.

À partir de là, les vrais efforts commencent ; il faut à nouveau tracer un chemin, monter et descendre à n'en plus finir, machette à la main, visage et bras sans cesse lacérés par la végétation, dormant là où la nuit nous surprend. Quand nous le pouvons, nous suivons le tracé des innombrables torrents qui irriguent ces massifs, pataugeant dans leurs eaux limpides pour gagner un peu de terrain et économiser nos forces.

Et puis, par l'un de ces hasards providentiels de la fortune, nous débouchons un beau matin sur un véritable sentier qui croise notre propre route… À en juger par son état et la coupe des branchages, il est relativement récent. J'en crierais presque de joie. Il est certain maintenant que des hommes habitent cette région. J'espérais quelque chose de ce genre depuis la découverte de la sépulture aérienne, mais ce sentier me semble davantage que cela : comme une preuve vivante que nous approchons du but. Nous décidons de le suivre.

Nous avançons deux journées ainsi. Bien plus vite que nous ne l'avons jamais fait. Au troisième jour, le sentier nous fait redescendre sur un flanc de montagne plus dégagé. Bientôt, nous apercevons très loin sous nos pieds les eaux sombres d'une rivière. Ce ne peut être que la Kihiri… Nous avons enfin atteint le bas de la vallée perdue. Cette fois, c'est un bonheur empli de soulagement qui s'installe en moi, d'autant plus doux que je commence à me sentir envahi par un mélange de lassitude mentale et de fatigue physique après tous ces mois d'efforts. Ce succès tombe à point nommé ; j'y puise de nouvelles forces. Il n'y a plus qu'à remonter la vallée par les hauteurs où nous nous trouvons ; fatalement nous finirons par rencontrer les hommes qui l'habitent.

Dixon ne montre aucune appréhension particulière à la perspective d'effectuer un premier contact avec des Papous inconnus, mais les six Dani sont bien plus réservés ; je vois croître leur inquiétude au fur et à mesure de notre progression, et elle devient palpable lorsque le sentier nous mène à une hutte de chasse en forme d'énorme ruche ronde installée dans les contreforts d'un arbre. Les Dani s'agitent en tous sens, la mine soucieuse. Mais il n'y a toujours personne nulle part ; Dixon me dit qu'à son avis, les hommes de ce pays nous ont repérés depuis longtemps et nous surveillent de loin, sûrement effrayés.

Nous en avons la preuve le lendemain lorsque le sentier débouche cette fois sur un hameau de quelques cases absolument vides. Les cendres sont encore chaudes dans les foyers. On a fui à notre approche.

J'examine attentivement ce hameau ; il est semblable à ce que l'on trouve dans les tribus montagnardes isolées. Les cases sont petites, rondes ou carrées, faites de planches grossièrement taillées par des outils rudimentaires : haches de pierre ou résidus d'anciennes haches de fer. Les toits sont en chaume et il n'y a nulle trace d'objets venant du monde extérieur.

Ce soir-là, nous bivouaquons à deux cents mètres du hameau après avoir disposé à l'entrée quelques offrandes faites de couteaux et de colliers de perles. Je m'endors dans mon hamac avec une sombre excitation : sans doute celle qui habitait les explorateurs d'autrefois lorsqu'ils touchaient enfin à l'inconnu après avoir été entraînés au bout du monde par la fascination des mondes oubliés.

Mais à l'aube, nous retrouvons nos cadeaux à leur place exacte. Personne ne s'en est approché, les Papous ne sont pas revenus. Je ne ressens aucune déception : le contact se fera plus tard et voilà tout. Je suis confiant désormais. Nous plions bagage et poursuivons lourdement notre route vers le haut de la vallée, nos sacs sur les épaules.

C'est au cours d'une halte sur une crête si étroite que nous y tenons à peine assis à nous huit que je connais le premier tremblement de terre de ma vie. D'un coup, alors que nous tentons de rouler du tabac dans du papier à moitié trempé par la sueur et la pluie, la crête se met à osciller avec une telle force que je la crois prête à se disloquer ; nous bondissons sur nos jambes, lâchant tout et nous demandant que faire, lorsque le phénomène s'arrête aussi subitement qu'il avait commencé. Les Dani qui ont coutume de voir trembler la terre dans leur haute vallée parlent de mauvais sort et se mettent à discourir entre eux à toute vitesse, les visages anxieux ; je préfère ordonner le départ sans plus attendre. Nous fumerons plus tard.

Bientôt, le sentier cesse de suivre le flanc de la montagne en ligne droite et se met à zigzaguer de haut en bas pour nous ramener finalement aux berges de la Kihiri après une interminable descente. Pour la première fois depuis Bernardville, nous pouvons nous abreuver dans ses eaux. Nous sommes sur sa rive gauche et elle coule avec moins de furie qu'elle ne le faisait plus bas. À cet endroit, la forêt est aussi moins épaisse et laisse même la place à quelques clairières où il est plus aisé d'installer nos bivouacs et de faire du feu.

Les jours suivants, les traces de vie humaine se multiplient. Nous trouvons encore un hameau vide, des huttes de chasse, et des sentiers qui croisent le nôtre. En d'autres circonstances, dans des lieux aussi visiblement habités, nous aurions déjà rencontré beaucoup de monde. Les habitants continuent de nous fuir, vraisemblablement inquiets sur notre origine et nos intentions. Je regrette maintenant l'absence de Catherine. Car pour des Papous, une colonne d'hommes ne peut avoir d'intention belliqueuse si elle est accompagnée de femmes. Dans le cas contraire, une attaque est à craindre.

La nuit dans mon sommeil, j'imagine que des dizaines de paires d'yeux mystérieux, cachés dans la jungle et apeurés, observent en silence les êtres étranges que nous sommes. Moi le premier ; car dans nombre de tribus papoues, il est d'usage de croire que les esprits des hommes qui reviennent du pays des morts ont la peau blanche. Les récits des explorateurs des décennies précédentes sont emplis de témoignages où les Papous qui les accueillaient croyaient avoir affaire à leurs propres ancêtres retournant vivre chez eux.

Un matin, alors que le sentier nous a ramenés sur les berges de la Kihiri, nous tombons nez à nez avec un pont de liane qui traverse la rivière sur une bonne cinquantaine de mètres. Le spectacle de ce pont, venu du fin fond de la préhistoire, a quelque chose d'intensément sauvage. Je n'aurais jamais cru pouvoir en admirer un dans ma vie ; je suis très ému par ce témoignage d'un autre temps quand je songe que les hommes qui l'ont érigé vivent encore.

Je prends le parti d'établir un campement dans une clairière proche et d'envoyer quelques hommes en reconnaissance de l'autre côté du pont. Dixon désigne deux des Dani – les plus intrépides à ses yeux –, et ils partent aussitôt leurs couchages installés. Ils traversent le pont prudemment, l'un après l'autre, se tenant solidement au montant supérieur de l'ouvrage, fait d'une liane grosse comme l'avant-bras, et avançant les pieds de côté sur le montant inférieur, d'un diamètre à peu près identique. Ces deux lianes constituent l'armature principale du pont et sont accrochées à de gros arbres sur chaque rive ; un tressage complexe de lianes plus petites les maintient à environ deux mètres l'une de l'autre. Plus que d'un pont, il s'agit d'une sorte de filet vertical le long duquel il faut progresser en s'y collant littéralement. Et dessous, la rivière mugit sourdement parmi les rochers.

Vers la fin de l'après-midi, les deux hommes sont de retour ; ils débouchent au milieu du bivouac en courant presque, très nerveux, parlant à toute vitesse, agitant leurs mains en direction des hauteurs de la vallée. À ce que Dixon et moi comprenons, ils ont marché longtemps dans cette direction et ont fini par apercevoir de nombreux guerriers aux abords d'un village ; ils étaient armés, l'air vindicatif, les visages parés d'ornements d'os, et ont refusé tout contact, mimant sur place une danse guerrière pour les engager à rebrousser chemin. « Ce sont de vrais sauvages, s'exclament les deux éclaireurs. Il faut repartir, ils vont nous tuer… »

Que nos Dani, à peine sortis du néolithique, traitent d'autres Papous de sauvages me laisse songeur un long moment ; mais je m'en amuse beaucoup moins lorsque après un court conciliabule, ils prennent tous les six la décision de repartir sur-le-champ vers le bas de la vallée. Ils ont trop peur. J'ai l'impression que tout recommence comme avec les Fayu quelques mois plus tôt…

« Dixon, dis-leur que je double la paie ! »

Dixon leur parle. Et revient vers moi : « Ils prétendent que ce n'est pas une question d'argent. Ils pensent que s'ils avancent encore, ils vont mourir. C'est tout. »

Je réfléchis un instant. À l'évidence, je ne les ferai pas changer d'avis. Ils craignent trop pour leur vie et je peux les comprendre. Leurs motivations ne sont pas les miennes.

« Qu'en penses-tu, Dixon ?

– Moi, je viens avec vous. On peut y aller à deux.

– Alors, parlons encore avec les Dani. Nous avons besoin de leur aide pour rapporter les sacs. »

Une longue soirée de palabres commence autour du feu ; finalement, nous tombons d'accord sur le plan suivant, âprement négocié : à l'aube, Dixon et moi franchirons le pont avec des sacs très légers pour remonter le long de la vallée et tenter un contact avec les Papous inconnus. Les porteurs resteront deux jours au bivouac à nous attendre. Passé ce délai, ils seront autorisés à abandonner les sacs sur place et à repartir vers le territoire Fayu, nous laissant nous débrouiller seuls.

À tout prendre, c'est mieux que rien.

Deux jours pour réussir…

42

Non sans crainte, je franchis le pont de liane après que Dixon m'a précédé. Nous avons décidé d'y aller l'un après l'autre, car sous nos poids conjugués, l'ouvrage balançait terriblement et craquait de toute part.

Parvenu au milieu du pont, je m'arrête un instant, observant avec une joie sauvage l'eau bouillonnante qui défile sous mes pieds une quinzaine de mètres plus bas. Le spectacle est fantastique : je suis au bout du monde comme je ne l'ai jamais été sans doute. Alors, en dépit des risques et de l'inconfort de la situation, malgré toutes les incertitudes qui m'attendent, juché sur ce pont de liane au beau milieu de la forêt vierge, je me sens en quelque sorte déjà récompensé de tous mes efforts ; c'est un sentiment étrange, tout empli de solitude. J'ai du mal à m'en arracher et à poursuivre mon avance hésitante, la grosse liane sous mes pieds ne cessant de vibrer.

Enfin, je suis de l'autre côté.

Le sentier continue sur la rive droite et longe un moment la rivière avant de replonger dans les montagnes. Nous grimpons toujours, Dixon devant, moi derrière. « C'est mieux comme ça, m'a-t-il dit dès le départ ; les hommes que nos porteurs ont vus hier sont cachés quelque part, c'est sûr, et ils nous regardent ; ils auront moins peur si un homme noir marche devant. »

Nous avançons toujours. À ce que je peux en juger,

nous devons être maintenant dans le quart inférieur de la vallée ; les flancs de la montagne s'adoucissent d'ailleurs avec l'altitude et tout indique que nous avons quitté la terrible âpreté des piémonts. Il fait beau et le soleil est revenu après plusieurs journées de pluies torrentielles.

Tout à coup, la forêt laisse la place à une vision de douce humanité : des champs bien ordonnés où poussent des plants de taros et de patate douce. Un village est tout proche ; certainement celui qu'ont atteint nos deux Dani la veille. Nous nous arrêtons devant ce spectacle si commun dans les hautes vallées de Nouvelle-Guinée, mais si étonnant ici. Autour de nous, les paysages sont presque bucoliques et le vent glisse sur eux avec une douce mélancolie. Mais toujours pas âme qui vive.

Nous restons un long moment assis sans parler, observant les environs. Maintenant que le premier contact avec les Papous inconnus de cette vallée ne fait plus de doute, je suis partagé entre crainte et excitation. Comment tout cela va-t-il finir ? Ces hommes du bout du monde, dont j'attends la rencontre depuis la découverte de la sépulture aérienne de l'un d'eux, se montreront-ils belliqueux ou, plus vraisemblablement, pacifiques pour peu que nous leur prouvions nos bonnes intentions ? J'ai beaucoup réfléchi à l'identité possible de ces Papous. À mon avis, il doit s'agir d'une petite tribu qui, confrontée depuis toujours à des voisins plus puissants et expansionnistes, a été repoussée de siècle en siècle vers des territoires de moins en moins accessibles, jusqu'à aboutir dans ces piémonts inhospitaliers. Cette vallée perdue est une zone refuge : ses habitants ne doivent guère être agressifs. Au surplus, ils devraient avoir moins peur maintenant qu'ils ne voient plus que deux étrangers pénétrer chez eux.

Nous repartons, longeant la bordure des champs, montant toujours. Au bout d'un temps très bref, nous parvenons aux abords du village ; nous apercevons celui-ci au-dessus de nous, dissimulé au milieu d'arbres assez grands ; il est précédé en contrebas par une place de terre battue où se dressent deux cases en vis-à-vis. Tout est désert.

Parvenu sur la place, je dis à Dixon :

« On a assez marché comme ça… Il faut essayer d'obtenir un premier contact ici ; on va rester devant ces cases aussi longtemps que nécessaire.

– Oui, me répond-il, aussi harassé que moi. Ils vont finir par venir voir ce que nous voulons et qui nous sommes. Ils ne peuvent pas rester sans rien faire. »

Nous nous asseyons devant l'une des cases. Par la porte ouverte, j'aperçois des couteaux de pierre posés près d'un feu, et des arcs passés dans le treillis de branchages qui fait office de rangement sous le toit. Les panneaux de feuilles recouvrant ce dernier ont pris la couleur du cuivre sous l'effet de la fumée, comme lustrés par un enduit huileux.

Les heures s'écoulent et rien ne se passe. De temps à autre, il me semble voir bouger les feuillages alentour, mais ce doit être un effet de mon imagination. Le soleil bascule doucement à l'ouest. Par chance, la pluie ne s'est pas remise à tomber.

Tout à coup, un Papou surgit sur le talus qui surplombe les deux cases. Il est à une vingtaine de mètres au-dessus de nous. Je n'oublierai jamais cette apparition, les jambes vaguement arquées de cet homme, sa petite taille, l'os très court passé dans son nez, le grand arc qu'il tient d'une main et la poignée de flèches qu'il brandit de l'autre – et surtout son regard inquiet sous de fortes arcades sourcilières.

L'apparition se met à sautiller quelques secondes d'une jambe sur l'autre, puis en courant, disparaît derrière le talus.

Je ne saurai jamais ce que cet « éclaireur » a pu raconter à ses frères postés dans le village, mais une minute ne s'est pas écoulée qu'il réapparaît accompagné d'un second Papou ; celui-là est plus âgé, la tête recouverte d'un filet de fibres tressées. Les deux hommes portent maintenant leurs arcs et leurs flèches dans une seule main : c'est un signe de paix, semble-t-il. Ils paraissent hésiter un instant puis se décident à descendre lentement vers nous, leur main libre tendue en avant comme pour nous saluer, le corps légèrement plié en deux, leurs yeux ne cessant d'aller de Dixon à moi. Ils poussent des sortes de glapissement d'accueil, je souris autant que je peux pour leur inspirer confiance.

Quand ils sont tout proches, je pose un genou en terre et leur tends les colliers de perles et les parures de plumes que j'ai préparés pour l'occasion. Les deux Papous s'arrêtent médusés ; puis, une fraction de seconde plus tard, ils font un dernier pas en avant, s'emparent des cadeaux sans toucher mes mains, et font aussitôt un pas en arrière ; ils se mettent à examiner ce qu'ils viennent de récupérer, parlant à toute vitesse entre eux ; ils semblent fascinés par les couleurs vives de ces perles et de ces plumes, ces couleurs si rares dans la jungle. Finalement, ils placent les plumes sur leurs têtes, les colliers autour de leurs cous, et se regardent l'un l'autre comme dans un miroir.

Sur ces entrefaites, six ou sept autres Papous surgissent sur le talus. Ils ne bougent pas, leurs arcs à la main ou passés sur les épaules, l'air de surveiller le bon déroulement des événements. Tous sont jeunes, les visages décorés d'ornements.

Maintenant, les deux Papous qui me font face rient sans plus manifester aucune crainte apparente ; toutefois, quand je tente de les approcher, ils reculent mais continuent de rire. Je leur offre deux couteaux pliants venus tout droit de Paris et leur montre comment les utiliser. Je renonce à décrire l'intensité de l'étonnement qui traverse leur regard. Si je suis en train d'accomplir un immense voyage en direction du passé, eux commencent pour la première fois à parcourir le chemin inverse. Se diront-ils cette nuit en s'endormant dans leur case qu'ils ont effectué une forme de périple à travers le temps sans bouger de chez eux ? Jamais je n'ai autant désiré savoir ce que pensent des hommes que je rencontre pour la première fois ; ce qu'ils ressentent, ce qu'ils croient, ce qu'ils se disent en eux-mêmes.

Bientôt, les Papous qui nous observaient depuis le talus descendent vers nous et nous entourent, sans toutefois venir au contact direct. Ils ont des mines farouches, mais j'ai le sentiment qu'ils se forcent un peu : ceux-là ont encore peur. À coup sûr ils n'ont jamais vu d'hommes à la peau blanche, mais je serais bien incapable de dire s'ils me prennent pour l'un de leurs ancêtres revenu du monde des morts.

Je saurais un an plus tard, après deux nouvelles expéditions dans la vallée perdue, que tous ces hommes avaient entendu dire au cours de leurs échanges avec les tribus voisines que des hommes blancs existaient de l'autre côté des montagnes – et qu'ils avaient même plusieurs peaux en réalité, n'imaginant pas ce que pouvaient être des vêtements. Ils s'étaient toujours demandé si tout cela était vrai. Ce 3 juillet 1994 à mon calendrier d'Occidental, ils en ont enfin la preuve.

Dixon me presse alors de rentrer. Il s'inquiète visiblement du nombre grandissant de Papous qui sortent de la forêt. Il me dit que si ces hommes des montagnes ne montrent pas la hargne guerrière des Fayu, il n'en faut pas moins les considérer comme imprévisibles et prêts à tout.

J'aimerais rester plus longtemps ; j'aimerais pénétrer dans le village lui-même, voir des femmes et des enfants – que les Papous ont manifestement tenus à l'écart. Mais si je tente cette approche maintenant, je peux dire adieu à tout notre matériel que les porteurs dani abandonneront dès demain soir.

Je me suis déjà fait à l'idée de me contenter de ce premier contact pour cette expédition et de remettre le reste à plus tard. Au moins ai-je déjà exploré la vallée perdue sur un bon quart de sa longueur et découvert que des Papous inconnus l'habitaient. C'est un résultat honorable après l'échec de la première expédition. Je reviendrai dans quelques mois compléter le travail : par l'ouest d'abord, par le nord ensuite. Ce que je croyais pouvoir faire en une seule fois devra l'être en plusieurs : il en va souvent ainsi avec les entreprises difficiles.

En guise d'adieu, j'offre ma machette au Papou le plus âgé et, sans plus attendre, Dixon et moi repartons par où nous sommes venus. En marchant vite, nous devrions atteindre le pont de liane avant la nuit.

Un dernier regard en arrière – ce que je m'autorise toujours dans les grands moments d'émotion – et les Papous disparaissent à mes yeux.

Tout le long du trajet, je songe à ce qui vient de m'arriver. En quittant la France, je voulais me donner la chance de vivre quelque chose qui approcherait ce que les anciens explorateurs connaissaient quand le monde n'avait pas encore de limites ; j'y suis parvenu à ma manière. Je n'en demande pas davantage. Et désormais, quand je feuillèterai leurs livres avec la nostalgie qui m'habite lorsque j'estime être né trop tard, je pourrai me dire que j'aurai aussi étiré l'élastique du temps dans l'autre sens.

Mais je songe également à ce que j'ai découvert à Jayapura au cours des préparatifs de cette expédition : à une centaine de kilomètres dans le sud de la vallée perdue – c'est-à-dire à des années-lumière au regard de la difficulté du terrain –, des compagnies minières internationales s'apprêtent à lancer leurs hélicoptères et leurs équipes de recherches dans les zones inexplorées du Nord. Ces compagnies sont en quête de filons aurifères. Elles ont trouvé beaucoup d'or dans le Sud, relativement accessible. Elles espèrent en découvrir autant dans le Nord, quelles que soient les difficultés d'approche.

Alors je me dis que les Papous que je viens de quitter et dont je ne connais toujours pas le nom, ne savent pas qu'ils sont aussi fragiles que du verre.

43

Trois mois plus tard, en octobre 1994, je reviens en Nouvelle-Guinée pour tenter d'achever le travail commencé au début de l'année – mais qui, de fait, se poursuivra jusqu'à l'automne 1995. Catherine Bricard m'accompagne à nouveau, ainsi que Dixon qui s'est pris au jeu de l'exploration. L'expédition Kihiri débute. Elle durera jusqu'au mois de décembre.

Cette fois, nous voulons essayer de gagner la vallée perdue par l'ouest, et en explorer la région adjacente. Tenant compte du succès de l'expédition légère de l'été précédent, nous avons décidé de nous enfoncer dans ces territoires équipés du minimum de matériel, avec très peu de porteurs, afin d'être aussi mobiles que possible.

Nous partons d'un minuscule poste de missionnaires bâti sur la rive gauche de la rivière Derewo, assez loin à l'ouest de la vallée perdue, dans les basses terres. La Derewo coule nord-sud et laisse donc la vallée sur sa droite. Nous comptons gagner d'abord le pays montagneux de la petite tribu des Dao, pour de là tenter la jonction avec notre vallée.

Les Dao n'ont jamais vu personne pénétrer sur leur territoire. Les missionnaires connaissent leur existence par les Auyé chez qui ils sont installés et qui entretiennent des relations épisodiques avec eux – c'est parmi ces Auyé que nous avons naturellement recruté nos porteurs. Pour le reste, nul ne sait rien de ces Dao et les missionnaires ne sont pas assez nombreux pour s'aventurer sur leurs terres. La seule chose dont ils sont certains, c'est qu'ils parlent une langue différente des Auyé.

L'intérêt de passer par le territoire des Dao n'est pas que géographique ; puisque les Dao ne sont connus que par ouï-dire, une incursion chez eux permettra de déterminer s'ils font partie du même groupe humain que les Papous vivant dans la vallée perdue. Rien que par leur apparence, nous pourrons nous faire une idée sur cette question tant peuvent être grandes les différences entre tribus.

L'expédition Kihiri va être la plus dure de toutes nos expéditions en Nouvelle-Guinée… Le pays dao est une véritable forteresse naturelle et cette forteresse protège magnifiquement la vallée perdue sur son flanc occidental. Nous souffrons dès les premiers jours et comprenons mieux que jamais pourquoi cette vallée est restée si isolée. Le nom de nos différents bivouacs donne le ton de ce que nous vivons : camp des mouches, camp de la pluie, camp des abeilles, camp des fourmis… Toute la nature semble se liguer contre nous. Et, bien évidemment, nous ne cessons de monter et de descendre jusqu'à la nausée absolue. Et cela pendant d'interminables semaines…

Au moins allons-nous être récompensés par notre découverte des Dao. Les porteurs Auyé qui nous accompagnent ont été choisis en fonction des relations qu'ils disaient entretenir avec eux et ils font merveille pour faciliter leur approche : à aucun moment les Dao ne fuiront le contact.

La première rencontre a lieu par inadvertance au milieu d'un torrent encombré d'énormes rochers. Nous nous apprêtons à le traverser à gué lorsqu'un petit groupe de chasseurs surgit furtivement sur l'autre rive, à une dizaine de mètres de nous. Après un mouvement de recul en nous apercevant Catherine et moi, ils invectivent nos Auyé qui leur répondent aussitôt sur le même ton – façon, semble-t-il, de se dire bonjour dans la région. Ils me rappellent les Turkana et les Toposa que je côtoyais au Soudan lors de ma descente du Nil une vingtaine d'années plus tôt. En se croisant dans la savane, ces gens-là avaient pour habitude de s'asseoir face à face sur les petits bancs de bois qu'ils portaient toujours accrochés aux bras, et de hurler avec force gestes. Au début, je pensais qu'ils allaient en venir aux mains. On m'expliqua assez vite qu'ils échangeaient simplement des nouvelles de la brousse.

Ces premiers Dao se distinguent des Papous de la vallée perdue par la forme et la taille de leurs étuis péniens comme par les ornements qui traversent leurs nez, ou par des détails infimes de leur apparence générale. La certitude que nous avons affaire à d'autres hommes se précise déjà. Ils sont très voisins, sans doute, mais appartiennent à une tribu distincte de celle de la vallée perdue – ce qui se vérifiera au cours de la quatrième expédition l'année suivante.

Dans les filets de fibres que ces Dao portent à l'épaule se trouve tout le nécessaire pour faire du feu ; en l'occurrence, ce que les ethnologues appellent des « briquets à percussion », constitués de tubes de bambou et d'éclats de silex. La façon dont les Dao parviennent à produire des étincelles avec ces seuls instruments est confondante. Nous en avons la démonstration immédiate au cours de la discussion qui s'engage entre Auyé et Dao sur les rochers où nous avons tous fini par nous asseoir au milieu du torrent. Les Dao confectionnent d'abord des cigarettes à l'aide de tabac sauvage roulé dans des feuilles de pandanus ; après quoi, ils disposent un peu d'étoupe sèche dans une anfractuosité, et à coups répétés de leurs éclats de silex contre les tubes de bambou, projettent des étincelles à jets continus sur l'étoupe qui finit par s'enflammer. Il n'y a plus qu'à ajouter quelques brindilles pour obtenir un feu conséquent et fumer paisiblement – l'un des grands plaisirs de tous les Papous.

Par l'intermédiaire des Auyé et de Dixon, j'essaie de comprendre pourquoi ces Dao ne s'aventurent jamais du côté de la rivière Derewo et du poste des missionnaires. La réponse revient avec des mimiques réprobatrices : trop dangereux. Pour ces Papous, quitter leur territoire semble relever de l'hérésie.

Les jours suivants, la forteresse naturelle des Dao se révèle de plus en plus ardue à franchir. Les replis montagneux sont si serrés les uns contre les autres qu'on croirait que deux mains géantes ont pris cette région dans un étau et l'ont comprimée de toutes leurs forces. Les innombrables cours d'eau venus des hauteurs s'engouffrent dans ces replis étroits avec violence et les Dao ont dû construire de nombreux ponts de liane pour ne pas rester prisonniers de minuscules territoires. Ces ponts diffèrent de ceux de la vallée perdue par leur construction plus élaborée, en forme de V, qui permet de se tenir de part et d'autre de la liane où les pieds sont posés. Ils n'en sont pas moins effrayants à franchir tant ils balancent sous le poids d'un seul homme – jusqu'à donner le vertige. Et il n'y a pas droit à l'erreur.

C'est alors que je suis le jouet d'une étrange expérience littéraire… Sans doute par un effet de l'épuisement de mon corps dont les forces s'amenuisent de jour en jour, mon esprit finit par s'évader dans un imaginaire qui n'a rien à voir avec le monde grandiose mais inhumain qui m'environne, et un nouveau roman se met à germer en moi un matin ; il ne me quitte plus des semaines durant. Bientôt, je marche en écrivant dans ma tête ; les personnages naissent entre deux coups de machette et prennent leur consistance, leur histoire se construit entre la traversée d'un pont de liane et le franchissement d'un torrent, les chapitres se bâtissent, les phrases elles-mêmes se forment les unes après les autres. Le soir au bivouac, sous la bâche plastique de mon hamac criblée par la pluie, je jette avec fièvre le travail du jour sur mon carnet. Et tout recommence à l'identique le lendemain. Lorsqu'au début du mois de décembre nous parvenons enfin dans un village Dao, ce roman qui aura pour titre *La Dernière Manche*[1] est pour l'essentiel achevé. Histoire de la rédemption de trois hommes au bout du rouleau pris dans la tourmente d'une aventure crépusculaire sur un fleuve d'Amazonie, il sera né dans une forme de conscience dédoublée – comme je n'avais jamais imaginé que cela puisse se faire.

Le village dans lequel nous finissons par aboutir grâce à nos porteurs Auyé semble se situer à l'extrême limite du territoire dao. Ce village est petit, constitué d'une demi-douzaine de cases seulement, dressées de guingois au bord de précipices délimitant quelques parcelles de terre cultivable. Une dizaine de guerriers accompagnés de jeunes garçons nous accueillent à l'entrée, prévenus par des éclaireurs Auyé partis en avant pour les rassurer. L'image de ces hommes silencieux, figés, inquiets, me frappe comme la vision la plus émouvante qu'il m'ait été donné de connaître d'une culture absolument préservée par le passage des siècles et qui ignore tout des périls qui la menacent.

Beaucoup de ces Dao ont le visage noir de suie à cause des feux de leurs cases dans lesquelles ils passent une grande partie de leur temps ; certains portent des dents de cochon dans les cheveux, d'autres des anneaux de rotin serrés autour des biceps. Des couteaux de bambou sont accrochés aux ceintures de fibres des étuis péniens.

Pour la première fois, je vois des femmes ; elles sont alignées face aux hommes, vêtues de jupes de fibres,

1. Éditions de la Table ronde, « Petite vermillon », 2008.

partagées entre peur et curiosité, tremblant de tous leurs membres. Personne n'a jamais vu d'hommes blancs ici et l'on craint visiblement le rapt de ces femmes.

Avec son savoir-faire habituel et sa gentillesse naturelle, Dixon parvient à rassurer les Dao sur nos intentions et nous vivons quelques jours d'harmonie parfaite parmi ces hommes et ces femmes qui portent une tendresse toute particulière aux enfants : quelque chose qui va beaucoup me marquer et me rappeler les pleurs des mères fayu lorsque leurs fils partaient avec nous sur la haute Kihiri ; elles les accompagnaient jusqu'à l'ultime moment de la séparation, s'accrochaient à eux en larmes, craignant pour leur vie ; et jusqu'à ce qu'ils disparaissent dans leurs pirogues avec nous, elles montraient tous les signes du plus grand désespoir. Elles étaient comme ces mères de soldats français que l'on voit dans les images d'archives des années 1940, faisant leurs adieux sur un quai de gare à leurs fils partant pour la guerre.

Chez les Dao, je vois des mères bercer leurs bébés en chantonnant auprès des feux, des pères caresser la tête de leurs fils en plaisantant avec eux, de vieilles grands-mères sourire de joie en coiffant leurs petites-filles à l'aide de peignes de bois ; et il me semble bientôt que ces gestes si semblables aux nôtres me ramènent simplement chez moi, comme si tout ce qui me séparait de ces Papous pouvait être aboli.

Les Dao sont néanmoins de rudes bonshommes que rien n'effraie, si ce n'est ce qui leur est étranger. J'en viens bientôt à me dire que si l'on devait chercher les raisons pour lesquelles un peuple peut rester immobile des millénaires durant, sans connaître aucun changement significatif, sans doute faudrait-il – parmi beaucoup d'autres raisons –, songer à la peur, quelque chose que l'on n'évoque jamais. La peur qui paralyse toutes les initiatives.

Pour comprendre cet immobilisme, il faudrait également prendre en compte la perception que se font ces hommes de la notion de temps. En vérité, chez les Dao, comme dans bien des tribus, le temps semble tout simplement ne pas exister. Il est lui aussi immobile. En vivant avec ces hommes, j'ai même l'impression qu'il s'est tout bonnement arrêté dans leurs montagnes pour ne plus jamais s'en aller.

Lorsque nous quittons le village Dao, nous tentons comme prévu d'établir la jonction avec la vallée perdue depuis les hauteurs de leur pays. Nous cherchons des chemins praticables menant vers l'est mais n'en trouvons aucun ; et le terrain se révèle plus dur qu'il ne l'a jamais été. Les porteurs Auyé, qui ne sont jamais allés dans cette direction, rechignent à l'effort. Le soir, quand nous plantons notre campement où nous le pouvons, ils demandent souvent : « Pourquoi aller par là ? Il n'y a rien. »

Il se met aussi à pleuvoir presque continuement et, bientôt, les vivres viennent à manquer. La disette s'installe parmi nous. Un matin, je dois me résoudre à l'évidence : il faut renoncer. Du moins provisoirement. Personne n'a la moindre idée du temps qu'il faudra pour atteindre la vallée perdue par cette voie, et si je pousse plus avant, il adviendra sans doute ce qui est arrivé dans les jungles congolaises vingt ans plus tôt : la vraie famine. Je ne veux pas me retrouver dans la situation de ne plus avoir aucun choix, même pas celui de battre en retraite dans de bonnes conditions. La gueule du loup est toute proche, j'ai assez d'expérience maintenant pour sentir son haleine ; un pas de plus et je m'y jette. Je ne commettrai pas cette erreur.

Je me souviens du moment de ce renoncement ; c'était par un petit matin comme tant d'autres, sous la pluie qui tambourinait contre les bâches translucides des hamacs, cette pluie interminable que l'on regarde ruisseler au-dessus de sa tête, le ventre creux, dans une aube grise et froide, décourageante, de ces aubes où l'on aimerait « rester au lit » à fumer une cigarette pour retarder le retour dans le monde extérieur, ce monde sinistre et violent ; mais il faut bien se lever, écarter la bâche protectrice, se décider à courir pieds nus vers le feu éteint pour le rallumer malgré la pluie, se réchauffer à ses premières flammes, préparer un peu de nourriture et s'apprêter au départ.

Je n'ai jamais réellement craint les échecs. Ils sont le lot de ceux qui entreprennent beaucoup et l'on peut en tirer toutes sortes d'enseignements – comme de tous les moments d'adversité et d'infortune, ces moments qui vous forgent comme aucun autre. J'ai donc toujours pris les revers de fortune comme ils venaient, avec simplicité, les considérant davantage comme des étapes de construction personnelle que comme des périodes d'obligatoire abattement.

Nous rebroussons donc chemin le lendemain, sans regrets excessifs. Au moins avons-nous découvert quelles terres bordent le flanc ouest de la vallée perdue et quels hommes l'habitent. Ce n'est pas un mince résultat.

Les Auyé ont accueilli avec joie l'annonce de notre retour vers le fleuve Derewo, leur patrie. Dixon n'a rien dit : depuis presque un an, il s'est mis avec humilité au service de notre volonté d'exploration et il en accepte toutes les conséquences. Catherine aurait bien voulu continuer, mais elle est éreintée comme nous tous et sait bien qu'il n'y a pas d'autre choix. À mes deux compagnons, j'ai dit que de toute façon, nous reviendrions avant longtemps.

Rien n'est terminé.

44

Je tiens ma promesse au début du mois d'avril 1995. Cette fois, Dominique Martial et Christophe de Ponfilly sont de la partie avec leurs caméras. Catherine et Dixon répondent également présents. À nous cinq, nous formons une équipe solide et solidaire. Et, autant le dire tout de suite, l'expédition Nabouabu sera un parfait succès.

Cette fois, nous partons du poste de Bugalaga, dernier point accessible par les petits avions des missionnaires, au sud de la vallée perdue. Ainsi aurons-nous tenté la pénétration de cette dernière par tous les points cardinaux.

La région autour de Bugalaga est le territoire de la tribu des Wolani, des montagnards très isolés qui ont conservé la totalité de leurs coutumes malgré les débuts de la christianisation. Pour monter notre expédition, nous procédons comme à notre habitude, en recrutant une dizaine de porteurs wolani capables de nous mener jusqu'aux limites de leur territoire, vers le nord : probablement trois jours de marche compte tenu du rayon de déplacement moyen d'un Papou dans ces montagnes. Ensuite, nous verrons.

Il s'avère très vite que la vallée perdue est relativement accessible par le sud, le long d'une rivière torrentueuse. Des sentiers d'échange intertribaux existent, ardus certes, pentus, dangereux, tout ce que l'on veut, mais praticables. Nous n'en retrouvons pas moins l'univers moite et tourmenté de la jungle avec lequel on ne peut tricher, ce ventre de la forêt vierge grouillant de vie, de boue, de moisissures, où le pied ne trouve jamais à se poser à plat, où tout semble démesuré, écrasant, et où même les papillons peuvent atteindre la taille de deux mains écartées. Cet univers est une découverte pour Martial et Ponfilly ; mais leur expérience des mondes différents est telle qu'en moins de deux semaines, ils prennent leurs marques dans celui de la Nouvelle-Guinée et le font leur.

Il s'avère aussi que la vallée que nous suivons au début est le prolongement naturel, vers le sud et le territoire wolani, de la vallée perdue. Par conséquent, la rivière que nous suivons est la même que celle que nous avons remontée depuis le pays fayu en venant du nord. Simplement, les Fayu l'appellent Kihiri quand elle sort de la vallée, alors qu'au sud, là où elle naît, les Wolani la nomment Béabu ; et nous découvrirons plus tard que dans la partie centrale encore inconnue, elle a été baptisée Péamo par ses habitants.

Nous progressons d'abord dans cette partie sud de la vallée jusqu'à la limite d'influence des pasteurs indigènes installés par les missionnaires là où ils ne peuvent séjourner eux-mêmes. Comme il fallait s'y attendre, plus nous descendons vers la partie inconnue de la vallée, moins les Wolani ont de contacts avec le poste de Bugalaga ; nous sommes donc observés partout avec une curiosité qui grandit proportionnellement à la distance nous séparant de ce poste. Tout en nous étonne les Wolani. Mais le spectacle qui les stupéfie le plus reste celui de l'installation de nos couchages : ils n'ont jamais vu personne dormir dans les arbres ; alors, ils peuvent demeurer des heures à regarder nos hamacs qui, surmontés de leurs moustiquaires et de leurs bâches plastiques, leur paraissent peut-être – comme à nous –, semblables à des cocons blancs et translucides pondus par quelque insecte géant au milieu de la végétation.

Ces Wolani se montrent attachants et fort peu belliqueux à notre égard, ce qui nous conduit à bivouaquer aux abords de leurs villages tout au long de notre progression – villages toujours accrochés à des pentes, ou perchés sur des hauteurs afin de voir venir l'ennemi de loin.

Les Wolani sont gais, rient à tout propos, et chantent le soir devant leurs cases des mélopées harmonieuses, toutes en voyelles, qui rappellent celles des Pygmées d'Afrique ; ils ne possèdent aucun instrument de musique et, pour accompagner ces chants, se contentent de frapper leurs arcs avec leurs flèches à coups répétés.

Ils n'ont pas non plus inventé le récipient et cuisent leurs aliments directement dans les braises ou à l'étouffée. Dans ce dernier cas, ils creusent des trous, mettent la nourriture à l'intérieur, et la recouvrent de feuilles. Après quoi, à l'aide de longues pinces de bois, ils posent sur les feuilles de grosses pierres préalablement chauffées dans un feu à part. On retrouve cette technique sommaire mais efficace dans bien des peuples du monde, et c'est à se demander s'il y a lieu d'y voir une explication sur l'origine commune de tous ces peuples, ou de considérer, plus simplement, qu'à un problème donné, tous les hommes répondent de manière identique.

L'un des mets préférés des Wolani est le fruit du palmier pandanus. De la taille d'un bras, celui-ci est de couleur rouge vif. Alors, quand sa cuisson à l'étouffée est terminée et que les hommes se mettent à le manger à pleines mains, accroupis les uns à côté des autres, nus et voraces, leurs bouches dégoulinant de jus si semblable à du sang, on a comme l'impression d'un groupe de cannibales dévorant ses ennemis…

Mais il ne faut pas se fier aux apparences ; les Wolani ne demandent qu'à nouer des liens d'amitié avec nous. Cependant, comme la langue reste une barrière – malgré le lexique que Catherine établit jour après jour –, nous avons réfléchi au problème à Paris et fini par trouver un moyen de communication original dont l'efficacité nous est maintenant démontrée partout : l'arc. Nous en avons acheté un chez le meilleur fabricant français, léger, démontable, puissant, équipé de flèches redoutablement précises. Voilà bien un objet de référence commun qui parle de lui-même. Nous nous en servons pour abolir symboliquement le fossé qui nous sépare des Wolani. Chaque fois que nous sortons cet arc devant eux, c'est le délire ; et des concours de tir s'organisent aussitôt sur n'importe quelle cible à portée. Nous tirons des flèches à n'en plus finir, échangeons nos arcs, les comparons, rions de nos maladresses réciproques, et faisons bientôt partie du même monde.

Un matin, nous parvenons dans le village qui marque la limite d'influence des pasteurs indigènes. Aucun étranger ne s'est aventuré plus loin, et la partie inconnue de la vallée perdue n'est plus très éloignée. Le soir, autour de notre feu, quand nous demandons aux Wolani qui nous rendent visite ce qu'il y a devant nous, ils nous font part de toutes sortes d'histoires d'où il ressort que des cannibales appelés Tapagamé vivent dans le bas de la vallée. À les en croire, ces cannibales ne peuvent venir les attaquer car ils ne possèdent ni genoux ni coudes et sont donc incapables de marcher dans les montagnes… Naturellement, nous n'ajoutons pas foi à ces légendes ; il est simplement probable que Tapagamé soit le nom que les Wolani donnent aux Fayu avec lesquels ils ne sont plus en contact depuis longtemps, mais que leurs aïeux ont dû connaître autrefois.

L'information principale vient un peu plus tard, lorsque ces Wolani nous affirment qu'avant d'atteindre le pays des Tapagamé, nous trouverons une autre tribu sur notre chemin : les Wola. Ceux-là, quoique distincts d'eux, leur sont apparentés, et leur territoire prend naissance au-delà d'une montagne appelée Elataga qui, à un moment donné, barre l'accès de la vallée. Ces Wola parlent une langue proche de la leur et viennent chez eux de temps à autre pour y chercher des femmes ou des objets de troc. Ils sont très sauvages, nous disent encore les Wolani, et ils fuiront certainement à notre approche car ils n'ont jamais vu d'hommes habillés, ce qui devrait les effrayer considérablement.

C'est la première fois que nous entendons parler des Wola. Et il s'avérera exact que tel est le nom porté par les habitants de la vallée perdue.

C'est au cours de notre bref séjour dans ce village proche de la frontière wola que nous sommes pris au milieu d'une guerre entre deux clans wolani à propos d'un rapt de femme. L'affaire survient au moment de notre départ. Le groupe des kidnappeurs, venus de je ne sais où, manque se faire rattraper aux abords du village par une foule de guerriers en furie ; pour leur échapper, ils se réfugient sur une butte dominant le village où ils s'organisent en camp retranché. De là, ils peuvent repousser tous les assauts. Leurs adversaires encerclent la butte, mais hésitent à l'escalader sous une volée de flèches.

Alertés par les cris, nous quittons notre campement en contrebas du village et assistons à l'arrivée d'un médiateur qui tente de faire entendre raison aux deux partis. C'est un vieil homme, requis pour l'occasion par le groupe des victimes. Il est muni d'une canne de bois et lance des propositions successives aux agresseurs pour résoudre le conflit, sa canne allant d'un groupe à l'autre dans de grandes arabesques tracées dans l'air. À ce que nous comprenons par l'intermédiaire de nos porteurs, il finit par proposer l'impunité aux ravisseurs en contrepartie du retour de la femme parmi les siens. Mais sans aucun succès.

Au bout d'une heure, la situation s'enlise. Tout le

monde a peur et reste campé sur ses positions. Dans le même temps, la moitié de nos porteurs décide de renoncer à aller plus avant, estimant qu'on se bat un peu trop dans la région… Nous voilà confrontés une fois de plus, et comme toujours, au manque de détermination des Papous qui sont avec nous pour améliorer leur ordinaire et non pour affronter des dangers. Nul ne peut leur en vouloir.

Fort heureusement, les liens noués la veille avec les Wolani du village permettent à Dixon de recruter très vite un nombre équivalent de nouveaux porteurs. Alors, laissant les autres Papous à leur guerre pour une belle Hélène que nous n'avons même pas entraperçue, nous replongeons dans les tréfonds de la vallée.

Les jours suivants sont difficiles. Notre passage parmi les derniers groupes de Wolani provoque des tensions que nous ne connaissions pas jusque-là ; ces groupes sont très isolés et s'effraient surtout du nombre de nos porteurs qu'ils croient venus leur faire la guerre ; aux abords des villages, on nous envoie souvent des parlementaires pour s'assurer de nos intentions. Je me souviens particulièrement de l'un d'eux, très vieux, qui avait fière allure avec sa coiffe d'Indien d'Amérique malgré sa peau toute fripée, pleine de cornes à tous les endroits où elle s'était frottée à la rude vie de la jungle. Il vient nous rencontrer à notre bivouac, marchant d'un pas hésitant, visiblement prêt à s'enfuir à la moindre alerte. Pour montrer ses intentions pacifiques, il s'est fait accompagner par sa femme édentée, qui tremble à demi mais le suit courageusement. Le vieillard veut savoir qui nous sommes, d'où nous venons, et si nous sommes des amis ou des ennemis. Catherine et Dixon le rassurent par des gestes amicaux et quelques cadeaux que le vieil homme finit par emporter avec un sourire apaisé. Je sens bien toutefois combien l'on est soulagé d'apprendre que nous n'avons pas l'intention de nous attarder.

L'hostilité passive que nous sentons un peu partout se manifeste un jour de manière plus directe. Alors que nous sommes sur le point de traverser un nouveau pont de liane jeté en travers d'un torrent encaissé entre deux falaises, celui-ci manque s'écrouler sous le poids du premier d'entre nous qui s'y engage… C'est incompréhensible. Vérification faite, il apparaît que les haubans de liane servant à fixer le pont aux troncs de l'autre rive ont été en partie tranchés pour empêcher tout passage. Naturellement, cette découverte jette une sourde inquiétude parmi nos hommes, qui commencent à parler de mauvais sorts jetés sur nous. Mais l'incident nous fait surtout perdre une journée, car nous devons suivre la falaise jusqu'à ce qu'elle s'adoucisse suffisamment pour permettre de trouver un passage à gué ; et ensuite remonter le torrent sur l'autre rive afin de retrouver le pont et le sentier que nous suivions jusqu'alors. La région semble relativement peuplée et les chemins ne manquent pas, mais encore faut-il éviter de prendre ceux qui finiraient par nous faire sortir de la vallée.

À la mi-mai 1995, nous parvenons aux montagnes de l'Elataga. Elles ne sont portées sur aucune carte existante, nous ne sommes même pas certains de leur nom, mais le massif somptueusement sauvage qui se présente derrière la haute plaine herbeuse où nous avons fini par aboutir correspond à la description que nous en ont faite les Wolani. Là se termine leur territoire.

À la jumelle, j'observe longuement les lieux pour trouver un passage. Il y a des éperons rocheux un peu partout, des falaises roides comme des murs, des gorges très étroites. Une vraie frontière naturelle. Mais derrière s'ouvre l'entrée principale de la vallée perdue. Ici commence le pays des Wola. Nous avons réussi. Je reste longtemps assis dans l'herbe à goûter le bonheur que je ressens et toute fatigue disparaît.

Un an plus tôt, lorsque je suis venu par l'est avec Dixon, nous avons pénétré la vallée perpendiculairement, dans sa partie nord ; c'était un succès véritable. Mais maintenant, nous abordons la vallée par sa « voie royale » ; c'est encore mieux.

Un peu partout, des feux sont visibles sur les flancs de la montagne, avec de fins panaches de fumée qui montent mélancoliquement dans le ciel. Il y a du monde dans cette région.

En fouillant soigneusement les alentours de la plaine herbeuse où nous nous trouvons, nous découvrons ce qui nous semble être un sentier. Nous l'empruntons en file indienne, prudemment ; il nous mène très vite vers une gorge au milieu de laquelle nous nous faufilons comme dans le chas d'une aiguille. Il s'avère vite que nous avons pris le bon parti, car ce sentier contourne ensuite les barrières rocheuses les unes après les autres et finit par nous ramener au cœur de la vallée. Nous sommes à l'évidence sur le chemin des échanges entre Wola et Wolani.

Longtemps après, de petits champs de patates douces annoncent la proximité d'un village. Avant d'y parvenir, nous envoyons quelques messagers parmi nos Wolani, qui prennent la précaution d'ôter les quelques vêtements qu'ils portent ; ils reviennent néanmoins bredouilles, en déclarant qu'ils ont vu tous les Wola s'enfuir dans la forêt.

Nous nous replions un peu plus loin et installons notre bivouac en attendant que les choses s'apaisent. J'ai l'intention de prendre tout le temps nécessaire pour effectuer un premier contact suffisamment positif pour nous permettre de vivre dans ce village comme nous avons pu le faire chez les Dao.

Le lendemain, nombre de Wola semblent être revenus

chez eux, d'après les dires de nos Wolani postés en observateurs ; j'interprète ces retours comme une ouverture et décide de me rendre au village avec Catherine et Dixon, munis de couteaux et de machettes – puisque les outils de fer paraissent la chose la plus recherchée dans cette vallée.

Un seul homme nous attend sur la place du village. Il est assez âgé, calme et tranquille ; il est accroupi devant une demi-douzaine de cases entièrement vides et ne fait pas un geste jusqu'à ce que nous approchions. J'ai appris maintenant comment procèdent les Papous dans ces circonstances et ne m'étonne pas de sa passivité. Il va servir de « cobaye » à tous ses frères qui, à coup sûr, suivent de loin le déroulement des opérations.

Catherine dépose machettes et couteaux devant le vieil homme, le saluant à la manière wolani d'une suite de « aba, aba, aba » qu'il semble parfaitement comprendre. Tout d'abord il ne dit rien ; puis il se lève très lentement, prend l'une des machettes, l'observe attentivement, et finit par la reposer sur le sol. Alors, un vague sourire naît sur ses lèvres, et, repliant l'index et le majeur de sa main droite, il vient saisir le majeur de la main de Catherine pour tirer dessus avec un claquement sec.

C'est ainsi que l'on dit « bienvenue » dans la vallée perdue.

Les jours suivants, tous les Wola reviennent chez eux ; ils sont une bonne cinquantaine – probablement une dizaine de familles –, et vivent dans autant de cases réparties sur plusieurs étages du village, celui-ci se dressant sur une pente assez douce. Tous les hommes sont armés, parés d'ornements faciaux qui nous sont désormais familiers, et nombreux sont ceux qui portent des cicatrices de flèches sur le corps.

Afin de ne pas trop peser sur leur vie quotidienne, nous continuons à vivre dans notre bivouac situé à une centaine de mètres de là, nous contentant de quelques apparitions dans le village. C'est un long travail d'approche et Catherine joue un rôle essentiel auprès des femmes ; bientôt, une forme de vie commune s'installe avec ses habitudes et ses échanges quasi quotidiens : on nous offre des parures ou des flèches, nous donnons des outils de fer, des perles ou du sel – très convoité dans ces montagnes où il est inexistant, si ce n'est sous forme de sel gemme ici ou là.

Lentement la confiance s'établit, et rapidement les Wola se comportent en parfaits ethnologues, cherchant à tout connaître de nous. Ce qui les intrigue le plus, c'est de savoir d'où nous avons bien pu surgir. Depuis un an, la nouvelle qu'un homme à la peau blanche est venu dans la vallée circule de village en village, mais ces Wola n'imaginaient pas découvrir un jour d'autres hommes qu'eux-mêmes.

Alors, ils prennent très vite l'habitude de venir visiter notre bivouac, seuls ou en groupes, pour s'informer de ce que nous sommes auprès des porteurs Wolani – et s'enquérir de tout ce que nous faisons. D'après le lexique sur lequel Catherine travaille chaque jour, les deux langues sont suffisamment proches pour permettre une compréhension mutuelle. Et tout intéresse les Wola : notre nourriture – qu'ils goûtent avec prudence –, notre musique – qu'ils écoutent avec un étonnement ravi –, notre manière d'allumer le feu – qui les plonge dans la plus grande des stupéfactions.

Mais surtout, grâce aux caméras de Martial et de Ponfilly, ils découvrent leur propre image mieux que n'a jamais pu le faire la plus belle des mares de leur pays. Et le saisissement qui les prend devant notre moniteur lorsque chacun d'eux reconnaît tous les autres à l'exception de lui-même est à la mesure d'un monde qu'ils ne peuvent encore comprendre.

Ce village wola, proche de la frontière wolani, se nomme Ménépengué. La vie s'y écoule avec une douce lenteur, partagée entre les travaux des champs menés quotidiennement par ces guerriers agriculteurs, la recherche des opossums qui vivent dans les arbres – dans lesquels les Wola grimpent avec une agilité déconcertante, une simple liane nouée autour des chevilles –, la chasse aux oiseaux que se réservent les jeunes adolescents, la fabrication d'arcs et de flèches à l'intérieur des habitations, la confection de parures ou de sacs de fibres sur la place du village, la préparation des repas. Le soir, on parle interminablement autour des feux, dans l'ombre des cases, et l'on fume des cigarettes de pandanus ou de longues pipes de bois avant de s'endormir sur des nattes de palmier. Et tout recommence le lendemain à l'identique.

Pour faire du feu, les Wola ne disposent pas de briquets à percussion comme les Dao, mais utilisent la technique du frottement répété d'une fine liane de rotin sur du bois plus tendre qui, en s'échauffant, finit par enflammer l'étoupe placée sous lui. Ce geste ancestral pour allumer le feu est l'un des plus beaux que j'ai vus dans ce pays : l'homme se tient debout, les pieds posés de part et d'autre de la pièce de bois tendre marquée de rainures sous lesquelles passe le fil de rotin, et, tenant celui-ci par les deux bouts, il le fait aller et venir avec force et patience jusqu'à ce qu'un peu de fumée jaillisse, puis que vienne la première flamme. Ce geste n'a d'égal pour l'élégance que celui avec lequel les Wola portent majestueusement à leur bouche les longs bambous dans lesquels ils conservent l'eau.

Le rotin, que l'on trouve à profusion dans ces montagnes, ne sert pas qu'à faire le feu ; les Wola l'emploient pour assembler les éléments de bois de leurs cases, ligaturer leurs flèches, attacher tout ce qui doit l'être, et c'est encore lui qui sert de cordes pour les arcs. Les hommes en ont souvent des cordeaux entiers passés autour des biceps, prêts à l'emploi, comme de bons ouvriers de chez nous portant leurs outils à la ceinture.

L'argent n'a évidemment pas cours dans ce bout du monde et les Wola utilisent des coquillages coris en guise de monnaie – comme l'ont fait tous leurs ancêtres avant eux. La possession de ces coquillages, dont la taille ne dépasse pas la moitié d'un pouce, est la grande préoccupation des Wola ; pour s'en procurer lors des échanges avec les autres villages, toutes les stratégies sont bonnes, des plus acceptables aux moins avouables. Un Wola se damnerait pour une poignée de coris. On trouve ces coquillages pour rien en Afrique, mais au cœur des montagnes de la Nouvelle-Guinée, ils sont la quintessence des choses du fait de leur rareté : tous proviennent des côtes de l'île par les chemins tortueux et infiniment longs des échanges intertribaux qui existent depuis la nuit des temps ; il faut donc des générations parfois pour qu'un cori atteigne les vallées les plus reculées.

À nos yeux, ces coquillages semblent avoir tous le même aspect, mais en réalité, d'infimes particularités les distinguent les uns des autres – taille, poids, netteté de la blancheur, taches, usure du temps, ancienneté –, et ces différences donnent un grand nombre de valeurs faciales qui portent toutes des noms différents. Les plus prisés de ces coquillages peuvent valoir à eux seuls le prix d'une femme. Pour cette raison, les Wola ne se séparent jamais des porte-monnaie fait de fibres tressées à l'intérieur desquels ils entassent leurs magots.

Dominique enregistre avec sa caméra tous les témoignages de cette vie des Wola issue d'une époque millénaire en train de s'achever et dont nous sommes sans doute les derniers témoins – avec l'ethnologue Stéphane Breton qui, par la suite, passera de longues années dans cette région. De toutes ces images, je ferai avec Dominique un film qui s'intitulera simplement *La Vallée Perdue* ; il racontera l'histoire de nos quatre expéditions d'exploration et cette rencontre improbable entre Français et Wola, si forte des deux côtés.

Christophe de Ponfilly réalise de son côté le film de ce film, pour resituer ce choc des cultures dans le contexte général de l'évolution de la Nouvelle-Guinée, avec notamment l'arrivée des grandes multinationales attirées par les richesses minières qui dorment sous les pieds des Papous. Ce sera *L'Ombre blanche* dont j'ai déjà parlé : l'histoire du bouleversement brutal d'un monde jusque-là intact.

À Ménépengué, je finis par m'interroger sur les villages qui se situent plus bas dans la vallée, du côté où Dixon et moi avons effectué notre tout premier contact l'année précédente. Je ne souhaite pas absolument retrouver le village où ce contact a eu lieu, mais plutôt en savoir davantage sur ce qu'il est possible de découvrir au-delà de la zone frontière où nous nous trouvons.

Nous décidons de séparer momentanément notre équipe en deux. Christophe, Dominique et la majorité des porteurs wolani resteront à Ménépengué pour approfondir le travail en cours, tandis que Catherine, Dixon et moi, accompagnés des deux Wolani les plus déterminés, pousserons plus avant vers le bas de la vallée.

Nous partons par un matin de vague crachin après des adieux pleins d'émotions à nos camarades : sait-on jamais, dans des lieux aussi isolés… Mais je ne m'inquiète pas outre mesure ; il est certain que les Wola de Ménépengué – qui circulent beaucoup dans leur rayon habituel de déplacement –, ont déjà alerté nombre de villages voisins sur notre existence ; et je fais le pari qu'ils ont dû les rassurer sur nos intentions, tout en faisant valoir les avantages qu'ils avaient pu tirer de notre présence.

Nous progressons de longues journées sur un terrain très difficile où ne manquent ni les falaises venant s'encastrer dans la vallée, ni les détours tortueux que fait celle-ci entre les montagnes. Je me demande parfois si nous sommes toujours dans la vallée elle-même, tant le monde minéral autour de nous semble bouleversé en tous sens.

Mais nos efforts finissent par être récompensés. Un matin, nous découvrons un crâne dans un arbre au détour d'un sentier ; puis, au bas d'une nouvelle pente, ce qui se révélera être une case des morts, dressée comme un mirador au bord d'un éperon rocheux. Longuement, je regarde de loin ce lieu sacré des dépouilles funéraires qui semble tout dominer avec superbe, dans un silence à peine troublé par le chuintement du vent qui court sur ces sommets. Dieu que je me sens loin de tout, et en même temps, si proche de l'essentiel – quelque chose que je peine à définir à ce moment-là, mais qui est comme un sentiment de plénitude entre les rêves éveillés que l'on a pu formuler un jour et le moment où ils s'accomplissent. Sans doute appelle-t-on cela le bonheur.

Dans le village qui se trouve non loin, on semble nous attendre de toute éternité, mais non sans une curiosité farouche. Des Wola aux visages figés, les yeux fixes, nous regardent arriver sans bouger, alignés devant leurs cases où pendent des crânes enveloppés de feuilles ; puis ils s'avancent et nous tendent leurs index et leurs majeurs repliés pour faire claquer nos doigts. La magie de quelques couteaux et machettes aussitôt offerts achève de convaincre ces hommes de nos bonnes intentions et l'on nous apporte en retour un peu de viande de cochon accompagnée de taro.

Au centre du village se trouve une grande case des danses aux parois d'un noir d'ébène. Nous en avons déjà vu chez les Wolani et avons assisté aux rituels qui s'y déroulent, mais cette case dépasse toutes les autres par la taille et la majesté. Le plancher, constitué d'un treillis de bambou posé sur de courts pilotis de bois, utilise le principe du trampoline pour projeter les danseurs en hauteur. À l'avant de cette partie cérémonielle se trouve une sorte d'auvent, partagé en deux parties égales, où les hommes se réunissent pour se détendre en fumant leurs longues pipes de bois tout en devisant comme dans un bistrot de chez nous. Sur les parois de bois, des figures stylisées d'animaux sont dessinées au charbon de bois, rappelant les dessins que l'on trouve dans les grottes rupestres d'Europe.

De tout ce que j'ai pu vivre parmi les Wola, les danses auxquelles nous assistons au cours de notre séjour dans ce village sont ce qui demeure de plus vivace dans ma mémoire : quelque chose d'exceptionnel qui m'émeut encore chaque fois que j'y songe.

La première danse a lieu le soir même de notre arrivée. Comme à notre habitude, nous avons installé notre campement non loin du village, et à peine la nuit est-elle tombée que nous sommes tirés de nos rêveries par des chants mélancoliques qui paraissent provenir des ténèbres elles-mêmes. Une telle émotion s'en dégage que j'écarte la moustiquaire de mon hamac, la bâche plastique qui la surmonte, et dis à Dixon et Catherine suspendus non loin de moi : « Il faut aller voir. »

Trébuchant dans l'ombre et la boue détrempée du chemin que nous avons ouvert à la machette pour établir notre bivouac, nous gagnons le village. Les chants augmentent en intensité au fur et à mesure de notre approche et la case apparaît bientôt, illuminée par des femmes portant des torches de bois au milieu de trente ou quarante guerriers dont les visages reflètent la lueur fauve et ondoyante des torches : devant cette vision puissante, nous nous arrêtons un instant. C'est alors que les chants cessent et que tous les hommes, accompagnés des femmes et de quelques adolescents, pénètrent à l'intérieur de la case ; nous avançons encore ; personne ne nous prête attention. Soudain, des halètements sourds et réguliers se font entendre, ainsi qu'un son étrange, comme un piétinement de branchages sur lesquels on bondirait en rythme : le bruit du trampoline de bambou.

Les chants reprennent au même instant. Nous pénétrons sous l'auvent. Les danseurs sont dans la partie cérémonielle de la case et sautent tous ensemble sur le plancher qui les renvoie souplement vers le toit, tournant en même temps en rond dans un équilibre précaire, leurs arcs à la main, leurs corps nus luisant bientôt de sueur, éclairés par les femmes qui portent toujours leurs torches à bout de bras ou des fagots de bois enflammés qui dégagent une fumée bleutée, presque irréelle.

Nous nous asseyons au seuil du trampoline de bambou ; cette danse, destinée à accorder les hommes avec les esprits habitant toutes les choses du monde, va durer longtemps ; et se répéter de nuit en nuit au cours de notre séjour. Mais elle m'apparaît ce soir-là pour ce qu'elle est peut-être aussi : un symbole du vivre ensemble ; car cette danse où l'on ne peut aller à l'encontre des autres sans tomber exige la fusion de tous dans un but commun. Et chez les Wola comme dans toutes les sociétés traditionnelles, l'individu n'est rien hors de son groupe qui lui donne tout et auquel il doit tout.

L'année suivante, en 1996, je connaîtrai quelque chose d'assez semblable aux danses des Wola en retournant vivre chez les Indiens yuhup et macuna d'Amazonie colombienne. Une fois l'an, les Macuna du haut Apaporis se réunissent dans leurs *malocas* – ces immenses cases communautaires de la taille d'une cathédrale à leur échelle –, afin de « soigner le monde », comme aiment à dire leurs shamans. Mais pour que les esprits acceptent de réparer tout ce qui doit l'être sur terre, il faut les honorer d'une danse qui doit durer trois jours et trois nuits d'affilée. Les Macuna se relaient donc à quinze ou vingt à la fois, pour tourner au centre de la maloca, inlassablement, en se tenant par les épaules, chantant et frappant le sol du pied gauche en cadence, accompagnés par la musique de leurs flûtes de pan et le son lancinant des clochettes de bois nouées à leurs chevilles. Chacun danse jusqu'à l'épuisement, jusqu'à ce qu'il s'écroule dans l'un des hamacs tendus le long des parois de la maloca ; aussitôt un autre prend sa place ; on mange et on dort par intervalles, car la danse ne doit jamais s'interrompre, sous peine de ne servir à rien. Avec Catherine et Dominique qui m'accompagneront encore dans cette aventure, nous ferons notre part de « prière » en tournant nous aussi des heures entières dans la maloca, participant à cette transe commune des Macuna. Et ce qui m'apparaîtra comme fastidieux au départ, se transformera vite en une sorte d'ivresse de derviche tourneur incitant, malgré la fatigue, à quitter aussi tard que possible le cercle des danseurs.

Vers la fin du mois de mai 1995, nous rejoignons Ponfilly et Martial chez les Wola de Ménépengué avec une joie que rien ne gâche puisque je peux enfin considérer l'exploration de la vallée perdue comme un succès définitif après cette dernière incursion vers le nord.

Il est temps maintenant de revenir chez nous ; une page de notre vie se tourne. Nous plions notre bivouac avec la satisfaction de retrouver bientôt nos familles et un peu de ce confort dont nous avons été totalement privés, de ces nourritures familières qui nous ont si souvent manqué et qui tenaient lieu de sujet de conversation quand nous avions le ventre creux ; mais je sais que je regretterai bientôt cette « jungle life » si chère à Dixon, tant elle offre de bonheur à défaut de plaisir. Alors, ce n’est pas sans un pincement au cœur et une vague nostalgie, déjà, que je quitte les Wola, ces « hommes du bout du temps », pour reprendre le long chemin qui nous ramènera au poste de Bugalaga.

45

À mon retour à Paris, j'ai la confirmation qu'une large concession minière englobant toute la vallée perdue a été accordée par le gouvernement indonésien à une multinationale parmi les plus puissantes de la planète. Cette nouvelle me laisse attristé de longs jours. Par principe, je suis naturellement favorable à la volonté d'un pays comme l'Indonésie d'accroître son développement et de créer des richesses pour son peuple. Mais j'ai pu me rendre compte sur place – et davantage encore par la suite avec Christophe de Ponfilly – que les méthodes utilisées pour ce noble objectif vont, en réalité, à son encontre. Elles sont même contradictoires avec une exploitation raisonnable de l'Irian Jaya, et n'accordent pas le moindre respect à ses habitants. En lieu et place de progrès, les Papous commencent surtout à voir débouler au-dessus de leurs têtes des hélicoptères arrogants, et surgir dans leurs jungles préservées des bulldozers impitoyables ; sans autre résultat pour eux-mêmes que leur disparition programmée.

Alors, je crée l'association Sanctuaire pour tenter de protéger les Papous de la vallée perdue et ceux des territoires limitrophes. L'association ne demande pas l'impossible ; juste que le développement de cette région se déroule en tenant compte des hommes qui y vivent, qu'il se fasse aussi pour eux et non contre eux. Je publie dans des journaux amis une lettre ouverte au président de l'Indonésie, j'essaie de trouver des alliances avec les grandes ONG de défenses des minorités, de rallier à cette cause tous ceux qui peuvent l'être. Ce sera un échec. Mais au fond, qui pouvait s'intéresser à la cause de quelques milliers de Papous dont personne ne connaissait l'existence, dans un pays que peu de gens situaient sur la carte, et dont aucun média ne parlait ?

Même les grandes associations de défense des minorités se montrent décevantes. Comme nombre d'ONG humanitaires, elles sont entrées dans la logique d'un système qui n'a plus grand-chose à voir avec l'idéal d'origine et sont avant tout soucieuses d'elles-mêmes, de leur développement, de leur influence, de leur pouvoir, et des seules causes qu'elles décrètent favorables.

Reste Dixon, le plus noble des Papous, et la satisfaction que notre amitié va me procurer au cours des années suivantes. Dès la seconde expédition, il n'était déjà plus pour mes camarades et moi l'employé que l'on paie pour un travail donné, mais l'égal de nous tous par les qualités qu'il manifestait. Plus tard, il était devenu un ami véritable par la solidarité qu'il exprimait dans notre vécu commun ; de ces amis que l'on compte sur les seuls doigts de ses mains parce que ceux à qui l'on peut tout demander en toute circonstance ne sont pas si nombreux.

Comme il avait le rêve de découvrir la Hollande, nous lui offrons ce voyage, et j'ai la joie de vivre ses propres étonnements devant notre monde après qu'il a favorisé les miens sur celui de son peuple. Par la suite, nous correspondons à intervalles réguliers, je l'aide à monter la petite affaire de tourisme qu'il souhaite créer à Jayapura pour vivre librement, et je le revois chaque fois que je passe en Irian Jaya, notamment en 2000, lors d'une escale avec la jonque *La Boudeuse* où il se montre égal à lui-même pour nous prêter main-forte. En 2004, il manque même se joindre à l'équipage du trois-mâts pour participer à notre expédition en Amazonie, mais de sombres problèmes administratifs font échouer ce projet au dernier moment. J'aurais pourtant aimé connaître son sentiment de Papou sur la situation des Indiens. Je me dis que ce sera pour une autre fois.

Une dizaine d'années après l'expédition Nabouabu, nous songeons à repartir ensemble dans d'autres territoires reculés de la Nouvelle-Guinée qu'il a prospecté à notre intention, mais le projet est repoussé d'année en année tant *La Boudeuse* m'accapare au cours de cette période.

Et puis, un jour de juin 2009, alors que je me rends en train à Stuttgart, en Allemagne, pour les fiançailles de Dost Wardak – le fils aîné d'Amin devenu un homme maintenant –, je reçois sur mon portable un SMS en provenance d'Indonésie. En quelques mots secs et rapides comme le sont souvent ces messages, il m'annonce que Dixon Samuel Dike vient de mourir d'un cancer foudroyant à l'hôpital de Jayapura. Il n'avait pas quarante ans.

L'on ne sait rien si l'on ne sait pas que la vie est tragique.

46

La première image de la mer qu'ait retenue ma mémoire est associée à celle d'un paquebot : l'*Ancerville.* Quand j'étais enfant dans les années 1960, il faisait la ligne de la côte occidentale de l'Afrique et c'est lui qui, au gré des mutations de mon père, m'a emmené au Sénégal à deux reprises ; c'était le temps où l'on voyageait encore en bateau et je me souviens d'avoir aimé vivre dans ce monde clos au milieu d'un océan sans limites.

À peine plus tard – j'avais une dizaine d'années –, je découvre la voile à bord des « requins », ces voiliers racés qui étaient ce que l'on faisait de mieux à l'époque en matière de plaisance. Nous étions à Dakar et mon père m'emmenait de temps à autre naviguer avec ses camarades officiers. J'aimais ces bateaux, mais surtout, j'aimais voir la mer qui était tout autour ; je trouvais qu'elle formait un spectacle toujours identique et en même temps jamais semblable à lui-même.

Et puis, de retour en France dans la banlieue parisienne, je suis resté longtemps loin de la mer. Pendant toutes ces années, il n'y eut que le rêve de naviguer un jour sur de grands navires – et toutes ces maquettes de bateaux que je construisais adolescent en attendant que cet espoir se réalise, comme celui de voler dans les airs.

Ce rêve de navire prit sa consistance en 1981 lors d'un voyage en Israël. J'avais vingt-sept ans. En arrivant dans le port d'Eilat, je vis, amarrés à un quai, une succession de splendides voiliers traditionnels, immobiles et silencieux, leurs voiles blanches serrées sur leurs vergues. Je n'avais jamais vu d'aussi beaux navires et l'émotion que je ressentis fut un choc aussi puissant que celui éprouvé à la lecture d'un texte littéraire exceptionnel ou à l'écoute d'un air de musique sublime : une rencontre artistique. Dès cet instant, je me mis à envisager la mer et les navires moins comme un métier ou un savoir technique que comme une forme d'expression esthétique de l'aventure. Dans ce port d'Eilat, je me jurai que lorsque je naviguerais pour de bon, ce serait sur de grands voiliers de ce genre et rien d'autre. Mieux encore : j'aurais un jour le mien. Il faudrait que ce soit un bon bateau, mais aussi un beau bateau.

Restait à trouver un projet, puisque les bateaux doivent avoir un but.

Pendant les quinze années qui suivirent, j'attendis mon heure. Le navire de mes rêves coûtait bien trop cher pour ma maigre bourse. Il est des rêves au prix élevé qui nécessitent une longue patience ; alors, tout en guettant le moment favorable, je me plongeai dans les livres pour apprendre les rudiments de la voile traditionnelle et profitai de chaque occasion qui m'était donnée pour naviguer. En la matière, tous les navires étaient bons, même comme passager, à commencer par les cargos qui furent nombreux au cours de cette période – j'en avais gardé le goût depuis mon retour du Brésil à dix-neuf ans à bord du *Petrópolis*, et je l'ai toujours. Il y eut même à deux ou trois reprises des « bateaux gris » de la marine nationale. Sur tous ces bateaux, j'apprenais à reconnaître les étoiles dans le ciel, la navigation au sextant ou l'utilisation du radar. Surtout, je sus que j'aimais vivre longtemps sur la mer ; chaque fois que le port d'arrivée était en vue, je regrettais son apparition puisqu'il signifiait la fin de cette existence et de son isolement. Je trouvais autant de bonheur dans la contemplation de la mer des semaines durant que dans n'importe quelle aventure d'action ; c'était un bonheur semblable à celui que me procurait la solitude des quatre murs d'une pièce lorsque j'écrivais longtemps.

En 1989, au moment du raid papou, mon rêve de navire prit une forme beaucoup plus précise au hasard d'une découverte. Il y avait une escale obligatoire à Jakarta avant de gagner la Nouvelle-Guinée, et lors d'une visite anodine de la ville, j'échouai dans le petit port de Sunda Kelapa, réservé aux *pinisis*, ces navires traditionnels indonésiens qui commercent au cabotage dans les îles de l'archipel – comme le font ailleurs les boutres arabes ou les *dhows* indiens. Je fus aussitôt saisi par le spectacle qu'offraient ces bateaux amarrés côte à côte dans un foisonnement de coques et de mâts de toutes les tailles, déchargeant des cargaisons de bois, de caisses et de ballots. J'avais devant moi des images tout droit sorties d'un roman de Conrad.

Je me dis qu'une pinisi pourrait bien faire mon affaire ; aussi, quand vint le temps des expéditions de la vallée perdue en 1994, profitai-je de toutes les escales à Jakarta pour revenir à Sunda Kelapa. Je discutai avec les capitaines et les marins, m'informai de la qualité de leurs navires, des possibilités qu'ils offraient, de leur prix, me demandant si l'un d'eux pourrait être le navire de mes futures aventures maritimes.

Hélas, je dus bientôt me rendre à l'évidence : les pinisis, conçues pour les mers relativement calmes de l'équateur, n'étaient guère appropriées aux tumultes des grands océans : il me faudrait trouver autre chose et chercher ailleurs. Cependant, ce fut grâce à ces pinisis que naquit en moi le projet d'un navire traditionnel asiatique pour mener des expéditions sur toutes les mers du globe – et à travers ce navire, redonner sens et modernité à l'esprit d'aventure.

Au début de l'année 1998, je rentre du Nagaland avec Catherine Bricard et Dominique Martial. J'ai quarante-trois ans, je me sens en pleine forme et, pour la première fois de mon existence, ma situation financière personnelle est stabilisée. Je n'ai cessé de travailler et d'écrire, l'avenir se présente sous les meilleurs auspices, je peux voir venir. J'estime donc le moment propice pour me lancer dans mon « rêve de navire ». Et pour lui, comme pour les expéditions qui lui seront associées, je veux quelque chose de neuf, de fort, de beau, quelque chose qui permette de puiser dans toutes les richesses que la vie peut offrir.

Naturellement, il va me falloir emprunter l'argent nécessaire à ce projet, des millions sans doute, car une situation financière « stabilisée » ne signifie nullement abondance d'argent ; en la matière, je n'ai jamais eu de réserves particulières, pas le plus petit portefeuille d'actions boursières, encore moins de revenus tirés d'un héritage ou d'une rente quelconque. Je vis de mon seul travail d'auteur – désormais suffisant pour m'assurer une existence matérielle comparable à celle d'un Français de la classe moyenne, mais pas davantage. Néanmoins, je suis prêt à prendre tous les risques pour ces aventures maritimes ; cela va me contraindre à repartir de zéro financièrement, mais j'en accepte les incertitudes. Sinon, autant renoncer tout de suite.

Je suis également conscient que mon nouveau projet me fera changer d'échelle d'action. Ce sera une entreprise dans tous les sens du terme, avec des coûts importants, du personnel en nombre, des charges administratives constantes, des soucis de toutes sortes, des problèmes de toute nature. Je n'ai jamais connu de telles charges avec mes aventures précédentes, toujours individuelles ou en petits groupes – très libres de contraintes en définitive. Mais ce prix à payer me semble raisonnable au regard des expéditions qu'un navire permettra de réaliser ; des expéditions que j'envisage déjà comme très différentes les unes des autres, et en même temps complémentaires : ethnologiques, naturalistes, spéléologiques, volcanologiques, littéraires même… Et je veux qu'elles se déroulent dans un grand nombre de pays différents. Cela fait des années que j'y songe.

Bientôt, je me hasarde à la recherche d'une banque, tout en envoyant quelques camarades dans différents pays d'Asie en quête du meilleur navire traditionnel qui soit. Quelques mois plus tard, le résultat est mitigé ; aucune banque n'est disposée à prêter de l'argent à un écrivain-aventurier qui se propose de le dépenser sur les mers, et tous les bateaux que mes camarades ont trouvés ne sont guère plus adaptés que les pinisis à ce que j'ai prévu de leur faire affronter. Ils ont bien déniché une jonque chinoise de haute mer comme on n'en voit plus nulle part, belle, grande et solide, mais elle est abandonnée dans le port de Kompong Song, au Cambodge, et nécessiterait de longs travaux pour reprendre la mer.

À tout hasard, je pars quand même pour le Cambodge. Le pays sort tout juste de sa longue guerre civile, l'économie est exsangue, les habitants abattus, et à Kompong Song les étrangers sont rares : pas de touristes, peu de voyageurs. Quant au port, il est délabré. Mais tout au bout d'un quai, la jonque est bien là, superbe ; elle porte des dragons sculptés sur les trente mètres de sa coque de bois, dispose d'un haut château arrière, et d'une timonerie centrale surmontée par un toit en forme de pagode ; les lignes sont élégantes et fines, la proue élancée. Évidemment, elle est en piteux état, sans plus aucun de ses trois mâts, mais elle a l'air coriace. Elle me plaît. Je juge qu'elle devrait faire l'affaire après l'installation d'un nouveau gréement et des travaux de refonte complets. Je décide de l'acheter.

Les propriétaires sont des Français qui ont fait construire ce bateau au Vietnam dix ans plus tôt, en s'inspirant du modèle des jonques de guerre chinoise du XIXe siècle. Ils projetaient de voyager autour du monde, mais des circonstances obscures les en avaient empêchés. Ils avaient donc utilisé leur jonque pour des croisières commerciales sur le Mékong, mais sans beaucoup plus de succès. Ils souhaitent maintenant la revendre au plus vite.

Je pars au Vietnam les rencontrer, conclus l'affaire en leur demandant un peu de patience, et rentre à Paris. Il faut désormais trouver l'argent. Je repars à l'assaut des banques. Avec entêtement. Quelques mois plus tard, grâce aux cautions financières d'amis comme Laurent Maréchaux, et en hypothéquant mes revenus futurs, je peux enfin signer l'acte d'achat de la jonque ; je la rebaptise aussitôt *La Boudeuse*, nom que portait la frégate de Bougainville, premier Français à accomplir le tour du globe au XVIIIe siècle ; c'est dans l'esprit de ce « siècle des Lumières » que je souhaite mener mes expéditions et cet hommage à Bougainville est pour moi tout un symbole. Car j'aurais aimé connaître son époque, la vitalité et la fougue de son siècle, la foi dans l'homme, la science et le progrès qui l'habitait – choses si érodées aujourd'hui dans nos sociétés hantées par le doute.

J'ai désormais sur le dos des échéanciers de remboursement affolants, mais je possède un grand bateau et de quoi mener à bien tous les travaux nécessaires pour le transformer autant que faire se peut en navire d'exploration. Il faudra encore trouver l'argent pour le financement des expéditions elles-mêmes, mais chaque chose en son temps…

S'ensuit une année de rude labeur. Comme tout part des hommes et y revient – le succès comme l'échec –, je me consacre d'abord au recrutement d'un équipage de valeur. Il sera composé d'une quarantaine d'hommes et de femmes venus des horizons les plus divers et des métiers les plus complémentaires : marins, scientifiques, cinéastes, charpentiers, photographes, médecins, écrivains, mécaniciens, ils se relaieront sur *La Boudeuse* pendant les deux années que je prévois pour notre campagne d'expéditions. Seule une dizaine d'entre eux, pour la plupart marins, resteront à bord tout au long du périple.

Beaucoup « d'anciens » me rejoignent pour cette aventure : Catherine Bricard, Bernard Wolfrom, Virginie Lasserre, Sylvain Gianini, Olivier Archambeau et bien d'autres. Un nouveau personnage rallie aussi l'univers de nos aventures, le préfet François Lépine – preuve s'il en est que l'esprit d'aventure peut habiter qui le décide… C'est le député Louis de Broissia qui me l'a présenté peu après notre mission commune en Bosnie. Ce n'est pas un hasard s'ils sont amis. François Lépine est un préfet de région parfaitement atypique : il a la « tête épique ». Il rêve de belles et grandes choses avec simplicité. Comme Louis. Tous les deux participeront donc à nombre de nos navigations sur les mers d'Asie en tant que matelots ; aujourd'hui encore, ils font partie du cercle des amis fidèles de *La Boudeuse*.

Je trouve également le meilleur médecin qui soit pour des aventures comme les nôtres. C'est une femme, elle est jeune, et se nomme Ségolène Château ; elle vient de Médecins du Monde et n'a pas froid aux yeux. Elle nous sera précieuse à tous moments et du côté du détroit de Macassar, sauvera d'une leptospirose notre second lieutenant, Gérard Maury, en diagnostiquant à temps le mal dont il est atteint – et assurant avec efficacité son évacuation sur Singapour. Au cours des années suivantes, elle participera encore au tour du monde de mon second navire, le trois-mâts *La Boudeuse*, et en 2006, lors de son mariage à La Réunion, nous ferons à bord une grande fête à son intention lors d'une escale à Saint-Denis.

L'équipage réuni, je retourne au Cambodge. Il s'agit maintenant de préparer la rénovation du navire. À Kompong Song, je loue une vieille maison traditionnelle à une jeune veuve, non loin du port et de la plage, et y installe une petite équipe à demeure ; j'engage ensuite une vingtaine d'ouvriers des différents corps de métiers dont j'ai besoin et le travail commence.

De retour à Paris, je lance la suite des opérations pour mettre au point les expéditions elles-mêmes ; les réunions se succèdent, notamment avec les équipes scientifiques dont les membres sont issus du Muséum national d'histoire naturelle, de plusieurs universités, et du musée de l'Homme cher à mon cœur. Nous travaillons dans la fièvre. Le projet définitif se dessine. Il sera bien multidisciplinaire, comprenant de l'ethnologie comme du naturalisme, de la volcanologie comme de la spéléologie. Quant à notre zone géographique de travail, elle s'étendra des îles Andaman aux îles Salomon à travers l'archipel indonésien, Sumatra, le détroit de Malacca, Bornéo, les Célèbes, la Nouvelle-Guinée, les Philippines, les îles de l'Amirauté et la Nouvelle-Bretagne – avec pour finir un retour sur la France par l'océan Indien, la mer Rouge et Suez. Un immense voyage qui exalte déjà tout le monde.

Entre deux séries de réunions préparatoires et les milliers de coups de téléphone, de lettres et de rencontres que le projet nécessite, je retourne régulièrement à Kompong Song suivre l'avancée des travaux. Ce sont les meilleurs moments de cette période de ma vie ; peu à peu, je vois la jonque reprendre ses formes élégantes, revenir à l'existence, superbe et romanesque ; je commence à m'attacher à cet objet qui va porter mes rêves futurs et elle devient une personne – comme tous les vrais navires. Et quand je ne m'occupe pas d'elle, je n'aime rien tant que le plaisir éprouvé à vivre dans la vieille maison de bois de la veuve où tout n'est que charme et sérénité. Je passe mes soirées à lire ou écrire sur la véranda ouverte à tous vents, regardant lentement s'écouler le temps comme je ne peux plus le faire à Paris.

Pour ce qui est de l'argent nécessaire au fonctionnement des expéditions, je ne veux pas faire appel au sponsoring classique qui contraindrait à afficher des logos sur les voiles ou à changer le nom de *La Boudeuse* pour une quelconque marque commerciale. Je souhaite que ce navire ne porte que ses propres valeurs. C'est un choix coûteux mais il me convient.

Je renouvelle donc l'expérience tentée avec l'aventure du Nagaland : je m'adresse à un gros producteur de télévision et après d'âpres négociations, dont je ne suis pas sûr d'avoir tiré le meilleur parti, je lui vends par avance une série de sept films. Dominique Martial sera là pour assurer les images, ainsi qu'un jeune cameraman de talent du nom de Philippe Pothon ; je l'ai remarqué parmi les innombrables candidats en tout genre qui demandent chaque jour à rejoindre l'équipage, et il fera si bien l'affaire qu'il restera tout au long de l'aventure.

Avec ce contrat de films – augmenté de quelques subventions trouvées ici ou là –, j'espère disposer d'assez de moyens financiers pour mener à bien les différentes expéditions, mais je suis loin d'en être certain. Je n'ai qu'une idée toute relative des frais à venir, tant il y a d'incertitudes dans une entreprise comme la mienne – et de différences de coûts entre les pays que nous allons aborder ; sans compter les réparations éventuelles, les frais induits par les retards inévitables et les imprévus de toute sorte. Si l'on peut augurer dès le départ du montant d'une bonne partie des postes de dépenses, il est, en revanche, impossible de savoir à l'avance ce que coûteront des porteurs à Bornéo, des interprètes à Sumatra ou des pirogues aux Salomon. Je vais vite découvrir qu'un navire d'aventure est un genre d'OVNI économique dont la fonction principale est de dépenser de l'argent, sans grande possibilité commerciale d'en rapporter. Quoi que je fasse, je finirai toujours endetté…

Au début du mois d'avril 1999, je rejoins une dernière fois Kompong Song, mais ce coup-ci avec tout l'équipage, afin d'achever les travaux. Il faut redoubler d'efforts si nous voulons partir dans le golfe de Thaïlande avant la renverse de la mousson ; nous travaillons d'arrache-pied douze semaines durant ; nous calfatons intégralement la coque en mettant la jonque au sec, installons les trois mâts – construits spécialement pour nous en France et arrivés par cargo avec une bonne partie de notre matériel lourd –, disposons le gréement et les voiles, terminons les aménagements intérieurs.

Ces travaux, souvent ingrats, achèvent de me renseigner sur la valeur des membres de l'équipe que je n'ai pas encore eu l'occasion de voir à l'œuvre. Un chantier de navire est toujours une épreuve – et ce qui nous attend ne sera pas non plus une partie de plaisir. J'ai besoin d'âmes bien trempées pour mener cette aventure. Je dois donc faire le tri parmi les nouveaux, entre ceux que j'estime définitivement aptes à affronter les rigueurs à venir – et à constituer un équipage soudé – et ceux dont je vois bien maintenant qu'ils ne réunissent pas toutes les qualités nécessaires, et dont je peux être certain qu'ils se mettront en danger si je les emmène. Ces choix sont une nécessité douloureuse, jamais comprise par les recalés, mais dont il ne faut pas s'exonérer ; ce sont des choix impératifs pour l'intérêt général, et d'eux dépendent le succès ou l'échec. J'ai d'ailleurs la faiblesse de garder à ce moment-là quelques volontaires sur lesquels j'ai des doutes ; ils m'obligeront peu après le départ à de nouveaux ajustements pour obtenir enfin le bon équipage dont je vais parler.

Ces problèmes humains réglés, tout se trouve paré

fin juin 1999. Une procession de bonzes vient bénir la jonque dont les têtes de dragons ont été repeintes à neuf, et nous nous lançons sans plus attendre dans l'aventure – direction Singapour pour commencer.

47

Les quelque deux années qui vont de juin 1999 à mars 2001 sont exaltantes de bout en bout. Je vis enfin sur la mer, dans un monde clos ouvert sur l'infini, et je suis le capitaine d'une jonque qui me plonge avec l'équipage dans des aventures maritimes d'autrefois. Celles-ci se succèdent à une cadence soutenue ; nous abordons sans cesse de nouvelles îles et de nouvelles terres, les rencontres humaines sont notre quotidien et elles sont presque aussi variées que lors de mon tour du monde en U.L.M. Enfin, je noue de nouvelles amitiés avec ceux de *La Boudeuse* que je ne connais pas encore et que je découvre dans notre vie communautaire de navire au long cours.

Parmi ces hommes, deux vont beaucoup compter par leur ténacité, leur compétence et leur détermination. Le premier est Christophe Kerneau, mon second. Il n'a pas quarante ans et c'est un marin d'exception, passionné des vieilles traditions maritimes et de l'ancienne marine à voiles. Il est davantage fait pour ce temps-là que pour le nôtre et cela me plaît. C'est un taiseux, spartiate de tempérament, méticuleux comme on ne l'est plus, et qui maîtrise son affaire ; il mène la jonque mieux que moi, ce qui me permet de la lui confier aussi longtemps que nécessaire quand je conduis les expéditions terrestres.

Le deuxième est Marc Bonguardo. Il occupe le poste de premier lieutenant ; il connaît son métier sur le bout des doigts et ne laisse rien passer à bord qui mettrait le navire en péril. Amical et généreux, il est toujours là au bon moment, ne s'effraie d'aucun problème, gère les hommes avec doigté, et son désir d'aventure est profond.

À nous trois, nous assurons la direction des quarts et parlons le même langage.

Au cours de notre longue odyssée sur ces mers d'Extrême-Orient, les problèmes sont quotidiens, mais ils relèvent de l'aventure elle-même : nous connaissons du gros temps ici ou là, notamment un fort coup de vent en mer de Chine méridionale près du détroit de Balabac – qui nous oblige à relâcher dans l'île de Palawan pour réparer une partie de la proue –, nous devons caréner au bout d'un an sur un fleuve incertain de Bornéo, nous subissons une rupture d'arbre d'hélice en mer Rouge, et l'équipage doit même repousser une attaque de pirates malais dans le nord du détroit de Macassar – où Wolfrom et Kerneau font merveille.

Rien ne manque, je crois, à cette aventure qui nous procure toute l'intensité de vie et de liberté que nous sommes venus chercher par-delà l'objectif des expéditions.

Mais ces dernières nous offrent aussi tout ce que nous désirons. La première nous mène au cœur de l'archipel des Mentawaï, dans l'île de Siberut, à l'ouest de Sumatra. C'est là que se trouvent les trente-trois derniers membres de la tribu des Sakuddeï dont nous découvrons par hasard l'existence au milieu des « hommes fleurs » bien connus de cette région.

Cette minuscule communauté forestière des Sakuddeï vit tout en haut d'une rivière, dans une grande case communautaire appelée *uma*, où sont suspendus des centaines de crânes d'animaux et d'objets shamaniques. Ce sont des hommes remarquables et énigmatiques. Tatoués de la tête aux pieds, vivant de chasse et de cueillette, ils croient chacune des choses du monde habitée par des esprits – les uns bienfaisants, les autres malfaisants –, et que l'essentiel pour un homme est de bien agir en tout pour « plaire à son âme », cet esprit suprême auquel il appartient.

Trois des membres de l'équipage participent directement à cette expédition avec moi : Dominique Martial, le photographe slovène Arne Hodalic – sorte d'ours des Carpates aussi joyeux qu'efficace –, et le jeune écrivain-reporter Vladimir de Gméline qui fait ses premiers pas avec nous et ira loin par la suite. Une excellente équipe.

Au début, c'est toute une affaire pour nous faire admettre parmi les Sakuddeï, tant ils défendent leur mode de vie contre les influences extérieures ; la défiance est de mise. Mais ils finissent par nous laisser accrocher nos hamacs près de leur uma et la confiance s'installe quand les Sakuddeï comprennent que nous ne cherchons pas à déprécier leur mode de vie mais à le partager. Et lorsque j'accepte un peu plus tard de me faire tatouer sur l'épaule l'un de leurs symboles spirituels – la figure stylisée du crabe, image de la rapidité –, une nouvelle étape est franchie vers une forme de vie commune particulièrement harmonieuse.

Nous apprenons beaucoup des Sakuddeï quant à la conception que les peuples de ces îles se font des relations entre le monde naturel dans lequel ils vivent et le monde surnaturel et invisible qu'ils disent les environner de toute part – fascinant voyage dans des croyances ancestrales où les shamans tiennent le rôle de « passeurs » entre les deux mondes. Cette faculté de médium leur permet aussi de soigner toutes les maladies – du moins le croient-ils –, et même de prédire notre avenir en examinant des entrailles d'animaux, non sans s'être auparavant excusés auprès des esprits qui les habitent de n'avoir pu faire autrement que de tuer leur enveloppe charnelle.

En vivant parmi les Sakuddeï, je ne peux m'empêcher

de les comparer à tous les autres « peuples premiers » qui font maintenant partie de ma vie, de l'Amazonie à la Nouvelle-Guinée. Je cherche tout ce qui les rassemble et tout ce qui les sépare. C'est un autre voyage fascinant ; je me rends compte alors que mon désir très ancien de connaître le plus grand nombre de ces peuples indigènes à travers le monde est intact comme au premier jour de ma découverte du musée de l'Homme à l'âge de quinze ans.

Nous parlons souvent aux Sakuddeï de la jonque et elle devient à leurs yeux notre uma, notre case communautaire. Ils aimeraient la découvrir. Le fait qu'elle flotte sur l'eau et voyage partout les laisse perplexes. Aussi, le jour de notre départ, pour les remercier de nous avoir initiés à leur univers, décidons-nous de leur faire connaître le nôtre : nous les emmenons sur la côte de Siberut où *La Boudeuse* nous attend au mouillage sous la garde de Kerneau et Bonguardo.

Pour la première fois les Sakuddeï découvrent la mer ; ils s'en effraient, mais ne renoncent pas à monter dans les canots qui doivent les mener à bord. De longues heures, ils inspectent les cabines, les couchettes, le pont, le gaillard d'arrière, la cuisine, le carré salle à manger, la bibliothèque, le bar, tout ce qui forme le décor de notre vie quotidienne. Et avant de s'en retourner chez eux avec la pirogue que nous avons réservée à cet effet, ils nous font la joie et la politesse de décréter que notre uma vaut bien la leur…

La seconde expédition nous mène aux Philippines sur la « ligne Wallace », du nom de ce naturaliste anglais qui, au XIXe siècle, a mis en évidence la nature très différente de la flore existant de part et d'autre d'une ligne traversant cette partie du monde. D'un côté, elle est apparentée à celle de l'Asie, de l'autre à celle de l'Australie. Et cette fracture est très nette : deux îles éloignées de seulement quelques milles peuvent être totalement distinctes par leur flore, voire leur faune.

Cependant, bien des mystères restent à élucider sur cette ligne Wallace ; l'équipe scientifique du bord, composée de naturalistes venus du Muséum d'histoire naturelle, a l'intention d'en apprendre davantage en effectuant les inventaires les plus larges possible sur deux séries d'îles coupées par la ligne, les Calamian et les Sémirara, dans le nord-est de Palawan. Ces inventaires doivent comprendre aussi bien les plantes que les insectes, les roches ou les coraux.

Trois de ces naturalistes vont me marquer plus particulièrement et deviendront des amis au long cours : la botaniste Lucile Allorge dont la simplicité et le courage physique m'impressionnent – sans parler de son immense savoir sur les plantes –, le minéralogiste Erik Gonthier qui a beaucoup travaillé en Nouvelle-Guinée, ce qui nous rapproche, et l'entomologiste Hélène Perrin, infatigable collectionneuse d'insectes. Se sont joints à eux de vieux amis comme le géographe Claude Collin Delavaud qui m'avait aidé dans mes recherches sur les « taches blanches » de Nouvelle-Guinée, et sa compagne Rosa Olmos, en poste à l'université Paris X. Ils vont s'occuper de la géographie humaine de ces îles pour compléter les inventaires.

Les semaines passées dans les Sémirara et les Calamian sont aussi passionnantes qu'éprouvantes ; le travail de collecte commence à l'aube et ne cesse qu'à la nuit, entrecoupé de navigations minuscules mais incessantes. L'équipage est largement mis à contribution, assurant la logistique de toutes les équipes, transportant les hommes et le matériel dans les différents canots du bord, traçant les sentiers dans la forêt, rapportant les collectes sur le navire, préparant le matériel de plongée pour les océanographes ; le soir, le pont ressemble à un capharnaüm tant il y a d'échantillons de roches et de coraux entassés partout, et d'herbiers mis à sécher jusque dans la salle des machines, au grand désespoir du mécanicien. Quant à la bibliothèque et aux carrés, ils ne sont pas épargnés par l'avalanche des collectes ; c'est la place préférée des entomologistes qui disposent soigneusement dans des couches de coton les centaines d'insectes amassés au fur et à mesure des semaines.

Ces ambiances de travail nocturne sont l'un de mes meilleurs souvenirs des Philippines – avec la nuit du passage à l'an 2000 que nous fêtons dans une petite île déserte avec de grands feux et de la nourriture à profusion. L'air est toujours doux, le ciel couvert d'étoiles, et les conversations riches et amicales, emplies d'une sérénité à l'image de ce qui nous entoure.

C'est sans doute grâce à ces scientifiques que ma fille aînée, Nathalie, qui a alors seize ans, deviendra plus tard biologiste. Lors de ses vacances scolaires, elle rejoint la jonque pour intégrer l'équipage, et découvre l'alliage exaltant formé par la science et l'aventure ; elle ne l'oubliera pas. Dix ans plus tard, une fois son doctorat passé, elle fera partie de l'équipe scientifique du trois-mâts *La Boudeuse* lorsque nous mènerons de nouvelles expéditions en Guyane française. Elle tiendra sa place à l'égal des « anciens » et j'en serai très fier.

Lorsque nous quittons les Sémirara et les Calamian, les cales de *La Boudeuse* débordent du résultat de nos efforts et nous nous sentons comblés. Il ne nous reste plus qu'à passer le relais aux spécialistes du Muséum que des années de travail attendent pour identifier, répertorier et classer tout ce que nous rapportons.

Nous gagnons alors la côte orientale de Bornéo pour une expédition spéléologique particulièrement incertaine. Il s'agit d'explorer le cours souterrain de la Sungaï Baï, une rivière qui a la particularité de se perdre à un moment donné au milieu d'un massif montagneux très isolé, avant de ressortir on ne sait où.

L'équipe de spéléologues qui nous rejoint à l'escale de Balikpapan est dirigée par Franck Tessier, homme d'expérience s'il en est. Ceux qui l'accompagnent sont aussi de rudes gaillards qui se fondent sans mal dans l'équipage – et nous voilà partis pour de nouvelles aventures.

Nous remontons d'abord le cours de la Sungaï Baï aussi loin que possible avant sa disparition dans les entrailles de la terre. C'est le voyage de tous les dangers, sans aucune carte pour nous dire ce que nous avons sous la coque. Il faut s'attendre au pire et nous naviguons, tous nos sens en alerte, au milieu des sinuosités d'un boulevard liquide, ocre et dense, bordé d'arbres immenses dans les replis desquels se prennent parfois les flèches de nos mâts, faisant dégringoler sur nous des cascades de feuilles et de branches mortes ; nous frôlons les rives dans les courbes pour éviter les tourbillons des contre-courants et les troncs d'arbre à la dérive qui descendent la rivière comme des béliers ; partout, des multitudes d'oiseaux s'enfuient à notre approche et les singes, qui jacassent sur les cimes, sautent de l'une à l'autre pour suivre notre avance.

À plusieurs reprises, comme il fallait s'y attendre, nous nous échouons sur des bancs de vase invisibles ou des amas de végétation obstruant le lit de la rivière sans que rien ne les signale. C'est toute une affaire alors pour nous en sortir, à coup de treuils et de cordage, nos canots poussant la coque à l'avant ou à l'arrière : mais enfin, nous nous en tirons à chaque fois, pour mieux repartir vers l'amont et les massifs montagneux qui se profilent à l'horizon.

Cette aventure fluviale au milieu de la jungle est un mélange d'*Au cœur des ténèbres* et de *Fitzcarraldo* ; par prudence, nous y mettons fin lorsque les rives ne sont plus séparées que d'une trentaine de mètres ; en continuant plus loin, il deviendrait illusoire de manœuvrer pour le retour.

Un village est proche. Nous y engageons des porteurs, et après nous être réorganisés, je poursuis à pied vers les montagnes avec une moitié de l'équipage, tandis que l'autre se charge de la garde du navire sous la direction de Bonguardo, Kerneau demeurant avec moi.

Au bout de quelques jours de marche dans une jungle trouée de sombres marécages, nous atteignons le cœur du massif montagneux et le lieu où la rivière disparaît sous terre. La vision du flot mugissant de la Sungaï Baï avalé par l'énorme bouche de pierre que nous découvrons alors est spectaculaire.

Nous établissons un camp de base sous l'abri de cette bouche de pierre et entreprenons d'explorer directement le cours souterrain à partir de là. L'entreprise se révèle, hélas, extrêmement dangereuse pour les plongeurs envoyés en reconnaissance, Tessier et Hodalic : leurs bouteilles se coincent dans les rochers, la visibilité est insignifiante malgré la puissance de leurs lampes torches sous-marines, et les eaux se dispersent très vite dans une multitude de boyaux qui leur font craindre de ne plus retrouver leur route de retour en dépit du fil d'Ariane qu'ils déroulent derrière eux.

Changeant de tactique, nous décidons de chercher les ouvertures verticales qui doivent exister dans ce massif, compte tenu de sa formation calcaire. Elles devraient toutes mener plus aisément au réseau souterrain de la Sungaï Baï.

Traçant à la machette dans la forêt, nous trouvons très vite une immense doline, sorte de gigantesque trou d'une cinquantaine de mètres de profondeur. Nous le descendons en rappel au milieu de la végétation exubérante accrochée à ses bords. Du fond de la doline part toute une série de galeries, les unes suffisamment hautes pour laisser passer un homme debout, les autres si étroites qu'il nous faut ramper pendant des centaines de mètres avant de déboucher sur des corridors plus praticables. Nous commençons à cartographier ces galeries une à une dans une obscurité totale que les lampes à magnésium de nos casques de spéléologues peinent à dissiper.

Nous passons plusieurs semaines à ce travail de bénédictin. Nous comprenons vite que les montagnes à l'intérieur desquelles circule la Sungaï Baï sont comme d'énormes morceaux de gruyère entassés les uns à côté des autres au milieu de la jungle ; sous la surface, tout un monde de troglodytes nous apparaît, fait d'un labyrinthe inextricable de souterrains, de grottes et de cavernes que peuplent des colonies de chauves-souris et d'étranges insectes ; partout nous trouvons des forêts de stalagmites pareilles à des cierges ruisselants de concrétions calcaires, et d'innombrables stalactites qui descendent des voûtes rocheuses comme des épieux entre lesquels il faut se faufiler en prenant garde à protéger sa tête. Difficile de s'y retrouver dans ce dédale démiurgique et surtout d'y repérer le tracé exact de la Sungaï Baï qui paraît partir dans tous les sens.

Certaines des grottes dans lesquelles nous parvenons après des progressions sinueuses sont si vastes qu'on y logerait presque une cathédrale ; ailleurs, elles sont faites d'une succession de salles de toutes tailles, comme emboîtées les unes dans les autres. Je reste stupéfait par la splendeur et la variété de cet univers dissimulé sous la surface de la terre. Il semble se renouveler sans cesse et offrir toujours de nouvelles perspectives.

C'est ma première expérience de spéléologie et je comprends que les mondes souterrains sont, avec ceux du fond des océans, l'un des derniers domaines de l'exploration d'aujourd'hui. C'est un enchantement.

À force de vivre sous terre, couverts de boue, nous devenons presque des troglodytes nous-mêmes, mais le tracé du dédale de la Sungaï Baï et de ses affluents fossiles avance et prend forme grâce au logiciel spécialisé de l'ordinateur de Tessier. Les images que produit cet ordinateur après traitement des données dont nous le gavons quotidiennement sont notre récompense.

Cependant, notre travail ne pourra aller jusqu'au bout. La saison des pluies arrive plus tôt que prévu et nombre de galeries se remplissent à une allure stupéfiante, comme si la terre siphonnait brusquement l'eau contenue dans le ciel ; toute progression supplémentaire devient impossible. Il faut se résoudre à rejoindre *La Boudeuse* sur ce résultat incomplet. Ainsi vont les choses parfois, j'y suis habitué. On n'atteint pas toujours ses objectifs, mais l'essentiel est sans doute d'avoir fait un bout de chemin vers eux.

Alors, en redescendant vers la mer, nous nous disons en forme de consolation que les cartes que nous publierons après notre retour serviront à d'autres pour élucider un jour définitivement le mystère du tracé souterrain de la Sungaï Baï.

Depuis Bornéo, nous cinglons vers Jakarta afin de récupérer l'équipe volcanologique de l'expédition suivante. C'est un groupe franco-indonésien, spécialiste des sondes sismiques : notre mission va consister à en installer plusieurs dans des îles perdues de la mer de Banda, entre les Célèbes, les Moluques et Timor. Les îles en question sont toutes volcaniques, habitées, et atteignables uniquement par bateau. Du fait de leur éloignement et faute de moyens financiers, elles n'ont jamais pu être équipées d'appareils permettant de surveiller leur activité sismique afin de prévenir à temps les autorités en cas d'éruption.

C'est une mission qui nous plaît tout particulièrement ; de celles dont on voit immédiatement l'utilité et dont les résultats sont tangibles. De surcroît, elle nous fait naviguer dans des zones géographiques où nous n'aurions même pas imaginé aller.

Nous nous consacrons pleinement à ce travail pendant plus d'un mois, allant d'une île minuscule à une autre plus petite encore – au milieu d'une mer vide où nous ne croisons pas le moindre navire.

Je n'ai aucune expérience des volcans et je découvre un monde qui m'est étranger. Naturellement, je n'ai pas la prétention d'apprendre quoi que ce soit de sérieux dans des délais aussi brefs, mais mon intérêt est moins dans ce savoir que dans la possibilité de m'imprégner de ce qui fait l'atmosphère des volcans. J'y puise toutes sortes de sensations et d'images dont je sais qu'elles me seront utiles pour de futurs romans ou des nouvelles. Car nombre de ces volcans sont en pleine activité, grondent et mugissent, et se révèlent impressionnants même vus de très loin. Le spectacle de certaines îles qui nous apparaissent le matin après plusieurs jours de mer, semblables à des chapeaux chinois posés sur l'eau, leurs sommets pointus empanachés de fumerolles, est de toute beauté.

Poser des sondes sur les flancs de ces volcans n'est pas une sinécure. Après avoir cherché un lieu de mouillage à peu près sûr et pris contact avec la population, nous devons encore trouver un endroit où débarquer avec nos canots, en prenant le plus grand soin des sondes qu'ils contiennent – ce sont des appareils fragiles, de la taille d'un petit réfrigérateur, dont les pièces détachées sont réparties dans plusieurs sacs à dos. Une fois débarquée – le plus souvent dans des criques sommaires battues par la mer –, la demi-douzaine de volontaires requis pour l'opération entreprend l'escalade vers les sommets, accompagnée de l'un des volcanologues chargé de déterminer le meilleur endroit pour installer la sonde.

Dans certaines îles, le volcan est suffisamment assoupi pour que l'escalade se déroule sans trop d'anicroches, sur des pentes relativement faibles, parfois recouvertes d'amas de vieilles laves pulvérulentes issues d'anciennes éruptions ; ailleurs, l'accès au sommet peut être si difficile que nous devons progresser équipés de casques, de harnais et de cordes. Dans ces endroits-là en général, le volcan présente à plusieurs endroits de son cône de vastes ouvertures dans lesquelles des magmas informes de terres et de boues se trouvent en ébullition comme au fond de marmites géantes. Des panaches de fumée jaillissent de ces cuisines telluriques, et à trop approcher, on étouffe au moindre coup de vent rabattant la fumée. Il faut se méfier aussi des fissures qui tailladent la roche un peu partout en laissant suinter des coulées de soufre d'un jaune vif ; mieux vaut éviter de respirer les vapeurs qui s'en dégagent et c'est avec des masques que nous traversons ces zones qui sont comme une image de l'enfer.

Malgré ces difficultés, nous parvenons à poser l'ensemble des sondes prévues par la mission, et ce n'est pas pour moi une mince satisfaction après le demi-succès enregistré sur la Sungaï Baï.

Mais nous n'en avons pas pour autant fini avec les volcans. Quelques mois plus tard, au large de la côte nord de la Papouasie-Nouvelle-Guinée, nous nous attachons à approfondir les connaissances d'une île parmi les plus étonnantes de cette région : Long Island. Cette île presque ronde a la particularité de s'être formée au moment de l'explosion du volcan qui la constituait aux temps anciens. L'explosion a creusé en son centre un immense cratère, aujourd'hui occupé par un lac ; mais le plus fascinant est qu'au milieu de ce lac a surgi il y a peu, à l'échelle géologique, un îlot volcanique nouveau que les Papous de la côte ont appelé le *motmot*. Et sur ce volcan, d'autres encore plus petits semblent actuellement se former – comme dans un emboîtement de poupées russes. L'équipe scientifique du bord, qui comprend notamment le géologue Éric Gilli, aimerait établir un plan précis du motmot afin que son évolution puisse être suivie dans le temps.

Après avoir mouillé dans une baie de l'île par un temps de pluie affreux, nous débarquons une moitié de l'équipage sur la terre ferme avec tout le matériel nécessaire à une expédition vers le lac : canot démonté, moteur hors-bord, bidons d'essence, tentes, vivres, bouteilles de plongée et matériel de bivouac. Comme à notre habitude, nous faisons appel aux habitants d'un village proche pour nous procurer une vingtaine de porteurs, et en une seule journée de marche à travers l'anneau de collines broussailleuses ceinturant l'île, nous gagnons la bordure du lac où nous installons un campement sommaire. Aucun Papou ne vit ici, probablement à cause des légendes qui circulent sur la présence d'un crocodile géant dans le lac.

Le lendemain, après avoir gonflé notre canot, nous rejoignons l'îlot du motmot éloigné de quelques kilomètres tant le lac est immense, entouré de tous côtés par les falaises de la caldera. Il fait un temps de chien et nous avons bien de la peine à atteindre notre but, à six dans un canot minuscule secoué par les vagues ; mais le débarquement sur le motmot vaut largement nos efforts : il mesure quelques centaines de mètres de long et n'est fait que d'un enchevêtrement de cônes et de cratères lilliputiens qui semblent se chevaucher les uns les autres faute d'espace. Nous sommes impressionnés par cette vision vaguement inquiétante, surgie du plus profond de la terre, et que de grands rapaces survolent en planant. Tout est désert à l'exception de ces oiseaux, et seul le vent souffle en rafales sur ce monde perdu aux antipodes de la France.

Les jours suivants, nous explorons le motmot de fond en comble, le mesurant sous toutes les coutures à l'aide de télémètres laser, échantillonnant les roches et sondant les moindres cavités. Éric Gilli et Franck

Tessier en tirent au final une carte complète et précise. Ce travail achevé, nous effectuons une série de plongées en bouteille autour de l'îlot pour compléter les mesures à la base du motmot, et nous rendre compte en même temps de la nature des fonds sous-marins.

Une surprise de taille nous y attend : à peine avons-nous atteint quelques mètres de profondeur, dans des eaux teintées de vert et de bleu acidulés, que nous apercevons d'innombrables colonnes de petites bulles qui montent lentement vers nous comme des chapelets lumineux. Étonnés, nous descendons encore, avançons un peu plus loin, regardons tout autour de nous : partout le spectacle est le même. Il n'y a que ces inquiétantes guirlandes verticales et translucides qui jaillissent du sol par des trous minuscules, et dont les bulles montent crever à la surface. Pas de doutes, le sol exhale des gaz de toutes parts, comme si la terre respirait par une infinité de pores.

Gilli considère que les gaz surgissant de l'eau n'ont rien de toxique – puisque l'air environnant paraît aussi pur qu'il peut l'être –, et que les bourgeonnements volcaniques du motmot sont en cours d'évolution. À l'évidence, bien des forces de la nature sont en action sous la croûte terrestre de l'île, prouvant une activité volcanique intense. Mais faute de sonde sismique, bien malin qui pourrait dire quand une éruption fera exploser le motmot.

C'est à Bougainville que nous consacrons la dernière expédition de notre longue aventure maritime : une forme d'expédition humaine et littéraire dont je garde un souvenir ému. Entre le détroit de Bougainville dans le nord-ouest de la Nouvelle-Guinée et l'île de Bougainville elle-même à l'extrême sud-est de la Papouasie, nous décidons de suivre l'itinéraire qui fut le sien. Avec une seule question : qu'allons-nous trouver à plus de deux siècles d'intervalle – et qu'allons-nous vivre nous-mêmes ?

Dans la bibliothèque du bord, nous conservons les deux volumes de l'Imprimerie nationale que le grand historien Étienne Taillemite a consacrés au navigateur français et à ses compagnons ; y sont consignés leurs différents journaux de bord et tout ce que l'on sait de ces hommes et de leurs deux navires, la frégate *La Boudeuse* et la flûte *L'Étoile* qui entreprirent ensemble leur fameux tour du monde entre 1766 et 1769.

Ces journaux sont d'une lecture extraordinaire par la sobre humanité qui s'en dégage. En ce temps-là, naviguer sur des mers inconnues voulait dire quelque chose. Et la vie au long cours était d'une dureté que l'on peine à imaginer aujourd'hui. Ces marins partaient découvrir le monde en sachant qu'ils allaient endurer les pires souffrances, mais ignorant combien de temps elles dureraient, ni s'ils reviendraient un jour au port tant la mortalité était effroyable sur les navires de cette époque. Une circumnavigation signifiait par avance qu'il y aurait à combattre des ennemis ici ou là – quand ce ne serait pas des combats navals à livrer –, qu'il y aurait d'incessantes privations, que l'on mangerait de mauvais biscuits et du lard le plus souvent pourri, que l'on boirait de l'eau fétide, qu'il y aurait le scorbut, des maladies de toutes sortes, et des hommes perdus dans les tempêtes ; et lorsque l'on serait épargné par ces fléaux, il faudrait quand même travailler sans relâche à l'entretien du navire et être appelé sans cesse à la manœuvre ; et tout cela en vivant entassés à plus de deux cents pendant des années sur une coque d'à peine quarante mètres de long.

Bougainville, enfant chéri des philosophes du temps des Lumières, fut le premier navigateur-explorateur à voyager pour des raisons essentiellement scientifiques – et littéraires, car à ses yeux le couronnement de son entreprise devait s'achever par un livre. C'est ce qui le différencie de tous ses prédécesseurs partis pour des motifs militaires ou commerciaux – et ce qui m'a toujours plu chez cet homme.

Les quelques semaines que nous passons à suivre son itinéraire depuis le pourtour occidental de la Nouvelle-Guinée jusqu'aux limites des îles Salomon sont parmi les plus accomplies que j'ai connues. Chaque jour, nous lisons le journal de Bougainville et celui de ses officiers, comparant ce que nous voyons nous-mêmes à ce qu'ils décrivent – et ce que nous vivons aujourd'hui à ce qu'ils vécurent deux siècles plus tôt.

Le plus étonnant de cette navigation est qu'en certains lieux, rien n'a changé. L'un des moments le plus significatif en la matière survient lorsque nous arrivons dans la baie de Praslin, en Nouvelle-Irlande. Ce jour-là, nous tenons à la main la carte dessinée par Romainville – le cartographe de l'expédition de Bougainville –, et nous n'avons besoin de rien d'autre pour pénétrer en sécurité dans la baie ; tout est absolument conforme : le contour des plages, le découpé des criques, l'emplacement des collines environnantes, et même la frange d'une cocoteraie sur notre droite. Ces gens-là savaient travailler.

Après avoir jeté notre ancre à l'endroit précis où Romainville signale que *La Boudeuse* le fit autrefois, nous retrouvons aussi les trois petites rivières décrites dans le journal de Bougainville, ainsi que la cascade qui surplombe l'une d'elles. C'est là que les marins allèrent se ravitailler en eau et laver leur linge.

Dans cette baie de Praslin, il n'y a toujours pas la moindre trace du monde moderne, où que porte le regard. Mais bientôt, comme ce fut le cas pour Bougainville, des pirogues surmontées de Papous étonnés surgissent d'une anse voisine et viennent entourer notre jonque pour nous saluer.

Lorsqu'ils voulaient marquer leur passage sur une terre inconnue, Bougainville et ses compagnons avaient divers usages dont l'un était d'enterrer une plaque de chêne sur laquelle était gravé le nom des officiers du bord – c'est ce qu'ils firent dans la baie de Praslin. Alors, quand nous parvenons dans les îles Salomon, point ultime de notre campagne d'expéditions, nous décidons de rendre hommage à ces marins, en signant à leur manière la fin de notre entreprise. Nous cherchons l'îlot le plus désert qui soit, et dans le sable d'une plage perdue au bout du monde, nous enterrons un coffre à l'intérieur duquel je dépose une copie de notre journal de bord, et chaque membre de l'équipage un objet personnel.

Après quoi, nous reprenons le chemin de la France par l'océan Indien et le canal de Suez.

Un demi-tour de la terre.

48

Ce long voyage de retour est essentiellement effectué sous la direction de Kerneau, Bonguardo et Féron – officier d'expérience, venu renforcer l'équipage lors de notre escale dans l'île de Timor. Je suis rentré à Paris préparer l'arrivée du navire et je ne rejoins mes camarades que de place en place – aux Maldives pour une période de repos enchanteresse, et à Djibouti pour un dernier carénage avec l'aide de notre excellent mécanicien du moment, Loïc Hilaire.

Je reprends mon poste juste avant le canal de Suez, afin d'achever la dernière partie du convoyage de la jonque. En ce début d'année 2001, le temps est très mauvais dans le nord de la Méditerranée et souffle en tempête sur les îles grecques ; plus au sud, sur notre route, la mer est maussade, creusée d'une mauvaise houle qui nous cogne inlassablement. Mais nous avançons vaille que vaille ; bientôt nous ne sommes plus qu'à quelques jours d'Ajaccio, notre première escale française. Sur le pont, entre deux quarts, je pense déjà aux aventures futures de *La Boudeuse*, que j'ai eu tout le temps d'imaginer pendant les deux années de notre longue navigation.

Mais l'adversité frappe toujours quand on s'y attend le moins. Dans la nuit du 14 au 15 mars, tout bascule. Nous ne saurons jamais avec précision ce qui frappe la coque au niveau de la proue – probablement un container perdu dans le nord par un cargo au milieu de la mer démontée –, mais tandis que la nuit tombe, une voie d'eau se déclare à l'avant, juste sous le puits à chaîne, au pire endroit pour colmater une brèche.

Jusqu'à l'aube du jour suivant, nous combattons pour sauver le navire. Dans la nuit et le froid, de l'eau bientôt jusqu'à la poitrine, nous manœuvrons les pompes dans l'obscurité fantasmagorique du navire privé de toute lumière, bousculés d'un bord à l'autre par la puissance des vagues. Dans cette bataille désespérée pour éviter l'irréparable, l'équipage fait preuve d'une détermination et d'un sang-froid parfait. Jusqu'au bout. Le grand Sénèque écrivait à l'époque antique : « S'il tombe, il combat à genoux. » Douze heures durant, nous vivons cette phrase de manière charnelle. Mais le destin est plus fort que tout.

Quand je comprends qu'il faudra abandonner la jonque et nous jeter dans les eaux glaciales de la Méditerranée, je dis à Kerneau qu'avant qu'il ne soit trop tard, nous devons faire nos adieux à notre navire en beauté et à notre manière. Alors, rassemblant l'équipage au bar à la lueur des lampes frontales, trempés et gelés dans les ténèbres qui nous entourent, nous buvons un dernier verre à la santé de la jonque, criant des *hourras* et portant des toasts à celle qui nous a tant donné.

Après quoi, nous retournons au combat.

Quand le jour se lève au matin, dans un ciel triste et boueux, tout est consommé. Malgré l'aide d'un cargo italien qui s'est dérouté pour nous porter secours, la jonque sombre par quatre mille mètres de fond, à cent trente-cinq milles dans l'est de l'île de Malte.

Recueillis par le cargo, nous faisons route vers Alexandrie dans un voyage maussade où je n'ai que la satisfaction de n'avoir perdu personne dans ce naufrage. Tous ces jours, j'ai devant moi l'image du château arrière de *La Boudeuse* s'enfonçant lentement dans la mer à quelques mètres de moi, après que j'ai sauté à l'eau le dernier, conformément aux usages. Et je me dis que l'âme qui habitait cette jonque ne doit pas mourir avec elle, mais migrer dans un autre navire pour continuer ce qui devait être accompli. Je me jure alors à moi-même comme à l'équipage que je ferai du mal causé par cette « fortune de mer » un bien plus grand encore – et que nous repartirons un jour sur les océans.

Le poids du fardeau qui m'accable à notre retour en France est de ceux que je ne me remémore pas sans une certaine rage. La jonque était mal assurée et je n'en tire pas même de quoi rembourser intégralement les dettes accumulées au cours des deux années de notre aventure : je continuerai à les payer des années durant. J'ai également perdu tout notre matériel d'expédition – que j'avais pris le risque de ne pas assurer faute de moyens –, et pour finir, j'ai vu disparaître l'ensemble de ma bibliothèque, à l'exception de quelques livres emportés à l'ultime moment avec la cloche de *La Boudeuse*, les journaux de bord et nos pavillons.

Et je dois tenir ma promesse de retrouver un navire, de faire renaître le rêve que la mer a englouti.

Au cours des trois années qui suivent le naufrage de la jonque, le poids de ce fardeau est fait d'incessantes mauvaises nouvelles ; elles s'accumulent chaque jour, entre les créanciers anciens qui réclament légitimement leur dû, et ceux qui rechignent à le devenir puisque je cherche à racheter un navire… J'ai l'impression d'être un cheval de trait qui tire une carriole où l'infortune ajoute chaque jour une pierre supplémentaire, toujours plus lourde et cruelle, et qui doit tirer de plus en plus fort cette carriole en sachant que s'il s'arrête, elle se renverse. Alors, je tire en ne pensant à rien d'autre qu'à la ligne d'arrivée où en bon cheval je dois mener ma charge.

Tout ce temps, je n'ai que le désir d'une seule bonne nouvelle pour dissiper les nuages au-dessus de ma tête. Mais elle tarde à venir. Je pourrais me sentir très seul dans cette épreuve, mais le cercle de la famille et celui des amis forgé en trente années d'aventure et d'engagement est tel que, pas un instant, je ne me trouve solitaire. Beaucoup travaillent bénévolement avec moi – comme Bernard Wolfrom depuis des années –, d'autres m'ouvrent les portes des milieux fermés de l'administration et de la finance – comme Louis de Broissia ou François Lépine –, d'autres encore m'apportent leur appui dans les médias sans lesquels ce dont on ne parle pas n'existe pas – comme Bernard de la Villardière, Gérard Chaliand ou Jean-Claude Guillebaud –, et tous les autres sont présents chaque fois que nécessaire : les Boinet, Gautier, Le Bret – qui mettra un peu plus tard ses économies en gage auprès des banques –, Guilbert, Ponfilly, sans oublier Amin Wardak qui sait ce que le mot adversité veut dire.

Et puis, il y a Julia maintenant, pour joindre ses forces aux miennes et faire advenir ce qui doit être. Elle sera de tout ce que je créerai par la suite.

Pendant plus de trois ans, je jette toutes mes forces dans la balance, avec les soutiens dont je viens de parler, travaillant sans trêve ni repos. Ma mère et mon frère Éric m'avancent les fonds indispensables à la recherche du futur bateau – qui m'oblige à parcourir une bonne partie de l'Europe –, et je prépare sur le papier ce que seront les prochaines aventures de ce navire : un tour du monde d'est en ouest à la redécouverte des « Peuples de l'eau » vivant dans des îles perdues, le long de côtes isolées, ou au bord de fleuves lointains. Ce qui m'intéresse cette fois, c'est de m'attacher à une vaste quête philosophique de terrain sur les « ressemblances » que l'on peut trouver entre les peuples derrière leurs « différences » immédiatement perceptibles – quelque chose comme l'éventuel substrat d'une nature humaine universelle. En d'autres termes, je veux travailler sur le sujet éminemment complexe et sensible des ressemblances qui peuvent rassembler les hommes par-delà les différences qui les séparent.

Au cours de ces trois années, je me mets également en conformité avec les brevets maritimes exigés par une administration qui me presse de rentrer dans le rang si je veux poursuivre mes projets. Je retourne donc à l'école une nouvelle fois ; d'abord pour passer les brevets de moniteur fédéral de voile, puis le PPV de skipper professionnel, enfin ce qui deviendra le brevet de capitaine 200 voile, et plus tard celui de capitaine 500 – selon la terminologie barbare de cette administration…

Au mois de mai 2003, je commence à recueillir le fruit de mes efforts. J'ai fini par convaincre de nouvelles banques de m'avancer les fonds nécessaires à l'achat d'un navire et j'ai déniché celui-ci en Suède. C'est le plus splendide et le plus solide des trois-mâts goélettes qu'il m'ait été donné de voir : 46 mètres hors tout, 250 tonnes de déplacement, 4 500 mètres de gréement courant, plus de cent cabillots aux râteliers de pont et de mâts pour tourner et lover autant de drisses, d'écoutes, de cargues et d'amures, et treize grandes voiles pour le faire avancer – trois au mât de misaine, dont un hunier fixe et un hunier volant, deux au grand mât, trois sur les étais, deux au mât d'artimon et les trois dernières à l'avant, la trinquette, le foc et le clinfoc.

Ce trois-mâts est un grand voilier traditionnel construit il y a près d'un siècle en Hollande pour commercer au cabotage dans la Baltique, et devenu navire-école en Suède après la Seconde Guerre mondiale. Refondu à plusieurs reprises, il est fin, élancé, et bon marcheur ; par vents favorables, il peut atteindre ses quatorze nœuds. Toutes les manœuvres s'y font à la force des bras, comme autrefois, et nécessitent de bons gabiers pour grimper dans la mâture – surtout par temps de tempête, quand il faut aller serrer misaine et huniers sur leurs vergues, trente mètres au-dessus du pont.

Il porte le nom de *Vida* ; je le rebaptise naturellement *La Boudeuse*…

Après l'avoir ramené en France, nous le mettons en chantier à Brest puis à Camaret, pour un travail d'une année entière destiné à le transformer en trois-mâts d'exploration sous le contrôle du bureau Veritas et de la commission de sécurité des affaires maritimes. Mon frère Éric se donne à ce chantier avec détermination, épaulé par une petite équipe de volontaires.

Nous dotons le navire de tout ce qui nous semble indispensable aux vingt-six membres d'équipage qui pendant des années vont devoir vivre et travailler ensemble vingt-quatre heures sur vingt-quatre dans ce huis clos : timonerie pourvue de tous le matériel de navigation nécessaire, bibliothèque enfin reconstituée avec plusieurs milliers de livres, bar, salles de bains, bureau administratif, salle de montage pour les films, onze cabines permettant un minimum d'intimité, carré salle à manger, cuisine équipée, cales pour les matériels d'expédition et les équipements de plongée sous-marine, cambuse avec chambre froide, etc.

L'endettement a repris avec ses échéanciers effarants, mais le jeu en vaut la peine : *La Boudeuse* est le meilleur outil dont j'ai jamais disposé pour redonner à l'esprit d'aventure tout son sens et sa modernité – avec l'espoir qu'il influera un tant soit peu sur l'environnement social et humain qui est le nôtre, notamment sur la jeunesse, puisqu'il faut bien essayer de servir à quelque chose.

Le chantier est achevé à la fin du printemps 2004 ; *La Boudeuse* devient un navire professionnel, possédant son « livret bleu » de la marine marchande. Tout est paré de ce côté.

Pour financer la campagne d'expéditions elle-même, j'ai reproduit le modèle mis en place avec la jonque : contrats de films pour les télévisions et subventions ici ou là – sans sponsoring commercial, puisqu'il me semble toujours aussi impératif de ne défendre que les seules valeurs portées par l'esprit d'aventure du navire.

Hélas, quand pointe l'été ces fonds sont encore insuffisants, mais j'ai beau chercher, je ne trouve plus rien. La date prévue pour le départ approche, la machine est lancée, et dans ces cas-là, il advient un moment où l'on ne peut plus rien retarder, sauf à tout annuler et à renoncer.

C'est alors qu'un homme arrive à la rescousse comme dans un roman d'Alexandre Dumas. Il s'appelle Christian Herrault. C'est un haut dirigeant de Lafarge, ancien commando marine, que j'ai rencontré peu de temps auparavant grâce à François Lépine. Il est d'une étoffe rare. Comme l'était un Cyrano. En Normandie, il possède un manoir fortifié du XVIe siècle auquel il redonne vie année après année avec passion : le Grand Taute. Dans la salle principale de ce manoir, pareille à la salle d'armes d'un château fort, ses armoiries sont disposées au-dessus de l'immense cheminée : Parti : en 1, de sinople à 2 hâches danoises adossées d'argent ; en 2, d'argent à la fasce de gueule accompagnée de 3 canettes de sable becquées et membrées d'or, posées 2 et 1. Ces armoiries portent une devise en latin : « *Virtute et Largitate* » (Avec courage et générosité). C'est la devise qu'Herrault s'est forgée pour lui-même ; et il la met en pratique au quotidien. Tout au long des années qui vont suivre, avec une discrétion amicale et bienveillante, il fera en sorte que *La Boudeuse* affronte sans défaillance toutes ses tempêtes financières.

Grâce à lui, nous pouvons partir l'esprit un peu moins tourmenté.

Le 27 juillet 2004, *La Boudeuse* quitte officiellement son port d'attache de Bastia après un tour de France des ports. Direction l'embouchure de l'Amazone, de l'autre côté de l'Atlantique, pour la première expédition de ce tour du monde voué aux Peuples de l'eau. L'aventure commence. Elle durera trois années ; mille cent soixante-trois jours exactement avant que nous ne venions replier nos voiles à Paris en amarrant notre navire face à la Grande Bibliothèque.

J'ai publié récemment le premier des trois volumes qui seront consacrés à ce tour du monde[1]. Il m'en reste deux à écrire ; je ne voudrais pas me répéter à un intervalle si bref. Aussi vais-je me limiter ici à résumer cette longue odyssée qui fut au moins aussi fiévreuse que celle de la jonque.

Les huit expéditions que nous menons successivement forment un panorama emblématique des peuples réunis par la géographie de l'eau – et permettant de les comparer. Ces peuples sont caractérisés par leur isolement, leurs tailles réduites, les périls qui les menacent, et les profondes mutations auxquels ils doivent faire face.

La première expédition se déroule chez les Indiens yuhup après une extraordinaire remontée de l'Amazone et de ses affluents qui nous fait traverser les deux tiers du continent sud-américain jusqu'aux pieds de la cordillère des Andes, où peut s'en faut. C'est la troisième fois en près de trente ans que je retourne dans cette petite tribu de Colombie, et le désir de continuer à suivre son évolution à travers le temps s'installe définitivement en moi.

Après avoir passé le canal de Panamá, nous nous engageons dans les profondeurs immensément vides de

1. *La grande aventure de* La Boudeuse, tome 1, Plon, 2008.

l'océan Pacifique oriental pour gagner l'île de Pâques. Cette expédition ne s'attache pas à lever les dernières énigmes de l'île, mais à comprendre ce qui fait la spécificité de ses trois mille habitants, les Rapa Nui. Nous vivons avec les cavaliers *djorgo* de l'intérieur des terres, les pêcheurs solitaires de la côte, les artisans d'Hanga Roa, beaucoup d'autres, et après avoir parcouru en tous sens cette terre légendaire aux lumières perpétuellement changeantes, nous poursuivons notre longue quête, toujours un peu plus loin.

La troisième expédition nous mène dans la petite île de Fatu Hiva, aux Marquises. Loin des eaux turquoise des mers du Sud, nous partageons l'existence d'hommes et de femmes qui n'aiment rien tant que leur minuscule patrie et se disent si amoureux de ce paradis perdu qu'ils ne le quitteraient pour rien au monde. Une expérience rare du goût que certains hommes peuvent concevoir pour leur être collectif.

Nous sillonnons ensuite une large partie du Pacifique d'est en ouest, passant près d'une année au milieu des différents peuples de Polynésie. Au cours de cette longue expédition, nous abordons un nombre d'îles si grand que j'en ai perdu le compte, séjournant dans des atolls des Tuamotu si petits qu'on n'y dénombre pas plus de soixante habitants, et dans des îles comme Futuna où règnent d'anachroniques « rois de la république ». Chez les uns nous apprenons à devenir pêcheurs de perles et récolteurs de coprah, chez les autres, nous observons avec étonnement la vie d'un « royaume » français…

Les noms qui ponctuent ce long voyage dans le Pacifique restent comme l'un de mes souvenirs les plus attachants. Pitcairn, Tubuaï, Palmerston, Fidji, Samoa, Nassau, ou encore Wallis, tracent dans ma mémoire comme un chapelet de terres heureuses où les hommes regardent de loin les bouleversements du monde, attachés d'abord à vivre heureux et sans contraintes.

De l'autre côté du grand océan, nous parvenons dans l'île de Pentecôte au Vanuatu. Nous sommes maintenant sur la frange orientale du monde mélanésien. À Pentecôte vivent les Saa, proches voisins des Papous de Nouvelle-Guinée. Ces hommes singuliers ont préservé l'essentiel de leur vie coutumière et sont grands buveurs de kava, cette boisson à base de poivrier sans laquelle ils ne seraient pas eux-mêmes. Leur rituel ancestral du saut du gaul est encore en usage une fois par an, et lors de ce rite d'initiation, ils construisent des tours de bois allant jusqu'à trente mètres de hauteur pour se jeter dans le vide avec de simples lianes attachées aux pieds pour les retenir.

Notre expédition a lieu en dehors de cette période du gaul et nous parvenons à nous faire accepter sans trop de peine par le groupe de Saa le plus isolé de l'île, au cœur même des montagnes. Notre vie parmi eux me renvoie à tout ce que j'ai connu chez les Indiens, les Pygmées, les Papous ou les Sakuddeï : une expérience de la vie sauvage, complémentaire et instructive.

Après les Saa, nous retrouvons l'archipel indonésien comme à l'époque de la jonque ; les deux expéditions qui s'y déroulent se font dans l'entrelacs d'une nouvelle poussière d'îles et nous amènent chez les marins Bugi des Célèbes, puis chez les nomades Badjao du détroit de Komodo.

Avec les Bugi, nous participons à la construction traditionnelle des pinisis sur les plages de leur chantier principal de Tanah Meruh – c'est pour moi comme une forme de retour à ces bateaux qui avaient été à l'origine de la jonque –, et naviguons de conserve avec l'une de ces pinisis jusqu'à l'île de Flores.

Avec les Badjao, nous vivons plus communément dans les différents villages qu'ils ont installés sur des îlots à l'écart de tout, subsistant paisiblement de la pêche et de la récolte des concombres de mer.

Après un long séjour à Singapour pour caréner *La Boudeuse*, nous traversons l'océan Indien de part en part malgré la mousson qui nous est contraire ; cinquante-huit jours nous sont nécessaires pour atteindre la péninsule arabique, et nous devons manœuvrer sans cesse dans les grains et les coups de vent pour avancer, prenant finalement une route loin au sud, vers les Chagos et les Maldives, pour profiter des alizés.

Notre dernière expédition a pour cadre le sultanat d'Oman et le monde arabe. Dans l'antique cité de Sour, nous partageons l'existence des derniers capitaines de boutres qui naviguaient autrefois dans le golfe Persique ou vers Zanzibar et Calicut ; et dans les déserts qui bordent Sour, nous partons à chameau sur les traces des anciennes caravanes qui commerçaient avec ces boutres, leur apportant les marchandises de l'intérieur de l'Arabie et ramenant celles des Indes, de la Perse et de l'Afrique.

Après quoi, nous gagnons l'île de La Réunion via les Seychelles pour un nouveau carénage du navire à la fin de 2006. Celui-ci achevé au début de l'année suivante, nous revenons en France par le cap de Bonne-Espérance, profitant des escales de Madagascar, des îles de Sainte-Hélène et de l'Ascension. Enfin nous touchons l'archipel du Cap-Vert à la fin du printemps, et après la longue remontée de la côte africaine par les Canaries, parvenons à Gibraltar au début de l'été. Puis c'est enfin le retour à Bastia.

L'équipage qui a permis cette vaste odyssée comprenait nombre « d'anciens » – de Ségolène Château à Gérard Maury –, et beaucoup de nouveaux qui étaient venus le régénérer comme cela me semblait souhaitable. Ils furent quatre-vingt-quatre en tout. Je leur dois beaucoup, notamment aux marins Jean-Yvon Combot et Hervé Riou, aux administrateurs Maxime Ducoutumany et Vincent Trousseau, aux philosophes et écrivains Hedwig Marzolf et Gérard Chaliand, aux gabiers Christine Chevrier et Sophie Mousset, aux boscos Paul le Cann, Ali Berredouane et Richard Madrange, aux mécaniciens et techniciens Fernando Guillot, Christian Thoraval et François-Mathieu Bré – à beaucoup d'autres encore que je ne peux tous citer. Et naturellement à Julia qui, depuis l'époque de la jonque, n'a cessé d'être présente à mes côtés dans toutes ces aventures.

Quelqu'un d'autre doit être cité en particulier : Amaury Bironneau. Sorti d'une école de commerce, il postule en 2005 au poste d'assistant à la base arrière auprès de Bernard Wolfrom, alors que nous sommes quelque part dans le Pacifique Sud. Il a vingt-cinq ans, mais entre très vite dans l'univers mental de *La Boudeuse*, avec ses exigences et ses valeurs. En quelques mois, il devient l'un des pivots de l'équipage. J'ai rarement eu avec moi quelqu'un d'aussi déterminé et d'aussi vif – et capable de résister autant à l'usure des épreuves. Au cours des expéditions, son art consommé des contacts humains règle des difficultés sans nombre, tout autant que lorsqu'il travaille en France avec les partenaires de *La Boudeuse*. Il possède l'esprit romanesque nécessaire aux entreprises sortant de l'ordinaire, mais il sait garder la tête froide quand il le faut ; il ne s'effraie donc pas des défis et ne rechigne qu'à la paperasserie. Il sait surtout se donner à de grandes choses, c'est ce qui compte, et probablement a-t-il choisi de se faire un destin plutôt qu'une carrière. Sept ans plus tard, il est toujours dans le cercle restreint de ceux qui préparent l'avenir du navire avec tous les sacrifices que cela nécessite – comme Bernard Wolfrom ou Julia Du Rietz.

Pour finir sur ce tour du monde, je conclurai en disant qu'il m'a permis de passer trois années dans un accord rare entre moi-même et les buts que je poursuivais :

c'est cela aussi le bonheur – et il comblait infiniment toutes les difficultés rencontrées.

Plus encore que sur la jonque, aussi, j'ai aimé mon navire et l'existence qu'il me permettait de connaître sur la mer : libre et intense, riche des valeurs et des objectifs vécus chaque jour. C'est quelque chose que je ne veux pas perdre. Comme aucun des fidèles de *La Boudeuse* et de l'esprit que porte ce navire.

Aussi, lorsque l'expédition menée à la suite de ce tour du monde dut être interrompue au Venezuela en 2010 – faute de constance dans les engagements financiers du ministre qui nous avait confié cette mission –, avons-nous tout fait pour sauver le navire des dettes abyssales dans lesquels on l'abandonnait. Ce furent dix-huit mois de lutte intense. Une fois de plus. Et un fardeau à porter similaire à celui que j'avais connu après le naufrage de la jonque. Mais comme nous le disions alors dans l'équipage : « On n'est mort que quand on l'a décidé. » Et nous avions bien l'intention de vivre.

Aujourd'hui, *La Boudeuse* a retrouvé des eaux plus paisibles grâce à l'alliance passée avec l'ONG ACTED et son dirigeant Frédéric Roussel. Nous avons créé ensemble le Fonds de dotation « Mission Terre-Océan » et, en cette année 2012, l'avenir s'ouvre à nouveau, porteur d'innombrables projets.

Demain, il y aura encore de grandes missions à bord de *La Boudeuse* – et en même temps la poursuite pour moi de tout ce qui a précédé ce navire.

49

Ce livre s'achève et je dois préciser que pour l'écrire, je me suis refusé à consulter mes journaux de bord ou mes carnets de notes. J'ai fait le choix de recourir à ma seule mémoire dans l'espoir qu'elle ferait le tri entre ce qui méritait d'être retenu et ce qui ne méritait pas de l'être. À deux ou trois exceptions près, suscitées en cours de rédaction par des rencontres inopinées avec des témoins des événements que j'ai relatés, je me suis tenu à cette règle. S'il se trouve donc dans ce livre quelques erreurs de dates ou de lieux, quelques approximations dans tel ou tel récit, anecdote ou dialogue, ce ne pourrait être que par un effet de la mémoire et rien de plus ; mais ce doit être peu de choses.

Pour des raisons de place cependant, j'ai volontairement écarté un certain nombre d'expéditions, de rencontres et d'engagements dont j'aurais pu faire le récit. J'ai également dû abréger nombres d'expériences, notamment sur l'Afghanistan. De manière délibérée aussi, je me suis refusé à parler des ennemis que j'ai rencontrés sur ma route – à l'exception notable d'Hildebrand en Colombie, mais j'étais très jeune. C'est pourquoi on n'a trouvé dans ce livre aucun portrait négatif sur qui que ce soit nommément. J'ai préféré laisser toute la place à mes amis ; c'était une joie pour moi, et en même temps un moyen de leur rendre hommage puisqu'ils m'ont construit autant que les événements que j'ai pu vivre. Il ne faudrait pas en conclure que j'ai été privé d'ennemis. Ils n'ont pas manqué ; j'ai croisé dans ma vie davantage d'âmes basses que d'esprits élevés mais, d'une certaine manière, les uns et les autres ont été utiles à ma formation. De toute façon, il faut s'honorer du stock d'ennemis dont on dispose, un homme se jugeant autant à leur nombre qu'à celui de ses amis.

Enfin, j'ai laissé de côté tout ce que j'estimais appartenir à ma vie privée. Cela ne concerne que moi. D'autant que par un effet de pudeur personnelle, je verse difficilement dans le déballage moderne des sentiments. Ils me sont trop intimes. Il suffit de savoir que femmes et enfants m'ont apporté la part la plus précieuse de ce qu'un homme peut attendre de la vie quand il l'a choisie incertaine. En vérité, c'est à eux que ce livre doit le plus.

J'ai désormais l'âge de la dernière ligne droite. Cela me plaît ; j'aime cette idée que l'heure a sonné d'accélérer le pas et de ne plus rien gaspiller du temps qui reste et qui va s'amenuiser. J'ai aimé cette vie de nomade où j'habitais mes seuls livres, mes seuls amis, mes seuls amours, la seule somme de mes actes : je vais la poursuivre, je n'en vois pas d'autre.

On dit généralement que les tempéraments s'assagissent avec l'âge – tout comme les désirs et les convictions. L'admettre fait partie de ces erreurs funestes qui confondent la cause et l'effet, et par là même produisent l'effet qu'il aurait fallu éviter. J'ai toujours cherché à me défendre de cet écueil. Mon maître en la matière reste Alexis Zorba, qui rajeunissait avec l'âge parce qu'il avait toujours une entreprise devant lui et apprenait sans cesse de la vie, cette longue maturité de l'esprit. En agissant comme en écrivant, je me suis toujours dit une fois le travail achevé : c'est insuffisant. Ainsi, je me contraignais à avancer encore. Et je me suis souvent mis l'épée dans les reins pour m'empêcher de reculer.

J'aime donc regarder cette dernière ligne droite à ma manière, c'est-à-dire habité par l'idée que tout ce qui l'a précédée n'a été que la préparation lente et patiente de ce qui va advenir maintenant. J'ai fait beaucoup de choses dans ma vie, trop sans doute, pas assez sûrement – c'est ainsi que je vois les choses –, mais je veux croire que tout cela n'a été, en définitive, qu'un vaste apprentissage pour faire émerger le plus important : ce qui reste à venir. En somme, j'ai le sentiment que tout va commencer pour de bon.

Je n'ai de leçons à donner à personne qu'à moi-même, mais j'ai la certitude que ce sentiment d'un éternel recommencement possible est le secret de la jeunesse. C'est pourquoi je continuerai à préserver la possibilité que je me suis offerte dès mon entrée dans la vie d'inventer chaque matin une existence à ma convenance ; une existence dont je puisse voir le sens profond et l'éventuelle utilité pour d'autres que moi. Pour cela, j'accepterai encore de payer le prix qui m'en sera demandé, quel qu'il soit. La liberté est un devoir qui s'achète très cher.

Pour terminer, je constate que j'ai passé l'essentiel de mon existence dans des sociétés autres que la mienne, à la fois par choix et parce que les circonstances l'ont permis ; j'ai essayé d'en faire quelque chose et j'ai essayé de transmettre ce quelque chose. Surtout, j'ai essayé de montrer que l'esprit d'aventure, dans ses dimensions de l'action et de la réflexion intimement mêlées, était un héritage ancien qu'il fallait préserver tout en le renouvelant pour en faire une valeur accessible à tous ; car chacun peut s'emparer de cet esprit et ouvrir avec lui toutes les routes possibles.

En retour de ces tentatives, j'ai reçu la seule richesse

qui m'ait jamais intéressé, celle d'une vie libre et féconde dont j'ai aimé les tumultes ; je ne possède que cette vie et il est bien qu'il en soit ainsi ; au moins, je peux dire à qui me le demande qu'elle n'est ni meilleure ni moins bonne qu'une autre, mais que c'est la mienne.

J'ai cinquante-sept ans et la vie est devant moi.

Perrigny-Sens : 8 mai 2011 / 3 janvier 2012

RÉALISATION : NORD COMPO À VILLENEUVE-D'ASCQ
IMPRESSION : CPI BRODARD ET TAUPIN À LA FLÈCHE
DÉPÔT LÉGAL : AVRIL 2013. N° 111034 (72136)
IMPRIMÉ EN FRANCE.